应用写作

主　编：张天来

副主编：陶春军　珊　丹　赖　敏

编　著（按姓氏笔画排）：

马秀文　王　缨　王建国

吕雪菊　张天来　沈晓静

珊　丹　施　勤　陶春军

黄贤福　赖　敏

东南大学出版社

·南京·

图书在版编目(CIP)数据

应用写作/张天来主编. —南京:东南大学出版社,2010.1(2015.8 重印)
ISBN 978-7-5641-1959-1

Ⅰ. 应… Ⅱ. 张… Ⅲ. 汉语—应用文—写作 Ⅳ. H152.3

中国版本图书馆 CIP 数据核字(2009)第 220379 号

应用写作

出版发行	东南大学出版社
出 版 人	江建中
社　　址	南京市四牌楼 2 号
邮　　编	210096
经　　销	全国各地新华书店
印　　刷	常州市武进第三印刷有限公司
开　　本	787mm×1092mm 1/16
印　　张	25.5
字　　数	620 千
版　　次	2010 年 1 月第 1 版
印　　次	2015 年 8 月第 3 次印刷
书　　号	ISBN 978-7-5641-1959-1
定　　价	45.00 元

(凡因印装质量问题,请与我社读者服务部联系。电话:025-83792328)

前言

21世纪是人类飞速发展的时代，有人称这个时代是网络时代，也有人称这个时代是双语时代，毋庸置疑，都有深刻的道理。站在我们的角度来说，这个时代无疑也是“写作时代”。写作，尤其是应用写作，在我们的生活、学习和工作中，可以说无处不在。可是，由于应试教育的消极影响，为数不少的学生进入大学学习后，依然缺乏起码的表达能力。这几年，我们提倡文化素质教育，以弥补长期以来工具性教育的失误，无疑是明智之举。但是，据我们的观察，不少文化素质教育课程乃至相应的教材，仍然缺少应有的针对性，甚至与现实社会和学生的需要相距甚远。

在全球化浪潮的袭击下，有人痛感我们的汉语文化受到前所未有的冲击。在外语教育和四六级考试的裹挟下，从事汉语文学和汉语文化教育的人除了痛心疾首，似乎束手无策。其实大可不必，因为全球化的趋势似乎不可逆转。而全球化不可能是一元化。随着国力的增强，汉语文学、汉语文化正在走出边缘化的趋势。与其叹息蹉跎，不如从汉语写作，哪怕是最基本的应用写作入手，为我们的汉语文化争取起码的尊严。当我们用笔在纸上书写汉字，或在键盘上敲击汉字的时候，如果对汉语怀有一种敬畏之情，那么我们的现代传媒就不会出现那么多令人匪夷所思的错误表达。

为适应我国高等教育由精英教育向大众教育转变的趋势，培养大学生实用写作能力，我们组织编写了这本应用写作教材。为了培养学生的学习兴趣，激发学生学习应用文的积极性，本教材在编写过程中力图做到科学性、理论性和实践性的统一，深入浅出，言简意赅。

本教材具有这样一些特色：

1. 时代性

本教材在内容编写上突出时代性特征，特别是典型范文的选择上除了典范的例文外，多选择近年的文章，因而本书充满了时代气息。

2. 操作性

本教材在对每一文体写作规则进行精要分析的同时，皆选择规范例文。对每一例文的文种适用范围、逻辑结构、语体风格都进行点评，为学生学习写作提供借鉴，因而本书具有较强的操作性。

3. 理论性

写作是一项综合性实践活动，但没有理论指导的实践往往是事倍功半的盲目的实践，本教材对每一文种的概念与运用都作了明确的表述，特别是注意到文种的运用范围。

4. 语言规范，体例新颖

本教材使用规范的描述性语言对每一文种的内涵外延、写作结构和语言风格作较为精确的描述。

特别是在编写体例上，本教材将努力作较多的创新，每一文种除介绍文种阐释与结构规范外，特别注重写作方法的分析，在分析之后附以典型例文，并对范文进行分析，范文分析针对文种的选择、格式、内在逻辑、语言表达等有关写作方面的问题，使读者有章可循，可以效仿。例文之外还附有病文诊断,病文诊断主要诊断病文在文种、格式、语言逻辑等方面存在的问题,以及如何改正。最后配以大量针对性的写作能力训练题。

承担本教材编写的作者来自国内各地院校,都是教学一线的老师,我们将自己多年的教学和研究成果凝聚在本教材的编写之中,因而使得本教材具有较强的针对性,特别适合教与学。

本教材是集体劳动的成果。第一章由吕雪菊编写,第二章由黄贤福、王缨、张天来编写,第三章由王建国编写,第四章由沈晓静编写,第五章由陶春军编写,第六章由施勤编写,第七章由珊丹、陶春军合作编写,第八章由赖敏编写,第九章由马秀文编写,附录部分由张天来负责材料的整理。全书由主编统稿。

本书在编写过程中,参考前人和时贤诸多成果,由于教材体例所限,不一一指出,敬请谅解。

由于时间仓促和水平限制,本书当有诸多错误和疏漏之处,恳请各位谅解和指教。

编　者

2009 年 12 月 18 日

目 录

第一章　应用写作概说

一、应用文阐释

1. 应用文的概念、种类及作用

在社会生活中，我们常常会接触到各种类型的文章，如文学作品、应用文和其他文章，它们各自承担着自己的社会角色，完成着自己的任务。那么，应用文担当什么角色呢？

所谓应用文是指党政机关、企事业单位、社会团体以及人民群众在日常生活工作中，办理公私事务、沟通交流时所使用的具有直接实用价值和惯用格式的文章的统称。应用文定位于此，也决定它的性质不同于其他文体，实用性是它最本质的特征。

应用文历史悠久，使用面广，不仅种类繁多，而且随着社会生产的发展，社会生活的变化，不断调整、丰富和发展。现今，由于社会分工，各行各业的业务不同，应用文的种类各具特色，一般主要分为四大类：一是公务文书（公文），即国务院 2000 年 8 月 24 日发布的《国家行政机关公文处理办法》规定的 13 种；二是事务文书，包括计划、总结、调查报告、简报、规章制度、会议记录等；三是专业文书，指社会各行各业的业务专用文书，如外交文书、军事文书、司法文书、科技文书、经济文书等等；四是日用类文书，包括条据、书信、启事、海报、新闻稿等等。

现代社会，政治经济形势发展迅猛，科技文化水平不断提高，越来越频繁的社会交际活动，使人们对应用文的需要愈加广泛和迫切，在社会生活中也发挥着越来越大的效用。具体而言，其作用主要有以下几个方面：

第一，指导和规范作用

应用文的“应用”性质，规定了它必须以告诉人们在社会生活中应该做什么和不应该做什么、应该这么做和不应该那么做为主要内容。这里的“应该”和“不应该”，就是一种“约束”、一种“规范”，是对人们的生产、学习、工作、生活中的社会行为的约束和规范。人们的社会行为是多种多样的，规范人们社会行为的应用文也是多种多样的。如法律应用文规范人们的法律行为、经济应用文约束人们的经济活动……不同种类的应用文，对人们的社会行为的约束和规范作用是不同的。有的大、有的小；有的有强制性、有的没有强制性；有的侧重于道德方面，有的侧重于行政方面，有的侧重于法律方面。这种作用是巨大的，对保障人类社会生活的有序进行是必不可少的。

第二，沟通和协调作用

人类沟通信息、协调关系的手段很多，其中应用文是使用最早、最广泛的一种。在信息社会中，应用文更加突出地发挥着它传播信息的社会功能，整个信息社会就是由应用文联系在一起的，有了应用文，社会各部门才得以沟通协调，各自发挥着自己的作用。例如信函是个人与个人，个人与团体、组织之间，用来沟通协调的经常使用的工具；公文是党政机关、各种团体、单位在管理国家、治理社会的过程中，用来沟通协调上下左右各种信息和关系的工具。正是因为应用文这种工具的沟通和协调作用，社会才得以和谐发展。

第三，凭据和查考作用

应用文是一种以记录事实为主的书面语体，从它产生时候起，就一直充当帮助记录、辅助交际的工具。尽管现代社会科技发展日新月异，传播媒介和记事工具越来越先进，但是，应用文的凭据和查考作用依然为人们所重视。口说无凭，有书为证。文字材料的严正性，使应用文在记载事物发展状况和反映客观现实的同时，又对已有事实的存在起到一定的证实作用，为日后查考提供了很大的方便。如合同、协议书是确定、变更或终止签约各方相互间权利义务的一种凭证；公文既是各机关单位办理公务的工具，也是各机关单位办理公务的意图、措施、要求的凭证。

2. 应用文的审美特征

著名美学大师王朝闻先生说："美是人们创造生活、改造世界的能动活动及其在现实中的实现或对象化。""就其本质而言，美并不是事物的某种与人无关的自然属性，也不是意识、精神的虚幻投影，而是事物的一种客观的社会价值或社会属性。"[1]这个论断说明：美源于人们的社会实践，是社会价值的体现。应用文是社会实践活动的反映，是一种美的创造，必然蕴藏着丰富的美学因素，具备相应的审美特质，其审美特质主要表现为：

(1) 实用美

应用文的写作是以实用为前提的。"辞命体，推之即可为一切应用之文。重其辞乃所以重其实也。""为世用者，百篇无害，不为用者，一章无补。"[2]因此，注重实用、讲究实效是应用文的本质特征，也是其重要的审美特质。如人们写公文是为了规范社会的政治、经济、生活秩序，处理公务活动中出现的各种问题，使社会各项活动健康有序地运行；写调查报告是为了研究工作中出现的新情况、新问题，为领导机关决策提供依据材料，使决策更合理、更科学；写学术论文是为了促进社会科学事业发展，发展社会生产力，提高人们的生活质量和文明素质；写新闻是为了及时反映各种有价值的社会信息，推进社会和谐进步等等。这种不图虚名，只为解决生活实际问题的文体，体现了美的本质。

21世纪，随着社会的不断进步，科学文化的迅速发展，应用文的使用范围更加广泛，层次更趋精深，应用文在国家管理和社会生活各方面所发挥的作用更是大大超过了前代，其实用性得到了空前的体现。我国加入WTO以后，国内外交流交往日益频繁，无论是从国家管理的高度还是从现代人生存发展的需要出发，应用文都已成为不可或缺的工具。可见，正是由于适应了社会发展的需要，应用文才获得蓬勃发展的生机。应用文巨大的社会价值决定了其重要的美学价值。只有充分认识了应用文的实用美，才会在学习中自觉地感受到审美的愉悦。

(2) 形式美

这是实用性对应用文提出的另一审美要求。应用文的文种多达上千种，常用的也有两百种之多，但不管内容如何千差万别，体式怎样千变万化，它们都有一个共同点，即要讲究形式。形式是应用文的感性形态和存在方式。"一切艺术形式的本质，都在于它们能传达某种意义，任何形式都要传达一种远远超出自身的意义。"[3]应用文的形式更是一种有意味的形式，它不仅是负载内容的物质外壳，其本身也意味着内容。没有一定的形式，应用文的内容就无法表现；没有美的形式，应用文的社会功能就不能得到充分的发挥。形式美是应用文功利目的的直接需求。

一般来说应用文结构形式可分为"外结构"和"内结构"，先说外结构，指文面、版记等外显结构。如公文的格式要求非常严,《国家行政机关公文处理办法》对公文的文面格式和版式格式都有严格规定,仅文面格式就包括发文机关、发文字号、签发人、标题、主送机关、正文、附件、主题词等十几项内容,在版记格式部分还包括了用纸规格、排印方式、字体字号,甚至对数据项目和书面式样都提出了具体而明确的要求。这使公文从外在形式上体现出完整、统一、整齐、严肃的审美特征。之所以有这样严格、统一的规定,正是为了体现公文的权威性和严肃性,是为了权威部门更好地实现其施治功能。再看内结构,指应用文正文的内容结构。如公文一般包括发文理由(目的、根据)、发文事项、发文要求三部分;经济合同主要条款一般包括标的、数量、质量、价款酬金、履行期限、地点、方式、违约责任;新闻一般包括导语、主体、背景、结尾,也就是说应用文内容先说什么、再说什么、后说什么都有一定程序规范,而应用文内容的这种程式化安排对实现目的来说,至少有三点好处:一是制作规范、简便,有利于提高工作效率;二是主题鲜明、一目了然,利于表达;三是消除了接受者接受上的困难,提高了阅读效率,更利于应用文作用的发挥。由此可见,应用文的这种"程序化"结构所表现出的形式美,是最利于实现应用文实用写作目的的。此外,应用文的结构形式从表面看反映的是文章内容的先后安排次序,实质反映了客观事物自身的发展规律以及人们的认识规律。如叙事类应用文像书信、日记、人物传记、会议记录以及新闻、工作总结、情况通报、调查报告、起诉状等的"情况"部分一般根据客观事物及社会事件发生、发展、高潮、结局的先后顺序安排结构;议论类应用文的结构如调查报告"基本情况—原因分析—建议意见",可行性研究"项目情况—优劣势分析—结论",经济活动分析报告"情况—分析—解决对策",诉讼文书"案由—诉讼请求—事实理由",学术论文"绪论—本论—结论"等等其实质负载的是人们"提出问题—分析问题—解决问题"的工作思路,反映的是人们认识自然、改造世界的客观规律;至于应用文中的说明部分则更是按照客观事物存在的空间排列顺序和时间先后顺序安排内容结构的。由此可见,应用文的结构形式是符合客观世界存在变化规律和人们认识规律的,具有典型的形式美。应用文的形式美是丰富而细致的,认真地分析、研究这种形式美,不仅有助于应用文本身的发展,也可以使学习者获得许多美的启示和享受,从而提高学习的效率。

(3) 语言美

应用文的价值主要在于实用,讲究在实践中的具体用途和效果。因此应用文在实际运用中其语言也遵循着实用性原则,形成了应用文语言特有的审美特征:准确美、简明美、质实美、模式美。

准确美:应用文内容的真实,要求语言必须真实准确。准确,是指努力使语言的表达更加符合客观实际,准确无疑,确凿无误。事实、数字甚至细节都必须确实可靠。遣词造句,要求语义明确,不能模棱两可。所叙述的概念,只能做单一的解释,不能产生歧义,以致让人作出多种理解。通过语言传达出来的这种真实、准确,自然会让人们从真的角度体会美,因为真和善永远是和美相联系的。而且,美也必须通过真和善体现,这就是真善美的统一。鉴于上述理解,应用文的写作者必须在语言的把握上,尽可能地做到用词准确,在遣词造句和文章修改润色时,把工夫下在语词的准确上,使措词更严密,更无懈可击,更充分地在语言准确上体现应用文的审美特点。

简明美:简明美是应用文语言的又一重要特征。应用文讲求务实,具有事务性、业务性,对事件的处理步骤要一是一,二是二,丁是丁,卯是卯,做到清楚明了。篇中不可有冗章,章中不可有冗句,句中不可有冗字。因此,在应用文行文中,要做到不用复杂含蓄的语言,语句务求干净利落，直截了当。为使应用文语言简练，可从下面几条渠道着手：一是缩词减字；二是删繁就简；三是巧用文言；四是运用程序语言；五是运用简缩词。但是，我们应该注意的是，应用文的语言必须简练，是以缜密作为前提。应用文必须注意简练与缜密的关系。简练也有个界限，不能为简而简，一味求简，以致妨碍语言的明确性。

质实美：质实美是指应用文的内容以客观真实取胜，语言质朴、平实、通俗易懂。这又明显异于一般文学作品选词的华美，遣词的起伏跌宕。应用文首先具有科学性、严肃性，即内容重视理性分析而无需感性渲染，文章价值的大小往往取决于理性分析开掘的深度和广度；其次具有朴素庄重的文章风格，文雅而不浮华，质朴而不粗俗。应用文的语言要做到平实，即叙事要求真实，不凭空落笔，不想象加工，用直笔，不用曲笔；说理要求平正，不偏不倚；说明必须质朴，恰如其貌，恰如其分。它不追求什么“神来之笔”、“惊人之语”，这是与它的实用性、庄重性一致的。语言的质实美还表现在应用文语言也讲究可读性。美国新闻学者鲁道夫认为：“可读性就是使很多读者读起来觉得容易或者有趣。”应用文的可读性主要指：易读懂、乐意读、记得牢。应用文是为了说明一定的事实、反映一定的现象、解决一定的问题而产生和形成的。唯其如此，可读性对于应用文显得尤其重要。一首朦胧诗，一篇科幻小说，众多的读者看不懂，并不碍事，但一则通告、一道命令，如果阅文者读不懂，岂不误了工作？所以，为发挥应用文的实用功能，务必注意它的质实美。

模式美：应用文语言虽不重文采，但以平实、规范、严肃、庄重的格调为贵。这种追求的结果，就使人们在长期的反复写作实践中，形成应用文语言的社会化、稳定化和简便化的特征，而这种特征发展到极致就是语言的模式化。具体体现在以下几个方面：①起首语模式化。应用文的开头往往是用来阐明写作目的、引出写作缘由或道出行文依据的，因此，常用这样的起首语：“近几年来”、“为了”“根据”、“鉴于”、“欣悉”等等。②衔接语的模式化。在应用文中，层次结构都非常鲜明，为了使其相对独立的两层意思连贯起来，就大量运用衔接语过渡，如：“因此”、“总而言之”、“综上所述”、“由此可见”等等。③结束语模式化。应用文在结束的时候，一般要表示期请、总结的意思，因此也形成一些模式化语言。如：“妥否，请批复”、“特此通知”、“希即遵照”、“为要”等等。④主体用语模式化。尽管应用文主体用语较其他用语模式复杂，但也具有自己的用语规律。如：“拟订”、“业经”、“如期”、“届时”等等。这与文学作品为了更好地唤起人们的艺术感受，引起读者兴趣，使人们的意识得到升华，就要颠倒习惯化的过程，对实用语言进行创造性的破坏和有组织的违反，从而造成一种“陌生化”的效果有天壤之别。应用文语言的模式化是为了适应信息社会，即电信、电话、电视等与计算机结合起来的信息社会的需要，它对信息社会提高信息传递的效率和准确率是至关重要的。应用文语言必须作为一种传递信息的符号系统来对待，表达的模式化利于标准化，利于提高信息传递的效率和准确率。从发展的角度看，应用文语言的模式化是顺应社会经济发展的一种变化趋势。

（4）情感美

应用文要发挥其实用功能，必须能打动特定的阅读对象，使之“悦之”、“然之”、“欣然采纳”，通过阅读对象的感悟、首肯，激发其行为的内动力，从而实现写作的目的。这就需要讲究情感美，即需对情感进行艺术的提炼，使之成为审美情感。当然，这种情感有别于文学作品中的表现，它不需要夸张变形，也无需铺陈渲染，它朴实无华，更具理性。应用文的情感美，贵在情真意切，不虚美，不溢恶，忌巧言令色、哗众取宠，更反对蓄意作假，引人入彀。许多优秀的应用文都是这方面的典范，它们在取得实际功效的同时，也表达出了真实的情感。

如短信二则,“秦皇岛,14 日夜到 15 日多云转阴,西南风 2～3 级,－5 度到 4 度,白天雾里看花好心情,夜晚烛光摇曳笼温馨。祝情人节快乐。气象台 14 日发。”“秦皇岛,明天是腊月二十三,农历小年,其主要活动为扫尘和祭灶。21 日夜到 22 日晴间多云,东北风 3～4 级,－9 度到 2 度。气象台 21 日发。”以上两例足以说明,情感对应用文功效的实际意义十分重要。充分认识并把握这一审美特质,不仅有助于发挥应用文的实用功能,而且还能获得美的情感体验。

二、应用写作阐释

1. 应用写作的概念

人类的写作活动,从功能效用来分,主要有两大类:一类是作者为抒发主观感情、反映现实生活、进行艺术创作而写的,这主要指文学写作,如诗歌、散文、报告文学、小说、戏剧的写作;另一类是为了处理公务和个人事务而写的,这就是应用写作。应用写作是作者运用书面语言和图表符号,为制作有实行管理、传递信息等社会效用的文字或文章而进行的一种写作活动。应用写作的成果,便是应用文。应用写作是人类创造性的社会实践活动,它是人类有文字以来的一种特殊劳动,它不仅开发、记载和发展了人类的物质文明,而且在个人成长的道路上起着举足轻重的作用,历来为人们所重视。

2. 应用写作的特点

应用写作和文学写作分别属于文章写作中的不同类别,它们既有一般文章的共同性,又有自身的特性。应用写作的特性主要表现在以下几个方面:

(1) 从功能上看,具有明确的实用性

任何文章的写作都是一种有目的的活动,都要体现出一定的价值。应用写作与文学写作的一个很大不同,就在于应用写作的目的明确,实用性强。文学写作的功能是多样的,它通过审美、娱乐、教育、认知等功能综合作用于人的思想与意识,对人们的生活产生潜移默化的影响,而不是直接作用于人们的生活。应用写作的功能在于解决人们在实际工作和生活中出现的问题,或为了告之事项,或为了请求批准,或要求贯彻执行……总之,每篇应用文章都有明确的功用和目的,实用性强。

(2) 从形式上看,具有格式的程序性

应用文的文章结构大多有固定的格式,具有程序化的特点。这是与应用文本身的功能和要求分不开的。应用文是为了解决机关工作和生活当中出现的问题和事项而进行的一种写作,它的目的性、针对性较强,时限的要求比较严格,因此为了提高机关工作中的效率,应用文在长期的使用过程中形成了一种约定俗成的格式,并渐渐地规范下来。表现在每一种文种都有自己特定的格式和要求,尤其是国家法定行政公文和机关常用事务文书更有着比较稳定的规范性的格式,因而写作时必须遵照,不能自行其是。例如行政公文的结构,从文头到文尾,从标题到落款,每一种文种都有自己的要求和规范。文学写作则坚决杜绝程式化。这不仅表现在内容上杜绝雷同,而且表现在形式上也要有所创新,并且形式本身也已成为文学作品内涵的一种表现,成为文学中独具审美魅力的一大因素。因此程序化是文学的大忌。

(3) 从时限上看,具有较强的时效性

应用文是为了解决现实生活中的各种问题以及处理工作中的具体事务而进行的一种写作,因而在写作上有时间性的要求,必须在一定的时间内完成。应用文中所涉及的具体问题往往要求在一定的时间内解决，这就要求应用文的写作一方面要写得及时、发得及时，另一方面要求必须选取现实生活中最新的材料。只有这样，才能达到应用文特定的写作目的。而且，应用文只能在特定的时间范围内对现实生活产生作用，一旦问题解决，它的目的性达到了，它的时效性便也消失了。文学作品并不追求明显的时效性，它只是通过对人们的思想产生潜移默化的影响而间接地作用于人们的生活。因此，它的创作不必有明确的时间限制，它产生作用的范围也没有明确的时间段，它甚至可以跨越时代与历史的长河而成为永远的经典。甚至，时间本身更是检验一部文学作品是否具有永久魅力的标准。

(4) 从对象上看，具有特定性

在应用写作中，对象既指作者又指读者，这与文学作品的作者与读者不同。文学创作是一种复杂的创造性的精神劳动，其作者一般都为个人，由于每个作者的个性不同、生活经历与艺术素养不同，其作品都会有自己独特的创作品格。文学作品的读者对象具有广泛性与不确定性，一部作品出版发行以后，任何人都可以购买或借来阅读。应用文体的作者，尤其是公文的作者，一般不是一个人，而是一个集体。仅靠一个人是写不出公文的。作者在执笔之前要先由领导交代写作意图，初稿写成之后，要在一定范围内集体讨论，请大家提出意见然后再作修改，最后请领导审核通过后才能付印。所以严格地说，公文是集体劳动的产品，其作者是一个群体。应用文的读者对象是特定的，尤其是带有保密性的公文，其读者对象局限在一个很小的范围内，远不如文学作品的读者对象那么广泛和不确定。

(5) 从内容上看，具有真实性与概括性

为解决实际问题而进行的应用写作，它的内容必须是真实的，它所使用的事实材料也必须是现实工作和生活中真实的，既不能夸大也不能缩小，更不能虚构，否则就不能达到解决现实生活中实际问题的目的，还会影响党和政府的威信，给工作造成很大的损失。同时，应用写作在使用材料时更注重材料的概括性，以服务于应用文本身的需要。文学写作也追求"真实性"的原则，但文学生产所需要的真实是一种审美化的真实、主观的真实、艺术的真实，它同应用写作中的绝对真实是不同的。

3. 应用写作中应关注的几个问题

应用写作活动是一个系统活动，我们要更好地掌握它、使用它就要从根本上认识它、了解它，只有这样才能满足应用写作需要，提高写作能力，完成应用写作任务。

(1) 应用写作主体

写作主体即写作活动的主体，在董小玉主编的《现代写作教程》中说"所谓写作主体，就是进入写作思维和写作行为中的人"，即作者。在写作活动中，写作主体是写作行为的实施者，是整个活动中起主导作用的人。应用文的特殊性，使应用写作主体也具有特殊性。为了高质量地完成应用写作任务，应用写作主体应具有如下素质：

① 情商方面，应具有道德素养、理论素养、审美素养。应用写作是一种特殊的精神劳动，主体的道德水准、价值观念、理论修养、审美理想必然对写作成品产生巨大影响。如思想理论修养，是指一个人能够自觉地从政治、思想、理论的高度去分析问题，认识事物。写作主体只有具备了较好的理论修养，较强的政治观念、经济观念、群众观念、政策法规观念才能头脑清醒，才能透过纷繁复杂的现象，抓住事物的本质、弄清事物的规律，才能写出有益于社会的应用文。由此可见，在应用写作中，情商主要决定"为什么"写，是写作活动的动力，同时对"写什么"和"如何写"也有重大影响。

② 知识方面，具有日常生活知识、自然科学知识、社会科学知识、写作知识等。丰富的

知识储备和合理的知识结构是写作主体认知和加工信息的基础。如语言文字，它是写作实践的媒介和工具，只有学习语言知识、逻辑知识，了解应用文语言美的独特之处，才能写出能解决实际问题的好文章。

③ 能力方面，具有观察能力、感受能力、思维能力、表达能力等。写作活动是一种综合性的实践活动，它不仅需要丰富的知识，更需要各种能力。写作过程就是要调动这些能力，而较强的能力，特别是思维能力和表达能力是构成主体素养不可或缺的因素。例如：思维能力是指人们能够对原始的材料、零散的知识进行有效地梳理、归类、分解、组合、概括、选择、加工、提炼，从而形成符合事物实际情况的观点、看法的能力，即分析事物、认识事物的能力。有了这种能力，就能把有关的知识、材料转化为观点，上升为理论，才可能避免在文章中罗列现象、堆砌材料，从而写出有材料、有发现、有中心、有条理的应用文来。要具备良好的思维能力，就要学习一些逻辑知识和科学思维的知识，要养成勤于思考的习惯，经常开动脑筋、思考问题，思维能力自然能得到加强。由此可见，只有具备各种能力的人，才能成为写作主体。

(2) 应用写作客体

客体同主体对立。“凡是主体认识视野中的一切认识对象，都是客体。”(董小玉主编《现代写作教程》)它包括自然、社会、个体等方面。应用写作以解决实际问题为目标，因此它的客体对象主要包括群体化的社会生活和丰富的个体世界。准确地说，在应用写作中同应用文写作目的有关的客观世界变化和发展的种种信息，都是文章内容的来源，也是文本存在的重要因素之一。对应用写作客体的恰当选择和确认，是应用文内容真实可信、集中深刻和有创造活力的基础。应用写作的过程就是对这些写作客体进行了解、搜集、整理、加工、定位的过程。因此，在具体应用写作中：

① 要注重对写作对象原始信息的搜集。根据写作目的，采用各种方法获取丰富的写作信息，是从事应用写作的前提和条件。

② 要学会对写作信息的分析整理。获取了大量信息，并不一定能生产出好的文章。面对浩繁的信息，如果不加分析整理，会无所适从。分析整理就是要弄清事物之间的联系，如事物是什么，有何性质、特点及发展规律如何，这是应用写作的重要过程。

③ 要善于对写作信息作出准确的定位。面对丰富繁杂的信息，以文本为中心，以语境为中心，作出准确的定位，这是应用写作成功的保障。

(3) 应用写作受体

写作受体是与文本建立一定的解读关系的读者对象。读者，作为文章解读的受体，在应用写作和文学写作中是不同的。应用文的写作受体不同于文学作品、新闻文章读者有随意性，它的读者有明确的限定性，往往有特定的受文对象，不是谁都可以看，或者谁都必须看的。应用文的读者从读者的身份来分，可分为法定读者、普通读者和专业读者三种类型。应用文写作目的是给对方(即受文对象)看的，写作效益的体现，关键还在于接受对象(即受文对象)对所收到的文书的理解、认可、办理程度和执行情况。因此，写作时一定要充分考虑读者，注意研究读者(即受文对象、接受对象)的阅读需要、接受心理，以增强文章的针对性、可读性和可受性，增强文章的执行承办效益。这种写作受体的限定性，使应用文的作者事先就能明白文章是写给什么人看的，就有可能考虑到怎么写才能更符合受文对象的“口味”和接受心理，更注意文章的实用性。研究应用写作的受体，对文本生产的成功，具有决定性的作用。

(4) 文本

文本指由写作主体写成而有待阅读的单个作品本身。应用文本主要包括文章式文本和图表式文本两种。应用写作中，文本的主要作用就是要读者知道某事或做某事。因此，了解文本构成要素，有助于实现应用写作之目的。

① 应用文本的语体特征。语体指文本所使用的语言的体式。从表达方式看，可分为口语语体和书面语体。应用文本的写作目的和作用，使其主要采取书面语体。在应用文本中，表达方式以说明为主，叙述次之，议论位居第三。其中，说明的基本要求是，分析要客观、全面，把握事物的特征和本质，处理好事物各个方面的关系，语言要简洁、明了；叙述的基本要求是概括、清楚；议论的基本要求是鲜明、充分、严密。在应用文本中，说明、叙述、议论还可表现为既可以是一个句子，也可以是一个段落，还可以是一种图表。从语言的语域（语体有一定的适用领域，叫语域）特征看，语体分为科技语体、新闻语体、公文语体、法律语体、艺术语体、日常应用语体等等，其语体特征各不相同。如公文语体的特点是：第一，语义准确。说话力求有根有据，措辞严密有力，尽量避免产生歧义和误解。这是公文的严肃性决定的。第二，表达规范。公文格式、用语写法都有规范要求，应根据《国家行政机关公文处理办法》的要求来写。第三，风格庄重、典雅。

② 应用文本的主题特征。主题是文章存在的根本。其主题的正确与否、鲜明程度如何，是衡量一篇应用文本好坏、价值高低的重要尺度。应用写作与文学写作在表现主题方面存在很大差异：应用文本注重“一文一事”、“一文一旨”，讲究直白显露，强调意尽言止；而文学写作最忌直白显露，讲究含蓄深刻，强调言有尽而意无穷。

③ 应用文本的结构特征。应用写作的实用性，使其文本结构呈现出表面化、模式化特征。具体表现在：

第一，结构表面化。所谓文章结构表面化，就是用某种手段把文章的层次段落即结构安排明显地标识出来，让人一看即明。如小标题，给文章加小标题，就等于给文章内容、层次分门别户，再挂上门牌子，让人一目了然哪是哪；序号，写清楚一二三，就让人心中有数，不论内容如何，容易表述，容易操作；过渡性、照应性的词语，如“首先”、“总而言之”、“为了”等，用在文章中，等于给内容、层次贴标签，让人一读而知下面的内容含义以及与上文的关系；主题句，就是将自然段的内容进行抽象提炼，概括成一句话放在自然段的首句位置，让人看后马上就知道这一自然段主要讲的是什么。应用写作结构的表面化，这是现代社会人际交往的需要，也是应用文的功利性、事务性在结构上的反映。应用文结构表面化了，有几部分内容，哪部分内容在哪标识明确，可以使阅读者各取所需：有的部分需要认真领会，贯彻执行，有的部分只需原则了解，相应配合。这样写出的应用文在使用时，既方便而有效率，又安全而少差错，这是应用写作的根本要求。

第二，结构模式化。应用文本包括文章式文本和图表式文本两种形式。

文章式文本的结构模式化是指每一种具体文种的结构比较确定、单一、模式化。如：倒金字塔式消息的结构模式：导语—主体—背景。总结的结构模式：一般情况—成绩（问题）—经验（教训）—建议（意见）。计划的结构模式：现状—目标—任务—途径步骤—措施办法。公文类通报的结构模式：事件—性质—影响—处理，等等。应用写作结构标准化了，写作与阅读双方相互默契，有共识，写作者知道阅读者怎么读他就怎么写，阅读者同样知道写作者怎么写他就怎么读，这样才能写起来迅捷，读起来流畅，用起来方便。就如同物品摆放有秩序，有规定，就会使拿取与回放都省事而又安全。这种模式化的结构是方便、高效、低成本、完全地传输信息的最佳形式。

图表式文本的结构模式化是指以图表为主，并有文字说明，它包括数学表、文字表、符号表三种。表的结构一般都包括：表号、表题、表头、行题、列题等，列表标识清楚，内容一目了然。图表式文本同文章式文本相比，其主要特点是直观、简明、科学、规范、信息量大。

4. 应用写作应遵循的原则

(1) 需要原则

应用写作的目的是为了解决现实的实际问题，因此文本生产就是要满足人类认识世界、改造世界、解决现实问题的需要。美国心理学家马斯洛把人的需要从低到高依次排列为五个层次：生理需要、安全需要、爱的需要、尊重需要、自我实现需要，每个层次需要又分为若干种。这一理论强调以人为本，肯定了人的需要的重要性。这启示我们：应用写作首先要满足实用需要，这是其生存的依据和价值。其次，应用写作活动必须重视读者的需要，要始终把分析和满足读者需要放在首位。应用写作的读者是特殊的，满足特殊读者的需要是应用写作的出发点和归宿点。再次，满足文本需要，这是应用写作的交际需要，如信息的选择、语言的运用、结构的安排是否符合文本需要。最后，满足时间需要。及时性是应用文的生命，只有满足时间需要，才能发挥其作用及效力。

(2) 明示原则

应用文的实用功能使其意图必须在文本中表达出显而易见的意义，这就是明示原则。具体说，应用写作必须十分清楚“谁”、“怎么样”、“做什么”、“怎么做”，方能解决实际问题。意图的明确清晰，信息的真实可信，语言的清楚明白，结构的简单有序，是明示原则的关键所在。

(3) 礼貌原则

礼貌是人类文明的标志，是人类社会活动的一条重要准绳。遵循礼貌原则，是实现应用文本写作目的的重要手段。在应用写作中，礼貌原则的基本原则是尊重别人，不伤害别人的面子，这对应用写作特别重要。由于应用文读者的特殊性，使其礼貌是有级别性的，不卑不亢，不亲不疏，庄重得体，才能真正实现交际目的。在具体文本中，用何种礼貌合适，应根据内容、语境需要来决定。

(4) 经济原则

在经济领域把高投入，高产出，少花钱，多办事，不花钱也办事奉为经营之道、经营之本，把它应用到写作中，即表现为用精炼的话语、篇章来表达作者明确的写作目的。应用文的实用性，使应用文本的经济原则具体表现为：意图开宗明义、材料翔实概括、结构简单固定、语言精练得体。

能力训练

一、分析下面文章，你认为有何不足。

痛彻心扉

11月30日9:30—12月1日6:20之间，本人在逸夫楼A109右边第三排位置丢失考研书籍十本，包括专业书、政治及英语辅导书，书目如下：

《外国文学史》	朱维之
《外国文学史》	郑克鲁
《英语考研历年真题解析》	宫东风

《英语写作》 吴红云

《政治要点精编——任之一》 任汝芬

《互联提纲》 常红利

《英语笔记》

《四级历年真题》

考研在即，本人此刻的心情相信大家都能理解，相信作为同路人的“你”更深有体会，你拿去的不只是十本书，更是本人十个月的心血和期盼，多媒体教室监视系统记录本人已看过，本人只求寻回书籍，不愿事态恶化，望你尽快归还原处，若有不便之处，可直接与本人联系：137××××××××

朋友请记住，你若继续一意孤行，那么当你翻开本人的书籍时，字里行间都会有一双哭泣和鄙视的眼睛在盯着你！……

2005年12月1日

二、针对“杯子”，请用不同表达方式各写一句话，注意有所区别。

三、分析下面几则广告，你认为各有何优点。

中国移动通信全球通广告——“我能”。

中国移动通信动感地带广告——“我的地盘我做主”。

美特斯邦威广告——“不走寻常路，美特斯邦威”。

李宁运动服广告——“一切皆有可能”。

利郎西服广告——“简约不简单”。

四、从审美的角度指出下文之不足。

《翔宇》招新计划

《翔宇》招新开始啦！

《翔宇》报是由我院团委主办、学生独立创办的一份报纸。她覆盖了秦皇岛、昌黎、欧美学院三个校区，发行量达三千份，每月一期，汇集校内热点、各系部新闻以及学生个人创作的文学作品等内容。她是沟通学校和学生的纽带，与秦皇岛市一些高校的报社均有一定的联系。

《翔宇》创办三年以来，受到广泛好评，她为学生提供了一个发挥自己能力的空间，服务学校和学生是我们永恒的主题。新学年里，她需要注入新的血液，拥抱激情地健康发展。所以，面向全院04级新生招纳新成员。优秀的你，不要放过这个机会哦！

参考文献

[1] 王朝闻. 美学概论. 北京：人民出版社，1981.

[2] 郭绍虞. 中国历代文论选，第一册. 上海：上海古籍出版社，1979.

[3] 王朝闻. 美学概论. 北京：人民出版社，1981.

[4] 余国瑞，彭光芒. 实用写作. 北京：高等教育出版社，2002.

[5] 徐中玉. 应用文写作. 北京：高等教育出版社，2000.

[6] 董小玉. 现代写作教程. 北京：高等教育出版社，2000.

[7] 朱悦雄. 新应用写作. 广州：广东高等教育出版社，2001.

[8] 孙秀秋. 大学应用写作. 北京：当代世界出版社，2000.

第二章　行政公文（上）

第一节　行政公文概述

一、行政公文的含义及作用

行政公文“是行政机关在行政管理过程中形成的具有法定效力和规范体式的文书，是依法行政和进行公务活动的重要工具”（国务院《国家行政机关公文处理办法》）。它既是各级国家行政机关、企事业单位和人民团体进行管理的重要工具，又是任何一个单位实现领导集团意图和指挥意志的重要手段，在应用文写作中占有举足轻重的地位。

行政公文的作用主要有四个：

1. 法规准绳作用

各级行政机关发布的公文，如命令、决定、通知、通告、批复等是为了传达贯彻党和国家的方针、政策，发布法规和规章，实施领导与管理，具有法规准绳作用，必须贯彻执行，不得违反；否则将受到法律的制裁或纪律的处理。

2. 指导宣传作用

通过行政公文发布的党和国家的各项方针、政策及上级机关的指示、决定、意见等，对下级机关和广大群众起着指明方向、阐明做法的指导作用。同时，这些公文还具有阐述政治主张、说服教育群众何去何从的宣传作用。

3. 处理公务作用

各级行政机关处理公务靠的是公文。如：上级机关对下级机关指导、部署工作要用下行文；下级机关向上级机关汇报工作、反映情况，要用上行文；同级机关及不相隶属机关之间商洽工作、交流经验、沟通信息要用平行文。因此，行政公文具有处理公务的作用。

4. 凭证依据作用

每篇公文都是处理公务的书面凭证，是公务活动的原始记录。在其执行期间是办理公务的依据和凭证；执行期丧失之后，它所记载的内容仍然起到查核、验证的凭据作用。

二、行政公文的特点

行政公文的特点很多，主要有政治性、法定性、规范性和时效性。

1. 政治性

行政公文是各级行政机关的指挥意志、行动意图、公务往来的记录，直接体现其政治意向和根本利益，具有鲜明的政治色彩；现行的公文是传达、贯彻党和国家方针、政策，指导公务活动的重要工具，具有极强的政治性和政策性；有的公文还具有法定的权威性和约束力。

这就要求写作行政公文,必须正确领会党和国家的方针、政策,学习法律、法令以及上级有关的具体规定。

2. 法定性

公文是法定的组织,按照法定的程序和格式制发并产生的具有法定的权威和效力的文件。它具有法定的作者和法定的职权范围及法定的程序,一旦发布就具有一定的强制性和约束力,必须遵照执行。这就要求公文的作者只能是依法成立的组织、单位,绝不能是个人;只能在行使的职权范围内行文;而且制作与行文必须履行法定程序。

3. 规范性

即行政公文的制发有着严格的规定性,其内容必须符合党和国家的方针、政策、法律、法规及有关规定;其文种选择、格式构成、行文规则、处理程序等都必须按照国务院发布的《国家行政机关公文处理办法》(以下简称《办法》)和国家质量技术监督局《国家行政机关公文格式》(以下简称《格式》)等法规的统一规定处理,以保证公文的准确、完整、统一、有效及正常运转。

4. 时效性

公文是应实际工作的需要而产生的,有着极强的时效性。这主要表现在三个方面:一是及时性,要写得及时,发得及时,办得及时,否则,难以发挥其作用,甚至贻误工作。二是时限性,只在一定时间内发挥作用,在此之前或之后便没有直接效用。三是时代性,公文的制作应紧密联系社会现实和形势发展,顺应时代变化,契合时代要求。

三、行政公文的种类

"智者见智,仁者见仁。"按照不同的分类标准可把行政公文划分为不同的类型。

(1) 按涉及的范围,行政公文可分为广义公文和狭义公文。

广义的行政公文即公务文书,指各级行政机关、企事业单位、社会团体等社会合法组织在处理公务时形成和使用的各类文书。它包括文件、电报、会议记录、统计图表、调查材料等。

狭义的行政公文指法定公文和专用公文。法定行政公文就是《办法》中规定的13种公文。即命令(令)、决定、公告、通告、通知、通报、议案、报告、请示、批复、意见、函、会议纪要。本章重点论述使用频率高、通用性强的公告、通告、通知、通报、报告、请示、批复、意见、函和会议纪要。专用公文是指由外事、军事、司法等机关根据本部门的特殊需要而制作和使用的专门文书,如国书、作战令、起诉书等。因其具有极强的专业性而不通用,故本章中不论及。

(2) 按行文方向可把行政公文分为下行文、上行文、平行文。

① 下行文

上级机关、部门向所属被领导或被指导的下级机关、部门发送的公文。主要有命令、决定、指示、决议、条例、规定、批复等。多数通知、会议纪要、通告、公告和部分意见与函也属下行文。

② 上行文

下级机关、部门向上级领导与指导机关、部门报送的公文。其典型文种是报告、请示。部分意见也属上行文。

③ 平行文

向平级或不相隶属机关传递的行政公文。主要有函和议案(议案在行文性质与程序上又具有上行文特征)。部分通知、意见、会议纪要也属平行文。

(3) 按涉密程度,可把行政公文分为普通公文、秘密公文、机密公文、绝密公文四种。

(4) 按处理时限,可把行政公文分为平件、急件和特急件三种。如用电报发送,还可分为平急、加急、特急、特提四类。

此外,根据公文来源,分为收文与发文;根据处理方式分为阅件、办件;根据性质和作用,分为指导性公文、规范性公文、报请性公文、知照性公文、商洽性公文、会议公文;根据阅读范围,分为对外公开件、国内公开件、内部使用件。

四、行政公文规范

规范指的是约定俗成和明文规定的标准。行政公文规范是在长期的公文运用中形成、认定的,有关权力机关明文规定的关于公文的标准。具体的讲,我国现阶段行政公文规范,主要是指《办法》中有关公文的若干规定,《格式》中的有关标准;加上在长期公文实践中探索和总结出来的一些公认的原则和规律。这些内容,构成了我国现行公文工作中应遵循的规范。包括公文文种规范、公文格式规范、公文行文规范、公文语言规范和公文其他规范。

1. 公文文种规范

公文文种规范指的是要正确地选用文种。怎样正确选用文种呢?

第一,必须根据《办法》的有关规定,认真学习并熟练掌握每个文种的功能及使用范围。

(1) 命令(令)

适用于依照有关法律公布行政法规和规章,宣布施行重大强制性行政措施,嘉奖有关单位及人员。全国人大常委会、委员长、国家主席、国务院、国务院总理、国务院各部委、各部委的部长和主任、县以上各级人民政府可以发布命令。

(2) 决定

适用于对重要事项或者重大行动作出安排,奖惩有关单位及人员,变更或撤销下级机关不适当的决定事项。是领导机关使用的指挥性公文。高、中级行政机关、社会团体、企事业单位都可使用,但基层单位用得较少。

(3) 公告

适用于向国内外宣布重要事项或法定事项。是国家高层(省、部级以上)领导机关、经授权的职能机关和执法机关才能使用的行政公文。

(4) 通告

适用于公布社会各有关方面应当遵守或者周知的事项。规定性通告多为政府机关发布,周知性通告任何机关、单位都可使用。

(5) 通知

适用于批转下级机关的公文、转发上级机关和不相隶属机关的公文;传达上级机关的指示;发布规章;传达要求下级机关办理和需要有关单位周知或者共同执行的事项;任免干部。主要用于下行,有时可用于平行。主要是指挥指导性公文,也可为知照性公文。

(6) 通报

用于表彰先进,批评错误,传达重要精神或者情况。凡是具有典型意义、教育意义、警戒意义和沟通信息作用的事项,都可用通报下发。

(7) 议案

适用于各级人民政府按照法律程序向同级人民代表大会或人民代表大会常务委员会提

请审议事项。作为法定行政公文的议案属于政府议案，与代表议案（法定人数的人大代表向人民代表大会提交的议案）、组织议案（各级人大主席团、人大专委会、各级人民法院、检察院等向人大或人大常委会提交的议案），在内容的重大程度、文面格式和办理程序等方面都有许多不同，不应视为同一文种。

(8) 报告

适用于向上级机关汇报工作，反映情况，答复上级机关的询问。是陈述性的上行文，不要求上级机关答复或批示。

(9) 请示

凡是本机关无权、无力决定和解决的事项，都可用请示，向上级机关请求指示、批准。

(10) 批复

适用于答复下级机关请示事项。是针对下级的请示而作的指导性下行文。

(11) 意见

适用于对重要问题提出见解和处理办法。

(12) 函

适用于不相隶属机关之间商洽工作、询问和答复问题，请求批准和答复审批事项。兼有平行、下行和上行三种行文方向，而以平行为主。机关、团体、单位均可使用。

(13) 会议纪要

适用于记载、传达会议情况和议定事项。是下行文，有时也可平行。

第二，要严格按规定办事。要按照《办法》的有关规定，按照政府的有关法律、法令、法规，选择适当的文种，不得违反有关规定，随意误用文种和自制文种。现在乱用文种的现象比较普遍，有的把事务文书中的计划类文种"要点"、"打算"、"安排"、"设想"等误作公文文种。如《××省人民政府 2005 年工作要点》。有的把属于总结的"小结"、"总结"误作公文文种使用。如《××县人民政府 2005 年第 3 季度工作小结》。甚至有的随心所欲，自制文种。如《××厂关于深化企业改革的思路》、《××公司关于要求减免部分工商税的请求》、《××县人民政府关于即将出台部分改革政策的吹风》。这些"思路"、"请求"、"吹风"，以及"汇报"、"构想"、"思考"等自制文种常常出现在一些机关、单位的正式文件中，应引起我们的高度重视。

第三，根据发文机关与主送机关之间的关系，正确选择适当的文种。如选择上行文种，主送机关必须是自己的上级机关；选择下行文种，主送机关只能是作者的下级机关；当作者与主送机关是平级或不相隶属关系时，则只能选择平行文种。

第四，要根据行文的目的与要求正确选择文种。各种文种都有其特定的适用范围，只能实现某种行文的目的和要求。我们应熟练掌握各个文种的特定用途和适用范围，以便正确选择文种。

第五，要善于辨析、区别相似文种的异同，以选准适当的文种。有些文种在用途、内容上比较接近，很容易产生混淆，导致误用。如公告与通告，请示与报告，请示与请批函，通知、通告与通报等，就因为有相似之处而常常混淆、误用。写作公文应注意正确区分这些文种。

2. **公文行文规范**

公文行文规范指行文必须遵循的规矩和准则。主要包括行文关系、行文方式和行文规则。

(1) 公文的行文关系

公文的行文关系是由各机关或单位的组织系统归属和职权范围所决定的。有四种类型。一是隶属关系,即同一组织系统内,上下级机关或组织之间的关系。二是指导关系,即同一组织系统内,上级机关的主管业务部门与下级机关的主管业务部门之间的关系。三是平行关系,即同一组织系统的平级机关或组织之间的关系。四是不相隶属关系,即非同一组织系统的任何机关或组织之间的关系。

各机关或单位的行文关系应根据往来公文的机关或单位之间的上述关系来确定:有隶属关系的下级机关、有指导关系的下级部门,向上级机关和上级业务主管部门行文,应用上行文;有隶属关系的上级领导机关、有指导关系的业务主管部门,对下级机关和下级业务主管部门行文,应用下行文;属于平行关系的和不相隶属关系的机关、单位之间的行文,应用平行文。

(2) 公文的行文方式

行文方式是指机关、单位行文时采取的传递层次的方式。主要有逐级行文、多级行文、直接行文和越级行文四种。

逐级行文是按组织系统结构层次逐级下达或上报公文。有隶属关系、指导关系的机关、单位之间,一般应逐级行文。多级行文是同时向上几级或下几级机关、单位行文。这不是行文的常规方式,但如果上行文反映的问题急需直接上级和更高层次的上级同时了解,或下行文欲使各层下级迅速办文,则可省去逐级上报或下达的程序。直接行文是直接向基层单位、人民群众传达国家的方针、政策、法令、法规或重大的事项的行文。政府机关在大众传媒上发布的公文即属此类,平行机关、不相隶属机关之间由于不存在级别差异,其行文方式也为直接行文。越级行文是越过直接上级或直接下级机关,向更高层次的上级或更低层的下级机关行文。这是一种特殊的行文方式,一般不宜采用,只有在下列特殊情况下才能越级行文:

① 特别紧急的情况,逐级上报或下达会延误时机造成重大损失;

② 多次向直接上级机关请示而长期未能解决问题;

③ 上级机关交办并指定越级上报的事项;

④ 检举、控告直接上级;

⑤ 直接上、下级机关发生争议且无法解决的问题;

⑥ 需要直接询问、答复、联系的具体事项;

⑦ 反映或处理不涉及直接上级或直接下级机关职权范围的偶发事件或问题。

但应注意:除检举、控告直接上级机关之外,越级行文均应抄送被越过的机关。

(3) 公文的行文规则

对公文的行文规则,《办法》作了明文规定,主要有以下几项:

① 党、政分开行文规则

凡属国家行政机关职权范围的工作,应由行政机关行文;属于党的机关职权范围的工作,则由党的机关行文。

② 按职权范围行文规则

应按各自的隶属关系或职权范围确定,不得越级行文。

③ 职能部门行文规则

各职能部门在自己的权限内,可以相互行文,可以向下级机关相关业务部门行文,也可以根据本级政府的授权和有关规定,对下级政府直接行文。属于部门职权范围内的事务,应由部门自行行文或联合行文。部门内设机构除办公厅(室)外,不得向外正式行文。

④ 联合行文规则

同级党政机关、同级党政各部门、上级党政部门与下一级党政机关可以联合行文;党政机关、部门与同级军队机关、部门可以联合行文;党政机关与同级人民团体和行使党政职能的事业单位也可以联合行文。

⑤ 协商一致规则

公文内容如涉及其他机关或部门的职权或业务范围,行文前须就有关问题相互协商,未经协商一致,不得擅自行文。

⑥ 文种抄送规则

向下级机关或本系统的重要行文,应同时抄送直接上级机关;因特殊情况越级行文时,应同时抄送被越过的上级机关;受双重领导的机关向一个上级机关主送公文时,应抄送另一上级机关;上级机关向受双重领导的下级机关行文时,必要时应抄送其另一上级机关。

⑦ 向上请示规则

向上级请示,应一文一事;不事后请示;不事事请示;不多头请示;不越级请示;不直接送给领导个人;不抄送同级或下级机关;不得与报告混用。

⑧ 行文精简规则

要坚持"少而精"的原则,按需要行文,严格控制发文数量,可发可不发的不发,可长可短的要短。

3. 公文语言规范

公文语言规范可归纳为八个字:准确、简明、朴实、庄重。

准确——公文语言的第一要素、基本特点和本质要求。其他三条规范以它为前提和条件。为了做到用词准确,一要精选中心词。从众多的词汇中精选出最恰当的一个来准确地表达意思。二要善用附加语。有了附加语对中心词加以修饰和限制,才能把意思表达得更加准确。三要巧用关联词。公文常常用多种关联词语,特别是在公文的缘由部分,为了把行文的原因、根据、目的、经过等恰当地表达出来,常常选用"由于……"、"根据……"、"为了……"、"结合……"、"经研究……"、"现特作……"等关联词语。四要酌用模糊语。当遇到公文要反映本身就具有模糊性的事物时,或是一些无法或无须用确切语言和数据来表达事物时,谨慎地使用一些模糊语言,不但不会降低公文的准确性,反而十分得体地反映了客观情况。如国务院一份公文中写道"近年来,全国各地文物走私和盗掘古墓葬、古遗址的犯罪活动屡屡发生,不少文物被盗运出境"。这一句话中就连续选用了"近年来"、"各地"、"屡有"、"不少"等模糊语言。

简明——简洁、明快、浅显易懂。公文的语言要做到简明。首先,要注意选用意思明确的词语,忌用一词多义、容易产生歧义和误解的词语。其次,要多用基本义,少用由基本义派生出来的引申义和比喻义。第三,常用规范化的缩略语。如"三个代表"、"建设四化"、"十一届三中全会"等,这是使公文语言简明的有效方法。第四,多用陈述句和祈使句,少用描写句、疑问句和感叹句。如公文的开头常用"党的十一届三中全会以来……"、"近段时间以来……,由于……不少地区和单位出现了……"等陈述句式。在行文中常出现"要求……"、"禁止……"、"希望……"、"恳请……"等祈使句式。

朴实——语言平易、朴素、实在。为此,公文要开门见山,直叙事实,直陈意见,直提要求,不能像文学作品那样进行铺陈、渲染;也不能运用曲笔,表达含蓄、蕴藉。公文追求的是表达的准确、明白、流畅、深刻,而不刻意追求生动、形象,更忌浮华艳丽,文采飞扬。因而多用叙述与说明,少用议论,不用抒情,慎用形容词和修辞格,不用夸张、婉曲、双关、反语、拟人等修辞手法。

庄重——公文的语言要端庄、郑重、严肃、认真。要求客观地叙述、阐释和评价,做到公正无私、实事求是,不带个人的情绪和感情色彩。要求使用规范化的书面语,既浅显易懂,又不失庄重、严肃。不能像小说那样大量运用口语和方言。要多用规范化、模式化词语,如"批转"、"转发"、"印发"、"发布"、"颁布"、"拟请"等公文专用词语。

关于公文的格式规范,非常重要,下面有专题论述。公文的处理规范与其他规范,请见教材后面的附录,这里不再赘述了。

五、行政公文格式

行政公文格式是行政公文内容的外在表达形式,能正确、有效地表达行文者的意图。是行政公文严肃性和规范化的重要标志,也是行政公文的权威性和约束力的具体体现。既便于公文的制作、传递和办理,又便于公文办理之后的归档和管理。必须给予高度重视,并严格按照国家的有关规定制作。

《办法》规定行政公文格式由秘密等级和保密期限、紧急程度、发文机关标识、发文字号、签发人、标题、主送机关、正文、附件说明、成文日期、印章、附注、附件、主题词、抄送机关、印发机关和印发日期等 16 项组成。

《格式》规定行政公文格式分为眉首、主体、版记三部分。《格式》在《办法》规定的 16 项格式之外,增加了份号、页码这两项,共 18 项。

"没有规矩,不成方圆。"《办法》和《格式》是各级行政机关、企事业单位、社会团体在公文制作、运行中必须遵循的准则。下面就其规定的格式按所处位置由上而下介绍如下。

1. 眉首部分

眉首部分也称文头部分,包括份号、秘密等级、紧急程度、发文机关标识、发文字号、签发人等六项,其中发文机关标识、发文字号为指定项目,其他为选择项目。

(1) 份号

这是标注同一公文正本份数的顺序编号。《办法》规定仅在绝密、机密公文中标引。便于发文时逐份登记和清退时对号注销。《格式》规定份号用六位阿拉伯数字标识,不足六位数的,用零补足,其位置标注在首页左上角第一行。如"000025"标识为本份文件的第 25 份。

(2) 秘密等级

分为绝密、机密、秘密三级。这是公文保密程度的标志,是国家对公文运行范围和保守秘密的规定。《办法》规定涉密公文应标明密级和保密期限,用三号黑体字顶格标识在右上角第一行,两字之间空一字;如需同时标识秘密等级和保密期限,用三号黑体字顶格标识在右上角第一行,秘密等级和保密期限之间用"★"隔开。保密一年以上的标明年数,不足一年的标明月数,保密期限为长期的,则标注为"长期"。如"绝密★5 年"、"机密★10 个月"、"秘密★长期"。

(3) 紧急程度

这是对公文送达和办理时间要求的标志。如需标识紧急程度,用三号黑体字顶格标识在首页右上角第一行,两字之间空一字;如需同时标识秘密等级与紧急程度,紧急程度则顶格标识在秘密等级下面,即右上角第二行,紧急文件应根据紧急程度分别标明"特急"、"急件”。我国公文的紧急程度只有此两级，没有“紧急”这一级。若用电报发送，应分别标明“特提”、“特急”、“加急”、“平急”。一般公文不能滥用紧急程度标志。

(4) 发文机关标识

发文机关标识又称公文版头，又叫公文名称。这是行政公文眉首部分的中心标识，是公文最重要的生效标志之一。一般由发文机关全称或规范化简称加“文件”二字组成(俗称大版头)；也可在发文机关名称后不加“文件”字样而加圆括号，印制公文时在括号内填入文种名称(俗称中版头)；还可以只标明发文机关名称(俗称小版头)。发文机关标识用小标宋体字(字号由发文机关以醒目美观为原则酌定，但是最大不能等于或大于 22 mm×15 mm)，套红印制在公文首页上端居中位置。联合行文，可只用主办机关名称，也可并列用联署机关名称，但主办机关应排列在前。在民族自治地方，可并用自治民族的文字和汉字印制。

发文机关标识上边缘至版心上缘为 25 mm。上行文发文机关标识上边缘至版心上缘为 80 mm。

发文机关标识通常有三种形式：①《××人民政府文件》，主要用于向上级报告、请示，向下级颁布规章，发布决定、指示或通知，印发会议纪要或领导重要讲话，转发上级或批发下级机关重要文件等。②《××人民政府办公厅(室)文件》，主要用于转发本级政府各部门或下级政府需要转发又不宜以政府名义批转的文件，发布经政府同意的专门事项的通知，转发专门工作会议纪要，印发政府主管领导的讲话，发布办公厅(室)自身工作方面的文件。③《××人民政府办公厅(室)》，主要用于制发函件。

(5) 发文字号

发文字号也称文号，是发文机关编排的公文代号。便于发文机关掌握该年度的发文数量和公文的收发登记、办理、保管和查找。发文字号由机关代字、发文年度(或称年份)和发文顺序号(或称序号)组成。机关代字是机关名称的极度简缩，一般为两个字：第一个字应反映机关管理范围或所在地，第二个字应反映机关属性或特征。重要文件应有第三个字“发”。如重庆市人民政府发文的机关代字是“渝府发”。年度用阿拉伯数字写全，外加六角括号“〔〕”，置于发文机关代字之后；不得用圆括号“()”、方头括号“【】”和方括号“[]”。序号是该年度发文的顺序号，除“命令(令)”外不编虚号(即 2 不编为 002)，不加“第”字。

发文字号的标注位置视其行文方向的不同和有无发文机关标识的情况而不同。在有发文机关标识的公文中，凡是下行文、平行文，发文字号均标注于发文机关标识之下空二行，用三号仿宋体字居中排列；凡是上行文则标注于发文机关标识之下，与签发人左右相对称的位置。在无发文机关标识的公文中，发文字号标注于标题的右侧下方。

(6) 签发人

这是标记制文机关核准并签发公文的领导人签名的位置。凡是上行文都要求标识签发人姓名，平行排列于发文字号右侧。发文字号居左空一字，签发人姓名居右空一字；签发人用三号仿宋体字，签发人后标全角冒号，冒号后用三号楷体字标识签发人姓名。下行文和平行文不标印签发人，只需在机关内部的发文稿子上签名。

眉首部分的结束标志是在发文字号之下 4 mm 处印制一条与版心等宽红色细实横格线，称之为版头栏，将眉首部分与主体部分分隔开。值得注意的是行政公文的版头栏横线中央不要嵌一五角星。因为嵌有五角星标志者，表示是党内文件。

此外有的公文眉首中还有“代码”，这是制文单位的代号，又称检索代码，主要作公文自动化检索用。由九位阿拉伯数字构成，顶格标注在首页左上角首行处。

2. 主体部分

主体部分也称行文部分,是公文的核心。由标题、主送机关、正文、附件、发文机关、成文时间、印章、附注、主题词等组成。其中标题、正文、成文时间是指定项目。

(1) 公文标题

公文标题是对公文主要内容的准确、简要的概括。要求高度准确、简洁、概括。一般由发文单位名称、发文事由和公文种类三要素构成。其中事由是公文主要内容准确而简要的概括,而不是对某种精神的抽象,在公文标题中只能用事情的概括性词语,而不要用精神、意义类的抽象性语言。公文种类只能用法定的规范化名称,不得生造、变更公文文种。

公文标题有两种构成方式:完全式与省略式。完全式标题由发文单位名称、发文事由(概括性公文的主要内容)和文种词三部分组成。发文机关名称要用全称或规范化简称。"事由"由概括公文主要内容的词语与介词"关于"组成介词结构表示。如"国务院关于发布《国家行政机关公文处理办法》的通知"、"××学院关于建立校内外实习基地的决定"。

省略式标题是在完全式标题基础上省略了发文机关名称或者事由。使用了有发文机关标识的文头且属非重要公文的标题中,可省略发文机关名称。如"关于加强教学督导情况的报告"。命令(令)、公告、通告等公布性文件一般可省略事由,如"全国人民代表大会公告"、"××区公安局通告"。在有发文机关标识的公布性、知照性公文中,如通知可省略发文机关与事由,只用文种做标题。但任何情况下都不能在标题中省略文种名称。

还应注意:标题中除法规、规章名称加书名号以外,一般不用标点符号。

公文标题位于公文首页版头栏之下,用二号小标宋体字居中排印。标题字数较多者可分行排列,可排成等长形、上短下长宝塔形或菱形;分行时不可拆分人名、地名、词组,"的"字不能置于行首。

(2) 主送机关

这是指收受、办理文件的单位,俗称"抬头"。应当用全称或规范化简称,或者同类型机关的统称。上行文,特别是"请示"只能写一个主送机关,如需其他相关的上级机关阅知,可用抄送的形式;下行文除"批复"外一般有几个主送机关,写时应将主送机关归类,按从高层到低层的顺序书写;普发性下行文的主送机关用规范化的统称、泛称,如"各区(市)、县人民政府",但不适宜使用"各有关单位"之类不明确的模糊称呼。结尾处一律用冒号。如国务院下发文件的主送机关可为:"各省、自治区、直辖市人民政府,国务院各部委,各直属机构:"公布性、周知性公文,如公告、通告等不标注主送机关。应注意:不论上行文或下行文,除领导直接交办的事项以外,都只能主送给某一机关,而不是某一机关的领导个人。主送机关应标注于正文上方左端顶格处,位于标题下空一行,用3号仿宋体字标识。

(3) 正文

这是文件的主体,用以表达公文的内容,是公文写作的关键。其外在结构一般为开头、主体、结尾三部分;其内在模式则是"凭"(发文的缘由、目的、依据)、"事"(发文的事由、事项)、"断"(发文的要求、希望)。

公文的开头可以概括为"凭",即凭什么行文。或写"依据",常用介词"依据"、"根据"、"遵照"、"××决定"等起句引出行文的根据。如"《国务院办公厅关于在接待中不摆酒宴的通知》"的开头为:"根据中央关于党和国家机关必须保持廉洁的指示精神,现将在接待中不摆烟酒等问题通知如下……"。或写"目的",即开头交代行文的目的,常用介词"为了"、"为"起句,引出行文目的。如"为了贯彻落实全国第三次职业教育会议精神,加强职业教育使我院成为全国第一流职业院校……”。或写“缘由”，即开篇表明行文的原因，常用介词“由于”、“因为”、“鉴于”等词语开头，如“由于督导委员会的成员有的调离岗位，有的退休离职，督导委员会一直无法正常开展工作，……”。

主体部分可概括为“事”，即什么事情或什么事项。根据开头行文的目的、缘由和依据，用一定的过渡词语，如“特作如下通知”、“特作如下决定”、“报告如下”、“请示如下”、“批复如下”等转入公文内容的主体。公文内容的主体主要是列举材料，阐述观点，叙事说理。常用的结构方式为纵式结构、横式结构和纵横交错式结构。纵式结构是以时间的先后为序，或者是以事物的发展过程为序，层层推进，步步深入，阐明主旨。横式结构是以空间位置的变化为序，或者是以事物的组成部分为序，或者是以问题的性质区别安排材料，表明主旨。纵横交错式结构，是纵式结构与横式结构的交错运用，表明更为丰富复杂的内容。为了使主体部分层次清晰，便于读者阅读理解，可采用小标题、结构层次序数或二者相结合的形式。

结尾部分可概括为“断”。也就是说正文的结束部分，多数是提出目的、要求、号召、希望、措施、办法等。“特此报告(通知、通告、批复、函告……)”、“专此函达”、“此令”等，这是强调行文的目的。“以上请示，请予批准”、“以上报告，如无不妥，请批转执行”、“以上报告当否，请指示”等，这是表达要求。有些决议、决定、指示等结尾常用发出号召的结尾方式。通知、通报等文体的结尾常用“希贯彻执行”、“希认真落实”等表示希望。此外，还有说明公文生效、施行时间的结尾；也有无结尾的结尾等形式。

内容比较简单、篇幅较短的公文，以上三部分之间并没有明显的界限。或“凭”、“事”合为一段，或“事”、“断”合为一段，或“凭”、“事”、“断”合为一段。例如：“经新闻出版署(新出期〔1998〕1446号)批准，同意将《北京市总工会职工大学学报》转为正式学报类期刊。该刊为季刊，由你会主管，北京市总工会职工大学主办，刊号为CNLL-4050/D”。全文只有一段，共两句话，第一句“凭”、“事”合一，第二句为“断”，即决定。

(4) 附件

是附属于正文的印证性、说明性或附带性的相关文件或材料。公文如有附件，应当在正文下一行、制发机关和成文日期之上，左空2字，用3号仿宋体字标识附件，并加冒号，然后注明附件顺序、名称、份数及页数。附件名称后不加标点符号，将附件置于主件之后与主件装订在一起，并在附件左上角第一行顶格标识“附件”字样。附件顺序号用阿拉伯数码，如“附件：1×××1份8页”。

注意：印发、转发、批转类通知等公文是复合式公文，它所印发的法规或规章，所批转、转发的文件，是通知正件不可分割的重要组成部分，绝不能列为附件。

(5) 发文机关

发文机关也称“落款”或“署名”。表明公文的法定作者，用全称或者规范化简称，在正文下方空三至五行的右侧位置标识。但因为此处必有机关公章，而机关公章上必有机关名称，所以往往不标识发文机关名称，而以机关公章上的机关名称代替。

(6) 成文日期

成文日期是公文形成的时间，是公文生效的标志。通常以机关领导人签发的日期为准。如果是联合行文，则以最后签发机关领导人签发的日期为准。法规、规章类公文以批准的日期为准。会议讨论通过的公文，以会议通过的日期为准。张贴、公布类公文以张贴、公布之日为准。用电报发出的公文，以拍报日期为准。成文日期应写全年、月、日，标注于发文机关署名之下的位置，右空4字。成文日期必须使用小写汉字，但在成文日期中的阿拉伯数字

“0”不必写成“零”。决议、决定、规定等不标明主送机关的公文,成文日期用阿拉伯数字书写,加圆括号,标注于标题下方居中位置。如“(1996 年 5 月 25 日全国人民代表大会香港特别行政区筹备委员会第三次会议通过)”。

(7) 印章

在正文之后成文日期之上,应加盖公章。公章是机关职权的象征,是公文生效的标志。行政公文除印制有特定版头的普发性公文、用电报发出的公文和会议纪要外,一律要加盖印章。联合上报的非法规性文件,由主办机关加盖印章。联合下发的公文,联合发文机关都要加盖印章。

印章的盖法,是上不压正文,下压成文日期,要骑年盖月,即多数压 6 个字,把年份的最后两位数字加“年”字、把月份的数字加“月”字全盖上。要盖得端正、清晰,以显示职权的严肃、庄重。联合行文需加盖两个印章时,应将成文时间拉开,左右各空 7 字,主办机关印章在前,印章均压成文时间。加盖三个以上印章时,应将各发文机关名称排在发文时间和正文之间,主办机关印章在前,每排最多排三个印章,最后一排如盖一个或两个印章,均居中排布。印章之间均不可相交或者相切。在最后一排印章之下右空 2 字标识成文时间。

(8) 附注

这是对公文中某些内容或有关事项的注释与说明,主要用于对公文中生僻词语、专业术语、引语出处的解释。每一注释内容用一个自然段表明,若有两项或两项以上需要注释时,应分别标上序号,按数码顺序排列,以免发生混淆。

公文如有附注,用 3 号仿宋体字,居左空 2 字加圆括号标注在成文时间下一行。注意:请示应在此处注明联系人的姓名和电话。

此外,有的公文有“题注”。题注主要用于会议通过或者领导机关批准的公文,是公文生效的标志之一。题注的内容应标明公文产生的法定程序、时间、生效日期等,加圆括号标注于标题下方居中的位置,如

八届全国人大五次会议关于批准设立重庆直辖市的决定

(1997 年 3 月 14 日第八届全国人民代表大会第五次会议通过)

3. 版记部分

版记部分由主题词、抄送机关、印发机关、印发时间、印发份数等项目组成。

(1) 主题词

主题词是用于揭示文件内容和文种并经过规范化处理的单词或者词组。正式公文一般都要标注主题词,其位置标注在文件末页下部、抄送范围上方,横隔离线上,即抄送栏上面右侧顶格处。先用 3 号黑体字标注主题词,并加冒号,再写主题词。每词之间空 1 字,不加标点。

主题词标注的原则和方法:一是上报的公文应按上级机关要求和《公文主题词词表》标注主题词。二是一份文件的主题词至少有 2 个,最多不超过 5 个。三是先标类别词,再标类属词,最后标文种词。如《国务院关于加强水土保持工作的通知》。先标类别词“农业”,再标类属词“水土保持”,最后标文种词“通知”。四是一份文件如有两个以上的主题内容,先集中对一个主题内容进行标引,再对第二个主题内容标引。如会议纪要“听取全国财政工作会议情况和全国打击走私工作会议准备情况的汇报”,先标引反映第一个主题内容的类别词“财政”、类属词“税务”;然后标反映第二个主题内容的类别词“公安”、类属词“缉私”;最后标“会议纪要”。五是根据需要将不同类的主题词进行组配标引。如《国务院关于加强农业生产资料价格管理以及对其主要品种施行最高限价的通知》,可标“农业、物资、物价、管理”。六是

当主题词表中找不出准确反映主题内容的类属词时，可只在类别词中选择适当的词标引。七是非上报公文且词表中无可选词语时，可根据公文内容自行拟定标引。

(2) 抄送机关

指除主送机关以外的其他需要了解公文内容，但不承担主办或答复责任的上级、下级或不相隶属机关。抄送机关标注于主题词下，两条细黑实线，即传送栏与印发栏之间。左空一字，用三号仿宋体字标识“抄送”，后标全角冒号，然后按机关的性质、级别依次排列其后。在实际操作上，往往把级别比制发机关高的机关放在第一行，与制发机关平级或不相隶属的相关机关放在第二行。第一行写不完，可转至第二行，依次往下推。不管应该在第一行位置的机关名称实际占几行，其空余处不得接写应该在第二行位置的机关名称，要另起一行书写。要注意：不管几行，另起一行写时，均不得超过冒号。回行时只能与冒号后的抄送机关对齐。抄送机关间用顿号隔开，在最后一个抄送机关后标句号。

(3) 印发标记

印发标记有三个：一个是印发该公文的机关部门，多数是某机关的办公室(厅)，在印发标记栏下、结尾栏之上的左端空1字。一个是印发日期，写成“××××年×月×日印发”，在印发机关部门的右端空1字；印发时间以公文付印的日期为准，用阿拉伯数字标识。一个是“共印××份”，标识在结尾栏下的右侧，印发日期的下面。

注意：版记的位置应置于公文的最后一页，版记的最后一个要素置于最末一行。公文格式示意图请见教材附录《格式》中的式样。

能力训练

一、判断题(对的打√，错的打×)

1. 一份公文必须具备公文格式中的所有项目。 ( )
2. 统一的公文格式维护了公文的权威性。 ( )
3. 公文都应标注份号。 ( )
4. 公文都应标注签发人姓名。 ( )
5. 省略式公文标题不可以省略文种。 ( )
6. 发文机关标识是公文作者的标志。 ( )
7. 发出公文的日期就是公文的成文日期。 ( )
8. 应该用阿拉伯数字标注行政公文的成文日期。 ( )
9. 印章是公文生效的标志。 ( )
10. 如果正文下面空白不多，印章可盖在下一页。 ( )

二、简答题

1. 什么是公文?
2. 列出13种行政公文名称。
3. 13种行政公文各有哪些功能？适用于哪些范围?
4. 哪些机关和单位可以联合行文?
5. 公文的密级和紧急程度各有哪些等级?
6. 画出行政公文下行文的规范格式示意图，并标出各项目的名称。
7. 市动物园因设备及动物增多、物价上涨等原因，拟就提高门票价格事项请求批准，向谁行文？应当选用什么文种?

8. 报纸上常见的招商公告、招标公告与行政公文中的公告是否同一文种？其文种选用是否恰当？为什么？
9. 某省人民政府向全省各级党的机关发出指示，要求党员保持先进性，请问该行文是否恰当？为什么？

三、指出存在的错误，并加以改正

1. 改正下列文号中存在的错误。
   (1) 北京市府(05)第 006 号
   (2) 川府人事厅 9 号(05)
   (3) 教委渝府[2005]025 号
   (4) (1999)天津市财政厅第 29 号
   (5) 渝人局、渝财局、渝科委[2005]5 号
2. 改正下列标题中存在的错误
   (1) 某某乡人民政府关于遭受水灾情况的请示报告
   (2) 某某省政府转发省教委关于建立高等院校实习基地的报告
   (3) 某某市人民政府批转《国务院关于加强春节期间铁路运输安全工作》的通知
   (4) 某某县人民政府请求治理某某河水污染农田的问题
   (5) 某某大学请求增拨教育经费
   (6) 某某公安局需要钱配备办案机动车的报告
   (7) 某某乡人民政府解决救灾资金的申请
3. 指出并改正下列公文主送机关中存在的错误
   (1) 各上级机关
   (2) 我市各有关单位
   (3) 敬爱的市政府领导
   (4) 各省市自治区人民政府党委

四、写作题

根据下列材料写出发文字号。顺序号用任意数字代替。

1. 北京市人民政府 2005 年发出《关于切实做好安全生产的通知》
2. 重庆市教委 2005 年发出《关于严禁各级各类学校乱收费的通知》
3. 教育部 2003 年发出《关于加强高职高专教材编写工作的通知》
4. 国务院办公厅 2005 年发出《关于加强职业教育的决定》

第二节　命　令(令)

一、命令(令)的适用范围

《国家行政机关公文处理办法》规定：命令“适用于依照有关法律公布行政法规和规章；宣布实行重大强制性行政措施；嘉奖有关单位及人员。

“命令”和“令”曾被作为两种文体看待，实际上，从性质、功能和写作方法上看，并没有什么差别，不过是一种文体的两个名称而已。1987 年后，合并为一个文体。目前，在公文写作实践中，两种名称仍然并存。如《国务院、中央军委关于授予钱学森同志“国家杰出贡献科学家”荣誉称号的命令》一文(国发〔1991〕51 号)使用了“命令”的文体名称；而 1999 年 10 月 15 日建设部发布第 71 号《中华人民共和国建设部令》宣布实施《建筑工程施工许可管理办法》，

使用的是“令”这一文体名称。两个名称的使用有这样的规律：如果标题中有主要内容这一项，一般用“命令”这一名称；如果标题中没有主要内容这一项，由发令机关加文种组成，一般用“令”这一名称。

二、命令(令)的特点

1. 权威性和强制性

命令(令)是所有公文中最具权威性和强制性的下行文种。命令一经发布，受令者必须绝对服从，没有讨价还价的余地，更不允许抵制和违反。通常所说的“令行禁止”，通过命令这种文体，能得到最充分的体现。

受权威性和强制性特点的制约，命令(令)只能用于重大决策性事项，如发布重要的行政法规和规章，宣布实行重大强制性行政措施，以及奖励成就突出的人员等。

2. 使用权限有严格的限制

命令(令)虽是行政公文的主要文体，但并不是所有行政机关都有权发布命令(令)。按照《中华人民共和国宪法》和《中华人民共和国各级人民代表大会和地方各级人民政府组织法》的有关规定，只有全国人民代表大会的常务委员会、委员长，国家主席，国务院和国务院总理，国务院各部委及其部长、主任，地方各级人民政府和各级人民代表大会，才有权力发布命令(令)。其他各种企事业单位、党团组织和社会团体，均无权发布命令(令)。党的领导机关可以和同级人民政府联合发布命令(令)，但是要以行政公文的面目出现。

三、命令(令)的分类

按照《国家行政机关公文处理办法》对命令(令)功能的阐述，这种文体可大致分出三种基本类型。

1. 公布令

公布令是依照有关法律公布行政法规和规章的命令。例如，《中华人民共和国国务院公报》2000 年第 8 号，一期就刊登了三则《中华人民共和国国务院令》(第 277 号、第 278 号、第 279 号)，分别发布了《第五次全国人口普查办法》、《中华人民共和国森林法实施条例》、《建设工程质量管理条例》。同期还有《中华人民共和国教育部令》(第 8 号)、《中华人民共和国民政部令》(第 18 号)、《中华人民共和国司法部令》(第 56 号)各一则，分别发布了《中小学校长培训规定》、《民办非企业单位登记暂行办法》、《未成年犯管教所管理规定》。

公布令一般由四个方面的内容组成：发布对象、发布依据、发布决定、执行要求。公布令篇幅短小，言无虚设，四个方面的内容并不各自独立成段，而是篇段合一。

【例文】

中华人民共和国国务院令

第 279 号

《建设工程质量管理条例》已经 2000 年 1 月 10 日国务院第 25 次常务会议通过，现予发布，自发布之日起施行。

总理　朱镕基

二〇〇〇年一月三十日

这篇“令”中《建设工程质量管理条例》是发布对象,“经 2000 年 1 月 10 日国务院第 25 次常务会议通过”是发布依据,“现予发布”是发布决定,“自发布之日起施行”是执行要求。

2. 行政令

宣布施行重大强制性行政措施的命令,称为行政令。例如国务院 1984 年 4 月 13 日发布的《国务院关于严格保护珍贵稀有野生动物的通令》就是典型的行政令。

属于行政令的还有动员令(如 1949 年毛泽东、朱德联合签署的《向全国进军的命令》)、特赦令(如 1959 年由刘少奇签署的《中华人民共和国主席特赦令》)、戒严令(如 1989 年 3 月 7 日由李鹏签署的《国务院关于在西藏自治区拉萨市实行戒严的命令》)等。

3. 奖惩令

奖惩令就是用来奖励和惩戒有关人员的命令,有嘉奖令和惩戒令两种类型。

嘉奖令是奖励的最高级别,用于奖励贡献突出的个人或集体。它由先进事迹、性质和意义、奖励项目、希望和号召四部分组成。例如《国务院对胜利粉碎劫机事件的民航杨继海机组的嘉奖令》(1982 年 8 月 12 日发布),《国务院、中央军委关于授予钱学森同志“国家杰出贡献科学家”荣誉称号的命令》(1991 年 10 月 14 日发布)。

惩戒令由错误事实、错误性质、惩戒项目三个部分组成,在实践中很少使用,新的《国家行政机关公文处理办法》已不再提及这种命令。

四、命令(令)的写法

1. 标题

命令(令)的标题有三种构成形式:

一是由发令机关名称、主要内容、文种构成。如《中华人民共和国国务院关于发行新版人民币的命令》。

二是由发令机关名称或发令人身份加文种组成。如《郑州市人民政府令》、《中华人民共和国主席令》。

三是由主要内容加文种组成。如《向全国进军的命令》。这种形式应用较少。

2. 正文

公布令、嘉奖令的结构和内容,前面已有介绍。这里着重介绍行政令的写法。

行政令的正文按照公文的常规模式进行操作,由三大部分组成。

开头部分主要写发布命令的原因、根据、目的、意义等。作为开头部分,原则上不宜过长,但有时因原因复杂、意义重大,也可以用较多文字表述。如《向全国进军的命令》,开头部分就占了全文的二分之一左右。

主体部分是全文的核心,主要写命令事项,也就是要求受命者做些什么、怎么做、做到何种程度等等。这部分内容复杂,层次较多,一般都需要分条表达,以便眉目清楚。

结尾部分,主要用来写执行要求。如由何单位负责执行,从何时起开始执行等等。这部分内容单纯,篇幅短小。

【范文 1】

中国人民解放军驻澳门部队进驻澳门特别行政区的命令

中国人民解放军驻澳门部队全体官兵:

根据《中华人民共和国宪法》赋予中国人民解放军的使命,依照《中华人民共和国澳门特别行政区基本法》、《中华人民共和国澳门特别行政区驻军法》有关规定，命令你们进驻中华人民共和国澳门特别行政区，于1999年12月20日开始履行防务职责。

我国政府对澳门恢复行使主权，是继香港回归祖国后中华民族的又一盛事，标志着中国人民按照“一国两制”的方针，在实现祖国统一大业的道路上又迈出了坚实的一步。中国人民解放军驻澳门部队担负澳门特别行政区的防务，是中国政府对澳门恢复主权的重要象征，使命神圣，责任重大。你们进驻澳门特别行政区以后，要坚持人民解放军全心全意为人民服务的宗旨，发扬优良传统，忠实履行职责，遵纪守法，依法治军，把部队建设成“政治合格，军事过硬，作风优良，纪律严明，保障有力”的威武文明之师，为维护祖国统一，捍卫国家主权和领土完整，保持澳门的稳定和发展作出积极的贡献。

中华人民共和国中央军事委员会主席　江泽民

一九九九年十二月十九日

【范文2】

国务院、中央军委关于授予钱学森同志“国家杰出科学家”荣誉称号的命令

国发〔1991〕51号

国防科工委：

钱学森同志是我国著名科学家。他早年在空气动力学、航空工程、喷气推进、工程控制论等技术科学领域作出了许多开创性的贡献。1955年9月，在毛泽东、周恩来等老一辈无产阶级革命家的关怀下，他冲破重重阻力，离开美国回到社会主义祖国。1959年8月，他光荣地加入了中国共产党。数十年来，他以对祖国、对人民的无限热爱和忠诚，满腔热忱地投身于我国国防科研事业，为我国火箭、导弹和航天事业的创建与发展作出了卓越的贡献。他潜心研究的工程控制论，发展成为系统工程理论，并广泛地运用于军事运筹、农业、林业，乃至整个社会经济各个领域的实践活动，在我国现代化建设中发挥了重要作用。在发展系统工程理论与实践方面，是我国科技界公认的倡导人。他一贯努力学习马克思主义、毛泽东思想，坚持运用马克思主义哲学理论指导科学活动。他热爱中国共产党，热爱社会主义祖国，热爱人民，充分体现了新中国知识分子的高尚品德，他是我国爱国知识分子的杰出典范。

为了表彰钱学森同志全心全意为人民服务、为祖国科技事业的发展所作出的贡献，国务院、中央军委决定，授予钱学森同志“国家杰出贡献科学家”荣誉称号。

国务院、中央军委号召广大科学工作者向钱学森同志学习，学习他崇高的民族气节、严谨的科学态度、朴实的工作作风。像他那样坚持运用辩证唯物主义和历史唯物主义的科学世界观、方法论指导科研工作；像他那样勤勤恳恳，艰苦奋斗，顽强拼搏，无私奉献，为发展和繁荣我国科技事业，推进社会主义现代化建设，作出新的贡献。

科学技术是第一生产力，是推动经济和社会发展的强大力量。各级领导干部都要继续认真贯彻落实党的知识分子政策和发展科技的方针，以对党和人民的高度负责的精神，关心爱护和大力培养科技队伍，造就更多的世界第一流的科学技术专家，为在全社会进一步形成尊重知识，尊重人才的良好风尚而努力奋斗。

国务院总理　李　鹏

中央军委主席　江泽民

一九九一年十月十四日

【范文 3】

《中华人民共和国主席令》
第 40 号

《全国人民代表大会常务委员会关于修改〈中华人民共和国妇女权益保障法〉的决定》已由中华人民共和国第十届全国人民代表大会常务委员会第十七次会议于 2005 年 8 月 28 日通过,现予公布,自 2005 年 12 月 1 日起施行。

中华人民共和国主席　胡锦涛
二〇〇五年八月二十八日

五、命令(令)的写作要求

1. 撰写或签发令文必须严肃、认真

只有具有法定权威的制发机关或签发人才能发布命令(令),其他单位或个人不得滥用命令(令)。命令(令)也不得朝令夕改,使下级无所适从。

2. 缘由、目的要明确

发布命令(令)的目的在于更好地执行命令,因此应该使大家明确奋斗目标及重大意义,做到思想上和行动上的统一。

3. 事项要具体

命令(令)的事项部分是命令(令)的核心部分,要写得具体,如时间、地点、数量等必须写得十分具体,以便于执行者可以依命令(令)规范行动和领导机关监督检查。

4. 表述要庄重

命令(令)属于强制性公文,发布之后有关部门必须坚决执行,不准讨价还价,因此表述要极为庄重。表达坚决果断,肯定有力。

5. 布局严密,语言简洁

结构严谨,条理清晰。先说什么,后说什么必须安排适当,易读易记,便于执行;不能笼统或含糊,使人因猜测文意而影响执行。

篇幅短小,言简意赅,直言不讳,措辞准确。

6. 行文规范

(1) 命令(令)的日期　命令(令)的发布日期与批准通过日期、生效日期不一致时,应分别标明。例如《中华人民共和国主席令》(第 40 号)发布施行《全国人民代表大会常务委员会关于修改〈中华人民共和国妇女权益保障法〉的决定》批准通过日期是 2005 年 8 月 28 日,发布日期 2005 年 8 月 28 日,施行日期 2005 年 12 月 1 日。

(2) 命令(令)一般不用结语段,只有嘉奖令有结语段以便提出号召和希望。

六、命令(令)的例文与分析

【例文 1】

向全国进军的命令
(一九四九年四月二十一日)

各野战军全体指战员战斗员同志们,南方各游击区人民解放军同志们:

由中国共产党的代表团和南京国民党政府的代表团经过长时间的谈判所拟定的国内和平协定，已被南京国民党政府所拒绝。南京国民党政府的负责人员之所以拒绝这个国内和平协定，是因为他们仍然服从美国帝国主义和国民党匪首蒋介石的命令，企图阻止中国人民解放事业的推进，阻止用和平方法解决国内问题。经过双方代表团的谈判所拟定的国内和平协定八条二十四款，表示了对于战犯问题的宽大处理，对于国民党军队的官兵和国民党政府的工作人员的宽大处理，对于其他各项问题亦无不是从民族利益和人民利益出发作了适宜的解决，拒绝这个协定，就是表示国民党反动派决心将他们发动的反革命战争打到底。拒绝这个协定，就是表示国民党反动派在今年一月一日所提议的和平谈判，不过是企图阻止人民解放军向前推进，以便反动派获得喘息时间，然后卷土重来，扑灭革命势力。拒绝这个协定，就是表示南京李宗仁政府所谓承认中共八个和平条件以为谈判基础是完全虚伪的。因为，既然承认惩办战争罪犯，用民主原则改编一切国民党反动军队，接收南京政府及其所属各级政府的一切权力以及其他各项基础条件，就没有理由拒绝根据这些基础条件所拟定的而且是极为宽大的各项具体办法。在此种情况下，我们命令你们：

（一）奋勇前进，坚决、彻底、干净、全部地歼灭中国境内一切敢于抵抗的国民党反动派，解放全国人民，保卫中国领土主权的独立和完整。

（二）奋勇前进，逮捕一切怙恶不悛的战争罪犯。不管他们逃至何处，均须缉拿归案，依法惩办。特别注意缉拿匪首蒋介石。

（三）向任何国民党地方政府和地方军事集团宣布国内和平协定的最后修正案。对于凡愿停止战争、用和平方法解决问题者，你们即可照此最后修正案的大意和他们签订地方性的协定。

（四）在人民解放军包围南京之后，如果南京李宗仁政府尚未逃散，并愿意于国内和平协定上签字，我们愿意再一次给该政府以签字的机会。

中国人民革命军事委员会主席　毛泽东

中国人民解放军总司令　朱　德

【简析】

这是一份格式规范、用语简洁、逻辑严谨且气势磅礴的命令。其特点：

一、文种使用准确，整篇公文格式规范。1949 年 4 月 21 日，在国民党反动政府拒绝在《国内和平协定（最后修正案）》上签字的第二天，为了捣毁蒋家王朝，推翻国民党反动统治，夺取全国解放，保卫中国领土主权的独立和完整，中国人民革命军事委员会主席毛泽东、中国人民解放军总司令朱德联名向人民解放军发布了《向全国进军的命令》。这是一份军事动员令，适用“命令”文种。整篇命令由标题、题注、正文及签署几部分构成，格式规范，内容完整，符合命令的写作要求。

二、结构严谨，用语精练，说服力强。正文由命令的原因及命令的事项两部分组成。而在原因方面，在交代根本原因之后，随即追溯国民党政府拒绝协定的原因，继而进一步指出其拒绝协定的毫无道理和理由。这种层层紧逼的层次表达，使命令的原因和必要性得到充分展现。在命令事项上，虽然只有四条，但其逻辑顺序相当严密。前两条重在明确任务与要求，后两条重在解决问题的方式，即由总到分，体现了原则性和灵活性。

这篇命令的词语使用准确精当。说理以事明理、寓理于事；命令斩钉截铁，质直不傲。文中开篇首句“由中国共产党的代表团和南京国民党政府的代表团经过长时间的谈判所拟定的国内和平协定，已被南京国民党政府所拒绝”。这是命令的根本原因，是讲事实、摆缘由,并由此导出国民党政府拒绝协定的阴谋,“拒绝这个协定,就是……”连续用三个排比句,把国民党政府“决心将他们发动的发革命战争打到底”的顽固态度和狂妄野心揭露得淋漓尽致,可谓一针见血,既增强了命令的必要性,又激发了广大解放军战士“奋勇前进”,“歼灭中国境内一切敢于抵抗的国民党反动派”,“逮捕一切怙恶不悛的战争罪犯”的热情,有着很强的鼓舞力和号召力。而在命令用词上,如第一条“奋勇前进,坚决、彻底、干净、全部地歼灭……”,连续使用“坚决”,“彻底”、“干净”、“全部”四个近义词,分别从态度、程度、效果、范围上说明歼敌的目标、任务、要求和决心,斩钉截铁,没有丝毫的含糊和犹豫。简洁凝练,准确精当,读起来庄重振奋。总之,这篇命令整篇显现出一种排山倒海、锐不可当的强大气势,为我们夺取解放战争的最后胜利发挥了十分积极的作用。

【例文 2】

中华人民共和国国务院令

第 262 号

《住房公积金管理条例》已经 1999 年 3 月 17 日国务院第 15 次常务会议通过,现予发布施行。

总理 朱镕基

一九九九年四月三日

【简析】

这是发布行政法规和规章的公布令,由国务总理签署发布。行令缘由简要明确,行令事项具体周全。命令行文严谨,措施有力,语义明白畅晓无歧义,便于周知与执行。

【例文 3】

中华人民共和国国务院令

第 268 号

为了适应经济发展的需要,进一步完善我国货币制度,提高人民币的防伪性能,现决定:

一、责成中国人民银行自 1999 年 10 月 1 日起陆续发行第五套人民币。第五套人民币有 100 元、50 元、20 元、10 元、5 元、1 元、5 角和 1 角八种面额。

二、第五套人民币与现行人民币的比率为一比一,即第五套人民币 1 元和现行人民币 1 元等值,其余类推。

三、第五套人民币发行后,与现行人民币混合流通,具有同等的货币职能。任何单位或个人,均不得以任何理由拒收其中任何一种人民币。

四、第五套人民币各种券别的发行时间,责成中国人民银行陆续公告。

五、凡破坏第五套人民币发行或借发行新版货币之机,扰乱金融秩序者,均依法惩处。对上述违法行为,每个公民均有权向当地人民政府和司法机关检举揭发。

总理 朱镕基

一九九九年六月三十日

【简析】

这是一则行政令,由国务院总理签署颁发。开头部分以简要的语言写明发布命令的原因、目的或依据;主体部分分条列项地写清了具体的行政措施内容:第五套人民币的发行机关、面额及券别、与现行币的比率、发行后的职能、发行时间的规定以及相关的告诫与要求。

全文结构严谨，事项具体周到；行文简洁，主要以说明为主，语气严肃肯定，突出了权威性、强制性，便于周知和执行。

【例文 4】

国务院、中央军委关于给武警部队抗洪抢险先进单位及个人授予荣誉称号和记功的命令

公安部、中国人民武警部队：

在今年这场规模空前、历史罕见的抗洪抢险斗争中，武警部队坚决执行党中央、国务院、中央军委的决策指示，按照国家防汛抗旱总指挥部的统一部署，全力以赴参加抗洪抢险。先后出动支队和建制团 220 个，投入兵力 5 万多人，排除险情 3 500 多起，加固堤坝 938 公里，抢修公路 278 公里，抢救、转移群众 3.6 万多人，抢运物资价值 4.5 亿多元，为保护国家财产和人民生命安全作出了重大贡献，涌现出一大批英模单位和个人。为表彰先进、激励斗志、弘扬伟大的抗洪精神，国务院、中央军委决定给下列 8 个先进单位和个人奖励：

授予武警部队第九十三师二五三团“抗洪抢险模范团”荣誉称号；

授予武警部队黑龙江省总队第五支队一大队大队长宋波“抗洪抢险勇士”荣誉称号；

给武警部队湖南省总队第三支队记一等功一次；

给武警部队江西省总队第三支队记一等功一次；

给武警部队第一二六师记二等功一次；

给武警部队湖北省总队记三等功一次；

给武警部队湖北省总队长司久义记三等功一次。

……（名单略）

国务院、中央军委希望上述单位和个人认清使命，珍惜荣誉，谦虚谨慎，戒骄戒躁，不断为祖国和人民创造新的业绩。武警部队广大官兵要以他们为榜样，忠实履行维护国家安全和社会稳定的神圣职责，坚决听从党的召唤，为保卫改革开放和社会主义现代化建设作出新的贡献；牢记全心全意为人民服务的宗旨，始终把祖国和人民的利益放在第一位，随时准备奉献自己的一切；永远保持和发扬不怕艰难困苦、不怕流血牺牲的革命英雄主义精神，坚决完成以执勤和处置突发事件为中心的各项任务，在党中央、国务院、中央军委的领导下，高举邓小平理论伟大旗帜，深入贯彻党的十五大精神，高标准抓好各项工作落实，为加强武警部队革命化、现代化、正规化建设而努力奋斗！

国务院总理　朱镕基
中央军委主席　江泽民
一九九八年十月五日

【简析】

这是一份有明确的行文对象的嘉奖令。开头部分用一系列极具说服力的数字，简要介绍了武警部队在 1998 年抗洪抢险中的功绩，然后用一句表明制文目的的过渡语，引出陈述奖励决定的主体部分，分行列出相关的单位及个人。最后部分则向奖励对象提出希望并向全体武警官兵提出向先进学习的要求。全文内容充实，结构严谨，条理清晰，饱含激情，极富感染力和号召力。

能力训练

一、简答题

1. 什么是命令?
2. 命令的种类有哪些?
3. 写命令的日期要注意什么?
4. 命令的写作要注意哪些问题?
5. 命令的一般结构怎样?

二、阅读题

根据下面这则命令,回答文后问题:

中华人民共和国国务院令

第四百三十三号

依照《中华人民共和国香港特别行政区基本法》的有关规定,批准中华人民共和国香港特别行政区行政长官董建华辞去行政长官职务,于2005年3月12日离职。

国务院总理　温家宝

二〇〇五年三月十二日

1. 这是一则什么类型的命令?
2. 结构上分作几个部分?
3. 每一部分的制作有什么特点?
4. 请以此篇"命令"为例谈谈"命令"这一文种的特点。

三、改错题

修改下面的标题,并说明理由:

《中国电子器件工业公司关于表彰声控工程开发部的嘉奖令》

四、写作题

为在汶川地震灾害中英勇奋战的消防官兵拟写一份"嘉奖令"。

第三节　决　　定

一、决定的含义、特点和种类

1. 决定的含义

决定是对重大事项或者重大行动作出安排,奖惩有关单位及人员,变更或撤销下级机关不适当的决定事项的公文。它是一种指挥性公文,具有很强的强制力和约束力。

决定的应用范围相当广泛。第一,用于宣布在某一时期、某一方面将要采取的重大行动或部署,对某一领域或某一方面的工作作出政策性或法规性的规定。第二,用于宣告重要事项及其处理结果。第三,用于贯彻上级指示精神,安排重要工作,调整行政区划,设置、撤销或调整重要机构,作出重要的人事安排。第四,对有突出贡献的先进单位或个人进行表彰奖励,对犯有严重错误的单位或个人进行处分,变更或撤销下级机关不适当的决定事项。

2. 决定的特点

(1) 指挥性

决定是经重要会议或领导班子研究通过后形成的,体现了领导机关对有关事项所表达的明确主张、意见和采取的措施，传达了领导机关对重要事项或重大行动所作出的决策、安排，具有明显的指挥性和约束力，下级机关必须遵照执行。

(2) 说理性

为了统一下级机关或有关人员的认识，增强执行的自觉性，决定往往首先阐明行文的背景、原因、目的、意义或依据，以使之得到更好的贯彻执行。

(3) 稳定性

决定的稳定性表现在其内容上。决定属于指挥决策类公文，所提出的主张、意见、措施等具有较强的指导性，一经领导机关发出，就在相当长的一个时期内发挥作用。

3. 决定的种类

(1) 部署性决定

用于对重要事项或重大行动作出部署安排或法规性规定。这种决定往往内容复杂、篇幅较长，对有关方针政策作详细阐述，对决定事项提出措施和要求。

(2) 事项性决定

用于处理具体事项，如设置、撤销或调整重要机构，决定重要人事安排，调整行政区划，变更或撤销下级机关不适当的决定事项。这类决定的主要作用是将决定事项传达给有关单位，一般没有要求执行的具体意见。内容单一，简明扼要。

(3) 奖惩性决定

用于对具有突出贡献的先进人物或集体进行表彰，对犯有严重错误的单位或个人进行处分。

二、决定的结构与写法

从总体上看，决定的结构一般由标题、主送机关、正文、落款和成文日期等部分组成。有的决定经会议讨论通过，则在标题下以“题注”的形式注明通过的会议名称和通过日期，正文之后不再标识落款和成文日期。在此，主要介绍决定正文的结构和写作方法。

不同种类的决定有不同的结构形式和写作方法。根据决定种类的不同，决定的正文有基本型、简化型和直叙型三种结构形式。

1. 基本型

这种结构形式由“缘由＋事项＋号召”三部分构成。第一部分交代决定的原因、依据、目的、意义或背景，要求紧扣主题，简明扼要。第二部分阐述决定内容。内容复杂、篇幅较长的决定，一般采用分条列项表述，将指导思想、任务要求、措施步骤等按由主到次的顺序逐一说明；内容较少、篇幅较短的决定，则可用一两个段落交代清楚即可。这部分要求写得明确具体、条理清晰、重点突出。第三部分提出希望、号召或实施要求，要写得针对性强、简洁有力。部署性决定大都采用这种结构形式，某些表彰处分决定也采用这种结构形式。

2. 简化型

与基本型相比，简化型的结构省略了“号召”或“缘由”部分，一种是由“缘由＋事项”构成，一种是由“事项＋号召”构成。前一种首先简要说明制发决定的原因、目的或根据，然后写明决定的内容。后一种开门见山地交代决定事项，然后针对事项提出希望、号召或要求。事项性决定往往采用这种结构形式。

3. 直叙型

这种结构形式直奔主题，将决定事项写出即告结束，既不必阐述缘由，也不提希望或号召。省略结构中的某一部分,是因为缘由是法定的或周知的而不必写出,有关要求已在行文中表达清楚。但是,缘由不是随便省略的,不可一味求简而省略必要的组成部分。事项性决定常常采用这种结构形式。

以上三种正文的结构形式,只是基本形式。在写作实践中,究竟如何安排正文的结构,应根据主旨表现和行文目的的需要而定。

三、决定的写作要求

1. 认真学习领会有关的政策法规精神

决定属于决策指挥性公文,用于部署重要工作或采取重大行动,一经发出,下级机关和有关人员必须遵照执行。因此,其内容必须体现党和国家的方针政策和现行法律法规精神,与上级的有关规定保持一致。为此,在撰写决定时,一定要认真学习、领会有关政策法规精神,务求所提出的原则、措施和要求观点正确、是非分明,从而发挥其指导工作的作用。否则,就会使下级机关和有关人员无所适从,甚至给工作造成重大损失。

2. 理由充分,依据准确,事实清楚

撰写决定的缘由部分,有的是交代依据——法律依据或事实依据,法律依据要引用准确,不能有丝毫偏差;事实依据要讲清形势,阐明意义。有的是阐述理由,这就要将理由阐述深刻透彻。撰写事项部分,就要叙述清楚事实,比如奖惩性决定中对具有重大影响的先进人物或单位的事实和受处分者的错误行为,不叙述清楚就难以起到教育作用。

3. 结构清晰严谨,语言庄重准确

前面介绍的决定的几种结构形式,无论哪种都体现了决定内容之间的逻辑关系。在写作中,对于内容复杂、篇幅较长的决定,尤其要注意结构安排,务求使结构清晰地反映出决定正文的内在联系。决定具有较强的权威性和约束力,在撰写时,就要求语言运用与之相协调,庄重严肃、准确简洁、坚定有力。

【例文 1】

国务院关于非公有资本进入文化产业的若干决定

国发〔2005〕10 号

各省、自治区、直辖市人民政府,国务院各部委、各直属机构:

为大力发展社会主义先进文化,充分调动全社会参与文化建设的积极性,进一步引导和规范非公有资本进入文化产业,逐步形成以公有制为主体、多种所有制经济共同发展的文化产业格局,提高我国文化产业的整体实力和竞争力,现就有关问题作出如下决定:

一、鼓励和支持非公有资本进入以下领域:文艺表演团体、演出场所、博物馆和展览馆、互联网上网服务营业场所、艺术教育与培训、文化艺术中介、旅游文化服务、文化娱乐、艺术品经营、动漫和网络游戏、广告、电影电视剧制作发行、广播影视技术开发运用、电影院和电影院线、农村电影放映、书报刊分销、音像制品分销、包装装潢印刷品印刷等。

二、鼓励和支持非公有资本从事文化产品和文化服务出口业务。

三、鼓励和支持非公有资本参与文艺表演团体、演出场所等国有文化单位的公司制改建,非公有资本可以控股。

四、允许非公有资本进入出版物印刷、可录类光盘生产、只读类光盘复制等文化行业和领域。

五、非公有资本可以投资参股下列领域国有文化企业：出版物印刷、发行，新闻出版单位的广告、发行，广播电台和电视台的音乐、科技、体育、娱乐方面的节目制作，电影制作发行放映。上述文化企业国有资本必须控股51%以上。

六、非公有资本可以建设和经营有线电视接入网，参与有线电视接收端数字化改造，从事上述业务的文化企业国有资本必须控股51%以上。非公有资本可以控股从事有线电视接入网社区部分业务的企业。

七、非公有资本可以开办户外、楼宇内、交通工具内、店堂等显示屏广告业务，可以在符合条件的宾馆饭店内提供广播电视视频节目点播服务。有关部门要严格资质认定，明确经营范围，加强日常监管。

八、非公有资本进入文化产业按现行有关规定管理，其中第五条、第六条、第七条规定的事项还须经有关行政主管部门批准。有关投资项目的审批或核准，按照《国务院关于投资体制改革的决定》(国发〔2004〕20号)的规定办理。要严格审批程序，完善审批办法，规范文化产业发展，保护企业合法权益，取缔违法违规经营。非公有制文化企业在项目审批、资质认定、融资等方面与国有文化企业享受同等待遇。

九、非公有资本不得投资设立和经营通讯社、报刊社、出版社、广播电台(站)、电视台(站)、广播电视发射台(站)、转播台(站)、广播电视卫星、卫星上行站和收转站、微波站、监测台(站)、有线电视传输骨干网等；不得利用信息网络开展视听节目服务以及新闻网站等业务；不得经营报刊版面、广播电视频率频道和时段栏目；不得从事书报刊、影视片、音像制品成品等文化产品进口业务；不得进入国有文物博物馆。

十、文化部、广电总局、新闻出版总署根据本决定，制定具体实施办法，明确国家鼓励、允许、限制和禁止投资的产业目录，引导非公有制文化企业持续快速健康发展。

各地区、各部门要依法清理和修订与本决定相抵触的规定。外资进入文化产业依照有关法律法规的规定执行。

国务院

二〇〇五年四月十三日

(选自《国务院公报》2005年第6号)

【简析】

这份决定就非公有资本进入文化产业领域作出了政策规定，属于部署性决定。它明确了国家鼓励、允许、限制、禁止非公有资本进入文化产业的范围，界限清楚，便于把握。在结构上，本文由缘由、事项、要求三部分组成。缘由即开头第一段，说明作出该决定的目的，简明扼要，要言不烦。接下去就是事项部分，由于内容较多，采用了分条列项的表述形式，按照鼓励、允许、限制、禁止进入范围的顺序，将有关政策、要求交代得井井有条、清晰周密。最后一段是结尾，只用短短的两句话提出实施说明。因此，本决定主题集中，重点突出，详略得当。本决定的用语也很有典型性。由于是关于政策规定的决定，通篇用语精当、庄重；一些词语的运用也体现了决定的指挥性和强制力，如“可以”、“不得”、“必须”等等。这种语言的运用就增强了决定的法规性和政策性。

【例文2】

国务院关于修改《征收教育费附加的暂行规定》的决定

国务院决定对《征收教育费附加的暂行规定》作如下修改：

删去第三条第二款。

将第三条修改为:“教育费附加,以各单位和个人实际缴纳的增值税、营业税、消费税的税额为计征依据,教育费附加率为3%,分别与增值税、营业税、消费税同时缴纳。”

“除国务院另有规定外,任何地区、部门不得擅自提高或者降低教育费附加率。”

本决定自2005年10月1日起施行。

(选自《国务院公报》2005年第31号)

【简析】

这是一份以“国务院令”(第448号)的形式发布的决定,故格式上没有落款和成文日期。其主旨是修改《征收教育费附加的暂行规定》,属于事项性决定。本决定采用了直叙型的写法,开头没有交代缘由,结尾处不是提出希望或要求而是实施说明,正文只是将所要修改的“规定”删去了第几条第几款和修改了第几条予以宣布而已,直截了当,简洁明确。

【例文3】

国务院关于授予巴金“人民作家”荣誉称号的决定

国发〔2003〕27号

人事部、文化部、中国作家协会:

巴金是我国著名作家,是我国进步文化的先驱之一。他在近一个世纪的文学生涯中,始终坚持现实主义的创作道路,在对理想的憧憬和追求中,信念坚定,热爱祖国、热爱中国共产党、热爱人民大众。他的作品结构严谨,语言简洁,抒情优美,塑造了许多性格独特而丰满的典型人物。长篇小说《灭亡》,“激流三部曲”《家》、《春》、《秋》,爱情三部曲《雾》、《雨》、《电》,《寒夜》、《火》、《憩园》、《第四病室》,短篇小说集《英雄的故事》、《明珠和玉姬》、《李大海》,中篇小说《春天里的秋天》,译著长篇小说《父与子》、《处女地》以及散文集和回忆录等都为广大人民群众所深深喜爱。

巴金是人民的作家,为我国文学事业的发展作出了杰出贡献。为贯彻落实发展先进文化的时代要求,弘扬巴金的崇高精神,国务院决定授予巴金“人民作家”荣誉称号。

国务院号召全国广大文学工作者以巴金为楷模,深入学习贯彻“三个代表”重要思想,热爱祖国,热爱中国共产党,热爱人民,深入生活,把文学创作与社会责任感统一起来,努力创作更多的思想性、艺术性相统一的优秀作品,为繁荣发展我国文学事业作出更大的贡献。

国务院

二〇〇三年十一月十八日

(选自《国务院公报》2004年第01号)

【简析】

这是一份表彰性决定。正文的第一段是行文依据,给予巴金以正确评价,并介绍了他的创作情况,为点出决定事项奠定基础。第二段就是决定事项,即授予巴金“人民作家”荣誉称号。事项单一,无需更多语言,因此,只用了两句话。第三段即“号召”,点明行文目的,发挥决定的教育功能。由此可见,本决定采用了“基本型”写法。

【病文诊断】

关于向李春芳同志学习的决定

各车间、班组,各党支部:

我厂装配车间职工李春芳同志在上月15日的特大洪水灾害中,抢救国家财产不幸身亡。厂党委和厂委员会决定在全厂开展向李春芳同志学习活动。

一、学习李春芳同志公而忘私、奋勇保护国家财产的高尚品德,爱祖国爱人民,敢于牺牲的精神。

二、根据李春芳同志生前的表现和愿望,追认李春芳同志为中共党员。

三、在全厂广泛宣传李春芳同志的先进事迹,运用这一典型对全厂党员职工进行一次努力奉献、坚持改革、敢于进取的革命精神,以及勇于献身的革命英雄主义精神。宣传科和工会要把李春芳同志的事迹编成小册子、墙报,广为发放。

四、各车间、班组、党支部要开展讨论,学习李春芳同志的优秀品质,开展比、学、赶、帮、超活动,争取生产上一个新台阶。

厂党委和厂委员会号召全厂党员、职工,化悲痛为力量,努力工作,创造更好的成绩,为改革开放事业作出更大贡献。

××厂党委

××厂委员会

××××年××月××日

【诊断】

这是一份部署性决定,对全厂范围内开展向先进人物学习活动作出安排。本决定的缺陷是很明显的:一是标题不够准确,没能概括决定的主要内容。应改为《关于开展向李春芳同志学习活动的决定》。二是缘由部分没有把李春芳英雄事迹的有关情况交代清楚,因而使得向其学习缺乏足够依据。应简单介绍李春芳奋不顾身保护和抢救国家财产的事迹,并指出其英雄事迹的精神实质,然后对其作出结论性评价。三是用词不恰当。如"不幸身亡"应改为"英勇献身",后者更准确地表达了厂党委和厂委员会的评价和认定。四是决定事项部分没有抓住中心、突出重点。应该揭示李春芳英勇献身、敢于牺牲、保护国家财产的精神实质。本决定的内容需要重新调整、组织,某些句子也有毛病。

能力训练

一、判断题

1. "决定"从作用看,属指挥性公文;从行文关系看,属下行文。 ( )
2. "决定"具有很强的强制性和行政约束力,因此写作时无需说明发布原因或阐明事项的意义,下级机关和有关人员也必须无条件执行。 ( )
3. "决定"的成文日期都必须标识于正文之后。 ( )
4. "决定"必须经会议讨论通过才能发布、生效。 ( )
5. ××街道办事处表彰其辖区内的某居民擒获入室盗窃的窃贼的行为,应该使用"决定"公布。 ( )
6. "缘由"是"决定"的必要组成部分,不可随便省略。 ( )
7. "决定"的语言应该得体,即体现拟稿人的文风。 ( )

二、简答

1. 决定的适用范围是什么?
2. 决定的写作要求有哪些?
3. 正文的几种结构形式分别适用于哪种决定?

4. 对比分析例文1与例文2,指出部署性决定与事项性决定的不同。

三、改错

关于湖北省沔阳县杨林尾缝纫机厂侵犯
天津缝纫机厂牡丹牌注册商标的处理决定

湖北省沔阳县杨林尾缝纫机厂擅自使用天津缝纫机厂牡丹牌注册商标,经协同湖北省沔阳县工商行政管理局查处此案。为了保护商标专用权,维护名牌产品信誉,沔阳县杨林尾缝纫机厂擅自使用天津缝纫机厂牡丹牌注册商标,畅销自己的产品,进行欺骗群众,以此牟利,侵犯了商标专用权,违反了商标法,根据《中华人民共和国商标法》第三十八条第一款和第三十九条的规定:对沔阳县杨林尾缝纫机厂使用"牡丹"牌商标,责令其停止生产;所查封牡丹牌贴花予以全部销毁,并公开在《人民日报》上检讨其错误,以挽回影响。

天津市××区工商行政管理局
1984.1.9

四、情景模拟

建党80周年前夕,×市民警李国中在病床上庄严宣誓加入中国共产党,实现了他梦寐以求的夙愿。

今年28岁的李国中是×市×分局交警支队岗班民警。他自1995年9月参加工作以来,勤奋学习,忘我工作,一心扑在人民公安事业上,曾连续4年被评为"交通指挥能手",并被团市委评为"新长征突击手"等。从1998年开始,他曾经感到头痛,因工作忙而没有到医院检查。今年3月以来,他病情加重,但一直坚持在三尺岗台上,直至4月30日下午突然病情加剧,病倒在工作岗位上。经医生检查,李国中脑颅内长有4 cm×6 cm的恶性肿瘤。李国中住院后,×市委副书记、市政法委书记派人到医院去看望。市公安局作出决定,为李国中记一等功,市公安局局长亲自到医院把立功奖章挂在他的胸前。市公安局、市交管局和×分局分别发出号召,要求广大民警向李国中学习,用实际行动向党的生日献礼。

农民出身的李国中参加工作后,处处严格要求自己,几次向党组织递交了入党申请书。×分局党委根据李国中的表现和要求,决定批准李国中加入中国共产党。

请将这篇通讯改写为一份公文。要求:

1. 文种恰当。
2. 按照公文写作要求重新组织材料。
3. 具备必要的格式项目。

第四节　公　　告

一、公告的适用范围

《办法》规定:公告"适用于向国内外宣布重要事项或者法定事项"。具体说,重要事项包括重大国事变动,如中华人民共和国中央人民政府宣布中华人民共和国成立的公告;公布重大国际事务活动,如国家领导人的出访、任免、逝世的公告;公布重大科技成果,如我国将向太平洋发射运载火箭的公告,我国将在东海进行地对地导弹发射训练的公告;公布有关重要决策,如《最高人民法院、最高人民检察院关于不再追诉去台人员在中华人民共和国成立前的犯罪行为的公告》、国家税务总局关于外籍个人储蓄存款利息个人所得税有关问题所发布的公告等等。

法定事项包括按照《中华人民共和国民事诉讼法》等法律规定发布的公告,以及根据法律条文向社会公布有关规定的公告。例如外交部根据《中华人民共和国澳门特别行政区基本法》第 139 条的规定，继续给予进入澳门的国家和地区的人员进入澳门特别行政区免办签证的待遇的公告。

二、公告的特点

1. 发布权力的限制性

由于公告发布的是重大事项和法定事项，发文的权力被限制在国家高层领导机关及经授权的职能部门和执法机关的范围之内。具体说，国家高层领导机关指国家最高权力机关（全国人民代表大会及其常务委员会）、国家最高行政机关（国务院及其所属部门）、各省、自治区、直辖市行政领导机关。经授权的职能部门与执法机关包括新华社、税务局、海关、铁路局、人民银行、检察院、人民法院等。以上机关、部门有制发公告的权力。其他地方行政机关一律不能发布公告。党团组织、社会团体、企事业单位不能发布公告。

2. 题材内容的重大性

从上述公告的适用范围可知公告的题材必须是能在国际国内产生一定影响的重要事项，或者法定事项。公告的内容必定庄重、严肃，体现国家权力部门的威严。既要能够将有关事项和政策公布于众，又要考虑在国际国内可能产生的政治影响。一般性的决定、指示、通知的内容，都不能用公告的形式发布，因为它们很难具有全国和国际性的意义。

3. 发布范围的告知性

公告是向国内外发布重要事项和法定事项的公文，是普发性公文，其信息范围很广，有时是全国，有时是全世界。其目的是让公众周知。比如我国曾以公告的形式公布中国科学院院士名单，一方面确立他们在全国科学界学术带头人的地位，另一方面是尽力为他们争取在国际科学界的地位。这样的公告就是要让全世界知晓，让他们在世界科学界产生一定的影响。又如我国有关部门曾在《人民日报》刊登公告，公布我国名酒和我国优质酒的品牌、商标和生产企业，让全世界公众知晓，从而产生购买欲望。

4. 内容和传播方式的新闻性

公告还有一定新闻性的特点，首先体现在内容上。所谓新闻就是新近发生或发现的、群众普遍关注的、应知而未知的事实。公告的内容都是新近发生、群众关注的应知而未知的事项，在一定程度上具有新闻性的特点。其次，公告的新闻性特点也表现在形式上。公告的发布形式也有新闻性特点，它一般不用红头文件方式传播，而是通过大众传媒，多在报刊、电台、电视上公开发布。

三、公告的分类

1. 重要事项公告

其内容关系到国家政治、经济、军事、外交、科技、教育、人事等方面需要告知的全民性的重要事项。常见的有国家重要领导岗位的变动、领导人的出访、外交部门的专项公告、国家机构的重大改革、重大的军事训练与重要科技成果的公布等等。如全国人大常务委员会关于确认全国人大代表资格的公告，新华社授权发布我国将进行向太平洋发射运载火箭试验的公告，都属此类公告。

2. 法定事项公告

主要是政府机关、部门或其他组织依照法律法规，面向社会宣布具有规定性、权威性和约束力的法定事项的公告。如根据《中华人民共和国专利法》的有关规定，调整专利收费项目和标准的《国家知识产权公告》;根据《中华人民共和国企业破产法》的有关规定,人民法院受理破产案件后,在十日内通知债务人,并且发布的破产公告;根据《国务院公务员执行条例》的有关规定,录用国家公务员前发布的招考公告;以及根据《中华人民共和国民事诉讼法》的规定,发布的种类繁多的通知权利人登记公告、送达公告、开庭公告、宣布失踪或死亡的公告、强制拆除房屋或退出土地的公告等等。

上述公告均属法定公告。

四、公告的写法

公告是普发性公文,不写主送和抄送机关,一般由标题、正文、落款三部分组成。

1. 公告的标题和发文字号

公告的标题有四种构成方式:

一是公告标题的常规形式:发文机关+事由+文种。如《最高人民法院、最高人民检察院关于不再追诉去台人员建国前罪行的公告》。

二是省略事由:发文机关+文种。如《中华人民共和国外交部公告》。这是公告比较常用的标题形式。

三是省略发文机关名称:事由+文种。如《关于一九九六年二年期、三年期国库券的公告》。这种标题形式比较少见。

四是只标文种"公告"二字。

第一种为完全式标题,第二、三、四种是根据需要省略了某些标题要素的省略式标题。在写作中究竟采用哪种标题,可根据写作具体需要而定。

公告一般不用公文的常规发文字号,而是在标题下居中标示"第×号"。

2. 正文

公告的正文一般由缘由、事项、结语三部分组成。

(1) 缘由

即公告的开头,一般是开门见山地说明发布公告的根据、目的、意义等。要求写得简洁、概括。如《中国人民银行关于发布第五套人民币100券的公告》的开头:"依据中华人民共和国第268号国务院令,我行将首次发行第五套人民币,现将首次发行的第五套人民币公告如下"。发布的"根据",就是开头简单的一句。其中"现将……公告如下"是习惯性过渡句,引出"事项"部分。与此相似的还有"特公告如下"、"现公告如下"等。

这是公告经常采用的常规开头方式,多数公告都采用这种开头。但也有不写公告"缘由",一开头就进入公告"事项"的。

(2) 事项

即正文的主体部分。要求简明扼要,直陈其事,把发布的重要事项或法定事项的具体内容(包括时间、地点、事件、决定、要求等)写清楚。重在对事项内容的叙述说明。这部分写法因事而异,事项多的,可用分条列项;事项单一的,可采用篇段合一写法,甚至将"缘由"与"结语"合写成一个自然段。

(3) 结语

另起一行。常用"特此公告"、"现予公告"等格式化用语作结。不过这不是唯一的选择,如果公告"缘由"部分采用了"特公告如下"等过渡语,则正文结尾处不再写结语。如果公告的结尾专用一个自然段来写执行要求,也可不写结尾。也有的公告既不写执行要求,也不用

“特此公告”之类的结语，事完文止，这不失为一种干净利落的收束方式。

公告正文的缘由、事项、结语三部分在具体写作中不一定完全具备。有的公告的正文由“缘由”、“事项”两部分组成；有的公告的正文不写“缘由”，也不写“结语”，只有单一的“事项”。

公告正文内容可长可短，视实际需要、具体情况而定。一般说来重要事项公告内容比较简单，篇幅比较短小；法定事项公告由于发布政策、提出要求、解释有关规定，内容相对复杂一些，篇幅相对长一些。

3. 落款

一般要写明发文机关和成文日期，但如果在标题中有发文机关名称，在标题下又用了题注，标明了发文日期，那么，落款处均可不写。重要的公告落款处除注明发文机关和日期外，还标明发布地点。

五、公告的写作要求

1. 不滥用文种

目前公告的使用比较混乱，一是望文生义，以为公告就是公开告知有关事项，因而把公告当作广告、启事、申明用。二是用公告代替通告，凡公布性事项，事无巨细都用公告，甚至街道办事处告诉居民领取物价补贴，也用公告。这种种情况都是滥用公告，因此在使用公告时，应有公文法律意识，不是国家高层领导机关及其授权部门不得借用公告，不是向国内外宣布重要事项或法定事项，不得滥用公告。

2. 语言要精练

公告的内容集中单一，篇幅短小精悍，多为篇段合一。这就要求写作高度概括。内容上只取其纲，不载其细；写法上直叙其本，不详其末；语言上立片言以居要，求一语而尽得精华。

六、公告的例文与分析

【例文 1】重大事项公告

中华人民共和国全国人民代表大会公告

第二号

第九届全国人民代表大会第一次会议于 1998 年 3 月 16 日选出：

中华人民共和国主席　　江泽民

中华人民共和国副主席　胡锦涛

中华人民共和国第九届全国人民代表大会

1998 年 3 月 16 日于北京

【简析】

这是一篇向国内外宣布全国人民代表大会选举结果的公告，因事由单一，一看就明了，标题用省略事由的写法，由发文机关名称和文种构成，规范、简洁、庄重、大方。正文第一句话是“依据”，简练明确。主体部分是公布事项内容，将两个职务与姓名各置一行，上下对齐，既突出醒目，又表现了公告的权威性与庄重美。文末没有用习惯语作结，显得干净利落。

这份公告与一般公文略有不同，一是标题下编有发文字号（第二号），二是落款处标明会议地点（于北京），这样写显得庄重、严肃。

【例文2】法定事项公告

中华人民共和国邮电部公告

我部决定自1980年7月起在全国范围内实行邮政编码制度。这是我国邮政通讯工作的一项重大改革，是逐步实现信函分拣，加快处理和传递的速度，更好地为国家四化建设服务，为广大群众服务的重要措施。

为了实行邮政编码，国家标准局发布了《信封国家标准》，并要求所有生产信封的专业工厂和自制信封的单位，严格按照这一标准印制信封，供市场销售和自用。

今后，寄信都要使用左上角和右下角各有六个小方框的标准信封，除写明姓名、地址外，要在标准信封上下方框内分别填上收信人和寄信人所在地点的邮政编码。

实行邮政编码，是关系所有使用邮政的用户通信利益的大事，是用户和邮电部门共同的任务。希望所有用户积极支持，配合各级邮电局搞好推广、使用邮政编码的工作。

一九八四年六月一日

【简析】

这是邮电部决定在全国范围内实行邮政编码制度的法定事项公告。首段写发布公告的缘由，第一句点明公告的事项，即邮电部的决定。紧接着指出“这是我国邮政通讯工作的一项重大改革”，由5个分句组成的长句，阐述这一决定的重大意义。第2～5分句分别从邮政工作、四化建设、群众利益三个方面，阐述实行邮政编码制度的巨大而深远的意义，具有极强的说服性和威慑力。

第2～3段为公告的主体部分，对公告的事项作具体陈述。第2段是针对生产信封的专业工厂和自制信封的单位而言，要求它们严格按照国家标准局发布的《信封国家标准》印制信封，供市场销售和自用。第3段是对所有寄信人提出规定，要求他们“要在标准信封上下方框内分别填上收信人和寄信人所在地点的邮政编码”。主体部分写得条理清楚、具体明确，使公众看了一目了然，毫无疑惑之处。

末段不是用格式化的结尾语作结，而是用一段文字来写对用户的希望与要求，引起大家重视并认真执行。先用一句话指出“实行邮政编码，是关系所有使用邮政的用户通信利益的大事”，再次强调了实行邮政编码的好处，并与首段呼应，使结构完整严谨。这也是公告写作常用的结尾方式。

七、公告的病文诊断

【病文1】

市公安局交通管理局公告

为了保障五桂桥至成渝高速收费站道路改扩建工程的顺利施工，维护施工路段的交通安全与畅通，根据《中华人民共和国道路交通管理条例》等法律、法规的有关规定，提出如下要求：

一、五桂桥至成渝高速收费站的辅道和非机动车道实行封闭施工，禁止机动车、非机动车和行人通过。

二、需经上述路段通行的非机动车和行人按导向指示标志改由道路北侧便道通行；机动车道不变，仍保持双向四车道，但在该施工路段内机动车辆限速30千米/小时行驶。

三、在上述路段内通行的机动车辆严禁停放。

四、违反本公告的，由公安交通管理部门依法处罚。

市公安局交通管理局

2001 年 5 月 20 日

【诊断】

1. 从发文机关与发文内容看，不宜用公告，只适合用通告。因为市公安局交通管理局不够发公告的级别，车辆与行人改道走的内容既不是重要事项，更不是法定事项。

2. 如果作为通告来要求，也还有不规范的地方：

(1) 标题和落款应具体写明“××市”。

(2) 首段末句的规范语句应为“特通告如下”或“通告如下”，不应该写“提出如下要求”。

(3) 有禁止通行的路段，但缺少禁止通行的时间，应在主体部分开头加上“2001 年×月×日至 2001 年×月×日”。再在第三条“上述”与“路段”之间加上“期限和”三字。

(4) 如果首段无过渡句“通告如下”，结尾处应另起一行写上结语“特此通告”。

(5) 落款时间不能用阿拉伯数字，应用小写汉字书写。

【病文 2】

公　告

某某市郊区河道管理处，对浑河河夹心至刘尔屯段进行河道治理工作，发现此段内埋有坟墓，根据××省河道管理条例规定：不准在堤防内埋葬坟墓的指示。因此，限墓主于五月末前迁出，逾期不迁者，按无主墓处理，特此公告。

【诊断】

1. 滥用文种。从内容上看，这是对一定范围内的有关人员发布的一般具体事项，范围不广，内容不重大，用作通告可以，不能用公告。

2. 发文缘由长，发文事项短，不合常理。应删减缘由部分有关埋有坟墓的叙述。

3. 依据的文件应加书名号，摘引的文件内容要用引号。

4. 迁墓期限“五月末前”不具体，应写明具体的年、月、日。

5. 结尾语书写不规范，应提行。

6. 落款既无发文单位名称，又无成文日期，应补上。

7. 语言啰嗦，除删减发文缘由外，事项部分的“因此”也应删去。

能力训练

一、判断题(对的打√，错误的打×)

1. 公告就是广而告知的广告。 (　)
2. 任何组织公布需要广为周知的事项时均可使用公告。 (　)
3. 公告的发文机关和成文日期可以用于落款，也可用于题注。 (　)
4. 公告可以在一定范围内发布有关单位的有关事项。 (　)
5. 公安局与工商局联合行文，禁止非法传销活动，应该使用公告。 (　)
6. 任何机关均可发布公告。 (　)
7. 公告可以不写主送机关名称。 (　)

二、简答题

1. 简述公告的适用范围。

2. 公告的特点及写作注意事项有哪些?

3. 报刊上经常刊登××公司关于×××的公告,你对此有何看法?

三、写作题

1. 就下面材料自行补充内容,代外交部草拟一份法定事项公告。

材料:

① 根据:《基本法》154条"对世界各国或地区的人入境、逗留和离境,香港特别行政区政府可实行出入境管制"。

② 目的:为便利香港特别行政区同世界各国和地区人员往来。

③ 事项内容:目前可免办签证进入香港的国家及部分地区的人员进入香港特别行政区旅游或从事短期经贸活动,原则上继续给予免办签证待遇。外国人前往中国其他地区仍应按现行有关规定办理必要手续。

④ 发文单位与时间:中华人民共和国外交部,1997年5月19日。

2. 根据下述材料,以中华人民共和国国务院和中华人民共和国军事委员会的名义,写一份重要事项公告。材料不足部分,自行补充。

为维护国家的主权、统一和领土完整,保持香港特别行政区的繁荣与稳定,中国人民解放军驻香港特别行政区的部队经过精心准备,现已组建完成。驻香港部队由中国人民解放军陆军、海军和空军部队组成,隶属于中华人民共和国中央军事委员会的领导。这支部队将正式进驻香港。中央人民政府派驻香港特别行政区负责防务的军队不干预香港特别行政区的地方事务。香港特别行政区政府可向中央人民政府请求驻军协助维持社会治安和救助灾害。

第五节　通　　告

一、通告的适用范围

《办法》规定:通告"适用于公布社会各有关方面应当遵守或周知的事项"。由于通告既可以用来公布比较重大的事项,又可以用来公布一般事项,其内容既可以有国家大事,也可以有与人民群众日常生活相关的具体事务;发布通告的既可以是高级国家机关、部门,也可以是中、下级机关、部门,乃至基层各级行政机关、企事业单位、社会团体等;发布范围既可以大到全国,又可以小到某地区、某单位,在一定的范围内发布;发布形式不限,既可以用大众传媒,也可以印发文件或张贴,所以,通告是普发性公文中使用极其频繁,用途非常广泛,发布最为灵活的无处不在的告启式公文。

二、通告的特点

1. 广泛性

正由于通告的使用主体多样,使用事项灵活,适用范围广泛,发布形式不限,使用频率极高,具有使用的广泛性。

2. 周知性

通告是公开的告示,它所公布的事项,无论是重要的,还是一般的;无论是"大事",还是"小事",都要晓谕与通告事项相关的单位和人员,使其知晓并遵守,因而通告具有周知性的特点。

3. 执行性

由于通告常常就某些事项作出规定、限制，宣布需要遵守的规则，具有法律约束作用；同时，通告往往是针对某个范围内的不良现象或存在的社会问题而制发的，它公布的规定或办法也具有一定的规范约束作用，所以通告又具有鲜明的执行性特点。不过，有的通告的事项只是需要人们周知，并不要求人人去做，其执行性特点较弱。

三、通告的种类

可根据其适用范围与作用的不同，分为规定性通告与事项性通告两种。

1. 规定性通告

主要用于公布应当遵守的事项，常常提出一些规定或要求。其内容如查禁淫秽书画、收缴非法枪支、查处违禁物品、严禁毒品与赌博、加强交通管理等。这种通告是政府有关部门为确保某一重要事项的执行，提出一些具有一定法规性和行政约束力的要求，让大家知道并遵守。爱用“严禁”、“必须”、“不得”等词语，因而这种通告又叫制约性或行止性通告。如《民航总局、公安部关于民航安全问题的通告》、《天津市人民政府关于禁止随地吐痰乱扔乱倒的通告》。这种通告内容较丰富，篇幅较长，制约性较为突出，周知性相对弱一些。

2. 事项性通告

主要用于公布应当周知的事项，因而又称周知性通告，它包括知照性通告和办理性通告。知照性通告即告知一些应当知道或遵守的简单事项的通告。如停水、停电通告，单位迁址通告，工程施工请行人绕道而行的通告，禁止机动车辆在某地段通行的通告等。办理性通告指办理一些例行事项的通告。诸如办理注册、登记、年检等一些行业性的事务工作的通告。这种通告内容单一，篇幅短小，周知性明显，制约性较弱，语气平缓，语言中包含着希望、理解、支持、协助的意思，不像规定性通告那样生硬、武断。

四、通告的写作

1. 标题

通告的标题有四种表达方式，写作时应根据公文的重要程度和写作内容的需要，分别采用其中一种方式。

(1) 发文机关＋事由＋文种。如《国务院关于保障民用航空安全的通告》。这种完全式标题多适用于规定性通告。

(2) 发文机关＋文种。如《中华人民共和国公安部通告》。这种省略事由的标题，强调发文机关的权威性。

(3) 事由＋文种。如广东省人民政府办公厅《关于设置广深高速铁路安全栅栏的通告》。这种省略发文机关的标题突出了通告的内容。

(4) 只写《通告》二字。这种标题的通告是只在本地区或本单位公布的内容简单的通告，供本地区、本单位人员阅读知晓。

2. 正文

通告的正文一般由缘由、事项、结语三部分组成。

(1) 通告缘由

主要写明发布通告的目的、意义或依据。“依据”分为事实依据、法律依据和政策依据。常见写作模式为“为……依据……特通告如下”。如《国务院关于保障民用航空安全的通告》

的开头:“为保障民用航空的安全,防止劫持、破坏民航飞机和破坏民用航空设备事件的发生,确保公共财产和旅客生命、财产的安全,特通告如下:”。这个开头简明扼要地交代了发布通告的目的,体现了发布通告的主旨,说明发布通告的必要性。又如 1999 年 7 月 22 日《中华人民共和国公安部通告》的开头:“中华人民共和国民政部已于 1999 年 7 月 22 日认定‘法轮大法’研究会及其操纵的法轮功组织为非法组织,决定予以取缔。据此,特通告如下:”。这个开头写明了发布通告的依据。这两例的末句都以“特通告如下”引出下文。“特通告如下”或“现将有关事项通告如下”等都是缘由与事项之间常用的过渡句,常常用于内容较多、篇幅较长的规定性通告中。

事项性通告的缘由部分写得很简单,一般用“根据”、“兹因”等词引出一两句话写明缘由,一般不用过渡句引起下文。

(2) 通告事项

这是正文的主体部分,要具体、明确地写明人们应当周知、照办或遵守的事项。一般说来事项性通告这部分写得简单,往往与缘由部分衔接在一起,用一个自然段写完。在写明缘由后,只用“自×年×月×日起”应如何如何即可。如《××市政管理局通告》的正文就是这样:“兹因修理自来水管,自×年×月×日起至×年×月×日止,××路至××路段禁止机动车辆通行。”

法规性通告由于事项是具体的规定和要求,是一定范围内有关单位或有关人员应该遵守的,因而往往要分条列项,写得详尽、具体、明确无误,以便于领会和遵守。这就要求写作时注意条理性和严密性,切忌层次混乱,不知所云。

(3) 通告结语

这是通告正文的结尾,应根据写作内容与目的的需要,作出具体处理。或者对通告的执行日期加以说明,如“本通告自公布之日起执行”;或者对通告事项作强调和要求,如“以上各点希遵照执行”;或者对通告的执行情况提出奖惩要求;或者以“特此通告”等格式化规范语作结。当然,也有通告无结尾的,事项写完就戛然而止。

3. 落款

一般来说事项性通告只写成文时间,如果是在报刊上刊登,连成文时间也不必写,而以见报日期为准。当然,也有的事项通告在成文日期之前署名的。规定性通告由于比较郑重,一般都要先署名,再写成文具体时间。但也有因标题已有发文机关名称,而在落款处只写成文时间的。

五、通告的写作要求

1. 内容要合法有据

通告发布的内容必须以国家的法律、法规及有关规定为依据,不得与有关政策、法令相抵触,其规定范围不能超过发文机关的权限。这就要求撰写者必须很好了解掌握与通告内容有关的法规条文,使通告内容不仅符合这些法规条文的规定要求,而且要具体体现这些规定要求的精神,即把这些规定要求同通告的具体内容紧密地结合在一起。

2. 要求要具体、明确

通告中的规定与要求要具体、明确、肯定,不可笼统抽象,也不能含糊其辞。写事项性通告时,一般要把为什么目的、在什么时间要求(或办理)什么事项,概要地交代清楚。规定性通告由于内容复杂,有很强的政策法定性,写作时必须分条列项:先写明规定对象,然后写明规定范围、日期、处理要求、政策及有关事项，最后提出执行要求。只有做到内容完整，表述准确，条理清楚，才便于人们理解、执行。

3. 语言要精当得体

通告具有较强的专业性，在概念、术语使用上要做到准确无误。通告又是一种告知性公文，它的阅读者是人民大众，为便于周知与执行，语言要求明白晓畅，通俗易懂。

六、通告与公告的区别

1. 内容属性不同

公告只发国内外公众关注的重要事项与法定事项，是具有重大意义和特殊影响的事项。如颁布宪法，公布国家领导人的重要国事活动等。而通告发布的事项只是让有关单位和人员知晓或者遵守，有时甚至是较细小的事情，如吐痰与倒垃圾的小事。因而从公布事项的属性上看，公告重于通告。

2. 发布权限不同

从发布机关的级别看，公告高于通告。公告的制发机关是国家的高层领导机关，如全国人民代表大会及其常务委员会、国务院及其所属部门或者省级领导机关、经授权的职能部门和执法机关，如新华社、司法机关、工商税务总局、海关等。通告则是任何行政机关、企事业单位和人民团体都可制发。

3. 告知范围不同

从周知对象的范围来看，公告广于通告，它面向国内外广大公众，告知范围不限。通告的告知范围却较窄，是在“一定范围”内的单位和个人，比如停电、停水的通告，单位搬迁通告等，只适用于小范围内，再大也是有限的。

4. 行文要求风格不同

公告严于通告。公告行文庄重，格式固定，语言特别强调准确、精练。而通告行文讲究具体实在，写作则要自由灵活得多。

5. 发布形式不同

公告主要通过大众传媒，即在报刊、电台、电视、网络上发布。而通告既可以通过大众传媒发布，又可以张贴公布或制成文件下发。

七、通告的范文与分析

【范文 1】规定性通告

中华人民共和国公安部通告

中华人民共和国民政部已于 1999 年 7 月 22 日认定“法轮大法”研究会及其操纵的法轮功组织为非法组织，决定予以取缔。据此，特通告如下：

一、禁止任何人在任何场所悬挂、张贴宣扬“法轮大法”(法轮功)的条幅、图像、徽记和其他标识。

二、禁止任何人在任何场合悬挂、张贴宣扬“法轮大法”(法轮功)的书刊、音像制品和其他宣传品。

三、禁止任何人在任何场合聚众进行“会功”、“弘法”等宣扬“法轮大法”(法轮功)的活动。

四、禁止以静坐、上访等方式举行维护、宣扬“法轮大法”(法轮功)的集会、游行、示威活动。

五、禁止捏造或者歪曲事实、故意散布谣言或者以其他方式扰乱社会秩序。

六、禁止任何人组织、串联、指挥对抗政府有关规定的活动。

违反上述规定,构成犯罪的,依法追究刑事责任;尚不构成犯罪的,一律给予治安管理处罚。

中华人民共和国公安部

一九九九年七月二十二日

【简析】

这是一份规定性通告。标题由发文机关和文种组成,简洁庄重,有震慑力。

正文开头写通告缘由。将民政部取缔法轮功组织作为依据,放在前面加以突出,显得严肃、庄重。“特通告如下”是通告常用的格式化过渡语。

主体部分分条列项写明通告的具体事项,每一条都以“禁止”开头,使规定带有鲜明的法定权威性。末段以执行要求作结,说明违反规定的处理办法。

全文层次分明,限制周严,言辞严厉,有着很强的法令性、政策性和约束力。

【范文 2】事项性通告

国家行政管理局通告

依据《中华人民共和国企业法人登记管理条例》的有关规定,我局 1991 年度企业法人年检工作即将开始。凡 1991 年 12 月 31 日以前由我局核发《企业法人营业执照》的企业、事业单位(含各类公司及外商投资企业),应于 1992 年 6 月 15 日之前向我局申报办理年检。1991 年 12 月 31 日以前由我局核发《营业执照》的企业、事业单位,应于 1992 年 6 月 15 日之前向我局提交 1991 年度的生产经营情况报告。逾期不办理的,我局将按有关规定处理。

特此通告。

(选自《人民日报》1992 年 4 月 11 日)

【简析】

这是一份事项性通告中的办理性通告。标题省略了事由,只写明了两要素。正文部分共四句。由于事项简单,把通告缘由与事项要求合在一起,写成一段。第 1 句既写明了发布通告的依据,又总起了通告事项,起着总领全文的作用。第 2、3 两句,写通告公布的两条应知、应办事项:一是申报办理年检,二是提交生产经营情况报告。无论哪条,都写明了应知、应办的对象、时间、内容与要求,写得具体明确。第 4 句写执行要求:逾期不办理,将按有关规定处理。文末用习惯语“特此通告”作结。因是在报上刊登,所以未写成文日期。

全文写得层次分明、脉络清楚,结构完整而谨严,语言准确而流畅。

八、通告病文诊断

【病文 1】规定性通告

严禁赌博的通告

为了搞好我县精神文明建设,维护社会治安秩序,根据政法〔2000〕×号《关于严肃社会风气的通知》精神，现将有关事宜通告如下：

一、通告的必要性：赌博是一种危害社会治安的违法行为，能导致家庭失和，诱发犯罪。因此必须坚决取缔。

二、凡是以任何方式参与任何形式的赌博者，均应在本《通告》公布之日起，十日内进行登记。

三、自本《通告》公布之日起凡继续赌博且赌资超过 10 000 元者，将处以 5 年以下、3 年以上有期徒刑。

四、凡为赌徒提供赌资、赌具、窝点者，将处以 5 000 元以上罚金。

五、凡变相赌博者，如利用扑克机、老虎机进行赌博，将予以拘留。

六、因赌博形成的债务，经公安机关核实后，一律废除。

特此通告。

县公安局

2001 年 10 月 11 日

【诊断】

1. 此通告属规定性通告，标题应加上发文机关名称。

2. “赌博”一句讲危害性，应作为发文缘由，置入文章开头。

3. 内容不合情理：赌博者不可能自行前来登记；公安局无权判刑；“罚金”应为罚款；拘留形式有刑事拘留、司法拘留、行政拘留三种，文中应明确指出。

4. 引文不符合要求，应先引标题，后引发文字号。

5. 结尾语重复，因前有“通告如下”，所以不应再写“特此通告”。

6. 落款不规范，应标明“××县公安局”。

7. 成文日期应改写成小写汉字。

【病文 2】事项性通告

通 告

各小卖部、全校学生：

近来学校打架斗殴事件频频发生，经查都是由于酗酒所致。为保护学生生命财产安全，还学生一个安宁的学习、生活环境，维护校园正常次序，从即日起禁止在校内小卖部卖白酒，禁止学生在校内喝白酒。如有违反，将严惩不怠！

××××学校

99 年 10 月 11 日

【诊断】

这是一份事项性兼有规定性特点的通告。虽然内容简单，篇段合一，但错误甚多：

1. 通告是普发性公文，不应标主送单位。

2. 发文缘由写得太绝对，打架斗殴都是由于酗酒所致，不都合实情。

3. 惩处措施不具体，应按具体情况分别给予不同处理，如给予罚款或记过处分。

4. 用语不准确，“严惩不贷”不能用于学生。

5. 缺少结语，应提行写上，“特此通告”。

6. 成文日期书写不规范，应写全年月日，应将阿拉伯数字改为小写汉字，应在发文单位下面退后两格书写，不得对齐或者超出发文单位。

7. 有两处错别字："次序"应为"秩序"；"严惩不怠"应为"严惩不贷"。

能力训练

一、判断题(正确的打√，错误的打×。)

1. 公告与通告都可以通过大众传媒向社会发布，所以它们没有差异。（　）
2. 通告具有鲜明的知照性，但不具有约束力。（　）
3. 通告必须标明主送机关和读者对象。（　）
4. 通告的正文一般包括通告缘由、通告事项、通告结语三部分。（　）
5. 规定性通告的事项部分一般都应分条列项写作。（　）

二、简答题

1. 请说出通告的适用范围。
2. 简述通告的结构及写作要求。
3. 通告与公告有哪些区别？
4. 事项性通告与规定性通告有何不同？

三、改错题(请指出错误，并加以改正)

1.

通　告

有关单位及人员：

现在全市正在进行房屋改建，我公司办公用房已陈旧不堪，非常危险，目前又无能力改建，经请示上级有关部门并征得同意，将办公地点迁至商业大厦，联系业务者请前往办公新址，不得有误。

××公司

2003 年 5 月 7 日

2. 请改正前面"通告病文诊断"中的两篇病文。

四、写作题

1. 选择恰当的文种，代自己所在单位拟写一份关于禁止随地吐痰、乱扔垃圾的公文。
2. 根据下列材料，撰写一份公文。

东山县城区公路上机动车辆乱停乱靠现象严重，不少小贩在公路两旁占道摆摊经营，不少行人乱窜公路，时常造成交通堵塞，多次发生交通事故。请以县公安局的名义制发一份整顿城区交通秩序，并带有一定约束性措施的公文，发文日期自拟。

第六节　通　　知

一、通知的适用范围与特点

通知是"适用于批转下级机关的公文，转发上级机关和不相隶属机关的公文，传达要求下级机关办理和需要有关单位周知或者执行的事项，任免人员"的公文。一般用作下行文，也可用于平行。

通知有以下特点：

1. 极强的通用性

通知使用范围很广。使用通知既不受发文机关类别的限制，也不受发文机关级别的限制，所有党政机关、社会团体和企、事业单位都可使用通知。

2. 使用的频繁性

通知不仅具有极强的通用性，而且还具有用途的广泛性。上至国家大事，下至基层单位的具体事宜，都可涉及。既可用来布置安排工作，又可用来颁转文件，还可以用来发布规章、转达事项、知照情况。正由于它具备了极强的通用性和使用的广泛性，所以它是公文中使用率最高的文种。

3. 明显的时效性

通知是一种制发比较快捷，办理比较灵活的文种，有着明显的时间限制，受文机关要在规定的时间内完成。它所通知的事项需要立即知晓、办理或执行；在制作、发送上也不得拖延时间，否则会贻误工作。

4. 一定的指导性

从字面上看，通知这个文体不具有指导作用，但事实上，多数通知都具有一定程度的指导性。用通知来发布规章、布置工作、传达指示、转发文件，都在实现着通知的指导功能。受文单位对通知的内容要认真学习，并在规定时间里完成通知布置的任务。个别知照性通知，特别是用于平行文发布的时候，可以没有指导性或只有较弱的指导性。

二、通知的种类

根据功能的不同，通知有三种基本类型。

1. 指示性通知

这是指导下级机关开展工作，提出任务，阐明原则与方法的通知。它具有指示性质。一般是先明确交代发布通知的缘由、目的和依据，然后指示工作任务与执行要求，进而指出完成工作应遵循的原则、可采用的方法。其特点是以布置安排工作为主要内容，以说明为主要语体，篇幅较长。这类通知也被称为布置性通知和规定性通知。

2. 颁转性通知

这是颁布、转发和批转文件的通知，起发送文件的作用，因而又称发文通知。“颁布”指用于颁布法规、规章或印发有关文件资料。“转发”指转发上级、平级和不相隶属机关的公文。“批转”指对下级机关的公文进行批转。由此可见，这类公文由通知本文和被颁转的文书两个部分合成，合二为一组成完整的颁转性通知。这是一种复合体公文，不可将被颁转的文书视为附件。这种通知以发布文件为目的，因而通知本文的标题较长，正文较短。

3. 知照性通知

这是用于告知事项、情况的通知。主要用于召开会议、任免干部、机关更名、地址搬迁、机构设置与撤并、公章启用与作废等。其特点是既可下行，也可平行，行文方向比较灵活；篇幅也可长可短，一般来说，长于颁转性通知的本文，而短于指示性通知。它也被称为告知性通知和事项性通知。

三、通知的写法

通知一般由标题、主送机关、正文、发文机关与成文时间等部分组成。

1. 标题

(1) 完整式

由发文机关＋事由＋文种组成。如《中共中央办公厅、国务院办公厅关于严禁用公费变相出国(境)旅游的通知》、《国务院关于进一步加快发展旅游业的通知》。

(2) 省略式

这种省略式标题有两种形式,一是省略发文机关,由事由和文种组成。如《关于印发〈规范国有土地租赁若干意见〉的通知》、《关于成立教学督导团的通知》。此种标题通知常用于机关内部。二是只用文种词《通知》作标题。这种标题形式适用于机关内部不作为正式公文办理的事务性通知。

(3) 颁转式

这是颁转式通知的标题,一般较长,为避繁冗,其标题可酌情省略。一是省略被转发、批转公文的制发机关名称。如国务院批转国家新闻出版署、人事部关于编辑干部业务职称暂行规定,就可略去该规定的两个发文机关,简写成《国务院批转〈编辑干部业务职称暂行规定〉的通知》。二是省略多层转发机关及多余文种。如《关于转发市委××部关于转发省委××部关于转发中共中央××部〈关于××××工作的若干规定〉的通知的通知的通知》,可直接标为《转发中共中央××部〈关于××××工作的若干规定〉的通知》。三是省略联合行文中的次要机关,而在联合行文主办机关后加"等机关"三字表示。如××省人民政府批转省教委、建委、纪委、财政厅、国土局联合制发的《关于加快解决教职工住房问题的意见的通知》,标题可简化为《××省人民政府批转教委等部门关于加快解决教职工住房问题的意见的通知》。

拟写颁转性通知标题时应注意:①根据发布内容的重要程度分别选用"颁布"、"发布"、"印发"等词语。②发布规章的通知,所发布的规章名称要出现在标题的主要内容部分,并使用书名号。③批转和转发文件的公文,所转发的文件内容要出现在标题中,但不一定使用书名号。如《国务院办公厅转发教育部等部门关于进一步加快高等学校后勤社会化改革意见的通知》。

(4) 特殊式

如果通知的内容重要、紧急,或是对有关问题作补充说明,在文种前应加上"紧急"、"重要"或"补充"二字。如《国家经贸委关于立即停止使用一次性发泡塑料餐具的紧急通知》。

2. 主送机关

主送机关用全称或规范化简称,顶格书写,后加冒号。

通知的发文对象比较广泛,因此主送机关较多。由于级别、名称不同,主送机关的称法和排列非常复杂,要注意称谓和排列的规范性。这几个主送机关如果是平级的,用顿号隔开;不平级的,可按级别的高低,从高到低依次排列;不同的类别的单位用逗号隔开,同类别的单位,用"各"字概括。如国务院下发公文的主送机关写为"各省、自治区、直辖市人民政府,国务院各部委,各直属机构:",又如县人民政府下发公文的标题可写为"各部、委、办,各科、局,各乡政府,各社会团体,各厂矿、学校:"。

3. 正文

因种类不同,正文的写法也不一样。

(1) 指示性通知正文的写法

开头一般应写明发文的缘由。有的以简述形势、情况入题,有的直接阐明发文的依据、目的、意义。段末往往由"先将有关事项通知如下"、"特通知如下"等习惯用语过渡到下文。

主体应写明应知、应办的事项，主要写工作任务、原则措施、执行要求等。这部分内容较多，但要写得条目清晰，文字简练，易于理解，便于执行。结尾一般是发出希望号召，或提出执行要求，也可用“以上各点，望遵照执行”之类的惯用语作结，还有的干脆不写结语。请见例文1。

（2）颁转性通知正文的写法

颁转性通知的正文比较简短，只写颁转语，通常包括颁转对象、颁转决定和执行要求。常见的写法是，“现将××文件印发（转发或批转）你们，望遵照执行（‘请参照执行’或‘请结合本地区、本部门的情况认真研究和贯彻执行’）”。“××文件”是颁转对象；“印发”（“转发”或“批转”）是颁转决定；“遵照执行”（“参照执行”或“贯彻执行”）是执行要求。如果是对下级来文的批转，前面还要加一句“××文件已经同意（或原则同意）”。然后再写印发决定与执行要求。

有的颁转性通知正文写作复杂一些，在说明颁转对象和决定时，要言明颁转的依据、目的、意义；在说明执行要求时，对贯彻执行文件的有关问题，如时代背景、现实情况、基本任务、性质意义、原则要求等要作出具体指示和说明。但不论写作的“繁”与“简”，写作颁转性通知正文既要体现颁转该文件的意图，又要提出明确要求。文字要求简练明白，语言要求恳切庄重。同时要把颁转的文件作为文件的内容，随文转发。请见例文2、3。

（3）知照性通知正文的写法

开头要写明通知缘由，即依据、目的、意义等。主体部分写明应知事项。结语写“特此通知”。

知照性通知有许多种，下面择其主要两个文种介绍正文的写法。

① 会议通知　这是最常见的通知。正文分三部分。

第一部分：交代开会缘由、依据和会议名称，写明谁决定召开什么会议。然后以“现将有关事项通知如下”之类的语句引出下文。

第二部分：写明有关事项，包括开会时间与期限、地点、与会者及其条件、会议内容或主要议题、会前准备、其他事项（如经费、食宿、交通等）。

第三部分：对参会者提出具体要求（如要求函寄回执或电话回复是否参加等），并写明报到地点、时间、联系人姓名、地址、网址、电话。请见例文4。

② 任免通知　开头写任免依据，常常只用“经××××研究决定”一句表述，不必多写。

主体写明任免对象及其职务。如果有多人任免，应按级别高低，一人占一自然段，依次排列。先写任职，后写免职，有的还要写明任职者的待遇，如“×××同志任宣传部部长（正局级）”。

结尾用“特此通知”。

4. 发文机关与成文时间

为郑重、严肃起见，正文结束后往往还要写上发文机关名称与成文具体时间。如标题中已有发文机关名称，也可以不再署名，只写成文时间。

四、通知的写作要求

1. 按职权行文

选择通知的具体文种时，要按本机关的权限选用。一般来说，指示性通知只能由直接上级机关向下一级机关主送;颁转性通知中的发布性通知和批转性通知,也只能用于具有发布和批准权限的上级对下级的行文。在拟写颁转意见和执行要求用语时,也要注意分寸,不得越权。转上级机关来文,只能是照转照发,表态和评价是完全肯定、高度评价,执行要求用语是“遵照执行”、“贯彻执行”之类。转发同级或不相隶属机关来文也应充分肯定或基本肯定,执行要求用语为“望参照执行”、“供参考”、“供参阅”之类。批转下级来文,其表态用语为“同意”或“原则同意”等。凡同意者为完全肯定,执行要求用语为“遵照执行”之类;“原则同意”为基本肯定,写执行要求用语时往往要针对不足之处加以补充完善。

2. 要求具体清楚

通知的标题不能省去概括公文主要内容的词语(即“事由”),以便受文者一目了然,便于办理。

通知的事项和执行要求要写得具体明确,恰如其分。是“遵照执行”还是“参照执行”,是“照此执行”还是“研究执行”,或“结合实际情况贯彻执行”,都应写得清清楚楚,越清楚越具体,就越便于理解与执行。

3. 针对性要强

通知不宜长篇大论,力求短小精悍,其内容要紧扣通知的事项,根据有关政策规定和实际情况,提出要求,讲明原则和做法,要有极强的针对性。即使标题,也应根据发文意图或主题的需要而鲜明地体现其针对性,针对哪项工作、什么事情,非常明确。如中共中央办公厅和国务院办公厅联合发布的《关于严禁党政机关到风景名胜区开会的通知》,其针对性一目了然。

五、例文与简析

【例文1】指示性通知

国家计委办公厅
关于抓紧做好建设环境稽查中发现的乱收费问题处理工作的通知
计办价检[2001]969号

各省、自治区、直辖市计委、物价局:

自国家计委和各省(直辖市、自治区)计委、物价局联合开展重大建设项目建设环境稽查以来,各地都发现了一批乱收费的问题。认真、及时做好对乱收费问题的处理、结案工作,对于减轻项目建设负担、改善重大建设项目建设环境具有重要作用。现就结案处理工作有关事项通知如下:

一、此次稽查中发现的乱收费问题由有关省价格主管部门依法处理。

二、各省(区、市)价格主管部门要坚决依法行政,对查出的乱收费问题在处理时,要切实做到“事实清楚、证据确凿、定性准确、处理恰当、手续完备、程序合法”。

三、对性质恶劣、情节严重、屡查屡犯的乱收费典型案例要通过新闻媒体公开曝光,对有关责任人要提请监察部门追究其行政责任。

四、各地对稽查出的乱收费问题的工作务必于10月31日前结束。

五、处理乱收费问题的工作结束后,各地要及时进行总结,分析乱收费问题的成因,提出完善政策的建议等,并形成书面报告。各地的总结报告连同处罚决定书,请于11月15日前一并报国家计委价格监督检查司。

二〇〇一年八月二十二日

（选自国家计委官方网站，http://www.sdpc.gov.cn）

【简析】

这是一篇指示性通知。标题包括发文单位、事由和文种三个要素，为完全式标题，庄重严肃，具有权威性、严密性。正文开头是发文缘由，简要地陈述了发通知的缘由、目的与意义。然后用过渡句“现就结案处理工作有关事项通知如下”过渡到主体部分。主体部分分条列项地依次对处理乱收费问题的主管部门、处理原则、处理办法、处理步骤、实施要求及时间限制等作出了具体规定。最后，意尽文止，无专门的结束语。这份通知，事项具体，规定明确，条理清楚，结构清晰，处理果断，措辞准确。

【例文2】转发性通知

××区人民政府
关于转发《××市人民政府加强反腐倡廉工作办法的通知》

各部、委、办，各乡人民政府，各社会团体，各企、事业单位：

现将《××市人民政府加强反腐倡廉工作办法的通知》(×府发〔200×〕×号)转发给你们，请结合实际情况，认真贯彻执行。

反腐倡廉是一项意义十分重大，影响极其深远，而又迫切、艰巨的工作，难度很大。希望你们认真组织广大干部、群众学好文件，见诸行动，力争在本年内收到明显效果，使我区人民为之一振！

××市人民政府加强反腐倡廉工作办法的通知

（略）

××人民政府

二〇〇×年×月×日

【简析】

标题用的是完全式，庄重、严肃，与正文内容相适应。主送机关按级别高低依次排列，之间用逗号隔开；同类型单位用“各”字领起，也符合撰写要求。正文第一段只有一句话，但却概述了转发对象、转发决定与转发意见，言简意赅。由于通知事项之重大，加了第二段，先用极其精练的语言高度概括、强调了反腐倡廉工作的重要性和艰巨性，引起受文者的高度重视。然后作出指示，要求各单位发动群众，“学好文件，见诸行动，力争在本年内收到明显效果”。为了强调其实效，末尾加了一句“使我区人民为之一振”。全文主旨明确，重点突出，层次清晰，语言简洁。此类通知应将被转发的文件列于成文日期后，与转发语构成复合结构的文件，以利于实施。

【例文3】印发性通知

关于印发《市人民政府办公厅公文拟制规定》的通知

各区、县人民政府，各委、局，各直属单位：

现将《市人民政府办公厅公文拟制规定》发给你们，请按照执行。

××市人民政府办公厅

二〇〇×年×月×日

【简析】

这是颁转性通知中的印发文件通知。此类通知用于印发本机关所制定的法规、规章、方案、办法等。标题可根据内容的重要程度,选用“颁布”(发)、“发布”、“印发”等字样。由于此文件公布的是一般性事项,故此通知的标题中用“印发”二字。正文中“现将《市人民政府办公厅公文拟制规定》发给你们”是发文机关作出的决定,写明了印发对象。“请按照执行”是印发意见,对下级提出的要求。

【例文4】会议通知

××省旅游局关于召开全省旅游工作会议的通知

各市旅游局:

为了贯彻全国旅游会议精神,落实全省“十一五”旅游工作规划,定于×月×日在××市召开全省旅游工作会议。现将有关具体事项通知如下:

一、与会人员:各市旅游局长或副局长一人。

二、会议时间:×月×日—×月×日。

三、会议地点:××市××路××号××宾馆。

四、会议内容:讨论、制定《“十一五”旅游工作规划》,布置明年工作。

五、会前准备:1. 撰写今年旅游工作总结,一式40份。

2. 作好讨论发言准备。发言稿交大会秘书组。

六、请参会人员电话回复。

七、报到时间:×月×日。报到地点:××宾馆。联系人:××。联系电话:××××××××,手机:×××××××××××。

××省旅游局

二〇〇×年×月×日

【简析】

这是一篇典型的会议通知。标题由发文单位、事由与文种三要素构成。属常规式公文标题。正文开头在简要地交代了会议召开的目的后,紧接着全面具体地交代了开会的时间、地点、与会人员、会议内容、会前准备、报到时间、地点、联系人姓名、电话等事项,各要点齐备,先后有序。落款处是发文单位与成文时间。全文结构完整,层次清晰,语言简洁。

六、病文诊断

【病文1】

××市人民政府关于批转《××省人民政府批转××部、××部、××委关于进一步加强城市规划工作报告的通知》的通知

各县人民政府,各直属单位:

现将(×省发〔200×〕××号)《××省人民政府批转××部、××部、××委关于进一步加强城市规划工作报告的通知》转发给你们,请结合各地情况研究执行。

200×年×月×日

《××省人民政府批转××部、××部、××委
关于进一步加强城市规划工作报告的通知》

（×省发〔200×〕××号）

各市、县人民政府，各部、委，各直属机构：

同意××部等部、委《关于进一步加强城市规划工作报告的通知》，现转发给你们，请结合实际情况，认真贯彻执行。

200×年×月×日

××部、××部、××委关于进一步加强城市规划工作报告的通知

（略）

【诊断】

1. 转发上级的来文，标题只能用转发，不宜用"批转"二字。

2. 标题太繁冗，既可略去中间转发的环节，又可略去联合行文的次要机关，以直转原文件的形式，标为《××市人民政府关于转发××等部委进一步加强城市规划工作报告的通知》。

3. 主送机关应顶格书写，而且主送机关要写全，故应在"县人民政府"后加上"市府各部门"。

4. 发文字号应置于文件标题之后。

5. 转发上级来文，执行要求用语不应用"研究"，应换为"遵照执行"或"贯彻执行"之类十分肯定的语言。

6. 公文的成文日期不能用阿拉伯数字书写，应改为小写汉字。

【病文 2】

关于召开职教工作会议的通知

各区、县教委，各职业院校：

为了转达全国职教会议精神，贯彻国务院关于大力加强职业教育的决定，市教委决定于12月20日在雾都宾馆召开职教工作会议，请各区、县教委和职业院校的主管教学的主任与院长准时到会，不得有误。

二〇〇五年十二月五日

【诊断】

1. 为郑重起见，标题应用完全式标题，要补上发文单位名称。

2. 通知事项太不完备，应逐一补足会议期限、会议内容或议题、雾都宾馆的具体详细地址与交通路线、会前准备、报到时间、地点、联系人姓名、电话、是否需要电话回复或函告回执等内容。

3. 前面没有"现将有关事项通知如下"之类的过渡语，正文末尾应另起一行，补上"特此通知"。

4. 因标题没有发文机关，落款处还应写上发文单位名称，并盖章。

能力训练

一、判断题(正确的打√,错误的打×)

1. 任何机关单位都可以用通知行文。(　　)
2. 通知是一种平行文。(　　)
3. 有的通知具有法定的约束力。(　　)
4. 颁转类通知中被印发、转发或批转的文件属于该通知正件组成部分,不能列为附件。(　　)
5. 通知是法定公文中使用频率最高的文种。(　　)
6. 如被颁转的公文是法规性文件,其通知标题必须对颁转的文件标题加书名号。(　　)
7. 会议通知,迁址办公通知,启用印章通知,成立、调整、撤销机构的通知都是知照性通知。(　　)
8. 会议通知结尾部分通常向受文者提出参会的有关要求,注明联系人、联系地址、联系电话。(　　)

二、简答题

1. 请说说通知的适用范围。
2. 通知有哪些种类?
3. 请说说几种通知正文的写作区别。
4. 如何写通知的主送机关?

三、修改题

1. 修改下列标题中存在的错误。

(1) ××市人民政府印发××市城市管理规定

(2) ××县人民政府秋收秋种工作通知

(3) 重庆信息学院转发《大学生守则的通知》

(4) ××市人民政府关于批转国务院关于2000年度国家科学技术奖励的决定的通知。

2. 请指出下面一份通知中存在的错误,并修改。

××县人民政府
关于召开经济工作会议的通知

各镇(乡)局(行)厂矿:

为了总结经验,加速振兴我县经济的步伐,县政府决定在本月中旬召开经济工作会议,现将有关情况通知如下:

1. 参加会议人员为各单位主管经济工作的主要负责人;
2. 参会人员应带齐日常生活用品及伙食费,并于15日5时到县政府报到;
3. 参加会议人员应认真准备有关经济情况及今后工作打算的材料,以便在会议上汇报或交流;
4. 会议结束后将布置今年下半年的工作安排,请及时传达。

以上通知,希遵照执行。

××县人民政府办公室
2004年5月6日

3. 请分析下面病文。

××部关于成立摄影小组的通知

我部成立一个摄影小组,目的是为了更好地配合五讲四美活动,丰富我们的业余文化生活,培养我们的情操,有利于我们提高观察生活的能力,从生活中挖掘出美的事物,使我们更加热爱我们的社会主义祖国。

本小组将聘请专业或业余摄影家来讲学,在一两年内本小组成员除了能掌握摄影基本知识外,还能学会在拍摄过程中常用的知识；如追随法、逆光摄影法、高调摄影等，在冲洗照片过程中常用的如冲洗技术、多次曝光叠加成像、修改底片等方法。待初步掌握了这些技能以后，我们还将出外采访，从而更好地深入实际，了解社会，还将尽可能地游历祖国名山大川，拍出有浓郁的生活气息和奇丽风光的艺术照片，并举办学员作品展览，评出优秀作品，对作者予以适当奖励，结业时，凡掌握了所学内容者，都发给毕业证书，并赠送纪念品。总之，凡加入本小组的同志，只要认真学习，虚心请教，互相交流，取长补短，切磋技艺，都会在摄影技术上取得很大进步，成为祖国有用的人才。

凡是对摄影有爱好的同志，可以自愿报名参加，要自带照相机，有摄影作品的同志最好交上来，以供录取时参考。活动时间为每星期二、四下午，报名处在××部办公厅203室，报名时交一张一寸照片，报名时间为5月1日—5月10日，过期不再补报。有关各项要求望及时发给各党支部给予传达，尽快将名单报上来。

摄影是一门艺术，它会使我们的生活更加充实，激发我们对祖国的爱和为祖国献身的勇气，望大家踊跃参加。

××部办公厅

一九××年×月×日

（摘自 http://yyw.com.cn/gwxz/gl/2005311102413.htm）

六、写作题

1. 请就病文2的内容，代××市教委拟写一份会议通知。

2. 某某市人民政府收到国务院《关于开展年终财经大检查的通知》后，决定将这份文号为"国发〔200×〕××号"的文件转发给下属的区和县，请代为草拟一份通知。

第七节　通　　报

一、通报的概念与特点

通报是"适用于表彰先进，批评错误，传达重要精神或者情况"的公文。是告知性、启示性的下行文。

通报具有以下特点：

1. 典型性

这是就通报的内容而言。通报的内容，往往是具体的人、事或信息。它们不仅要具备严格的真实性，而且要具备足够的典型性。其人有代表性，其事能反映事物的本质，其信息是重要而有意义的。只能选用典型的事例，通报才能起到教育、启示的作用。

2. 启示性

这是就通报的作用而言。通报与通知不同，通知的作用重在指挥、指导，而通报的作用重在教育、启示。以先进的典型，树立榜样，发挥感召的作用；以错误的典型，作为反面教育，产生警戒作用；及时提供重要信息，启发思维，振奋人心，促使奋然前行。

二、通报的种类

根据内容与作用的不同，通报可分为以下三种：

1. 表彰性通报

用于表彰先进人物、先进单位，并总结其先进经验，树立榜样，以点带面，促使向先进单位和先进人物学习，推动工作。如《××人民政府关于表彰全省江河整治工作先进单位和先进个人的通报》。

2. 批评性通报

用于批评严重错误和通报重大事故。批评的对象可以是具体的人或单位,也可以是一种错误倾向。通过对错误事实真相的揭露和错误性质、原因和危害的分析,要求下级或相关人员从中吸取教训,引以为戒。前者如《中国人民银行关于10家金融机构违反“约法三章”处理情况的通报》;后者如曾在大小报上刊载的关于渤海2号沉船事故的通报。

3. 传达性通报

主要是向下级传达重要精神或情况,使下级掌握精神、了解情况、明确问题,以此作为工作借鉴。这类通报,有的是传达上级指示或会议精神,给予指导;有的是针对工作中出现的新情况、新问题,介绍先进经验,提出意见和要求;有的是在工作运行中传达工作进度,起督促、引导作用;有的是反馈社会信息,使受文单位了解相关情况,推动工作。

按表述方式的不同,通报可分为两类:

(1) 直述式通报

这类通报由发文机关直陈事实,进行分析,给予定性、评价,并作出决定,提出要求。

(2) 转述式通报

这类通报不直接陈述事实或情况,而是对来文(下级单位或外单位的情况报告、调查报告、通报、总结等)所反映的事实、情况,作出分析、评价,提出意见,然后将来文作为附件发出。

三、通报的写法

1. 通报的标题

有两种写法:大都采用完全式,即发文机关+事由+文种。如《国务院办公厅关于浙江省兰溪市非法成立金融机构并引发挤兑事件的通报》。也可用省略式,即事由+文种。如《关于我省近期几起重大交通事故的通报》。

2. 主送机关

通报大都有主送机关,少数普发性的和有执行要求内容的通报,可以不标明主送机关。

3. 通报正文

通报正文的内容主要包括通报的事实、评价、决定、希望要求等四项。但因类型的不同,写法有所不同。

(1) 表彰性通报与批评性通报的正文

这两种通报正文的结构和写法基本相同,一般分为四个部分:

第一部分:叙述通报对象的基本事实。要交代清楚“六要素”(即时间、地点、人物、事件、原因、结果),以增强其透明度与真实性,使受文者对事实有所了解。内容比较复杂的通报,可将这一部分分为两层:第一层,像新闻倒金字塔结构那样,专辟一段“导语”,画龙点睛似的概括总体事实,并作出定性和评价,使受众有一个总的了解和认识,以此总领全文。接着用“现将有关情况通报如下”之类的惯用语导入第二层。第二层采用纵式结构形式,紧承导语提出事实与结论,比较具体地陈述基本事实和基本情况。

第二部分:进行分析,给予定性和评价。在讲清事实的基础上,还要进行分析、评价。或者对先进事实积极的意义、模范作用进行分析、评价;或者对错误、事故的性质、严重影响、原因及教训予以分析、定性和总结。如果通报对象是众多个人或单位,则应当抓住其共性,用高度精练的语言进行概括。

第三部分：写明处理决定。用简明的语言写明“为何”与“如何”。例如：“为激励先进，进一步发挥共青团员的模范带头作用，学院团委决定给予陈娟等4位同学以模范团员称号，予以通报表彰。”

第四部分：提出希望与要求。如果是表彰性通报，则对表彰对象作勉励，表期望，对有关单位和群众提出号召与希望；如果是批评性通报，则在此对批评对象提出改正错误的具体要求，并要求有关单位和群众从中吸取教训，引以为戒。

(2) 传达性通报正文

此类通报的正文分前言、情况综合和要求三部分。“前言”部分用简明的语言将通报的情况或传达的精神进行概述，点明通报的主要内容或传达的主要精神，以此作“纲”，统率全文。

“情况综合”按时间先后或问题性质，逐一陈述发生的各种情况或精神的要点。这一部分要写得具体、详细，写作时还可采用夹叙夹议的手法，对陈述的有关情况或有关精神进行点评，使受文者明了其性质及意义。由于传达性通报多用来传达重要情况，其“情况”多为工作的失误或不正之风等，因而情况综合这部分还往往要在陈述情况的基础上分析原因，指出危害。

“要求”这一部分是在“情况综合”的基础上，针对陈述的重要情况或意义、重要精神作进一步的精当分析，并提出处理意见及对策。处理意见和对策必须从分析归纳中得出；只有这样，才有足够的说服力和切实的可行性。

(3) 转述式通报的正文

以上介绍的是直叙式通报正文的写法，下面谈谈转述式通报正文的写作。转述式通报的正文主要分两部分：

第一部分：介绍转发的对象。开头常用“现将《××××××》予以转发(或‘通报你单位、’‘通报各地’)”之类的语言，写明所转发的文件材料的名称。然后，对转发材料的主要内容略作提示。这部分的写法类似转发类通知，要写得极为简洁。

第二部分：作出评价和要求。着重评析通报材料的性质、意义或影响，并联系现实表明发文机关的态度，提出要求。这部分虽是写作重点，但也应简洁明快，因此整个通报的篇幅就不长。

(4) 通报正文写作之关键

从以上介绍可以看出，尽管不同类型的通报，其正文各有不同的写法，但有其基本格式：介绍情况、分析定性、提出要求(表彰性通报与批评性通报还要作出决定)。而要想写好这三点，最关键的是要看对事件或问题进行怎样的分析。分析恰如其分，恰到好处，才能令人信服，才能达到教育有关人员、改进工作的目的。分析首先要找准分析点，即是分别从事件(或问题)的性质、原因、后果上单方面分析，还是从其中的两个方面或三个方面来分析。一般来说，事件(或问题)的性质和后果严重的，就从性质和后果两方面来进行分析；性质和后果不太严重的，可以原因为分析点进行分析。分析恰当而中肯，前面的情况或介绍就因为有“纲”可依而容易多了，这也为后面作出处理、提出要求指明了方向。

在通报的写作中，需要注意的是：

① 要紧紧围绕分析点进行写作，既不能离题，也不能偏题。

② 分析着墨的多少要以通报具体内容来定，如果通报的事件比较简略，应多加分析；如果事件写得比较具体、详细，分析就可以少些。

③ 分析与事件的介绍可以合在一起写，也可以分开写。

④ 分析定性要注意分寸，不能任意提高或降低。

注明发通报的单位名称和成文日期。标题中已写明发文单位名称的，结尾只要写明年、月、日。

此外，有的结尾处还要注明通报发放的范围。

四、通报的写作要求

1. 事实、情况要典型

无论是表彰先进、批评错误，还是传达重要精神或情况都要求有代表性，都是重大的，有意义，有价值的；都是典型人物、典型事件和典型情况，以典型引路，激励先进、惩戒错误、传达情况、推动工作。

2. 分析、评价要精当

进行分析，给予定性和评价要讲究分寸，做到精当，即是说，表彰性通报要注意不浮夸，切忌一好百好；批评性通报要注意不过激，切忌无限上纲；情况通报要注意全面，切忌以偏概全。

3. 措施要求有据

表彰性与批评性通报要作决定、处理，传达性通报要提出对策与做法，这些措施都应有政策依据、事实依据或科学依据；而且要具体明确，切实可行。

4. 制作发布及时

通报有通知、报道的作用，具有新闻时效性特点，像新闻报道一样快速、及时。应当得到表彰、鼓励的，及时通报就能弘扬正气，鼓舞斗志；应当受到批评处罚的，及时通报，就会起到打击歪风邪气和震慑坏人坏事的作用；应当让下级知道的情况和问题及时通报，能立即起到推动工作的作用。

五、通报与通知的区别

通报与通知都是知照性公文，都有沟通情况、交流信息的作用，但它们有显著的不同：

1. 作用不同

通知"适用于批转下级机关的公文，转发上级机关和不相隶属机关的公文，传达要求下级机关办理和需要有关单位周知或者执行的事项、任免人员"。而通报则"适用于表彰先进、批评错误、传达重要精神或情况"。

2. 要求不同

通知要求知之而后行，要求下级去贯彻执行；通报重在"报"，要求下级了解、知晓情况或问题。

3. 时间不同

通知往往是在事前制发的，而通报是在事后制发。

4. 表述不同

通知一般用概述语言，而通报则需较具体的叙述，还要分析议论。

5. 事项来源不同

通知的事项是上级根据需要而写，有些事项，如会议通知，尚未发生。而通报的事项所涉及的人、事或情况多在下级。

六、范文与简析

【范文1】表彰性通报

国务院办公厅关于表彰奖励中国女子足球队的通报

各省、自治区、直辖市人民政府，国务院各部委、各直属机构：

中国女子足球队是我国体育战线上的一支优秀队伍，长期以来，艰苦训练，锐意进取，在历次重大比赛中都获得了好的成绩，为我国体育事业的发展作出了贡献。中国女子足球队在第三届世界杯女子足球赛中，发扬为国争光、不畏强手、团结协作、顽强拼搏的精神，荣获亚军，为祖国赢得了荣誉，受到全国人民的称赞。为此，国务院决定对中国女子足球队给予表彰并予奖励。

各地区、各部门要认真学习中国女子足球队热爱祖国、无私奉献、坚忍不拔、团结拼搏的优秀品质和高尚情操，更紧密地团结在以江泽民同志为核心的党中央周围，高举邓小平理论伟大旗帜，振奋精神、开拓进取、立足本职、扎实工作，为把建设有中国特色社会主义伟大事业全面推向21世纪而努力奋斗。

国务院办公厅

一九九九年七月十二日

【简析】

这是一篇精短的表彰性通报。标题为完全式标题，显得庄重、严肃。正文部分清晰而凝练地展示了通报的内容，具有一般表彰性通报应该具备的四个组成部分：①陈述表彰对象的基本事实和情况；②给予分析评价；③写明表彰决定；④提出希望和号召。本文对第一项内容写得很简略，只用了两句，一句总说中国女子足球队在历次重大比赛中取得好成绩，另一句强调在第三届世界杯女子足球赛中获得殊誉；而对其具体情况只字未提。第四项内容却写得特别详细，专门用了一个自然段来写，既提出了希望和号召，又写明了具体内容；既写清楚了学习哪些具体的品质情操，更有层次地写出学习应达到的目的。这样详略处理，十分恰当，一是因为中国女子足球队的先进事迹广为人知，不必多费笔墨；二是表彰性通报的目的和作用就在于以表彰为手段，达到教育和引导的目的，这是全文的重心所在。我们应学习这种详略得当的写法。

【范文2】批评性通报

中共××市纪委××市监察局
关于处理王××挪用公款的通报

王××，男，现年45岁，原××市中级人民法院执行庭庭长。在其任职并监管庭内执行案款账务期间，于1997年2月至1998年1月，挪用公款120万元给朋友林××开办公司，其行为已构成挪用公款错误。根据《中国共产党纪律处分条例(试行)》第80条之规定，经××区委批准，给予王××开除党籍处分；××市高级人民法院正按法律程序办理其行政处理手续。法院以挪用公款罪一审判处其有期徒刑五年。

王××的行为给国家财产造成巨大损失，损害了党的形象，造成了恶劣的政治影响。究其犯错误的根源，从根本上说是不讲学习、不讲政治、不讲正气，放松了对世界观的改造，违背了党员领导干部应该履行的职责。全市各级党组织、广大党员干部应当从中吸取深刻教训，引以为戒。第一，一定要加强马列主义理论学习，全面准确地理解和贯彻邓小平理论和党的基本路线，加强世界观的改造，无论在什么情况下，都应保持坚定的理想信念不动摇。第二，一定要坚持正确的政治立场、政治观点，增强政治敏锐性和政治鉴别力，善于从政治上观察和处理问题，思想上顶得住歪理，辨得清是非，使自己从事的工作始终保持正确的政治方向。第三，一定要牢记全心全意为人民服务的宗旨，树立高度的政治责任感，正确使用人民赋予的权力，恪尽职守，毫无懈怠，团结并带领广大人民群众完成社会主义现代化建设的神圣使命。

中共××市纪委××市监察局

一九九九年八月十二日

【简析】

这是一篇批评性通报。标题由发文单位、事由、文种三要素组成。正文内容分为三个层次。第一层，叙述了王××犯罪事实及党和政府对王××的处理决定。内容丰富，语言简洁，采用概述，不交代细节的写法。第二层，论述危害，分析原因，言简意赅，高度概括了危害之巨大，及其犯错误的思想根源。第三层，是全文的重点，针对犯错误的原因，抓住党员的政治素质这个中心，明确具体地提出了对党员的要求。发人深省，具有很强的教育警示作用。

【范文3】转述式通报

中共××省纪委关于对参与嫖娼活动的共产党员
必须坚决开除出党的通报

××市××××中心主任×××、××市检察院助理检察员××，道德败坏，腐化堕落，公然参与嫖娼活动，完全丧失了一个共产党员的基本条件。最近，经中共××市委批准分别开除了×××、××的党籍。

当前在改革开放的新形式下，建国后不久就已经绝迹的嫖娼卖淫等丑恶现象在一些地区沉渣泛起，死灰复燃。尤为严重的是个别意志薄弱的共产党员也陷入其中。×××、××等人参与嫖娼就是例证。这种丑恶现象的存在，不仅腐蚀党的肌体，而且严重败坏党的声誉，在社会上造成极坏的影响。对此，必须引起我们的高度重视。

全省各级党组织和广大共产党员都要从这一案例里吸取教训，引以为戒。要坚持两手抓，一手抓物质文明建设，一手抓精神文明建设；一手抓改革开放，一手抓打击各种犯罪活动。对各种丑恶现象，要坚决取缔和打击，决不能任其发展。要利用这一方面教材，加强对党员干部的教育，使大家深刻认识腐蚀与反腐蚀斗争的长期性，务必保持高度警惕，加强党性锻炼，增强反腐防变的能力，时刻注意防范和抵制资产阶级腐朽思想和生活方式的侵蚀，同各种丑恶现象作坚决斗争，永葆共产党员的本色。要健全党的组织生活制度，加强对党员的管理和监督，充分发挥党内监督制约机制的作用。对参与嫖娼活动的共产党员，公安部门要发现一起，报告一起。各级纪委要按中央纪委《对参与嫖娼、卖淫活动的共产党及有关责任者党纪处分的暂行规定》，严肃查处，以保持党组织的纯洁性。

附：1. 关于×××所犯嫖娼错误的处分决定

2. 关于××所犯嫖娼错误的处分决定

中共××省纪律检查委员会

一九九二年六月四日

【简析】

这是一份转述式通报的写作范例。标题用的是完全式标题，尤其是标题中的“必须坚决开除”具有震慑力。

正文分为三部分，第一部分，陈述情况，虽然只有两句话，却陈述了错误事实、错误性质和所给处分，真是言简意赅。第二部分，分析评价，论述了犯错误的严重性和危害性，补充说明了给予处分的根据，使受处分者心服口服，使受文者高度重视。第三部分，提出要求，这是发文的目的所在，也是本文的重点，写得详细。这部分首先要求各级党组织和广大党员从中吸取教训，引以为戒。然后，从四个方面提出了具体要求：①坚持“两手抓”；②以此为教材，加强教育；③健全党的组织生活，加强监督和管理；④按党纪和国法严肃处理。由此看来，转述式通报的重点不在错误事实的陈述，而在于分析、定性与评价，更在于针对错误的原因，提出切实可行的措施要求，以保证不再犯类似错误。

七、病文诊断

【病文 1】

中共××市××区委办公室
关于区属各单位文件保密管理情况的通报

最近我办对区属各单位保密管理情况进行了检查，从检查情况看，多数单位领导重视，文件的保密和管理工作做得好。但也发现少数单位不同程度地存在这样那样的问题，给文件的保密带来影响。希望各单位领导和机要人员高度重视文件的保密、保管工作，确保党和国家秘密的安全。

附：文件保密管理先进单位名单

文件保密管理未达标单位名单

中共××市××区委办公室

2004 年 10 月 4 日

【诊断】

1. 标题不够完善，应在“关于”后面加上时间“2004 年度”。
2. 通报应有主送单位，应加上“区委各部委、区属各部门党组(党委)”。
3. 无通报缘由，显得突兀，应写上缘由根据，如“按照中共××市委办公厅、××市国家保密局关于……的要求(规定)”。
4. 保密工作做得好的单位，好在哪里应具体陈述。
5. 少数单位存在这样那样的问题，没有写清楚究竟有哪些问题，也应作具体补充。
6. 对于今后如何做保密工作，更要针对存在的问题提出具体的要求和措施。
7. 附件如有多个，应逐一标上序号，写清份数和页数。
8. 成文时间应改为小写汉字。

【病文 2】通报事实介绍

小宁置身于鲜花和赞美之中，一时间，人们发现了身边这位见义勇为的好青年，尽管平常他并不起眼，但关键时刻显出英雄本色。自从他于今年九月五日在公共汽车上勇斗歹徒的事迹传开后，各单位都开展了向他学习的活动，他自己则很谦虚地说：“当时歹徒拿刀威逼乘客掏钱包，很多人敢怒而不敢言，我只不过做了我应该做的。”他身上被歹徒砍了三刀。

【诊断】

1. 事实的六要素交代不清，无事件的起因与结果。
2. 叙述的顺序混乱，采用了倒叙的写法，不符合通报按顺序写作的要求。

3. 对事件的叙述应使用概述的方式,不应用详述和描写。

4. 缺乏对事件性质、意义的分析与评价。

5. 应将描述性语言改为叙述语言,将小说的写法改为朴实、简洁、平易的写法。

能力训练

一、判断题(正确的打√,错误的打×)

1. 通报是使用频率最高的文种。　(　　)
2. 通报的主要表达方式是叙述和议论。　(　　)
3. 通报应以表彰为主。　(　　)
4. 通报的内容不仅要具备严格的真实性,而且要具备足够的典型性。　(　　)
5. 表彰性通报和批评性通报的开头,要陈述通报对象的基本情况和基本事实。　(　　)
6. 详写表彰性通报的主体,是指写得较为具体,不能理解为越详细越好,更不宜使用描写、夸张等手法。　(　　)
7. 一个单位只要有好人好事或错误现象就应该发通报。　(　　)
8. 通报与通知在写法上的不同是,通知有一定的议论,而通报没有或者很少议论。　(　　)

二、简答题

1. 简述通报的适用范围。
2. 按内容与作用分,可将通报分为哪几种?
3. 通报的写作要求是什么?
4. 通知与通报有哪些不同?

三、改错题(指出错误并加以改正)

下面是一份通报的事实陈述部分,请指出存在的问题。

"轰"的一声山摇地动,武进市半夜沉睡中的居民被一声巨大的响声震醒。人们看到位于玉石区东南角的上空浓烟滚滚,火焰照亮了天空。这是今年九月初发生在武进市建筑材料厂的一次火灾事故。火灾发生后该厂值班人员不知去向,当班领导很长时间才来到现场。虽经消防官兵和上班工人及附近群众的奋力扑救,火势被控制,但已造成严重损失。一位老工人痛心地跺脚说:"早就提醒的事儿,还是发生了!"

四、写作题

1. 根据下列材料,写一份表彰性通报。

景志刚,男,40岁,天津河西区工商行政管理局大营门工商所党支部书记兼所长,被人们誉为"焦裕禄式的好干部"。1996年5月的一天,他在清理市场时,遇到一位既没有营业执照,又违法出售未消毒的旧西服的无业人员。景志刚让他撤出市场,那人一脸凶狠样地说:"我就不走,看你怎么办?"景志刚告诉他:"按规定扣留你的商品。""你扣一件,我看看!"景志刚毫不犹豫,走上去收缴摆在地上的旧西服,那人气势汹汹地抓住了景志刚的脖领子,他的一个同伙死死抓住景志刚的左手,弄断了景志刚的小拇指,景志刚忍住钻心的痛坚持收缴,所里的同志和闻讯赶来的民警把行凶者扭送到派出所。

第二天清早,吊着绷带的景志刚照常出现在市场内,那两个行凶者托人找到他,愿出六万元"私了"。景志刚义正词严地回复:"我代国执法,岂能私了!"两名行凶者受到了应有的惩罚。

2. 根据下面材料起草一份通报。

2005年9月2日晚上,经贸系05级三班学生赵敏在丹枫园第六栋公寓502房间熄灯后违反规定,在床上点蜡烛看书,不久睡着了,半夜时分,床上被子等物品着火引起了火警。虽然扑救及时,没有伤人,但还是造成了上千元财物损失,公家的床也被烧坏。

参考文献

[1] 周姬昌.写作学高级教程.武汉:武汉大学出版社,1993.
[2] 路德庆.写作教程.上海:华东师范大学出版社,1982.
[3] 郜文斌.公务员实用写作.北京:中国人民大学出版社,1997.
[4] 朱伯石.写作与作文评改.北京:高等教育出版社,1986.
[5] 张建.应用写作.北京:高等教育出版社,2005.

第三章 行政公文(下)

本章介绍议案、报告。请示、批复、意见、函和会议纪要等行政公文的含义、特点及种类,着重介绍其结构和写法。

第一节 议 案

一、议案的适用范围

《办法》规定:议案“适用于各级人民政府按照法律程序向同级人民代表大会或人民代表大会常务委员会提请审议事项”。

这个定义是比较狭窄的,制作主体限于各级政府。在公文的实际运作中,议案的使用范围要大于上述限定。《中华人民共和国全国人民代表大会组织法》第九条规定:“全国人民代表大会主席团、全国人大常委会、全国人大各专门委员会、国务院、中央军事委员会、最高人民法院、最高人民检察院,可以向全国人民代表大会提出属于全国人民代表大会职权范围内的议案。一个代表团或者 30 名以上的代表,可以向全国人民代表大会提出属于全国人民代表大会职权范围内的议案。”《地方组织法》第十四条规定:“地方各级人民代表大会举行会议的时候,主席团、常务委员会、本级人民政府和代表(有三人以上附议),都可以提出议案。”这些显然超出了国务院办公厅的职权范围,在《办法》中不可能给予表达。所以,《办法》中对议案所下的定义,仅限于各级政府向同级人大及其常委会提出的议案。

政府向人大提出的议案、非政府机关向人大提出的议案、人大代表联名向人大提出的议案,这是议案的三种不同类型。在这里,我们重点介绍的是政府向人大提出的议案。其他议案与政府议案并无太大差异,可仿照制作。

二、议案的特点

1. 制作主体的法定性

按国务院办公厅的规定,只有各级政府才能向同级人民代表大会提出议案。即使参照全国人大组织法和地方组织法的规定,对议案作广义的理解,有权提出议案的仍然是少数的法定机构,党团组织、社会团体、政府各部门、企事业单位等,都无权提出议案。因此,议案这种文体在基层使用很少。

2. 内容的特定性

宪法和人民代表大会组织法规定,议案的内容,必须是属于人民代表大会及其常委会职权范围之内的事项。超出人大职权范围的议案,不会被大会接受。

3. 适时性

议案必须在各级人民代表大会或其常委会举行会议期间提出,否则也不会被列为议案。

4. 必要性和可行性

适合提交人大会议审议的事项，必然是重要事项，而且议案中提出的方案、办法、措施，也必须是切实可行的，才有可能获得通过。因此，针对性、必要性、务实性、可行性，这都是议案必须具备的品质。实事求是、脚踏实地、符合人民群众的意愿和要求，这些都是撰写议案的基本原则。

三、议案的分类

1. 立法性议案

立法性议案主要在两种情况下使用：一是政府机构制定了某项法律或法规之后提请人大审议通过时；二是建议、请求某行政机构制定某项法规时。前者如《国务院关于提请审议〈中华人民共和国著作权法（草案）〉的议案》，后者如《关于尽早制定我省普及九年制义务教育实施条例的议案》。

2. 重大事项的决策性议案

关于财政预算决算、城乡发展规划、重大工程上马以及政治、经济、文化、教育、科技、卫生等领域中的重大事项的决策，需要提请人民代表大会审议批准时使用的议案，就属于重大事项的决策性议案。如《国务院关于提请审议兴建长江三峡工程的议案》、《沈阳市人民政府关于组织动员全市人民综合治理开发建设浑河沈阳城市段的议案》。

3. 任免性议案

行政机关向权力机关提请任命、免去或撤销行政机关工作人员职务，请求人民代表大会审议批准的议案，就是任免性议案。如《国务院关于提请××等同志职务任免的议案》。

4. 建议性议案

以行政部门的身份向权力部门提出建议，也可以使用议案。这种议案有些像建议报告，供人民代表大会审议、采纳。

四、议案的写法

1. 案据

议案的第一部分叫做案据，顾名思义，这部分要提供提出议案的根据。由于内容不同，这部分的篇幅长短在不同议案中会有很大差异。下面是《沈阳市人民政府关于组织动员全市人民综合治理开发建设浑河沈阳城市段的议案》的案据部分：浑河是辽宁省第二大河，流经沈阳规划城市段50千米。长期以来，由于种种原因，造成浑河沈阳城市段河槽乱采乱挖，河障杂乱繁多，不仅直接影响城市安全防汛，而且严重污染城市环境。为了认真贯彻国家关于浑河综合治理的重大决策，提高城市防洪能力，缓解地表和地下水缺乏的矛盾，促进生态平衡，改善城市功能，适应改革开放和市场经济发展的需要，建设高科技、大生产、大流通、现代化、国际化的沈阳，根据外地经验和近几年的充分准备，组织动员全市人民对浑河进行综合治理和开发建设的条件已经成熟。为此，市政府向市十一届人大第三次常委会提出议案，请大会审议并作出相应的决议。

这个案据和常规的根据、目的、意义式的公文开头很接近。有时案据部分内容很复杂，文字也很多。如《国务院关于提请审议兴建长江三峡工程的议案》，案据部分超过全文的一半，对于这样一个耗时耗资十分巨大的工程，将理由阐述得充分一些，是很有必要的。有时案据可以写得很简短，如《国务院关于提请审议〈中华人民共和国著作权法（草案）〉的议案》，就是一个比较常见的“目的式”写法,不过三四行、百余字而已。

2. 方案

方案部分,就是对提请审议的事项或问题提出解决的途径、方法的部分。如果是提请审议已制定的法律法规的,解决问题的方案就在法律法规之中,这部分只需写明提请审议的法律法规的名称即可,但要把法律或法规的文本作为附件。如果是任免性议案,要将被任免人的姓名和拟担任的职务写明。如果是提请审议重大决策事项的,要把决策的内容一一列出,供大会审阅。如果是建议采取行政手段解决某方面问题的,要把实施这一行政手段的方案详细列出,以便于审议。不能只指出问题,而没有解决问题的方案。

3. 结语

结语是议案的结尾部分,主要用于提出审议请求。一般都采用模式化写法,言简意赅。如:“这个草案业经市政府同意,现提请审议。”

4. 签署和日期

一般行政公文,最后签署的都是发文机关的名称,而议案有所不同,要由政府首长签署。国务院提交给全国人大的议案,要由总理签署;各省、市、自治区提交给同级人民代表大会的议案,要由省长、市长或自治区主席签署。

日期格式与一般行政公文相同。

【范文1】

国务院关于提请审议兴建长江三峡工程的议案

全国人民代表大会:

长江是我国第一大河,流域面积占全国总面积的19%,养育着全国三分之一的人口,工农业总产值约占全国的40%,在我国国民经济发展中占有重要地位。长江中下游的洪水灾害历来频繁而严重。新中国建立以来,国家在长江流域进行了大规模的防洪建设,对保障中下游地区的经济建设和人民生命财产安全,发挥了很大作用。但由于多方面的原因,长江资源还没有很好开发利用,水患尚未根治,上游洪水来量大与中下游河道特别是荆江河段过洪能力小的矛盾,依然十分突出,两岸地面高程又普遍低于洪水位,一旦发生特大洪水,堤防漫溃,将直接威胁荆江两岸江汉平原和洞庭湖区的一千五百万人口和二千三百万亩良田,人民群众的生命财产和一批大中城市、工矿企业和交通设施,将会遭受巨大损失,严重影响国民经济全局。这是我们国家的心腹大患。

如何解决长江的防洪问题,更好地开发长江资源,中共中央和国务院一直很重视,社会各界也十分关注。经过几十年来的治理实践和对各种意见、方案的反复研究和论证,解决长江中下游的防洪问题,必须采取综合治理措施。兴建三峡工程是综合治理的一项关键性措施。三峡工程兴建后,可将荆江河段的防洪标准由目前的十年一遇提高到百年一遇;配合其他措施,可以防止荆江河段发生毁灭性灾害;还可减轻洪水对武汉地区及下游的威胁。同时,三峡工程还有发电、航运、灌溉、供水和发展库区经济等巨大的综合经济效益和社会效益。三峡工程建成后年发电量八百四十亿千瓦·时,占目前我国年发电量的八分之一,可为华东、华中和川东地区的经济发展提供重要的能源;可以大大提高川江航道通过能力,万吨级船队有半年时间可直达重庆,为发展西南地区的经济和繁荣长江航运事业创造条件。三峡工程还有利于长江中下游城镇的供水,有利于南水北调。总之,三峡工程的兴建,对加快我国现代化建设进程,提高综合国力,具有重要意义。

国务院对兴建三峡工程历来采取既积极又慎重的方针。近四十年来，有关部门和大批科技人员对三峡工程做了大量的勘测、科研、设计和试验工作。特别是一九八四年以来，社会各界提出了许多新的建议和意见。一些同志本着对国家、人民和子孙后代高度负责的精神，对库区百万移民的安置、生态与环境的保护、上游泥沙的淤积、巨额投资的筹措和回收等疑难问题，从不同角度提出了各自的意见。这些意见对于开拓思路，增进论证深度，完善实施方案，起到了十分有益的作用。

经过多年的研究、论证和审查，三峡工程坝址选在湖北省宜昌县三斗坪镇。工程的拦河大坝全长一千九百八十三米，坝顶高达一百八十五米，最大坝高一百七十五米。水库正常储水位一百七十五米，总库容三百九十三亿立方米。水电站总装机容量一千七百六十八万千瓦。工程静态总投资五百七十亿元(一九九〇年价格)。主体工程建设工期预计十五年。工程建设第九年，即可发电受益，预计在工程建成后不太长的时间里，即能偿还全部建设资金。国务院三峡工程审查委员会对可行性报告进行了认真审查，认为三峡工程建设是必要的，技术上是可行的，经济上是合理的。随着经济的发展，国力是可以承担的。

三峡工程规模空前，技术复杂、投资多，周期长，特别是移民难度很大。对于已经发现的问题要继续研究、妥善解决，对今后可能再现的各种困难和问题，要有足够的思想准备。要谨慎从事，认真对待，使工程建设更加稳妥可靠，努力把这项造福当代、荫及子孙的事情办好。

国务院常务会议经过认真讨论，同意建设三峡工程。建议将兴建三峡工程列入国民经济和社会发展十年规划，由国务院根据国民经济的实际情况和国家财力物力的可能，选择适当时机组织实施。

请审议。

国务院总理 李 鹏

一九九二年三月十六日

【范文2】

国务院关于提请审议《中华人民共和国劳动法(草案)》的议案

国函〔1994〕11号

全国人民代表大会常务委员会：

为了适应建立社会主义市场经济体制的需要，推动劳动制度改革，保护劳动者的合法权益，确立、维护和发展用人单位与劳动者之间稳定和谐的劳动关系，促进经济发展和社会进步，劳动部门同有关部门草拟了《中华人民共和国劳动法(草案)》。这个草案已经国务院常务会议讨论通过，现提请审议。

国务院总理 李 鹏

一九九四年二月十八日

五、议案的写作要求

1. 注意考虑选题的范围

人民政府提请人民代表大会审议的事项，应当是人民代表大会职权范围内的事情，所以要考虑事项是否应作为议案提出，否则超出其职权范围的事项是不能作为议案提出的。

2. 注意议案的内容应具体、充分

议案虽然一般都篇幅短小，言简意赅。但要获得审议批准、通过，写作中还必须注意重

点部分的写作要具体、充分。要有很强的说服力，言之有理，言之有据。

3. 注意语言要简明庄重，表达要直接、明确。

4. 注意议案写作的时效性。

5. 注意区别议案和提案的不同点：

(1) 议案必须由各级人民政府向同级人民代表大会提出；提案由人代会代表提出。

(2) 议案的提出要按法律程序办理，首先议案要经各级人民政府讨论通过。其次，议案要由主席团或委员长会议决定是否列入议程；提案则可由代表自由提出。

(3) 议案具有法律效力，有的议案就是法律；提案则只是对各方面工作的建议、意见。

(4) 议案的内容必须是属于人大或人大常委会职权范围内的事宜；提案则可以不是，一般由大会转到有关方面研究处理。

六、报告的例文与分析

【例文1】

国务院关于提请审议《中华人民共和国反不正当竞争法（草案）》的议案

全国人民代表大会常务委员会：

为了维护社会主义市场经济秩序，鼓励和保护公平竞争，制止不正当竞争行为，保障经营者的合法权益，国家工商行政管理局经过调查研究，广泛征求意见，草拟了《中华人民共和国反不正当竞争法（草案）》。这个草案业经国务院常务会议讨论通过，现提请审议。

国务院总理　李　鹏

一九九三年六月十日

附：《中华人民共和国反不正当竞争法（草案）》（略）

【简析】

这是一份提请审议法规的议案。标题由提出议案的机关即“国务院”，事由即“关于提请审议《中华人民共和国反不正当竞争法（草案）》”，文种名称为议案，共三个要素组成。正文写明提交议案的缘由及提请审议的事项。在本例文中，提交议案的缘由写得很简要，提请审议的事项很单一。

【例文2】

沈阳市人民政府关于组织动员全市人民综合治理开发建设浑河沈阳城市段的议案

沈阳市第十一届人大第三次常委会：

浑河是辽宁省第二大河，流经沈阳规划城市段50公里（千米）。长期以来，由于种种原因，造成浑河沈阳城市段河槽乱采乱挖，河障杂乱繁多，不仅直接影响城市安全防汛，而且严重污染城市环境。为了认真贯彻国家关于浑河综合治理的重大决策，提高城市防洪能力，缓解地表和地下水缺乏的矛盾，促进生态平衡，改善城市功能，适应改革开放和市场经济发展的需要，建设高科技、大生产、大流通、现代化、国际化的沈阳，根据外地经验和近几年的充分准备，组织动员全市人民对浑河进行综合治理和开发建设的条件已经成熟。为此，市政府向市十一届人大第三次常委会提出此议案，请大会审议并作出相应的决议。

一、综合治理的范围。（略）

二、综合治理的目标。（略）

三、综合治理的主要措施。

……(略)

1. 加强组织领导,成立专管机构。(略)

2. 科学制订规划。(略)

3. 多方筹措资金。(略)

4. 强化管理,依法治河,大力整顿河道秩序,采取得力措施制止乱采乱挖、乱批乱建、乱倒垃圾、乱埋坟包、乱排污水等有碍河道环境的各类违法行为。

5. 按河道整治规划,分期、分批搞好滩地清障,以确保综合整治顺利进行。

一九九三年五月二十七日

【简析】

这是一篇关于重大事项的议案。前言比较具体地表明了提请此议案的原因、目的;主体则比较详细阐述了提请审议的内容。语言简明、内容具体、目的明确。

能力训练

一、简答题

1. 简述议案的特点。
2. 议案写作应注意的事项有哪些?
3. 议案的种类有哪些?
4. 简述议案与提案的区别。
5. 如何写好议案的正文。

二、改错题

指出下面这份议案的错误并加以纠正:

××市规划局关于现代化国际都市的规划的议案

××省人民代表大会:

为了把我市建成现代化国际都市,我局在全面、充分调查的基础上,进行了设计、规划,并广泛地征求了专家、群众的意见,进行了多次修改,局办公会已讨论同意,现提请审议。

附:《××市新世纪现代化国际都市规划(草案)》

××市规划局

一九九八年五月六日

三、写作题

结合你所在地区的实际,选择一个方面,以当地政府的名义,用规范的格式向同级人民代表大会提交一份议案。

第二节 报 告

一、报告的适用范围

《办法》规定:报告"适用于向上级机关汇报工作,反映情况,答复上级机关的询问"。

报告是行政机关和党的机关都广泛采用的重要上行文。

《中国共产党机关公文处理条例》对报告功能的表述大致相同:用于向上级机关汇报工作、反映情况、提出建议,答复上级机关的询问。

作为党政机关公文的报告,和一些专业部门从事业务工作时所使用的、标题中也带有“报告”二字的行业文书,如“审计报告”、“评估报告”、“立案报告”、“调查报告”等,不是相同的概念。这些文书不属于党政公文的范畴,注意不要混淆。

二、报告的特点

1. 单向性

报告是下级机关向上级机关汇报工作、反映情况、提出建议时使用的单方向上行文,不需要上级机关给予批复。在这方面,报告和请示有较大的不同,请示具有双向性特点,必须有批复与之相对应,报告则是单向性行文,不需要任何相对应的文件。为此要特意提请注意:类似“以上报告当否,请批示”的说法是不妥当的。

2. 陈述性

报告在汇报工作、反映情况时,所表达的内容和使用的语言都是陈述性的。本单位遵照上级的指示,做了什么工作、怎样做的、取得了哪些成绩、还存在哪些不足,必然要一一向上级陈述。反映情况时,也要把时间、地点、人物、事件、原因、结果叙述清楚,向上级机关提供准确的现实性信息。即便是提出建议的报告,也要在汇报情况的基础上,才能深入一步提出建议来。

3. 事后性

在机关工作中,有“事前请示,事后报告”的说法。多数报告,都是在开展了一段时间的工作之后,或是在某种情况发生之后向上级作出的汇报。但建议报告没有明显的事后性特点,应该尽量超前一些,如果木已成舟,再提建议也就没有意义了。

三、报告的分类

1. 工作报告

凡是用来向上级汇报工作的报告,都是工作报告。

工作报告又可分为综合工作报告和专题工作报告两种。

综合报告涉及面宽,要把主要工作范围之内的方方面面都涉及,可以有主次的区分,但不能有大的遗漏。大到国务院提供给人民代表大会的政府工作报告,小到某单位向上级提供的年度、季度、月份工作报告,都属于这种类型。

专题报告的涉及面窄,只针对某一方面的工作或者某一项具体工作进行汇报,如党的机关关于“三讲”工作的报告,行政机关关于技术革新工作的报告等等。

2. 情况报告

如果本单位出现了正常工作秩序之外的情况,譬如说发生了事故,出现了意想不到的问题等,对工作产生了一定程度的影响,应该及时向上级将有关情况原原本本的进行汇报。

即使对工作没有太大影响,一些有倾向性的新动态、新风气,以及最近出现的新事物等等,必要时也要向上级报告。

凡此种种,都属于“情况报告”。作为下级机关,有责任做到“下情上达”,保证上级机关耳聪目明,对下面的情况始终了如指掌,这就是情况报告的意义。如果隐瞒不报,则是一种失职的表现。

3. 建议报告

对自己职权范围内的某方面工作有了深思熟虑、切实可行的设想之后，将其归纳整理成意见、办法、方案，上报上级，希望上级机关采纳，这就是建议报告。如林业部制发的《关于进一步加强森林防火工作的报告》。

对于建议报告，上级如果采纳，可能会批转给有关部门实施，这是建议报告目的的最终实现。但上级部门也可能不予采纳，这也是很正常的。作为下级机关，有建议的权力，却没有逼迫上级机关一定采纳的权力，对此，也要有清醒的认识。

4. 答复报告

答复上级机关询问的报告，称为答复报告。这种报告内容针对性最强，上级询问什么，就答复什么，不能答非所问。对待上级机关的询问，一定要慎重，如果不了解真情，要经过深入的调查研究后再作答复。

5. 报送报告

这是向上级报送文件、物件时使用的报告，正文通常非常简略，只需写明“现将××××报上，请指正（请查收）”即可。真正有意义的内容都在所报送的文件里。

四、报告的写法

1. 报告的标题和主送机关

（1）报告的标题

报告的标题，有两种写法，一是发文机关＋主要内容＋文种的写法，如《中共中央纪律检查委员会关于清理党政干部违纪违法建私房和用公款超标准装修住房的报告》；二是主要内容＋文种的写法，如《关于进一步加强我市公共场所防火工作的报告》。

（2）报告的主送机关

行政机关的报告，主送机关尽量要少，一般只送一个上级机关即可。但行政机关受双重领导的情况比较多见，只报送其中一个上级机关显然不妥，因此，有时主送机关可以不止一个。报告应报送自己的直接上级机关，一般情况下不要越级行文。

作为党的机关公文的报告，要按《中国共产党机关公文处理条例》第十二条的规定执行：“向上级机关行文，应当主送一个机关；如需其他相关的上级机关阅知，可以抄送。”

2. 报告的正文

（1）报告导语

导语指报告的开头部分，它起着引导全文的作用，所以称为导语。

不同类型的报告，其导语的写法也有较大不同。概括起来，报告的导语有以下几种类型：

① 背景式导语　就是交代报告产生的现实背景，例如：

前不久，中央纪委召开了部分省市清理党员干部违纪建私房座谈会，总结交流了各地清房工作的情况和经验，并就清房中遇到的一些政策性问题，进行了讨论，根据各地的做法和座谈会中提出的问题，中央纪委常委研究提出以下建议：

② 根据式导语　就是交代报告产生的根据，例如：

根据省委、省政府领导同志的指示，我厅于去冬派人到涪陵市和渠县，与市、县的同志一道，对城镇贫困户的情况作了一些调查。涪陵市委、市政府和渠县县委、县政府对此十分重视，在调查研究的基础上，立即采取措施，着手解决这一问题。现将两地城镇贫困户的情况及采取的措施报告如下：

③ 叙事式导语 在开头简略叙述一个事件的概况，一般用于反映情况的报告。例如：

19××年2月20日上午9时40分，我省××市百货大楼发生重大火灾事故，市消防队出动15辆消防车，经四个小时的扑救，大火才被扑灭。这次火灾除消防队员和群众奋力抢救出部分商品外，百货大楼三层楼房一幢及余下商品全部烧毁。时值开门营业不久，顾客不多，加之疏散及时，幸未造成人员伤亡。但此次火灾已造成直接经济损失792万余元。

④ 目的式导语 将发文目的明确阐述出来作为导语。例如：

为认真贯彻落实《国务院批转林业部关于进一步加强森林防火工作报告的通知》(国发〔19××〕42号)切实做好我市防火工作，保护和发展森林资源，更好地为改革开放和经济建设服务，结合我市实际情况，就进一步加强森林防火工作提出以下几点意见：

报告导语的写法不止以上四种，运用时可以举一反三，融会贯通，灵活处理。

(2) 报告主体

报告的主体也有多种写法，下面择要介绍几种常见形态。

① 总结式写法 这种写法主要用于工作报告。主体部分的内容，以成绩、做法、经验、体会、打算、安排为主，在叙述基本情况的同时，有所分析、归纳，找出规律性认识，类似于工作总结。

总结式写法最需要注意的是结构的设计安排。按照总结出来的几条规律性认识来组织材料、安排层次，是最常用的结构方式。例如2000年3月5日在第九届全国人民代表大会第三次会议上朱镕基总理所作的政府工作报告，全文分为十个部分，分别是：一、1999年国内工作回顾；二、坚持实行扩大内需的方针；三、大力推进经济结构的战略性调整；四、继续推进改革，全面加强管理；五、加快科技、教育发展，加强精神文明建设；六、进一步扩大对外开放；七、搞好社会保障体系建设，维护社会稳定；八、从严治政，加强政府自身建设；九、促进祖国和平统一大业；十、关于外交工作。

"情况—原因—教训—措施"四步写法

这种结构多用于情况报告。先将情况叙述清楚，然后分析情况产生的原因，接着总结经验教训，最后提出下一步的行动措施。例如《××省商业厅关于××市百货大楼重大火灾事故的报告》，采用的就是这样的写法。

② 指导式写法 这种结构多用于建议报告。希望上级部门采纳建议，批转给有关部门执行、实施，是建议报告的基本写作目的。为此，建议要针对某项工作提出系统完整的方法、措施和要求，对工作实行全面的指导。形式上采用分条列项的方法逐层表达。例如《××省计划生育委员会关于进一步加强厂矿企事业单位计划生育工作的报告》，针对计划生育问题向省人民政府提出了四条建议：一、加强组织领导；二、明确职责；三、提高干部素质；四、落实经费。

(3) 报告结语

报告的结语比较简单，可以重申意义、展望未来，也可以采用模式化的套语收结全文。模式化的写法大致是："特此报告"；"以上报告，请审阅"；"以上报告如无不妥，请批转执行"等等。

① 呈请性公文的报告及范例

【范文 1】

关于首钢 1991 年取得新成绩的报告

市委：

1991 年元月初，首钢向市委常委扩大会汇报了改革情况；春节，江泽民同志和×××、×××同志来首钢给职工拜年；3 月初江泽民和李鹏同志又亲自主持会议详细听取了首钢汇报，都充分肯定了首钢的改革，使全体职工受到巨大鼓舞，决心在首钢改革的第 13 年做出新的更大的成绩。

1991 年，虽然遇到燃料、电力、运输涨价等诸多外部因素的影响，年终出现了利润负增长的不利形势，但是通过全体职工团结奋战，全年生铁产量、钢产量、钢材总量全面增产，产钢量跃居全国第二位。实现利润达 23.6 亿元，比上年增长 11%（加上消化掉的减利因素，同口径比上年增长 35.88%）。实现利税 1990 年居全国 500 家大企业之首，1991 年又增长了 11%，达到了 29.26 亿元。上缴利税 18.15 亿元，比上年增长 21.1%。

1991 年，首钢取得的新成绩，主要是由于以下四个方面的工作有新的突破性进展。

一是生产科研一体化，加速了科学技术转化为生产力。我们进行了生产科学一体化的改革，把原集中在上面的科研人员分下去一部分，基层又抽调了一批专职或兼职人员，在各大公司和生产厂矿建立了 72 个科研院所，使生产与科研、专业科研人员与第一线操作者结合起来，加速了新技术、新产品的开发。1991 年首钢用于发展生产的自有资金（包括留利的 60%、折旧、大修基金等）共 9.15 亿元（已扣除能交基金），组织了 215 个技术改造项目。全年有 188 项科研和新产品开发项目按计划进度完成，24 项通过了部、市级技术鉴定；向国家申请技术专利 16 项，已批准 6 项；职工提出合理化建议 74 800 多条，运用科学技术完善规程，改进操作。如自己设计、制造设备和施工的二高炉大修改造，采用了 23 项国内外最先进技术，改造后的装备水平和生产效率都是世界一流的。职工队伍的技术水平有了明显提高，全年有 130 多万人次参加各种岗位练兵活动，为二高炉等新上项目培训了 2 292 名合格操作人员，引进工程师、高级工程师及老专家 119 人。目前首钢有助理工程师及以上职称的 2.26 万人。在首钢增长的经济效益中，技术进步因素占 60%以上。

二是深化企业管理体制改革，增强了企业应变能力。经过十几年的发展，首钢已成为横跨 15 个行业、拥有 8 大分公司、下属 101 个大中型工厂、所属企业和经营网点遍布国内 21 个省市和海外 9 个国家或地区的特大型企业。原来按单一的钢铁生产建立的企业管理体制已不适应，为此我们在保持总公司统一领导，发挥整体优势的前提下，给下属的 8 个大公司更多的从事国内外经营生产的自主权，并且把他们的发展生产、集体福利和工资奖励三项基金都同自己的经济效益直接挂钩，使广大职工能在本单位更好地行使当家作主的权利，形成激励各大公司自我滚动发展的机制。各大公司都努力争当本行业国内第一的实体企业，使首钢多种经营迅速发展，1991 年钢铁以外的产品销售额、实现利润、实现利税所占比重分别达到 22.26%、20.87%和 20.52%。

三是实行国际化经营的发展战略，出口创汇实现历史性飞跃。1990 年底，职工代表大会批准了首钢加速进入国际市场，向世界一流跨国公司发展的战略和目标。从 1991 年开始，全公司出现了人人为出口创汇作贡献的局面，有力地推动了生产、技术、管理的全面提高，激发了广大职工的干劲。仅举两例：首钢承揽的向印尼出口共 458 台套、创汇 602 万美元的棒材扎机，是我国出口的第一套冶金重型成套设备。设计院、重机公司等 30 多个单位，经过9个月的日夜拼搏，高质量地完成了全部设计和设备制造任务，德国西门子公司的专家看到我们自己设计制造的电气控制板，误认为是他们的产品，赞叹不已。电子公司向美国派出电子专家，成功地完成了美国最大的钢铁公司美钢联7座大转炉自动化改造软件设计任务，在美国钢铁界引起轰动，盛赞我们的电子工程师是"世界上最优秀的"。

四是充分发挥党委的政治领导作用和党员的先锋模范作用。发挥"两个作用"是首钢党委一贯强调的，1991年突出了以下方面：在历史使命上，教育广大职工认识到，首钢作为国家经济体制改革试点单位，在创造高于资本主义发展速度上负有重大责任，应起带头和示范作用，要把经济建设这个中心紧紧同振兴社会主义联系在一起，做到经济和政治两个动力的统一。在解放思想上，教育各级干部和职工要敢走前人没有走过的路，敢同发达国家比高低，树立起"做天下主人，创世界第一"的精神。在党的建设上，明确了组织建设必须为实现党的基本路线服务，强调共产党员必须是技术业务骨干，尤其是各级领导干部，应当是他所负责的那方面工作的专家和内行。1991年，各大公司和厂矿党组织纷纷举办党员技术业务培训班。目前，首钢厂处级以上领导干部98.53%是党员，85.7%有专业职务。厂矿班组长都是本车间的技术尖子，他们中党员占95.7%。这就使共产党员发挥模范作用有了坚实基础。

中共首钢总公司委员会

一九九二年一月二十日

【范文2】

关于进一步做好农村人畜饮水和乡镇供水工作的报告

国务院：

自1984年国务院批转原水利电力部《关于加速解决农村人畜饮水问题的报告》和《关于农村人畜饮水工作的暂行规定》以来，农村人畜饮水工作取得了很大成绩。同时，为了适应乡镇经济的发展，有计划地开展了乡镇供水工作，使农村饮水、乡镇供水工作走上了一个新的发展阶段。

1986年，全国农村需要解决饮水困难的共有1.59亿人，9 100万牲畜。五年来，各级水利部门在党委、政府领导下，深入缺水乡(镇)、村，和当地干部、群众一起查水源、定规划、修工程、抓管理，使我国农村人畜饮水、乡镇供水工作步子迈得较大，标准质量高，综合效益好。截止1990年底，全国共修建各类供水工程220万处，投资36亿元，其中群众集资14亿元，累计解决了1.32亿人，7 900万牲畜饮水困难，分别占需要解决数的82.7%和86.2%，实现了国务院提出的"1990年底基本解决"的要求。解决吃水困难和改善饮水条件，不仅使农民从繁重的挑水劳动和氟中毒疾病折磨中解放出来，而且使缺水区、地方病高发区农民增强了体质，发展了生产，推动了贫困地区脱贫致富的进程。当地广大干部、群众无不欢欣鼓舞，感激党和政府为人民办了一件大好事。

"七五"期间，特别是1988年国务院明确水利部"归口管理乡镇供水"以来，全国不少地方的水利部门，充分挖掘现有水利工程的潜力，因地制宜地开展了乡镇供水试点建设。据20个省(区、市)的不完全统计，全国由水利部门建设、管理的乡镇供水部门约有7 000多处，解决了1 500多万人口和大量乡镇企业的用水。乡镇政府和人民群众迫切要求水利部门在更大范围内，将这一事业发展起来。

当前存在的主要问题：一是由于人口自然增长和干旱引起的水源变化以及水质污染等

原因，农村人畜饮水困难的情况又有回升。据统计，现在全国还有8 200万人，4 900万牲畜的饮水困难未解决。这些地区的自然、经济条件都较差，因而工程难度大，任务更艰巨。二是发展不平衡。全国有半数以上的省（区、市）已完成"七五"计划任务，有不少县、市已全部解决，但也有少数省（区、市）对这一工作的领导有所放松，在财力、物力方面支持不够。三是资金、物资缺口很大。如解决现有的8 200万人口的饮水问题，按每人补助的80至100元计，约需资金投入65至82亿元，同时修建饮水工程的钢材、水泥、塑料等物资供应渠道也不畅通。四是管理工作较为薄弱。有些饮水工程建成后，未按成本收费，难以自我维持。

最近，我部邀请各省（区、市）及计划单列市水利（水电）厅（局）和国务院有关部门负责同志就进一步做好农村人畜饮水和乡镇供水工作进行了研究，并重点对《全国农村人畜饮水乡镇供水十年规划和"八五"计划》做了修订。要求到二〇〇〇年底，全国累计解决农村饮水困难人数达到需要解决数的95%以上；兴建符合标准的乡镇供水工程四千五百处。请各省（区、市）做好工作，保证这一任务的完成。为此建议：

一、进一步提高认识，切实加强领导

农村人畜饮水、乡镇供水是关系到农村经济发展、脱贫致富、社会稳定的一件大事，各地要进一步加强领导，把这一工作列入重要的议事日程，纳入国民经济和社会发展计划，切实抓紧、抓好，确保任务的完成。

乡镇供水事业是近几年来随着农村生产、生活水平的提高而发展起来的，是农村水利社会化服务体系的重要组成部分。要在不断总结经验，积极稳步发展的基础上，采取有效措施解决存在问题，以促进其健康发展。

由于上述工作任务较重，涉及的部门较多，任务重的地区，要在水利部门充实相应的办事力量，以便统筹安排，组织实施。

二、认真落实规划，加强行业管理

各地都要根据全国的规划要求，拟定本地的农村饮水、乡镇供水规划和计划，自上而下层层落实。农村饮水、供水工程要继续贯彻谁建、谁有、谁管的原则，工程建设要认真实行受益负担政策和农田水利劳动积累用工制度。为了保证建设质量，各级水利部门要加强技术指导，做好前期工作，精心规划设计，组织施工，并注重推广和应用适合当地的先进技术、材料和设备，保证做到建一处，成一处，发挥一处效益。

要贯彻《中华人民共和国水法》，保护水源，防止污染。凡因开矿、建厂或进行其他建设，引起水量、水质变化，造成群众吃水困难的，应按照"谁破坏、谁负责，谁污染、谁治理"的原则，限期予以解决。

三、多方集资，增加投入

饮水、供水工程建设应本着自力更生为主，国家补助为辅，谁受益、谁负责的原则进行，多层次、多渠道筹集资金。在安排小农水补助费、地方财力、农业发展资金、不发达地区资金、扶贫资金、粮食以工代赈等多项支农资金时，应重点予以扶持。各地每年要在水利基建费中，增列专项支持。要积极争取利用外资，扩大资金投入，以加快农村饮水、乡镇供水工程建设步伐。对于农村饮水、乡镇供水工程所需要的钢材、水泥、塑料等物资，由各地区列入计划，保证供应。

四、加强经营管理，充分发挥工程效益。农村饮水、供水工程建成后，要依据统分结合，宜统则统，宜分则分的原则，实行不同形式的经济承包制进行管理。乡镇供水工程管理技术要求较高，按照行业归口管理，建成后应交付乡镇水利站统一管理；规模较大跨村的农村饮水工程,可由乡镇水利站管理,也可在县水利局指导下,建立专管机构进行管理。所有饮水、供水工程都要实行以水养水,有偿服务,按供水成本计量收费,提存工程折旧、大修费用和运行管理费,形成良性循环管理机制。

以上报告,如无不当,请批转各地和国务院有关部门贯彻执行。

水利部

一九九一年八月二十日

【范文 3】

××市人民政府关于治理××河水质污染问题的报告

××省人民政府:

省政府转来××××××委员会提出的关于××河水质污染状况的报告,经市政府调查研究,对报告中提出的有关问题及解决方案报告如下:

一、解决××河水质污染问题的关键是尽快建成污水处理厂。现在××河的污染主要是××区排放的污水所致。××区的排放量为 2.5 万吨,污水比较集中,因污水处理厂未能及时建立,致使污水直接排入××河,造成了××河的污染。

为解决××河的污染,市政府已抓紧××区污水处理厂建设,争取在 19××年建成。××区污水处理厂原设计概算为 831.6 万元,按现行价格估算约为 1 100 万元,已于 19××年×月开工,建成了 8 项附属设施,计完成投资 200 万元。市政府今年安排的 300 万元投资已全部落实,××区城环局正在组织实施。

根据××河河道以南人口密集区的地下水污染和环境问题,在污水处理厂未建成之前,利用现有污水管道,把污水引到某区污水处理厂以西,污水直接排入污水处理厂的出口,这就避开了污染区。

二、电热厂的粉煤灰也是污染源之一。对于电热厂储灰厂的选址,必须考虑到对地下水和环境的污染。选址已责成××区电热厂抓紧做工作,争取尽快报市政府有关部门审批。对南储灰厂渗漏对地下水的污染,主要采取截流集中排放的措施,以减少对地下水的污染。

××市人民政府

一九××年×月×日

五、报告的写作要求

1. 真实具体

报告是上级机关制定政策的客观依据,因此其内容必须以事实为基础,决不允许夸大或缩小,更不允许文过饰非。要客观、真实、确切地陈述事实,对有关材料要反复鉴定、对证查实,不能有丝毫的虚假。同时所运用的材料要具体充实,既要有概括性的材料,也要有典型的具体事例。

2. 正确鲜明

报告虽是陈述性的公文,同样要求观点正确,态度鲜明。观点正确就是要符合实际,实事求是;就是要符合国家的大政方针。态度鲜明就是要表述清楚,毫不含糊,不模棱两可、闪烁其词。

3. 重点突出

报告要陈述情况,反映事实,一定要明确重点,分清主次、详略适宜、条理清晰;言简意明，不蔓不枝。一份报告中最好集中突出一两个方面的问题。

4. 遵守行文规则

报告要逐级行文；除上级负责人交办的事项外报告一般不送领导个人；报告中不夹带请示事项。

5. 讲究时效

报告是为了解决、处理、通报具体问题的，是为了便于上级机关掌握情况、指导工作，因此报告的行文就要及时，这样才能提高工作效率，否则贻误时机失去报告的功能。

六、报告的例文与分析

【例文 1】工作报告

××省水利厅关于全省抗旱工作情况的报告

国务院：

2004 年以来，由于降雨减少，我省出现了 50 年来的罕见旱情。在省委、省政府的正确领导下，在省直有关部门的支持下，全省人民奋起抗灾，千方百计把灾害损失减少到最低程度，抗旱工作取得了显著成效，现将全省抗旱工作的情况报告如下：

一、旱情严重，形势严峻

今年 1 月至 11 月 20 日，我省平均降水量为 1 296 毫米，比多年同期平均降水量少二成半到三成，是 1963 年以来同期降水量最少的年份。卫星遥测资料表明：广东受灾面积占 65%。全省 37 个雨量站无降水记录，降水不足 10 毫米的共 75 个站。四大江河径流偏小，北江、东江、韩江出现了低于历史最小流量的记录，西江也接近历史最小流量。

（略）

二、团结一致，科学抗旱，成效显著（略）

主要做法包括：

（一）加强水资源统一管理，合理调配用水。（略）

（二）坚持以人为本，确保人民群众饮水。（略）

（三）采取各种形式，努力增加水源。（略）

（四）加大资金、设备投入，保证抗旱之需。（略）

（五）抓住有利时机，适时开展人工降雨作业。（略）

在省委、省政府的正确领导下，我省各级政府和部门积极行动，科学决策，抗旱工作扎实推进。据统计，全省已投入抗旱人数达 224 万人次，机动抗旱设备 70.5 万台套，启动抽水泵站 3 473 处；省级以上财政已下拨抗旱资金 2 435 万元，各市共投入抗旱资金 1.2 亿元。全省抗旱工作取得了实效，最大限度地减轻了旱灾造成的损失。

三、下阶段的防旱抗旱工作建议

（一）转变观念，进一步提高对防旱抗旱工作的认识，做好预防冬春连旱的准备。（略）

（二）广辟水源，量化用水，科学利用水资源。（略）

（三）强化水资源的保护和管理，防止水资源污染，提高防旱抗旱能力。（略）

（四）以解决抗旱水源为重点，大力开展冬春农田水利基本建设，提高防旱抗旱能力。（略）

（五）积极推行水管单位体制改革，确保工程可持续利用，为防旱抗旱工作提供保障。

(略)

专此报告

二〇〇四年十二月十五日

【简析】

这是××省人民政府关于全省抗旱情况的一份工作报告。该报告采取总分式结构方式,首段是概述部分,概括介绍2004年以来××省罕见的旱情以及抗旱工作的成绩,为情况报告提供了缘由,同时用"现将全省抗旱工作的情况报告如下"与分述部分自然衔接。分述部分共包括三个方面的内容:首先就××省严重的旱情和严峻的旱情形势以数字的形式作出分析,接着报告全省上下团结一致、科学抗旱所采取的做法和取得的成绩,最后向上级机关报告了下阶段的防旱抗旱工作建议,该报告的突出特点是利用大量数据来说明问题、反映情况,使报告内容具体可感、真实可靠。同时报告结构合理,从情况到做法到成绩,再到下一步的建议娓娓道来,上级机关既能从中了解工作的全貌,也能明晓工作开展的情况和取得的成绩。这是一份规范的工作报告。

【例文2】情况报告

××省商业厅关于××市百货大楼重大火灾事故的报告

×商发〔19××〕×号

商业部:

19××年2月20日上午9点40分,我省××市百货大楼发生重大火灾事故,市消防队出动15辆消防车,经四个小时的扑救,火灾才被扑灭。这次火灾除消防队员和群众奋力抢救出部分商品外,百货大楼三层楼房一幢及余下商品全部烧毁。时值开门营业不久,顾客不多,加之疏散及时,幸未造成人员伤亡。但此次火灾已造成直接经济损失792万余元。

经查明,此次火灾是因电焊工×××违章作业,在一楼电焊铁窗时电火花溅到易燃货品上引起的。另外,市商业局领导对上级领导机关和公安消防部门的安全防火指示执行不力,百货大楼安全制度不落实,许多安全隐患长期未得到解决,电焊加固铁窗,本应停止营业,为了利润,竟边营业边作业,忽视了安全工作,这也是造成火灾的原因之一。

火灾发生后,省人民政府召开了紧急防火电话会议。严肃指出了××市发生火灾的严重性。批评了××市不重视安全工作的错误倾向。我厅×××副厅长带领有关人员赶到现场调查处理。市商业局领导在市委、市政府领导下,组织力量对财产进行清理,百货大楼职工在总结教训的基础上,在街道路口增设摊点,以缓和市场供应。公安机关对事故责任者×××已拘留审查,市委、市政府在分清责任的基础上,对有关人员也视情节轻重,进行严肃处理:(略)

这一次火灾事故,是我省商业系统历史上最大的一次,损失严重,影响很坏,教训深刻。问题虽然发生在××市,但也暴露了我省商业安全工作上还存在不少问题,有的地区安全制度不落实,检查不认真,隐患整改不力,缺乏针对性的防火措施。我们平时深入了解不够,检查督促不严,因此,我们也有一定责任。为了吸取教训,防止类似事故发生,已根据我省实际,多次用电报、电传、电话、简报通知各地引起注意,并定于4月20日召开全省商业安全工作会议,制订下一步安全工作方案,切实把我省商业系统安全工作抓紧、抓好。

特此报告

××省商业局(印)

19××年4月15日

【简析】

重大火灾事故的报告，其主体不是宣扬火灾的可怕和损失的惨重，而在于寻找原因，吸取经验教训。这篇报告第一段直陈其事，没有一句空话，用非常简洁的语言，把火灾发生的时间、地点、扑救的情况及造成的损失交代清楚。第二段是查明火灾的原因，第三段是处理情况，包括对有关责任人的处理，第四段是吸取教训，做好整改工作。这篇报告，不诉苦、不推诿责任，且态度诚恳，重点突出，没有虚言浮词，中心明确。

【例文3】

关于依法清收拖欠银行利息的报告(摘要)

国务院：

当前，企业拖欠银行利息问题十分突出，严重危害了银行业的正常经营活动。进一步采取有效措施，集中力量抓紧依法清收拖欠利息，已成为化解金融风险、缓解财政收支压力的一项重要任务。现将有关情况报告如下：

一、企业欠息基本情况

近年来，企业拖欠银行利息问题日益严重，收息率逐年下降。企业欠息增加，一方面是企业效益不好，经营困难；另一方面是企业恶意欠息现象日益严重，一些具备还本付息能力、效益较好的企业有意逃避付息。据人民银行的典型调查，目前恶意欠息约占欠息总额的20％左右。

企业大量拖欠银行利息，后果十分严重。一是违反了《中华人民共和国商业银行法》，扰乱了社会信用秩序，破坏了银行同企业之间正常的信用关系，影响了国民经济的正常运转。二是占压了大量的信贷资金，影响银行财务状况，削弱了银行筹集资金支持企业生产经营活动的能力。三是减少了财政收入，影响财政预算平衡。四是加剧了银行业的金融风险。

二、采取有效措施，依法收回企业欠息

为了维护正常的社会信用秩序，防范金融风险，维护金融业的稳健经营，必须采取果断措施，依法收回企业拖欠银行利息，严厉打击各种逃避银行债务的行为，各地区、各部门和各单位要统一认识，齐心协力，切实做好清收欠息工作。

(一) 落实清收利息目标责任制，加大收息力度。(略)

(二) 建立企业欠息档案和账户查询中心，实行企业欠息大户披露制度。(略)

(三) 改进金融服务，建立新型银企关系。(略)

(四) 加强企业信用观念，规范企业转制行为，严禁违反规定减息免息。(略)

(五) 依靠各方面的力量，切实改善信用环境。(略)

(六) 加大对违规欠息案件的查处力度。(略)

以上报告如无不妥，建议国务院办公厅转发各地区、各部门贯彻执行。

人民银行

国家经贸委

一九九九年一月六日

【简析】

这是一份反映情况、提出建议的报告。正文的开头简述情况，指明问题及解决问题的迫切性。主体包括两部分内容。一是介绍企业欠息的基本情况及危害性，二是提出解决问题、要求及措施(六条建议)。这部分是报告的重点。结尾部分提出转发请求。结语用的是“以上报告如无不妥，建议国务院办公厅转发各地区、各部门贯彻执行"符合规范的格式。

【例文4】

北京×××(集团)公司内部文件
工作报告

编号：　　　　　　　　时间：

受文单位：______

现就______

报告如下：______

工作情况：______

工作方法步骤：______

工作成绩与不足：______

对今后工作的设想：______

报告单位：______

签发人：______

【简析】

这是一篇表格式报告。

工作报告使用频率较高，目前在工作报告的写作方面较普遍地存在着空话、套话较多，务虚多于务实，篇幅越写越长等缺陷。采用表格式报告有利于克服以上缺陷。这些项目的设置，对报告内容具有明确的规定性，只能写实实在在的内容，而无处可写"务虚"的内容，有利于做到"短小精悍"，切中要害，从而可以减轻起草者、阅读者在时间和精力方面的负担，提高办事效率。

七、报告的病文诊断

【病文】

关于××县××乡××村××屯发生石山崩塌造成严重损失情况的报告

××副省长：

今年七月十日下午二时三十分(夏令时)，我地区××县××乡××屯后面石山崩塌，塌下山石近万立方米，造成重大损失。受灾的有十六户、九十五人；因灾死亡十三人、受伤九人(其中重伤六人、轻伤三人)；倒塌民房七十二间；压死生猪二十五头；损失粮食六千零五十公斤。

灾情发生后，我地委、行署和××县委、县人民政府立即组织抢险救灾工作组赴现场抢险救灾，并组织民兵应急小分队三百多人投入抢险救灾。灾民的吃、穿、住已得到初步安排，当即发给受灾群众每人大米七点五公斤，面条一点五公斤，食油零点五公斤，煤油零点五公斤，以及日常生活用品等十九种。并计划每人安排两个月的口粮。××县广大干部、职工发扬"一方有难，八方支援"的精神，共捐献衣物××多件，人民币××多元。这些款物均已及时分发到灾民手里。目前，灾民情绪稳定，救灾各项工作正在有组织、有秩序地进行中。

××地区行政公署

二〇××年五月六日

【诊断】

公文的主送机关是指负有办文责任的单位，尤其是对下级请示的文件是要负责拟文批复的机关。如果请示的文件主送领导个人，要领导者个人直接拟文批复，既不符合办文程序，也不可行。如果是紧急、突发事件，往往会因为领导者工作太忙或者是出差在外，文件没能及时处理而影响工作。该报告属突发性事件的报告性公文，对于这种文件，应急件急办。然而，该文却主送分管这方面工作的副省长，也许出发点很好，但假如这位副省长不在家，这份文件将得不到及时处理。对重大灾难反应迟缓，拿人民群众的生命、财产安全当儿戏，各级领导干部都要负责任。因此，这样的行文不符合行文规则，而且隐藏着很大的危险。

能力训练

一、判断（对的打√，错误的打×）

1. 报告一般不需要上级答复。 （　　）
2. 报告事前、事中、事后都可以行文。 （　　）
3. 报告的标题可以只写“报告”两个字。 （　　）
4. 报告可以有多个主送机关。 （　　）
5. 报告中可以写请示事项。 （　　）
6. 除呈转性报告外，报告一般不作批复。 （　　）

二、简答题

1. 简述报告的适用范围。
2. 报告的种类有哪些？
3. 报告与请示有什么不同。
4. 报告主体部分有哪几种写法？
5. 写作报告要注意哪些问题？
6. 上级机关希望了解×单位开展保持共产党员先进性教育的情况，该单位决定用报告的这一文种向上级汇报，为什么要用这一文种呢？

三、改错题

指出下文存在的问题，并修正：

关于申请拨给灾区贷款专项指标的报告

省行：

×月×日，××地区遭受了一场历史上罕见的洪水袭击，×江两岸乡、村同时发生洪水，灾情较重。经初步不完全统计，农田受灾面积达 38 000 多亩，各种农作物损失达 100 多万元，农民个人损失也很大。灾后，我们立即深入灾区了解灾情，并发动干部群众积极开展生产自救。同时，为了帮助受灾农民及时恢复生产，我们采取了下列措施：

1. 对恢复生产所需的资金，以自筹为主。确有困难的，先从现有农贷指标中贷款支持。

2. 对受灾严重的困难户，优先适当贷款，先帮助他们解决生活问题，到×月×日止，此项贷款额已达××万元。

由于这次灾情过于严重，集团和个人损失都很大，短期内恢复生产有一定困难，仅靠正常农贷指标难以解决问题。为此，请省行下达专项救灾贷款指标××万元，以便支持灾区迅速恢复生产。

以上报告妥否，请批示。

××银行×市支行

四、写作题

结合所居住社区的治安情况,向上级机关写一篇情况报告。

第三节　请　　示

一、请示的含义、特点和种类

1. 请示的含义

请示是下级机关向上级机关请求指示和批准的呈请性公文,属于典型的上行文。

任何依法成立、合法存在的机关组织都有符合自己特点的职权范围,都可以在其职权范围内自行解决和处理问题、开展工作,而不必事事请示其上级机关。在下列特定情况下,下级机关就需要行文请示:

第一、对有关政策法规有不理解之处,或它们不适用于本机关实际情况需要变通处理的;

第二、请求审批或批转本机关制定的重要规章、重大决策,工作中遇到新情况、新问题而无章可循的;

第三、请求批准人员编制、机构设置、干部任免、领导班子组成与调整、经费预算以及重要人员或事故的处理;

第四、请求协调与解决本机关无法解决的困难或问题;

第五、本机关就某一事项意见分歧、无法统一执行而需要上级机关做出决断的;

第六、根据规定必须履行审批手续的事项。

总之,凡是下级机关在职权范围内无权、无力、无法解决的问题,均须呈请上级机关予以指示、批准、裁决或帮助。任何超越权限或擅自处理不该由本机关处理的问题,都是不允许的。请示,是下级机关开展工作的正常手续和步骤,也是争取上级机关支持、帮助的有效途径。

2. 请示的特点

(1) 成文的条件性

请示是在特定情况下才形成和使用的文种,即本机关遇到在其职权范围内无权、无力或无法解决的问题需要上级机关给予指示、批准、裁决或帮助时,才有必要成文和使用。按职权界定,本机关应该解决和能够解决处理的问题、不应由本机关解决处理的问题,都不必行文。

(2) 内容的期请性

请示所涉及的事宜都是发文机关无权、无力或无法自行决定或解决的,只有经上级机关批准、指示后,才能采取相应措施、付诸行动。请示是下级机关请求上级机关给予明确指示或审批的公文。

(3) 行文的单向性

请示只能是下级机关就有关事宜报请上级机关给予指示、批准、决断或帮助而行文,而不能向其下级行文;而且,只能向一个上级机关行文。

(4) 行文的时效性

请示总是就有关事宜及时向上级机关请求指示或批准，即事前行文，而不是“先斩后奏”。实际上，下级机关行文后即期盼着上级机关尽早予以答复。上级机关及时答复，往往使问题得到及时解决；一旦迟延，就使行文变得毫无意义。

3. 请示与报告的异同

请示与报告皆属上行文，两者的区别也很明显：

(1) 性质不同

请示适用于向上级机关请求指示或批准，属于期请性公文；报告适用于向上级机关汇报工作、反映情况、答复上级机关的询问，属于陈述性公文。

(2) 目的要求不同

请示是为了解决问题而请求上级机关给予指示或批准，要求上级机关及时答复；报告是为了使上级机关及时了解下情，沟通上下级联系，不要求上级答复。

(3) 行文时限不同

请示必须事前行文，不可“先斩后奏”；报告可在事后行文，也可在工作进行中行文，一般不在事前行文。

(4) 内容的容量不同

请示内容单一，必须一文一事；报告可以一文一事，也可以一文数事。

4. 请示的种类

根据请示目的的不同，请示可划分为请求批准的请示、请求指示的请示和请求批转的请示三类：

(1) 请求批准的请示

此类请示用于请求上级机关审核批准某一事项或开展某项工作、解决某个问题，如人事安排、机构设置、大型项目上马、领导班子组成和调整、重大活动筹划、经费物资等超出本机关职权范围和能力需要上级帮助的问题，或因情况特殊需要灵活变通处理的事项，或按规定必须履行审批程序的事项。

(2) 请求指示的请示

此类请示用于请求上级给予明确的指示或裁决的事项。下级机关就自身工作中遇到的问题，由于缺乏政策依据无法解决，或虽有政策规定但与工作中出现的新情况不相适应而无所适从，都用此类请示向上级机关行文。

(3) 请求批转的请示

此类请示用于下级机关请求上级批准并转发本机关就某一问题的处理所提出的办法、方案或制定的重要规章。根据“条条不对块块下命令”的原则，本机关无权直接要求有关机关遵照执行这些意见或规章，因此，必须请求上级机关批准和认可，成为上级机关的指挥性公文，下达给各相关机关。

二、请示的结构与写法

请示由标题、主送机关、正文、落款和成文日期等部分组成。在此，着重介绍标题和正文的写法。

1. 标题

一般说来，请示的标题写法是“三要素式”，即“发文机关名称＋事由＋文种”构成。有时也可省略发文机关名称。需要特别注意的是，事由中不能使用“请求”、“申请”或“要求”等表示意愿的动词，以免与文种重复。当然，也不能与“报告”混用或连用。

2. 正文

请示的正文一般可分为请示开头、主体和结语三部分。

（1）开头

开头部分是请示的缘由，应写清楚请示的理由、依据、目的或背景，必要时还可阐明解决问题的必要性、紧迫性及解决问题已经具备的条件和办理的可行性，为取得上级机关的批复提供有说服力的依据。缘由写得是否正确、充分和清楚，直接关系到请示事项能否成立、是否可行，关系到上级机关批复的态度。因此，应高度重视这部分的写作。

（2）主体

主体部分，主要陈述遇到什么问题、请示哪些事项、本机关打算如何处理解决等。重点在于提出处理或解决有关问题的具体建议或意见以及对具体要求的说明，并提出解决问题的初步方案以供上级机关作批复的参考；如果有多种意见，则需要提出本机关的倾向性意见。这部分是上级机关批复的直接依据，所以应写得明白晓畅、具体恰当、切实可行。切不可含糊其辞、模棱两可，使上级机关不得要领而难以及时做出决断；也不可不顾实际和可能，提非分要求；更不能只讲问题而不提本机关的处理意见或建议，不负责地上交矛盾。

由于请示的内容性质不同，这部分的写法也有所差别。请求指示的请示，一般先摆明工作中出现的新情况、新问题，并对此进行分析，然后提出解决问题的意见、建议和要求，其核心是解决“我们请求应当怎样做”的问题。请求批准的请示，应写明请示事项的必要性、重要性、紧迫性和可行性及其主要内容，其核心是解决“我们请求应当这样做”的问题。请求批转的请示，则应将本机关提出的涉及重大事项的解决方案、工作部署性意见或拟订的重要规章写清楚，请求上级机关批转到有关机关或地区执行，其核心是解决“我们请求让同级相关机关或地区这样做”的问题。

（3）结语

在这部分，通常用简短的语言明确提出请求批准、指示、批转的愿望，然后用“以上意见当否，请批示”、“当否，请指示”、“特此请示，请审批”、“以上请示如无不当，请批转各有关单位（地区）执行”等专用语表达行文要求。也可以直接使用专用语结尾。篇幅较短的请示，结语可以紧接请示内容之后；篇幅较长的请示，结语则可以另起一段。

三、请示的写作要求

1. 坚持“一文一事”的原则

《办法》第四章第十三条明确规定：“向上级机关请示问题，应当一文一事。”这是因为请示“一文一事”，主旨鲜明、事项集中，便于上级机关及时研究批复。倘若“一文数事”，容易造成公文旅行、互相推诿而欲速则不达，延误工作。这是因为不同的事由不同的机关负责，而且涉及的单位多、政策规定多，势必造成任何一个上级机关都难以答复，而几个单位同时答复更不可能。也正因如此，如果性质相同的几件事确需写在一份请示中，必须是同一机关有权批复又可以批复的。

2. 遵守请示行文规则

《办法》第四章中的有关条款，对请示的行文做出了明确具体的规定。这些规定，对明确责任、职权范围和及时处理请示事项、理顺行文关系都十分重要，是请示行文时必须严格遵守的规则。否则，就会造成影响正常的行文秩序和工作程序。

3. 内容真实具体,措施切实可行

请示的写作中,陈述情况一定要实事求是、具体可靠,切忌弄虚作假、夸大其词;提出的方案、意见和建议,要明确恰当、切实可行,切不可含糊不清、模棱两可;事项明确、要求清楚,切不可笼统含糊。

4. 语言准确得体

请示的语言务必谦敬、诚恳、庄重、质朴,不可言辞激烈、盛气凌人或虚夸矫饰、媚上取宠。

【例文 1】

××省物价局关于××省人民政府××××年发布的两个《通告》有关问题的请示

省政府:

去年,治理"三乱"期间,省政府分别于××××年 3 月 23 日、7 月 20 日先后在《××日报》上发布了《××省人民政府关于废止部分收费、罚款、集资项目的通告》和《××省人民政府关于废止和停止部分收费、罚款项目的通告》。7 月 20 日《通告》停止了省交通厅×交计字〔89〕1 号文中规定的"双排座小货车载客养路费"(待国家有关规定正式下达后,再按规定审批程序,另行报批)。依据《通告》,××市各级物价部门对本市、县公路管理段、站进行检查。发现各段、站对《通告》明令停止的"双排座小货车载客养路费"一直没有停收。对待检查,被查单位态度消极,拒不承认错误,拒绝签字盖章。对查出的这类问题,物价部门进行了处理。但是,各公路管理段、站不服处罚,经复议后,××、××、××等公路管理站提起诉讼,除××县未受理外其余均已受理。××市人民法院于××××年 11 月 12 日进行了公开审理,判决物价检查部门败诉。

法院审理认为:××公路管理站对客货两用汽车(注:物价部门查的是双排座小货车)按核定载重吨位计征养路费的行为,符合 1979 年国家计委、交通部、财政部、中国人民银行联合发布的行政规章所规定的原则,并符合《××省行政事业性收费管理条例》;省交通厅〔89〕1 号文实属是一个执行性解释,符合 1979 年国家颁布的《关于公路养路费的征收和使用规定》第五条原则;省政府《通告》没有说明从什么时间执行,也未标明不另行文,此《通告》不属于行政性规章。所以,认定物价检查部门依据《通告》进行查处法律依据不足,适用法律不当。

我们认为,法院这一判决实际上否定了省政府的两个《通告》。为此,现就有关问题请示如下:

一、两个《通告》是否因没有注明"不另行文"和执行日期,有关单位就可以拒绝执行?如必须执行,应明确执行日期。

二、省交通厅×交计字〔89〕1 号文件中规定的"双排座小货车载客养路费"被《通告》停止执行,是否具有法规效力?

请批示。

××省物价局

××××年×月×日

(转引自王桂森,陈群力.最新实用公文规范与写作.山东人民出版社,2001.本书选入时,略有改动)

【简析】

这份请示,是针对省政府所颁布两个《通告》的有关规定把握不准,请求省人民政府给予明确指示。标题准确地概括出请示的内容。正文由三部分构成:第一部分包括第一、二两段,介绍请示事项的起因,将对两个《通告》把握不准的有关情况交代清楚,为下文提出请示事项打好基础;第二部分提出请示事项。虽然是两个问题,却是彼此相关的,因此,不能认为这违反了"一文一事"的行文规则;第三部分即结尾,用的是专用语。由此可见,本请示的结构安排反映了内容之间的逻辑关系,合理有序、条理清晰。本请示的表述也比较简洁清楚,措辞得当。这是一份比较规范的请求批准的请示。

【例文2】

关于追加我省自然灾害救济款的请示

国务院:

今年我省自然灾害频繁,损失严重。上半年我省十多个市遭受寒潮、霜冻、龙卷风、冰雹和洪涝灾害;下半年第二、九、十五、十六、十八、二十三号强台风先后在我省五个县(市)登陆,台风伴随暴雨,造成洪涝灾害,损失严重。据统计,全省受灾人口××××人,死亡×××人,伤×××人,倒塌房屋×××间,受灾粮食作物×××公顷,其中成灾×××公顷,绝收×××公顷,交通、通讯设施和工商业等损失也很严重。因灾直接经济损失××××亿元。夏粮减产××××吨,初步估算秋粮减产××××吨。

国务院对我省灾情非常重视,今年已经拨给我省救灾补助款××××万元;十一月五日我省赴京汇报后,国务院初步确定再增拨给×××万元救灾款。我省各级正按照国务院领导的指示精神,安排好国家补助的经费,继续部署救灾救济工作,广泛发动群众生产自救。但是,由于受灾面积广,人口多,需要救灾救济款数额大,无法全部解决灾区群众的困难。鉴此,除继续发动灾民生产自救和依靠各级地方政府财政支持外,恳请国务院再拨给我省冬令救济款××××万元。

以上请示,请批复。

××省人民政府
××××年×月×日

【简析】

这是一份请求帮助的请示。标题准确地概括出请示的主要问题;正文部分有两个段落:第一段,开门见山,首先用"今年我省自然灾害频繁,损失严重"一句,领起下文;然后比较具体地介绍自然灾害及其造成的损失情况。第二段介绍针对上述情况国务院及本级政府所采取的措施。措施是得力的,行动是积极的,但是,这些尚不足以解决所面临的困难,所以需要国务院再予以支持和帮助。可见,本请示理由充分,内容明确,语言简洁,逻辑严密,措辞也很得体。

【病文诊断】

××县税务局重建税务所办公楼的请示报告

××地区税务局、城建局、国土局、物资局:

我局所属的××区、××区、×××三个税务所因受灾被洪水淹毁。现决定重建三个区税务所办公楼三幢,建筑面积500平方米,用作办公室和职工宿舍,共需资金50万元,扩征土地3亩,钢材×吨、水泥×吨。

特此报告。

××县税务局(公章)

二○××年×月×日

【诊断】

这份请示虽短却存在着诸多问题,具体说来,至少有以下几个方面:

第一、标题。一是事由不明确。按照隶属关系,本文应是请求其直接上级机关市税务局批准其重建本县的三幢税务所办公楼,故请求事项应为核拨基建费。二是文种混用。把请示、报告混用在一个标题里。该文是向直接上级请求拨款,应选用“请示”。

第二、主送机关多头主送不对,应只主送其直接上级机关。

第三、缘由过于简单,受灾情况应写具体些。

第四、主旨不集中,违反请示“一文一事”的原则。重建办公楼、建职工宿舍、扩征土地等,由不同部门负责,应分别行文。而且,除了其直接上级机关外,向其他机关行文应选用“函”。

第五、正文缺少请求事项,应将请求上级机关批准的所需基建费多少明确提出来。

第六、正文用语不当,既是请求帮助解决困难就不应用“决定重建”,应改为“拟重建”。

第七、结语不当,应改为“以上请示,请批复”。

能力训练

一、判断题

1. 凡是本机关无权、无力、无法解决或处理的事项,下级机关均应使用“请示”向上级机关行文。 ( )
2. 在呈送请示时,下级机关只需将问题说明即可,无需提出解决问题的意见或措施,上级机关会给予指示的。 ( )
3. 请示行文的单向性是指仅向下级机关行文。 ( )
4. “请示”与“报告”同属上行文,报告可以“一文数事”,因此,请示也可以“一文数事”。 ( )
5. 请示事项应当向上级机关请求得到指示或批准之后才能实施。 ( )
6. 请示是请求上级机关指示或批准的公文,因此,用语应当谦敬、委婉、含蓄,不可生硬。 ( )
7. 中共××市宣传部向市人事局递交关于批准录用×××等5人为国家公务员的请示。 ( )
8. 连日暴雨,致使河水水位上涨,临河的某县城被洪水围困。该县防洪办向省防洪办越级请示开闸泄洪,以确保县城的安全。 ( )

二、简答题

1. “请示”与“报告”有何区别?
2. 请示有哪些特点?
3. 在哪些情况下使用“请示”?
4. 确定请示的主送机关应当注意哪些问题?
5. 如何认识“请示”的作用?
6. 不同种类的请示有哪些方面的区别?
7. 请示写作有何要求?

三、改错题

××市食品公司物价科关于调整熟肉制品价格的请示报告

××市商业局物价处、财务处并各位局长:

近两年来,我市熟肉制品的价格虽然进行了几次调整,但都以猪肉价格的变动为依据,猪肉价格上升多少,熟肉制品的价格就升多少。但猪肉是生的,我们的是熟的,生变熟需要一系列的加工,加工就需要辅料。近几年辅料价格也不断地猛涨,比如花椒、大料、猪膀胱、猪肠衣等。由于熟肉制品的价格上升仅考虑到猪肉价格的上升,没有考虑到辅料价格的上升,这就造成商品的成本价与成本不符。特别是我公司的灌制品中老品种多,如小肚、腊肠之类的成本报价,一直沿用70年代,甚至60年代的辅料价格,这就与市面上的实际价格相差甚远。

总之,由于辅料价格的变动,造成商品的成本与价格有很大的差距,因而利润偏低,有的产品亏损,给企业的经营带来很大困难,有的工厂面临破产局面。因此,我们要求全国调整一下熟肉制品的价格,重新核定成本。

当然,大家都知道,物价的提高是关系到千家万户的大事,大家都怕提价,特别是肉制品价格的变动,更是与人民的生活息息相关,不能轻举妄动。但是,其他商品提价,我们不提价,将难以生存。所以,我们恳切希望领导考虑我们的意见,把辅料提价的因素考虑进去。

当否,请批示。

19××年×月×日

四、情景模拟

××省税务局于19××年2月15日给国家税务局呈送了一份请示。事情的起因是这样的:××省税务局与胜利油田在贯彻国家税务局国税营字〔19××〕037号通知规定中,对地下管道工程是否属于地下工程免征营业税的范围看法不一。国家税务局国税营字〔19××〕037号通知规定:“对油田的自营施工单位(不包括管道局所属施工单位)承建本油田的地下工程作业(勘探、钻井等)取得的收入,在199×年底前给予免征营业税照顾,对其他地面建筑、安装和修缮业务取得的收入,仍应按规定征收营业税。”××省税务局认为,国家税务局国税营字〔19××〕第037号通知仅对油田自营施工单位承建本油田的勘探、钻井收入暂免征营业税,地下管道工程不属免征营业税范围。据××油田反映,石油天然气总公司19××年11月下旬在北京琢县财务决算会议上,将国家税务局国税营字〔19××〕037号通知对地下工程免征营业税的范围解释为包括地下管道工程。各油田自营施工单位取得的地下管道工程收入均未纳税。××省税务局的解释是否恰当,请国家税务局尽快予以明确。

请根据所提供的材料,按照“新办法”的原则和要求将该请示复原。

第四节　批　　复

一、批复的含义、特点和种类

1. 批复的含义

批复是上级机关答复下级机关请示事项的指挥类公文。它是与“请示”相对应的文种:下级机关就有关事项请求上级机关予以指示或批准,用“请示”行文;上级机关针对下级机关呈送的请示给予答复,用“批复”行文。批复的主送机关就是请示的发文机关,批复的事项就是请示的事项。

2. 批复的特点

(1) 针对性

批复是上级机关针对下级机关的请示事项而作,是应下级机关的请求所复;上级机关绝不主动对下级机关用“批复”行文。因此,从这个意义上讲,批复具有被动性。有时,这种针对性也体现在标题上:批复的标题不仅在“事由”上是针对请示事项而概括,而且有的还将收文机关在标题上标明,如《国务院关于无定购基数的单位和个人交售的棉花奖售粮食问题给山东省人民政府的批复》。

(2) 指挥性

批复是针对下级机关的请示事项而作出的批示、提出的办法,其内容体现了领导机关的意愿和权威,具有较强的约束力,下级机关必须遵照执行。有的批复还具有法规效力。

(3) 简明性

批复在回答下级机关提出的问题时,观点明确,内容具体;在审批下级机关请示事项时,态度鲜明,理由充分。语言简洁明了,语气肯定坚决,不含糊、笼统。

(4) 单一性

请示的内容是"一文一事",针对请示而作出的批复也是"一文一事"。而且,多数批复只针对单一的呈送请示机关。只有答复的问题具有普遍性或涉及相关单位,才出现多个有关单位同为主送机关的情况。

3. 批复的种类

按照不同的分类标准,请示有不同的分类。

按照内容的表达方式,可分为表态式批复、阐发式批复和解答式批复三类。

(1) 表态式批复

批复只表明同意或不同意、批准或不批准的态度,别无他言,内容简短,语言简洁,语气坚决。

(2) 阐发式批复

批复在表明了态度之后,上级机关往往还针对批复内容提出指导性意见、执行要求、执行中的注意事项和强调批复事项的重要性,以引起下级机关的重视。

(3) 解答式批复

用于解释、答复下级机关在请示中提出的疑惑或不易把握的政策规定,多是针对请求指示的请示而作。

按照批复的意见,可分为肯定性批复和否定性批复两类。

(1) 肯定性批复

即同意或批准下级机关的请示事项的批复,包括"原则同意"。

(2) 否定性批复

即不同意或不批准下级机关的请示事项的批复。

按照请求的类型,可分为对请求指示的批复和对请求批准的批复两类。

(1) 对请求指示的批复

即针对下级机关请求指示而做出答复,主要是指明政策、提出办法或指导性意见。

(2) 对请求批准的批复

即针对下级机关请求批准的事项,表明批准与否、同意与否的态度。

二、批复的结构与写法

在结构上,批复一般包括标题、主送机关、正文、落款和成文日期等几部分。

1. 标题

批复的标题有两种写法:一是"三要素式",即由"发文机关名称+事由+文种"构成,如《国务院关于同意在武汉航空口岸开展口岸签证工作的批复》;一是由"发文机关名称+事由+请示机关名称+文种"构成,以突出批复的针对性,如《国务院关于同意河北省设立廊坊市给河北省人民政府的批复》。这两种标题，在确定事由时应与下级机关请示事项相一致，但切不可重复请示的标题。

一般说来，对于请求批准的请示，如果同意下级机关的请示事项，则在标题中标明"同意"字眼；如果不同意或部分同意，则不在标题中标明。对于请求指示的请示，则无需标明。

2. 主送机关

批复的主送机关即请示的发文机关。有的批复，因其内容具有一定的普遍性或涉及相关单位，需要其他机关遵守，也可将其列为主送机关。

3. 正文

正文一般包括开头、主体和结尾三部分。

(1) 开头

批复的开头往往用一句话说明是应什么机关的什么请示而批复的，即引据。如"你省《关于在武汉航空口岸设立签证机关的请示》(鄂政文〔2003〕4 号)收悉"。这是开头的固定写法，即通常引述下级机关请示的来文日期、标题和发文字号，作为批复的依据，以明确针对性。在这一部分的结尾，常常用"同意"、"经研究答复如下"、"经研究，批复如下"等承启语引出下文。

(2) 主体

主体是批复的主要内容，针对请示事项给予明确答复或具体指示，有的还简要陈述批复的原因和依据。答复的内容一般包括"批复态度"和"批复意见"。批复态度要简洁、鲜明，或完全同意，或部分同意，或不同意；批复意见要具体、明确，以增强指示性或指导性，便于下级机关开展工作。一般说来，否定性批复不再写批复意见；肯定性批复则针对请示事项可以提出具体处理意见，或指出应该注意的问题，或补充、纠正下级机关的意见等。有的在批复态度写完后，也可以不再提出"批复意见"，如"表态式批复"。

在写法上，这部分比较灵活，主要针对请示确定批复的内容和形式：下级机关在请示中分条提出有关请示事项的若干问题，批复也相应分条答复；请示中未分条的，批复内容较多的也可以分条答复。

(3) 结尾

批复的结尾往往以简洁的语言提出执行要求，也可以不单独安排结尾。这应视具体内容而定。

批复的落款和成文日期如其他公文。

三、批复的写作要求

1. 认真研究请示的内容

批复是一种指示性和结论性意见，是下级机关开展工作、解决问题的依据。因此，写作时要对请示事项的背景、依据等进行认真研究，判断其是否符合国家的有关政策法令或上级有关规定的精神以及工作实际，不可草率答复。

2. 态度鲜明，意见明确

对请示事项无论同意或不同意，还是部分同意，批复中都要旗帜鲜明地表明；执行要求应直截了当地提出。切忌含糊其辞，模棱两可；也不能回避请示内容，答非所问。在表达部分同意或不同意的态度时，要做简要的说理分析。

3. 语言精练简洁，准确得体

批复是上级机关制发的指挥性公文。答复下级机关的请示事项，要准确地把握其实质，作出明确指示或解释。相应的，语言应当简明扼要；即使必要时需要进行说理分析，语言也应精当得体，语气坚决肯定，以体现其下行文的语体特点。

4. 行文及时

请示行文讲究时效性，批复相应也应该及时迅速，以免贻误工作，造成损失。

【例文1】

国务院关于国家环境保护“十五”计划的批复

国函〔2001〕169 号

各省、自治区、直辖市人民政府，国务院各部委、各直属机构：

环保总局《关于请求批准〈国家环境保护“十五”计划〉的请示》（环发〔2001〕193 号）收悉，现批复如下：

一、原则同意环保总局会同国家计委、国家经贸委、财政部等部门和各地编制的《国家环境保护“十五”计划》（以下简称《计划》），请你们认真组织实施。要紧密结合经济结构调整，切实加强环保工作，严格执行全国主要污染物排放总量控制计划，确保到 2005 年环境污染有所减轻，生态环境恶化趋势得到初步遏制，城乡环境质量特别是大中城市环境质量得到改善。

二、《计划》是“十五”期间环境保护工作的重要依据。各省、自治区、直辖市人民政府和国务院有关部门要根据《计划》，尽快制定本地区、本部门的具体实施计划，把环境保护重点工程项目纳入地方、部门和国家的国民经济和社会发展年度计划，认真落实。

三、继续重点抓好“三河”（淮河、海河、辽河）、“三湖”（太湖、巢湖、滇池）、“两控区”（酸雨控制区和二氧化硫污染控制区）、北京市、渤海的污染防治工作，抓紧治理三峡库区和南水北调工程沿线的水污染。各地要重点解决群众反映强烈、问题突出的环境问题。

四、继续加大环境污染防治力度。加快淘汰落后生产工艺和设备，限期关闭污染严重企业；所有企业排放污染物必须稳定控制在排放标准和总量指标之内，对不能达到要求的，要实行停产整顿。所有新建项目必须依法严格执行环境影响评价制度。技改项目必须做到增产不增污或增产减污。做好重点城市的环保工作，综合治理城市水污染、大气污染、垃圾污染和噪声污染，要限期达到国家环境功能区的标准，建成一批环境保护模范城市。加强小城镇环境保护和建设。强化核设施安全监督。

五、切实加强生态建设和保护，遏制人为破坏。以西部地区为重点，大力进行生态环境保护和建设。积极发展生态农业，科学使用农药、化肥，防止农作物污染。保护海洋环境和海洋生态系统。严格自然保护区管理，提高自然保护区的建设质量。积极推动生态功能保护区和生态示范区建设。

六、积极推进污染治理的企业化、产业化、市场化。结合扩大内需多渠道筹集资金，鼓励和支持各类社会资金投向环境保护，加大城市污水处理费、垃圾处理费征收力度，使污染治理设施运行达到保本微利的水平，形成政府、企业、社会多元化投入和政府主导、市场推进、公众参与的环境保护机制。

七、环境保护的主要责任在地方。地方各级人民政府要将环境保护目标和措施纳入省、市、县长目标责任制，建立总量控制指标和环境质量指标完成情况考核制度。要加强对《计划》实施的领导和监督，做到资金到位，措施到位，责任明确。每年要对《计划》实施情况进行检查、总结，对逾期未完成任务的，要查明原因，认真整改。

八、国务院有关部门要根据各自的职能分工，切实加强《计划》实施的指导和支持。需要国家支持的项目由国家计委、国家经贸委分别予以安排,并负责指导和督促;有关产业结构调整和企业技术改造由国家经贸委负责指导和督促;环境监督管理能力建设所需资金由国家计委、财政部予以支持;污水处理厂、垃圾处理厂等城市环保基础设施建设由建设部负责指导和监督;有关经济政策由国家计委、国家经贸委、财政部、税务总局等部门落实;有关环境保护科技投入、开展科技攻关由科技部会同有关部门落实。

九、加强《计划》执行的监督检查。环保总局要按照统一法规、统一规划、统一监督的要求,切实加强环境监测、信息、科技、标准和宣传教育工作。环保总局会同监察部加强环境执法监督,严肃查处各种环境违法行为。加强部门、地方之间的配合,做好跨区域、跨流域的重大环境问题的协调,努力实现"十五"环境保护的目标。

国务院

二〇〇一年十二月二十六日

(选自《国务院公报》2002 年第 3 号)

【简析】

这份批复是针对请求批准的请示所做出的答复,内容很多,篇幅也很长。由于它针对的请示是一份国家环保总局会同国家计委、国家经贸委、财政部等部门和各地编制的《国家环境保护"十五"计划》,故主送机关像泛行公文一样使用了统称。本批复的最大特点在于表态之后的阐发意见。"意见"达 9 条之多,除了前两条是对所请示批准的《计划》的重要性加以强调外,其他各条对环保工作所涉及的方方面面作出了较为详尽、全面的指示和部署。综观这些条款,就其内容而言,实际上起到了"决定"这一公文的作用;而且由于与"决定"同属指挥性公文,措辞也体现出了指示性。但是毕竟不完全等同于"决定",因为它主要是针对《计划》的各个制定机关而提出要求的。

【例文 2】

国务院关于同意在武汉航空口岸开展口岸签证工作的批复

国函〔2003〕93 号

湖北省人民政府:

你省《关于在武汉航空口岸设立签证机关的请示》(鄂政文〔2003〕4 号)收悉。现批复如下:

同意在武汉航空口岸开展口岸签证工作。

国务院

二〇〇三年八月二十一日

(选自《国务院公报》2003 年第 28 号)

【简析】

这是一份针对下级机关请求批准的请示所做出的批复,国务院表明了同意的态度,无须也不必做更多的指示或要求,全文即告结束。态度鲜明,语言简洁。

【例文 3】

国务院关于永定河防御洪水方案的批复

国函〔2003〕91 号

国家防汛抗旱总指挥部,北京市、天津市、河北省人民政府:

国务院同意国家防汛抗旱总指挥部制订的《永定河防御洪水方案》,请遵照执行。

防御永定河可能发生的大洪水，关系到北京、天津等城市广大人民群众生命财产安全，必须予以高度重视。各有关地方人民政府和国务院有关部门要按照方案确定的各项任务和措施，认真抓好落实，确保防洪安全。

附：永定河防御洪水方案

国务院

二○○三年八月十九日

（选自《国务院公报》2003年第28号）

【简析】

这份批复的事项涉及多个机关和部门，故主送机关不止一个。在表明同意的态度之后，国务院又提出了执行要求和指示，是一份"阐发式批复"。所提要求和指示，强调了"方案"的重要性，以引起有关机关和部门的重视，同时也体现了作为指挥性公文所特有的权威性。语言简洁，语气坚决，篇幅短小，值得借鉴。

【病文诊断】

批 复

××乡政府：

对你乡的多次请示，作如下答复：

1. 原则上批准你乡建立联合贸易公司，负责本乡的内、外贸易工作。你乡应尽快使联合贸易公司开始营业。

2. 你乡提出试行"关于违反计划生育规定的处罚办法"最好不执行，因为这个办法违反上级有关文件精神。

3. 今年你乡要盖礼堂一座，并准备开辟为对外营业的影剧院，有利于活跃农民文化生活，增加宣传阵地。批准你们的请示。

4. 同意你乡"关于开展学习拥军模范赵香同志活动"的请示。赵香同志支持丈夫、儿子上前线。在丈夫牺牲后又鼓励女儿报考军队护校，她还给前线战士寄书、写信，鼓励他们保卫祖国，事迹是感人的，应大力宣传。

××县人民政府

一九××年×月×日

【诊断】

这份批复存在诸多问题：

第一、违反"一文一事"的原则。

县政府在积存了其下级机关四件请示之后，才合在一起给了这样一个批复。这样做有多种弊端：延误时间，耽误下级工作；多种事项集于一篇公文之中，内容杂乱；一份公文涉及多方面工作，给下级落实带来困难。因为这些工作在下级机关是由不同单位和不同负责人分管的，由哪个负责人承担批复的落实工作，不好确定。正确的做法是，下级报来一份请示，就及时回复一份批复。对方的四份请示，应有四份相应的批复。

第二、标题不合要求。

本批复的标题只有文种名称，没有发文机关和事由，不够认真严肃，也影响工作效率。

第三、态度含混，观点不明。

如第一条中“原则上批准你乡建立联合贸易公司”的说法，是非完全性同意的措辞，但没有说明对请示中的哪些方面有保留，而且，后面的文字，似乎并没有什么不同意的地方。再如，第二条中“最好不执行，因为这个办法违反上级有关文件精神”这句话，有两处问题：“最好不执行”不是完全性否定，对方仍然是可以执行的，根据下文，这里应该采用完全否定的说法；“违反上级有关文件精神”，是哪个上级机关的什么文件？不说清楚，下级就搞不明白自己错在哪里，执行中就缺少自觉性。

能力训练

一、判断题

1. “批复”的主送机关即“请示”的发文机关，而“请示”的主送机关只有一个。因此，批复的主送机关只能有一个。 ( )
2. 批复与其他指挥性公文相区别的重要一点，就在于它不是主动行文。 ( )
3. 一般说来，否定性批复在表明批复态度之后还要有针对性地作出批复意见。 ( )
4. 为了突出针对性，批复在写作时，应该引述请示的内容。 ( )
5. 有的批复在表明态度之后即告结束，因而无需在开头与主体之间使用承启语。 ( )
6. ××市人民政府在一份请示中就保护农民工合法利益问题提出四点意见，省人民政府行文答复时也应分条逐一批复。 ( )

二、简答题

1. 什么是批复？它有何特点？
2. 应该如何正确地写批复的开头？
3. 撰写批复有哪些要求？

三、改错题

××省五金公司关于同意
拨简易建筑资金扩建五金器材仓库的批复

(83)××字第×号

××县五金公司：

你公司19××年×月×日(83)字第15号关于请求拨款扩建五金器材仓库的报告收悉。关于你公司计划在人民币两万元以内利用原有简陋仓库，扩建为长10米、宽6米、墙高5米，钢筋混凝土瓦屋面结构的五金器材仓库，以供存放五金器材之需的问题，经研究，同意拨给你公司简易建筑资金两万元，作为扩建五金器材仓库之用。

希接文后，即向当地有关领导部门请示汇报，抓紧施工，争取提前十天竣工，以应存放急需。竣工后仍将建造情况汇报。

特此批复。

(公章)

一九××年××月××日

四、情景模拟

××县供销社对农工商联合企业经营茶叶若干政策问题不甚明确，于是在199×年×月×日向××省供销总社呈送了一份请示。其大致内容如下：

根据×××和×××等有关文件精神，供销社的意见是：农工商联合企业是茶叶生产单位的经济联合体，实行农工商一体化，供销社不再代购。农工商联合企业应遵照国家的有关规定和样价管理，由省茶叶进出口公司帮助与口岸直接挂钩出口，联合企业必须保证完成。超过部分，联合企业可以继续供应出口，也可以自行销售。奖售是价格的补充，实行奖售、返利、减税，主要是为了鼓励茶农发展生产，多向国家交售毛茶，因此应按规定实行奖售、返利、减税。农工商联合企业议价自销的茶叶，不给奖售，不实行返利、减税。199×年×××、×××相继办起农工商茶叶联合企业，但在农工商联合企业经营过程中，有些政策问题迫切需要请示明确。省人民政府×政〔××××〕××号关于××县试办茶叶农工商联合企业问题的批复中规定，×县农工商联合企业"199×年的毛茶收购可暂托供销社代购"。199×年是否继续由供销社代购，关于农工商联合企业的计划管理和样价管理问题，按省政府发〔××××〕××号文件规定，"出口精制茶由外贸部门帮助联合企业与口岸直接挂钩"。但××县今年除外调×××担外，自行精制毛茶××××担未按规定出口，全部议价销售。关于奖售、返利、减税问题，农工商联合企业议价自销的茶叶是否实行奖售、返利、减税。

根据上述内容，请代省供销总社拟一份答复××县供销社的批复。

第五节 意 见

一、意见的含义、特点和种类

1. 意见的含义

意见是对重要问题提出见解和处理办法的公文。

《国务院办公厅关于实施〈国家行政机关公文处理办法〉涉及的几个具体问题的处理意见》指出："'意见'可以用于上行文、下行文和平行文。作为上行文，应按请示性公文的程序和要求办理，……上级机关应当对下级机关报送的'意见'作出处理或给予答复。作为下行文，文中对贯彻执行有明确要求的，下级机关应遵照执行；无明确要求的，下级机关可参照执行。作为平行文，提出的意见供对方参考。"由此可见，意见可以是上行文，可以是下行文，也可以是平行文，非常灵活。

2. 意见的特点

(1) 政策性强

意见无论用于对上提建议，还是对下作指导，或是供平级和不相隶属机关作参考，其内容都与政策法规密切相关，有的甚至是直接为某项政策法规的实施而提出的贯彻执行要求。

(2) 灵活广泛

一是指意见的行文方向灵活，用途广泛。既可用于上行，也可以用于下行，还可以用于平行；可以用于请求批转，也可以用于部署指导工作；可以用于提出建议，也可以用于协商事务；等等。二是指意见的格式灵活。可以标识主送机关，也可以不标识；可以直接行文，也可以请求上级机关批转；落款和成文日期可以置于结尾，也可以放在标题之下。

(3) 语言平和

意见即使是对下行文，在内容上也不像其他指挥性公文那样做硬性规定，语言上也就不显得那么强硬威严，而是比较平易和缓。

3. 意见的种类

根据行文方向的不同，意见可以划分为上行意见、下行意见和平行意见三类。

(1) 上行意见

用于下级机关对重要问题提出的见解、处理办法或措施作为建议，因超出自己的职权范围而请求上级机关给予批转或转发。

(2) 下行意见

用于上级机关对重大问题、重要工作提出指导性的见解,对重要工作作出部署安排。

(3) 平行意见

用于平行机关、不相隶属机关之间就某种矛盾或争议提出解决方案,或对某一重要问题的处理提出协商见解和措施。此类意见提出的见解带有协商的意味,提出的解决办法带有建议的性质。

根据内容的不同,意见可以划分为建议性意见、部署性意见和指导性意见三类。

(1) 建议性意见

又称"呈转性意见",用于报请上级机关向有关部门或地区批转、转发本机关处理某一重要问题提出的措施、办法或见解。此类意见的结语通常是"以上意见如无不妥,请批转各部门(地区)执行"等专用语。

(2) 部署性意见

用于向下级机关布置工作,并对工作的原则、方法、要求等作出具体的安排部署。

(3) 指导性意见

用于针对某一文件或既定的政策、法规做出指导性的阐释或说明,对重大问题、重要事项、重要工作提出指导性见解和具体实施办法。此类意见常在标题中标识"实施"或"贯彻"等字眼。

二、意见的结构与写法

意见由标题、主送机关、正文、落款和成文日期等四部分组成。

1. 标题

意见的标题在写法上与其他公文相似,是"三要素式",即由"发文机关名称+事由+文种"构成。

属于在会议上讨论通过的意见,应在标题之下以"题注"的形式标明通过意见的会议名称和通过时间。

2. 主送机关

意见种类不同,主送机关的处理就有所不同。上行意见和平行意见,一般要标明主送机关;作为下行意见,如果执行范围和要求比较明确、针对性比较具体,要标明主送机关;如果涉及面广,要求很多部门甚至社会各界通力协作办理,可不必标识主送机关。

3. 正文

意见正文部分的结构和写法虽各有不同,但一般包括开头、主体和结尾。

(1) 开头

一般交代提出意见的依据、目的、意义或背景等。这部分要写得简明扼要,即使是上行意见在介绍背景情况时,也不像"请示"那样做具体详细的说明。

(2) 主体

这是意见中心内容的表述部分。由于内容较繁复、篇幅较长,这部分在结构上往往采用分条列项或序号加小标题的安排方法,将内容按其逻辑关系归纳成几个方面分别表述。写法上,因意见种类的不同而有所不同:

① 上行意见正文的写作　上行意见是向上级机关提出工作建议,具有建议功能。这一

功能实际上取代了“旧办法”中“报告”这一文种的建议功能，因此，在写法上就要像过去的建议报告那样，把正文分为缘由和建议等几部分，从上级机关的角度提出政策性规定。当然，作为上行意见，在办理上必须按请示性公文办理，即意见的内容所涉及的各部门必须协商一致方可行文。这是与建议报告的不同之处。所要强调的是，只有本机关无法解决或超出职权范围的事项，才可在意见中交代清楚，争取上级机关的认可并以上级机关的名义批转执行。

② 下行意见正文的写作　下行意见是上级机关或业务主管部门就某项工作提出的指导原则和要求，具有指导性。如果工作具体，写作时就必须提出明确要求，写作重点是“要求”，要写得明确、具有较强的可操作性，下级机关接到“意见”后只需照办即可。站在下级机关“照办”的立场上来写作“要求”，是此类意见写作的关键。如果意见内容涉及面广或各地具体情况不同，写作时就无法提出明确的执行要求，而只能提出指导性的工作原则，因而此类意见的写作重心就落在宏观政策的把握上。

③ 平行意见正文的写作　平行意见是两个或两个以上单位之间相互表达自己对某一问题的意见、见解，用于多个单位部门之间协商某一具体事项。如跨流域河流治污、地区边界划定等。所提见解具有商榷性，所提解决办法带有建议性。

(3) 结尾

上行意见一般用“以上意见如无不妥，请批转各单位（地区）执行”专用语。其他种类的意见一般不再单独结尾。

三、意见的写作要求

1. 选准行文角度

意见的行文方向灵活。写作时，必须根据不同的行文目的，选定不同的行文方向，按照不同的写作要求。如果是上行意见，应按请示的要求来写；如果是下行意见，就要提出切合实际、具体可行的政策与措施要求，切实发挥指导作用；如果是平行意见，则应以协商的态度，阐明本机关的主张和见解。

2. 符合有关政策法规

无论是上行意见、下行意见或平行意见，其中对重要问题所提出的见解和处理办法，或是经上级机关批转到有关部门或地区执行，或是指导下级机关甚至整个社会的行动，或是供对方参照执行，都将发挥其现实执行效用。因此，意见的内容必须符合党和国家的有关方针政策、法律法规，并以此为依据，才能正确地开展工作。

3. 语言得体

不同的行文方向要用不同的语言表达方式。上行意见应谦敬诚恳，既不强词夺理，也不百般纠缠；下行意见应威严而不强硬，既不盛气凌人，也不应丧失权威；平行意见应注意礼节、平等待人。

【例文 1】

教育部关于加强普通高等学校大学生心理健康教育工作的意见

教社政〔2001〕1号

各省、自治区、直辖市党委教育工作部门、教育厅（教委），国务院有关部委教育司（局），部属各高等学校：

为进一步加强和改进高等学校德育工作,全面推进素质教育,现就加强普通高等学校大学生心理健康教育工作,提出以下意见:

一、充分认识加强高等学校大学生心理健康教育工作的重要性

当前,我国正处在建立社会主义市场经济体制和实现社会主义现代化战略目标的关键时期,社会情况发生了复杂而深刻的变化,如何指导学生在观念、知识、能力、心理素质等方面尽快适应新的要求,是高等学校德育工作需要研究和解决的新课题。《中共中央国务院关于深化教育改革全面推进素质教育的决定》强调,在全面推进素质教育工作中,必须更加重视德育工作,加强学生的心理健康教育。《中国普通高等学校德育大纲(试行)》明确提出,要把心理健康教育作为高等学校德育的重要组成部分,大学生应具备良好的个性心理品质和自尊、自爱、自律、自强的优良品格,具有较强的心理调适能力。加强大学生心理健康教育工作是新形势下全面贯彻党的教育方针、实施素质教育的重要举措,是促进大学生全面发展的重要途径和手段,是高等学校德育工作的重要组成部分。

(略)

二、高等学校大学生心理健康教育工作的主要任务和内容

高等学校大学生心理健康教育工作的主要任务是:根据大学生的心理特点,有针对性地讲授心理健康知识,开展辅导或咨询活动,帮助大学生树立心理健康意识,优化心理品质,增强心理调适能力和社会生活的适应能力,预防和缓解心理问题。帮助他们处理好环境适应、自我管理、学习成才、人际交往、交友恋爱、求职择业、人格发展和情绪调节等方面的困惑,提高健康水平,促进德智体美等全面发展。

高等学校大学生心理健康教育工作的主要内容是:宣传普及心理健康知识,使大学生认识自身,了解心理健康对成才的重要意义,树立心理健康意识;介绍增进心理健康的途径,使大学生掌握科学、有效的学习方法,养成良好的学习习惯,自觉地开发智力潜能,培养创新精神和实践能力;传授心理调适的方法,使大学生学会自我心理调适,有效消除心理困惑,自觉培养坚韧不拔的意志品质和艰苦奋斗的精神,提高承受和应对挫折的能力,以及社会生活的适应能力;解析心理异常现象,使大学生了解常见心理问题产生的原因及主要表现,以科学的态度对待各种心理问题。

在大学生心理健康教育工作中,要以辩证唯物主义和历史唯物主义为指导,防止唯心主义、封建迷信和伪科学的干扰,确保心理健康教育工作的正确方向。

三、高等学校大学生心理健康教育工作的原则、途径和方法

大学生心理健康教育工作要重在建设,立足教育。心理健康教育要以课堂教学、课外教育指导为主要渠道和基本环节,形成课内与课外、教育与指导、咨询与自助紧密结合的心理健康教育工作的网络和体系。

(略)

四、加强高等学校大学生心理健康教育工作队伍建设

(略)

五、加强领导,规范大学生心理健康教育工作的管理

各地教育工作部门和高等学校,要切实加强对大学生心理健康教育工作的领导,积极支持大学生心理健康教育工作的开展,帮助解决工作中的困难和问题。

（略）

教育部

二〇〇一年三月十六日

（选自《国务院公报》2002年第07号）

【简析】

这份意见是国家教育行政主管部门针对加强大学生心理健康教育工作提出的指导性意见，收文对象比较具体，所以标明了主送机关。正文由开头、主体两部分构成。开头，简要交代行文目的。主体部分，围绕加强大学生心理健康教育的诸方面阐明了指导意见，共分为五个方面加以阐述：首先指出此项工作的重要性，以引起相关部门的重视；其次指明此项工作的任务和主要内容，以使各相关部门明确工作目标；第三指出开展此项工作的原则、途径和方法，以使各相关部门有所遵循；第四、五部分明确加强此项工作的保障措施。这种次序安排体现了此项工作的内在联系，环环相扣，层次分明，条理清晰。由于所有内容都已表达清楚，本意见就不再另行结尾。

【例文2】

××省人民政府关于确定××××河段边界走向问题的意见

民政部全国勘界办公室：

2001年2月7日，民政部全国勘界办公室向××、××两省民政厅级勘界办公室通报了《国务院勘界工作联席会议关于××两省在××地区的行政区域界线及有关问题的处理意见》（以下简称《处理意见》），2月27日我省省长办公会议对此进行了专题研究。现将我们的意见函复如下：

一、××××河段边界线的勘定，经过双方3年多的努力，没有达成一致意见，最后交由国务院裁决是必要的，我省服从国务院的裁决。

二、我省在××河段上修建了40余座桥梁、7个引水闸，目前彭楼闸正在施工。按《处理意见》划界后，可能影响我省的引水灌溉。我省×县、×县长期贫困的一个主要原因是缺水，两县干旱面积达200万亩，按《处理意见》划界后，两县生产、生活用水将会遇到很大困难，工农业生产会受到严重影响；同时省界之外还有我省的10个村庄。国家进行裁决时应对××河的治理、水利设施的保护和利用、省外村庄的管理作出明确规定。

三、近几年来，××县××河段边界多次发生械斗及其他事件，给当地群众的生产、生活造成很大危害，影响了该地区的社会稳定。对××××河段边界的核定，各级领导和基层干部群众都很关注，盼望中央早日解决。为此，建议国务院尽快核定××××河段的边界走向。

××省人民政府

二〇〇一年三月二十日

（转引自王桂森，陈群力.最新实用公文规范与写作.山东人民出版社，2001）

【简析】

这是一份平行意见，是某省政府向国务院职能部门陈述本级政府就某河段边界走向问题的建议和主张。正文的开头部分，交代了行文原因。主体部分，从三个方面表述建议和主张：首先，表明本级政府的态度；然后，说明该河段在本省的现状，并就进行裁决提出建议；最后，说明某河段边界走向不确定所带来的社会治安状况以及干部群众对解决该河段划界的迫切愿望。意见采用的是说明的表达方式,主要说明该河段的实际状况。但是,这种说明带有一定的倾向性,便于主管部门据此作出有利于自己的裁决。换言之,本意见陈述的理由过硬,充分表达了本级政府的建议和主张。意见的最后,以强调自己的愿望作结。语言简洁,结构周密,主旨明确。

【病文诊断】

中共××县委关于加强党员干部党风建设的意见

为搞好党风建设,根据有关文件的精神,现结合我县实际就加强党员干部思想素质教育问题提出以下意见:

一、党员干部要自觉做到严于律己。

党员干部要自觉以先进人物为榜样,以模范党员的标准严格要求自己,吃苦在前,享乐在后,关心群众疾苦,为人民群众排忧解难,做好人民的公仆。

二、党员干部要加强学习。

党员干部要积极学习马列主义、毛泽东思想、邓小平理论,不断提高思想素质和理论水平,提高抗腐蚀的能力。

三、要及时向组织汇报工作情况,自觉接受组织和群众的检查和监督。

×××××

××××年×月×日

〔转引自朱悦雄.新应用写作.第2版.广东高等教育出版社,2001〕

【诊断】

这是一份部署性意见,就加强党风建设作出部署。但是,本意见既无明确指导思想,也没有提出任务和措施,要求也非常笼统。换言之,正文内容空洞无物,缺乏针对性和可操作性,不仅让下级难以贯彻,也不利于对实行情况进行有力的检查和监督。其次,行文仅仅以"有关文件的精神"为依据是不够的,应该更明确、具体。另外,正文前两条的条目后不应加句号。

能力训练

一、判断题

1. 作为行政公文,所谓"意见",即不成熟的见解、看法,都需要上级机关批示。因此,都是上行文。（　）
2. "意见"的标题,可以省略事由。（　）
3. 任何一种意见,其成文日期都应该标识于正文之后。（　）
4. "意见"可以用于向上级机关提出建议,"旧办法"规定"报告适用于向上级机关……提出意见或者建议"。可见,建议性意见与"建议报告"完全相同。（　）
5. 凡意见都具有指导性。（　）
6. 任何一种意见的正文都有开头部分。（　）
7. 行文目的决定"意见"的行文方向。（　）

二、简答题

1. 什么是意见?其行文有何特点?
2. 如何区分"下行意见"与"决定"?

3. 意见可划分为几种？

4. 如何理解意见写作要求中的“确定行文角度”？

三、改错题

关于计划从白石水库引水的安排意见

省水利厅：

××市“引白水源工程”在省水利厅领导和有关部门的关怀下，进展顺利。可行性研究报告已经完成。……也已经完成。

工程总投资×亿元。其中市自筹资金……。至此，项目建设书阶段的工程建设资金筹措问题已经解决。

为准确掌握××市对城市用水的需求，我们在可行性研究阶段调查的基础上，于1997年又先后两次对规划区的需水量进行了调查和预测。

预测的结果，2000年规划区日需水量35万吨左右，日缺水量1.5万～7.6万吨；2005……日缺水量15.3万吨；到2010年……日缺水量将达到28万吨。

我们计划“引白水源工程”于2001年开工建设，2005年形成供水能力，计划日供水15万吨，然后逐年增加，到2010年达到工程设计规模，即日供水30万吨。

××市引白工作办公室(印章)

一九九八年×月×日

四、情景模拟

近年来，随着科技的进步和教育的发展，社会为个人提供的受教育机会日益增多，党政机关许多岗位对干部的知识化、专业化的要求也越来越高。

为适应形势的发展和工作需要，广大干部重视知识的更新和知识结构的改善，利用业余时间刻苦学习，接受继续教育，这对于改善干部队伍的文化和专业知识结构，提高干部的素质具有重要作用。成绩是肯定的。

目前，有一些教育、培训单位管理不严，滥发学历、学位证书。少数干部片面追求学历，甚至弄虚作假。这些现象，损害了国家学历、学位教育的声誉，败坏了党风和社会风气，造成了十分不良的社会影响，必须予以坚决纠正和制止。

针对上述情况，中央组织部、人事部、教育部、国务院学位委员会，为把广大干部的学习热情引导到诚实学习和刻苦努力、求知进取上来，于2002年4月1日提出了有关加强和规范干部学历、学位管理工作的几条意见。

第一条是各级教育行政部门和干部培训主管部门，要采取有力措施，规范学历、学位证书的管理工作。对不具备学历教育资格的教育、培训单位举办的所谓“学历班”等，要坚决予以清理；对有学历、学位授予资格的教育、培训单位，要加强管理，督促他们认真按有关规定开展干部的在职教育，严格教学标准，保证教学质量，对那些违反有关规定和职业道德滥发学历、学位证书的教育、培训单位，要进行整顿，直至取消学历、学位授予资格，并对有关责任人进行严肃处理。

第二条是从2002年5月开始，各级组织人事部门要按照干部管理权限，对本级党政机关工作人员特别是县(处)级以上领导干部通过在职学习持有并载入档案的学历、学位证书，进行一次认真的检查清理。学历、学位情况填写不规范的，要加以规范。对在学历、学位上有弄虚作假行为的干部，本人主动向组织说明情况，表示放弃虚假学历、学位的，由组织人事部门予以更正，不再追究本人责任；不主动说明情况、经检查发现的，由纪检监察部门和干部监督部门查处；对本××下发后仍用各种不正当手段谋取学历、学位，欺骗组织的，要从重处理。各级教育行政部门和教育、培训单位要积极协助有关部门做好对干部学历、学位的认证工作。今后，这项工作应作为组织人事部门干部管理的经常性工作，逐步走上科学化、法制化、规范化的轨道。

第三条是各级党委、政府及其组织人事部门要全面贯彻干部队伍“四化”方针，在提拔、使用干部时，要全面、客观地看待干部特别是领导干部和年轻干部树立终身学习的意识,鼓励他们认真学习马列主义、毛泽东思想、邓小平理论和江泽民同志“三个代表”重要思想,认真学习现代科学文化知识,注意加强世界观、人生观的改造,克服追名逐利,把提高学历、学位当作提拔、使用资本的思想倾向,不断提高自身素质,提高为人民服务的本领。同时,切实做好干部在职学习的组织管理工作,坚决防止和克服少数干部片面追求学历、学位甚至弄虚作假的倾向。各级组织人事部门录用、考察、考核干部时,要加强与教育行政部门的沟通和联系,做好干部学历、学位的认定工作。

请根据上述材料为中央组织部、人事部、教育部、国务院学位委员会代拟一份公文。具体要求:

1. 文种恰当。
2. 必要格式项目齐备。
3. 结构合理,层次分明。
4. 个别词句可作适当增删,使之顺畅、简明。

第六节 函

一、函的含义、特点和种类

1. 函的含义

函是不相隶属机关之间商洽工作,询问和答复问题,请求批准和答复审批事项的公文,是典型的平行文种。

作为法定公文文种之一,函与其他公文同样具有法定效力,不同于个人信函。“不相隶属机关之间”无论级别高低,都不存在职权上的领导与被领导的关系,工作关系是平等的。这种机关间的工作关系决定了互相行文必须使用“函”。同一机关内部的各个职能部门之间,下级机关与上机关的职能部门之间,各省、自治区、直辖市、省辖市、市(县、区)之间都是平行关系;各级各类的企事业单位、群众团体之间及企业单位、群众团体与政府机关除主管部门以外的其他机关或部门之间都是不相隶属关系。存在平行关系或不相隶属关系的机关、单位之间就有关工作或问题进行商洽、审批或答复,都使用“函”;存在直接隶属关系的,则必须使用“请示”行文。

领导机关的综合职能部门(办公室),经授权可以代行领导机关的部分职权,往往以“复函”答复下级机关的请示事项。此时,“函”即具有一定的指导作用。

2. 函的特点

(1) 行文关系多样

函是最灵活的公文之一,可用作上行文、下行文、平行文,对上级、下级、平行机关和不相隶属机关都适用。但是,其基本性质应是平行文。

(2) 使用范围广泛

可用以相互商洽工作、询问答复问题,又可用以向主管部门请求批准事项,也可用以答复审批事项。

(3) 简便灵活

一般说来,函大都内容单一、篇幅短小、语言简洁,格式上的限制也相对较少。

3. 函的种类

按照不同的分类标准,函有不同的分类。

根据往来关系,函可分为去函和复函两种。

(1) 去函

又称问函或致函,用于发文机关向有关主管机关商洽工作、询问事项或提出请求,是主动行文。

(2) 复函

即答复性函,用于答复对方来函中商请或询问事项,是被动行文。

根据行文目的和内容,函可分为请求函、批准函、商洽函、询问函、答复函、告知函等。

(1) 请求函

用于向有关主管部门请求批准的事项。其写法与请示相似,按照请示的写作要求写。它与请示的最大区别在于:请求函只适用于不相隶属机关之间,而请示适用于有隶属关系的上下级机关之间。

(2) 批准函

用于主管机关批准有关机关的请求事项。其写法与批复相似,但与批复的区别在于:批准函适用于主管机关或部门与不相隶属机关或部门之间,批复则适用于有隶属关系的上级机关对下级机关。

(3) 商洽函

用于机关及业务部门之间商谈和接洽工作,如请求予以协助或解决问题等。

(4) 询问函

用于机关及业务部门之间询问问题、征求意见。

(5) 答复函

用于答复或解释对方来函询问的问题和商洽的事项。政府的办公厅(室)经授权答复有关部门的请示,可以用它来行文,如《国务院办公厅对〈中华人民共和国城市维护建设税暂行条例〉第五条的解释的复函》(国办函〔2004〕23 号)。它与询问函合称问答函。

(6) 告知函

用于向对方告知有关事项,以求得对方的协助配合。这类函具有周知性通知和情况通报的功能,但因行文关系的双方互不隶属,应用函来行文。如《关于举办计算机操作知识培训班的函》。

除上述几种之外,还有催办函、印发函、报送函等,还有少数用于布置工作,如《国务院办公厅关于支持做好国家中长期科学和技术发展规划制定有关工作的函》(国办函〔2004〕1号)。函的用途广泛,种类就比较多。

4. 请求函与请示的区别

函用于平行机关之间、不相隶属机关之间以及有业务上的指导与被指导关系的部门之间;向主管部门请求批准有关事项,不管其级别高低,一律用请求函。请示则用于有直接隶属关系的上下级机关;下级机关向其上级机关行文请求批准重要事项,用请示。在使用函与请示这两种公文时,必须首先弄清发文机关与受文机关之间的关系,然后确定应该选用哪个文种。

二、函的结构与写法

函一般由标题、主送机关、正文、落款和成文日期等几部分组成。在此,着重介绍标题和正文的结构和写法。

1. 标题

一般说来，函的标题写法是“三要素式”，即由“发文机关名称＋事由＋文种”构成，如《中国科学院××研究所致××大学商洽建立全面协作关系的函》。有时可省略发文机关。复函的标题包括发文机关名称、主送机关、答复事项、文种四项，如《国务院办公厅关于同意国家质量监督检验检疫总局在局徽上使用国徽图案的复函》。有时也可省略发文机关和主送机关。

一般情况下，商洽函应在标题中标明“商洽”、“商请”字眼，询问函标明“询问”字眼，批准函标明“同意”和“复函”字眼，以使标题更为明确。

2. 正文

在结构上，函的正文一般可分为开头、主体和结尾三部分。

开头：交代缘由，或说明情况，或简述问题的由来。

主体：根据需要写明函的内容，或询问，或请求批准，或商洽，或答复，等等。

结尾：一般使用结尾专用语，如“请即函复”、“特此函告”、“请大力协助为盼”、“请予接洽为荷”、“此复”等等。结尾用语应视函的种类正确选用，切不可随意套用。

函的种类不同，其正文的结构和写法也有差异。

请求函的正文，首先简要地阐明请求批准的缘由，然后写明请求批准的事项，并将本单位的意见提出来。需要注意的是，请求批准的事项必须是本单位职权范围内的，而且也是主管部门职权范围内可以批准的。理由要充分正当，要求要合理、合法、合乎政策。

询问函的正文，应直接点明所要询问的问题，并将所询问问题的重要性和紧迫性加以说明。所询问的问题，应当是本单位职权范围内的而且是主管部门可以答复的。提出问题要明确、具体，切忌含糊、笼统。

商洽函的正文，首先应将商请的有关情况交代清楚，说明商请的必要性和紧迫性；然后提出商量、接洽的事项，并将本单位的意见提出来。

答复函的正文，首先交代复函的依据，即引用来函的名称、发文字号和发文日期，如“贵局××年×月×日《关于询问××××问题的函》收悉”；然后，针对来函询问的问题、商洽或请求的事项作出明确的答复或表态。对商洽工作的来函的答复，要讲究礼貌，切忌使用指令性语言；对请求批准的来函的答复，应按照批复的要求来写，但不应使用指令性语言。如果不同意或不完全同意来函提出的意见、要求或办法，应根据政策简要说明依据或理由，并提出应该如何处理的意见或建议。

三、函的写作要求

1. 正确区分函与请示

函与请示在功能和写法上有许多相似之处，但是毕竟是两种不同的文种，它们在行文关系和用语等方面存在着很大差别。因此，写作中应该仔细分辨、正确区分，切不可混淆。

2. 开门见山，直陈其事

函是一种快捷简便的公文。写作时，要开门见山，直陈其事，简明扼要。切忌拐弯抹角、含糊其辞，或连篇套话、空话。

3. 文风朴实，措词得体

函是一种多向行文的公文，适用于多种行文关系。因此，语言表达非常讲究，总的要求是朴实、诚恳。对上要尊重、谦敬，对下要平和，对平行机关和不相隶属机关要以礼相待。切忌使用生硬傲慢、盛气凌人或恭维逢迎的语言。

【例文1】

中国科学院××研究所
致××大学商洽建立全面协作关系的函

××大学：

近年来，我们研究所与贵校在一些科学研究项目上互相支持，取得了令人满意的成绩，建立了良好的协作基础。为了巩固已取得的成果，取得更大的成就，建议我们双方今后能进一步在学术思想、科学研究、人员培训、仪器设备等方面建立全面的交流协作关系，特提出如下意见：

一、定期就共同关心的学术问题举行所、校之间的学术讨论与学术交流；共同分析国内外同行的项目动态和发展趋势；互相参加对方组织的学术年会及专家讲学活动；互派专家参加对方对科研发展动向、任务和学位、学术论文及重大科研成果的评审工作。

二、根据所、校各自的科研发展方向和特点，对双方共同感兴趣的课题进行协作。协作形式和办法视课题性质和双方条件，制定单项协议。

三、根据所、校各自人员配备情况，校方在可能条件下对所方研究所、科研人员的培训予以帮助，所方为学校学生、研究生的毕业论文提供指导。校、所双方教学科研人员对等地承担对方一定的教学科研工作，享受同原单位职称相应的待遇。

四、双方每年进行科研计划交流以便掌握方向，协调分工，避免重复。共同协作项目，使双方有所侧重与分工。

五、双方科研教学所需高、精、尖仪器设备，在可能情况下向对方提供利用，并协助做好测试工作。双方的附设工厂车间，相互给予科研和实验设备加工的方便。

六、加强图书资料和情报的交流。

以上各项，如蒙同意，建议互派科研主管人员就有关内容进一步磋商，达成协议，以利工作。

特此函达，请即研究函复。

中国科学院××研究所
二○○二年××月××日

【简析】

这份公文是用于不相隶属机关之间就具体事项进行商请、接洽的，所以选用了“函”这一文种。正文的开头部分，首先介绍了此前双方的协作成绩，然后自然地引出行文目的，即建立全面协作关系。交代完这两个内容之后，使用了“特提出如下意见”这一承转语，转入下文。接下去就应该是发文单位就建立这种关系所持有的意见和建议了，因此，本文的主体部分就是该所所提出的意见和建议，共有六条。这六条意见和建议，按照重要程度依次排列，既合乎逻辑，又条目清晰。结尾部分，提出了具体办法，作为补充。这是一份规范、典型的商洽函。全文意见明确，切实可行，语言得体。

【例文2】

国务院办公厅关于天津市福建省农村税费改革试点方案的复函

国办函〔2003〕68号

天津市、福建省人民政府：

你省(市)上报的农村税费改革试点方案已收悉。经国务院领导同志同意,现函复如下:

一、原则上同意你省(市)上报的农村税费改革试点方案(以下简称《方案》)。今年是否在全省(市)范围进行改革试点,由你省(市)根据全面试点应当具备的条件自主决定。请根据《国务院关于全面推进农村税费改革试点工作的意见》(国发〔2003〕12号)等有关文件精神,分别对《方案》中的有关内容作进一步修改、补充和完善:

(一)明确暂停执行对不承包土地并从事工商活动的农村居民收取资金用于村内公益事业的政策;

(二)明确将农业综合开发中农民筹资投劳纳入村级"一事一议"管理;

(三)增加建立和完善农村义务教育经费保障制度的内容;

(四)明确暂停清收农村税费改革前的农民税费尾欠;

(五)农村税费改革后每个行政村领取定额补贴干部人数应严格控制在3至5个;

(六)进一步制定和完善相关配套改革措施和办法。

此外,福建省在修改和完善《方案》时,要进一步明确改革后农业税(与改革前相比)税负不再增加;农业税附加比例最高不超过正税的40%;统一规定的"两工"取消后,遇到特大防洪、抢险、森林防火、抗旱等紧急任务需要临时动用农村劳动力时,须经县级以上人民政府批准。

二、要按照中央要求,切实加强对农村税费改革试点工作的领导,周密部署,精心组织实施。要切实把减轻农民负担放在改革试点工作的首位,大力推进相关配套改革,确保改革后农民负担明显减轻、不反弹,确保乡镇机构和村级组织正常运转,确保农村义务教育经费正常需要。要按照"三个代表"的要求,切实改进工作作风,深入调查研究,及时解决改革中遇到的突出矛盾和问题,维护农村社会稳定;要加强督促检查,严肃改革纪律,保证中央各项改革政策得到全面贯彻落实,保证改革试点工作的顺利进行。

请将修改完善后的《方案》及有关配套文件,抄送国务院农村税费改革工作小组备案。

国务院办公厅

二〇〇三年九月二十五日

(选自《国务院公报》2003年第33号)

【简析】

这是一份答复函,由国务院综合职能部门答复下级机关的来文。开头一段引用来文,主体部分内容较多,故采用分条列项的表达方式:第一部分表明态度,并针对来文从六个方面提出进一步修改、补充的意见;第二部分是结合来文作出指示、提出要求,针对性强。最后,以补充性内容作结,干脆利落。这是一份规范的复函。

【病文诊断】

公　函

××大学校长办公室:

首先,我们以××省财经学校的名义,向贵校致以亲切的问候。我们以崇敬和迫切的心情,冒昧地请求贵校帮助解决我校当前面临的一个难题。

事情是这样的:最近,我们经与××学院磋商,决定派几位老师到该院进修学习。只因该院恢复不久,在"文革"中大部分房屋遭到破坏,至今未能修盖完毕,以致本院职工的住房和学生的宿舍及教室破旧拥挤。我校几位进修教师的住宿问题,虽几经协商,仍得不到解决。然而举国上下,齐头并进,培养人才,时不我待,我校几位教师出省进修学习机会难得,时间紧迫,任务繁重,要使他们有效地学习,则住宿问题是亟待解决的。

为此,我们在进退维谷的情况下,情急生智,深晓贵校府高庭阔,物实人齐,且具有宽大为怀、救人之危的美德。于是,我们抱着一线希望,与贵校商洽,能否为我校进修教师的住宿问题提供方便条件。但不知贵校是否有其他困难,如有另外的要求和条件,我校则尽力相助。若贵校对于住宿一事能够解决,我校进修教师在住宿期间可为贵校教学事务做些义务工作,如辅导和批改作业等,这样可以从中相得益彰。我们以校方的名义向贵校表示深深的恩谢。

以上区区小事,不值得惊搅贵校,实为无奈,望谅解。并希望尽快得到贵校的答复。

此致

敬礼

××省财经学校(公章)

一九××年×月×日

【诊断】

这份"公函"本是一份商洽函,商洽的事项很简单,无非是关于安排进修教师住宿问题。但是,就是这样一份内容简单的函却废话连篇、冗长芜杂、哗众取宠,实在令人难以卒读。具体说来,存在以下几个方面的问题:

第一,格式不规范。首先是标题不规范。作为正式的公文,应该采用公文标题的常规格式,只用"公函"二字作标题,显然不合要求。其次是结语不规范。本函用一般书信的祝颂语作结语,消解了公文的特色,有些不伦不类。

第二,请求近乎无理。发函单位为解决自己进修教师的住宿问题,竟以帮助辅导、批改作业作为交换条件(他们的教师其实并没有为对方做辅导和批改作业的资格)。

第三,文风不正,语言不得体。本函的语言有较多问题。首先,缺乏公文语言的庄重性与简洁性,有些话近乎口语,如"事情是这样的"、"希望尽快得到贵校的答复"等。其次,有些语言分寸失当,虚浮夸饰,有献媚逢迎之嫌,如"深晓贵校府高庭阔,物实人齐,且具有宽大为怀、救人之危的美德"。再次,用词不当,如"宽大为怀",应是旧时惩处用语;"救人之危"的说法也有些过分。最不应该的是居然要和对方"相得益彰"。"我们以校方的名义"一句,让人莫名其妙。

能力训练

一、判断题

1. "询问函"不仅可以用于不相隶属机关之间,也可用于上下级机关之间。 ( )
2. 有的函具有请求审批的功能,而有的请示同样具有这一功能。因此,具有相同功能的这两类公文没有区别。 ( )
3. 某市××超市加强内部防范工作成绩突出,本市公安局拟请该超市在全市经济保卫工作经验交流会议上作典型发言,遂以"通知"向该超市行文。 ( )
4. 答复函与批准函都属于复函。 ( )
5. 答复函与询问函呈"一对一"关系,所以,答复函只用于答复对方的询问。 ( )
6. "批复"与"批准函"的共同之处在于,两者都属于指挥性公文。 ( )
7. 在写作时,所有的函都应该首先交代行文缘由。 ( )

二、简答题

1. 什么是“函”？有何特点？
2. “答复函”与“批复”有何区别？
3. “请求函”与“请示”有何区别？
4. 几种“函”在内容上有何差异？
5. “函”的写作要求是什么？

三、改错题

北京市××区人民政府致中央、市属有关单位的函

目前你们在我区新建、扩建了许多职工宿舍，但不考虑商业网点、学校、托幼和医疗设施。这样不仅给你们的生活带来许多困难，也给我们带来许多麻烦。要知道，我区与居民居住有关的生活服务设施异常紧张，其中商业网点、学校、托幼和医疗等设施的紧张程度更为突出，实在没有能力承受新的负担。希望你们再新建、扩建职工宿舍时，务必把生活服务设施规划进去，否则后果自负。

此致

敬礼

北京市××区人民政府

19××年×月×日

注：在这方面国务院已有明文规定，国务院(××)244 号文件精神是：今后凡新建(包括统建和自建)、扩建宿舍，都应把必需的生活服务设施包括进去，商业服务网点应占新建、扩建点面积的 7%左右。

四、情景模拟

××市××路公共汽车将 2006 年 5 月 1 日前在全线实现更换新车(新车车型为××型黄海客车)，实行无人售票服务；另外新增同型号公交车 10 台，延长线路 5 千米。新车上线后，××客运集团公司要将 1988 年制定的现票价 0.50 元调至 1.00 元。为此，该公司向上级主管部门——××市交通局上报了一份有关要求调整票价问题的公文。××市交通局又与市物价局协商，市物价局同意了市交通局的调价意见，××路公共汽车票价如期调整。

请拟出此项工作所需要的所有公文。

第七节　会议纪要

一、会议纪要的含义、特点和种类

1. 会议纪要的含义

会议纪要是记载、传达会议情况和议定事项的公文。它是根据会议记录和会议文件加以分析归纳而整理形成，使用灵活、广泛。既可上呈，向上级机关反映情况、汇报工作；又可下发，向下级机关传达会议精神；还可被批转或转发给不相隶属机关，以贯彻落实会议决定事项或精神。它的主要作用是贯彻落实会议精神，沟通情况，交流经验，统一认识，指导工作。

2. 会议纪要的特点

(1) 纪实性

纪实性是会议纪要的本质特征。会议纪要忠实地反映会议的内容和议定事项，客观、扼要地记载会议情况，全面地概括会议的要点。既不断章取义，也不主观臆断，更不会在会议纪要中妄加评议。

（2）纪要性

这是会议纪要与会议记录的显著区别。它不是把会议中涉及的所有问题一一记录下来，而是根据会议的议题和宗旨，对会议内容进行综合、提炼，概括出会议主要精神，归纳出会议主要内容，反映出会议中的重要情况和研究、决定的重大问题、决策意见。

（3）指导性

会议纪要是与会者共同研究讨论的结果，是共同意志的体现，在实际工作中发挥着重要的指导作用，尤其是经上级机关批转的会议纪要，其指导作用就更为突出。

（4）行文方式独特

会议纪要不具备独立行文的功能。若要报送给上级机关，须以“报告”为载体；若要下发给下级机关，则须以“通知”为载体。

3. 会议纪要与会议记录的区别

会议记录是会议纪要形成的基础，会议纪要是对会议记录的概括和提炼。二者虽然都出自会议，但是，在性质、内容、形式、表达方式诸方面都有很大差异。

（1）性质和作用不同

会议纪要是国家法定公文，具有现行执行效用；会议记录是用于记录会议发言的事务文书，是未经加工整理的原始材料，不属于公文，只是作为资料和凭证而保存。

（2）内容不同

会议纪要是会后指定有关人员在会议记录和其他会议材料的基础上整理加工而成的，是会议内容系统而简要的反映；会议记录是记录人在会议发言过程中同步完成的记录性材料，基本上要做到有言必录，具有原始和翔实的特点。

（3）形式不同

会议纪要有规范的格式，并与其他公文略有差别；会议记录没有统一的格式，由各单位自定。

（4）写作要求不同

会议纪要只有需要对外正式发文时才在会议记录的基础上整理成文，而且并不是任何规格的会议都做会议纪要；会议记录则凡属正式会议都要做，但并不一定都要形成纪要。

4. 会议纪要的种类

按照不同的分类标准，会议纪要有不同的分类。

按照会议的性质，可分为专题会议纪要、例行会议纪要和座谈会议纪要三类。

（1）专题会议纪要

这是指专门为某一项或某方面工作召开的会议所写的会议纪要。它主要集中反映会议研究讨论的问题，总结和传达会议提出的意见、建议、措施、办法等。

（2）例行会议纪要

这是指各级机关、单位和团体召开的办公会议纪要和日常工作会议纪要。这类会议纪要全面而概括地反映会议的基本内容、讨论的主要问题和议定事项。

（3）座谈会议纪要

这是指因解决某一问题而专门召集有关单位或人员参加的座谈会所形成的会议纪要。会议的目的是为了了解情况、收集意见、商讨对策、提出解决问题的办法等。这类会议纪要往往采用“摘要式”写法，按会议发言的顺序对会议发言者的发言内容进行归纳、总结，概括出发言要点。

按照会议纪要的用途和目的,可分为决议性会议纪要、协议性会议纪要和研讨性会议纪要三类。

(1) 决议性会议纪要

主要记载和反映领导层做出的重要决策事项,作为传达和部署工作的重要依据,对今后的工作具有直接的指导作用,常用于办公会议。

(2) 协议性会议纪要

主要记载双边或多边会议有关内容及其达成的协议,作为会后执行的依据,对协议各方今后的工作具有共同约束作用,常用于领导机关主持召开的多部门协调会或不同单位共同召开的联席办公会。

(3) 研讨性会议纪要

主要记载和反映经验交流会议、专业会议或学术性会议的研讨情况。这种会议各抒己见,不形成决议和统一意见,旨在阐明各方的主要观点、意见或情况等。这类会议纪要主要用于职能部门和学术研究机构召开的专业会议或学术研讨会议。

二、会议纪要的结构与写法

《办法》规定,会议纪要不加盖印章。在结构格式上,会议纪要不同于其他公文:不标识主送机关和落款,成文日期一般标识在标题之下。所以,会议纪要一般由标题和正文组成。

1. 标题

会议纪要的标题有两种形式。一是由"会议名称+纪要"构成。这是会议纪要标题的基本形式,如《全国金融工作会议纪要》。同属于这种形式的,还有"事由+文种"构成,主要用于工作会议,如《关于研究农产品收购资金问题的会议纪要》。一是新闻式标题,即由正题和副题构成或引题和正题构成,如《功德日增凝聚力　灵根长发万年枝——"增强中华民族凝聚力座谈会"纪要》、《探讨新时期文学的发展——中国当代文学研究会第二次学术讨论会纪要》。

2. 正文

会议纪要的正文,一般由开头和主体两部分组成。

(1) 开头

开头部分,一般是用简要的语言概括介绍会议基本情况,包括会议召开目的或依据、名称、主要议程、主持人、时间、地点、规模、参加人员、主要议题、主要成果等。在表达方式上,这些会议要素可以采用"分条列项式"和"概述式"两种。无论采用哪种方式,这部分都应简明扼要,不宜过长;有的还可省略这部分。

(2) 主体

这是会议纪要的核心部分,要围绕会议的中心议题来写,具体写出会议研究讨论的问题、决定的事项、对今后工作提出的要求等。这部分既是对会议精神和议定事项的系统整理和集中反映,也是要求与会单位或有关方面贯彻落实会议精神的法定依据。通常采用"与会代表们一致认为……"、"代表们指出……"或"会议指出……"、"会议决定……"、"会议希望……"等程式化的语句介绍会议精神,交代会议取得的共识。

由于会议纪要的种类不同,主体部分的写法也有差异。

① 条款式　将会议研究决定的事项分为若干条款逐一介绍。这种写法简明扼要,用于

工作会议、办公会议和工作协调会。

② 概述式　有些会议研究的问题比较集中、单一，写作时，可以把讨论的意见概括成几个方面或层次，主要的、重要的内容放在前且尽量详写，次要的、一般的放在后简写。这种方式主要用于批转的会议纪要。

③ 归纳式　有些工作会议涉及的内容较广、讨论的问题较多，实际上是某一部门业务工作的全面安排和部署。写作时，可按讨论的问题、议定的事项分类整理，如对过去工作的评价、对当前形势的分析、对未来工作的要求、为实现这一要求所采取的措施等，分别用序号加小标题的形式加以表述。每个标题之下，视内容多少或分段或分条。

④ 摘要式　有些学术会、讨论会研讨的问题比较单一，写作时，可按与会人员的发言顺序摘要整理；有些例会研究的问题比较多、比较具体，可按议题顺序逐项整理。办公会议纪要不宜采用此法。

总之，这一部分无论采用何种写法，都必须忠实于会议精神，准确地反映会议情况，正确地提炼会议内容；且不可将执笔者个人意见或见解掺杂进去，也不可随意增减，更不可借题发挥。

三、会议纪要的写作要求

1. 全面掌握会议情况

首先要弄清会议的宗旨和指导思想、任务、内容，熟悉会议议程，了解、参加会议的全过程，掌握会议的有关材料，认真做好会议记录，尤其注意领导的讲话。

2. 忠实于会议内容，抓住要点

会议纪要突出的是一个“要”字。因此，必须在分析、综合上下工夫，围绕会议主题，抓住要点，突出重点，把会议的主要情况简要地反映出来，把会议议定的事项交代清楚，把带有指导性、结论性的意见概括出来，善于区分会议讨论过程中的意见与表态性意见、多数人的意见与少数人的意见，切不可照搬会议记录。

3. 表达简洁明快

会议纪要应根据会议内容确定其结构安排和写法。在结构安排上，要总揽全篇、着手局部，做到层次有序、条理清晰；语言表达上，以叙述为主，语句简短，切忌长篇大论。

【例文 1】

全国校务公开工作汇报交流会会议纪要

2004 年 5 月 14 日至 6 月 30 日，监察部驻教育部监察局、中国教科文卫体工会分别在武汉、济南、西宁、长春召开了华中、华东、西南西北、华北东北四片校务公开工作汇报交流会。会议的主题是：总结交流近几年来校务公开工作的基本经验，研究和探讨新形势下进一步开展校务公开工作。31 个省级教育行政部门和教育工会负责同志汇报了本省、自治区、直辖市校务公开开展情况，并就校务公开如何“巩固、深化”进行了广泛和深入的探讨。

会议认为，几年来，全国教育系统的校务公开工作经历了培育试点、全面推开和深入发展三个阶段，发展的势头较快，效果明显。尤其是 2002 年以来，教育部、中华全国总工会联合下发《关于全面推进校务公开工作的意见》，又在云南昆明联合召开了全国校务公开工作经验交流会，校务公开工作进入了全面实施的崭新阶段。其标志性的变化，主要是：基本上实现了由培育试点到全面推开的转变；由“要我公开”到“我要公开”的转变；由结果公开到过程公开的转变;公开内容由不规范到规范的转变。从总体上看,部属高校好于省属高校,高校好于中小学,城市中小学好于农村中小学,对外公开如招生、收费等好于对内公开等。据不完全统计,31个省(自治区、直辖市)95%以上的普通高校、90%以上的中小学开展了校务公开工作,90%以上的师生对本校校务公开工作感到满意。部分民办学校也开展了校务公开工作。校务公开被广大教职工称之为"阳光工程",受到社会的好评。校务公开密切了党群、干群关系,增强了广大教职工的民主参与意识和主人翁责任感;完善了权力运行的监督机制,推进了依法治校和民主政治建设,促进了党风廉政建设;推动了素质教育的实施,提高了教育质量和办学效益,促进了教育事业的发展。

但是,开展校务公开工作中还存在不少问题,主要是:一些地方和单位的党政领导对校务公开的重要性认识不到位,自觉性不高,行政主抓的领导体制和机制不完善;有的单位对群众关注的重点、热点问题公开不够,制度不够健全,程序不够规范,有重形式、轻实效的现象等。

会议强调,全面推进校务公开工作是落实党的十六大精神的重要举措,是贯彻"三个代表"重要思想的具体体现,是不断提高党的执政能力和领导水平、推进社会主义民主政治建设的必然要求,是促进学校依法办学、民主管理、科学决策的有效形式,也是加强学校干部队伍建设,深入开展党风廉政建设和反腐败斗争的客观要求。教育是崇高的社会公益事业,与广大人民群众的利益密切相关。去年初,教育部党组提出"要办好让人民满意的教育"。开展校务公开的目的是规范学校管理、促进教育发展、实现教育为人民服务的本质要求。校务公开具有化解矛盾,凝聚民心、民力、民智,实现公平、公开、公正等方面的显著作用。

会议指出,校务公开是学校继教代会制度后建立的又一项依靠广大教职工民主办学的重要制度,基本实现了学校管理的全员参与、管理信息的全面公开和决策过程的全方位公开。校务公开不等于校务公布,要通过开展校务公开工作,形成学校内部的上上下下、多方面的互动机制,实现学校的民主决策、民主管理和民主监督,努力为"办好让人民满意的教育"创造有利的条件。为此,就必须从实际出发,突出重点,加强分类指导。

——高校的校务公开要以校内事务的公开为重点,如学校的发展规划、民主管理、民主监督和科学决策,以及基建工程招投标、大型物资采购、职称职务评聘等,同时,也要做好招生、收费等事务的对外公开。

——中小学要重点搞好对外事务的公开,通过校务公开、教育收费公示等制度规范学校的招生、收费行为,做到"以公开促公正、以公正树形象",使社会更加理解和支持教育。当然,也要搞好学校内部管理事务的公开。

——教育行政部门也要实行办事制度公开,按照法治政府、责任政府、透明政府的要求,依法行政,增强办事的透明度,提高办事效率,努力实现教育行政部门的"廉洁、高效、透明"。

——要建立和完善校务公开考核评估办法,通过制度规范解决公开工作的不平衡、不巩固问题。同时,还要适时地表彰一批校务公开的示范校典型,通过典型推动面上的工作。

会议要求,进一步开展校务公开工作,一要抓认识,各级党政领导要从"立党为公、执政为民",提高执政能力的高度,充分认识这项工作的重要性、必要性;要牢固树立"以人为本、依法办学、民主管理"的办学理念,自觉抓、主动抓,常抓常新,抓出成效来。二要抓体制,要进一步完善和健全"两个机制",即:在党委统一领导下,一个是以学校行政领导为主的领导体制和机制;一个是以纪检监察和工会为主的监督机制。三要抓深化,要把校务公开上升为学校管理的基本制度和工作方式,经过多年的持续不懈的努力,实现校务公开与学校的管理有机的融合。四要抓重点，真正围绕学校的中心工作，有针对性地解决广大教职工和社会所关注的一两个重点、难点和热点问题，并取得明显实效。五要抓实效，切实做到五个结合：一是把校务公开与党风廉政建设，包括领导班子建设结合起来；二是把校务公开与学校中心工作结合起来；三是把校务公开与规范学校管理结合起来；四是把校务公开与行风建设结合起来，特别是与治理教育乱收费结合起来；五是把校务公开与发挥工会、教代会的作用结合起来。

推行校务公开，是体现教育代表和维护最广大人民利益、依靠人民群众办好教育的一项重要制度。各地教育行政部门和各级各类学校要坚持与时俱进，不断创新，进一步发展和完善校务公开制度，把校务公开推向深入。

【简析】

这是一份以"通知"形式下发的专题会议纪要，故未标注发文时间。从写法上看，它是一份"归纳式"会议纪要。标题采用了一般公文标题形式，让受文者透过标题即可了解会议纪要的主要内容，明确简要。正文的开头部分，介绍会议概况，点出此次会议的主要议题，采用的是概括式写法。主体部分采用了会议纪要常用的写法，分别用"会议认为"、"会议强调"、"会议指出"、"会议要求"等惯用语领起几个层次。"会议认为"是对过去工作的评价，"会议强调"则指出了全面推进校务公开的意义和作用，"会议指出"是开展此项工作的任务，"会议要求"提出了开展此项工作的四点要求。主旨集中明确，层次清晰有序，语言简洁得体。

【例文 2】

绵阳市人民政府严厉打击制贩注水猪肉会议纪要

1997 年 4 月 3 日下午，在市政府第二会议室，向正副市长主持召开了严厉打击制贩注水猪肉的专题会议。参加会议的有：市政府副秘书长李有全、姜涛，市府财办副主任张德怀，市技术监督局局长张克勤、副局长李芳侠，市公安局副局长张梁，市工商局副局长杨纯忠，市卫生局副局长辛林平，市物价局副局长段启华，市畜牧食品局纪检组组长邓方培和市中级法院办公室副主任赵永华等。现将会议议定事项纪要如下：

一、进一步提高认识，加强组织领导。目前一些不法厂商在猪肉中注水，以牟取暴利，危害人民群众身心健康，损害农民和消费者利益，扰乱正常的市场秩序，破坏绵阳形象，我们要站在促进经济建设和对人民负责的高度来认识这个问题。市政府要尽快调整以市府财办、市技术监督局、市工商局、市畜牧食品局、市卫生局、市公安局等职能部门组成的市"整顿猪肉市场"领导小组；市府财办负责领导小组的日常工作。领导小组人员名单由市府财办拟制好后，报市政府审定行文。

二、完善制度，规范行为。责成市府财办牵头会同有关职能部门尽快制订可操作的具体管理办法。同意以市财办、市技术监督局、市工商局、市畜牧食品局、市卫生局和市公安局的名义联合发出打击制贩注水猪肉的通告。通告经市政府审定后冠以"经市人民政府同意"字样。

三、加大打击力度。由市府财办牵头组织有关部门，制订方案，抽调得力人员，组成联合行动组，于 4 月、5 月、6 月分别进行三次集中整治行动；查获一起，惩处一起。

四、加强宣传。市级各新闻单位应在近段时期内对通告广泛宣传，使群众知晓，形成社会氛围；与各有关职能部门做好衔接工作，对典型案件要顶住压力，坚决予以曝光，并进行跟踪报道;同时注意做好面上的宣传工作,努力提高全社会的质量意识和法律意识。

五、各级政府、各有关部门要将打击制贩注水猪肉工作纳入议事日程,加强信息交流,各尽其职,密切配合,务求将此项工作抓紧、抓实、抓出成效。

(记录整理:殷剑川)

(转引自杨文丰.现代应用文书写作.中国人民大学出版社,2001.本书选入时,略有改动)

【简析】

这份专题会议纪要,采用的是"条款式"写法。开头部分,介绍了会议主题、会议时间、地点、主持人以及出席人,采用的是概述式写法。主体部分,分为五条写会议议定的主要精神。内容充实,层次清楚,语言简明。

【病文诊断】

××市税务局市场征收工作经验交流大会纪要

××××年5月29日,××市税务局召开了"市场征收工作经验交流大会",×××副局长对去年6月1日农贸市场实行征税以来的工作进行了回顾总结,部署了今后工作。

×副局长在总结中指出,在各级党政领导重视支持和有关部门的密切配合下,经过广大税务专管员的努力,一年来征收税款×××万余元,市场物价基本稳定,摊位、品种并未减少,"管而不死"的方针得到了贯彻,在税收工作上取得了不少成绩:

一、运用税收经济杠杆,加强税收管理。在保护合法经营、打击和限制投机违法活动方面发挥了积极的作用,如××区税务分局第×税务所,从宣传着手,提高商贩的遵纪守法的观念;从检查着手,促使商贩正确申报;从管理着手,做到收足收齐。

二、初步摸索、积累了一些行之有效的征收管理办法。如××区税务分局与工商局密切配合,思想上统一认识,管理上统一步调,处理上统一行动,通过一年时间,证明这样的做法有利于加强市场征收工作。

三、在培养、锻炼新生力量方面迈出了可喜的一步。据统计,一年来拒腐蚀的事例共有289起,不少分局摸索、总结了一些培养干部的经验,××区税务分局第三税务所在大会上介绍了他们"晓之以理,导之以行,抓紧队伍"的做法,就是这些经验的代表。

×副局长还号召市场税务专管员向一年来立功受奖的同志学习,拒腐蚀,永不沾。只有思想上筑起一道防线,方能在种种糖弹面前立于不败之地。

最后,×副局长要求各单位进一步加强市场专管员的队伍建设,在政治思想、业务水平、工作经验上都有一个新提高;认真贯彻市委18号文件,密切与其他部门的配合,把整顿市场秩序的工作做好。

(转引自朱悦雄.新应用写作.第2版.广东高等教育出版社,2001)

【诊断】

这份会议纪要存在的主要问题:

第一,开头没有交代会议的基本情况。与会人员、会议主持人、会议地点、会议议题和会议结果等,均不清楚。

第二,没有全面真实地反映会议情况。全文只叙述了×××副局长的讲话。既然是经验交流会,就应有许多人参加、许多人发言,但本纪要并未反映。

第三,所叙述的×××副局长总结的三点经验,前两条从所举的事例来看,是同属于"加强税收管理"方面,只是具体做法有差异而已;第三条,观点与事实的意义不够一致:所举的事例说明的“加强队伍建设”问题，这当然也包括“培养、锻炼新生力量”的问题，但二者并不是一回事。这说明拟稿者对材料没有充分分析，对观点没有认真提炼，造成观点不能很好地统率材料、材料不能充分证明观点的情况。

第四，×××副局长在总结中说明的经验和提出的措施、要求也过于简单、笼统，这样，即使是恰当的，也不利于收文者理解和掌握及付诸行动。

第五，主体部分在“×××副局长在总结中指出……在税收工作上取得了不少成绩”之后，接下去不是介绍“工作成绩”，却是“工作经验”。因此，应该改为“成绩和经验”。

另外，个别标点符号使用也有错误。

能力训练

一、判断题

1. 会议纪要就是对会议基本情况和讨论的主要问题的记载。（ ）
2. 任何会议都要形成会议纪要。（ ）
3. 会议纪要具有记载功能。（ ）
4. 会议纪要是一种平行文。（ ）
5. 会议纪要与会议记录都是会议的产物，因此具有相同的性质和作用。（ ）
6. 既然会议纪要是公文之一，就必须具备《国家行政机关公文格式》规定的格式项目。（ ）

二、简答题

1. “会议纪要”与“会议记录”有无区别？主要表现在哪些方面？
2. 会议纪要在行文上有何特点？
3. 按照会议的性质和纪要的用途的区别，会议纪要可分为哪些种类？
4. 会议纪要在写作上有哪些要求？

三、改错题

全国农村财产保险业务会议纪要

（一九××年×月×日）

全国农村财产保险业务会议于一九××年×月×日在××省××市召开。各省、自治区、直辖市分公司和计划单列市分公司（大连市未参加）的农村业务处长（或主管农村业务的负责人）和部分计划单列市分公司的负责同志参加了这次会议，连记者在内，与会代表共八十余人。

在这次会议上，先后有广西、吉林、辽宁、黑龙江、山西、湖北、湖南、四川、河南、河北、上海、江苏、山东等十三个省、自治区和直辖市的代表发了言；江西省分公司副总经理×××同志、×××同志，广西壮族自治区分公司副总经理×××同志，成都市分公司副总经理×××同志在会上讲了话；总公司农村业务部×××副总经理作了会议总结。

×××副总经理对会议很重视，他要求各地分公司的负责同志要加强对农村保险工作的领导，进一步提高对开展农村保险业务重要性的认识，要加强农村保险业务机构和队伍建设，逐步理顺业务分工和上下对口的关系，要加强业务管理，抓好农村保险各主要险种的条款建设和业务管理制度建设，提高农村保险业务的经济效益，认真落实国务院一九八八年五月二十一日总理办公会议关于“各级政府和行政主管部门都不得开办金融机构及保险机构”的指示精神，促进农村保险业务持续、稳定、健康的发展。

这次会议的主要议题有两个：

一是研究农村财产保险业务在展业和理赔工作中存在的问题，并提出相应的对策或建议。

二是研究如何建立农村财产保险业务管理方面必要的规章、制度。

会议的目的是:进一步提高广大干部对开展农村财产保险业务必要性和重要性的认识,通过深化改革和加强管理,把农村财产保险业务搞上去,把农村家财保险业务和农村运输工具保险业务的赔付率降下来,争取农村财产保险业务的社会效益和经济效益同步提高。

与会代表就各地农村财产保险业务的基本情况、存在的主要问题及拟应采取的对策进行了讨论,并取得了一致的意见,大家认为:

(一)随着改革开放的不断深入和农村商品经济的发展,广大农村对风险的认识不断加深,对保险保障的需求日益增长,越来越多的农民乐于保险,保险事业在广大的农村勃然兴起。据计划部统计,一九八七年度农村财产保险的保费收入为八点五七亿余元,赔款约为六点二七亿元,赔付率为73%。截至一九八七年年底,全国已有十八万户乡镇企业、近四千八百户国有农场(或林场)、近四万户个体工商户参加了企业财产保险(或个体工商户及合作经营组织财产险),还有一百零四万台拖拉机,六十万台农用汽车,十一万艘农、副船,两万六千多艘渔船参加了各种农村运输工具保险。

一九八八年上半年,农村财产险的保费收入达到五点六三亿元,比一九八七年同期增长了38.5%,赔款为两点三五亿余元,赔付率为41.8%。下半年各地灾害频繁,估计赔付率会有所上升。

总之,农村财产保险事业目前已发挥了巨大的社会效益,正在受到各地党、政的重视和广大群众的欢迎。

(二)随着农村财产保险业务的深入发展,许多问题也逐步显露出来,如不清醒地、认真地看待这些问题,农村财产保险事业的发展势必受到阻碍。目前,农村财产保险业务存在的主要问题及拟应采取的对策是:

1. 农村财产保险业务多家涉足:如民政部门办理的"救灾合作保险",商业部门办理的"供销社互相合作保险",农机部门办理的"机手互助合作保险"等等。这种分散经营保险业务的结果,分散了保险资金,削弱了保险作用的充分发挥,造成了农村保险事业的混乱。与会代表一致认为:在多数农民对保险还缺乏足够的了解,农民交付保险费还较为困难的情况下,农村保险业务不宜多家涉足。各级保险公司都要认真落实国务院关于"各级地方政府和行政主管部门都不得开办金融机构及保险机构"的指示精神,并严格贯彻中国人民银行关于"只在九县试点农村救灾合用保险"的通知,积极建议当地人民银行迅速着手整顿国内保险机构。

2. 农村财产保险业务的经济效益亟须改善;在保险领域,业务领导往往较多地注意到农业保险业务经营亏损,忽视了农村财产保险业务的经营现状,全国农村家财险业务自一九八六年以来,连续两年赔付率超过85%,农村汽车险业务自一九八五年至一九八七年的赔付率依次为105%、112%、92%。农村渔船险业务自一九八五年以来赔付率也一直偏高,依次为95%、79%、82%。上述情况表明,农村财产保险业务的经济效益亟待提高。

绝大部分与会代表认为,要想提高农村财产保险业务的经济效益,必须通过深化改革,加强管理来实现。为此,需要专门研究农村财产保险业务的特点以及承保和理赔办法。

3. 缺乏有利于发展农村保险业务的政策。从国家方面来讲,在财产保险问题上,实行城、乡一刀切的政策,在一定程度上影响了各地开展农村财产保险业务的积极性。

与会代表还对农村业务的管理范围、机构管理体制等问题提出了不少意见或建议。会议期间,与会代表还认真讨论了总公司关于加强对农村财产险业务管理的两个文件[即(88)保发字第125号《中国人民保险公司关于印发农村企业财险、家财险、拖拉机险、渔船险业务重大赔案上报备案制度的通知》和(88)保法字第126号《中国人民保险公司关于印发农村企业财险、家财险、拖拉机险、渔船险业务考查评比办法的通知》]。认为:总公司下发的这两个文件,有利于农村保险业务管理工作的加强;有利于鼓励先进,鞭策后进;有利于各级公司及时地掌握重大赔案,以便向各级党政宣传开展农村财产保险的重大意义。会议期间,总公司农村业务部还提出了《渔船保险基本条款》(征求意见稿)、《农机保险基本条款》(征求意见稿)、《关于农村企业财险条款建设的意见》和《关于农村家财险条款建设的意见》。

与会代表认为,会议结束后,要组织有关业务人员认真研究上述文件,对《渔船保险基本条款》和《农机保险基本条款》提出具体意见,报总公司农村业务部。对总公司农村业务部关于《农村企业财险条款建设的意见》和《农村家财险条款建设的意见》，将组织有关业务人员进行专题研讨，以上述《意见》为参考，因地制宜地制定适合本地情况的农村企业财险条款和农村家财险条款。

四、情景模拟

上海市创建国家卫生城市领导小组昨天召开第八个卫生月动员会。会议提出，要通过卫生月活动使中小马路、城乡结合部等出现新的变化，让市民切身感受到“卫生月”的效果。副市长×××、×××出席会议并讲了话。

会议确定3月31日为卫生月活动宣传日，全市掀起宣传高潮；4月7日为居住环境整治日；4月11、18、25日为单位卫生和环境卫生薄弱环节整治日。

市有关单位负责人在会上提出了各自参与卫生月活动的打算：普陀区政府提出，以整治住宅和环境卫生为重点，将动员、发动工作做到每家每户，努力为居民创造净化、美化、白化的环境；共青团上海市委号召全市团员、青年“双休奉献2小时，为您带来环境美”；市工商局要求各级工商部门以“规范市场秩序，整治市场环境”为主题，加强市场监督、执法力度；市商委要求全市商业系统职工人人参与，为市民营造舒适、美观的购物环境；市建委提出，以直接关系市容环境的工地卫生为重点，层层发动，做到文明施工；市教委号召全市200万大中小学生人人动手整治校园、居室内外环境；市工委要求各所属企业认真开展卫生教育，发动职工参与卫生整治劳动；市环卫局要求广大环卫职工规范作业，重点将中小道路和城乡结合部的积存垃圾清除干净；市巡警总队提出，对卫生状况差的中小道路或路段进行集中整治，加大执法力度，确保一方环境整洁。

会议要求各地区和系统对卫生月活动要精心组织、周密安排，落实卫生整治工作。要动员广大群众以主人翁的姿态投入环境整治活动。各地区和部门要强化监督检查，对后进单位要严肃批评，对违章者要依法处罚。卫生月后，要落实长效管理措施，尤其要完善制度，健全机制，提高管理水平。

请将上述消息改写为一份会议纪要。要求：

1. 合理组织材料；
2. 结构清晰；
3. 格式完整；
4. 未给出的必要内容可合理虚拟。

参考文献

[1] 周姬昌. 写作学高级教程. 武汉：武汉大学出版社，1993.
[2] 路德庆. 写作教程. 上海：华东师范大学出版社，1982.
[3] 郜文斌. 公务员实用写作. 北京：中国人民大学出版社，1997.
[4] 朱伯石. 写作与作文评改. 北京：高等教育出版社，1986.
[5] 张建. 应用写作. 北京：高等教育出版社，2005.

第四章 事务文书

第一节 传　　真

一、传真的概念

1. 传真的含义

传真又称图文传真，指运用传真工具把照片、图表、书信、文件等的真迹发送至远方的通讯方式，现亦指运用传真这种通讯方式传送的公务或商务图文函件。当今传真和电子邮件是办公室现代化的象征。传真正取代电传和电报，成为最高效的通讯工具之一。

2. 传真的特点

传真的特点在于方便快捷地传送纸张复制件。现代社会的公务与商务活动讲求时效，很多情形之下，合作双方不是面对面商洽事务，而是通过传真件形式交换文本文件，商洽函、标书，甚至合同都常通过传真送达。与其他用于沟通的电子工具相比，传真的特点是可以实时送达附有各种手迹标志、手写签名、印章等内容的纸质文件，高效快捷，为合作双方特别是路途相距较远的合作者之间频繁迅速地交换纸质文件提供了便利。新兴的网络传真，普通传真机就可收发。它通过互联网，而不必经国际长途 IDD 线路，将传真发往世界各国，成本较低。同时网络传真使用了一种最复杂的加密技术确保传真内容不会泄密，并提供回执，即传真一经送达，用户就会收到送达成功的通知，如果传真在规定的时间内不能送达，用户也会收到发送失败的通知。网络传真还有遇忙自动重发功能。但是不论是普通传真还是网络传真，传真纸的特点决定了其上面记录的所有内容（字迹）随着时间的推移（大约一年左右）将淡化并最终消失，不宜作为永久凭据。

二、传真的写作方法

1. 传真文本的构成要素

（1）封面：写明发件单位、收件单位及收件人、收件单位传真号、发传真日期、收发双方联系人、传真件页数、传真件主题等。

（2）正文：称呼、公文原件、商务信函、合同文本等需传递的文书内容。

2. 传真的写作规范

正式交往中的传真专设封面，写作收发件双方的基本信息，第二页起为正文部分，但实际运用中人们多使用简明格式写作传真。即将传真双方基本信息列于首页，占该页三分之一，并用下划线或方框与正文隔开。一般说来单位内部根据工作需要都自拟传真格式稿纸，需发传真时按格式填写即可。利用网络传真或办公自动化软件制作传真原稿，会自动生成一种传真格式。传真写作格式相对固定，但并非一成不变，发件人可根据需要自行设计各要素的排列方式。

3. 常见的传真格式

【例 1】

××××××(传真发送方单位名称)

单位	(收传真单位名)
传真号	(受文方传真号)
收件人	(收取传真者的职务或姓名)
发件人	(发传真单位名或个人名)
日期	(发传真的日期)
事由	(传真内容提要)
页数	(传真件页数)
抄送方及其传真	(本传真的抄送单位及其传真号)

□紧急 □请审阅 □请批准 □请答复 □请传阅

×××……(正文)

【例 2】

××××××(传真发送方单位名称)

收件人	(收传真单位名或个人名)	传真	(收件人传真号)
发件人	(发传真单位名或个人名)	日期	(发传真的日期)
关于:	(传真事由概述)	页数	(传真件页数)
抄送方及其传真	(本传真的抄送单位及其传真号)		

□紧急 □请审阅 □请批准 □请答复 □请传阅

××先生:

×××……(正文)

【例 3】

××××××(传真发送方单位名称)

致(To): 传真号码(Fax):

收件人(Attn): 自(From):

页数(包含此页)Page(Including this page):

日期(Date)

×××××××××(传真件标题)

××……(正文)

4. 传真的写作要领

(1) 收发双方基本信息写作完整明晰。尽管有些传真可以对基本信息作简单交代，但发件单位、收件单位及收件人、收件单位传真号、发传真日期、传真件页数、传真件主题是必不可少的内容。

(2) 传真正文写作内容不限，公文、商务信函均可；写作形式不拘，或文、或图、或表格，一切以表意明确、清楚为准。

(3) 传真原稿字迹清楚工整，字体略大为宜，以避免传真机弄污文本而影响辨识。

(4) 传真原稿需留有足够页边距，一般说来四周页边距为 25～35 mm。

三、范文分析

华隆贸易有限公司

收件单位：兴业贸易有限公司
传真号：028-3594444
电话号码：028-3594445
收件人：陈事业先生
发件人：张明成
日期：2005 年 8 月 2 日
事由：设备故障排除
总页数(包含封页)：1 页

☐紧急　　☐请审阅　　☐请批准　　■请答复　　☐请传阅

陈事业您好：

我公司于 2004 年 6 月 24 日与贵公司签订了购置一台型号为 RS-102 的压模设备的合同(合同号为 RS-2004-43)，该设备已于 2004 年 7 月 2 日由贵公司负责上门安装调试并投入使用。

然而我公司在使用一周后发现，该设备的制动功能存在明显的问题，导致本公司不合格产品数量大幅上升，由于本公司操作人员在使用过程中严格按照贵公司产品说明书上的程序以及贵公司现场调试人员的培训要求进行操作，因此该设备目前存在的问题非我公司人为操作造成。鉴于该设备说明书上没有标明本故障的排除方法，同时在购货合同中有明确规定，贵公司将在该设备投入使用的一个月内，免费做好相关售后服务工作，确系存在设备质量问题，贵公司将在得到通知后的一周内予以排除故障或调换新设备。因此，我们特致函贵公司，请尽快组织有关技术人员来我公司作实地检查，排除设备目前存在故障，若不能根本解决该设备的质量问题，请予以调换设备，并承担设备调换环节中的一切费用。

由于该设备的质量问题已严重影响到我公司的生产，请于 7 月 12 日前予以函复。

×××××有限公司
2004 年 7 月 9 日

【评析】

该传真收发双方的基本信息明了，事由概括简明准确，格式规范。正文部分，事件陈述清楚，在说明设备故障责任时，陈词周密严谨，向对方提出的要求有理有据，语言讲究分寸，“您好”、“请”、“贵公司”、“特致函”等词语体现了对对方的礼貌和尊重，“该设备目前存在的问题非我公司人为操作造成”、“若不能根本解决该设备的质量问题，请予以调换设备，并承担设备调换环节中的一切费用”等语句斩钉截铁，不容置疑，表现出态度的坚决。传真的结尾还强调设备故障带来的后果严重，并明确定出要求对方回复的时间，暗示若不尽快排除设备故障将引发更加复杂的问题。这一方面敦促问题的解决，同时也为该企业与设备供应商日后交涉打好证据基础。

四、病文诊断

致(To)：王志诚　　　　　　　　　　传真号码(Fax)：010-8394678

日期(Date)：2004-02-06

首先，我们必须向您致歉，由于敝公司计算机网络的问题，以致信件延迟至今才能回复您，请您见谅。您送修的机器已经修理完成且已寄回，不知您收到没？修理的费用是1 500美元，发票开立如您所要求1 200美元，如果确认无误，请贵公司将修理费用1 500美元汇至我账户。

为了表示我们的诚意，我们愿意将RS10 000的价格降至最低114 000美元。另外您要的东西，我们会用快递寄去给您。

谢谢您的合作，并祝事业昌隆！

【诊治】

首先，该传真的收发件双方基本信息不完整，收件人单位、发件人、传真事由、传真件总页数残缺。其次，正文事件交代不清，修复的机器寄出时间不明，对方无法判断何时正常到达。“发票开立如您所要求1 200美元”，为表意不明的病句；“如果确认无误，请贵公司将修理费用1 500美元汇至我账户”，不告知对方账号，他人无法汇款。“您要的东西”最好说明是何物，数量多少，以便对方验收。

能力训练

一、判断题

1. 传真件主题是必不可少的内容。（　）
2. 传真对原稿字体没有严格要求。（　）
3. 传真必须有封面页。（　）

二、问答题

1. 传真与电子邮件的用途有什么不同？
2. 网络传真与普通传真的区别在哪里？

三、情景模拟(篇幅不超过300字)

针对上文的范文用传真写一份复函。

四、改错

Important business fax 重要商务传真

To(致)：　　　　　　　　　Fax(传真号码)：

Attn(收件人)：　　　　　　Page(Including this page)(页数，包含此页)：3页

××××××名家论坛

【人事经理在企业中处理薪酬福利问题的实务技巧】

2004年02月21日 ××××××大酒店

参会邀请函

在知识经济时代,作为公司人力资源部门的一员

您是否正在为设计科学合理的薪资福利,

以吸引并留住企业发展所需的人才而苦恼?

您是否在考虑公司的薪酬福利和奖金制度是否合理?

怎样在合理的成本内制定新的预算?

怎样为员工的优秀表现"论功行赏"?

本课程将为您提供创造未来价值的契机!

演讲嘉宾:张海峰 中国著名人力资源管理专家及培训专家

美国人事学会及世界人事协会会员

香港人力资源管理学会中国委员会委员

原上海申美饮料食品有限公司外方副总经理

原上海市工商界爱国建设公司人事处副处长

可口可乐中国有限公司特别顾问组高级人事顾问

新加坡LTA管理顾问有限公司董事总经理

讲师介绍:

张海峰先生一九八五年至一九八六年间曾在香港研究企业人力资源管理及西方人事管理制度。多年来为国内大中型企业的人事制度改革提供培训。他曾编辑《西方人事管理制度》及《政府劳动法规应用手册》,供外商投资企业选用。张先生还多次率上海市高级劳动人事管理代表团访问中国香港、新加坡、日本、美国以及欧洲等国家和地区进行交流讲学。目前,他正为来自美国、英国、法国、德国等众多跨国公司在中国提供人事管理顾问服务,并以独特的方式训练外资企业人事经理,对促进中国与海外在企业人力资源管理方面的交流合作作出了相当大的贡献。

张海峰先生咨询培训过的中外名企:

百威啤酒、西门子、可口可乐、柯达、施乐、中国移动通信集团、爱立信、上海东方航空、周生生国际、英特尔、飞利浦、玫琳凯、中华电力、妮维雅等上百家著名企业。

第二节 备 忘 录

一、基本概念

1. 备忘录的含义

备忘录是一种录以备忘的事务文书。主要用来提醒、督促对方,或就某个问题提出自己的意见或看法。在业务上,它一般用来补充正式文件的不足。备忘录有三种用途。一是外交文书,声明自己对某问题的立场,或把某些事项的概念(包括必须注意的名称、数字等)通知对方;二是行政事务文书,机关、单位、团体在日常工作中写作的一种提示性或记事性文书,用以对某些已经发生或将要发生的重要事情作出非正式的提醒。如告知近期的工作任务、休假安排、各种会议召开和讨论情况等。三是在商务谈判中用备忘录记载双方或多方的合作意向、

承诺以及谈判中的谈判内容等等，它是进一步洽谈时的参考资料。这里我们介绍后两种。

备忘录的种类依据划分标准不同而各异。若按涉及领域分，有外交备忘录、商务备忘录和公务备忘录；按正文内容及形式分，有通知式备忘录、信函式备忘录、会议纪要式备忘录和合作意向书式备忘录。

2. 备忘录的特点

备忘录是一种能迅速而有效地传递信息的文书，它可以是正式的专业文件，也可以是非正式的便笺，送达方向可上行、平行、下行，送达范围为内部传阅与外部传送均可。但不论送往何处，其写作都要求格式规范，结构清晰，便于阅读。备忘录一事一文，内容简明扼要，开门见山，篇幅简洁短小，语言要求平实清楚。一般说来，根据备忘录的送达对象和写作目的选择语言风格。如有关正式会议或有关商务谈判中双方协议等重要事项，语言严谨正式，上行的备忘录比下行的和平行的用语正式，外传的比内传的用语正式。用于存档的备忘录要言不烦，且多用概括性、说明性语言。内部传阅的告知性备忘录语言较随意，允许口语化写作，甚至不要求有规范的语法，只要能迅速传播信息，可以使读者对事情有个大致了解并快速作出反应。特别需要指出的是备忘录一般不具备法律效力。

备忘录常通过发送(多用传真方式发送)、张贴、转寄的方式迅速送到很多人手里。虽然非正式的备忘录对写作用语正式程度要求不高，但并不是说可以写作引起歧义和误解的语句，因此必须注意的是，语言的口语化并非忽视语言的准确性。否则，为了纠正错误将写更多的备忘录，这会给工作带来诸多麻烦。

二、备忘录的写法

1. 备忘录的构成要素

用于单位内部交流的备忘录需写明发出日期、接收者、发送者、标题、事由和正文。用传真发送的备忘录还需写明双方的电话号、传真号。商务谈判备忘录要有谈判各方代表署名(盖章)，并写上会议日期。

2. 备忘录的写作规范

(1) 书端。书端是写在备忘录开头的压缩信息。通知式备忘录和信函式备忘录需写明。情况不同，书端的格式可能不同，通常情况下要写的是：发出日期、接收者、发送者、事由或主题。日期要写全年月日，数字形式为阿拉伯数码，收发者姓名后可加职务。事由要具体，常采用不完整的句子，只需很少几个词，甚至一个词，目的在于使收文人对文中的主要内容一目了然，便于及时处理。用于内部传阅的备忘录还常常在书端上方写出单位名称。通过传真发送的备忘录要写出双方电话号码、传真号和总页数。

(2) 称呼。对收件人的称呼，一般用“××先生/女士”，左边顶格写起。这是信函式备忘录的要素。

(3) 正文。是全文的核心内容，分别按照事项性通知、普通信函和会议纪要、合作意向书的要求写作。通知式和信函式备忘录的写作目的在于告知提醒，协调工作，语言风格是直陈其事，但也可根据需要附加帮助读者理解的背景材料。会议纪要式和合作意向书式备忘录的写作目的在于“录以备忘”，正文记录会议讨论内容或谈判双方各自作出的承诺。正文开头有一个导言，交代会议或谈判的基本情况，包括参加单位名称、代表、会议或会谈的时间、地点、内容等。

(4) 结束语。与一般信函同。如“专此函达”“特此函”等。

(5) 签署。发件人签名,商务备忘录谈判各方签名盖章。

3. 常见的备忘录格式

(1) 非传真的信函式备忘录

备 忘 录

××××年×月×日

致:×××

自:×××

事由:关于××××××××××

××先生:

×××……(正文)

特此函。

×××

(2) 用于传真的信函式备忘录

备 忘 录

××××年×月×日

致:××××××(单位名)×××(人名)

电话:025-7654328

传真:76503811

自:××××××(单位名)×××(人名)

电话:028-3549115

传真:44368540

事由(或主题):××××××××××

页数:×页

×××……(正文)

(3) 会议备忘录

××××(会议名称)备忘录

为了……(会议召开目的),××××年×月×日—×日,"××××研讨会"在××××(地点)召开。×××、××、×××(参会人员名单,亦可列于文后)参加了会议,与会者对×××××××××××××××××进行了讨论。

×××……(会议讨论内容及各方意见纪要)

(4) 合作备忘录格式

备忘录(或××××谈判备忘录)

中国××公司××分公司(简称甲方)与××国××公司(简称乙方)的代表,于×年×月×日在中国×市就兴办合资项目进行初步协商,双方交换了意见,达成了谅解,双方的承诺如下：

一、

二、

……

这次洽谈虽未能解决主要问题，但双方都表达了合作的愿望。期望在今后的两个月内再进行接触，以便进一步商洽合作事宜，具体时间待双方磋商后再定。

中国××公司××分公司　　××国××股份有限公司

代表××(签章)　　代表××(签章)

4. **备忘录的写作要领**

(1) 根据具体情况正确选择备忘录的格式。

(2) 备忘录若需同时送达多人，则在收件人处列出全部收件人名单，对于传真件，每个人名下都需列出电话及传真号。

(3) 备忘录正文语言用词通俗、句子和段落简短，若内容较多，最好分条列项标出，以使层次清楚，易读性强。

(4) 备忘录内容若涉及要求收件人实施行动，应当用建议协商的口气表达意愿，不宜强制命令。

三、范文分析

【例 1】

晨曦钢铁集团

备 忘 录

2004 年 10 月 9 日

致：全体职员

自：职工代表大会秘书处

主题：关于 2004 年职工代表大会提案

各位员工：

2004 年职工代表大会将于 10 月 20 日在职工会堂召开，会议讨论下一年度集团的工作计划，近期请全体职工对集团今后的发展多作思考，多提建议，各部门职代会代表要主动调查询问所在单位职工意见，将各方建议汇总并形成提案，届时交由职代会讨论。期盼大家对集团发展给予关心。

【评析】

这是一例单位内部传送的备忘录，提醒全体职工重视近期召开的全集团职工代表大会的议题，请他们多提建议。该备忘录书端规范，正文简单明了，事件交代清晰，语言平实，语气平和，有利于促成行动。

【例 2】

备 忘 录

××××年×月×日

致：××股份有限公司 李一同经理

电话:025-7654328

传真:76503811

自:××对外贸易公司张参政经理

电话:028-3549115

传真:44368540

事由:贸易商谈

页数:1页

李一同先生:

我想提醒您一下,根据贵我双方××××年×月×日之商谈要点,今年×月×日我公司××部部长×××将前往贵公司就××商品的产量、规格等问题交换意见。

专此函达。

×××

【评析】

这是一份通过传真送达的备忘录,目的在于提醒对方遵循既往的约定,进一步商洽工作,要言不烦,干净利落。

【例3】

第四次科学文化会议备忘录

2005年11月11日—12日,“第四届科学文化研讨会”在北京昌平召开。与会者回顾了2002年首届科学文化研讨会以来,科学文化的讨论在若干层面上的演变,并对近年来一些重大的公众科学事件进行了讨论。

一、科学主义问题

《对科学文化的若干认识——首届“科学文化研讨会”学术宣言》(发表于2002年12月25日本报,以下简称《宣言》)发表之后,在相关学术领域和大众话语中产生了一定的反响,并引发了科学主义与反科学主义之间或直接或间接的争论。经过几年的理论探索和思想传播,国内各界对于科学主义问题的认识更加清楚。今年年初关于敬畏自然的争论之后,科学主义观念的危害更加充分地表现出来,也更加为人们所了解。《宣言》对科学主义定义如下:

科学主义认为科学是真理,是正确的乃至唯一正确的知识,相信科学知识是至高无上的知识体系,并试图以科学的知识模式延伸到一切人类文化之中;在自然观上,采取机械论、还原论、决定论的自然观;在联系世界的社会层面表现为技术主义,持一种社会发展观,相信一切社会问题都可以通过技术的发展而得到解决,而科学技术所导致的社会问题都是暂时的、偶然的,是前进中的失误,并且一定能够通过科学及技术的发展得到解决;在人与自然关系中,主张征服自然,把自然视为人类的资源,从环境伦理的角度,认为人类有能力也有权利对自然进行开发。

我们在《宣言》中还强调:“科学主义是我们的缺省配置。很多反对科学主义的人都曾持有过一定程度的科学主义观念,甚至,在对很多问题的态度上,仍会不自觉地采取某种程度的科学主义立场。”这个强调表明,我们反思科学主义,批判科学主义,首先是对自己的反思,对自己的批判。这种反思和批判本身是建设性的,是建设的前提和基础。

二、对于科学主义若干辩护的简要回应

《宣言》发表之后,对科学主义的反思遭到了某些人的激烈批评。反对的观点大致有如下几种：

1. 中国的科学还很不发达，现在反思科学主义为时过早，不利于科学的发展。

2. 科学主义是一个虚设的靶子，并没有人持有《宣言》所定义的那种观点。

3. 所谓的科学技术的负面效应，是对科学技术应用不当造成的，这不是科学的错，是人的错，所以不能以此来否定科学的价值。

………（下文略）

附记：此次会议与会者如下：×××、×××、××、×××、××、××、××、×××、×××、×××、×××（按汉语拼音音序排列）

【评析】

这是一份会议备忘录，前言用简明扼要的语言介绍了会议的基本情况，由于参会人员较多，因此将其用附记的形式列于文后，使正文紧凑。正文据会议记录归纳而成，重点突出了会议形成的共识，条理清楚，语言流畅。

备 忘 录

中国××公司××分公司（简称甲方）与××国××公司（简称乙方）的代表，于×年×月×日在中国×市就兴办合资项目进行初步协商，双方交换了意见，达成了谅解，双方的承诺如下：

（一）依据双方的交谈，乙方同意就合资经营××项目进行投资。投资金额大约×××万美元，投资方式待进一步磋商，甲方所用于投资的厂房、场地、机器设备的作价原则和办法亦待进一步协商。

（二）关于利润的分配原则，乙方认为自己的投入既有资金，又有技术，应该占60%～70%，甲方则认为应该按投资比例分成，双方没有取得一致意见。但乙方代表表示利润分配比例愿意考虑甲方的意见，并另定时间进行协商确定。

（三）合资项目生产的××产品，乙方承诺在国际市场上销售产量的45%，甲方希望乙方提高销售量，达到70%，其余的在中国国内市场上销售。

（四）工厂的规模、合营年限以及其他有关事项，均没有详细地加以讨论，双方都认为待第二项事情向各自的上级汇报确定后，其他问题都好办。

（五）这次洽谈，虽未能解决主要问题，但双方都表达了合作的愿望、期望在今后的两个月再行联系，以便进一步商洽合作事宜.具体时间待双方磋商后再定。

中国××公司××分公司　　　　　　××国××股份有限公司

代表××（签章）　　　　　　代表××（签章）

【评析】

这是一份商务谈判备忘录，写作要素一应俱全，前言简明交代了谈判双方情况，包括国别，单位名称，谈判代表姓名，谈判时间、地点，会谈项目等。接着分条列项地如实记录谈判情况和洽谈事项，内容翔实，语言朴素，条理清楚。

四、病文诊断

日期：12/01/2004

致：物业管理中心领导

自：孙利

事由：宿舍电话维修

我想提醒您，我们整幢宿舍楼的寝室电话坏了一周多了，现在我们和老师、同学、家人联系都很不方便，影响了我们的人际交往。当然我们大多数人都有手机，有的人还有电脑，可以打手机、发短信和 E-mail 与外界保持联系，也可以去别处打公用电话，但是寝室电话是最方便和廉价的通讯工具，所以我们盼望您能早日派人来修理我们的寝室电话。

孙利

【诊治】

1. 该备忘录书端要素不全，缺少标题"备忘录"。

2. 日期写法不规范，可以理解为"2004 年 12 月 1 日"，也可以理解为"2004 年 1 月 12 日"。应写成"2004 年 12 月 1 日"。

3. "领导"一词使收件人不明确，改为"××主任"为好。

4. 发件人身份不明，改为"孙利 ××系××专业学生"。

5. 正文中需维修的电话所在楼号不明。

能力训练

一、判断题

1. 用传真的方式发送的备忘录和传真的写法一样。 （ ）
2. 备忘录接收人多时，可以并列写出。 （ ）
3. 备忘录是一种外交文书。 （ ）
4. 备忘录可以张贴。 （ ）
5. 备忘录写作要求简明，故正文事件背景不必交代。 （ ）

二、问答题

1. 备忘录的用途有几种？
2. 备忘录和公函有什么不同？

三、根据下面的材料写一份备忘录

某公司想改版内部刊物《人力资源发展业务通讯》中的"雇员信息"专栏，请员工提供近期参加的业务活动情况。请你代该公司人力资源部写一份备忘录。

四、改错

××系学科建设会议备忘录

2005-9-19

讨论内容：

(1) 学校有关重点学科申报准备工作的布置；

(2) 我系准备申报的重点学科；

(3) 研究方向和教师的组织；

(4) 校内相同学科力量的整合。

经讨论形成以下意见：

(1) 我系申报物理化学和无机化学两个学科，并确保物化领先，无机有突破，化学生物学有待于新的教育部文件精神再决定是否申报。

(2) 物理化学由××负责，××协助，秘书××。

(3) 无机化学由××负责,××协助,秘书××。

(4) 研究方向的调整和系内力量的组合由各学科根据有关精神讨论协调后最后决定。校内力量的整合将通报学科办和先进材料实验室后统一协调。

希望各有关教授根据研究方向的组合和人员的整合情况积极配合,提供各类上报材料及素材,以保证重点学科申报工作的质量。

第三节　计　　划

一、基本概念

1. 计划的含义

计划是党政机关、企事业单位、社会团体对一定时期内的任务,预先拟定的目标以及准备执行的具体措施和步骤,所做的打算和安排。具体地说,就是根据上级部门的指导方针,制定本部门的工作任务指标和相应的措施,把这些内容写成书面材料,就是"计划"。

计划是一个统称,常见的"打算、安排、纲要、规划、设想、要点、方案"等也是计划,但内涵略有不同,在具体应用中也有差异。"打算、安排"是指短时期内就要实施的内容单一的计划,偏重于工作步骤和方法。"纲要"是关于工作方向、目标的计划,它的内容原则性强,概括性更强。"规划"是指适用时间长、范围广、内容比较概括的计划,是对发展远景和总目标的设想。"设想"是初步的尚未成熟的非正式计划,它偏重于方向性、原则性的指导,是时间和范围跨度次于规划的中期计划。"意见"是政策性较强的,适用于领导机关布置工作的计划。"要点"是上级机关对一定时期内的全局工作或某项重大任务,作出简要的安排,是粗线条的比较概括的计划,只有计划内容,没有实施方法和步骤。"方案"是针对某项工作和具体任务目标而制定的比较周密的计划,它的专业性较强,供讨论和选择。

计划除上述按名称分类外,按内容分,有生产计划、实验计划、教学计划等;按性质分,有综合计划、专题计划;按范围分,有国家计划、地区计划、班组计划等;按期限分,有长远计划、年度计划、季度计划、月计划、周计划等。

2. 计划的特点

(1) 科学的预见性

计划是为完成预定目标或工作任务所作的预想性部署和安排,要尽可能准确地预测事物的发展态势,因此必须用科学的态度进行周密的调查,正确地分析和估计事物未来形式,进而确定应该采取的措施、方法和步骤,科学预见性是周密合理的计划的重要特征。

(2) 明确的目标性

计划订立的目的在于实现预定的工作目标,"做什么"、"何时做"都要在计划中明确规定,一段时间完成哪些任务都有具体的要求。

(3) 现实的可行性

计划对未来的预见必须建立在现实的基础上,计划脱离现实就不可能实现目标。现实可行性体现在计划的目标任务和实现的步骤措施必须符合党的方针、政策,符合单位实际情况,并在计划执行者的能力所及范围之内。

(4) 严格的约束性

计划虽不是正式公文,但计划一经单位批准下达,在一定的时间和范围内同样具有权威性和约束力,是工作的纲领和准则,是工作成果的考核依据。

二、计划的写法

1. 计划的构成要素

计划一般由标题、正文、落款三部分组成。

2. 计划的写作规范

(1) 标题

① 四要素式　由单位名称、计划时限、计划内容和文种组成,如:《南京市 2003 年教育体制改革要点计划》。

② 三要素式　一种是由计划时限、计划内容和文种组成,如《2004 年教学工作计划》;另一种是由单位名称、计划内容和文种组成,如《××大学招生工作计划》。

(2) 正文

正文的内容可分为三部分,即前言、主体和结尾。

前言简要说明制订计划的根据、指导思想、目的和主要任务等。

主体由目标、措施、步骤组成。首先交代各项具体任务的目标和要求,即明确做什么。任务应有数量和质量的要求。第二,制定完成任务的措施、办法,即怎么做。措施是实现目标的保证,必须具体明确。第三,说明完成各项具体任务的时间和人员,即何时做何事,由何人负责完成。

正文的表现形式有条文式、表格式和综合式。

条文式是把计划的目标、措施、步骤等分成若干条款写出,一般用序码标明层次。内容复杂的计划可用小标题概括各部分的重点,以使观点清楚。

表格式是用表格表达计划的内容。表内栏目通常包括任务项目、执行部门、完成时间、具体措施等。适用于时间较短、内容单一的计划,特点是内容简明,一目了然。

综合式是文字叙述和表格显示相结合的形式。或以表格为主,附以文字说明,或以文字为主,附以表格注释。

结尾或指出任务的重点、强调工作的主要环节,指出有关注意事项;或展望计划实施的前景,提出希望和号召;或说明对计划的执行情况的检查、评比、奖惩办法等。

(3) 落款

写出计划的制订日期。

3. 计划写作的要求

(1) 以党和国家的方针政策为指导

单位部门制订计划必须认真学习党和国家的方针政策,了解当前国家的发展方向和工作指导思想,把握正确的方向,小计划服从大计划。

(2) 结合实际,量力而行

制订计划要深入实际,认真调查研究,从本单位的具体情况出发,制订任务指标不要过高,以免挫伤群众的积极性,但也不能过低,抑制群众的创造性,适度的指标应为群众通过努力能够实现的目标。

(3) 具体明确,又留有余地

具体明确的计划是保证其得以准确执行的前提。但是具体化不等于绝对化，计划的指标、实现的时间等应留有一定的余地，不要定得过死，以免工作中遇特殊情况而处于被动地位。

(4) 广泛听取群众意见

群众是计划的具体执行者，他们在工作第一线，最了解实际情况，必须倾听他们的意见，采纳他们的合理化建议，以有利于计划的完善可行。

三、范文分析

××中学2005年工作计划

2005年要以贯彻党的“十六”大精神为动力，认真践行“三个代表”重要思想，以提高质量为根本，全面深入贯彻落实我市教育工作会议精神，以人为本，树立和落实创新意识，内强素质，外树形象，从严治校，创建特色。继续强化创新意识、质量意识、服务意识、争先意识、拼搏意识，围绕课程改革，扎实开展教育科研，深入推进素质教育，强化各项管理，趁势而上，确保学校各项工作继续上新的台阶，努力办好人民满意的教育。

一、全面推进教师队伍建设，努力构筑教师成长的发展平台

建设一支高素质的教师队伍，是学校发展的根本。在这一学期里，要继续创造有利条件，全面推进教师队伍建设，促进教师专业水平的提高。

(一) 加强理论学习，努力提高教师实施素质教育的自觉性

本学期，要认真组织教师学习胡锦涛总书记关于科学发展观的理论以及党的路线、方针和政策，使全体教师进一步牢固树立素质教育的观念，在实际的教育工作中，坚持全面发展的观念，促进学生德、智、体等方面的全面发展；要认真组织教师学习《中共中央国务院关于进一步加强和改进未成年人思想道德建设的若干意见》，在学校工作中，努力做到学校教育与家庭教育相结合，课内教育与课外教育相结合，努力提高我校对未成年人进行思想道德教育的水平。

(二) 加强职业道德教育，建设一支师德高尚、敬业爱岗的教师队伍

在学校工作中要以争创一流中学为奋斗目标，凝聚全体教师，倡导讲正气、讲奉献、讲业绩的精神，鼓励教师在自己的岗位上建功立业。要求教师教书育人，循循善诱，特别是对待后进学生要加倍关心，以自身良好的形象和耐心细致的工作教育和引导学生。要通过宣传橱窗、教师会议等各种形式大力宣传教师中涌现的优秀典型。

为进一步加强教师队伍建设，本学期要定期地召开座谈会，征求家长对学校工作和教师工作的建议和意见，并及时地向有关教师反馈，表扬先进，鞭策落后，敦促教师不断改进工作。

加强对教师职业道德的检查和考核。对教师进行执行教育法规、杜绝体罚与变相体罚，不搞有偿家教等规定的情况加强检查和考核，考核的结果作为教师评优、评先进、职务聘任、教师工作考核的重要依据之一。

(三) 加强目标管理，锤炼一支责任心强、业务过硬的干部队伍

1. 抓目标管理。本学期起各级干部要结合自己分管的工作，制定目标任务书，在工作中锻炼能力。学期末对工作完成情况进行考核，作为下一阶段任用的依据。

2. 抓学校管理的快速反应。全体干部对于各自的分管工作要尽职尽心，及时发现工作中存在的问题，同时要做到小问题的解决不隔夜，其余问题的解决不隔周。干部之间要密切合作，发现问题相互提醒，做到分工不分家。

3. 检查、考核做到公正、透明。检查、考核是确保学校工作落实到位的重要措施之一，

学校的各项检查要做到标准明确，检查结果必须在校园网上及时公布，增强透明度。

二、以质量为中心，以课改为对象，以课题研究为载体，努力提高教学水平（略）

三、以德育人，加强学生思想道德教育（略）

四、规范学校后勤管理，提高校园管理水平（略）

二〇〇四年十二月二十日

【评析】

这是一份某中学的年度工作计划，采用了综合性计划的结构和条文式的写法。标题由计划制订单位、适用期限和文种组成。正文有开头和主体两部分，开头说明制订计划的依据、指导思想和总体目标。主体部分按工作事项划分层次，把全年的工作分为四个方面：师资队伍建设、教学质量提高、加强学生思想道德教育和提高后勤管理水平。每一部分先谈任务再讲措施，任务具体，措施可行，在写法上用序码分别标出不同层次，较长的段落用小标题点明中心内容，全文主旨明确，章法井然。

四、病文诊断

社区工作计划

创建国家卫生城市是市委、市政府一项重要的战略决策，对于推动我市两个文明建设，再造综合比较优势，营造整洁、优美、舒适的生活和工作环境都具有十分重要的现实意义。现结合我社区工作实际，特制订2003年度健康教育工作计划如下：

1. 积极开展社区志愿者服务队活动，为辖区居民提供法律、卫生、家教等方面的服务。依托刺桐卫生院对社区居民进行全面入户健康检查，并建立居民健康档案卡。

2. 在社区内积极开展健康教育工作。使社区居民基本卫生知识知晓率达70%以上，居民健康行为形成率60%以上。

3. 定期或不定期组织对二次供水设施情况进行检查，以保证水质安全，防止二次污染。

【诊治】

1. 标题要素残缺，要加计划时限或制订单位。标题中计划内容范围过大，社区工作方方面面很多，正文只谈了社区卫生管理方面，因此标题应改为："×年社区卫生工作计划"或"××社区卫生工作计划"或"×年××社区卫生工作计划"。

2. 正文内容杂乱，层次和语言表述都不清楚。第一条中删除"法律、家教"方面内容，并以健康检查为主旨句，可改为"积极开展社区居民健康检查，社区志愿者服务队要为辖区居民提供卫生服务，依托刺桐卫生院进行全面入户健康检查，并建立居民健康档案卡"。"居民健康行为形成率60%以上"一句改为"60%的居民养成良好的卫生习惯"。"定期或不定期组织对二次供水设施情况进行检查"改为"不定期组织对二次供水设施状况进行检查"。

能力训练

一、判断题

1. 专题计划是某一部门的工作计划。 （　）
2. 计划的正文可以用表格展现。 （　）
3. 计划的措施和步骤要具体，任务完成时间定在某一天为好。 （　）
4. 计划具有激励作用，因此目标任务要尽量定高些。 （　）

5. 计划不是公文但一经下达即具有行政约束力。（ ）

二、问答题

1. 计划的特点是什么？

2. 计划的结构方式有几种？

3. 计划的开头需写哪些内容？

三、情景模拟（篇幅不超过 300 字）

请代某高校团委写一份年度工作计划。

四、修改下面这份计划的前言

2006 年工会工作计划

2005 年，在上级工会和学校党支部的领导下，继续坚持学校“以德育为首，教学为中心”的办学宗旨，认真学习，加强师德建设，积极投身教育、教学活动，加强民主管理，加强组织建设等，取得较好成绩，高考入线、录取人数达到历年最高水平。

在新的一年里，我们要继续认真贯彻十三大精神，在上级组织和学校党支部的领导下，进一步发挥工会的参与和维护职能，充分调动会员群众的积极性，为扎实提高学校的教育教学质量而努力。结合学校实际，拟着重做好下列工作：

第四节 总 结

一、基本概念

1. 总结的含义

总结是对已经完成的工作进行全面的检查和回顾，对工作中的得失进行具体的分析和认真的研究，找出经验、教训，形成规律性的认识，用以指导以后工作实践的一种事务文书。

按不同的标准，总结可以分为不同类型。如：按时间分，有月份总结、季度总结、学期总结、年度总结等。按内容分，有生产总结、学习总结、实验总结等。按范围分，有个人总结、部门总结、科室总结等。按写作范围分，有综合性总结和专题性总结：综合性总结是对一个地区、一个单位、一个部门在一定时期内所做的各方面工作进行回顾，对经验、教训进行分析，继而提出今后的打算；专题性总结，是对过去某一项工作或某项工作中的某个问题所做的专门总结。内容比较单一，针对性强，多用于介绍经验，树立典型。

总结是对以往的工作实施情况进行系统的鉴定和评价。通过总结，可以透过事物的表面现象，深入认识事物的内在规律，使感性认识上升为理性认识，认识工作过程的经验和教训，从而肯定成绩，发现问题，为今后更好地开展工作提供借鉴，为制定正确的决策提供可靠的依据。工作总结还为工作报告写作提供信息，由总结转换而来的工作报告，可以及时向领导汇报工作，便于领导有针对性地制定下一步的工作计划，帮助解决问题，推广经验。总结用于交流，使经验得到传播，问题得以避免，取长补短，共同前进。存档的总结，作为历史资料，是既往工作业绩的见证。

2. 总结的特点

(1) 从内容上看，总结的特点体现在以事实为本，即真实客观地反映事物的本来面貌，不允许虚构夸张，移花接木，无中生有。同时总结要求在陈述客观事实的基础上进行理性的研究分析，透过事物的表象看本质，而非就事论事，堆砌材料。

（2）从写作上看，总结要求叙述与议论相结合，说明与说理相映衬。由于总结是对本单位、本部门过去工作的回顾，所以采用第一人称。

二、总结的写法

1. 总结的构成要素

总结通常由标题、正文和落款组成。

2. 总结的写作规范

（1）标题写法通常有公文式和新闻式两种

公文式标题由单位名称、时限、内容、文种四项组成，除文种不得省略外，其他要素均可省略。但总结越正式标题要素省略越少。

新闻式标题有单行标题和双行标题之分。单行标题概括总结的主旨、内容，或展示工作前景和提出鼓舞人心的口号。双行标题由正题和副题组成。正题点明中心，副题补充说明单位名称、时限、内容、文种。

（2）正文由开头、主体和结尾三部分构成

开头或称前言、导语。一般说来有下面几种写法，一是概述工作的全貌、背景。包括工作时间、工作的政治经济和技术环境等。二是概述工作完成的总体情况以及对工作的总体评价。三是提示性地综述工作中的主要内容、成绩、经验、问题。四是以提出问题的方式点明总结的重点，引起读者的注意。五是将有关情况进行对比，显示优劣，说明成绩。

主体是总结的核心内容，首先介绍工作情况，即做了哪些工作，采取了哪些措施、方法和步骤。其次总结经验和体会，认真分析工作中哪些做法是成功的，取得这些成绩的主、客观原因是什么。对成绩要定量定性，成绩有多大、表现在哪些方面要具体，以使有说服力。对成绩进行理性分析，上升到规律性的认识就是体会，体会要抽象出经验的普遍规律，使其具有广泛的指导意义。第三，归纳工作中的问题和教训。说明给工作带来哪些损失和影响。分析造成问题和教训的主客观原因，以便今后工作中予以避免。总结的重点放在经验成绩还是问题教训上，视总结性质而定，树立典型的以前者为重点，反映问题的，以后者为重点。但不论哪类总结，都应全面辩证地看问题，既不能只摆成绩，不提问题，也不能一味检讨错误，忽略成绩。第四，提出今后的努力方向，即写出发扬成绩的措施、克服存在问题的方法。

总结正文主体的层次安排方式常用的有：

条块式。即按照“工作情况、成绩经验、问题教训、努力方向”四部分依次写出。该结构的特点是容量较大、眉目清楚、内容集中，适用于综合性工作总结。

时序式。即按时间顺序或事物发展的自然顺序安排结构，将整个工作过程划分为不同的时间段，依次写出每一阶段的工作情况、成绩经验、问题教训和努力方向。这种写法强调事物发展的阶段性特征，便于总结周期较长、阶段性又很明显的工作。

小标题式。多用于对成绩经验或问题教训有所侧重的专题性经验总结。这种写法按总结内容的逻辑关系分成几个部分，每一部分用小标题表明主要内容。

结尾归纳主体内容，写出今后的打算和努力方向。

（3）落款

包括署名和日期。写在正文的右下方。若用于发表，署名写于标题下方居中位置，日期省略。

3. 总结写作的要求

(1) 明确写作的意义。总结写作的意义在于找出本单位、本部门一段时期中工作的经验教训，自我检查，改进工作。因此要实事求是，一分为二。从本单位的实际情况出发，如实地反映情况。

(2) 充分调查研究，详细占有材料。总结撰写的前提是广泛地调查，掌握大量的第一手材料，深入地研究，把握事物的本质和主流，这样总结才能做到真实而有价值。

(3) 形成规律性的认识。总结应从感受性入手，经过理性的分析，找出工作经验或问题教训的内在本质，将对具体工作的认识上升为一般规律性认识，使其具有普遍的指导意义。

三、范文分析

××保险公司 2005 年保险业务工作总结

2005 年是人保财险股份制改革上市后的第二个年度。这一年，是我公司面临压力、攻坚克难的一年，是面对新变化、落实新机制、执行新规定的一年。我公司在市分公司党委和总经理室的正确领导下，在全体员工的奋力拼搏下，取得了一定的经营业绩。

2005 年，我公司实收毛保费××××万元，同比增长×%，已赚净保费×××万元，净利润×××万元，赔付率为××%。较好地完成了上级公司下达的任务指标。

一、围绕目标，落实计划，紧抓业务工作

1. 计划落实早、措施制定实

2005 年初，我公司经理室就针对××地区保险市场变化及 2004 年全年保费收入情况进行综合分析，将上级公司下达我公司的各项指标进行层层分解，把计划分解成月计划，月月盘点、月月落实，有效地保证了对计划落实情况及时进行监控和调整。

在制定全年任务时充分考虑险种结构优化和业务承保质量，进一步明确了考核办法，把综合赔付率作为年终测评的重要数据。

2. 抢占车险市场，加大新工程、新项目的拓展力度，坚决丢弃“垃圾保费”

今年来，我们把稳固车险和企业财产保险，拓展新车市场和新工程新项目作为业务工作的重中之重，在抓业务数量的基础上，坚决丢弃屡保屡亏的“垃圾”业务。一是确保续保业务及时回笼，我们要求各业务部门按月上报续保业务台账，由经理室督促考核，并要求提前介入公关。一旦出现脱保，马上在全公司公布，其他人员可以参与竞争，从而巩固了原有业务，大大减少了业务的流失，保证了主要险种的市场份额。二是与地方政府有关部门建立联系网络，提前获悉新上项目、新上工程名录，并和交警部门、汽车销售商建立友好合作关系，请他们帮助我们收集、提供新车信息，对潜在的新业务、新市场做到心中有数，充分主动把握市场，填补了因竞争等客观原因带来的业务不稳定因素。三是已失业务不放弃。我们不仅对 2004 年业务台账做到笔笔清晰，并要求业务内勤把 2004 年展业过程中流失的业务列出明细，并分解到相关部门，要求加大公关力度，找出脱保原因，确属停产企业、转卖报废车辆的，由经办人提供确切证明；属竞争流失的，我们决不消极退出，而是主动进攻，上门听取意见和建议，改善服务手段，逐个突破，全面争取回流。四是大小齐抓，能保则保。因为企业改制、转产、资金等因素对企业财产保险形成了较大的冲击，加之竞争等因素，使得展业难度和展业成本大大增加。针对这些情况，我们充分动员，统一思想，上下形成合力，迎难而上。做到责任到人，对保费在 5 万元以上的实行分管经理介入，共同公关。

3. 在竞争中求生存，在竞争中促发展(略)

4. 以分散性业务为突破口，加大市场占有面(略)

5. 开展劳动竞赛，促进"两险"业务健康成长(略)

6. 狠抓理赔和防灾防损质量的提高(略)

二、调整经营思路，强化创新意识，提高公司效益水平(略)

三、以新的考核办法指导工作，规范经营，提升管理水平，突出业务重点(略)

四、深入开展创建活动，全面塑造企业外部形象(略)

五、存在的问题

1. 公司疲于市场竞争和业务发展，对理论学习和业务学习有所放松。

2. 面对强大的市场竞争压力，有的同志出现畏难情绪，少部分员工有思想惰性，缺乏市场发展前瞻性，主动出击少，被动挨打的多。造成了少部分业务的流失。

六、2005 年的基本工作思路

一是转变思想观念，积极适应股份制改革后新的管理模式和展业模式，继续加强竞争意识和危机意识的教育，加强并运用数据管理，引入激励机制，全面调动员工的积极性和主动性。(略)

二是正确处理规模与效益、当前与长远、做大和做强的关系，加强整体公关力度，注重业务承保质量，以最快速度和最优的质量挑选并占领市场。(略)

三是继续加强与公安、交警、教育、卫生等部门的沟通，争取他们的协助，努力提高五小车辆、学平险、校园方责任险、医疗责任险的承保率。(略)

四是强化理赔服务工作。努力提高现场查勘率，采取人性化服务，区别对待，加快理赔速度，提高服务质量，改善外部展业环境。(略)

五是针对竞争，密切注意同行业发展举措，加大公关力度，采取积极有效的方法，参与竞争，巩固原有险种的市场份额，积极拓展新业务、新保源。(略)

【评析】

这是一篇写得较好的专题性的年度工作总结。标题由单位、时限、内容和文种组成。正文包括开头和主体两部分，开头概括当年工作面临的形势和工作任务，用数字量化当年的工作成绩，清楚简约，然后写出总体评价"较好地完成了上级公司下达的任务指标"。主体部分主要从强化管理的角度谈工作经验、成绩和取得成绩的方法措施。然后简要点明工作中存在的问题。接着提出今后工作的努力方向，既有原则性的设想，又有具体的安排。全文内容翔实，序码标注和小标题的应用使文章条理清楚，观点明确，规律性的认识有根有据。

四、病文诊断

××地区高校图书馆期刊工作研究会 2001 年工作总结

(2002 年 3 月)

1. 研究会组织工作

(1) 研究会换届

2001 年 2 月 23—24 日，召开了"××地区高校图书馆期刊工作研究会换届暨学术研讨会"。

会议对上届研究会工作进行总结，对"××地区高校图书馆期刊工作研究会章程"进行了修订。产生了新一届(第四届)××地区高校图书馆期刊工作研究会理事会，理事会由 19 人组成，××同志任新一届理事会理事长，××、××、×××三位同志为副理事长，××同志任秘书长。理事会聘请上届正副理事长×××、××、×××、××等四位同志为顾问。

会议作了有关《中文核心期刊要目总览》2000 年版和《国外人文社会科学核心期刊总

览》2000年版的研究工作总结报告,充分肯定了期刊研究会在核心期刊研究工作方面已经取得的成绩,并对今后的研究工作提出了指导性意见。经讨论,就下一版中外文核心期刊的研究内容、研究方法和时间安排取得一致意见。

(2) 组织发展工作

根据《××地区高校图书馆期刊工作研究会章程》,"凡有志于期刊研究,承认本会章程并积极参加本会活动的图书馆工作人员,均可申请加入本会,成为会员。理事馆是当然的团体会员馆。非理事馆经申请也可以成为团体会员馆"。在2月份的换届会议上重新确认的理事馆成为当然团体会员,应邀参加会议的中国人民大学书报资料中心、中国科技文献情报中心(核心期刊研究工作的协作单位)也申请成为会员。会后,又有十几个个人和图书馆提出申请成为个人和团体会员。

凡仍希望成为研究会团体成员馆的,只需提出申请,并确定一位能够负责的同志为联系人,填写表格即可入会。个人只要提出申请,填写表格即可入会。

2. 推选全国高校图书馆期刊专业委员会代表及先进个人(略)

3. 开展学术研究

(1) 2月23—24日召开了"××地区高校图书馆期刊工作研讨会",与会者共40余人,除××地区高校图书馆期刊研究会的成员馆代表外,还特邀××大学书报资料中心、中国科技文献情报中心的代表参加。会上由《中文核心期刊要目总览》2000年版和《国外人文社会科学核心期刊总览》2000年版的主编对上一版研究工作进行了总结,并对下一版中外文核心期刊的研究工作提出初步设想,《中文核心期刊要目总览》各大编的主编及《国外人文社会科学核心期刊总览》副主编分别对各自负责的研究工作作了总结发言。与会领导也在会上发言,充分肯定期刊研究会在核心期刊研究工作方面已经取得的成绩,并对今后的研究工作提出了指导性意见。经讨论,就下一版中外文核心期刊的研究内容、研究方法和时间安排取得一致意见。

(2) 2001年12月14/15日,按计划召开了"核心期刊工作研讨会",会议由××图书馆的××副理事长筹备和主持,××大学图书馆协办。《中文核心期刊要目总览》总编及各大编主编(期刊研究会正副理事长均在其中任主编)、外文核心期刊部分主编参加了会议。会议根据暑假前布置的议题,对核心期刊评价理论和方法、评价指标体系、评价数学模式、学科分类等进行了深入研讨,基本确定了《总览》第4版的研究方案、计划及具体步骤。

会后,《中文核心期刊要目总览》正式启动,现已经开始进行数据统计。

4. 举办学术讲座(略)

在2001年度开展的工作虽然不多,但由于承担各项活动的理事长馆的努力,会员馆的积极参与,工作很有成效,对提高××地区高校的期刊管理工作水平和促进××地区高校期刊研究工作都起到了很好的作用。

××地区高校图书馆期刊工作研究会

2002年3月23日

(转自 www.lw363.com,有删改)

【诊治】

这份总结的问题,一是结构不完整,缺少开头、经验、问题的归纳和今后的工作方向;二是表述不得体,不是用说明议论的语言将工作的内容、取得的成绩和经验、遇到的困难和存在的问题归纳总结,得出规律性的认识,而是通篇用记叙的语言描述工作过程,虽然结尾有两句对全年工作的分析评价,但由于全年的工作集中于开会一种方式,对开会的过程叙述又是如此详细,因此全篇总结看起来就像是会议召开情况的新闻报道。本文需修改:①补充完善全文结构上的缺损内容；②删除文中有关会议的基本情况交代；③选择一种正文的构建方式重新构建全文框架。

能力训练

一、判断题

1. 条块式结构是总结正文主体部分安排的最佳方式。 （ ）
2. 总结是用于向上级汇报的文书。 （ ）
3. 总结的开头要求简明扼要，紧扣中心。 （ ）
4. 时序式层次结构是专题总结特有的格式。 （ ）
5. 总结的标题由单位、时限、内容和文种组成，此四要素可根据需要任意组合省略。 （ ）

二、问答题

1. 什么是总结？它具有哪些特点？
2. 总结在工作中有什么作用？
3. 试举例说明工作总结的标题写法。

三、情景模拟（篇幅不超过300字）

请代你所在的班级写一份班委会年度工作总结。

四、修改下面总结的开头

学校安全工作总结

"学校安全重于泰山。"校园安全是关系学校和社会的稳定和发展的大事，是党和国家十分重视的工作，因此，本学期以来，我室在学校的统一领导下，以邓小平理论、"三个代表"重要思想和党的十六大精神为指针，以确保校园安全为目的，从增强师生安全意识，强化学校安全管理入手，积极采取措施，为能够营造一个安全、文明、健康的育人环境而狠抓学校安全工作，取得了喜人的成绩。

第五节 简 报

一、基本概念

1. 简报的含义

简报是党政机关、社会团体和企事业单位用来汇报工作、沟通情况、传递信息、反映问题和推广经验而编发的一种文书。简报是一种灵活快捷用于内部交流的信息载体。其别称还有"××简讯"、"××通讯" "××动态"、"××情况反映"、"××信息交流"、"××内部参考"等。

简报据不同的标准划分出不同的种类。按性质分，有综合性简报和专题简报；按内容分，有情况简报、工作简报、动态简报、会议简报；按刊期分，有定期简报与不定期简报；按阅读范围分，有加密简报和公开简报。为便于学习，我们从综合简报和专题简报角度讲解简报写法。

简报写作的目的，一是报道常规性工作或中心、专项工作的情况，包括工作进展、工作经验和存在问题等；二是推广新事物，包括新动态、新问题、新情况；三是报道大型会议的进展情况和会议讨论的问题。

2. 简报的特点

（1）新颖真实

简报带有新闻性，应敏锐捕捉新形势下的新事物、新情况、新问题，及时报道出来，使读者从中获得新的认识，为领导的决策或干部群众了解单位工作动态提供新的信息。但是求新不能忽视真实，简报的真实表现为报道应实有其人其事，使用的数据、材料，不得有误，且不能移花接木，虚构情节。

(2) 简洁明快

简明扼要是简报的根本特点。简报在保证内容充实、结构完整的前提下，特别讲求篇幅短小精悍，不说废话、空话。简报又是快报，它沟通信息，反映动态，必须讲求时效。因此稿件从写作到编发，各环节都突出“快捷”的特点。否则时过境迁，简报就失去其效用和价值了。

(3) 灵活具体

简报从内容到形式都极为灵活。以内容而论，汇报情况、指导工作、交流信息、褒贬事物，皆可编为简报；以形式而论，篇幅长短不限，编发文章的多少不限，刊期不限。使用简报虽然框框少，发挥的空间大，但是它要求内容具体而有针对性，它总是针对某个单位、某个部门的某项工作、某一事件或某一会议而发，是传递该项工作或会议的信息，不能东扯西拉。

(4) 内部保密

简报的有些内容不宜对外披露，有阅读范围的限制，因此在某一单位或某地系统内部交流传播，简报有时还有保密的要求，特别是注有“内部参考”字样的简报。

二、简报的写法

1. 简报文本的构成要素

简报由报头、报身、报尾三部分构成。报头又包括简报名称、简报期数、编印单位、印发日期、秘密等级、编号。刊载多篇文章的简报用目录的方式将标题写在报头上。报体由标题和正文组成。正文一般又分导语、主体和结语三部分，是简报的主要内容所在。报尾标注发送范围和印发份数。报头与报身之间、报身与报尾之间有横隔线。

2. 简报的写作规范

(1) 报头

① 报头　在第一页上方，占三分之一版面。简报名称应排在报头第一行的中间用粗体大字或可大红套印。

② 期数　简报名称的正下方，括号标明简报期数。期数可以按年度顺序编列，也可以按总期计算编列，如果是增刊，则注上“增刊”字样以示区别。

③ 编报单位　期数下方左侧顶格标写主编单位名称，工作报告写明“××办公室编”，会议简报写明“××会议秘书处编”。如用简称，必须是规范通行的。

④ 印发日期　编写单位右侧对称位置，写明印发本期简报的年、月、日。

⑤ 秘密等级　标在简报名称的左上方，用“绝密”、“机密”，或“内部参考，注意保存”等字样。

⑥ 编号　位于报头的右上角，与密级相对称，是有保密级别简报的编号。

(2) 间隔线

报头与报体之间划一条横线将两者隔开。

(3) 报身

① 标题　准确简明地概括正文核心内容，尽量醒目，用新闻式标题法，即单行、双行、多行标题均可，标题字体小于简报名称而大于正文字号。

② 编者按　强调简报内容的重要性或对贯彻所转发文件提出要求。

③ 正文　正文一般又分导语、主体和结语三部分。导语写作灵活多样，可概括简报的主要事实和基本内容；可用提问的方式提出将要说明的道理，以引起注意，还可说明编写简报的意义、目的等。简报的主体可以叙述或评述事实；可以介绍经验和回顾工作；可以围绕一个中心，组合报道各部门的工作情况，加以比较；还可以转发一些材料、信息，为有关方面提供参考。其结构一是时序式，即按事情发生发展的顺序叙述；二是逻辑式，即按事理归类来写；三是组合式，对于内容较分散的简报，用小标题标出各部分内容后再组合起来。简报的结语可有可无，要写，也是简要指出事实的意义，或者揭示事件发展的趋势。

(4) 间隔线

用一横线将报体与报尾部分隔开。

(5) 报尾

① 发送范围　标明发送单位及个人。从报尾左边顶格开始，分行用“报、送、发”写明简报发送的单位名称或领导人的姓名和职务。上行用“报”，平行用“送”，下行用“发”。

② 印发份数　在报尾下方右侧，写明“本期共印××份”。

(6) 封底线

报尾最后画一条横线。

3. 常见的简报格式

密级　　　　　　　　　　　　　　　　　　　　　　　　编号

×××简报

第×期

××(机关名称)办公室编　　　　　　　　　　　　××××年×月××日

目录

××××××××××
×××××××××××
×××××××××××

编者按：

　　××××××××××××××××××××××××××××××××××××
××××××××××……。

××××××××××××(标题)

　　××××××××××××××××××××××××××××××××××××
××××××××××××××××××××××××××××××××××××××……

(正文)

报：××单位、×××、×××
送：××单位、×××、×××
发：××单位、×××、×××　　　　　　　　　　　　共印××份

4. 简报写作要领

(1) 材料真实,角度新颖

简报有的在单位内部传播,写的是读者身边事,因此材料内容必须真实可靠。简报的主题的选择要体现时代特征,报道角度要在“新”字上下工夫。

(2) 快编快发

简报要抓住时机迅速及时地编发出去,不论是报告工作情况、会议情况还是反映思想动态都要争分夺秒地抢时间,使简报真正实现快速传递信息的作用。

(3) 按语得当

简报按语是对文稿的内容性质作说明和评论,反映编报机关的意向,其作用是引导读者正确理解文章内容。因此,按语反映的立场观点要正确、明确,语言精练,揭示简报反映的情况与实际工作间的关系。具体说来,它可以提示简报的中心内容,帮助读者把握文章精神;可以评价简报所报道的事实,引导读者掌握政策尺度;还可以提出相关要求,学习或借鉴简报中的经验教训。

三、范文分析

节水工作简报

第 84 期

全国节约用水办公室
2005 年 12 月 1 日

中石化加强节水管理

近年来,中国石化不断强化节水管理,开展节水技术攻关,加大节水投入,取得了明显的成效。

一是健全组织,完善制度。总部成立节水领导小组,明确了相关部门节水职责。各企业相应成立领导小组,在用水管理部门设立节水办公室,建立节水工作管理网络。重新修订中国石化集团公司暨股份公司《工业水管理制度》,突出节水管理,实现了从重水质管理向水质和水量相结合管理的转变。

二是摸清家底,制定措施。为摸清家底,石化集团公司组织专家编制了《工业水平衡测试导则》,要求所属企业积极开展工业水平衡测试,通过查漏补漏,取消不合理的用水,做到向管理要效益。

三是制订规划,研究方案。制定集团公司“十五”和“十一五”节水规划,并纳入集团公司总体发展规划。成立炼化企业节水减排技术小组,普遍检查分析企业节水减排问题和差距,制订节水减排方案和实施建议。

四是实施措施,推广技术。各企业通过水平衡测试,制定落实节约用水措施。组织落实华北等缺水地区的污水回用项目,在燕山、天津、济南、沧州等企业建设超过 2 000 吨/时的污水回用设施。在炼化企业推广低温余热利用、空气冷却替代水冷却等技术,取得显著成效。

五是加强监督,强化考核。在全系统环保工作会议上通报各企业用水状况和问题差距,激发企业开展节水工作的积极性。每年组织节水检查,督促企业完善节水管理制度,加强用水考核,努力完成节水指标。开展节水专项竞赛,对节水优胜单位进行奖励。

通过加强节水管理，中国石化水资源利用效率得到大幅度提高，2004年与2000年相比，工业总产值(以1990年不变价计算)增加了31.3%，工业取水总量下降了26.1%，炼化企业工业水重复利用率由87%提高到94.5%，实现了增产减水。

报：水利部 共印200份

发：各省水利厅节水办公室

【评】

这是一份专题简报，格式规范，语言严谨有力。标题简明扼要，正文第一节为导语，一句话概括了正文核心内容。主体介绍中国石化强化节水管理，开展节水技术攻关，加大节水投入，提高水资源利用率的经验，重点介绍了他们采取的方法和措施，具有普遍的指导意义。文章无结语，正文主体结束，全文自然收结。这份简报正文简短，但内容充实集中，观点明确，材料充分。使读者深感经验典型，具有推广价值。

四、病文诊断

工作简报

第一期

××镇人民政府 二OO四年六月十日

加强食品卫生检查 保证人民生命安全

——××镇食品卫生大检查纪实

6月8日，××镇党委、政府组织××镇工商所、××镇医院，会同县卫生局防疫站对××场镇区域的副食品经营门市、饭店、副食生产企业、动物宰杀场所进行了一次全面的食品卫生检查。

一、组织落实，安排周密。××镇党委、政府高度重视本次行动。首先，成立了以分管卫生的领导为组长的领导小组，检查组共由11人组成，其中镇党委、政府3人，医院2人，卫生局防疫站2人，工商所4人。

检查组在与县卫生局防疫站领导取得联系后，确定了检查日期，安排了检查工作。于6月8日上午九点在镇政府召开了工作会，对检查工作作了具体的安排部署。

二、检查全面，措施过硬。这次共检查42个摊位，其中：副食批零门市22个、饭店13家、动物宰杀摊位4个、副食生产企业3家。检查了食品的保质期、真假伪劣，食品、环境的卫生状况、卫生许可证，食品加工人员的健康等项目。在这次检查中对环境卫生差的5家饭店、4个动物宰杀摊位提出了限期整改意见，没收并销毁了所查出的过期食品，玩具、食物混装食品，没收并销毁了杨森林用于卤鸭的工业染料，并对其进行了批评教育和口头警告。

【诊治】

本文存在以下几方面的问题：一是格式不完整，缺报尾和间隔线；二是简报编制单位应为“××镇人民政府办公室”；三是导语和正文间缺少衔接，使正文开头显得突兀；四是标题与正文脱节。副标题是“××镇食品卫生大检查纪实”，文章应记叙检查经过及结果，但正文主体部分仅有的两个段落，开头的主旨句却是“一、组织落实，安排周密”、“二、检查全面，措施过硬”形成经验总结式的语气。而检查前的准备工作占据太多篇幅，更削弱了文章的中心内容。

能力训练

一、判断题

1. 转发材料的简报必须写按语。（　）

2. 简报报道新问题、新经验，它与新闻是一样的。（　）

3. 简报的阅读范围必须限制。（　）

4. 发扬民主 选贤任能——××厂中层干部实行聘任制。（　）

二、问答题

1. 简报的作用是什么？

2. 从写作角度看，简报有哪些特点？

3. 简报的标题有几种写法？请举例说明。

三、情景模拟（篇幅不超过300字）

就班级开展的一次活动，写一份简报。

四、改错

××州2004年第十期简报

领导重视××残疾人工作有新突破

由于××市党委、政府高度重视，主管残疾人事业的副市长××亲自挂帅，率领市残联调整工作思路，走社会化的工作方式，根据省、州残联工作部署，结合潞西实际，本着突出重点、攻克难点、抓大事、着力解决事关残疾人事业发展的重大问题和难点，统筹兼顾，整体推进，使××残联工作实现了新突破：一是加大法律法规宣传力度，求得共识，征收残疾人就业保障金26万元，突破历史最高纪录，从全州县级残联倒数第一跃居正数第一；二是加大对农村残疾人安居工程扶持力度，今年在省扶34户的基础上，市政府又增加了18户，共扶52户，较往年相比创历史最高峰；三是政府行政划拨给市残联办公大楼，在我州县级残联基础设施上是新突破；四是在依法征收残疾人就业保障金方面，工作出现阻力，通过人大执法检查潞西市贯彻执行残疾人法律、法规政策来强化人们依法行政意识，在促进残疾人工作向前发展上有新的创举，值得借鉴推广。

××残疾人工作有新起色得益于党委、政府重视，加大残疾人工作力度，调整充实完善了市残疾人事业领导小组，定期不定期听汇报，仅上半年市委、政府便听取残疾人工作汇报5次之多，再加上有一个对残疾人工作了如指掌的×副市长亲自抓，社会各界的鼎力支持，才有了××残疾人工作的新局面。

据×副市长透露，下半年潞西残联工作重点做好五抓：一抓班子、干部队伍建设，建章立制，完善内部管理规章制度；二抓工作作风，刹住吃喝风，建立快速反馈信息机制，使残疾人工作信息上下左右贯通；三抓工作重点与一般兼顾，乡镇残联创优达标和社区残疾人工作试点一定要抓出成效、抓出特色；四抓基础设施建设，加紧改扩建预算方案、装修审定审批手续，严把装修工程质量关，年底一定要为潞西1.9万多名残疾人提供一个优美舒适的残疾人活动中心；五抓协调、调研工作，做到底子清、情况明，加强与扶贫办的联系，监管好扶贫资金真正落实到贫困残疾人手中，以解燃眉之急。

报：省残联　州委　人大　政府　政协

送：州人大民侨工委　××市委　市政府

发：各县市（区）残联

（选自云南省残疾人联合会网，2005-11-18，有删改）

第六节　调查报告

一、基本概念

1. 调查报告的概念

调查报告是运用科学的方法调查社会上某一问题或事件，获取丰富的资料并对之进行深入的研究，得到对事物本质的规律性认识后，把所得的材料和研究结论加以整理写成的书面报告。

调查报告是认识客观事物的手段，是领导机关制定政策、措施的依据，它揭示新事物的现实意义和社会价值，总结推广先进经验，同时揭露事实真相、宣传政策、暴露缺点和错误，指导工作。

调查报告有不同的类型。一般按调查报告内容分为反映情况的调查报告、介绍新生事物的调查报告、总结典型经验的调查报告、揭露问题的调查报告和反映历史事实的调查报告。按调查报告内容涉及的范围分，有综合性调查报告和专题性调查报告。

2. 调查报告的特点

（1）讲求真实。调查报告要求尊重事实，写的是真人真事真问题，所用材料均持之有据，常凭借调查得来的数据说明问题。

（2）选材典型。调查报告的调查对象要具有典型意义，能体现出时代的精神，作为典型经验，要能以点带面，对工作具有广泛的指导和推动作用，作为典型问题，要给人以清醒的认识，引起警戒。

（3）针对性强。调查报告写作有明确的目的，针对当前形势下的工作需要，或介绍经验提供学习典范，或揭露问题，引以为鉴，或倡导新事物，推动社会发展，总之就是要针对现实工作的需要而写。

（4）注重规律性。调查报告要求全面反映事物发展的过程，通过系统的研究分析，说明道理，揭示规律。

二、调查报告的写法

1. 调查报告文本的构成要素

调查报告由标题、正文和结尾、落款几部分组成。

2. 调查报告的写作规范

（1）标题有两种写法

① 公文式标题。由调查对象和内容加文种构成，如《关于××地区中小学收费问题的调查报告》，文种可略去“报告”二字，如《关于民工生活状况的调查》。这种题目简明地提示调查报告的内容，干净利落，但不够醒目，对读者的吸引力不强。

② 提问式标题。针对调查报告的主要内容进行提问。如《华西村是怎样集体走向小康的？》这种标题的特点是吸引力强。

③ 新闻式标题。单行标题揭示文章主题或内容，如：《大学生消费结构个体差异大》，双行标题采用正副题的形式，正题揭示文章中心内容，副题就是公文标题《搞好项目建设，促进

农村经济发展——利用世界银行贷款造林项目调查报告》。这类标题的特点是既能提示文章的主要内容,又很醒目。

(2) 正文

① 开头,或称导语、前言。其作用是吸引读者了解文章的主要内容和主旨,写法灵活多样,常见的形式有:

说明式。直接说明调查的起因、目的、时间、地点、方式、方法以及调查的对象、范围和经过等。

叙述式。介绍调查对象的基本情况,如组织规模、背景、历史和现状等。或概说全文主要内容或主要观点,即调查报告的结论。

提问式。针对正文主体部分的内容和观点,提出一连串的问题,以引人关注。

结论式。一开头就写出调查报告的结论,然后用材料简要说明该结论的正确性,使读者把握全文主旨。

② 主体,是调查报告的核心部分。是前言的引申,结论的根据,其内容一是叙述调查得来的事实情况,即用典型生动的事例和具体确凿的数据介绍事件产生的前因后果、发展经过、具体做法等;二是在研究这些材料的基础上得出认识,包括成绩、经验和教训、存在的问题和建议等。通过分析原因,找寻规律,得出调查结论。

主体常用的结构方式,一是横式结构,即按事物内在的逻辑关系组织材料。二是纵式结构,即按事物发展的时间顺序写作。三是纵横式结构,即在时序的大结构下按逻辑关系安排材料,或是在逻辑关系的大结构下按时序写作。不论哪种结构都要把调查材料分成几个部分,各部分之间形成或对比、或递进、或因果或并列的关系,每个部分可加序号或小标题以彰显内容,并使条理清楚。各部分既要有相对的独立性,又要有密切的内在联系,都要为全文的中心服务。

③ 结尾的写法多样,有的是总结全文,点明主题,有的是指出解决问题的办法意见,有的展望前景,发出号召,有的正文主体结束,自然结尾。

(3) 落款

在结尾的右下方,写明调查报告的作者、日期,也可附调查单位名称。作者名也可写在标题下。

3. 调查方法及步骤

(1) 选择恰当的调查方法

调查是调查报告写作的前提,选择恰当的调查方法有助于获得有价值的材料。

① 从调查的范围来看,有全面调查、典型调查和抽样调查三种方法。

全面调查对全体调查对象做普查,这种方法没有遗漏,获得的材料全,但费时费力,工作量大。

典型调查是在调查对象中选择有代表性的个案进行调查,可以深入细致地进行调查,获得有关个体的详尽的材料。用这种方法进行调查,对象选择得当是关键。否则获取资料的客观性将受影响。

抽样调查是从调查对象中用一定方式抽取部分样本,它既可避免普查的耗费财力,又可保证调查结果的客观性。抽样的方式有随机抽样和非随机抽样,前者更具科学性。

② 从调查的形式看,有开调查会、个别访问、实地考查和问卷测试四种。

个别访问适用于情况复杂的调查对象,有利于了解到隐藏的真相,但作为调查者要把握谈话的主动权，保证话题不游离主题。

开调查会是最简便的方式，时间、人力花费少，收集资料效率高，若能事先和与会者有所沟通，告知调查的内容让其准备，将有助于会议气氛的融洽，当然调查会开得是否成功还在于组织者引导，使与会者畅所欲言。

实地考查可以获得第一手资料，避免以讹传讹。

问卷调查是目前获取资料的常用方式。它耗资少，调查范围广，其匿名的形式更易使被调查者反映实情。要用这种方法获取有价值的资料，关键在于问卷的设计。

(2) 拟写调查提纲和问卷

① 拟写调查提纲　调查提纲包括调查目的、对象、调查的主要问题、调查方式、方法及人员安排等。其中最重要的是调查问题的拟定，它直接关系到调查所得资料的价值，因此要针对性强，具体细致，最好是在了解有关背景的情况下拟出，并根据调查中的情况变化及时调整。

② 拟写调查问卷　调查问卷由标题和正文组成，标题由调查对象、调查内容和调查问卷构成。正文包括前言和主体两部分，前言写明调查目的、意义，调查项目、内容，回答问卷的方法等。主体是由调查主题转化而来的问卷题目，一般说来，问卷以题目简单而容易理解，回答方便轻松为宜，选择题、判断题为首选，特别要注意问卷题目避免有歧义。

(3) 研究材料，书写成文

从调查得来的材料出发，运用辩证唯物主义和历史唯物主义的立场、方法，经过认真的研究分析，探寻事物内部的联系和本质规律，提炼出富有时代意义的文章主旨，归结出典型的、有指导和借鉴意义的结论。采用第三人称和夹叙夹议的表达方式书写成文。

三、范文分析

春节黄金周市民踊跃出游

——2005年春节黄金周广州市民出游意向调查报告

今年1月26日至30日期间，受广州市旅游局委托，广州市统计局和广州市城市社会经济调查队进行了春节黄金周市民外出旅游意向电话访问调查。本次调查采取随机抽样方法，利用国家统计局在广州的住户调查网络，按家庭收入等距抽取了城镇居民600个家庭户，取得了1 957位市民出外旅游意向资料。调查结果显示：广州市市民春节黄金周外出旅游意欲高涨，有意出游比率上升，花费增长。预计今年春节黄金周广州城镇居民外出旅游总人数比去年同期增长6.1%，旅游总花费增长三成以上，假日经济将再现高潮。

一、八成多城镇居民出外旅游，旅游花费大幅度增长

根据本次居民出游意向调查显示：今年春节黄金周广州居民有意出游比率达60.6%。其中城镇居民有意外出旅游的比重高达84.4%，较去年同期上升了6.3个百分点。预计春节黄金周期间全市外出旅游市民达438万人；其中城镇居民出外旅游人数416万人，比去年同期增长6.1%。

今年春节黄金周广州市出游市民的户均花费和人均花费呈现大幅增长之势。全市出游市民人均花费为665.7元，旅游总花费预计为29.1亿元。其中城镇居民出外旅游户均花费为2 099元，人均花费690元，旅游总花费预计28.7亿元，分别比去年同期增长31.5%、27.8%和35.6%。从被调查城镇居民家庭分组情况看，户均旅游花费水平呈现低花费组家庭户数所占比重下降、而高花费组家庭户数所占比重上升的趋势。其中：户均花费1 000元

以内的家庭户数所占比重为39.2%,比去年同期下降了14.4个百分点;户均花费1 001元至8 000元的家庭户数所占比重为58.2%,比去年同期增加了13.8个百分点;超过8 000元的家庭户数所占比重为2.6%,比去年同期增加了0.6个百分点。

二、"省外游"比重明显增加,出境游中"港澳游"一枝独秀

在春节黄金周有意出游的本市城镇居民中,选择"省外游"比重为7.6%,比去年同期上升了2个百分点。在选择"省外游"的城镇居民中,有意到西南游、华东游和东北游的比重分别为3.3%、2.4%和1.5%,分别比去年同期上升了0.9个、0.9个和0.6个百分点。由于本次黄金周城镇居民出游总人数比去年同期增长,预计广州市城镇居民参加"省外游"的人数将比去年同期增长四成多,其中参加华东游和东北游的人数将有六成以上的增长。比去年同期上升1.7个百分点。其中,东南亚游所占比重极低,显然是受前期印度洋海啸影响所致;其他外国游比重为零(调查中被访者均无该出游意向);但港澳游所占比重为5.6%,比去年同期上升了2个百分点。预计港澳游人数将会比去年同期增长六成以上。在港澳游中,选择"自由行"的比重为93.3%,比去年同期上升了15.9个百分点;而选择"旅行社"出游港澳的比重则由去年同期的22.6%进一步降至6.7%。

三、"本市游"和"市外省内游"略有增长

本次调查结果还显示,广州市城镇居民预计留穗旅游达240万人,比去年同期略有增长。预计"本市游"总花费达7.9亿元,比去年同期增长两成,势必带动相关方面消费的增长。预计参加"市外省内游"的城镇居民也达120万人,比去年同期增长4.7%。其中,选择深圳、珠海游所占比重为16%,选择肇庆游为20.2%,清远为14.1%,韶关为10.8%,湛江为2.8%,其他为36.1%。

四、参团游比重略有上升,"自驾车"出游受推崇(略)

五、居民出游在外过夜的比重上升,平均出游天数延长(略)

(选自"中国学生网站",2005.11.19,有删节)

【评析】

这是一份为有关部门制定决策提供情况的调查报告。采用双行标题,主题"春节黄金周市民踊跃出游"揭示了调查的结论,副题"2005年春节黄金周广州市民出游意向调查报告"反映了调查的具体对象和内容,清楚准确地表现了调查报告的主要内容。正文由前言和主体构成,前言介绍了调查的时间、地点、范围、原因、调查组人员、调查方法、调查对象和调查结果。语言简明,事项交代清楚,使读者对该项调查有一个总体的认识。主体部分采用横式结构和条款式写法,将调查结论分条列项地一一道出,条理清楚,每一段文字都先陈述调查结论,再用无可辩驳的数据加以说明,有时再略加分析,点出呈现此种状态的原因,全文逻辑严谨,理由充分。

四、病文诊断

西部大学生就业报告
关于西部大开发大学生就业问题的调查报告

世纪之交,随着西部大开发战略的正式启动,相对落后的中西部地区迎来了千载难逢的历史性机遇。它在一定程度上将我国的发展重心从东部发达地区转向相对落后的西部,使西部地区丰富的自然资源得到合理的配置和充分的利用,将会在很大程度上促进我国经济

的发展和综合国力的提高。与此同时,也吸引大量的开发商和投资商涌向西部,同时带来了他们的资金技术。在这种天时地利都具备的情况下,对人才的需求量也相对增加。尤其是在我国当前下岗失业人员增多的情况下,西部开发便为我们提供了更多更好的就业岗位,为各种各样的人才提供了展现他们的空间平台,在很大程度上解决了就业问题。尤其是我们当前的大学生,更是这种人才的主流,是发展西部、建设西部的主力军。因此,西部的大学生,应当充分抓住当前的这种就业机遇,学好知识本领,投身到西部的建设中来。但是,我们也应该考虑到,在这种就业机遇好的新形势下,我们的大学毕业生就业形势是不是真的很乐观?社会尤其是公司企业对我们的大学生又提出了什么新的要求呢?他们究竟需要什么样的人才?据调查统计表明,今年毕业生人数达到创纪录的212万人,与2000年相比几乎翻了一番,比2002年(145万)净增67万人,增幅达46%。截至目前,今年的高校毕业生就业签约率已达76%,除去一些自主创业和临时就业的毕业生没有履行签约手续,现在大约还有50万左右的毕业生没有找到工作。比起2001年90.0%和2002年80%的就业率还差一截。据有关专家预计,2004年高校毕业生达280万,到2005年,进入就业市场的高校毕业生将很有可能突破340万,就业形势将会更加严峻。我们重庆邮电学院今年共有1 554名毕业生,目前就业率为88.16%(含考研学生),较往年同期也有所下降。为此,重庆邮电学院校团委组织进行了此次关于西部大学生就业情况的相关调查,其目的是能够了解西部地区企业对大学生的需求情况,探讨高校毕业生就业难的问题,为高校教育提供参考意见,为大学生自身提高提供参考方向。

本次调查的综合情况:

■调查时间:2003年10月;

■调查形式:以调查问卷的形式;

■参与人群:各二级学院随机抽查同学,以参加2003年暑假三下乡活动的同学为主;

■参考资料:以调查问卷的统计结果为主,另参考2003年的西部大学毕业生就业情况;

■调查背景:西部大开发为我们大学毕业生提供了广阔的就业空间,但仍然存在高校大学生就业难的问题;

■调查目的:了解西部地区企业对大学生的需求情况,着重分析高校毕业生就业难的问题,为高校教育提供参考意见,为大学生自身提高提供发展方向;

我们希望通过调查能够准确反映出大学生就业的相关情况,收集西部地区企事业单位对当代大学生的看法和提出的新要求。

此次调查共计发出了问卷(附后)500份,回收到有效问卷453份,回收效果较好,占了总数的90%以上。从发放问卷到回收,其间经历近一周时间,回收效率较高,说明我们同学还是很支持我们的工作的,在此对参与填表的同学表示感谢。

(选自"中国学生网站",2005.11.19,有删节)

【诊治】

该调查报告的问题一是标题格式不规范,内容不明确。改为"关于西部大开发背景下大学生就业问题的调查报告"。二是正文内容杂乱,且调查得来的材料及分析十分单薄,使结论站立不稳。对此,可作如下修改:一是最后两段内容要删除,二是将"本次调查的综合情况"中的内容概括成前言放在正文开头。三是正文主体部分关于西部大开发的意义和大学生适应西部大开发形势应具备的条件等内容要简化,但要增加有关调查得到的基本材料的陈述,并对之研究分析,说明结论得来的依据。同时该调查仅了解大学生的就业现状是不够的，还要了解西部企业的人才需求状况和大学生对前往西部地区就业的想法、意愿等，两相比较，研究分析西部大开发背景下，大学生就业的问题及其问题产生的原因。

能力训练

一、判断题

1. 问卷调查是了解情况最真实全面的一种调查方式。（　　）
2. 选材典型是调查报告重要的特点之一。（　　）
3. 调查报告的标题必须写明文种“调查报告”。（　　）
4. 调查提纲可根据调查的实际情况随时变动。（　　）
5. 调查报告正文的结尾可有可无。（　　）

二、问答题

1. 什么是调查报告？它有什么特点？
2. 调查报告有什么作用？
3. 调查报告正文有哪几部分？其写作内容分别是什么？

三、情景模拟（篇幅不超过 300 字）

调查所在学校的水电使用情况，写一份调查报告。

四、改错

电影消费习惯及态度调查

今年的国内电影市场唱主角的依然是进口大片。记者近日在中影公司放映厅感受到了美国进口大片制造的奇妙气氛和震撼，有幸先期欣赏了将于今年暑期在北京上映的进口大片《角斗士》、《U-571》和动画片《恐龙》。一流设备的电影厅，绵绵不断的精彩场面令记者充分体会了一把大片的魅力。但冷静下来，却不禁想问，大片在带给我们令人愉悦的享受之外，还带来了些什么？国产影片的处境如何？老百姓对此又是怎么看的？于是，针对这些问题，本报对北京市的居民进行了随机抽样调查。

■看进口大片比国产片过瘾

调查结果显示，62%的被访者表示更爱看大片；37%的被访者则更喜欢国产片；另有两位 20 多岁的年轻小姐告诉记者对进口大片和国产片同样喜欢。看来，进口大片在市场竞争中占据较大的优势。从性别比例上看，男性居民更加偏好进口大片，65%的男性被访者表示最爱看进口大片；而女性居民中的这一比例要小得多，仅为 57%。从年龄结构上看，20 岁至 30 岁的年轻人是进口大片的主要拥护者，在这一年龄段中 72%的居民表示更爱看进口大片；而 51 岁至 60 岁的中老年居民则是国产影片最忠实的观众，表示更爱看国产影片的比例达到了 54%。

对影片的偏好	男	女	总计
进口大片	65%	57%	62%
国产影片	35%	41%	38%
无所谓	0%	2%	1%
总计	100%	100%	100%

■进口大片靠好看取胜

进口大片是靠什么取胜的呢？我们的调查表明，90%的观众在选择影片时，更加看重影片的内容是否好看，而并不是看影片究竟是进口大片还是国产片，也不是先看票价多少再做定夺。这充分说明国产影片在和进口大片的碰撞中败下阵来并不是国人“崇洋媚外”的心理在作怪，最根本的原因还是货色不足，老百姓都是识货之人，当然挑好的看了。

从影片类别上看，虽然说萝卜青菜，各有所爱，但从整体上看，生活片、喜剧片、动作片还是最受观众喜爱的种类，分别把这三类影片作为最受观众喜爱的比例分别为26%、26%和24%。不同性别的观众喜爱的影片类别有所不同，男性观众最爱看生活片(27%)，女性观众则更爱看爱情片(31%)。不同年龄段的观众也有不同的口味，20岁至30岁的青年人最爱看动作片(29%)；20岁以下(43%)和41岁至50岁(36%)的观众最爱看喜剧片；31岁至40岁(44%)、51岁至60岁(46%)和60岁以上(67%)的观众最爱看生活片。

47%的受访者表示不知道近期将上映的影片；只有28%的受访者知道最近将要上映的影片；另有25%的居民表示知道一部分，但不全知道。看来影片的宣传有待进一步加强。在了解大片信息的渠道中，报刊和电视排在前两位，分别有63%和60%的居民选择了它们。另有16%的居民表示通过影院广告了解到影片上映信息，其他渠道还包括互联网、广播和朋友及家人介绍。59%的受访者表示将有选择地观看大片，29%的受访者表示不准备观看近期上映的大片，只有13%的居民表示将观看近期所有大片。从年龄分布上看，20岁以下的年轻人是大片最重要的观众，只有8.57%的这一年龄段的居民表示不看近期上映的大片；而40岁以上的居民对大片的兴趣明显降低，60岁以上的居民表示不看近期大片的比例高达67%；50岁以上的居民没有一个表示将观看近期上映的全部大片。对目前进口大片的数目，43%的观众认为比较合适；38%的观众认为太少；18%的观众认为过多；1%的观众表示感觉不出来。

■是VCD抢了影院的钱

观看大片的方式	男	女	总计
看VCD	64%	51%	59%
去电影院	36%	48%	41%
没看过进口大片	0%	1%	1%
总计	100%	100%	100%

在观看大片的方式访问中，59%的居民表示观看大片一般是通过VCD；去电影院观看大片的居民只有41%。看来大片虽火，烧得却不是地方，VCD的光芒盖过了电影院。原因何在呢？选择观看VCD的观众中，44%认为VCD的观赏时间和地点比较自由；34%的观众把原因归结为便宜；还有人表示VCD可以反复观赏，可以与家人及朋友共同欣赏和随意品头论足，这都是在电影院无法达到的效果。

电影院的确存在不少问题。但观众的矛头并未过多地指向影院的硬件设备，48%的观众对影院的硬件设施表示满意，40%的人认为一般，只有12%的观众对硬件设施表示不满意。受到指责最多的是票价问题，67%的受访者表示影院的票价太高，难以承受；而影片的配音不好以及环境卫生、服务等也是让观众远离电影院的原因。

■电影票价应在20元以内

影院票价定位在多少比较合适？超过2/3以上(69%)的观众认为进口大片的价格应定在10～20元；59%的观众认为国产片的价格不应超过10元。

国产影片该如何提高与进口大片的竞争力呢？42%的观众认为应该把影片选题及情节设计放在第一位；18%的观众认为演员的演技亟待提高；16%的观众认为急需加强影片的后期制作；对导演水平、宣传力度和资金投入，观众也提出了更高的要求。

(选自“快乐月亮船网站”)

第七节　述职报告

一、基本概念

1. 述职报告的含义

述职报告是党政机关、社会团体、企事业单位的领导干部在工作一段时间或完成一项工作后，向上级机关或全体职工陈述本人完成工作职责情况的评述性文书。

述职报告是考核干部的措施之一。它是人事部门聘任干部和群众，评议领导的重要依据。它有利于群众对干部的了解、推荐和监督，促进干部定期对照岗位职责和目标检查、反省、总结自己，不断提高履行职责的能力素质。

述职报告一般按时间分为年度述职报告，就是一年一度定期作的述职报告。任期述职报告，就是干部在任期届满时所作的述职报告。临时述职报告，即承担完成某项临时任务后所作的述职报告。若从内容上分，有综合性述职报告和专题性述职报告。从表现形式上分，有书面述职报告和口头述职报告。

2. 述职报告的特点

述职报告的特点表现为总结性、陈述性和真实性。它要求任职者回顾总结自己的业绩，对照岗位职责陈述自己所做的工作项目，并从“德、勤、能、绩”等方面进行自我评估，对是否称职作出结论。述职报告的内容要求高度的真实性，对所做的工作在质和量上都不夸大，不缩小，符合事实。

二、述职报告的写法

1. 述职报告文本的构成要素

述职报告的构成要素是：标题、称谓、正文、落款。

2. 述职报告的写作规范

(1) 标题

标题有两种写法，一是类似公文标题，其构成要素是任职者姓名（或我的）、述职期限、所任职务和文种名称。上述要素除文种不可省略外，其余均可略去。二是文章标题法，单行标题概括全文主旨或内容，双行标题中，正题概括全文的主旨，副题多用公文式标题补充具体内容。

(2) 称谓

是对接受或听取述职报告的对象的称呼。若受文对象不止一个，应按先组织后个人，先领导后群众的顺序排列。

(3) 正文

由导言、主体和结尾三部分组成。

导语简明扼要地陈述任现职概况，包括任职名称、时间、岗位职责、目标任务及任职的总体自我评价，以确定述职的范围和基调。常用“根据××的要求，现将本人任职期间的情况报告如下”等引起下文。

主体部分详细陈述自己履行岗位职责和目标任务的情况，小结自己取得的业绩和存在的问题。一般来说成绩和体会是重点。从政治思想素质、工作态度、工作能力、工作实绩几方面展开，具体阐明学习贯彻执行党的方针政策的情况怎样，廉政自律、敬业爱岗精神怎样，做了哪些工作，取得哪些成绩和经验，突出的政绩是什么等等。在重点陈述业绩的基础上，适当指出履行职责时的某些不足，以及如何改进的设想。

正文主体部分的层次安排最好用序码或小标题标出，以显示条理。

结尾常写上“述职完毕，请批评指正”、“我的述职完毕，谢谢大家”等惯用语，有时也将工作中的主要失误和改进措施放在结尾。

(4) 落款

将报告人和日期写在正文之下第二行右侧，也可写在标题下。

3. 述职报告的格式

×××(人名)××××年担任××职务的述职报告

×××××、××××:(称谓)

××。……(正文)

我的述职到此,请大家指正。

××××(单位)×××(述职者姓名)

××××年×月×日

4. 述职报告的写作要领

(1) 作者应为党政机关、企事业单位或社会团体的领导人。

(2) 内容必须是述职者本人在任职期间完成本职工作的情况汇报,且注意有个性,有特色。

(3) 文章条理清楚,重点突出。忌面面俱到,平均用力。

(4) 语言平实庄重,逻辑推理严谨。

三、范文分析

××质监局×××副局长述职报告

2004年我任××质监局党组成员、纪检组长,负责全市系统纪检监察工作,分管办公室、法制宣传、特种设备安全监察工作,协助局长分管计划财务工作,联系市特种设备监督检验所和××、××质监局。一年来,我按照"四好"要求,努力加强自身修养,认真履行工作职责,圆满完成了所负责和分管的各项工作任务。

一、加强学习,着力提升自身素质。

积极投身于市局开展的创建学习型机关的活动,除按时参加局党组中心组学习会、支部学习会和局里组织的各类学习教育活动外,尽力挤时间进行自学,向书本学习,上网络学习,在实践中学习,不断充实和提高自己。一是加强了政治理论学习。重点学习了党的"十六大"报告,十六届三中、四中全会精神和胡锦涛总书记"七一"讲话及关于树立科学发展观等重要论述及文章,进一步增强了对"三个代表"重要思想科学内涵和精神实质的理解,更加坚定了努力践行"三个代表"重要思想的自觉性。二是加强了党纪政纪知识的学习。重点学习了《中国共产党党内监督条例(试行)》、《中国共产党纪律处分条例》和党风廉政建设有关规定,学习了部分反腐倡廉典型案例,观看了《沉沦警示录》、《覆辙之鉴》等警示教育片,进一步筑牢了自己拒腐防变的思想道德防线。三是加强了法律知识的学习。重点学习了《宪法》、《行政许可法》和特种设备安全监察方面的法规,参加了省局举办的《行政许可法》培训班,依法行政的观念和能力不断增强。四是加强了业务知识的学习。学习与工作有机结合,需要什么学什么,工作干到哪里学习到哪里。今年"6·10" ××气站液化石油气泄漏爆燃、槽车罐体爆炸事故发生后,组织上安排我牵头负责事故的调查工作。这起事故调查专业性很强,牵涉部门很多,来自各方面的压力很大,而我又缺乏这方面的专业知识,以前也从未有过这方面的工作经历。于是我熬更守夜、加班加点阅读相关专业书籍,上网络查找相关资料,虚心向专业人员请教,晚上忙学习,白天忙工作,现学现用,活学活用,自始至终和调查组各位成员一道扎在调查第一线，十天时间下来自己的体重虽然轻了两千克多，但却圆满完成了事故调查工作，自己也成了事故调查工作的内行，调查结论客观科学公正，为各方所接受，受到县、市党委、政府和省政府事故调查督查组的肯定。五是加强了现代科技知识的学习。重点学习了电子政务基本知识，现已能比较熟练地运用 office 系统办公软件处理各项日常工作。全年共撰写读书笔记近 5 万字，写心得体会 3 篇，调研文章 1 篇。

二、珍惜团结，着力增进工作合力。（略）

三、勤政务实，着力提高工作绩效。（略）

四、廉洁自律，着力筑牢拒腐防线。（略）

回顾一年的历程，我在思想上、作风上、工作上也还存在一些不足和问题：在履行纪检监察工作职责、协助局党组抓系统队伍建设方面还做得很不够，没有完全把纪检监察工作作为自己最首要、最根本的职责来履行；工作作风有待大力改进，特别是调查研究、求真务实的作风还需进一步加强；自身的政治理论修养、业务工作能力和领导艺术都还不高，远远不能适应工作和形势发展的需要。新的一年，我一定认真贯彻落实党的十六届四中全会精神，努力践行“三个代表”重要思想，切实改正自身存在的各项不足，着力提高自己履行职责、科学管理、团结协作、开拓创新和拒腐防变等五项能力，下大力改进和加强纪检监察工作，尽自己的最大努力把所负责的每一项事情和工作都办好、办出色。

×××

2004 年×月×日

（走向成功网 www.cd520.net/news/122/）

【评析】

这份述职报告由标题和正文组成，标题采用职务、姓名和文种三要素构成法，正文包括开头、主体和结尾三部分。开头谈了自己的任职时间、职务和职责，总体评价自己一年来的工作学习情况是“努力加强自身修养，认真履行工作职责，圆满完成了所负责和分管的各项工作任务”。接着主体部分就围绕上述三个方面述职。第一部分谈学习政策法规，提高自身理论修养的过程和收获，第二至第四部分谈自己的工作态度和工作业绩。充分肯定工作成绩，并用具体实例证明了工作业绩的真实性。结尾针对工作中的不足谈了自己的认识和改进措施。全文内容完整，结构谨严，层次清楚，材料和观点结合紧密。

四、病文诊断

我的述职报告

根据总公司《工作标准》和 2003 年目标责任，总经理助理、办公室主任的主要职责是：

1. 受总经理委托，协调总公司领导之间、机关职能部门之间，分（子）公司之间的工作关系。

2. 受总经理委派，处理具体事务和问题，各项工作对总经理和总公司负责。

3. 督促、催办总公司年度各重点工作的完成，必要时建议召开协调会议。

4. 不断了解总公司生产经营中出现的新情况、新问题，重大问题及时向总经理报告，并协调有关部门、有关单位处理和解决。

5. 及时传达贯彻上级和总公司有关会议、文件、批示精神。

……（略）。

总之，我的主要职责归纳起来是三句话六个字，即：参谋、协调、服务。

一年来，在公司党委、班子的领导下，在各分公司、厂、处和机关各处室及办公室全体同志的大力支持下，较好完成了本职工作、责任目标和“参谋、协调、服务”三大职能，现简要述职如下：

几年来的工作实践使我深深体会到，作为一个助理、办公室主任，要做好工作就要首先清楚自己所处的位置；清楚自己所应具备的职责和应尽的责任；正确认识所处的位置和所要谋的政。就地位而言：从领导决策过程看，我处在“辅助者”地位，从执行看处在“执行者”地位；对处理一些具体事务，又处在“代理者”的地位。这个角色的多重性决定了在实际工作中容易产生越位，何况所要协调工作的对象是公司领导，自己的上级、同级和下级，在实际工作中我的具体做法是：为领导参谋到位但不越位，督促、催办到位，但不“拍板”；服务到位但不干预领导工作。只有把“位置”认准，把“政”字搞清，自觉维护领导之间的团结，在工作中尽职尽责，不越权，不越位，严格要求自己做一个为人诚恳、忠于职守、勤于职守、胜任职守的助理和办公室主任。催办和协调是我的主要工作之一，工作中虽然难度不小，但领导和同志们都给予了我很大的支持，我也注意力争做到对工作主动催办和协调，承上启下，沟通左右，协调各方，因此一年来的工作相对还比较顺利。

为发挥好参谋助手作用，为领导参好谋、献好策，真正为公司和职工办一些实事，在实际工作中注意去基层单位利用各种方式了解生产经营情况，倾听各级领导和职工的建议，征求机关相关处室的意见，围绕公司领导决策和生产经营实际，及时向总经理或有关领导同志反映，全年共提交重要的工作建议××项，领导采纳××项，协调较重要的工作××起，基本尽到了参谋、协调的职责。

为进一步减少会议和提高会议质量，我们安排会议坚持了会前有准备、有议题，建议与会者会上讲话要短、话不离主题、讲话要解决实际问题和开小会、开短会、不开无准备会的原则等。坚持了×××多次要求的“会前无议题，会上临时动议的问题，一律不予研究”的要求，今年全公司大型性会议明显减少，会议质量大有提高，基层单位比较满意。在实际操作中主要采取了四个方面的措施：

一是控制会。结合公司生产实际，认真贯彻公司“三大标准”中规定的会议审批制度，哪些会议能开，哪些会议不能开，哪些会议可以合并开，对会议参加的人员、内容、时间都进行严格的把关，尤其是让基层一把手参加的会议，必须要经过总公司主要领导同意才能开，从而控制了会议的数量，保证了会议的质量。

二是少开会。开会是推动工作的重要方法，但不是唯一方法。在工作协调中，本着为基层服务、眼睛向下、方便基层的精神和意识，凡有些工作打个电话，发个通知或者到基层调查研究，通一下气就可解决的问题，就坚决不安排开会，做到了既少开会或不开会又保证了政令畅通，保证了工作进行有序。

（www.asp265.com，有删节）

【诊治】

本文的问题一是开头对所任职务的岗位职责叙述过于拖沓繁琐，简要概括为“参谋、协调、服务”即可。二是正文主体部分不必要花大量篇幅写对本职工作性质、特点及认识，而应直奔主题，谈自己做了哪些工作，突出政绩。三是没有总结工作中存在的问题及今后工作的改进措施。四是遗忘了落款。五是语言文字错误较多。如生造结构“谋的政”、“参好课”等。

能力训练

一、判断题

1. 述职报告就是个人工作总结。 ( )

2. 述职报告是为提干而写作的文书。 ( )

3. 述职报告要既谈成绩又谈问题。 ( )

4. 述职报告是汇报自己的工作过程，让领导进行评价。 ( )

二、问答题

1. 述职报告有何特点和作用？

2. 述职报告的导语可写些什么内容？

三、情景模拟（篇幅不超过300字）

请你了解一位班干部的工作情况，代其写一份述职报告。

四、下面是一篇内容不完整、结构残缺、不符合写作要求、假而空的述职报告，请具体加以分析说明。

我的述职报告

领导、同志们：

自一九××年担任××学校校长以来，已三年多了，在这三年多的时间里，我校建立了微生物、电子计算机等六个系，招收学生7千多人，办中国理科大学夜校四批，计1 200多名学生。新建设教学楼四幢，职工宿舍楼两幢。四处求良，建立了一支高素质的教师队伍。三年来取得了可喜成绩。在这里我打算汇报以下几个问题。

一、能认真贯彻党的方针政策，执行党的基本路线，坚持四项基本原则，思想上、行动上与党中央保持一致。

二、认真履行校长职责，搞好学校各项工作。

1. 坚持正确的办学方向。我校是市内正规的一所大学，是培养德智体全面发展人才的阵地。我们坚持正确的办学方向，接受一批又一批高考合格的高中毕业生进校，又送走了一批又一批德才兼备的大学毕业生出校。我们坚持走出去请进来的办法办校，把不同专业的学生分别送到武汉、厦门实习。也请武汉、东北等地的知名教授来我校讲课。在改革形势下，我校坚持多种形式办学。我们办了四期夜大班。为了吸引学生，增加学校创收，我亲自三上北京请来出题老师到夜大讲课，以保证考试合格率。为了坚持正确的办学方向，减轻国家及家庭的经济压力，提倡学生勤工俭学，谋开源之路。总之为了使办学坚持正确方向，我做到了呕心沥血。

2. 重视学校机构建设及师资队伍建设。我担任校长以来，把学校科室机构列入重要议事日程。按德才兼备原则，坚持任人唯贤的干部路线，配齐了中层领导班子。从知识结构来讲，既有大学生，也有研究生；从年龄来讲，既有年近六旬的老科长，也有二十多岁的科室主任……这些中层干部人际关系好、办事能力强、运转灵活。与此同时，抓紧师资队伍建设。我校共有教职员工248人，教师仅82人，行政人员是教师人员的两倍，因此，我在任期间，严格控制教学人员调出，行政人员调入。

3. 抓住教学科研两个轮子。在大学学府，必须占领教学与科研两个阵地，作为一名校长更应身先士卒。

(1) 努力完成教学任务。三年来共代课80课时，听课100课时。

(2) 积极从事科研活动。三年来共发表论文8篇，其中一篇获省级奖。与人合编书一本。参加过5次学术研讨会。

(3) 支持科室教学工作与科研工作,奖励教学、科研成绩突出者。

(4) 优惠行政后勤人员,使他们为教学服好务。

三、克己奉公,遵纪守法。

领导班子内成员,能够以身作则,在行动上做到:

1. 领导成员不住宽敞明亮的楼房。

2. 不请客送礼。

3. 不走后门,不搞不正之风。

(选自《现代应用文写作》,中央编译出版社,2003)

参考文献

[1] 秦言编. 跟我学应用写作. 北京:中国商业出版社,2002.

[2] 丛晓峰. 应用写作. 济南:山东大学出版社,2001.

[3] 杜福磊,孔繁芳. 现代应用文写作. 北京:中央编译出版社,2003.

[4] 林心治. 应用写作教程. 第2版. 重庆:重庆大学出版社,2001.

[5] 诸葛瑞英. 对外贸易文书写作. 北京:中国人民大学出版社,1992.

[6] 王桂清等. 经济应用文写作. 北京:机械工业出版社,2005.

[7] [美]Kristen Bell De Tienne. 电子沟通指南. 吴晓君,许舟军译. 北京:清华大学出版社,2003.

[8] 周朝晖. 财经应用写作. 北京:中国商业出版社,1996.

第五章 规章制度

规章制度，是国家机关、业务主管部门、社会团体或其他组织机构所制定的，在一定的范围内要求有关人员共同遵守的实用文书。

第一节 规定 规则 细则

规 定

一、基本概念

1. 规定概念

规定是国家机关、企事业单位、社会团体用于对某项工作或活动作出具体规范，对处理或解决某种事项作出明确规定的行政法规性文件。

从制作使用者来看，规定是由主管某项工作或活动的机构制定并发布。一方面这个机构指党政领导机关或职能部门。规定是党内机关运用的特定公文。《中国共产党机关公文处理条例》对规定作如下界定："用于对特定范围内工作和事务制定具有约束力的行为规范"，为党制定不同类型的规定提供了法规依据。行政管理的法定公文中没有规定这一文种，但行政机关经常运用规定。按《行政法规制定程序暂行条例》说："对某一方面行政工作作部分的规定，称'规定'。"如《出版物市场管理暂行规定》、《电信网间互联管理暂行规定》等。和条例一样，规定不作独立的公文发布，而是通过命令(令)或通知的方式发布，所以《国家行政机关公文处理办法》没有把规定列入法定公文。另一方面，规定的运用不像条例一样具有严格权限规定，它的适用范围比较广泛，除了党政机关外，在社会团体、企事业单位也可以使用。从表现的内容看，既可用于重大事项，也可运用于一般事项或特定事项。根据《中华人民共和国宪法》、《中华人民共和国国务院组织法》、《行政法规制定程序暂行条例》等法律、法规的规定，行政法规由国务院制定；地方性法规由省、自治区、直辖市人民代表大会及其常委会授权的省市人大制定，除此之外其他任何行政部门、企事业单位制定的规定应属于规章这一范畴。

从内容构成上看，规定是针对某项工作或专门问题提出具体的约束性意见或措施，以利于某项工作的顺利进行和完成。同章程、条例相比，规定的现实针对性要更强一些。规定与办法都是用于叙述某项工作、活动的规章、办法、要求的，其区别在于："规定"原则一些，要求照章执行；"办法"具体一些，可参照执行。如：《互联网电子公告服务管理规定》、《中国烟草总公司申请注册卷烟、雪茄烟商标暂行规定》、《音像制品管理暂行规定》、《关于职工文化教育若干问题的暂行规定》等。

从文种来看，规定是行政法规性文件。它要求人们照章执行，具有法律效力和法规性。凡涉及这些工作范围的人员都必须遵守和执行。如国务院发布的《关于全国性专业公司管理体制的暂行规定》等。

2. 规定的特点

(1) 发文机关和内容的广泛性

规定的发文机关，从纵向看，上至党政最高领导机关，下至基层单位都可以使用这一文种。从横向看，党政机关、社会团体、企事业单位均可运用。从表现内容看，规定既可反映重大事项，又可反映一般事项，还可以用于一些特定事项。

(2) 使用的局限性

规定常常是为了保证某一法规、政策的贯彻执行，或是为了某一工作、活动能顺利完成而制定的具体规范要求，它往往立足于局部的、微观的，局限在管理方面，并且条文也较具体。如建设部发布的《建筑业企业资质管理规定》对建筑企业的审核、管理作出了明确、具体的规定。只限于对建筑企业管理这一个方面，而不是整个建筑行业。与之相比，条例的制定往往立足于宏观的、全局的，所以涉及的内容比较全面、系统、原则。

(3) 较强的约束性

条例在制定法规和条款时比较全面、概括和原则，所以在执行中往往规范于大处和全局。对具体行为约束力就有一定弹性。与条例相比，由于规定的局部性和具体性，对某项工作，法规提出明确、具体的执行要求和执行标准，因而更具有可操作性。所以，规定一经发布，其约束力就立即生效，对人们的具体行为就更具有约束力。

3. 规定的种类

规定按其目的行为及内容分，有四种类型：

(1) 政策性规定

如：《保健食品标识规定》、《××省国家建设征用土地拆除城镇华侨房屋的规定》。

(2) 管理性规定

如：《互联网电子公告服务管理规定》、《企业档案管理规定》、《××省劳动合同管理规定》。

(3) 实施性规定

如：《关于实行党风廉政建设责任制的规定》。

(4) 补充性规定

如：《关于高级专家退休问题的补充规定》。

二、写作方法

规定通常是由标题、生效标识和正文几个部分构成的。

1. 标题

规定标题的常见格式有两种：一种是“发文机关＋事由＋文种”，如《纪检监察机关工作保密规定》；另一种是“事由＋文种”，事由前常加介词“关于”引出，如《关于贯彻〈中华人民共和国药品管理法〉的有关暂行规定》。

2. 生效标识

规定的生效标识即规定的制发时间，用圆括号括住置于标题下方居中。

规定的生效标识包括通过会议时间、批准的机关、制发时间、制发机关等。

由于行政机关运用的规定，大多不独立发布，往往通过命令（令）或通知形式发布，因此，以命令（令）或通知发布时间为规定时间，规定自身不再标注时间。

规定的发布机关和发布日期也可作为落款放在正文右下方。

3. 正文

规定正文的写作格式一般有两种：一种是章条排列式结构，另一种是绪言条文式结构。

(1) 章条排列式结构

章条排列式结构一般由总则、分则、附则三部分构成。

① 总则　总则自成一章，下分若干条款。主要说明规定的缘由、目的、意义、依据、基本原则、适用范围等。一般在第一条以“特作以下规定”或“特制定本规定”引起下面规定的条款内容。

② 分则　分则是规定的主要内容，常常分为若干章，每章都有一个小标题，章下面又有若干条款规定。一般采用分序号拟写，按条说明规定的具体内容。

③ 附则　附则是对规定的补充说明文字，也是正文和整个规定的结束部分，一般提出一些执行要求、解释权限、以前所作规定与本规定的关系、生效日期等。

(2) 绪言条文式结构

规定的格式除了上面常用的章条排列式结构外，还可以采用绪言条文式。即开始用一段绪言作为总则内容，然后以“特制定如下规定”承接下文，并以条文形式表述分则、附则的内容。还有的规定的内容比较单一，也可以不分章，不再标注总则、分则、附则，直接分条款表述。

三、范文分析

××学院学生管理规定

（试行）

第一章　总　　则

第一条　为维护正常的教育教学秩序和生活秩序，保障学生身心健康，促进学生德、智、体、美全面发展，依据教育部《普通高等学校学生管理规定》及其他有关法律、法规、规章，制定本规定。

第二条　本规定适用于学校对接受普通高等学历教育的本、专科（含高职）学生的管理。

第三条　学校以培养人才为中心，按照国家教育方针，遵循教育规律，不断提高教育质量；依法治校，严格管理，健全和完善管理制度，规范管理行为；将管理与加强教育相结合，不断提高管理水平，努力培养社会主义合格建设者和可靠接班人。

第二章　学生的权利与义务（略）

第三章　学籍管理（略）

第四章　校园秩序与课外活动（略）

第五章　奖励与处分

第一节　奖　　励

第八十三条　学校在全日制本、专科（含高职）生中实行学生素质综合测评及评奖评优制度。

第八十四条　对在德、智、体、美等方面全面发展或者在思想品德、学业成绩、科技创造、锻炼身体、艺术活动及社会服务等方面突出的学生，学校给予表彰和奖励。

第八十五条　学校对学生的表彰和奖励采取授予“三好学生”称号或者其他荣誉称号、

颁发奖学金等多种形式，给予学生相应的精神鼓励或物质奖励。

学校对表现突出的优异学生，按照有关规定推荐参加江苏省或国家有关部门的表彰和奖励。

第八十六条　学生申报各类表彰和奖助学金，按照相关规定执行。

第八十七条　对学生的奖励材料，学校将真实、完整地归入学校文书档案和学生本人档案。

第二节　处　分

第八十八条　学校对学生的处分，遵循程序正当、证据充分、依据明确、定性准确、处分适当的原则。

第八十九条　学生违法、违规、违纪，学校可视情节给予批评教育或纪律处分。纪律处分的种类分为：

（一）警告；

（二）严重警告；

（三）记过；

（四）留校察看；

（五）开除学籍。

第九十条　学生有下列情形之一，学校给予开除学籍处分：

（一）违反宪法，反对四项基本原则、破坏安定团结、扰乱社会秩序的；

（二）触犯国家法律，构成刑事犯罪的；

（三）违反治安管理规定受到处罚，性质恶劣的；

（四）由他人代替考试，替他人参加考试、组织作弊、使用通讯设备作弊行为严重的；

（五）剽窃、抄袭他人研究成果，情节严重的；

（六）违反学校规定，严重影响学校教育教学秩序、生活秩序以及公共场所管理秩序，侵害其他个人、组织合法权益，造成严重后果的；

（七）屡次违反学校规定受到纪律处分，经教育不改的。

第九十一条　学校在对学生作出处分决定之前，应当听取学生或者其代理人的陈述和申辩。

第九十二条　学校对学生作出开除学籍处分决定，应当由院长会议研究决定。

第九十三条　学校对学生作出处分，应当出具处分决定书，送交本人。对学生开除学籍处分决定书报学校所在地省级教育行政部门备案。

第九十四条　学校对学生作出的处分决定书应当包括处分和处分事实、理由及依据，并告知学生可以提出申诉及申诉的期限。

第三节　申诉和申诉处理

第九十五条　学校成立学生申诉处理委员会，受理学生对取消入学资格、退学处理或违规、违纪处分的申诉。

学生申诉处理委员会由主管学生工作和教学工作的校领导、职能部门负责人、法律专家、教师及学生代表组成。

校长办公室是学生提出申诉的受理机关。

第九十六条　学生如对学籍处理或处分决定有异议，在接到学校处理或处分决定书之日起5个工作日内，可向学校学生申诉处理委员会提出书面申诉。

第九十七条　学生申诉处理委员会对学生提出的申诉进行复查，并在接到书面申诉之日起15个工作日内，作出复查结论并告知申诉人。需要改变原处理或作留校察看以上处分决定的，由学生申诉处理委员会提交学校重新研究决定。需要变更记过以下处分的决定，由学生申诉处理委员会直接处理，处理结果以学校名义发布，为学校的最终决定。

第九十八条　学生如对复查决定有异议，在接到学校复查决定书之日起15个工作日内可向江苏省教育厅提出书面申诉。

第九十九条　从处理或处分决定或复查决定送交之日起，学生在申诉期内未提出申诉的，学校不再受理其提出的申诉。

第六章　证件与档案管理(略)

第七章　附　　则

第一百零九条　对接受成人高等学历教育的学生、港澳台侨学生、留学生以及其他在校生的管理参照本规定实施。

第一百一十条　本规定经院长办公会议讨论通过，自2005年9月1日起施行。其他有关文件规定与本规定不一致的，以本规定为准。

第一百一十一条　本规定由院长办公室负责解释。

（材料来源：盐城师范学院第五次教学科研工作会议材料，2005）

【范文分析】

这篇规定的标题，发文机关、事由和文种名称齐全。标题中，“学生管理”概括了规定的全部内容、标题明确。总则的第一条和第二条用很简练的文字，概括说明了制定本规定的目的和法律依据。主体部分共七章一百一十一项条文，条理清晰、规定具体，而且每条都有具体措施，行文用语恰当、有力、规范，突出了规定的严肃性、果断性和权威性。附则部分，对适用本规定的范围作了补充说明“对接受成人高等学历教育的学生、港澳台侨学生、留学生以及其他在校生的管理参照本规定实施”，除此之外，附则还说明了本规定实施日期、其他文件与本规定发生冲突的解决办法以及规定的解释权限。

四、病文诊断

××××学院汽车使用管理暂行规定

目前，我院汽车在使用和管理上都存在不少问题，由于没有统一的管理办法，经常出现司机紧张、车辆周转不灵的局面，有时不能保证紧急用车，汽油浪费也较严重。为了改变这种状况，除了加强对车队内部的工作外，我们起草了一个《汽车使用管理暂行办法》，对全院汽车的使用和管理暂作如下规定：

一、车辆的使用范围及办法

1. 院级领导外出时，由办公室或直接通知车队。

2. 处级干部外出，一般不派车。如因急事或交通不便，经主管副院长批准，由车队酌情派车。

3. 一般干部、教员外出，在10人以下或在10千米以内者，不派车。

4. 我院请外单位教员临时上课，由教务处与车队联系派车接送；我院教员到外单位讲课，不派车。

5. 各单位需要用车拉东西时，应事先与对方联系好，凭提货单提前订车，由车队统一安排，严禁车辆放空。

6. 私人用车：

(1) 院内师生员工或住在院内的教职工家属因病需要到医院急诊的，凭医务室急诊证明，由车队派车。

(2) 教职员工的调出调入需拉运行李时，事先由人事处与车队联系。按规定标准收费，然后再按有关规定到财务处报销。

7. 外单位因公需借用我院汽车时一律凭单位介绍信，经行政处长批准，车队派车，并按规定收取费用。

8. 其他公事临时用车由院长办公室直接与车队联系。

9. 下述情况不准用车：

(1) 汽车司机无派车单不准出车，如司机个人需要借用汽车时，同其他职工一样办手续；

(2) 汽车司机未经领导批准，不准擅自做主给人拉东西，也不准中途捎脚。

二、收费范围与标准

1. 院级领导私人用车，每千米收费×元，按月结算。

2. 其他人员私人用车，卡车每千米收费×元，小车每千米收费×元。

3. 教职员工因全院统一调整住房，用本院汽车搬家的免费。

三、几点说明

1. 一般用车应提前3天向车队提出申请，由车队统一安排，否则不予保证。

2. 私人用车汽油费每月结算1次，由车队开单据，由财务处发工资时扣除。

3. 不论因公或私人用车，事先均应填好派车单，经有关人员批准后送交车队。

××××年×月×日

【病文诊断】

该规定的格式还是比较规范的，内容也比较具体。但作为法规性的文件，不足之处主要有：绪言中对规定制定的目的和法律依据说得不清楚。而对用车管理中存在的误区却作了没有必要的叙述。所以可以改成："为了加强汽车管理，保证院领导因公和教职员工因急事用车，根据《××××××》，制定本规定"。正文条款中，语句的表述欠缜密。如第一条第一项规定："院级领导外出时，由办公室或直接通知车队"一句不明确，因为有"党委办公室"和"院长办公室"两个部门，这里，应改为"院长办公室"或"党委办公室"。"直接"指代也模糊，前面应加上"本人"二字。第一条第二项中的"处级干部外出"，第三项中的"一般干部、教员外出"，其"外出"前面均应加"因公"二字来起限制作用。第三项中的"一般干部、教员(因公)外出，在10人以下或在10千米以内者，不派车"内含有"10人以上或10千米以外可以派车"的意思，但本规定没有表述，应改为"10人以上其路程在10千米以外者，经主管院长批准，可派车"。

规　则

一、基本概念

1. 规则概念

规则是国家机关、人民团体、企事业单位为了进行管理或开展某项公务活动而制定的，要求有关人员共同遵守的规范性公文。

从制作使用者来看，规则和守则、制度都是由国家的领导机关和职能部门根据宪法和其他有关法律、法规的精神制定的，具有一定约束力的规范性公文。

从对象和目的来看，规则是对一定范围内的人员或某种活动所提出的要求人们共同遵守的行为规范。显然，无论是对事还是对人，都只能是一种总的原则性的要求和规范。目的是为了保证某一事项和活动的有序进行，以达到预期的目的。如《游泳规则》，是为加强游泳管理工作而制定的，凡游泳者都必须遵守有关规定。又如《交通规则》，是为加强交通管理，保证交通安全而面向社会制定的，行人、车辆行驶要遵守这些规则，管理人员要以这些规则为依据进行交通管理。有公众活动的一定场合，就会有规则，它是有关工作和活动人员进行工作和开展活动的依据。

规则与规定的区别：规则和规定，都有明显的规范性和约束力，但又有不同之处。首先是适用范围不同。规则主要用于一般的、具体的工作或活动管理，而规定则常用于较重大或较重要的行政工作。其次是规范的内容不同。规则规范的内容有强烈的专业性和可操作性，要求具体、细致，而规定规范的内容虽然也要求可操作性，但比较原则。第三是制发单位不同。规则的制发单位大多是行政机关、人民团体、企事业单位的基层业务主管部门，而规定的制发单位，则大多是行政领导机关及其职能部门。

2. 规则特点

规则主要有以下几个方面特点：

（1）拟定上的直接性

规则由主管部门单位或管理者直接拟定，不需要经公众同意通过，而一般公约的制定需要公众的同意才可通过。

（2）作用范围的针对性

规则的制发具有很强的针对性。它是依据有关法律、法规的规定，针对某项管理工作或某项公务活动而制定的操作规定，不同场所、不同活动的规则互不通用。并且其内容必须合法，不能有任何随意性。

（3）操作上的具体性

规则的规范事项必须周密、精细、具体、可以直接付诸实施，不需要再订出实施细则来保证其贯彻执行。规定什么可以做、应该做，什么不要做、不应该做，违反了如何处理，指示性非常明确具体。

3. 规则的种类

（1）文件规则

由主管部门按其职权制定，用文件下发。这种规则约束力大，效力范围较广。多数由国家机关公布，是某项工作的规范，多用于交通运输、安全消防、工作程序、专业职权等方面，如《水路货运规则》、《仓库防火安全规则》、《互联网刊登规则》等。

（2）内部规则

由单位、部门内部制定，在特定范围场所使用，规范内容较单一，约束力也较小，如《借书规则》、《车辆管理规则》等。

二、写作方法

规则一般由标题、生效标识、正文三部分组成。

1. 标题

标题有两种表述方式：一是由发文机关、事由和文种组成，如《××大学图书馆借阅规则》、《××仲裁委员会仲裁暂行规则》、《××竞赛参赛规则》等；二是由事由和文种组成，如《会计人员工作规则》、《沙滩排球比赛规则》、《城市公共交通车船乘坐规则》、《计算机房安全管理规则》等。

2. 生效标识

一般在括号内将规则通过的日期与会议名称以及发文机关名称、发布时间写上，放在标题的下方，如：

高速公路交通管理暂行规则

(公安部××××年×月×日发布)

也有规则把制定的机关和日期写在正文的右下方。

3. 正文

规则正文内容由总则、分则、附则组成。

(1) 总则　说明制发规则的理由、根据。

(2) 分则　列出规范的各项要求，是规则实质性内容所在。

(3) 附则　说明执行的有关要求。

有的规则正文采用的是绪言条文式结构。即开头先写绪言，说明制定规则的目的、依据，然后分条有序地写明有关规则的内容。

还有的规则正文采用分条式结构。全文按序列写出规则的条款，不再分章，也没有总则、分则、附则的字样。

拟写规则，要注意以下几个方面：

(1) 制定规则必须要有很强的针对性。制定前要广泛征求群众意见，以了解管理工作中存在的主要问题，针对可能出现的情况而制定，从而使群众能够自觉遵守和执行。

(2) 规则的拟写要根据政策法令和单位职权来进行。既要符合党的政策和法令，又要符合本单位的实际情况。超越职权范围的规则，不仅无效，也是无法执行的。

(3) 规则的条目要层次清楚，具体明确，便于理解，便于执行。一般采用条款式来写。

三、范文分析

××大学图书馆借阅规则

一、借阅权限

1. 本校所有教职员工、学生均有借阅图书的权利。

2. 户口在本市的本校离退休人员，仍享有借阅图书的权利。

3. 来我校讲学或进修一学期以上人员，可来本馆借阅图书。

4. 持有本市高等学校馆际互借证的人员，可来本馆借阅图书。

5. 对于违反图书馆《读者规则》的读者，在未办妥手续前，暂停其借阅权利。

二、图书证的办理及使用

1. 本校教职员工凭工作证，研究生凭学生证到图书馆二楼流通服务台办理图书证；国家计划外学生须缴费办理图书证；其他在校讲学或进修人员，经有关院(系)、部、处出具保证人证明后，须缴费办理临时图书证。

2. 一位读者只能持有一张图书证，只限本人使用，如有转借或涂改，本馆有权收回。

3. 凡持有两张图书证的读者，图书馆将以冒领、冒用论处。

4. 如图书证遗失，应立即到图书馆流通服务台挂失，一个月后仍未找到，本校教职员工可申请补办图书证，并须缴补证费；原证找到后应立即交回图书馆流通服务台；如因图书证遗失而发生的被人冒用情况，报失后24小时之内，概由遗失者负责赔偿。

5. 本校图书馆读者离校时，应将所借图书、附书光盘归还图书馆，如有遗失，按章赔偿，否则本馆不在离校证上盖章。校外讲学或进修人员，如在离校时未还清所借图书，则由出具证明单位的保证人负责追还图书或赔偿。

三、借阅图书规定

1. 借阅办法

(1) 读者凭图书馆认可的有效证件，进入开架书库选借图书。

(2) 所借图书均须到借书处办理借阅手续。

2. 借阅册数

(1) 教师、研究生，不超过十册。

(2) 本科生、职工及其他人员，不超过五册。

(以上借阅册数含小说类图书一册)

3. 借阅期限

(1) 借阅图书期限为30天。

(2) 短期借阅图书期限为7天(不可续借)。

(3) 教职员工、研究生和正在进行毕业设计的学生，所借图书期满时如无人预约可续借一次，续借期不能超过30天。办理续借手续须在所借图书到期之前办理，续借时须携带图书证和图书到借书处办理手续，如其他读者有急需，本馆有权调回续借图书。

(4) 馆际互借图书限期为14天。

4. 下列图书、期刊、报纸、磁带、录像带等文献资料不外借，仅提供阅读、复印和复制等服务：

(1) 阅览场所的图书、期刊、报纸、磁带、录像带；

(2) 字(词)典、辞典、百科全书等参考工具书；

(3) 特藏文献以及正在修补的图书期刊；

(4) 标准、产品样本、学位论文等(不允许全文复制)。

5. 关于馆际互借、文献传递的规定

(1) 本校教师、科研人员、研究生如有需要可向我馆总咨询服务台或资源共享室申请办理馆际互借手续或登录××××网站填写(电子版)“馆际互借委托单”，由本馆工作人员向有关图书馆借阅、查询和查复文献资料。

(2) 校外人员馆际互借，须由该单位指定专人持馆际互借证和本人工作证到本馆总咨询台或资源共享室办理借阅、查询和查复手续。

四、借阅附书光盘规定

1. 读者可凭图书证外借附书光盘，借阅期限为15天。每人限借光盘数量为2张。

2. 教职员工、研究生和正在进行毕业设计的学生，所借光盘期满时如无人预约可续借一次。续借时请携带图书证和光盘办理手续，如其他读者有急需，本馆有权调回续借光盘。

【范文分析】

本规则是由图书馆针对本单位在借阅图书过程中可能存在的实际情况直接拟定，要求相关借阅人员必须遵守。标题由发文机关、事由和文种构成。正文采用条款式结构。首先，该规则具有很强的针对性，如第一条“借阅权限”就对作用范围作了明确的规定。其次，内容周密、精细、具体，具有可操作性，直接可付诸实施，对一些违反规则的处罚措施规定很明确：如第二条第二款“一位读者只能持有一张图书证，只限本人使用，如有转借或涂改，本馆有权收回”；第二条第四款“如因图书证遗失而发生的被人冒用情况，报失后24小时之内，概由遗失者负责赔偿”等。本规则在数字运用上也非常具体明确：如第三条第二款对借阅图书的数字规定；第三条第三款对借阅天数规定；第四条第一款对借阅附书光盘方式、借阅期限与限借数量的规定。

四、病文诊断

阅览室规则

一、本室期刊、报纸分开架和闭架两种。开架的期刊、报纸，读者可自由取阅。每次只准取一种期刊或报纸，阅后放回原处，不得乱扔乱放。

二、保持室内卫生，请不要在室内吸烟和扔瓜皮、果壳、纸屑，请不要在室内吃食品。

三、进入本室要保持安静，请不要在室内大声讲话、喧哗。

四、读者的手提袋、书包及读物，应交服务台保管，最好不要带入室内。

五、本室刊物不准卷折、涂写、折撕、剪挖，违者一经发现，要重重罚款。

六、本室期刊、报纸不得带出室外，如带出室外，一经发现视偷窃处理，要重重罚款。

七、需要复印的资料，交费后由管理人员办理。

八、报纸合订本、闭架期刊和合订本期刊，凭本人居民身份证借阅。借阅需交手续费。

××图书馆

××××年×月×日

【病文诊断】

作为阅览室规则，该病文条理混乱，按照从进入阅览室、阅读、阅读要求、借阅、出馆这样的顺序，病文可调整为：三、四、二、一、五、七、八、六。规则的语言应带有规范性的约束力，要求适用对象必须遵守，所以第二、三条“请不要”委婉协商的口气要改成坚决要其执行，用“不准”更妥当一些，第四条“最好不要”改为“不得 ”。另外该病文语言表达欠明确，在具体操作过程中必须的数字也没有。例如第八条借阅需交手续费究竟是多少不清楚，可改为“每借阅一本，需交手续费0.5元”，第五条“重重罚款”也缺乏明确的规定，应改为“按被损坏的报刊当年度的定价5倍以上赔偿”，第六条“重重罚款”应改为“按该报刊当年度的定价10倍以上罚款”。经过修改后如下：

阅览室规则

一、进入本室要保持安静，不准在室内大声讲话、喧哗。

二、读者的手提袋、书包及读物，应交服务台保管，不得带入室内。

三、保持室内卫生，不准在室内吸烟和扔瓜皮、果壳、纸屑，不准在室内吃食品。

四、本室期刊、报纸分开架和闭架两种。开架的期刊、报纸，读者可自由取阅。每次只准取一种期刊或报纸，阅后放回原处，不得乱扔乱放。

五、本室刊物不准卷折、涂写、折撕、剪挖，违者一经发现，按被损坏的报刊当年度的定价5倍以上赔偿。

六、需要复印的资料，交费后由管理人员办理。

七、报纸合订本、闭架期刊和合订本期刊，凭本人居民身份证借阅。每借阅一本，需交手续费0.5元。

八、本室期刊、报纸不得带出室外，如带出室外，一经发现视偷窃处理，按该报刊当年度的定价10倍以上罚款。

××图书馆

××××年×月×日

细 则

一、基本概念

1. 细则概念

细则是国家机关、社会团体、企事业单位为了实施某一法律、法规、规章以及管理工作，制定的一种解释性和可操作性的规范性文书。细则只限于主管机关(或部门)在所管辖的工作范围内使用，由于国家和上级机关制定的法律、法规、规章往往是从全局和带普遍意义的事项来制定的，具有普遍性和全局性。因此，在具体环节上，不可能细致入微、面面俱到，需要具体的管理部门结合本地区、本系统的实际情况再作出补充和解释，作出具体的、可操作性的处理办法。细则一般在法规、规章发布后，即时有针对性地制定发布，它是以某一法律、法规、规章为前提，演绎、派生出的一种更细致的规定性文书。主要适用于对某一法律法规和规章作出具体的解释和补充；结合当地或本系统实际情况，对有关法规和规章提出执行和实施的具体意见和办法。如《中华人民共和国个人所得税实施细则》、《中华人民共和国森林法实施细则》、《航空货物运输合同实施细则》等。

从细则制定的依据来看，细则是依据上级或国家机关的政策、法令、条例、规定，结合本地区、行业、系统或单位实际而制定的具体实施的详细规则。如《中华人民共和国审计条例实施细则》。

从细则作用来看，它既可以是对法规提出具体化、地方化的实施方法，宗旨在于阐释原法规，有助其顺利实施。通常是主管部门为了实施条例中的某一条规或几条条规而制定的详细规则。也可以说是条例某一部分内容的具体化，或者说是针对某项法规制定的补充性实施办法。如卫生部公布的《医疗机构管理条例实施细则》就是《医疗机构管理条例》内容的具体化；又如公安部公布的《中华人民共和国居民身份证条例实施细则》，就是为了贯彻执行《中华人民共和国居民身份证条例》第十九条的规定："本条例的实施细则，由公安部制定，报国务院批准后施行。"同时，细则也可以是某单位制定的一项详细的管理措施。如《××市再就业服务中心实施细则》。

2. 细则特点

(1) 依附性

细则必须依附于相关的法律、法规或规章条例，是对这些法规政策作出解释与补充，提出实施的具体意见和办法，是这些法律、法规的具体化、细致化。例如《商标法》是《商标法实施细则》产生的基础，《商标法实施细则》是《商标法》的延伸。这种依附性、派生性是非常明显的，这也决定了细则不能超越原法律、法规的范围，必须针对原法律、法规制定。

(2) 辅助补充性

细则常常要针对相应的法律、法规作出具体的补充与解释，以使法律、法规更具体、明确，更具可操作性，有利于对法律、法规的认识和执行。如《中华人民共和国安全法实施细则》第六条规定：《国家安全法》第四条所称“资助”实施危害国家安全的行为，是指境外机构、组织、个人的下列行为：

① 向有危害国家安全行为的境内组织、个人提供经费、场所和物资的；

② 向境内组织、个人提供用于进行危害国家安全活动的经费、场所和物资的。

在原来的法规中，“资助”是一个模糊概念，不具备可操作性，通过细则这一补充，就变得明确、具体。

细则只能是对政策、法规和条例的解释、补充或具体化，而不能与之矛盾、抵触或简单重复。

(3) 可操作性

与条例相比，细则是其某些内容的具体化，应该详细；比起办法，细则不重在提出具体办法和要求，而在叙述具体规定和要求。细则中的措施和办法由于详细和具体而便于遵循和操作，有利于工作人员更好地贯彻执行政策、法规和条例。

二、写作方法

1. 标题

细则的标题常见的由具体法规或规章和文种构成，一般省略发文机关，只写明具体法规和文种，并在文种前加上“实施”、“施行”等字样。如《中华人民共和国专利法实施细则》、《广告管理条例实施细则》等。另外一种形式由事由和文种构成，如《违反外汇管理处罚施行细则》、《中国互联网络信息中心域名注册实施细则》，多用于对一些事项管理制定的细则。

2. 生效标识

生效标识指细则的发布时间、发布单位、批准机关等，一般标识在标题的下面，并用圆括号括住居中，如：

中华人民共和国专利法实施细则

(2001 年 6 月 15 日国务院令第 306 号公布)

有的细则也可不在标题下标识发布时间，而是在文中标识。

3. 正文

细则的正文有两种结构方式：

(1) 章条式结构

章条式结构一般用于内容较多、篇幅较长的细则。由总则、分则、附则三部分组成。

① 总则　第一章一般为总则，下设若干条数。主要说明细则针对的法律、法规对象、依据、目的、意义及基本原则等。往往在第一条中引述细则针对的法规或规章，以“为了实施《××××》，制定本细则”引出下面条款。

② 分则　第二章开始以下若干章为分则，每章下面分若干条款来阐释、补充、说明某项法律、法规的实施办法和执行要求。

③ 附则　最后一章为附则，是细则的结尾。也可以用若干条款来分别说明实施要求、施行目的、解释权限等内容。

(2) 分条式结构

分条式结构用于内容较少、篇幅较短的细则，如对某一法律、法规、规章部分条款或某一条款提出实施意见和办法，涉及内容相对单一。全文以条款排列，贯以始终，能使文章简洁、富有条理，有利于对法规的条理化和细致化，也便于对条款的引用、解释和查找。分条式一般在第一条写明发布细则的根据、目的和意义，多用“为了实施《××××》，制定本细则”引起下面条款。第二条开始后面若干条款叙述具体规则和执行要求。最后一条往往写明细则解释权限及施行说明。

三、范文分析

中国互联网络信息中心域名注册实施细则

第一章　总　　则

第一条　为了规范域名的注册和管理，根据《中国互联网络域名管理办法》(以下简称《管理办法》)，制定本实施细则。

第二条　申请注册由中国互联网络信息中心负责管理的CN域名和中文域名，或者开展相关活动，应当遵守本实施细则。

第三条　本实施细则涉及的域名体系遵守信息产业部关于中国互联网络域名体系的公告。

第二章　域名注册的申请与审核

第四条　域名注册申请者(以下简称申请者)应当是依法登记并且能够独立承担民事责任的组织。

第五条　申请者申请注册域名时，可以通过联机注册、电子邮件等方式向域名注册服务机构递交域名注册申请表，提出域名注册申请，并且与域名注册服务机构签订域名注册协议。

第六条　域名注册申请表内容应当包括：

(一) 申请的域名；

(二) 域名主域名服务器和辅域名服务器的主机名以及IP地址；

(三) 域名持有者的单位名称、单位负责人、所在单位行业、通信地址、邮政编码、电子邮件、电话号码、传真号码以及认证信息；

(四) 域名技术联系人、管理联系人、缴费联系人、承办人的姓名、所在单位名称、通信地址、邮政编码、电子邮址、电话号码以及传真号码。

第七条　申请者应当在域名注册协议中保证：

(一) 遵守有关互联网络的法律和规定；

(二) 遵守《中国互联网络域名管理办法》以及主管部门的其他相关规定；

(三) 遵守中国互联网络信息中心制定的域名注册实施细则、域名争议解决办法等相关规定，以及修订后的版本；

(四) 提交的域名注册信息真实、准确、完整。

第八条　域名注册管理机构收到第一次有效注册申请的日期为申请日。域名注册服务机构应当将申请日告知域名申请者。

第九条 域名注册服务机构负责受理域名注册申请,并且根据《管理办法》对域名进行审核。

第十条 对于违反《管理办法》规定的域名,域名注册服务机构应当予以删除。域名申请者或者持有者对于域名注册服务机构删除行为不服的,可以提请域名主管机关复审。

第十一条 在二级域名GOV下申请注册三级域名时,申请者应当提交下列书面资料:

(一)盖有申请单位公章的域名注册申请表;

(二)证明申请单位为政府机构的相关资料。

第十二条 在二级域名EDU下申请注册三级域名的规则,由中国教育和科研计算机网网络中心另行规定。

第三章 注册域名的变更与注销

第十三条 与注册域名有关的注册信息发生变更的,域名持有者应当及时向域名注册服务机构申请变更注册信息。申请变更注册信息时,申请者应当按照申请注册域名时所选择的变更确认方式提交域名变更申请资料。经域名注册服务机构核准后,予以变更运行。

第十四条 申请转让已注册的域名,出让人应当向域名注册服务机构提交盖有申请单位公章或者经公证的域名转让申请表。经域名注册服务机构核准后,该域名由域名注册服务机构予以变更运行。

第十五条 申请注销已注册的域名,申请者应当向域名注册服务机构提交盖有申请单位公章或者经公证的域名注销申请表。经域名注册服务机构核准后,该域名由域名注册服务机构予以注销。

第十六条 域名持有者可以选择和变更域名注册服务机构。变更域名注册服务机构、域名持有者和相关域名注册服务机构应当遵守《中国互联网络信息中心域名注册服务机构变更办法》。

第四章 域名运行管理费

第十七条 根据《管理办法》的规定,域名注册服务机构对注册域名收取年度运行管理费。有关收费办法另行制定。

第十八条 每年域名续费截止日同申请日。对于续费截止日未完成续费的域名,将暂停服务。暂停服务15日仍未完成续费的域名,将予以注销。

第五章 附 则

第十九条 在中国互联网络信息中心设立的WWW服务器(网址是:http://www.cnnic.net.cn/)用于发布域名注册信息以及其他有关事项。

第二十条 申请者在域名注册申请表中所填写的各项信息,除申请者特别声明不得公开之外,由域名注册管理机构或者域名注册服务机构录入公众查询的数据库中以及其他出版物中,作为域名注册管理机构或者域名注册服务机构向互联网络用户提供目录服务的一项内容。

第二十一条 根据互联网络和域名系统的发展,以及相关法律、法规、政策的变化等情况,中国互联网络信息中心可以修改本实施细则。

第二十二条 本实施细则由中国互联网络信息中心负责解释。

第二十三条 本实施细则自2002年12月1日起施行。

【范文分析】

该细则是对《中国互联网络域名管理办法》的补充、解释和说明,采用章条式结构,共五章二十三条。总则共三条，主要规定了细则针对的法律、细则适用范围等。分则采用章、条、款项层层结构的形式，使文件涉及的复杂内容安排得条理清晰而又合乎规范。内容叙述详尽、周密，解释准确，如第六条“域名注册申请表内容应当包括”四款内容，条理清楚、明白。第十八条对“每年域名续费截止日”、暂停服务期限以及最终注销期限规定得十分清楚。最后一章为附则，规定了实施要求、修改权限、解释权限以及生效日期等。

总之，这篇范文能很好地体现细则这一文种的补充性和可操作性特点。

四、病文诊断

中华人民共和国国家安全法实施办法

第一章　说　　明

第一条　《国家安全法》所称的“境外机构、组织”包括境外机构、组织在中华人民共和国境外设立的分支（代表）机构和分支组织；“境外个人”包括居住在中华人民共和国境内不具有中华人民共和国国籍的人。

第二条　《国家安全法》所称的“间谍组织代理人”，是指受间谍组织或者其成员的指使、资助或者授意、指使他人进行危害中华人民共和国国家安全活动的人。

间谍组织和间谍组织代理人由中华人民共和国国家安全部（以下简称国家安全部）确认。

第三条　《国家安全法》所称的“敌对组织”，是指敌视中华人民共和国人民民主专政的政权和社会主义制度，危害国家安全的组织。敌对组织由国家安全部或者公安部确认。

第四条　《国家安全法》第四条所称“资助”实施危害国家安全的行为，是指境外机构、组织、个人的下列行为：

（一）向有危害国家安全行为的境内组织、个人提供经费、场所和物资的；

（二）向境内组织、个人提供用于进行危害国家安全活动的经费、场所和物资的。

第五条　《国家安全法》第四条所称“勾结”实施危害国家安全的行为，是指境内组织、个人的下列行为：

（一）与境外机构、组织、个人共同策划或者进行危害国家安全活动的；

（二）接受境外机构、组织、个人的资助或者指使，进行危害国家安全活动的；

与境外机构、组织、个人建立联系，取得支持、帮助，进行危害国家安全活动的。

第六条　下列行为属于《国家安全法》第四条所称“危害国家安全的其他破坏活动”：

（一）组织、策划或者实施危害国家安全的恐怖活动的；

（二）捏造、歪曲事实，发表、散布文字或者言论，或者制作、传播音像制品，危害国家安全的；

（三）利用设立社会团体或者企业事业组织，进行危害国家安全活动的；

（四）利用宗教进行危害国家安全活动的；

（五）制造民族纠纷，煽动民族分裂，危害国家安全的；

境外个人违反有关规定，不听劝阻，擅自会见境内有危害国家安全行为或者有危害国家安全行为重大嫌疑的人员。

……

第二章　国家安全机关在国家安全工作中的职权

第九条　境外个人被认为入境后可能进行危害中华人民共和国国家安全活动的，国家安全部可以决定其在一定时间内不得入境。

第十条　对背叛祖国、危害国家安全的犯罪分子,依据《国家安全法》第六条的规定,国家安全机关可以通缉、追捕。

第十一条　国家安全机关工作人员依法执行国家安全工作任务时,对发现身份不明,有危害国家安全行为的嫌疑人员,可以检查其携带物品。

第十二条　国家安全机关执行国家安全工作紧急任务车辆,可以配置特别通行证和警灯、警报器。

第十三条　依据《国家安全法》第十一条的规定,国家安全机关对查验中发现的不符合维护国家安全要求的电子通信工具、器材等设备、设施,可以责令有关组织和个人进行必要的技术处理;拒绝或者没有能力进行技术处理的,可以予以封存、扣押,依照有关法律、行政法规的规定处理。

第十四条　国家安全机关工作人员依法执行国家安全工作任务的行为,不受其他组织和个人的非法干涉。

国家安全机关工作人员依法执行国家工作任务时,应当出示国家安全部侦察证或者其他相应证件。

国家安全机关及其工作人员在国家安全工作中,应当严格依法办事,不得超越职权、滥用职权,不得侵犯组织和个人的合法权益。

第三章　(略)

第四章　(略)

第五章　结　　尾

第二十八条　本办法自发布之日起施行。

【病文诊断】

从第一条对"境外机构、组织""境外个人",第二条对"间谍组织代理人"以及第三条对"敌对组织"的补充、解释、说明可以看出,这是一篇细则,而不是其他类型的法规、制度。所以标题要改成"中华人民共和国国家安全法实施细则",以下文中提到的"办法"文种都应改成细则。该细则内容较多,条理较清晰规范,所以采用了章条式结构。按此格式,第一章应是"总则",而不是"说明";最后一章应是"附则",而不是用"结尾"来做小标题。既然细则是对某一法规的补充,所以总则第一条应交代清楚制定本细则的法律依据,应有"根据《中华人民共和国国家安全法》(以下简称《国家安全法》),制定本实施细则"字样。第二条也应交代负责本细则实施的部门即"由国家安全机关负责本细则的实施"。

能力训练

一、判断题(对的在括号内打"√",错的打"×")

1. 规定的内容侧重于政策和管理方面,着重划清政策界线,明确管理原则。　(　　)
2. 规则不需要公众同意通过。　(　　)
3. 细则是一种解释性和可操作性的规范性文书,其制定部门只能是国家机关。　(　　)

二、问答题

1. 规定有哪些特点?它和规则有何不同?

2. 规则的写作要求有哪些？

3. 课外任选一则细则阅读并分析其依附性与辅助补充性特点。

三、情景模拟

仿照本校学生学籍管理的规定和措施，拟定一份“××中学学生学籍管理规定”。

第二节　办法　守则　公约

办　法

一、基本概念

1. 办法概念

办法，是国家机关或职能部门为了使某项工作顺利进行，根据党和国家的方针、政策及有关法规、规定，对某些事项或条例法令的实施作出具体安排，提出具体措施时使用的一种操作性较强的公文。如《国家行政机关公文处理办法》、《中华人民共和国学位条例实施办法》。它和规定同属于行政法规性文件。所不同的是，“规定”比较原则，制约性强，必须遵照执行，“办法”比较具体，可以参照执行。故“办法”的标题常常加上“暂行”“试行”“补充”等字样，以便在适当的时候进行补充修改。如《中华人民共和国学位条例暂行实施办法》。

办法使用比较广泛，制定单位和制定程序也没有严格的要求，凡主管部门都可以制定。所以办法这一公文既可以用于行政法规，也可适用于规章制度。办法在《中国共产党机关公文处理条例》中规定为党内机关公文。国家行政公文中没有办法这一文种，但在行政管理中却经常运用。其原因是办法在行政管理中一般不独立发布，而是通过命令或通知的方式发布。全国人大、地方人大、国务院制定的办法应属法规之列。其他机关制定的办法应属规章制度。下属单位参照执行时，在大的原则必须遵照执行的前提下，对一些具体做法允许根据实际情况作某些变通并应及时向“办法”制发机构反映执行中遇到的问题，以作为修改补充时的参考。

办法、条例、规定是既有联系又有区别的一组文种。条例、规定、办法同属于法规性文种，具有较强的约束力，且它们的外部形态和结构方式也很相近，在使用中常常容易混淆。必须对这三种公文进行区别，找出它们的个别差异和运用范围，才能正确地运用这类文种。

条例、规定、办法的区别主要体现为：条例的制发单位权限很高，一般只能是党中央、国务院和省一级的地方权力机关才有权限发布，且涉及的事项重大，内容全面、系统，规定比较原则。规定的使用权限没有条例那样严格，党政机关、企事业单位均可运用。其内容比较局部化，提出的办法、措施、规定也比较具体、详细。而办法也没有使用权限的限制，一般使用于事务和单一事项，多由分管某项工作的职能部门作出。和规定比较，更多用于比较具体、细小、琐碎的事务上。如关于某种资金的管理，某项税务的征收，建筑工程的招标、投标的管理等等，内容更具体、更具可操作性。

要注意的是，这些区别不是绝对的，有时候，三者的界线很难划清，很难说，哪一种文体更适合，更准确。如同是对公文的处理规定，中共中央办公厅用的是条例这一文种，而国务院用的是办法这一文种。因此，我们应从发文机关的权限要求，反映事项的重大或细小，反映范围的全局或局部，规定办法的原则或具体等多方面综合把握，才能选择正确的文种。

2. 办法特点

(1) 内容具体性

办法作用于对某一法规，如条例、规定等作出具体的说明、解释，并提出具体的措施、办法、标准，或者对某项工作作出具体的要求和行为规范，常常要设计出具体的做法、措施、程序、步骤，比较条例、规定，内容更具体、更仔细、更具可操作性。

(2) 使用的广泛性

办法的使用比较广泛，没有发文机关的权限限制，党政机关、社会团体、企事业单位均可运用。既可以用于指导实施某一法律、条例，提出具体的执行标准和执行要求，又可作规章制度，对某项工作作出具体的规定。

(3) 行文的依附性

办法的运用，是针对某一法律、法规制定的，是为了更好地实施这一法规制定的具体细则和办法。从这一角度看，它是法律、法规的补充，依附性是它行文的主要依据，也是区别于其他公文的特点。如《××市计算机信息系统安全管理办法》中写道："根据《中华人民共和国计算机信息系统安全保护条例》等有关法规，结合本市实际情况，制定本办法。"体现了对法规、条例的依附性和可操作性。

3. 办法类型

(1) 实施法规的办法

这类办法，主要是为了贯彻实施某一法律、法规制定的具体办法、实施标准和执行要求。是由某一法规、条例派生出来的，具有明显的依附性。它需以原来的法规或条例作为参照系，制定具体可行的办法，来规范、促使人们去遵照执行。如《中华人民共和国保守国家机密法实施办法》。

(2) 实施管理的办法

实施管理的办法是行政机关或其他部门对某项工作或某些活动作出具体的规定、安排和具体措施。这类办法同样要以一定的法律、条例为依据，提出具体的实施办法，目的是为了管理某些工作，而不是为了实施某项法律和法规。所以它不是相关法律、法规的派生物，有相对的独立性。

二、写作方法

办法通常是由标题、生效标识、正文和落款几个部分构成的。

1. 标题

标题包括拟定办法的机构名称、发文内容和文种名称。但在写法上大多数办法的标题是由基本内容和文种构成的省略式公文标题。基本内容可以是事由，也可以是适用范围或办法阐释的法规。如《国家行政机关公文处理办法》是由适用范围和文种构成。《〈国务院关于职工工作时间的规定〉的实施办法》，由阐释的法规和文种构成。如果办法是短期的或用于试行，可在标题的文种前用 "暂行"或"试行"标注。也可在标题正下方用括号注明"初稿"或"讨论稿"字样。

2. 生效标识

生效标识主要包括办法通过的会议名称及通过时间、发布时间和发布机关、修订时间等。一般标识在标题下方，并用圆括号居中括住。如果该办法是以国务院"令"或"通知"的形式下发的附件，由于这些内容已经在“令”或“通知”中交代过，因此不需再次写明。

3. 正文

办法正文一般有两种结构形式：一种是章条式结构形式；另一种是直接分条式结构形式。

(1) 章条式结构形式

主要适用于内容较多、比较复杂的一些办法。一般由总则、分则、附则三部分组成。

① 总则　总则单独设一章，下分若干条。主要说明办法的依据、目的、意义、原则、适用范围等。

② 分则　分则提出具体的实施办法、步骤、措施、要求、实施规范标准等。分则由若干章构成，每章一般有小标题。章下面又分若干条。

③ 附则　附则主要是一些实施说明。如本办法适用范围、解释权限、生效日期等。

(2) 分条式结构形式

直接分条式结构适用于一些内容简单的办法，具体写法不直接标明总则、分则、附则这些层次标识，而一开始便用条款直接分条表述，贯穿始终。一般先用两三条写明办法的依据、目的、执行范围等，中间用较多的条款写具体实施办法。最后用一两条写明补充规定和执行要求。

4. 落款

如果办法生效标识部分没有标注制定办法机关名称和日期，还要在正文右下方写明制定办法的机关名称和日期。

因为“办法”常常是作为“令”或“通知”的附件出现的，“令”或“通知”中已说明制定“办法”的目的和意义，同时对如何实施“办法”也提出了具体要求，这时在办法中就不必再重复。

三、范文分析

××学院重点实验室建设与管理办法

（试行）

第一章　总　　则

第一条　为了贯彻落实“科技兴校、质量建校”的方针，加强我院省级重点实验室（下称重点实验室）的建设和管理，确保重点实验室能顺利通过建设期满后的验收，根据《国家重点实验室建设和管理暂行办法》和《江苏省高校省级重点实验室建设管理办法》，结合我院实际，特制定本办法。

第二条　重点实验室是我院科技创新体系的重要组成部分，是我院组织高水平基础研究和应用基础研究，聚集和培养优秀科技人才、开展学术交流的重要基地。

第三条　重点实验室的主要任务是根据国家和江苏省科技发展方针，围绕国家发展战略目标，针对学科发展前沿和国民经济、社会发展及国家安全的重大科技问题，开展创新性研究。其目标是获取原始创新成果和自主知识产权。

第四条　重点实验室是依托××学院的科研机构。具有相对独立的人事权和财务权。

第二章　职责(略)

第三章　设立与建设(略)

第四章　变更与调整(略)

第五章　运行与管理

第二十条　实验室实行“开放、流动、联合、竞争”的运行机制,试行学院领导下的主任负责制。主任全面负责实验室的工作,业务上接受实验室学术委员会指导。

第二十一条　实验室必须设立独立的学术委员会。学术委员会是实验室的学术领导机构,其主要职能是决定实验室的研究方向、研究内容、研究课题、开放项目指南、开放课题和学术方面其他重大事宜、评价研究成果。学术委员会由在该实验室研究领域中有一定影响的学术专家组成。委员由学院聘任。学术委员会人数总数一般为9人或11人,应尽可能地吸收外部门和相关学科的专家参加,本院专家不超过三分之一,学术委员会每年至少召开一次会议。

第二十二条　实验室主任由学院学术委员会推荐,学院党委聘任,报科技处备案。主任应是本领域高水平的学术、学科带头人,具有较强的组织管理和协调能力,年龄一般不超过六十岁,任期为五年。一般每年在实验室工作时间不少于八个月(一届累计不在岗时间最多为十八个月),特殊情况要经科技处批准。

第二十三条　实验室实行课题制管理和试行下聘一级的人事制度,研究队伍由固定人员和流动人员组成,少量固定人员以学科、学术带头人(首席专家)为主,按实验室所设学科严格控制其编制,由实验室主任公开聘任。其他研究人员数量由学科、学术带头人(首席专家)根据研究工作的需要和争取到课题的实际情况自主聘任,受聘人员作为流动编制经实验室主任核准后,其相关费用由课题组负担。实验室应注意稳定一支高水平的技术队伍。

第二十四条　实验室要根据研究方向设置开放基金和开放课题,吸引国(省)内外优秀科技人才,加大开放力度,积极开展国际和国内合作与学术交流。

第二十五条　实验室应加强知识产权保护。对实验室完成的专著、论文、软件、数据库等研究成果均应署实验室名称,专利申请、技术成果转让、申报奖励按国家有关规定办理。

第二十六条　实验室主任基金在运行补助费中列支,由实验室主任管理,主要用于支持具有创新思想的课题、新研究方向的启动和优秀年轻人才的培养。在符合国家有关政策的前提下,实验室经费可用于岗位补贴、绩效奖励等。

第二十七条　实验室要建立健全内部规章制度,重视和加强管理。注重仪器设备和计算机网络的建设与使用效率。要重视学风建设和科学道德建设,加强数据、资料、成果的科学性和真实性审核以及保存工作。

第六章　考核与评估

第二十八条　学院应当每年对实验室工作进行年度考核,考核结果报省主管部门备案。考核的内容包括以下各条:(略)

第二十九条　在年度考核的基础上,科技处定期组织实验室周期评估。评估工作由科技处组织专家实施。

第三十条　本办法由科技处负责解释。

××学院

二〇〇五年十月二十日

(材料来源:盐城师范学院第五次教学科研工作会议材料,2005)

【范文分析】

总体来看,这则办法条款明确,层次清晰,是篇不错的范文。标题由发文机构“××学院”、发文内容“重点实验室建设与管理”加上文种构成。正文采用章条式结构,第一章为总则,下分四条,第一条说明该办法制定的目的、法律依据,并用“特制定本办法”引起下面条款。第三条交代了重点实验室的主要任务及其目标。第四条说明重点实验室在学院部门体系中的位置。从第二章开始,提出具体的实施办法、步骤和要求。下面各条款内容具体,操作性较强,语言准确。如第二十一条关于实验室设立学术委员会的说明,学术委员会与实验室的关系、职能以及组成人数(9～11 人)、本院专家人数规定等。第二十二条关于实验室主任的要求(科研能力、组织能力、年龄、任期、工作时间等)。附则部分内容合并在第六章考核与评估中,说明了办法的解释权限、实施日期等。落款部分也注明了制定办法机关名称和制定日期。

四、病文诊断

国家行政机关公文处理办法

第一章 总 则

第一条 为使国家行政机关(以下简称行政机关)的公文处理工作规范化、制度化、科学化,提高公文处理工作的效率和公文质量,制定本办法。

第二条 各级国家行政机关应当发扬深入实际、联系群众、调查研究、实事求是的工作作风,不断提高公文处理的效率和质量,认真克服官僚主义、形式主义和文牍主义作风。

第三条 ××××××

第二章 公文种类

第一条 ××××××

第二条 ××××××

……

第九章 附 则

第五十七条 本办法自 2001 年 1 月 1 日起施行。

国务院

二〇〇〇年八月二十四日修订

【病文诊断】

病文主要问题出在格式和语言上。从格式上看,显然本办法是采用章断条连的章条式结构。而病文从第二章开始又从第一条开始说明,应改成从第四条开始。附则部分说明了办法施行的日期,但是国务院办公厅在一九九四年一月一日也发布了一个《国家行政机关公文处理办法》,所以还要说明本办法与前办法的关系,因此在第五十七条后面要加上“1993 年 11 月 21 日国务院办公厅发布,1994 年 1 月 1 日起施行的《国家行政机关公文处理办法》同时废止。”字样。该办法是国务院发布的,所以一般以生效标识的形式将“国务院 2000 年 8 月 24 日发布”字样用圆括号括住放在标题的正下方。在语言上,第一条制定本办法的目的“提高公文处理工作的效率和公文质量”与“公文处理工作规范化、制度化、科学化”语义重复、啰嗦,可以去掉。

守 则

一、基本概念

1. 守则概念

守则是国家机关、人民团体、企事业单位为了维护公共利益,针对某项工作或本单位工作人员而制定的要求所属人员自觉遵守的约束性公文。它是用来规范个人行为的准则或道德规范的一种规章制度,要求有关人员必须遵守。如:《大学生守则》、《职工守则》。

2. 守则特点

(1) 内容上的基本性

守则是对一定范围内的有关人员行为的规范,侧重于倡导、教育。因此在制定守则时,一般不对相关对象的具体行为提出要求,而多从大处着眼加以规范。如从对祖国的热爱、对国家法律法规的遵守、社会成员的工作职责、学习要求到优秀道德品质的树立等行为、态度进行规范,针对的是相关对象的基本行为。守则的制定,可以由有关人员或知名人士先行草拟,自觉遵守,再作倡议,并建议推广。

(2) 篇幅上的精悍性

守则篇幅短小,条文少,内容安排一般以从原则到具体、从一般到特殊、从主要到次要为顺序。

(3) 句式上的整齐性

守则常用排列整齐的短句,如汉语中的四字句,注重语言的行业特点,注意简明通俗,好懂易记。

(4) 执行上的针对性

守则的针对性较强。它具有约束性和规范性的特点,但不具备直接的法律制约作用。

二、写作方法

1. 标题

一般由适用范围和文种构成。如《国家工作人员守则》、《中学生守则》、《全国职工守则》等。

2. 正文

由总则、分则、附则组成。

(1) 总则 总则包括制定守则指导思想、目的、意义等项内容。最后一般注有"制定本规则"字样,以引出下面条款。

(2) 分则 分则是规范项目,要求条目清晰,逻辑严密,表述准确、精练。

(3) 附则 附则是对执行要求的说明。

对于内容比较单一的守则,全文可直接采用分条式结构方式。

三、范文分析

职工守则

根据《中华人民共和国劳动法》及国务院《企业职工奖惩条例》的有关规定,结合企业实际，制定公司劳动纪律。与企业形成劳动关系的职工，在享有劳动权利的同时，应当履行劳动义务，必须遵守公司的各项规章制度。

一、遵守国家的政策、法律、法令及行政法规，遵守企业的各项规章制度，自觉维护公司的正常工作秩序、生产秩序和管理秩序。

二、服从企业的领导、管理和教育，服从企业因生产工作需要而进行的工作安排和组织调动，接受企业为提高员工素质而进行的各种教育。

三、遵守企业制定的工时制度，严格遵守考勤制度，不迟到、不早退、按规定请销假，提高出勤率，司售人员服从调度命令，调度服从公司指令。严格遵守工作时间，坚守岗位，不做与生产、工作无关的事情。充分利用工作时间，提高工时利用率。在工作时间内努力完成或超额完成生产任务，并保证优质服务，安全行车，节约燃、材料，降低成本。

四、在劳动过程中必须严格遵守劳动安全卫生、生产工艺，操作规程和工作规范，正确使用劳动保护用品，保证安全生产、严禁违章作业和违章指挥。

五、职工必须依法参加社会保险，应按国家和北京市社会保险的有关规定缴纳养老、失业和大病医疗统筹及其他社会保险费用。

六、爱护企业财产，自觉维护和保养好企业的一切设备和设施，正确使用和维护车辆和各种机具设备，专人使用的机器和设备未经领导指派，其他人一律不准擅自操作、动用。

七、认真执行职工守则，遵守职业道德。严禁利用工作之便，以权谋私、以职谋私、损公肥私以及贪污票款等损害企业利益的行为发生。

八、树立主人翁责任感。自觉维护企业名誉和利益，保守企业的商业秘密、技术信息和经营策略，为企业的生存与发展献计献策。

九、必须履行劳动合同规定的期限。劳动合同尚未解除前，不得与其他用人单位订立劳动合同，发生事实劳动关系。一经发现，追究其法律责任，令其承担赔偿责任并追究用人单位连带赔偿责任。如实填写《职工登记表》，不得采取欺骗手段，隐瞒本人的真实情况，达到签订劳动合同的目的。出现上述情况，除依法解除劳动合同外，造成的一切后果由本人自负。

十、职工违反企业的各项规章制度，经批评教育不改者，企业将依照有关规章制度，根据情节轻重给予行政处分及经济处罚，直至解除劳动合同。

【范文分析】

本守则是针对职工而制定的约束性公文。标题是由适用对象加文种构成。正文在结构上采用绪言条文式结构形式。绪言部分主要说明制定本守则的法律依据。从第一条开始，由原则到具体地规定了职工所要遵守的条款。职工守则是一种工作职责、行为职责，要求成员自觉遵守，所以条款中叙述的语句一般有“自觉遵守”字样。如第一条，“自觉维护公司的正常秩序……”，第六条“自觉维护和保养好企业的一切设备和设施……”，第八条“自觉维护企业名誉和利益……”等。当然，也有一些是必须要求职工照此执行的，如第三条“严格遵守考勤制度……严格遵守工作时间……”，第四条“必须严格遵守劳动安全卫生……”，第七条“严禁利用工作之便……”等。

四、病文诊断

法学院守则

根据学校的有关规章制度制定本规则。

第一条 法学院全体教职员工应当模范遵守校、院各项规章制度，自愿维护学院的声誉和团结，以饱满的热情，良好的风貌，严谨的作风，踏实的态度投入工作。以下各条禁止性规定仅为教职工工作规范的最低标准。

第二条 坐班人员不得迟到、早退、因私离岗，因公外出需向办公室报告。非坐班人员按时上下课，周例会及其他校、院组织的集体活动不得无故缺席、迟到早退。

第三条 工作时间应当衣着整洁、举止端庄，接待办事学生、客人应当热情主动、和蔼礼貌，实行首接责任制，请不要无故推托。

第四条 认真完成院、室、所交办的各项工作，按时交报各种材料，及时准确地传达各项通知及会议精神，对于无故拒绝、消极怠工或滞怠传达影响工作者，视为没有完成工作任务。

第五条 一日以内请假，由办公室主任批准；一日以上或离开市内的请假，由院长批准。周例会日请假或教师在任课日请假，视为请假5日。

第六条 对于违反以上义务性规定者，学院将给予处分。

法学院

2003年11月7日

【病文诊断】

本守则标题缺乏适用范围，由下面条款可知，这是一则约束教职工工作职责、行为规范的守则，所以标题应改为"法学院教职工守则"；本守则采用的是绪言条文式结构，但绪言部分缺乏制定该守则的目的，所以应加上"为了圆满完成学院各项工作任务，树立良好的院风，促进学院各项事业的持续发展"字样；该守则是要求法学院内部职工自觉遵守或必须遵守的，所以多用命令肯定的语气，而不是委婉、协商的语气。第一条"自愿维护学院的声誉……"应改成"自觉维护学院的声誉…… "，第三条"……请不要无故推托" 应改成"……不得无故推托"。守则尽管是对适用对象基本行为从大处着眼加以规范，但是对一些违反守则的行为要注明清楚处罚的方式，所以第六条"学院将给予处分"不明确，应改成"视情节和态度给予批评、扣发职务津贴或奖金的部分或全部、建议解聘或辞退等处分"；守则正文最后一般还要说明守则的解释权限、生效日期等。所以要加上第七条"本守则经法学院教职工大会通过后生效。由院务委员会负责解释"。

公　约

一、基本概念

1. 公约概念

公约是机关、单位或人民群众为了维护公共利益或工作、学习、劳动纪律，经过集体讨论商定的大家必须共同遵守的条文。它一般由参与者自行约定，自觉遵守。如：《卫生公约》、《村民公约》等。这里分两种情况。一种是由上级或社会团体制订的，不必经过群众讨论通过，就可以公之于众；另一种是必须经过群众讨论通过，并写成具体条文后，才能公布。

一般来说，公约有国际公约和国内公约两种情况。国际公约是指国与国之间，经过谈判达成协议而制订的并需要双方或多方共同遵守的议定书或条约。这种公约，关系到国际政治、经济、文化、教育、卫生、技术或法律等方面事宜的双边或多边条约。国内公约是指国内各社会团体或民间组织所制订的公约。这种公约，是社会公民或单位工作人员所必须共同遵守的。它的目的，是为了维护社会安定，贯彻党和国家的政策，保证学习、生产和工作任务的顺利完成，更好地为社会主义建设事业服务。

国内公约与国际公约在内容和条文上，有联系也有区别。联系是，两种公约都是大家所要遵守的，并且在结构上，也大体相同。其区别是，国内各单位和社会团体所订立的公约，其内容都是有关学习、工作、社会公德与军民关系等方面的东西，而国际公约则多是有关战争与和平、政治与经济等方面的内容。在写作上，国内公约与国际公约也有显著不同。国内各单位所订立的各项公约，内容单一，分项书写，文字简单明了。国际公约除了这些特点之外，本身还具有很强的政治、军事的性质，内容和项目也比较繁多。

公约与守则相比，两者都是为了特定的目的、维护共同的利益而要求人人遵守的行为准则，具有广泛的群众基础，其篇章都较为简单，写法也大体相似。但公约多用于公共事业方面的道德和行为规范，而守则除用于规定各行各业人们的道德和行为规范之外，还往往用于具体操作规范。并且公约多是一定范围或行业的社会成员自行倡议制订并自觉共同遵守，而守则一般由主管机关或部门制定，要求所属成员必须严格遵守。

2. 公约特点

（1）内容单一，文辞简约

国内各单位所制订的公约，内容都是比较单一的，每份文件只写一事，很少有一文二事或二事以上的文书。这些公约在写作上，无论是全文还是条款，都比较简短（长者五六百字，短者一两百字）、明确、具体，便于记忆、执行和检查。一些贴在公共场所的小公约，更加简短。

（2）集体讨论，共同遵守

一般情况下，各单位所制订的公约，无论村民公约，还是街道公约，或者服务公约、学习公约、爱国卫生公约、拥军优属公约等等，群众性都是很强的，所以制订前要充分酝酿，广泛讨论，避免由少数人包办代替。它要求单位所有成员和社会公众共同遵守，身体力行，绝无例外。

（3）平等共建，互相尊重

有时，国内公约涉及双方或多方团体组织，国际公约涉及两国或多国方面。例如军队与群众订立的拥军优属公约、爱民公约、军民共建卫生城市公约，日内瓦国际公约等。这种公约，要求双方或多方共同遵守，共同执行，任何一方都不能以任何借口、任何方式予以破坏。制订这种公约时就要注意言词分寸和语气，要体现出平等尊重的精神。并且在执行时，随着客观形势的变化，应及时修订。

3. 公约类型

（1）国别分类法

公约按国别分，有国内公约与国际公约。

（2）性质分类法

公约按性质分，有城市人民文明公约、乡规民约和职业公约等。

（3）内容分类法

公约按内容分，有服务公约、爱国卫生公约、拥军优属公约、学习公约、护林公约等。

（4）形式分类法

公约按写作形式分，可分为散体公约和韵体公约。

二、写作方法

公约一般由以下几个部分构成。

1. 标题

公约标题常见的有两种类型。

(1) 适用范围＋文种

这种标题直接标明公约的适用范围和文种，如《计划生育公约》、《爱国卫生公约》等，

(2) 制发单位＋适用范围＋文种

这种标题是在第一类标题前面加上制发单位，如《盐城市市民文明公约》、《盐城市拥军优属公约》等。

2. 制订缘由

开头一段说明制订公约的目的、意义，写得简明扼要。有的公约省略此项。

3. 公约主体

这是公约的核心部分，用来反映公约的内容。要明确地交代清楚对象应该遵守的行为规范和道德规范，应该做什么、反对做什么，要写得明晰可见。在内容阐述上要注意讲求针对性，而且要力求具体。语言要做到通俗易懂。如果采用韵文形式来写，其句式、字数应整齐匀称，合辙押韵，易读易记。如《首都市民文明公约》的主体部分。

4. 结尾

这是公约的结束语，一般说明贯彻执行的措施和办法，也有省去此项的。

5. 签署

在结尾右下方，写上制订公约的单位、名称和日期。

三、范文分析

中国互联网行业自律公约

第一章　总　　则

第一条　遵照“积极发展、加强管理、趋利避害、为我所用”的基本方针，为建立我国互联网行业自律机制，规范行业从业者行为，依法促进和保障互联网行业健康发展，制订本公约。

第二条　本公约所称互联网行业是指从事互联网运行服务、应用服务、信息服务、网络产品和网络信息资源的开发、生产以及其他与互联网有关的科研、教育、服务等活动的行业的总称。

第三条　互联网行业自律的基本原则是爱国、守法、公平、诚信。

第四条　倡议全行业从业者加入本公约，从维护国家和全行业整体利益的高度出发，积极推进行业自律，创造良好的行业发展环境。

第五条　中国互联网协会作为本公约的执行机构，负责组织实施本公约。

第二章　自 律 条 款

第六条　自觉遵守国家有关互联网发展和管理的法律、法规和政策，大力弘扬中华民族优秀文化传统和社会主义精神文明的道德准则，积极推动互联网行业的职业道德建设。

第七条　鼓励、支持开展合法、公平、有序的行业竞争，反对采用不正当手段进行行业内竞争。

第八条　自觉维护消费者的合法权益，保守用户信息秘密；不利用用户提供的信息从事任何与向用户作出的承诺无关的活动，不利用技术或其他优势侵犯消费者或用户的合法权益。

第九条　互联网信息服务者应自觉遵守国家有关互联网信息服务管理的规定，自觉履行互联网信息服务的自律义务：

（一）不制作、发布或传播危害国家安全、危害社会稳定、违反法律法规以及迷信、淫秽等有害信息，依法对用户在本网站上发布的信息进行监督，及时清除有害信息；

（二）不链接含有有害信息的网站，确保网络信息内容的合法、健康；

（三）制作、发布或传播网络信息，要遵守有关保护知识产权的法律、法规；

（四）引导广大用户文明使用网络，增强网络道德意识，自觉抵制有害信息的传播。

……

第三章　公约的执行

第十九条　中国互联网协会负责组织实施本公约，负责向公约成员单位传递互联网行业管理的法规、政策及行业自律信息，及时向政府主管部门反映成员单位的意愿和要求，维护成员单位的正当利益，组织实施互联网行业自律，并对成员单位遵守本公约的情况进行督促检查。

第二十条　本公约成员单位应充分尊重并自觉履行本公约的各项自律原则。

第二十一条　公约成员之间发生争议时，争议各方应本着互谅互让的原则争取以协商的方式解决争议，也可以请求公约执行机构进行调解，自觉维护行业团结，维护行业整体利益。

第二十二条　本公约成员单位违反本公约的，任何其他成员单位均有权及时向公约执行机构进行检举，要求公约执行机构进行调查；公约执行机构也可以直接进行调查，并将调查结果向全体成员单位公布。

第二十三条　公约成员单位违反本公约，造成不良影响，经查证属实的，由公约执行机构视不同情况给予在公约成员单位内部通报或取消公约成员资格的处理。

第二十四条　本公约所有成员单位均有权对公约执行机构执行本公约的合法性和公正性进行监督，有权向执行机构的主管部门检举公约执行机构或其工作人员违反本公约的行为。

第二十五条　本公约执行机构及成员单位在实施和履行本公约过程中必须遵守国家有关法律、法规。

第四章　附　　则

第二十六条　本公约经公约发起单位法定代表人或其委托的代表签字后生效，并在生效后的30日内由中国互联网协会向社会公布。

第二十七条　本公约生效期间，经公约执行机构或本公约十分之一以上成员单位提议，并经三分之二以上成员单位同意，可以对本公约进行修改。

第二十八条　我国互联网行业从业者接受本公约的自律规则，均可以申请加入本公约；本公约成员单位也可以退出本公约，并通知公约执行机构；公约执行机构定期公布加入及退出本公约的单位名单。

第二十九条　本公约成员单位可以在本公约之下发起制订各分支行业的自律协议，经公约成员单位同意后，作为本公约的附件公布实施。

第三十条　本公约由中国互联网协会负责解释。

第三十一条　本公约自公布之日起施行。

【范文分析】

这是一份自律公约，标题由三个部分组成：制发单位、公约内容及文种。在总则部分，第一条交代了制订公约的目的，并用"制订本条约"字样引起下面条款，其他条款说明了互联网行业自律的基本原则以及公约的执行机构等。分则采用章条式结构，章后面都有小标题，第二章为"自律条款"，第三章为"公约的执行"，章下设条，眉目清楚。附则部分交代了实施说明、修改办法、加入或退出本公约说明、解释权限、生效日期等。

从语言上看，该公约是自律公约，尽管"一律不准"、"不得"、"必须"之类的命令口气较少，但也有一些倡议加入公约者自觉遵守的措辞，如表肯定的"应"、"自觉"、"要"、"可以"等，表否定的"不"、"反对"等。

四、病文诊断

公　约

接待顾客　　周到热情
问明情况　　记录详细
本职范围　　当场解答
复杂问题　　及时答复
第一受理　　责任不推
有问而来　　满意回去

【病文诊断】

该文是一篇韵体公约。但"公约"一般不单独作为标题，从正文内容来看，这是一个服务公约，所以标题可改为"中国电信服务公约"，全文虽篇幅精短，但韵体公约要求语句对仗，合辙押韵，所以"详细"可改为"详尽"，"及时答复"可改为"及时转答"，"满意回去"可改为"满意而归"。经过修改以后，这短短的 6 条 48 个字，既凝聚了中国电信以顾客为本的美好心愿，以及努力提高服务品质的信心和决心，也让顾客易懂易记，加深了对该公司的美好印象。经过修改后如下：

中国电信服务公约

接待顾客　　周到热情
问明情况　　记录详尽
本职范围　　当场解答
复杂问题　　及时转答
第一受理　　责任不推
有问而来　　满意而归

能力训练

一、判断题

1. 公约的结构一般包括总则、分则、附则三个部分。　　（　　）
2. 公约与守则，都在一定范围内为工作人员和社会成员规定道德规范和行为准则。　　（　　）

3. 规定与公约，都要经过群众讨论通过。 （ ）

4. 办法主要有内容的具体性、使用的广泛性、行文的依附性等特点。 （ ）

二、问答题

1. 办法与条例、规定是既有联系又有区别的一组概念，请试作分析。

2. 办法正文由哪几部分组成？常用哪些写法？

3. 守则的写作包括哪几个部分？每部分各有什么要求？

4. 公约与守则有什么不同？

5. 公约有哪些分类标准？国内公约与国际公约有何异同？

第三节 章程 条例 制度

章 程

一、基本概念

1. 章程概念

章程是一个政党、团体或公司企业、学术组织对其性质、任务、纲领、宗旨、组织机构、组成人员、组织原则、行为纲领、权利义务等作出规定，要求本组织成员共同遵守以求统一思想言行的规范性文书。它是规范其全体成员行为、思想的准则。如《中国共产党章程》、《中华全国归国华侨联合会章程》等。

章程一般由组织或团体的最高代表大会讨论通过后才可颁布，从而成为该组织或团体的纲领和行为准则，对其组织范围内的所有成员具有约束力和规范的作用。凡是正规的党派、社会团体、公司企业、学术组织一般都有自己的章程，以统一组织思想行为，保证本组织的各项活动正常开展。章程可分为组织章程和业务章程。

2. 章程特点

(1) 纲领性

章程一经组织(团体)最高代表大会通过，就成为该组织(团体)的思想准则和行为规范。组织下的任何单位、个人都必须按章程的规定来规范自己的思想、行为，按章办事。章程的各项规定，就成为组织(团体)成员行动的纲领、工作的指南。如果违背了章程的规定，就会受到相应的组织(团体)纪律处分。如党员违背党章的规定，就会受到党纪处分。在所有规章制度中章程的规范性和约束力是最强的，如果本组织(团体)其他规章制度的规定与章程有不一致的地方，要以章程的规定为准，可作出修改，使它符合章程的纲领性规定。

(2) 共识性

章程的制定和修改必须广泛征求组织成员的意见，反复讨论、综合、修改，达成共识，并组织最高代表大会按程序表决通过，它要体现组织全体成员的愿望、理想、意志和要求，体现全体成员的共同利益。所以，章程必须建立在组织成员共识的基础上，才能得到组织成员的认同，成为行动的纲领，甚至成为奋斗的理想。没有达成共识，具有不同意见的内容，不能成为章程的规定。

(3) 稳定性

章程由于是人们的行为准则和组织纲领，就必须要相对稳定，不能朝令夕改，让人们无所适从。一个成熟的章程应实行数年、甚至数十年。章程如果要补充或者修订，必须经组织的代表大会，经过充分讨论并通过，才能实施。

二、写作方法

章程一般包括标题、生效标识、正文三个部分。

1. 标题

章程的标题常用的有两种形式：一种是由组织或机构名称加文种名称构成。如《中国共产党章程》、《中国共产党技术协会章程》；另一种由发文机关、事由、文种三要素构成。如《中国银行外币存款章程》。这种用法多属业务类的规范章程。如果章程还没有得到有关会议的通过或批准，需要经过试行征求意见，可在标题后面加"草案"二字，并用圆括号标注。如《××××有限公司章程(草案)》。

2. 生效标识

章程通常要由会议通过才能生效，所以在标题下方应加上生效标识，即将章程通过的日期、通过的会议名称标识在标题下面，并加圆括号居中。

3. 正文

章程的正文结构一般采用章条式结构或分条式结构。

(1) 章条式结构

章条式结构运用于内容较多、篇幅较长的章程，全文分若干章，每章分若干条。例如：《中国消费者协会章程》(第三届理事会通过)在总则之外就有6章20条，实行的是"章断条连"的办法。

一般由总则、分则、附则三部分组成。

① 总则 总则一般为第一章，下分若干条。主要说明其性质、宗旨、目的、任务等内容。

② 分则 分则是章程的主体部分，由若干章组成，每章一般都有小标题，章下面又有若干条款，主要写明组织原则、成员条件、组织纪律、权利义务等内容。虽然各章相互独立，但在顺序上要有一定的逻辑联系。

③ 附则 附则往往是章程最后一章，其内容主要为明确解释权、修订权、生效日期、实施要求等。也有一些章程没有附则。

(2) 分条式结构

分条式结构适用于内容较单一、篇幅较短的章程。正文不分章，直接以条款顺序贯穿正文始终。如《曾宪梓教育基金会章程》，全文共有六条，一开始便依顺序排列。文中不分章，也不用总则、分则、附则标注。

三、范文分析

中国消费者协会章程

第一章 总 则

第一条 本会名称：中国消费者协会，英文名称：CHINA CONSUMERS' ASSOCIATION(英文缩写为CCA)。

第二条 中国消费者协会是由国家法律确认、国务院批准成立的保护消费者合法权益的全国性社会团体。

本会实行理事会制度，由国家各有关部门，各有关人民团体（社会团体），各有关新闻媒介，各省、自治区、直辖市及副省级市消费者协会（委员会）组织推举的理事组成。

本会遵守宪法、法律、法规和国家政策，遵守社会道德风尚。

第三条 中国消费者协会的宗旨是：依据国家有关法律法规，对商品和服务进行社会监督，保护消费者的合法权益，引导消费者合理、科学消费，促进社会主义市场经济健康发展。

第四条 国家工商行政管理总局是本会的业务主管单位；本会接受国家工商行政管理总局、民政部的业务指导和监督管理。

第五条 根据《中华人民共和国消费者权益保护法》，中国消费者协会积极保护消费者享有的九项权利。

(1) 消费者在购买、使用商品和接受服务时享有人身、财产安全不受损害的权利。

消费者有权要求经营者提供的商品和服务，符合保障人身、财产安全的要求。

(2) 消费者享有知悉其购买、使用的商品或者接受的服务的真实情况的权利。

消费者有权根据商品或者服务的不同情况，要求经营者提供商品的价格、产地、生产者、用途、性能、规格、等级、主要成分、生产日期、有效期限、检验合格证明、使用方法说明书、售后服务，或者服务的内容、规格、费用等有关情况。

(3) 消费者享有自主选择商品或者服务的权利。

消费者有权自主选择提供商品或者服务的经营者，自主选择商品品种或者服务方式，自主决定购买或者不购买任何一种商品、接受或者不接受任何一项服务。

消费者在自主选择商品或者服务时，有权进行比较、鉴别和挑选。

(4) 消费者享有公平交易的权利。

消费者在购买商品或者接受服务时，有权获得质量保障、价格合理、计量正确等公平交易条件，有权拒绝经营者的强制交易行为。

(5) 消费者购买、使用商品或者接受服务受到人身、财产损害的，享有依法获得赔偿的权利。

(6) 消费者享有依法成立维护自身合法权益的社会团体的权利。

(7) 消费者享有获得有关消费和消费者权益保护方面的知识的权利。

消费者应当努力掌握所需商品或者服务的知识和使用技能，正确使用商品，提高自我保护意识。

(8) 消费者在购买、使用商品和接受服务时，享有其人格尊严、民族风俗习惯得到尊重的权利。

(9) 消费者享有对商品和服务以及保护消费者权益工作进行监督的权利。

消费者有权检举、控告侵害消费者权益的行为和国家机关及其工作人员在保护消费者权益工作中的违法失职行为，有权对保护消费者权益的工作提出批评、建议。

第六条 中国消费者协会在工作中与国家有关部门保持密切的联系，并得到他们的支持。

第二章 职 能

第七条 中国消费者协会依照《中华人民共和国消费者权益保护法》履行下列职能：

(1) 向消费者提供消费信息和咨询服务；

(2) 参与有关行政部门对商品和服务的监督、检查;

(3) 就有关消费者合法权益的问题,向有关行政部门反映、查询、提出建议;

(4) 受理消费者的投诉,并对投诉事项进行调查、调解;

(5) 投诉事项涉及商品和服务质量问题的,可以提请鉴定部门鉴定,鉴定部门应当告知鉴定结论;

(6) 就损害消费者合法权益的行为,支持受损害的消费者提起诉讼;

(7) 对损害消费者合法权益的行为,通过大众传播媒介予以揭露、批评。

本会不从事商品经营和盈利性服务,不以牟利为目的向社会推荐商品和服务。

第三章 组织机构和负责人(略)

第四章 资金管理(略)

第五章 章程的修改程序

第二十八条 本会章程的修改,须经常务理事会表决通过后报理事会审议。

第二十九条 本会修改的章程,须在理事会通过后 15 日内,经国家工商行政管理总局审查同意,并报社团登记管理机关核准后生效。

第六章 章程的终止程序

第三十条 本会终止动议须经理事会表决通过,国家工商行政管理总局审查同意,并对资产进行清理审核后,向民政部办理注销登记。

第三十一条 本会经国家民政部办理注销登记后即为终止。

第七章 附 则

第三十二条 本章程经 2001 年 11 月 16 日理事大会表决通过。

第三十三条 本章程的解释权属中国消费者协会。

第三十四条 本章程自国家民政部核准之日起生效。

(材料来源:http://finance.sina.com.cn 2006 年 02 月 19 日 19:20 中国消费者协会)

【范文分析】

本章程采用章条式结构,共七章三十四条,有的条下还有若干款,这样条款清楚,排列有序,内容具体,可操作性强。

第一章为总则,说明了协会的名称、性质、宗旨、业务主管单位、会员权利等。从第二章开始依次对章程的职能、组织机构和负责人、资金管理、修改程序、终止程序作了表述。附则部分对章程的通过机关和通过日期、解释权限、生效日期作了补充说明。

章程应使用公文事务语体,该章程的语言具有明确性、简要性、程式性等特征。例如第一章第五条对"中国消费者协会积极保护消费者享有的九项权利"作准确、规范的说明,用了"有权"、"享有"等庄重严肃的肯定词,如第五条第一款"消费者在购买、使用商品和接受服务时享有人身、财产安全不受损害的权利"、第四款"消费者在购买商品或者接受服务时,有权获得质量保障、价格合理、计量正确等公平交易条件,有权拒绝经营者的强制交易行为"。另外本章程应用了一些固定用语和专门术语。如附则里的生效日期用了文言句式"自……之日起生效";总则第五条第二款对消费者有权要求经营者提供的"商品价格、产地、生产者、用途、性能、规格、等级、主要成分、生产日期、有效期限、检验合格证明、使用方法说明书、售后服务,或者服务的内容、规格、费用等"都使用了关于商品领域的术语。

四、病文诊断

××市女检察官协会章程

一、团结本市女检察官，以建设有中国特色社会主义的理论为指导，坚持四项基本原则，坚持改革开放，为完善我市的检察制度，加强社会主义民主法制建设，促进经济发展和社会进步贡献力量。

二、为了实现上面的目标，我们制订了本章程。

二、组织女检察官结合检察工作实际进行调查研究，为检察工作适应社会主义市场经济献计献策。

三、以维护妇女儿童合法权益为重点，开展法律咨询和法制宣传活动。

四、推动、支持女检察官依法履行职务，反映女检察官的意见和呼声，关心女检察官的生活。

五、大力宣传、表彰女检察官先进事迹，总结、推广女检察官的工作经验，培养优秀的女检察官。

六、与各级妇联组织、其他行业妇女组织建立广泛联系，开展各种适合妇女特点的联谊活动，为搞好妇女工作提出建议。

七、组织、推动与台港澳地区和全国的女检察官及有关妇女组织、妇女界友好人士之间的民间往来活动。

八、本会会址设在×××。

九、本会终止活动，须经理事会三分之二的理事提出，并由全市会员代表大会通过，经原审批机关批准。

十、本会章程的制订和修改，须经全体会员代表大会三分之二代表通过后生效。章程由常务理事会负责解释。

十一、本章程从发布的日期开始生效。

【病文诊断】

本章程应属组织章程，涉及政策、领导、组织机构、成员权利和义务等范围，内容丰富。但病文采用分条式结构，条下又未设款，内容显得既太简单又比较杂乱。

另外，口语化的语句太多，显得不够庄重和权威，例如第二条“为了实现上面的目标，我们制订了本章程”。在需要用文言句式的地方未使用，如：第十一条应改为“本章程自颁布之日起生效”。另外在数字的表述上不符合公文事务语体的要求。如第九条“须经理事会三分之二的理事提出”应改成“须经理事会三分之二以上的理事提出”，第十条“三分之二”也应改成“三分之二以上”。

条 例

一、基本概念

1. 条例概念

条例是国家领导机关制定或批准的，有关政治、经济、文化、教育等方面的某些规定事项，或者规定某个机关和组织的职权以及某些专门人员的任务和权限的指令性文书。如《国家建设征用土地条例》、《学位工作条例》、《会计人员职权条例》等。

从制定使用者和发布途径来看，条例既可以是最高党政机关及地方立法机关制定和使用，国务院也可以使用。条例首先是最高党政机关及地方立法机关用以对机关、组织、职权、行政工作及重大事项等作出具体原则、规定的法规性公文。条例是党内机关公文，《中国共产党机关公文处理条例》规定：条例"用于党的中央组织制定规范党组织的工作、活动和党员行为的规章制度"。这种条例是直接在标题与正文之间说明何时何种会议通过或批准和发布日期，直接发布。国家行政机关没有把条例引入法定公文。但国务院在制定一些重要的行政法规时，也经常使用条例这个文种，如《中华人民共和国居民身份证条例》、《建设工作质量管理条例》等。行政公文中的条例，一般不独立发布，而是由国务院用命令（令）或通知的文种予以发布，而将条例本身作为附件。如由国务院令第 112 号发布的《股票发行与交易管理暂行条例》，而党中央发布的条例都是直接独立发布。有时条例也可由有关部、委制定，经国务院批准后发布。有的条例涉及范围广，属于重大行政措施，要经过全国人大常务委员会讨论通过，并以中华人民共和国主席令的方式发布。

从内容上来看，主要用于规定长期实行的调整国家经济、文化、教育等领域中某些准则，或用于规定某个机关的组织和职权，也可以是规定某些专门人员的职责和权限。

从法律效力来看，条例是根据宪法和法律由法定机关通过法定程序制定的、有一定的法律效力和用条文行文等特点。如：《××市劳动力市场管理条例》。条例发布后，在执行范围内具有强制遵循和执行的权威性与效力。省、市、自治区级机关不使用这种文体。

2. 条例特点

（1）发文机关严格

条例的发文机关有严格的权限规定。条例是党和政府最高领导机关和地方立法机关使用的一种公文，其他机关、单位不得任意制定发布。《中国共产党机关公文处理条例》规定，只有党的中央组织才能制发条例，党中央以下的组织不能制发。《行政法规制定程序暂行条例》规定，国务院各部门和地方人民政府制定规章不得使用条例。

（2）内容权威规范

条例是对某一法规政策作出全面、系统的阐释、补充和规定，是法律和国家方针政策的具体体现和扩展，本身就具有法律性和权威性，它对具体执行某一法律提供了可操作的规范措施，具有很强的规定性和约束力，一经发布，每个人都必须遵照执行，否则，就会受到相关法规和规章的处罚。

（3）格式分章列条

格式的条款化是条例的结构特点。条例的内容常常是运用分条款的结构方式表现出来的，一篇条例分若干章，每章下面分若干条款。这种结构方式，是为其内容服务的，使法规的表述富有条理性、可操作性，也便于查找利用不同条款来规范、解释、证明人们的行为。

3. 条例类型

可分为三类：

（1）党内机关条例

党内机关条例是中国共产党中央委员会制定发布的，用来规范党组织的工作、活动和党员行为使用的一切条例都属于此类，如《中国共产党机关公文处理条例》、《中国共产党党内监督条例（试行）》（2004 年 2 月 17 日发布）。

(2) 国家行政条例

国家行政条例是国务院依据宪法和法律对某些方面的工作作出全面、系统的规定，是国家机关为了控制和调整国家公共事务作出全面、系统的规定，是国家机关为了控制和调整国家公共事务作出的规范或准则所使用的立法性手段，涉及国家的政治、经济、文化、教育、外交等领域的重要工作或者长期性、经常的工作。如《中华人民共和国自然保护区条例》、《公共场所卫生管理条例》、《中华人民共和国学位条例》。

(3) 地方条例

地方条例是地方立法机关(地方人大常务委员会)根据所辖地区的实际情况和立法需求，依照法律和国家有关政策所制定的法规。它是对某些法律、政策的补充性说明和辅助性规定，制定的条款、措施更具体、细致，更具可操作性，如《江苏省计划生育条例》。一般来说，地方条例只有省级权力机关和享有立法权的市级权力机关有权发布。如深圳市第三届人大常委会 2003 年 8 月 22 日通过的《深圳经济特区人体器官捐献移植条例》，是我国首部有关器官移植的地方法规。

二、写作方法

条例通常也是由标题、生效标识、正文几个部分构成的。

1. 标题

条例标题的格式一般为“事由＋文种”。如《股票发行与交易管理暂行条例》，也有由施行范围、事由和文种构成。如《中华人民共和国人民币管理条例》，施行范围是中华人民共和国，事由是人民币管理，文种是条例。

2. 生效标识

条例的发布机关和发布日期，或者通过条例的会议名称和日期要加括号置于标题下方。

生效标识即条例的发布日期或通过批准日期。标识在标题下面，标明该条例经何种会议通过，经谁发布，以及通过、实行情况，并用圆括号括住。具体标识有几种形式：

发布时间＋发布机关＋发布(批准)组成。如：

安全生产许可证条例

(2004 年 1 月 13 日中华人民共和国国务院令第 397 号发布)

通过(批准)日期＋发布日期组成。如：

突发公共卫生事件应急条例

(2003 年 5 月 7 日国务院第 7 次常务会议通过，
2003 年 5 月 9 日中华人民共和国国务院令第 376 号发布)

通过(批准)日期＋发布日期＋实行日期组成。如：

禁止传销条例

(2005 年 8 月 10 日国务院第 101 次常务会议通过，
2005 年 8 月 23 日中华人民共和国国务院令第 444 号发布，
自 2005 年 11 月 1 日起施行)

3. 正文

条例正文的格式一般采用条目式写法。具体写法有两种：一种是章断条连式（“章”、“条”两级写法，即每章包含若干条）；一种是分条列项式。

条例正文一般由总则、分则、附则三部分内容构成。总则是正文的缘由部分，分则是正文的规定部分，附则是正文的说明部分。

总则主要写明制发条例的缘由、目的和依据，条例的指导思想、基本原则、适用范围等基本内容。通常使用约定俗成的格式——“为了××××特制定条例”或“根据××××特制定本条例”。

总则一般独立成章，写成：“第一章　总则”，总则分若干条款。如《中华人民共和国人民币管理条例》第一章总则共分了六条，概述了条例的法律依据、适用范围、管理机构等情况。

分则是正文的规定内容，是条例的主体部分，必须写得明确、严密、周全（应当怎么做，不应当怎么做，令行禁止要写得十分明确，不能含糊其辞，模棱两可），如果是发布要实施的法规条款，这部分就要围绕法规条款，把实施的意见具体明确地写出来。如果是涉及职责权限的条例，就要对相关机构、组织、人员的性质、职能、权利义务，活动原则等作出明确规定，提出执行要求。分则一般用章和条款来表述，一则条例的分则分多少章，每章分多少条，没有明确规定，应根据内容多少而定。如《中华人民共和国人民币管理条例》的分则分为三章四十一条。而《中国共产党纪律处分条例（试行）》因内容涉及很多方面，分则共分为七章一百二十多条。分则一般不在文中标注。

附则是正文的说明部分，也是全文的结束部分。主要说明实施要求，生效日期，本条例解释权，修改权属，与原来文件的关系等内容，以及其他未尽事宜和处置办法。附则的内容也要按条款表述。

写明条例的解释权归谁，由哪个部门负责制定实施细则，还要写明条例的生效时间。生效时间一般是用文言词语，如“本条例自公布之日起施行”。使用“本”、“之”等文言词语，既简练又显得庄重。

条例的正文各条款的顺序应从总则贯通排列，以便于条例各条款的引用和执行。

三、范文分析

中华人民共和国国务院令第443号

《直销管理条例》已经2005年8月10日国务院第10次常务会议通过，现予公布，自2005年12月1日起施行。

总理　温家宝

二〇〇五年八月二十三日

直销管理条例

第一章　总　则

第一条　为规范直销行为，加强对直销活动的监管，防止欺诈，保护消费者的合法权益和社会公共利益，特制定本条例。

第二条　在中华人民共和国境内从事直销活动，应当遵守本条例。

直销产品的范围由国务院商务主管部门会同国务院工商行政管理部门根据直销业的发

展状况和消费者的需求确定、公布。

第三条　本条例所称直销，是指直销企业招募直销员，由直销员在固定营业场所之外直接向最终消费者(以下简称消费者)推销产品的经销方式。

本条例所称直销企业，是指依照本条例规定经批准采取直销方式销售产品的企业。

本条例所称直销员，是指在固定营业场所之外将产品直接推销给消费者的人员。

第四条　在中华人民共和国境内设立的企业(以下简称企业)，可以依照本条例规定申请成为以直销方式销售本企业生产的产品以及其母公司、控股公司生产产品的直销企业。

直销企业可以依法取得贸易权和分销权。

第五条　直销企业及其直销员从事直销活动，不得有欺骗、误导等宣传和推销行为。

第六条　国务院商务主管部门和工商行政管理部门依照其职责分工和本条例规定，负责对直销企业和直销员及其直销活动实施监督管理。

第二章　直销企业及其分支机构的设立和变更

第七条　申请成为直销企业，应当具备下列条件：

(一) 投资者具有良好的商业信誉，在提出申请前连续5年没有重大违法经营记录；外国投资者还应当有3年以上在中国境外从事直销活动的经验；

(二) 实缴注册资本不低于人民币8 000万元；

(三) 依照本条例规定在指定银行足额缴纳了保证金；

(四) 依照规定建立了信息报备和披露制度。

……

第三章　直销员的招募和培训

第十三条　直销企业及其分支机构可以招募直销员。直销企业及其分支机构以外的任何单位和个人不得招募直销员，直销员的合法推销活动不得以无照经营查处。

第十四条　直销企业及其分支机构不得发布宣传直销员销售报酬的广告，不得以缴纳费用或者购买商品作为成为直销员的条件。

第十五条　直销企业及其分支机构不得招募下列人员为直销员：

(一) 未满18周岁的人员；

(二) 无民事行为能力或者限制民事行为能力的人员；

(三) 全日制在校学生；

(四) 教师、医务人员、公务员和现役军人；

(五) 直销企业的正式员工；

(六) 境外人员；

(七) 法律、行政法规规定不得从事兼职的人员。

……

第四章　直销活动

第二十四条　直销企业至少应当按月支付直销员报酬。直销企业支付给直销员的报酬只能按照直销员本人直接向消费者销售产品的收入计算，报酬总额(包括佣金、奖金、各种形式的奖励以及其他经济利益等)不得超过直销员本人直接向消费者销售产品收入的30%。

……

第七章　法律责任

第三十九条　违反本条例第九条和第十条规定，未经批准从事直销活动的，由工商行政管理部门责令改正，没收直销产品和违法销售收入，处5万元以上30万元以下的罚款；情节严重的，处30万元以上50万元以下的罚款，并依法予以取缔；构成犯罪的，依法追究刑事责任。

第五十条 直销企业未依照有关规定进行信息报备和披露的，由工商行政管理部门责令限期改正，处10万元以下的罚款；情节严重的，处10万元以上30万元以下的罚款；拒不改正的，由国务院商务主管部门吊销其直销经营许可证。

第五十一条 直销企业违反本条例第五章有关规定的，由工商行政管理部门责令限期改正，处10万元以下的罚款；拒不改正的，处10万元以上30万元以下的罚款，由国务院商务主管部门吊销其直销经营许可证。

第五十二条 违反本条例的违法行为同时违反《禁止传销条例》的，依照《禁止传销条例》有关规定予以处罚。

第八章 附 则

第五十三条 直销企业拟成立直销企业协会等社团组织，应当经国务院商务主管部门批准，凭批准文件依法申请登记。

第五十四条 香港特别行政区、澳门特别行政区和台湾地区的投资者在境内投资建立直销企业，开展直销活动的，参照本条例有关外国投资者的规定办理。

第五十五条 本条例自2005年12月1日起施行。

（材料来源：《中华人民共和国〈直销管理条例〉》．法制出版社，2005）

【范文分析】

一般来说，条例的发布时间、发布单位、制定单位、制定时间等事项在行政机关命令（令）或通知中已有说明，条例正文中就不再加以说明。《直销管理条例》发布的时间、发布单位、制定单位、事项在中华人民共和国国务院令第443号中已有规定。当然，也有的条例在条例标题下用生效标识将发布时间、发布单位、制定单位、制定时间等事项单独加以写明。《直销管理条例》使用的是章条式写作方式，非常规范。全文共8章55条，可谓纲举目张，条理清晰。总则中写明了制定条例的缘由，解释了条例涉及的“直销”、“直销企业”、“直销员”等概念。分则中每一章都有小标题，章下按序列条，如第三章“直销员的招募和培训”下共有11条。分则写得明确、具体、严密，应当怎么做，不应当怎么做，没有含糊其辞。如第十五条有“可以”、“不得”、“未满”、“无”等表示判断的词语对直销企业不得招募哪些人员为直销员规定得十分具体明确。附则中对跟直销企业有关的直销企业协会、境外在境内设立的直销企业活动作了解释和补充说明。最后还注明了条例法定生效日期。

从总体上来看，《直销管理条例》有很强的可操作性，又公允严明，具有明显的强制性。作为规范性公文是很典型的。

四、病文诊断

条 例

第一条 为了严格规范安全生产条件，进一步加强安全生产监督管理，防止和减少生产安全事故，根据《中华人民共和国安全生产法》的有关规定，制定本条例。

第二条 国家对矿山企业、建筑施工企业和危险化学品、烟花爆竹、民用爆破器材生产企业（以下统称企业）实行安全生产许可制度。

……

第十九条 违反本条例规定，未取得安全生产许可证擅自进行生产的，责令停止生产，没收违法所得，并处10～50万元的罚款；造成重大事故或者其他严重后果，构成犯罪的，依法追究刑事责任。

第二十条 违反本条例规定，安全生产许可证有效期满未办理延期手续，继续进行生产的，责令停止生产，限期补办延期手续，没收违法所得，并处5～10万元左右的罚款；逾期仍不办理延期手续，继续进行生产的，依照本条例第十九条的规定处罚。

第二十一条 违反本条例规定，转让安全生产许可证的，没收违法所得，处10万元、50万元不等的罚款，并吊销其安全生产许可证；构成犯罪的，依法追究刑事责任；接受转让的，依照本条例第十九条的规定处罚。

冒用安全生产许可证或者使用伪造的安全生产许可证的，依照本条例第十九条的规定处罚。

第二十二条 本条例施行前已经进行生产的企业，应当自本条例施行之日起1年内，依照本条例的规定向安全生产许可证颁发管理机关申请办理安全生产许可证；逾期不办理安全生产许可证，或者经审查不符合本条例规定的安全生产条件，未取得安全生产许可证，继续进行生产的，依照本条例第十九条的规定处罚。

第二十三条 本条例规定的行政处罚，由安全生产许可证颁发管理机关决定。

第二十四条 本条例从公布日期开始施行。

【病文诊断】

从条例内容来看，该文不是党内机关使用的条例，而是行政公文中的条例，所以一般不独立发布，而应随国务院颁布的通知或命令(令)作为附件发布。病文缺少通知或命令之类文件。病文直接用“条例”作为标题不妥，结合正文内容，知道这是关于安全生产许可证的条例，所以标题可改成“安全生产许可证条例”。从条例语言要求来看，令行禁止，十分明确，有些语句有特殊的规定。第十九条“10～50万元”，第二十条“5～10万元左右”，第二十一条“10万元、50万元不等”要么含糊不明确，要么不符合特定要求。应分别改为“10万元以上50万元以下”、“5万元以上10万元以下”、“10万元以上50万元以下”。条例的生效时间一般是用“本”、“之”等文言词语，既简练又庄重。所以第二十四条“从公布日期开始施行”应改成“自公布之日起施行”。

制 度

一、基本概念

1. 制度概念

制度是国家、社会团体、企事业单位为了对某项工作和事项的管理制定的要求所属成员共同遵守的办事规程或行动准则。它是属于规章制度中的一种规章性文书。

与其他规章制度相比，制度的运用十分广泛，上至最高党政机关，下至基层单位均可使用。

2. 制度特点

(1) 明确的针对性

制度具有明确的针对性，从对象看，它主要是针对某些工作或某些事项的管理制度而制定的，是为了解决人们在管理中存在的问题而制定的。从制定的内容看，它必须明确、具体、周密、具有操作性，极少一般化、原则化，都具有明确的针对性，这就有利于人们去理解和执行。

(2) 规范性和约束性

制度由于涉及一些具体工作和事项的执行规定，所以制度一经发布，就成为人们从事这一工作或事项的行为准则和依据，规范着他们该做什么，不该做什么，以及违背了这些制度将受到什么样的处罚，产生什么样的后果。因此，必然对人们的行为产生约束、指导的作用。而这种规范、约束作用有利于岗位责任制度化、管理方法的科学化，减少管理的随意性，使管理工作有章可循，有法可依。

制度虽然不如条例、规定那样具有法令性，但也有很强的政策性和约束力。如学习制度、财务制度、考勤制度、会议制度、岗位责任制度等等，对于明确责任、严格纪律、加强管理、搞好工作，都具有约束作用，要求有关人员按照规矩办事，不能随心所欲。

不论什么社会，生产越发展，越是集体化，它的规章制度就越显得重要，所触及的范围也越来越广泛。经过概括集中后，规章制度代表了大家的意志和要求，体现了个人和集体、集体和国家的根本利益。因此，一经制定，人们就不能按照个人的意志任意违反。

制度在一定范围内具有强制力和约束性，是明确职责、严格纪律、加强管理的有效保证。制度一经发布，就成为这一工作和范围的所有人员必须遵守的行为准则和依据。许多部门、单位都有自己制定的制度。如《学习制度》、《考勤制度》、《门卫制度》、《值班制度》、《会议制度》等制度。

(3) 条文性和明晰性

制度的篇幅虽然不长，但一般都以条文的形式列写，而且文字简洁、明确，没有歧义。因此，它常张贴在大门口或办公室的显著位置上，让人们知道，以便共同遵守。

二、写作方法

1. 标题

制度的标题一般有两种形式：一种是由发文单位、适用范围、文种构成。如《盐城师范学院财政制度》，其中发文单位为"盐城师范学院"，适用范围为"财政"，表明这个制度是适用于财政方面的，文种为"制度"。再如《××公司岗位责任制度》等。另一种是直接由适用范围和文种构成。如《仓库管理制度》、《岗位培训制度》、《工作制度》、《企业会计制度》、《值班制度》等。

2. 生效标识

制度的制发单位和日期一般标识在标题的下方，用圆括号括住居中。

3. 正文

制度正文部分一般采用绪言条款式结构。

(1) 绪言

说明制定制度的目的、指导思想、依据、原则、适用范围等。

(2) 主体

这是制度的核心部分。一般采用分条款列写，逐一具体说明工作程序和对有关人员的行为规定。

(3) 实施说明

主要是关于执行该制度的一些说明。

4. **落款**

如果正文标题下方未设制度生效标识，一般要在正文的右下方标识制度的制发单位名称和制发日期。

三、范文分析

××制药厂质量管理制度

（××××年×月×日发布）

一、总　则

（一）产品质量问题是关系到企业存亡的大事。产品质量是企业经营好坏的综合反映，要坚持质量第一的方针，把我厂生产切实地转移到质量第一的轨道上来，进一步提高产品的质量，为社会提供品质优良的产品。

（二）要提高产品质量，就必须加强对产品质量的管理，认真贯彻"严格把关与积极预防相结合，以预防为主"的原则，努力使各种产品都达到规定的质量要求。

二、原料的质量管理

（一）供销科采购原料、材料、燃料时，应按照质量标准订购，并索取生产企业检验部门合格证。

（二）原料进厂后，供销科应及时通知厂化验室进行检验，并将原料的质量证明送交化验室，同时说明存放地点、重量、件数。化验室接通知后必须在两天内准确报出检验数据，送交供销科、生产技术科和使用车间。

（三）原料变换，须经车间负责人、技术人员批准，否则，引起的后果由违犯者负责。

……

三、半成品、成品的质量管理

（一）各种产品未经检验或检验不合格者，一律不准办理入库手续，不准列入产量计算产值。

（二）成品包装和入库管理，生产车间和供销科应设专人负责。在入库前必须有化验人员按技术标准逐项进行检验，每一包装中应放入质量卡片，并签发合格证、化验入库单、件数清单方可入库。

（三）半成品的控制和检验，由车间化验室严格按照工艺规程要求，定点、定时、定项目进行检查，并及时报出化验结果。

……

四、等外品的质量管理

（一）等外品按现行质量标准检验，其中有一项不合格者，视为等外品。

（二）等外品不能加工处理，但具有实用价值，而用户又同意接受，经生产技术科和供销科报厂批准后可按次品出厂，一律不发合格证，只附检验分析单，但不准计算车间产量。

（三）等外品不准回制处理，转销不出去，可由车间报厂批准，通知仓库人员借地存放；经批准的削价处理品可以入库。仓库人员必须将其与成品分类存放，否则造成错乱引起事故，由仓库人员负责。

……

五、质量事故管理

(一) 凡因不遵守纪律，违反规章制度、操作规程，使成品半成品不符合工艺技术标准、合同协议、质量要求，造成报废、返修、停工、停产、质量低劣、退货、索赔、形成一定负面政治影响或经济损失的，均属质量事故。

(二) 对于重大的质量事故，由生产技术科、生产车间协同进行认真分析研究，查清原因，吸取教训，采取措施，防止再次发生。对于造成事故者，要追究责任，严肃处理。

……

六、质量分析制度

(一) 厂级每月两次，由生产技术科组织，主管厂长主持，各车间负责人及质检员参加。

(二) 质检人员应正确统计质量报表，及时报给厂长和有关部门。

……

七、访问用户制度

(一) 为广泛征求用户意见，每年要不定期组织有关人员访问用户，考察产品的使用效率。

(二) 对用户反映意见应设登记表，逐项进行处理，或以书面向用户作具体答复，或通知厂内有关部门采取改进措施，使用户意见逐条落实。

(三) 按年、季、月分类总结用户意见，报厂领导并为厂质量分析会提供资料，总结教训，制定措施，提高质量。

……

【范文分析】

这则制度是××制药厂针对质量管理问题而制定的。标题由发文单位+适用范围+文种构成。正文采用章条式结构，共七章，章下按序设条，除第一章总则交代制定的缘由外，其余各章分别对“原料质量”、“半成品成品质量”、“等外品质量”、“质量事故”、“质量分析”、“访问用户”作了明确、具体的说明，这样就减少了在操作过程中的随意性，从而使涉及的部门责任明确、有章可循。例如第二章第一条对供销科采购原料时的具体说明：既要符合相关质量标准，又要有生产企业检验部门合格证；第二章第二条当材料进厂后对供销科与化验室之间的工作职责规定得十分明确。该制度语言上简洁，多用“不准”、“必须”、“须”、“一律”、“均”等表示肯定或否定的词语，这样对制度执行对象更具有约束力。例如：第一章第二条“要提高质量，就必须……”；第二章第二条“供销科应及时……”；第三章第一条“各种产品未经检验或检验不合格者，一律不准……不准……”等。

四、病文诊断

职工请假制度

一、职工因事、因病、因公不能上班者必须请假。因事请假曰事假，因病请假曰病假，不请假而不上班曰旷工。

二、请假手续

(一) 事假：凡请事假者，由本人写假条，经批准后才能不上班。

（二）病假：凡因病请假者，应持区以上医院证明，经批准后方可休假。

（三）公假：凡因公不能上班者，应到公司办公室履行登记手续。

三、批准权限

（一）事假：三天由科室领导审批；三天至十天由分管经理审批；十天以上的由总经理审批。

（二）病假：五天的由科室领导审批，五天至十天由分管经理审批，半月以上由总经理审批。

（三）如要延长假期应办理续假手续，审批权限同上。

四、有关事项

（一）健全考勤制度，严格请假登记，各科室每月月底向总经理办公室呈送考勤登记表。

（二）事、病假期间停发考勤奖；旷工除停发考勤奖之外，还要扣发工资，并根据情节轻重给予批评教育或行政处分。

（三）公假考勤奖照发。

（四）本规则印发至各科室，从公布之日执行。

××公司

××××年×月×日

【病文诊断】

病文标题是由适用范围加文种构成的，这种制度是基层单位常用的制度，常常用以规范单位成员的具体行为，它要求内容单一，简明扼要，目的明确，采用分条列项式书写，可操作性强，约束力强。本制度虽然内容简练，但必须的条款却遗漏了，如制度制定的目的、依据、指导思想等。制度写作，语言要求准确、简练、严密，以防产生误解、歧义，避免不必要的麻烦，而病文表述欠严密。如第二条请假手续，应重点说清楚履行请假手续的过程就行，并且公假应包括在事假与病假之中不应再分开赘述。另外第三条的“（三）”应放到第二条作为请假手续的一种，更合逻辑。病文第三条审批权限的归属问题，假期的天数尤显重要，但对假期的上下限却表述不清。如，“三天”、“三天至十天”和“十天以上”，就应改为“三天以内”、“四天至十天”和“十一天以上”；“五天”、“五天至十天”，应改为“五天以内”，“六天至十四天”。

能力训练

一、判断题

1. 章程和简章的写法大同小异。 （ ）
2. 组织章程用于制定某项活动的准则或某些事项的管理依据，以明确标准做法、原则要求等。（ ）
3. 章程是对某项工作、某一事项的办理原则、要求、方式、方法作出的规定。 （ ）
4. 制度文书不如规定那样具有法令性，但也有很强的政策性和约束力。 （ ）
5.《江苏省盐城市自然保护区条例（试行）》属于国家行政条例。 （ ）

二、问答题

1. 试为校图书馆拟定一份图书借阅方面的制度。
2. 章程的正文一般有几种写法？试举例进行说明。
3. 条例生效标识一般有几种写法？试举例进行说明。

三、情景模拟

1. 结合本校社团活动开展的实际情况为本校某种社团拟定一份章程。

2. 结合本校学生管理的实际，拟定一份《××大学(学院)学生宿舍管理条例》。

3. 根据下列这段文字，写一份制度，要求分条写，日期自定。

我们单位××市烟酒糖业公司第一批发部，两年前制订了一份仓库安全保卫制度后，一直未发生过事故。我们的仓库保卫制度要求外人一律免进库房，以防发生事故。其做法是固定发货地点，严禁提货出入库房，亲友也不得在库房内逗留。下班后安排值班人员留守库房，注意检查库房周围环境、库房大门关锁、灯火管制、进出库房人员等情况。交班时应向接班人交代清楚，明确责任。库房内严禁吸烟、严禁存放其他物品。同时还加强消防器材检查，对拆封留下的易燃包装、废屑，及时清扫。要求保管员和值班人员提高警惕，以身作则地带头认真贯彻执行安全保卫制度，注意防火、防盗窃。

参考文献

[1] 余荩，李孝华. 文秘写作. 杭州：浙江大学出版社，2001.
[2] 王涛，游磊，权小宏. 如何进行商务文书写作. 北京：北京大学出版社，2004.
[3] 徐斌. 应用文写作全书. 西安：三秦出版社，2004.
[4] 潘志和，范兰德. 机关文案撰写模式大全. 广州：广东经济出版社，2004.
[5] 岳海翔. 公文写作一点通. 北京：中国言实出版社，2004.
[6] 杨柳明，梅柳. 财经应用写作教程. 长沙：中南大学出版社，2004.
[7] 赵牧. 行政文书. 广州：暨南大学出版社，2004.
[8] 侯玉珍. 秘书常用文书写作. 北京：首都经济贸易大学出版社，2004.

第六章 法律文书

法律文书，是我国法律关系主体依照法律规定，按照各自的职权或权利，在办理各类诉讼案件及非诉讼事件的活动中，为正确运用、实施法律而依法制作的具有法律效力或法律意义的文书。其中有公安、检察、法院等国家机关所使用的司法文书，如判决书、裁决书、调解书、起诉书等；有诉讼当事人使用的各种诉状、申请执行书、授权委托书等；有辩护人使用的辩护词；保证人使用的保证书；公证处使用的公证书以及确定遗产继承权利的遗嘱等。

法律文书，有其自身独有的特征，具体体现在法定的强制性、制作使用的合法性、格式的规范性。

本章着重介绍其中的诉讼文书。常用的诉讼文书又称诉状，俗称“状纸”或“状子”，是诉讼当事人及其代理人，依照法定诉讼程序，向人民法院提出诉讼请求或答辩时所制作的文书。按当事人的法定权力和在诉讼活动中的不同作用，诉状可分为起诉状、上诉状、申诉状、答辩状等。

第一节　起　诉　状

刑事诉讼、民事诉讼和行政诉讼是我国的三大诉讼制度。根据这三种不同性质的诉讼，起诉状亦可分为刑事自诉状、民事起诉状、行政起诉状三类。

一、刑事自诉状

1. 刑事自诉状的概念和特点

刑事自诉状，是刑事案件的自诉人或其法定代理人直接向人民法院提起诉讼，指控刑事被告人犯罪，侵犯了自诉人的合法权益，要求法院依法追究被告人刑事责任或者同时承担民事责任所递交的诉状，也称为刑事起诉状。

刑事自诉状的特点：

(1) 刑事自诉状有特定的使用范围。刑事自诉案件的范围，限于侮辱、诽谤、暴力干涉婚姻自由、虐待等告状才处理的案件，以及其他不需要侦查的轻微刑事案件。

(2) 刑事自诉状是民用性质的诉讼文书。它是自述人以个人名义向人民法院提起诉讼的诉讼文书。被告人的行为，必须是构成犯罪的行为。它与起诉书一样都是处理刑事案件的书状，但两者有区别：起诉书是人民检察院代表国家提起公诉；刑事自诉状是代表个人提起的刑事诉讼。

(3) 是对本案有管辖权的第一审人民法院起诉的书状。

2. 刑事自诉状的写作方法

刑事自诉状由首部、正文、尾部三部分组成。

(1) 首部

① 标题,写明“刑事自诉(起诉)状”。若附带民事诉讼,写为“刑事附带民事自诉状”。

② 原告人和被告人的基本情况,按原告人、被告人、第三人的顺序分别列写。

原告人系公民的,写明原告人的姓名、性别、年龄、民族、籍贯、职业、工作单位和住址。如果原告是法人或其他组织,则依次写明原告的单位名称(全称)、地址,法定代表人的姓名、职务、电话,企业性质,工商登记核准号,经营范围和方式,开户银行和账号。若有数个原告,则应以这些原告在案件中的地位和作用,分别依次排列,逐一说明基本情况。被告人及第三人所写项目同原告人相同。被告人若是法人,则只写被告单位名称、所在地址和电话号码。如果原、被告有代理人,那么在列出原、被告人后,紧接着另起一行列出代理人的称谓,是法定代理人还是委托代理人。在称谓后,还要列出代理人的姓名、性别、年龄、民族、籍贯、职业、单位或住址、与被代理人的关系;但代理人是受委托的律师,则只需列出其姓名、单位和职务。

(2) 正文

① 请求事项。主要写明控告被告人侵犯自身权益的犯罪行为的罪名,要求人民法院依法判决。请求事项相当于案由,写时包括对被告人的犯罪罪名,都应写得具体明确、简明扼要、有法律依据。例如:“控告被告人×××故意伤害罪,请求依法判决。”

② 事实和理由。这是刑事诉讼的主体部分。

事实部分,应写明被告人犯罪的时间、地点、动机、目的、手段、情节、结果。事实写清楚后或叙述事实的经过时,还应写明能证明所控告事实的证据,包括证人、证言、书证、物证以及所交验的具体证物等,同时还需提供证人的姓名、职业、住址。

理由部分,主要写根据事实和法律对被告人的侵权行为的分析认定,即写明被告人的侵权行为使原告人受到什么损害,已构成什么性质的犯罪,触犯了什么法律条令,请求法院依法追究刑事责任或赔偿损失的事实依据和法律依据。

在叙述事实和理由的过程中,要做到:①准确而全面地阐释案件事实;②突出案件的主要情节,详略得当、重点突出;③举证有力,说理中肯,援引法律恰当;④诉讼请求切实可行;⑤语言简练、质朴。

(3) 尾部

① 写明呈送的法院名称。

② 起诉人签名或盖章,并注明具体年月日。起诉人是法人或其他组织,要写明法人或其他组织的全称,同时法定代表人签字并注明其职务。

③ 附项,分别写明本诉状副本×份,物证×件,书证×件。

④ 如请人代书,应在起诉时间下写明代书人姓名、工作单位和职务。

刑事自诉状的参考格式:

刑事自诉(起诉)状

原告人:姓名、性别、年龄、民族、籍贯、职业、工作单位和住址。

被告人:姓名、性别、年龄、民族、籍贯、职业、工作单位和住址。

请求事项:____

____

事实与理由：______________________________________

____

此致

________人民法院

起诉人：×××（签名盖章）

××××年××月××日

附：1、本诉状副本×份；

2、物证×件；

3、书证×件。

3. 范文

刑事自诉状

原告人：张××，女，××岁，汉族，××省××市人，工人，住本市××路××号。

被告人：李××，男，××岁，汉族，××省××市人，营业员，住所同上。

请求事项：请依法惩办故意杀人（未遂）犯李××。

事实与理由：20××年××月我与被告李××结婚。婚后由于婆媳不和，搬出另过。但被告偏袒其母，经常与我吵嘴、打架，致使我患上了精神病。20××年××月××日晚8点多钟，我哥哥张××和姐夫王××到我家找被告李××评理。在李××承认错误、立下保证后，又约了我母亲沈××到李××家去评理。评理中难免要发生争吵、扭打。被告李××得知后，迁怒于我，于20××年××月××日凌晨×点，趁我熟睡之机，用双手紧卡我的脖子，使我昏厥过去。在我昏迷过程中，被告李××用双手提起我的头发往墙上猛撞，又操起地上的空酒瓶向我头部乱砸，使我头部、脸部多处受伤，颅骨受到严重伤害（详见医院诊断）。这之后，被告李××又蹿到我娘家，在我母亲开门时，趁她不备，劈头一棍，将我母亲打倒在地，又在我母亲身上乱打。我兄嫂和邻居们闻讯赶来，才制止了这场凶杀。

证据和证据来源，证人姓名和住址：

1. 医院诊断书2份。

2. 证人张××，××市××局干部。

3. 证人李××，××市××厂工人。

被告李××心狠手辣，丧尽天良，一夜之间两次行凶，使原告生命垂危，原告之母卧床不起。为维护本人的人身权益及社会治安，特依据《中华人民共和国刑事诉讼法》第××条第××款的规定，要求对被告予以惩处。

此致

××市××区人民法院

起诉人：张××

20××年××月××日

附：1. 本诉状副本1份；

2. 物证2件；

3. 书证2件。

【评析】

这份刑事自诉状客观而又如实地叙述了被告人对原告人及其母亲的残害，诉状要素齐全，内容翔实，证据充足，有法律依据，格式规范，文字简练，是一份令人同情又有说服力的诉状。

二、民事起诉状

1. 民事起诉状的概念和特点

民事起诉状，是民事原告及其诉讼代理人，为了维护自己或受自己保护的民事权益，就有关民事权利和义务与他人发生的争执或纠纷，向人民法院提起诉讼的诉状，也称为民事诉状。

民事起诉状的特点：

(1) 民事起诉状有特定的使用范围。民事起诉纠纷的焦点是民事权益或其他民事纠纷，如财产所有权、继承权、知识产权、债权、经济合同纠纷以及婚姻、家庭纠纷，属于民法、经济法和婚姻法等所调整的范围。

(2) 民事起诉状属于民用性质的诉讼文书。它与公诉机关的起诉书有本质的不同：起诉书是在刑事诉讼中检察机关代表国家对被告人提起公诉时所制作的文书；而起诉状只代表合法权益受到侵害的公民、法人和其他组织，是具有民间性质的文书，在起诉状中不能附带刑事诉讼的请求。

(3) 是对本案有管辖权的第一审人民法院起诉的书状。

2. 民事起诉状的写作方法

民事起诉状由首部、正文、尾部三部分组成。

(1) 首部

① 标题，写明"刑事自诉(起诉)状"。关于经济合同纠纷案件，一般写成"经济起诉状"。

② 原告人和被告人的基本情况，与刑事起诉状的写法相同，可参考。

(2) 正文

① 诉讼请求　写明原告人就有关民事权益的争议提出的请求和主张。例如要求损害赔偿、债务清偿、履行合同、产权归还，要求与被告离婚，要求给付赡养费，要求继承遗产等。诉讼请求应具体明确、简明扼要。诉讼请求有多项时，可分项表述，如"请求：一、归还所借房屋；二、如数给付房租；三、……"。

② 事实和理由　事实部分，应写清楚：当事人之间的法律关系；当事人之间纠纷的由来、发生、发展的全过程；双方争执的焦点和双方对民事权益争执的具体内容；被告人侵权行为所造成的后果和应承担的法律责任。事实写清楚后或叙述事实的经过时，还应写明能证明所控告事实的证据，包括证人、证言、书证、物证以及所交验的具体证物等，同时还需提供证人的姓名、职业、住址。

理由部分，包括：一、根据事实和证据，写明认定被告人侵权行为的性质、所造成的后果、应承担的法律责任，并阐明理由。二、提出请求的法律根据。凡是有法可依的诉讼请求和主张，均应写明所引用的法律条文。

在叙述事实和理由的过程中，做到重点突出，详略得当；脉络清楚，层次分明；用事实说话，切忌空谈；语言精练，文字通顺。

(3) 尾部

与刑事自诉状相同，可参考。

民事起诉状的参考格式：

民事起诉状

原告名称:________

所在地址:________

法定代表人(或代理人)姓名:________ 职务:________ 电话:

企业性质:________ 工商登记核准号:________

经营范围和方式:

开户银行:________ 账号:________

被告名称:________

所在地址:________ 电话:________

诉讼请求:________

事实与理由:________

此致

________人民法院

起诉人:×××(签名盖章)

××××年××月××日

附:1. 本诉状副本×份;

2. 物证×件;

3. 书证×件。

3. 范文

民事起诉状

原告:××建筑工程公司

地址:××市××区××路80号

法定代表人:朱××,厂长 电话:×××××××××

企业性质:集体 工商登记核准号:×××××

经营范围和方式:工业与民用建筑××××

开户银行:××区银行 账号:×××××

被告:××市××大学

地址:××市××路××号

电话:×××××××××

诉讼请求:请求法院判令被告给付工程款和赔偿原告经济损失235 386.52元。其中:

一、付清宿舍楼、教学楼拖欠款22 803.08元;

二、结算零建工程款169 987.56元,减去被告垫付的材料款70 000元,应付给原告工程款99 987.56元;

三、赔偿原告经济损失:①20××年×月至20××年7月拖欠款的滞纳金54 595.88元;②20××年2月至6月设备闲置费58 000元。

事实与理由:20××年1月10日原告××建筑工程公司(合同乙方)同××市××大学(被告,合同甲方)签订了《建筑安装工程合同》,标的是乙方为甲方修建宿舍楼两幢,承包方式是“议标形式，包工包料”，承包额为 495 152.74 元。开工日期定为 20××年 2 月 1 日，竣工日期定为 20××年 11 月 1 日。合同签订后，原告按时将设备机具等运进工地，但被告因土地、图纸等事项没有同有关单位交涉好，直到 20××年 7 月 28 日原告才得以正式开工。在长达 177 天的日子里，由于被告的原因，原告进入工地的 70 名职工无活可干、机具设备闲置无用，原告经济损失达 95 300 元。被告虽已支付了 37 300 元误工费，但尚有 58 000 元至今未承担赔偿损失的责任。

20××年 6 月 25 日，原、被告又签订教学楼工程的施工合同书(附复印件)。教学楼工程于 20××年 11 月 1 日完工，三幢楼均经××市建筑工程质量监督站检验合格交付被告使用。工程结算书经原、被告双方审定后，交××市建设银行核定，双方无任何争议。被告应依合同之规定与原告结清工程款，但至今仍拖欠原告工程款 22 803.08 元。

20××年元旦开始，被告又要求原告为其零建工程施工，经多次协商达成协议。原告又为被告修建了汽车房、锅炉房、坝墙等多项零建工程，但价值 169 987.56 元的工程款至今不与原告结算。因被告一再拖欠工程款，致使原告方工人工资长期不能支付，被迫于 20××年 12 月底撤离被告方工地。

对于拖欠的工程款，开始，被告以工程资料不全为由予以推托，原告即时将自己拥有的全部资料复印交给被告。后来，被告又以有关建材差价不合理为由拒绝支付原宿舍楼、教学楼所拖欠的工程款，并进而拒绝审核原告后期施工的全部零建工程的结算。

综上所述，正是被告的违约，使原告不能按时施工，工人窝工、设备闲置都造成损失；被告又单方面推翻合同规定的有关条款，无理拖欠原告的两项工程款。《中华人民共和国民法通则》第一百零六条规定：“公民、法人违反合同或者不履行其他义务的，应当承担民事责任。”按照《中华人民共和国经济合同法》第三十四条第二项一至五款和《建筑安装工程承包合同条例》第十三条第二项一至五款的规定，工程发包方未能按照承包合同的规定履行自己应负的责任，除工程竣工日期可以顺延外，还应赔偿承包方因此发生的实际损失；不按合同规定拨付工程款，按银行有关逾期付款办法或“工程价款结算办法”的有关规定处理。为此，特具状向贵院起诉，请求判令被告给付原告经济损失及各项工程款共235 386.52 元。

此致

××市××区人民法院

起诉人：××××建筑工程公司(盖章)

法定代表人：朱××，厂长

20××年×月××日

附：1. 本诉状副本 1 份；

2. 书证 28 件。

【评析】

这份民事起诉状，从行文格式到内容组织都较为规范，由首部、正文、尾部三部分组成。正文部分的详略安排也很合理：请求事项明确具体又加以简练概括；对事实和理由的阐述则详细清楚，将这宗民事案件的来龙去脉交代得清清楚楚。

三、行政起诉状

1. 行政起诉状的概念和特点

行政起诉状，是公民、法人或其他组织认为行政机关和行政机关工作人员在行使行政权力时侵犯了其合法利益，依照行政诉讼法和其他有关法律法令的规定，向人民法院提起行政诉讼时使用的诉状。行政起诉俗称“民告官”。

行政诉讼和行政起诉状的特点：

(1) 行政起诉状是一种民用性质的诉讼文书。无论原告是公民个人，还是企事业单位的法人或其他组织，都是代表民间来起诉代表国家或官方的行政机关。

(2) 代表民间的原告和代表官方的被告在行政诉讼中的法律地位平等。

(3) 有权提起行政诉讼的公民死亡，其近亲可以提起诉讼；有权提起行政诉讼的法人或其他组织终止，承受它们权利的单位可以提起诉讼。

(4) 行政诉讼的被告对做出的具体行政行为负有举证责任。即，在行政诉讼中作为被告的行政机关首先要拿出证据证明自己受到原告起诉的具体行政行为是合法的。

2. 行政起诉状的写作方法

行政起诉状由首部、正文、尾部三部分组成。

(1) 首部

① 标题，写明“行政起诉状”。

② 原告人和被告人的基本情况，与刑事起诉状的写法相同，可参考。

(2) 正文

① 诉讼请求　根据起诉的事实和理由，明确、具体地写明诉讼请求，如认为行政处理决定违法或不当，应请示人民法院撤销或变更该行政处理决定；如因行政处理机关的处理决定给公民或组织造成财产上的损失，应请求人民法院判令被告赔偿经济损失等。

② 事实和理由　事实部分，全面简要地反映案件的客观事实情况。着重写明时间、地点、人物、事件、原因、结果。具体说来，案情事实可分为三个层次叙写：说明原告一方引起行政机关做出具体行政行为的事项；讲清经哪一个行政机关做出具体行政行为、经过情况，以及具体行政行为的依据和详细内容；反映原告对具体行政行为曾否申请复议，复议机关是否改变原具体行政行为，以及改变的具体内容。行政诉讼案件事实的叙述，一般按时间顺序叙写。

理由部分，在写完事实之后，阐明起诉的理由。首先提出对具体行政行为的不服之处，然后进行论述。论述的内容包括举证、论证理由和引用法律、法规和规章的有关条款。

(3) 尾部

与刑事自诉状相同，可参考。

行政起诉状的参考格式：可参考刑事自诉状与民事起诉状。

3. 范文

行政起诉状

原告：岳××，男，30 岁，汉族，四川省××市××乡人，个体户，住四川省××市××乡××村。

被告：××省××市公安局××分局。

法定代表人：×××局长

请求事项：

1. 判决被告为扣押“人质”索款，对原告收容审查是违法和无效的。

2. 判决被告返还收取原告的 6 700 元。

3. 判决被告赔偿原告因被关押而造成的损失计30 917.05元。

事实和理由：

原告和胞弟岳××于××××年4月23日与居住在××市××村的胡××合伙经营家具，租用白××的房子作为加工场地。当时原告兄弟以两套家具、一张西式床、一个梳妆台，折扣3 833.92元作为投资。在加工中，原告单方购置材料支付3 109元，付加工费(含工资)2 907元、运输费1 920元、房租费420元，合计投入12 189.92元。一共生产出七套家具(含入股两套在内)，合伙对方胡××卖掉一套，还有两套存放在房东处，余下四套由我们于××××年11月1日夜里约10点钟运到我家，后来他们以“盗窃罪”为由，强行将我押往××市，关进拘留所。

11月7日上午，被告的工作人员李××和孙××提审时，我又将办家具厂和卖家具的经过情况说了一下，李××说我不老实，抓住我的头发往墙上撞了三四下，当时我头痛眼花，跟着又是一脚踢了我的下颌，我痛得说不出话来，清醒后我说交代的都是事实。被告工作人员李××说：“你不老实，我关你三个月，再关你六个月。”

11月28日，被告工作人员李××和一位青年警员来提审我，李××问我在拘留所怎么样？我说实在受不了，天冷没有衣服穿、没有被子盖，生病了，身上生疮烂了，还遭里面人打。李××说，受不了，你写信回家要一万五千元到两万元来，放你。我没办法，只好答应了，信的内容是由李××口授，我照写的。信写好后，由李××拿去寄的。

××××年元月5日下午5时左右，被告工作人员李××拿来一份“见面材料”，我看后发现内容和我交代的不一样，不愿签字，李××把我带到拘留所办公室，硬叫我签字，这份材料是被告作为报我劳教的“事实依据”。

原告被关押后，亲属多次前来交涉，被告仍坚持说要拿钱来才放人，否则送去劳教3年，并将劳教报表给原告的妻子看，以此威胁。原告妻子朱××一再陈述这是经济纠纷，应当通过行政仲裁和民事诉讼来解决，你们公安机关不能扣押一方当事人，替另一方逼索款物。被告仍以原告犯有“盗窃罪”为由不放人。原告妻子及其弟弟、姐夫等在××市住了两个多月，多次奔走于××派出所、××公安分局、市公安局，并请求检察机关出面解救，都无济于事。最后，于××××年2月27日在省、市检察院的重视和帮助下，原告付给被告6 700元，才获得释放。原告共被关押118天，交拘留所费用229.90元，亲属奔走花费差旅费1 700多元，影响家庭工业一份“垫片”合同的履行，造成43 000多元损失。

以上事实，足以说明原告盗窃罪不能成立，被告偏听合伙经营一方当事人胡××谎言，其工作人员李××又接受胡××贿赂的地毯，而导致贪赃枉法，做出了违背法律的具体行政行为。公安部在1989年3月发出《关于公安机关不得非法越权干预经济纠纷案件处理的通知》中，严肃指出：“一些基层公安机关以查处诈骗等经济犯罪为名，直接插手干预一些经济纠纷案件的处理，有的甚至强行收审，扣押一方当事人做人质，替另一方逼索款物……这是一种严重的违法行为，既干扰经济纠纷案件的依法公正处理，侵犯法人和公民的合法权益，又损害公安机关的形象，必须加以纠正。”被告明知故犯，法律难容，为此，具交起诉，请人民法院审查，依法判决，以维护法律尊严和原告的合法权益。

此致

××市××区人民法院

起诉人：岳××

××××年×月×日

附：1. 释放通知书一件；

2. 拘留所收据一件；

3. ××派出所收款6 700元的收条一张；

4. 李××叫写的信件一封；

5. 合伙经营家具的票据一沓；

6. 原告妻子朱××和有关人员交涉的谈话记录。

另有差旅费用、家庭工业“垫片”合同，待后送上。

【评析】

这份行政起诉状，从行文格式到内容组织都较为规范，由首部、正文、尾部三部分组成。请求事项明确具体又加以简练概括；对事实和理由的阐述则详细清楚。

4. 病文诊断

刑事起诉状

原告人：李××，女，28岁，汉族，山东省长清县人，济南市××厂工人，住济南市××区××路××号。

被告人：郑××。

请求事项：要求人民法院依法判决郑××有罪。

事实和理由：

我与郑××经人介绍，于1996年自愿结婚，婚后生有一男一女。但郑××到济南铁路局工作后，1999年8月起，又与同局女工林××相爱。2000年8月，郑××为达到与林××结婚的目的，编造谎言欺骗我，说：“离了婚，自己可以在本单位分配到职工住房，等住房到手再复婚。”我信以为真，便和他到××街道办事处办理了离婚手续。几天后，我发觉上当受骗。就到××街道办事处说明了真相。同年9月8日，街道办事处向我们双方宣布离婚无效，我当即交出离婚证，郑××拒绝交出。当天下午，我弟弟、侄子强行将郑××持有的离婚证追回。郑××窃到离婚证后，又向工作单位骗到结婚证明信，于同年9月23日与林××登记结婚。

上述事实，××市××区××街道办事处和济南铁路局均可作证。

综上所述，郑××为达到与第三者结婚的目的，先用欺骗手段与我离婚，在街道办事处宣布离婚无效后，又不择手段，窃取离婚证，骗得工作单位的结婚证明信，与林××结婚。根据我国《刑法》第180条规定，郑××的行为已构成重婚罪，应依法追究其刑事责任。特向你院起诉，请依法予以判处。

此致

××区人民法院

起诉人：李××

代书人：陈××

2000年10月3日

附：1. 本状副本1份；

2. 书证2件。

【分析】

这份起诉状，没有写明被告人的基本情况，应在“郑××”后加上“男，32岁，汉族，山东省长清县人，济南铁路局干部，住址同上”。在请求事项中，没有写明控告被告人侵犯自身权益的犯罪行为的罪名，应改为“被告人郑××犯重婚罪，要求人民法院依法判决”。尾部中，代书人的写法错误。应在起诉时间下写明代书人姓名、工作单位和职务。所以应在“2000年10月3日”下方写上“代书人：济南市××区××中学教师陈××”。

第二节 上诉状

一、上诉状的概念和适用范围

上诉状，是指诉讼当事或其法定代理人不服地方各级人民法院第一审的判决、裁决，依照法定程序，在法律规定的期限内，向上一级人民法院提起上诉，请求撤销或变更原审判决、裁定的书状。上诉状的提交，引起二审程序的开始。

上诉有法定的期限。法律规定民事、行政案件在一审判决书送达之日起十五日内，刑事一审判决书和裁定书分别为送达之日起十日内和五日内，可向上一级人民法院提起上诉。如果超过法定的上诉期限，一审裁决即产生法律效力，不能再行上诉。

我国刑事诉讼法规定，有权提起上诉的主体主要是刑事案件的当事人或其法定代理人；被告的辩护人和近亲属经被告同意，也可提起上诉；刑事附带民事诉讼的当事人和其法定代理人只能就附带民事部分提起上诉。

上诉状可分为刑事上诉状、民事上诉状、行政上诉状。

二、上诉状的写作方法

上诉状由首部、正文、尾部三部分组成。

1. 首部

(1) 标题：分别写明“刑事上诉状”、“民事上诉状”、“行政上诉状”。

(2) 当事人基本情况：

当事人包括上诉人和被上诉人。表述时，按上诉人在先、被上诉人在后的顺序，列出当事人的基本情况，包括姓名、性别、年龄、民族、籍贯、职业或职务、工作单位或住址。在“上诉人”、“被上诉人”之后用括号注明其在一审中的诉讼地位，如上诉人（一审被告人）、被上诉人（一审自诉人）。

如果上诉人和被上诉人都有法定代理人或委托代理人，如果还有第三人，如果上诉人和被上诉人是法人或其他组织，他们的写法与刑事自诉相同，可参看。

只是在刑事上诉中，公诉案件：只列上诉人的基本情况，没有被上诉人；而自诉案件则要列写上诉人、被上诉人等基本情况。

(3) 案由：包括罪名，原审法院名称，裁判文名称、字号和制作时间等内容。一般表述为：“上诉人因××（罪名）一案，不服×××人民法院××××年×月×日（年度）×字第×号一审刑事判决（或裁定），提起上诉。现将上诉的请求和理由分述如下：”或者“上诉人对×××人民法院对×××（被告人姓名）××（罪名）一案所做的（年度）×字第×号一审刑事判决（或裁定）不服，特向你院提起上诉，请求依法调卷审理。现将上诉的请求和理由分述如下：”

2. 正文

（1）上诉请求　上诉请求是上诉人提出上诉所要达到的目的。

具体写明对原审裁判结论是全部不服，还是对部分不服，哪一部分不服；请求第二审人民法院对原审裁判作部分变更，还是撤销原判，全部改判。

（2）上诉理由　上诉理由是上诉状的核心。

主要针对原审裁定或判决的不当之处，进行有理有据的论述，实质上就是对原审裁判的驳论。包括以下几个方面：

① 对原审裁判认定事实错误的论证。上诉人应指出原审裁判中认定事实的错误之处，并用切实、充分的证据加以证明。

② 对原审裁判定性不当的论证。上诉人应根据客观事实，指出原审裁判定性不当的根据、正确的定性是什么，并分析正确定性的法律依据。

③ 对原审裁判量刑失当的论证。上诉人应明确指出原审裁判量刑过重或过轻，并合法、合理、合情阐述理由，请求二审法院重新量刑。

④ 对原审裁判程序上错误的论证。可作为上诉理由的程序违法情形包括书记员充当审判员在法庭上审理案件；审理过程中剥夺被告人的自行辩护权；未成年人犯罪案件或隐私案件，一审公开审理；被告人为聋哑人或未成年人而没有辩护人，一审法院没有为其指定辩护人；审判人员、书记员、鉴定人、翻译人员应当回避而没有回避的。

3. 尾部

① 写明呈送的法院名称，可分三行写为：此致　×××人民法院转报　×××中级（或高级）人民法院；也可直接写为：此致　×××中级（或高级）人民法院。

② 上诉人签名或盖章，并注明具体年月日。上诉人是法人或其他组织，要写明法人或其他组织的全称，同时法定代表人签字并注明其职务。

③ 附项，分别写明上诉状副本×份，物证×件，书证×件。

其中，副本按《刑事诉讼法》的规定提出。《刑事诉讼法》第一百八十四条第一款规定："被告人、自诉人、附带民事诉讼的原告人和被告人通过原审人民法院提出上诉的，原审人民法院应当在三日以内将上诉状连同案卷、证据移送上一级人民法院，同时将上诉状副本送交同级人民检察院和对方当事人。"所以，上诉状副本数应按照对方当事人的人数制作。如果是公诉案件，还要增加一份副本给人民检察院。

上诉状的参考格式：

××上诉状

上诉人（一审诉讼地位）：姓名、性别、年龄、民族、籍贯、职业、住址。

被上诉人（一审诉讼地位）：姓名、性别、年龄、民族、籍贯、职业、住址。

上诉人因________一案，不服________人民法院于________年________月________日（　）________字第________号判决（或裁定），现提起上诉。上诉的请求和理由如下：

上诉请求：____

____

上诉理由：____

____

____

此致

××人民法院

上诉人：×××

××××年×月×日

附：1. 上诉状副本________份；

2. 证物________件；

3. 书证________件。

××上诉状

上诉人(一审诉讼地位)：________(单位全称)________(住址)

法定代表人(或代理人)姓名：________ 职务：________ 电话：________

企业性质：________ 工商登记核准号：________

经营范围和方式：________________________________

开户银行：________ 账号：________

委托代理人：姓名、性别、年龄、工作单位、职务、住址(如果委托代理人是律师，只写"委托代理人：姓名，××律师事务所律师")。

被上诉人(一审诉讼地位)：________(单位全称)________(住址)

委托代理人：姓名、性别、年龄、工作单位、职务、住址(如果委托代理人是律师，只写"委托代理人：姓名，××律师事务所律师")。

上诉人因________一案，不服________人民法院于________年________月________日(　　)________字第________号判决(或裁定)，现提起上诉。上诉的请求和理由如下：

上诉请求：________________________________

____

上诉理由：________________________________

____

____

____

此致

××人民法院

上诉人：××××××××××(单位全称)

法定代表人：×××(签名或盖章)

委托代理人：×××(签名或盖章)

××××年×月×日

附：1. 上诉状副本________份；

2. 证物________件；

3. 书证________件。

三、范文分析

民事上诉状

上诉人(原审被告):李××,女,30岁,汉族,×××××厂职工,住××市××区十条胡同1号。

被上诉人(原审原告):张××,男,34岁,汉族,××公司经理,住××市××区十条胡同1号。

上诉人因不服××市××区人民法院(××)××字第×号判决,依法提起上诉。

上诉请求:撤销原判,改判不准离婚。

上诉理由:原判决认为上诉人婚前即患精神病,虽经治疗,但未痊愈。被上诉人婚前对此不甚了解,婚后上诉人又多次复发,夫妻已无法共同生活,判决准予离婚。

事实上,上诉人在未结婚前即告诉被上诉人自己曾患过轻微精神病,经治疗后已经痊愈。被上诉人又曾通过介绍人及上诉人单位多方了解,情况属实,双方才正式结婚。婚后夫妻感情融洽,上诉人生活、工作均很正常,两年后,上诉人生育一女。由于上诉人一向身体较弱,生产时又因难产动过手术,产后照顾婴儿过度劳累,数种因素并发,从而导致上诉人精神病复发。被上诉人多次陪同上诉人赴医院诊治,病情即告稳定。医生诊断再修养一段时间,即可恢复工作。被上诉人声称婚前不知上诉人患有精神病这一点,绝对不能成立。至于夫妻无法共同生活一点,也同样不能成立。婚后双方感情融洽,对女儿都极为疼爱。只是近一年来,被上诉人经常在外应酬,深夜始归,有时甚至不归。为此,双方曾多次发生争吵,但这绝不至于导致离婚。

综上所述,上诉人认为只要被上诉人能真正反省自己提出离婚的主要原因,并以家庭幸福为重,尽量减少不必要的交际应酬,双方完全可以和好如初,恢复一个温馨的家庭。为此,上诉人请求撤销原判,改判不准离婚。

此致

××市中级人民法院

上诉人:李××

××××年×月×日

附:本上诉状副本一份。

【评析】

这份民事上诉状,从行文格式到内容组织都较为规范,由首部、正文、尾部三部分组成。当事人基本情况部分注明了上诉人、被上诉人在一审中的诉讼地位。正文部分的上诉请求简洁明了;上诉理由的阐述则详细清楚。

四、病文诊断

民事上诉状

上诉人:潘××,男,42岁,汉族,××机器厂宣教干部,住××市××区十条胡同1号。

被上诉人:××区环卫局。

法定代表人:吴××,局长。

上诉人因环卫纠纷一案，不服××市××区人民法院(20)行字第23号判决，现提出上诉。

上诉理由：

一审判决认为，服装厂改建厕所设置不当，严重影响居民正常生活，应予拆除，环卫局关于同意服装厂改建厕所的行政行为不妥，应予撤销；环卫局关于上诉人私自扒坏服装厂厕所，应赔偿服装厂人民币5 000元的行政行为应予支持。

上诉人认为，原判前一点，即"服装厂改建厕所设置不当，严重影响居民正常生活，应予拆除，环卫局关于同意服装厂改建厕所的行政行为不妥，应予撤销"，这是完全正确的；原判后一点，"环卫局关于上诉人私自扒坏服装厂厕所，应赔偿服装厂人民币5 000元的行政行为应予支持"这一点，恰与前一点相悖，是不正确的。

服装厂将家用简易厕所建为8个蹲位，供200多人使用的永久性厕所，严重妨害了上诉人的合法权益，违反了《环境保护法》第16条和第32条规定的精神，服装厂的改建厕所应予以拆除。上诉人拆除了本来就该拆除的不合法建筑，怎么能加以处罚呢？如果说上诉人没有通过政府行政部门维护自己的合法权益，那也仅属程序不当，不应负赔偿责任。原审不查问题的本质，却抓住细枝末节，作出了错误的判断。

根据上述理由，请求撤销原审判决中"支持环卫局关于要求潘××赔偿损失费5 000元"一项，相信上诉法院会作出公正的判决。

此致

××市××区人民法院

上诉人：潘××

20××年××月××日

附：1. 本上诉状副本1份。

　　2. 原审判决书1份

【分析】

这份上诉状标题错误，应改为"行政上诉状"。在"上诉人"、"被上诉人"之后没有用括号注明其在一审中的诉讼地位，可加上"上诉人(被告人)、被上诉人(原告人)"。在正文中，缺少上诉请求，在案由后加上："上诉请求：1. 撤销原审判决中'支持环卫局关于潘××赔偿损失费5 000元'一项；2. 诉讼费由被上诉人负担。"在尾部所呈送的法院名称错误，应改为"××市中级人民法院"或"××市××区人民法院并转××市中级人民法院。"

第三节　答　辩　状

一、答辩状的概念和作用

答辩是被告人、被上诉人依法享有的一种诉讼权利，是一种应诉行为。根据有关法律规定，人民法院应当在立案或收到上诉状之日起5日内将起诉状、上诉状副本发送被告人或被上诉人，被告人或被上诉人应当在收到之日起15日内提出答辩状。被告人或被上诉人提出答辩状的，人民法院应当在收到答辩状之日起5日内将副本发送原告人或上诉人。被告人或被上诉人不提出答辩状的，不影响人民法院审理。

答辩状是指被告人和被上诉人在收到人民法院送达的诉状副本或上诉状副本之后，针对被诉的事实和理由进行答复和辩驳的书状。答辩状是与起诉状和上诉状相对应的书状。

被告人和被上诉人通过答辩状，可以针对原告人或上诉人提出起诉或上诉的事实、理由和根据以及请求事项，进行有的放矢的答辩，阐明自己的理由和要求，提出事实和证据，帮助人民法院全面了解事实的真相，有利于人民法院做出公正的裁判，也有利于维护当事人，尤其是被告人的合法权益，使案情不被误判或错判。

二、答辩状的写作方法

答辩状可分为民事答辩状、刑事答辩状、行政答辩状和各类上诉的答辩状。但无论哪一种答辩状，其结构都是由首部、正文、尾部三部分组成。

1. 首部

（1）标题　既可只写“答辩状”三个字，也可根据具体案件的性质来确定，如民事答辩状、行政上诉答辩状等。涉及经济纠纷的答辩状，可以“经济纠纷答辩状”为标题，也可写成“经济答辩状”。

（2）答辩人的基本情况　应依次写明答辩人的姓名、性别、年龄、民族、籍贯、职业和住址等基本情况。如果有代理人，写法与刑事自诉相同，可参看。答辩人是法人或其他组织，应写明该单位的名称、所在地、法定代表人的姓名、职务等。被答辩人的基本情况一般不单独列写，因为人民法院已从起诉状或上诉状中知道，但如答辩内容需要也可写出。

（3）案由　写明对何人、何单位起诉或上诉的何案进行答辩。通常的写法有：“因×××（原告人或上诉人姓名、单位名称）诉我××××（案件名称）一案提出答辩如下：”；“你院于××××年××月×日第×号送达的诉状副本通知书及诉状副本我已收到。现遵嘱提出答辩如下：”；“因上诉人×××（姓名或法人、其他组织的名称）对××××一案的判决（或裁定）不服，提出上诉，现提出答辩如下：”。

2. 正文

（1）答辩理由　答辩人针对起诉状或上诉状提出的诉讼请求及其所依据的事实与理由进行答复和辩驳，对起诉状、上诉状中的不实之词、错误论点及不当的上诉请求进行驳斥，并阐明自己的意见和主张。行文时，可根据双方在案件中的争执焦点，抓住关键，针锋相对地进行辩驳；用相反的事实、证据和理由论证答辩方主张的正确性，否定原告人、上诉人诉讼请求的错误。也可以诉讼程序为理由，证明对方没有具备起诉、上诉发生和进行的条件，进而反驳原告人或上诉人的诉讼请求。

（2）答辩意见　在充分阐述答辩理由的基础上，通过综合归纳，客观而明确地提出自己认为应当如何处理纠纷的意见和主张，请求人民法院依法公正合理地裁决。

3. 尾部

① 写明呈送的法院名称。

② 答辩人签名或盖章，并注明具体年月日。答辩人是法人或其他组织，要写明法人或其他组织的全称，同时法定代表人签字并注明其职务。

③ 附项，分别写明本答辩状副本×份、物证×件、书证×件。

④ 如请人代书，应在起诉时间下写明代书人姓名、工作单位和职务。

答辩状的参考格式：

答 辩 状

答辩人：姓名、性别、年龄、民族、籍贯、职业、住址。

因×××（原告人或上诉人姓名、单位名称）诉我××××（案件名称）一案提出答辩如下：（答辩理由和答辩意见）

____

____

____

____

____

此致

________人民法院

答辩人：×××

××××年××月××日

附：1. 答辩状副本________份；

2. 物证________件；

3. 书证________件。

三、范文分析

经济答辩状

答辩人：××市×建筑工程公司。

地址：××市××路××号。

法定代表人：×××　　职务：经理

因原告××市××科技开发公司起诉我方在履行建筑工程承包合同的过程中"有弄虚作假、转包渔利等违法行为"，进而要求我方退还预付工程款50万元及利息一案，现依法答辩如下：

一、起诉状所谓"被诉方采用欺诈手段签订此合同应属无效"纯属诬蔑。我方曾于20××年×月至×月担负了××餐厅3 600 m^2 的建筑工程，××科技开发公司作为该餐厅的股东，其领导人亲眼看到了我公司的施工力量、速度和质量水平，因而主动要求我方承建××科技开发公司2号楼。我公司无论是技术力量还是设备力量（见设备清单）都是完全胜任的。可是，原告竟诬蔑我公司"故意制造自己技术力量如何雄厚、设备如何先进齐全的假象，隐瞒掩盖了它技术力量薄弱、基本上没有什么设备的真相"。其实这种不实之词纯粹是原告方为达到单方撕毁协议的目的而编造出来的一种借口。

二、起诉状称我方在履行合同的过程中"转包渔利……"云云，这也是自欺欺人之谈。其实原告对这样一个事实十分清楚，即：原告只发包给我公司3 536 m^2 一幢六层楼的工程项目。可是，这幢六层楼的工程项目发包后不久，原告却更改图纸，增加了地下室工程；而且不与我方协商，便单方撕毁协议，擅自更换了新的施工队。在这种情况下，原告非但未能及时向我方作出解释，反而制造谎言，混淆视听，诬陷我方将此项工程转包他方，以求"从中渔利"。原告妄图以上述自欺欺人之谈作为确认合同无效的事实依据，哪里还有一点实事求是的态度！

三、原告在起诉状中还无端地指责我方“签订此协议未按章办事，违反法律程序”。其证据是“我方与被告方签订的施工协议，被告方未报其主管业务部门、工商行政管理机关和经办银行备案，这说明了被告方本身就没有真正的履约能力，只能从中渔利”。原告把是否备案和有无履约能力这样两个毫不相干的问题硬拉扯在一起，无非是想论证“此合同也无法成立”。然而事实并非如此。众所周知，合同签订后，按规定交有关部门备案，必须材料齐全。但就本案涉及的这份合同而言，由于原告中途更改资料，致使我方未能按规定及时备案。这也许就是原告所谓“未按章办事”的实际内容。且不说这“未按章办事”与“违反法律程序”毫不相干，即使两者相干，“违反法律程序”，“未按章办事”，但这责任也不在我方。因为造成“未按章办事”的直接原因在于原告“材料不全”，致使合同未能按规定备案。因此，这“违反法律程序”、“未按章办事”的法律责任理应由原告来承担。由此不难看出，原告指责我方“未按章办事”，不但不能说明我公司“没有真正的履约能力，只想从中渔利”；相反，这恰恰说明原告在合同签订后毫无履行合同的诚意。事实上，原告在签订合同不久即改弦更张，擅自更改图纸，增加建筑面积，且于20××年×月底再一次酝酿2号楼工程招标事宜。这一切只能说明原告确实是为撕毁协议在做积极准备。

四、原告在起诉状中又称“协议基本没有主要条款，根本无法执行”，这更是无稽之谈。事实是，原协议不仅工程项目、施工准备、工程质量、建筑材料和设备的供应、工程价款的支付与结算等主要条款一应俱全(见原协议复印件)；而且原协议中未来得及规定的条款，后来在协商明确后都作了补充(见补充协议复印件)。比如竣工时间，在补充协议中即清楚地写明“于20××年×月×日竣工验收”。而且这个日期完全是按照原告××市××科技开发公司×基字[20××]×号函中的意见确定的。然而原告却不顾上述客观事实，指责协议“基本没有主要条款”，实在是信口胡说！

原告在起诉状中连篇累牍地编造了大量谎言，其终极目的是要把协议打成“无效合同”，以便为原告单方面撕毁协议开脱责任。但事实证明，协议的签订是合法的。原告单方面撕毁协议，应当承担毁约责任。原告毁约的非法行为已经给我公司造成了重大经济损失。答辩人为维护自己的合法权益，在作此答辩的同时还提出了反诉，请求贵院依法裁决原告因单方面撕毁协议给我公司造成的直接经济损失(详见损失清单)。

此致

××市中级人民法院

答辩人：××市建筑工程公司(印章)

法定代表人：×××(签字或盖章)

20××年×月×日

附：1. 本答辩状副本3份。

2. 证据材料5份。

3. 反诉证据材料2份。

【评析】

这份经济纠纷答辩状事实证据清楚、答辩理由充分、答辩意见明确。正文部分中，针对起诉状的内容逐项进行反驳。在反驳原告错误观点时，答辩人的理由十分充分：有先叙述客观事实，然后再指明原告所持的错误观点；也有先指明原告在起诉中无端指责对方的企图，然后再列举事实反证对方指责的错误。

四、病文诊断

答 辩 状

答辩人：王××。

本人现提出答辩如下：

李××向××市××区人民法院呈送的控告我的诉状中，指控我因孩子吵嘴而引起我二人打架，责任完全在我，他的头部被打伤，造成脑震荡，休息40天，要我担负他的全部医药费和工资损失。对此，我有不同意见和理由。

首先，事端是由他引起的。他的孩子比我的孩子大，而且先打了我的孩子。我把孩子领回，批评了我的孩子，同时也批评了他的孩子，只说了几句“你比他大，应该让着他”。于是李××竟蛮不讲理，口出不逊，说：“不会教育孩子就别养孩子。”我质问他：“你说谁？”他却说：“说的就是那个混蛋。”这时我还口骂了他“混蛋”。接着他把一脸盆脏水泼到我身上。这样我们就撕抓了起来。我夺了他手中的脸盆，打了他的头部；他也抓伤了我的脸。后来就被邻居们拉开了。再者，他的伤根本没那么严重，一共缝了4针，脑震荡是轻度的。这一点可到××医院外科门诊查实。他的伤一周后就拆了线。他之所以休息40天，完全是小病大养，故意制造假象。后来他又得了感冒，与打伤一事毫无关系。

基于上述事实，我恳请法院查明事实，秉公处理。

此致

××市××区人民法院

答辩人：王××

20××年×月×日

附：1. 本答辩状副本×份。

2. 证据材料×份。

【分析】

这份答辩状在答辩人基本情况一栏中缺少性别、年龄、民族、籍贯、职业和住址等基本情况，应加上：“男，40岁，汉族，××市人，××市化工厂工人，住本市××路××号。”案由写法也不符合要求，改为：“因李××诉我打伤他的头部一案，现提出答辩如下：”在正文中，没有答辩意见，可在“秉公处理”后加上：“首先，明确我们在打架中各自应负的责任。我本人是要承担打伤他的责任，但李××在此事件中也有不可推卸的责任。因此，他本人也要付一定的责任。其次，要查明李××所花的医药费及误工损失中，确实属于因伤误工的天数，不能把因为其他原因造成的误工也一并计算在内。其三，我因被他抓伤，也去医院看伤两次，休息了3天，医药费及误工损失也应由李××承担责任。”

第四节 申 诉 状

一、申诉状的概念、适用范围及作用

申诉状，是诉讼当事人、法定代理人对已经发生法律效力的判决或裁定不服，依法向人民检察院、原审人民法院或上级人民法院要求复查案件或重新审理并撤销、变更原审裁判而提交的书状。

根据刑事诉讼法的规定，有权提出申诉的主体是刑事案件当事人及其法定代理人、近亲属；而民事、行政诉讼法却限定为案件当事人。

申诉是法律赋予公民的权利，可以向人民检察院、原审人民法院提出，也可以向原审人民法院的上级人民法院提出，但不限于“上一级”，可以是“上两级”或“上三级”。民事案件的申诉，不向人民检察院提出。并且，在申诉期间，原审判决或裁定依然生效，当事人不得停止执行。

申诉人书写申诉状不一定能引起再审程序，但却是人民法院和人民检察院提起审判监督程序的重要材料来源。经审查申诉有理，即可引起再审程序，原审判中的错误就可得到及时纠正。这样不仅使国家法律得到正确的实施，维护了法律的尊严，同时也维护了申诉人的合法权益，保障了司法机关的正确执法。

二、申诉状与上诉状的区别

申诉状与上诉状都是依法享有相应权利的主体认为原判决或裁定有错误，而要求依法予以纠正的诉讼文书，但两者之间有着明显的区别。

1. 对象不同　申诉状是对已经发生法律效力的判决或裁定不服而提交的诉状；上诉状则是对尚未发生法律效力的判决或裁定不服而提交的诉状。

2. 期限不同　申诉状的提交一般不受时间限制；上诉状则应在法定期限内提交，如无正当理由耽误期限，则逾期不能上诉。

3. 接受书状的机关不同　接受申诉状的可以是原审法院，也可以是上级法院，刑事申诉状还可以向人民检察院提交；而上诉状只能向做出第一审判决或裁定的上一级人民法院提交。

4. 处理程序不同　接受申诉的机关对申诉案件经过复查，认为原裁判不正确的，按照审判监督程序提起再审；而上诉案件必须由上一级人民法院按照第二审程序进行审理，依法作出终审判决或裁定。

三、申诉状的写作方法

1. 首部

（1）标题　既可只写“申诉状”三个字，也可根据具体案件的性质来确定，如民事申诉状、行政申诉状等。涉及经济纠纷的申诉状，可以“经济纠纷申诉状”为标题，也可写成“经济申诉状”。

（2）当事人的基本情况　一般只写明申诉人或者其法定代表人的基本情况，即依次写明姓名、性别、年龄、民族、籍贯、职业和住址等。如果有代理人，写法与刑事自诉相同，可参看。申诉人是法人或其他组织，应写明该单位的名称、所在地，法定代表人的姓名、职务等。被申诉人的基本情况一般不单独列写，但如有需要也可写出。申诉状中，当事人一般被称为“申诉人”、“被申诉人”，但如果不是被告人本人提出申诉，则应增写被告人栏目。例如，刑事案件由其他公民提出申诉，提出申诉的为“申诉人”，同时需要将被告人的身份事项另行列出；民事案件若是由当事人的法定代理人申诉的，应写明与当事人的关系。

（3）案由　主要写明申诉人因何案不服何地人民法院字何号的判决或裁定而提出申诉。通常写为“申诉人因××一案，不服××人民法院××××年××月××日×法（刑、民、行、经)×字第×号刑事(或民事等)判决(或裁定),现提出申诉”。

2. 正文

(1) 申诉请求 是申诉人申诉所要达到的目的,应明确请求法院撤销、变更原审判决或裁定,请求重审或再审,以纠正原审裁决的不当。

(2) 申诉事实和理由 应当写明不服裁判的理由,写法比较灵活。可以先概括写明原审裁判所认定的事实和意见,然后针对原裁判在认定事实和运用法律方面的错误进行申辩和反驳。也可先陈述客观事实和相关证据,然后再列示原审裁判在认定事实和适用法律方面的主要错误,分条列项逐一进行申辩和反驳。无论怎样写,在这一部分中,都要将案件的客观情况叙写清楚。尤其应注意尽量提供新的事实,以支持申诉请求。同时,还要注意针对原审裁判中的主要错误,依据客观事实和正确的法理分析,进行辩驳论证和纠偏改正。

3. 尾部

① 写明呈送的法院名称。

② 申诉人签名或盖章,并注明具体年月日。申诉人是法人或其他组织,要写明法人或其他组织的全称,同时法定代表人签字并注明其职务。

③ 附项,分别写明本申诉状副本×份,物证×件,书证×件,并附上已经发生法律效力的判决、裁定的司法文书的原件或复印件,以便人民法院审查处理。

④ 如请人代书,应在起诉时间下写明代书人姓名、工作单位和职务。

申诉状的参考格式:

申 诉 状

申诉人:姓名、性别、年龄、民族、籍贯、职业、住址。

申诉人________因________一案,不服________人民法院________年________月________日________法(刑、民、行、经)________字第________号刑事(或民事等)判决(或裁定),现提出申诉。

请求事项

____

____

____

事实和理由

____

____

____

____

此致

________人民法院(检察院)

申诉人:

××××年××月××日

附:1. 本申诉状副本________份;

2. 物证________件;

3. 书证________件；

4. 判决书________份。

四、范文分析

经济纠纷申诉状

申诉人：××市××食品商店。　　　地址：××市××街××号。

法定代表人：×××　　职务：经理。

被申诉人：××市××贸易公司。　　地址：××市××街××号。

法定代表人：×××　　职务：经理。

申诉人因经济合同纠纷一案，不服××市××区人民法院20××年×月×日×法经字(20××)第×号判决，现提出申诉。

请求事项：请求××市人民法院依法受理申诉人诉××市××贸易公司因经济合同纠纷致使申诉人遭受经济损失一案，要求撤销原判，重新审理，作出合法、合理之判决。

申诉事实和理由：

申诉人与被申诉人之间因经济合同纠纷一案，经××市××区人民法院审理，该院于20××年×月×日给当事人送达了×法经字(20××)第×号民事调解书，该调解书裁定如下：

1. 原告(即本案被申诉人)××市××贸易公司，将6 560千克的工业奶粉退还给被告(即本案申诉人)××市××食品商店；被告于20××年×月×日前，将35 250元贷款返还原告。

2. 被告赔偿原告差旅费185元、鉴定费480元的经济损失(与上项同时给付)。诉讼费430元由被告全部负担。

申诉人认为，以上裁定是有悖于事理的，是不公正的。因为上述调解书中载有这样一段关键的事实："原告在拿到被告提供的化验单后，又经××市卫生防疫部门的检验允许，将此工业奶粉转售给××冷饮厂。"调解书中这段记载与一审原告提出的"经济起诉状"记载完全相同。由此可见，本案中申诉人发到被申诉人处的工业奶粉是经过××市卫生防疫部门检验认定为"作为工业奶粉可以使用"的合格奶粉，而不是不合格奶粉。据被申诉人自称：被申诉人收到发货的时间是20××年×月×日(见起诉状第×页第×行)，于同年×月×日(见起诉状第×页第×行)送样品到××市卫生防疫站检验，检验结果："作为工业奶粉可以使用"(见起诉状第×页第×行)。以上事实充分证明，申诉方售给被申诉方的工业奶粉是完全合格的。

20××年×月，被申诉方则根据××市卫生防疫站提供的检验报告单，以检验合格为证据，又将这一批工业奶粉顺利转售给××冷饮厂。但是，当该冷饮厂将此工业奶粉用于加工生产冷饮食品并且在已经使用670千克后，于20××年×月×日再次送样于××市卫生防疫站进行检验，此次的检验结果却为"不合格"。于是，××市××贸易公司便于20××年×月×日起诉于××市××区人民法院。

对此，申诉人认为，我方售出的同样商品，经过同一检验单位(××市卫生防疫站)的科学检验，前两次的检验结果都是合格奶粉。但转入××冷饮厂并且已经使用了部分奶粉之后再行检验，却成了不合格奶粉。其中造成这一批工业奶粉出现质量问题的责任方究竟是谁，岂不是不言而自明？更何况我方售出的工业奶粉是20××年×月，在此期间被申诉人取样进行检验，结果证明是合格奶粉，被申诉人才将这一批工业奶粉转售给××冷饮厂。至于转到××冷饮厂之后出现什么问题，这与申诉方又有什么关系呢?

因此，申诉人特要求人民法院在查明事实真相的情况下，撤销原判，对本案重新审理，作出公正的裁决。并要求通过人民法院追回××市××贸易公司无理纠缠给我方带来的一切经济损失。

此致

××市人民法院

申诉人：××市××食品商店(公章)

法定代表人：×××(签章)

20××年×月×日

附：1. 本申诉状副本2份。

2. 原审民事调解书复印件1份。

3. 书证4份。

【评析】

这份经济纠纷申诉状行文格式标准规范。在正文的事实和理由部分，依事据理，陈述客观而又清楚，说理申诉则雄辩有力。申诉人先将原审民事调解书中的两条裁定意见作为反驳的对象，陈述与本案相关的客观事实，同时还以民事调解书和原告起诉状中的证据，得出责任不在申诉方的结论。

五、病文诊断

申诉状

申诉人：××省××市城市信用社。　　地址：××市××街××号。

法定代表人：×××　　职务：主任。

请求事项：请求重新审理××市城市信用社与××市工商银行贷款纠纷案，纠正××市中级人民法院××××年×月×日×字第×号民事判决。

申诉理由：

1. ××市中级人民法院终审判决认为，我方不是与借贷人肖某串通，骗取××市工商银行的贷款，也不是明知个体户肖某拿××市工商银行的贷款来抵款，因而在收贷时没有过错。但事后知道此还贷之款系××市工商银行的贷款，就应该退还××市工商银行，而保留向个体户肖某追还贷款的权利。我方认为，既然收贷时没有过错，就应该保护我方合法的收贷行为，保护我方的合法权益。

2. ××市工商银行在向个体户肖某放贷时，没有进行资信调查，也没有令其提供贷款担保单位，就将大笔款项借贷给他，事后又不监督其用贷，有很大过错。依照法律规定，有过错的一方对造成的经济损失也应承担一定的经济责任。而终审法院令我方全数归还××市工商银行贷款，没有体现××市工商银行因过错而负经济责任的法律要求，这样，使得早一步积极清贷，控制不法分子肖某行为的我方反而大受损失，违反了有过错则有责任的基本法律原则。

根据上述理由，请求再审此案，重新作出公正合法的判决。

此致

××省高级人民法院

申诉人：××市城市信用社(盖章)

【分析】

这份申诉状在首部缺少案由，在尾部缺少法定代表人签字，并且没有注明具体年月日，同时还缺少附项。

改正：在请求事项之前，加上案由：申诉人××市城市信用社因与××市工商银行贷款纠纷一案，对××市中级人民法院××××年××月××日×字第×号民事判决不服，现提出申诉。

在尾部分别加上“法定代表人：×××（签章）”以及“20××年×月×日”，同时还包括附项：本申诉状副本×份、××市中级人民法院终审判决书复印件1份、书证4份。

能力训练

一、问答题

1. 法律文书的主要特点是什么？

2. 简述申诉状与上诉状的区别。

3. 刑事起诉状与刑事上诉状在写法上有何不同？

4. 在制作上诉状时，如何阐述上诉理由？

二、情景模拟题

1. 根据下列案情材料，拟写一份刑事自诉状。

被告人徐××于2000年4月1日上午11时许，将一张侮辱自诉人人格的小字报贴在工厂食堂门口醒目之处。午饭时引起群众围观。全厂轰动，影响恶劣。被告人在小字报中捏造事实，无中生有，污蔑自诉人道德败坏，无情断绝了与他本人的恋爱关系，而与李××恋爱是为了骗取李××的钱财。还造谣说自诉人与李××刚认识几天就在××公园乱搞男女关系，当场被公园保安人员抓住，受到罚款处理。

4月1日下午，厂保卫科人员经过调查了解，掌握了可靠的证据，证明小字报是被告人所写。于是保卫科人员对被告人进行了严厉的批评。被告人当时表示接受批评，同时，还愿意在车间大会上向自诉人赔礼道歉。当日下午5时下班后，车间主任王××在全车间大会上让被告人检查时，被告人却忽然蛮横起来，当众继续造谣生事，胡说小字报所说的都是事实，绝对可靠，还对自诉人破口大骂，再次公然侮辱诽谤自诉人。

自诉人王××与被告人徐××都是××市××工厂一车间工人，工作上有一些联系，关系一般，被告人于2000年2月向自诉人写情书，要求建立恋爱关系，被自诉人断然拒绝。以后被告人又连续两次向自诉人求爱均被自诉人拒绝，并告知自诉人已有男朋友。于是被告人怀恨在心，寻机报复，企图给自诉人造成难堪的局面。同时于2000年3月通过本车间主任打听到自诉人的男朋友是本市××公司××部门经理李××。

自诉人王××，女，汉族，23岁，住××市××区××街××号，××市人，××市××工厂工人。

被告人徐××，男，汉族，25岁，住××市××区××路××号，××市人，××市××工厂工人。

被告人犯罪的证据有：张贴的小字报影印件；厂保卫科的调查材料；保卫人员高××，车间主任王××及车间工人赵××、朱××可以证实有关情况。被告人的行为触犯了《中华人民共和国刑法》第二百四十六条第一款，已构成公然侮辱诽谤罪。

被告人犯罪动机卑鄙，手段恶劣，情节严重，因此自诉人于2000年4月××日提起诉讼，要求人民法院依法严惩。

2. 根据下列案情材料，拟写一份上诉状。

2001年8月，被上诉人通过××公司史××介绍，到上诉人单位销售大麦。上诉人看过样品后，同意购买，又派该厂薛××到被上诉人处看大麦的质量，认为符合标准。经双方协商，签订了购售合同。合同规定:被上诉人负责为上诉人收购当年产大麦25万千克,每千克0.43元;分两次发货,第一次10万千克,第二次15万千克。质量要求为:要符合国家规定标准二等,水分不超过14%,灰杂物不超过2%,且品种纯、无霉变;并承担收、包装、发货;运输费,凭被上诉人发票付款;第一批货预交代收费50%,第二批货预交代收费100%,款到发货。尔后,上诉人汇去第一批货的预付代收费26 000元,并发去信件、电报,要求被上诉人按合同执行,立即组织收购、发运。被上诉人接到通知后从信用社贷款10 600元,于同年9月上旬,为上诉人代购大麦。发货前经当地粮食部门综合取样,进行了等级检验,证明符合粮食部颁布标准二等。9月18日发298 761斤,分别于10月16日、10月27日到达××站。上诉人提货时,发现麻袋外面有虫子(玉米象),便立即发电报给被上诉人,要求来人处理。被上诉人来后,上诉人以“大麦有虫害,发芽率低,不合等级”为理由,要求退货。双方因质量问题发生争执,被上诉人向法院提起诉讼,要求给付货款。

三、改错题

行政诉讼状

原告:王××,男,47岁,辽宁省××市人,北方远洋公司长城轮轮机长。

被告:半岛港务监督。

1997年5月,长城轮从非洲返航回国途中,发生主机曲轴断裂的重大事故。关于事故的责任问题,我与公司意见不一,我认为我作为轮机长,当时还是恪尽了职守。之所以发生事故,除了本人现场应变能力问题以外,还有客观原因。在我的要求下,公司委托省海运材料研究所、东北海运学院等单位的专家,对事故产生的原因进行技术鉴定。但北方远洋公司没有完全采纳专家的意见,于1997年12月3日作出撤销我轮机长职务的决定。半岛港务监督以北方公司的处理决定为依据,以我在这次事故中“表现其轮机管理能力不符合轮机长的要求”为由,于1998年1月20日作出决定,吊销我的轮机长职务证书。

本人认为,长城轮的事故,是否为责任事故,应以专家鉴定为准,半岛港务监督吊销我职务证书,没有事实根据,理由不充分。被告无视行政法规,已严重损害了原告的合法权益,为此,根据《行政诉讼法》第十一条第一款的规定,特此起诉,要求:

一、撤销半岛港务监督吊销原告职务证书的决定。

二、补偿原告在此期间工资和奖金收入的损失。

此致

半岛区人民法院

具状人:王××(盖章)

1998年6月14日

附:1. 本诉状副本两份。

2. 半岛港务监督《关于吊销王××轮机长职务证书的决定》。

参考文献

[1] 徐中玉. 大学写作. 上海:复旦大学出版社,2004.

[2] 郗钧衡. 新编现代应用文写作大全. 桂林:广西师范大学出版社,2003.

[3] 杨元华,孟金蓉. 秘书写作. 上海:复旦大学出版社,2001.

[4] 盛明华. 常用经济应用文写作教程. 上海:立信会计出版社,2005.

第七章 经济文书

第一节 合　　同

一、基本概念

1. 合同概念

《中华人民共和国合同法》第二条明文规定："合同是平等主体的自然人、法人、其他组织之间设立、变更、终止民事权利义务关系的协议。"在这里，所谓"法人"是与"自然人"相对称的，是指依照国家规定的法律程序组成的组织，它能以自己的名义独立地享有财产的支配权利，承担自己的义务。"自然人"则是和"法人"相对称的个体。这表明合同的双方既可以是法人之间，也可以是法人与自然人之间。

根据上述规定，合同则是平等的民事主体自然人、法人、其他经济组织，出于某种需要或为实现某种经济目的或为完成某项任务，依据有关法律规定，经过双方或多方共同协商而签订的共同遵守条款并用书面形式固定下来，作为今后共同执行和检查的一种法律关系的协议。合同多用于经济领域，它是协作关系的具体体现，是经济管理的有效手段。

合同当事人的法律地位平等，一方不得将自己的意志强加给另一方。当事人依法享有自愿订立合同的权利，任何单位和个人不得非法干预。当事人应当遵循公平原则确定各方权利和义务。当事人行使权利、履行义务应当遵循诚实信用原则。依法订立的合同，受法律保护。

合同与一般的应用文不同，它一经签字生效，就具有法律的约束力，口头谈判达成的不成依据，签约双方当事人必须全面履行合同规定的条款。任何一方不得擅自变更或解除合同，否则，将受到相应的制裁。

订好合同后，应尽快报有关部门鉴证，否则法律上无效，发生纠纷时，仲裁机关不予受理。在执行合同过程中，如发生争执情况，双方当事人均有权向国家规定的合同管理机关申请调解和仲裁，也可以向法院起诉。

协议书也是一种由双方当事人就某一问题经过谈判、协商后取得一致意见而签署的文书。

合同与协议书既有联系又有区别。它们的相同点是：都是经过当事人共同协商签订的建立协作关系或约定关系的凭证。对双方当事人均有法律约束力，双方当事人都必须按照签署的内容，严肃认真地履行权利和义务。它们的区别是：一、从法律效力来看，合同的使用比较严格，要受《合同法》以及其他有关经济法规的限制，行文也较具体、明细、严谨，一经签订则产生法律效力；协议书的使用则比较灵活，局限性小，内容也更为宽泛，条款制作可粗略也可详尽。具体、详细的协议书也可作为正规合同使用，但要经过公证机关公证或行政主管部门鉴证才能产生法律效力。二、从时效上看，合同的有效期限规定得较为严格；协议书的有效时间一般较长，有的甚至是永久性的，而只起意向作用的协议书对其有效时间的议定往往留有余地。三、从适用范围上看，合同一般限于经济活动方面；协议书内容可以是经济活动方面，也可以是其他活动方面，其适用范围比合同广泛得多。

2. 合同作用

合同是产品经济的产物，在社会经济生活中，合同的作用主要体现为：

(1) 合同是发展专业化协作的纽带；(2)合同是促进企业经济核算的有效手段；(3)合同是国家对企业实施监督的重要凭证；(4)合同是维护当事人的合法权益的有力保障。

3. 合同的特点

(1) 合法性

合同既是法律文书，是国家通过法律手段管理、制约经济的一种重要方式。因此，合同从主体资格、签订程序到内容都必须是合法的，即在法律允许的范围内进行，才能得到法律的保护。

(2) 平等性

合同当事人双方之所以能达成一致的协议，是由于双方的权利和义务都得到各自的满足。因而决定了双方的权利和义务是双向的、对等的、等价有偿的，当合同当事人按照合同享有权利时，同时也要为对方承担一定的义务，各自从对方获取经济利益时又必须向对方偿付相应的经济补偿，这就是合同必须遵守的等价交换、双向互补的原则。

(3) 严肃性

这是因为，第一，合同是双方或多方共同协商制订的，关系到自己和对方的权益和义务，干系重大。制作时绝不可轻易承诺，马虎从事。制作中发现错漏缺陷，不能单方面修改而必须经双方或多方协商一致后进行处理。第二，合同的制作，必须建立在国家法律法令的基础上，必须建立在法人提出允诺和接受允诺的基础上，具有法的形态性。第三，合同一经签订，就产生法律效力，对各方都有约束力。任何一方不履行合同，就要承担法律后果。

(4) 明确性

合同的条款内容十分明确，它必须剔除任何歧义。条款内容的明确，一是双方或多方的权利和义务的明确，不明确就是无效合同。二是违约责任的明确，就是“把丑话说在前头”，否则，就有可能产生合同纠纷。

(5) 固定性

合同的体例格式基本相同，一般包括标题、立合同人、缘由和目的、条款、结尾等部分。合同“统一文本格式”经国务院同意，已于 1990 年 10 月 1 日起在全国逐步推行。具体的各种合同的格式，可参照法律出版社 1989 年 12 月版《中国经济合同统一文本格式》中的“统一合同文本格式”15 种，“部门合同文本格式”49 种，“参考合同文本格式”(附录)22 种，共计 86 种格式。

(6) 约束性

合同作为法律文书，具有很强的约束性。合同一旦签订，经过公证机关鉴证后便具有法律效力，合同当事人双方都必须按合同的承诺办事，谁不能履行合同的条款，就要承担经济责任和法律责任。如要变更、终止合同也必须经过双方同意，按法律程序才可进行。而作为合同的文本也是解决经济纠纷的主要法律依据。

4. 合同的种类

从不同的分类标准，可将合同划分为不同的种类。按有效期限划分，有长期合同、中期合同、短期合同；按形式划分，有条款式合同、表格式合同及条款加表格式合同；按合同的适用范围或性质划分，合同可分为购销合同、供用电（水、气、热力）合同、赠予合同、借贷合同、租赁合同、承包合同、建筑工程合同、运输合同、技术合作合同、仓储保管合同、委托合同、人身财产保险合同、农业承包合同等。

（1）购销合同

又称买卖合同，是指卖方向买方转移标的的所有权，并获得买方支付价款时所用的合同。

（2）供用电（水、气、热力）合同

是供电单位向用电单位转移电（水、气、热力）的使用权，用电单位向供电（水、气、热力）方支付价款时使用的合同。合同中应当明确规定电力、电量、用电时间和经济责任等条款。

（3）借贷合同

是借款人向贷款人借款，到期返还借款并支付利息时使用的合同。

（4）租赁合同

是出租人将租赁物的使用权交付给承租人，承租人支付租金（约定酬金）时使用的合同。在合同中应当明确规定租赁财物的名称、数量、用途、租赁期限、租金数量、租金交纳期限和违约责任等条款。

（5）承包合同

是指承包方按照发包方的要求，完成指定的工作，发包方给付酬金时使用的合同。

（6）建筑工程合同

是承包人进行工程建设，发包人支付价款时使用的合同。建筑工程合同包括工程勘察、设计、施工、安装等合同。它必须根据国家批准的计划、设计标准所规定的基本建设程序和计划任务书等文件而签订。

（7）运输合同

是承运方（运输部门或其他承运单位）将乘客或者货物从起运地点运输至约定地点，乘客、托运方或者收货人支付运输费用时使用的合同。运输合同包括客运合同、货运合同、客货联运合同等。

（8）技术合作合同

是科研（技术）单位或部门之间，科研（技术）单位或部门与生产单位之间就技术开发、转让、咨询或者服务等事项订立的明确相互之间责权关系的合同。

（9）保管合同

是保管方保管寄存方交付的保管物，并返还该物，寄存方按照事先约定向保管方支付保管酬金时使用的合同。保管物在保管期间由于保管不善原因而导致损耗，保管方应承担的赔偿责任也应在条款中标明。

（10）仓储合同

是保管人储存存货人交付的仓储物，存货人支付仓储酬金时使用的合同。

在仓储合同中应当明确规定储存货物的品名、规格、数量和仓储方法，验收项目和验收方法，出入库存手续，损耗标准和损耗处理，酬金，支付方式，违约责任等。

（11）委托合同

是委托人和受托人签订的，作为受托方在受托权限范围内处理委托方的委托事务时的法律凭证的一种合同。

(12) 人身财产保险合同

是保险公司向投保方提供人身和财产的保险，投保方向保险公司支付价款时所使用的一种合同。保险合同一般以保险单或保险凭证等书面文件为证明，在合同中应当明确规定保险标的、保险金额、保险责任、赔偿办法、赔偿金支付方式以及保险起讫等条款。

二、写作方法

合同一般有条款式、表格式、条款加表格式三种写作方法。

表格式合同是将合同的各项内容制成固定的表格，合同当事人各自填写，双方签字即可生效。它较多适用于一些简单的合同。如保险合同、购销合同、借贷合同、证券交易合同等。对于一些复杂的合同，必须采用条款式或条款表格式写法。

条款式或条款表格式合同一般包括以下几个部分：

1. 标题

合同的标题一般有以下几种写法：

(1) 合同内容或性质加上文种。如《购销合同》、《租赁合同》、《借贷合同》等。

(2) 合同标的加上合同种类。如《工程承包合同》、《水产品购销合同》等。

(3) 合同生效期限加上合同种类。如《2006年第一季度运输合同》。

(4) 合同当事人加上合同的内容。如《××公司与××集团合资兴建××商贸中心的合同》、《××公司与××仓库仓储合同》。当事人也可以并列写在合同的前面，如：

××公司
××厂　　《购销合同》

标题字体要大而醒目，居于合同正中。

2. 立合同当事人名称

在标题的左下方写明“立合同人”或“立合同单位”，其后并列书写订立合同的双方(或多方)单位名称或当事人姓名，并用括号注明其简称，如(甲方)、(乙方)或(供方)、(需方)或(买方)、(卖方)等，如有中介方也要写明。也可以横行写明签订合同的单位名称及法人代表。

具体样式如下：

立合同单位　××××××(甲方)
　　　　　　××××××(乙方)

立合同人　××××××(买方)　　××××××(卖方)

供方：×××××厂　　法人代表　×××
需方：×××××购物中心　　法人代表　×××

表格式合同，可以直接在设定的位置填写合同当事人名称。

3. 合同编号与签订地点、时间

在合同标题的右下方，并列标识合同的编号和签订地点、时间，以便于归档和备查。如果单位一年之内合同很少，就不一定需要合同编号。

4. 正文

正文是合同的核心内容，一般包括开头、主体、附则三个部分。

(1) 开头

主要写明当事人签订合同的目的或依据，以及双方协商的过程。一般以“根据《中华人民共和国合同法》规定，经双方协商一致，签订本合同”来表明合同是建立在平等互利的基础之上的，双方必须对合同信守承诺。

(2) 主体

根据《中华人民共和国合同法》的规定，合同的主体部分一般应具备以下几项基本条款：

① 标的　标的是合同各方权利和义务共同指向的对象或目标，一般用货币、商品、劳务、工程项目、科研成果、专利、技术等的名称来表示。标的名称要明确、具体、规范，尽量采用国家的统一名称，没有国家统一名称的，双方当事人应协商把名称统一起来。

② 数量和质量　数量和质量是标的的具体指标。数量指的是标的数量，合同中必须明确规定标的数量、法定计量单位和计量方法。合同中的计量要求数字精确、规范。质量指的是标的的质量和包装质量，在签订合同时，要从材料、质地、性能、等级、标准、保质期等方面规定质量要求，合同标的的质量标准，要力求按专业标准。如工业产品的质量，必须具体定出所遵循的国家颁布标准或省(部)标准。质量标准没有规定的，可由双方协商确定，并应提供样品或验收标准。

③ 价款或者酬金　价款与酬金是标的所体现的价值，是获得商品或接受劳务、科技成果等的一方向另一方所支付的代价或报酬。购销合同一般所付为价款，工程、加工、劳务合同一般所付为酬金。价款与酬金一般以货币数量表示。在合同中，必须明确规定价格或酬金的数量(如单价和总金额)、计算标准(如币制、货币单位)、结算方式(如现金支付、银行转账、票据结算等)。凡有国家或地方规定标准的按国家或地方规定执行；国家或地方允许价格浮动的，应在浮动价格的幅度内定价；国家或地方没有统一标准的，双方当事人可自行协商。

④ 包装和验收方法　主要包括包装的材料(纸质、木质、塑料等)、规格等和验收的标准(如按样品验收)、方法(如抽样验收、验收合格率的规定等)。

⑤ 履约期限、履约地点和履约方式　履约期限是指合同当事人履行义务的时间界限，如交付货款、酬金，履行劳务、完成工程等项目的时间界限，是界定当事人是否按时履行合同内容的客观依据。如果履约期限没有明确的规定，就会形成价款、工期的任意拖延，当事人的期限利益就会受到损害，所以履约期限必须明确、具体。限定词一般为“以前”、“以内”。如“2006 年 2 月份以前完成”、“第一季度内完成”。

履约地点是合同当事人完成所承担义务的地点，由双方或几方约定，但要写得非常具体。如交货地点、运货地点、承建项目地点等。

履约方式是指合同当事人履行合同义务的具体方式。例如交货方式(分批交货还是一次交货)、运输方式(陆运、海运还是空运方式；供方送货还是托运)、运费承担方式、包装及费用承担方式、付款方式(一次性支付还是分期支付，是现金支付还是支票、转账、结算等支付方式)、损耗计算及承担方式等。

⑥ 违约责任　违约责任是指不履行合同条款的当事人所应负的经济上的法律责任。它既是维护合同当事人合法权益的保证，也是对不履行合同义务者的处罚依据。有了违约

责任，才可能督促合同当事人严格按合同条款办事，信守合同义务。违约责任主要采取违约金或赔偿金的形式，在具体的条款中应写得明确、具体、周详。如质量不合格，数量不足，规格不符，包装不善，到期不付款，工期完不成等，都应确定承担什么样的经济责任。对违约责任的制裁，其处罚是对等的，如迟交货，每天处以罚金 0.03%，对不按期付款同样每天处以 0.03%的罚金。拒不交货处以罚货款的 20%，而拒不收货的同样处以 20%的罚款。

⑦ 解决合同纠纷的方式　解决合同纠纷，往往通过当事人和解或仲裁机构调解等方法。

(3) 附则

正文的左下方应注明合同的份数和保存方式；合同执行过程中发生意外（如自然灾害、战争、政治原因等非人为因素）无法履行的处理方法；合同中未尽事宜的补充规定；合同的附件（如表格、图纸、样品等）的名称、数量等。

5. 签署

签署是合同的结尾。合同的签署主要包括合同当事人（双方或多方）的单位名称、地址、法人代表姓名、委托代理人姓名及其电话、电挂、开户银行、邮政编码等。根据需要还要写明上级主管部门审核意见、鉴证机关的意见，并与签署单位并列，签署中涉及的单位、部门、机关要写全称并加盖公章。最后还要写明合同的有效期限。合同的有效期限，即合同具有法律效力的起止日期。

三、范文分析

产品购销合同

供方　上海××电器厂　　　　合同编号＿＿＿＿＿

需方　江苏盐城××商厦　　　签订地点＿＿＿＿＿

签订时间：2005 年 10 月 20 日

一、产品名称、商标、型号、数量、金额、供货时间及数量

产品名称	牌号商标	规格型号	计量单位	数　量	单　价	金　额	交（提）货时间及数量
电热水器	××牌	DR-90-220 V	台	30	2 000	60 000	2005 年 11 月 15 日 30 台
电淋浴器	××牌	DRT12K-3	台	20	800	16 000	2005 年 11 月 18 日 20 台
合计人民币（大写）：柒万陆仟圆整							

二、质量要求技术标准：要有产地证明和当地质检部门以上证明。

三、供方对质量负责的条件和期限：厂家保修半年。

四、交（提）货方式：代办托运。

五、运输方式及到达站（港）的费用负担：铁路（集装箱），运费买方负责。到站：盐城站。

六、合理损耗计算方法：DR 类按合同价下浮 12%，DRT 类按 10%计算。

七、包装标准、包装物的供应与回收和费用负担：纸皮箱泡沫包装，不回收，不计价。

八、验收方式及提出异议期限:货到后,买方验收,七日内提出异议。

九、随机备品、配件工具数量及供应办法。

十、结算方式及期限:首批货款买方收货后先付款50%,其余三个月内付清。

十一、如需提供担保,另立合同担保书,作为本合同附件。

十二、违约责任:卖方不能交货,买方中途退货的,向对方偿付不能交货或中途退货部分货款总值20%的违约金。

十三、解决合同纠纷的方式:主要通过双方平等协商或仲裁机关调解的方式。

十四、其他约定事项:见合同补充规定(另附)。

供　方	需　方	鉴(公)证意见
单位名称(章) 单位地址:上海市××西路118号 法定代表人:××× 电　话:81200068 电报挂号:×××× 开户银行:上海市建行××路支行 账　号:××××××××× 邮政编码:200002	单位名称(章) 单位地址:盐城市××中路88号 法定代表人:××× 电　话:61800088 电报挂号:×××× 开户银行:盐城市工行××分行 账　号:××××××××× 邮政编码:××××××	经办人 鉴(公)证机关(章)

有效期限:至2005年11月20日

这是一份条款加表格式的购销合同,标题由合同性质加文种构成。从总体上看,符合合同的写作要求,结构较完整,条款内容全面具体,清楚明确地规定了双方的义务。标题左下方并列写明了当事人的单位名称,标题右下方写明了合同编号(以有利于当事人双方对合同的管理与保存)、签订地点、签订时间。正文采用表格条文结合式,开头先用表格列出产品名称、牌号商标、规格型号、计量单位、数量、单价、金额等,简单清楚,一目了然。其他内容如质量要求、交(提)货方式、运输方式、损耗计算、结算方式、违约责任、解决纠纷方式等以条文列出,内容较全面、语言表述清楚。合同的签署也是以表格形式出现,其中注明了供方需方单位名称、地址、法人代表、电话、电挂、开户银行及其账号、邮编、鉴证机关意见及公章等。签署的最后一项还包括合同生效的法律期限。

这种细致、周全的合同,可避免合同纠纷,便于双方履行。

四、病文诊断

合　同

立合同单位:××机械厂第一车间(甲方)

××市××建筑公司生产科(乙方)

为建筑某机械厂第一车间厂房,经双方协商,订立本合同,作为共同遵守之准则。

1. 甲方委托乙方建造厂房一座,由乙方全面负责建造。

2. 全部建造费用(包括材料、人工)人民币×××万元。

3. 甲方在订立合同后,先付给乙方一部分建造费。

4. 工期在12个月内建成。

5. 建造厂房所用的材料，由乙方负责筹办。

6. 本合同一式两份，双方各执一份。

附件(略)

甲方：××机械厂(公章)

乙方：××市××建筑公司(公章)

××××年×月×日

这显然是一份建筑承包合同，标题中没有写明合同的性质，应改为"建筑承包合同"；订立合同的当事人不合规范。一般来说，合同当事人是在法人之间订立的，也就是说主体绝大部分是法人，主要由机关、团体、企事业单位充当。上述合同的当事人不属于法人，只是法人的分支机构，所以"车间"、"生产科"是不能以当事人身份来签订合同的；格式上有欠缺，条款不全，合同中标的不明确，没有对厂房、建筑材料的规格提出要求，甲方、乙方之间均无违约责任的要求；语言表达不妥当、不清晰、不明确。"作为共同遵守之准则"的提法不妥，作为合同条款，双方应各负其责，各自承担不同的权利和义务，怎能"共同遵守"呢！可改成："各自履行应尽的义务"。交付建造费的先后比例、时间、数额不明确，给履行合同带来了不便，也容易造成纠纷。"开工"、"交工"日期不明确，易引起纠纷。

能力训练

一、判断题

1.《合同法》规定，合同的内容由当事人自行约定，所以合同写作可以由作者任意为之。 ( )

2. 合同与协议书的法律意义是相同的，只不过后者更具灵活性、原则性和广泛性。 ( )

3. 只有书面合同才可能具有合法形式。 ( )

4. 合同可能有三方当事人。 ( )

5. 合同关系是社会关系。 ( )

二、问答题

1. 什么是合同？合同与协议书有何异同？

2. 合同有哪些分类标准？每一类中主要包括哪些合同？

3. 简述经济合同的特点、作用。

4. 请简述合同的写作要求。

三、情景模拟

1. 根据以下材料，拟一份有效的合同。

××学院因校园扩建，于2005年8月向××家具厂订购桌椅2 300套，每套定价500元人民币。由××家具厂于2005年12月8日至12月10日间送至××学院。××学院合同订立之日起五日内支付货款的20%，其余货款在全部桌椅送到并验收后的一周内支付。

2. 根据下列谈判情况，写一份加工合同。

盐城市××铝合金厂(甲方)的张××于2004年10月15日与上海××建筑公司(乙方)的代表徐××签订了一份合同，经过协商同意：乙方委托甲方按样加工太阳能热水器200 000台，加工单价每只800元(人民币)；铝合金窗框9 000副，单价每副20元(人民币)；铝锅10 000只，单价7元(人民币)。乙方每月提供原料×吨，厂房及设备由甲方负责，原料及包装物料由乙方运至甲方工厂，运输和装卸费由乙方负责。产品由甲方运至上海乙方公司，运输和装卸费由甲方负责，损耗率为2‰。甲方加工的产品于2005年12月30日以前交完给乙方验收，交货须经双方在出货单上签字生效。由乙方负责投保，加工费以支票付款，凭双方签字的出货单据结算加工费。如乙方逾期付款,应按当地银行利率计算,加入下一期加工费内向甲方结算。乙方开户银行是上海××银行,账号是×××××××××。甲方开户银行是盐城市××银行,账号是×××××××××。若乙方未按量提供原料,则乙方负责甲方损失的责任,按来料不足部分价值的10%赔偿加工费,若甲方未按时、按质、按量交付产品,则甲方应负乙方损失的责任,按未能如期交付产品价值的10%赔偿。合同期一年。本合同一式五份,正本两份,甲乙双方各执一份。副本三份,送鉴证机关及双方开户银行。

3. 请根据以下条件拟写出合同的"违约责任"条款。

甲乙双方签订了一份产品购销合同。甲方负责在2005年11月25日前把产品发往盐城招商场,由乙方到货场提货,并要求乙方在收到货后15天内,即2005年12月10日前(以乙方当地邮戳为准)把货款从银行汇寄给甲方。

四、改错

1. 分析下面一份合同书,说明其中存在的问题并修改成一份规范的合同。

经 济 合 同

立合同人:

××汽车制造厂三车间(以下简称甲方)

××建筑公司生产科(以下简称乙方)

甲方需建一座大楼,经双方反复协商,共同订立本合同。

第一条:甲方委托乙方建造楼房一座,由乙方负责建造。

第二条:全部建造费用大概为人民币500万元,甲方在订立合同生效后一个月左右,先付给乙方全部费用的50%左右,其余部分在楼房建成验收后一次付清。

第三条:建房所需水、电等由甲乙双方共同解决。

第四条:大楼从合同签订之日起,争取春季开工,力争明年夏季交付使用。

第五条:合同一式两份,双方各执一份为凭,并作为检查督促的依据。

××汽车制造厂(公章)

法人代表(盖章)

××建筑公司(公章)

法人代表(盖章)

××年×月×日

2. 请指出下面的合同存在的问题,并在保留其基本内容的前提下,对其进行修改。

工 程 合 同

上海××服装厂(甲方)与××省××市建筑公司(乙方)经商定协议如下:

(1) 建筑内容:甲方原有厂房(均系两层楼房)1 000平方米,现扩建2 200平方米,其中拆除600平方米。新厂房要求四层钢水泥结构(另有图纸)。

(2) 工程进度:2000年3月1日开工,年底前完成。

(3) 建筑费用:全部建筑工程费用400万元(另有清单),所有建筑材料均由乙方负责采办。订立合同后甲方先付给乙方工程费用200万元,余款在厂房验收后全部付清。

(4) 经济责任:厂方如未按期付款,每超过1天应赔偿给对方按工程费1‰计算的赔偿金;建筑公司如未按期完工,每晚一天,厂方可在工程费中扣除1‰赔偿。

(5) 施工期间的人身安全由双方负责。

(6) 本合同一式四份,双方各执两份。

甲方(单位盖章)　　　　乙方(单位盖章)

代表人(签章)　　　　代表人(签章)

3. 阅读下列材料，确认应属于合同的哪一类，分析该合同的问题出在哪一方面的条款中，并将应补充修订的条款拟出来。

有一家产品加工工厂(简称乙方)与外商××公司(简称甲方)签订了一份合同，为该公司加工某机电产品的外壳。合同签订后，乙方投产年余，甲方一直来料不足，致使乙方无法正常生产，且合同又无赔偿规定。基于这种情况，乙方本可以接到别的加工任务来补偿，但合同上明文规定，在本合同有效期间，乙方不得接受"第三方"做同样的加工任务。乙方因此造成开工不足，损失严重，导致发放工资都有困难。

第二节 广 告

一、基本概念

1. 广告概念

简单地说，广告即"广而告之"。有广义和狭义之分，广义的广告，包括经济广告(或商业广告)和非经济广告。经济广告是以促进商品销售或提供劳动服务信息为目的，与经济利益密切相关。非经济广告是指经济以外的各种公众性传播活动，它虽然也传达信息，但跟经济利益没有关联。如公益广告，社会团体的公告、启事、声明等。狭义的广告专指经济广告(或商业广告)。这里所介绍的广告是指狭义的广告。即根据《中华人民共和国广告法》第二条规定："是指产品经营者或者服务提供者承担费用，通过一定媒介和形式直接或者间接地介绍自己所推销的产品或者所提供的服务的商业广告。"

2. 广告的作用

(1) 传递信息

通过广告宣传，某种商品可让需要者知道并前来购买，这样，不但提高了消费者的生活质量，而且还搞活了经济，加快了资金流动，提高了经济效益。

(2) 指导消费

广告沟通产、供、销渠道，介绍商品信息、产地、质量、性能、价格。这样就可以让消费者了解商品的情况，根据需要选购商品。又使企业的商品提高知名度。

(3) 提高声誉

一种商品要想持续保持较好的市场，需要通过广告提高商品的知名度。这样不仅解决了商品积压问题，而且有可能使商品畅销，成为抢手货，甚至有可能打入国际市场，扩大出口贸易，增加外汇收入。

3. 广告的种类

广告的分类标准很多，这里介绍两种常见的类型：

(1) 根据广告性能划分

① 经济广告　主要涉及生产、流通领域及其服务行业的广告。如各种商品广告、服务广告等。

② 文化广告　主要指文化、科技、教育、卫生、娱乐、出版等方面的信息广告。如学校招生，出版新书征订，电影、戏剧海报等。

③ 观念广告　主要指说服人们接受某种观念或改变某种消费意识和习惯，从而达到推销商品目的的一种广告形式。推销界关于推销有三个层次的说法：最好的推销是推销观念，

其次是推销知识，再次是推销商品。消费者接受了关于某种商品的观念，改变了某种消费习惯，养成了某种消费心理，自然也就接受了商品。

（2）根据广告传播媒介划分

① 印刷品广告　主要是指为了推销商品、提供服务、介绍企业情况等在印刷品上进行宣传，以引起消费者兴趣和购买动机所做的广告。其中又以报纸广告与杂志广告为多。报纸广告的读者面宽广，发行量大，宣传效果好，影响大，制作简单，收费较低。杂志广告可用彩色印在杂志的插页上，对广大读者有很大的吸引力。

② 电播广告　是以无线电波为媒介所做的广告。其中以电视广告最多，其次是广播广告。电视广告要巧妙构思，耐人寻味，生动有趣，不落俗套，寓商品介绍于娱乐之中，有艺术欣赏价值。电视广告深入千家万户，宣传效果好。广播广告发挥以声夺人的特长，主要靠语言配音乐介绍商品，要求文笔简练、语言通俗易懂。这种广告传播迅速、及时，拥有亿万听众，宣传效果好。

③ 霓虹灯广告　这种广告是使用彩色霓虹灯来进行产品、厂牌或企业名称宣传的广告。它的式样多种多样，有图案式，也有文字式，还有图文并茂式。它的优点是利用光电色彩相结合，给人美感，富有吸引力，宣传效果好。

④ 橱窗广告　这种广告是使用商店玻璃橱窗来陈列产品进行宣传。产品陈列，可用实物，也可用图片加文字说明。它的优点是真实感强，宣传效果好。

⑤ 路牌广告　这种广告是使用不同形状的广告牌立于路旁，向过路行人进行宣传。一般画面大，多以图案文字结合为主，醒目、美观，可长期保存，宣传效果好。

⑥ 传单广告　这是使用纸片传单的形式进行产品宣传的广告。一般用布告或描述体介绍产品；可读性强，消费者易于接受，宣传效果好。

⑦ 邮政广告　这是以邮局为媒介传递的广告。它的形式多样，如各种征订单、销售函、产品介绍、商品说明书、产品样式图片等。这些广告用在不同的场合，表现形式不同，写作方法和制作方法也各不相同。

总之，凡在广告前加上媒介名称的都属这种分类。

二、写作方法

文字广告包括标题、正文、广告语、随文四个部分。

1. 标题

标题是广告的题目，通常置于文字广告最前面。广告标题是广告主题的高度浓缩和概括，承载着传达最为重要或最能引起公众兴趣的信息。

根据广告标题的内容，可将其分为直接标题和间接标题。

（1）直接标题

直接标题也称直接诉求式标题，就是直接显示商品名称、品牌、企业名称或其他所要告知大众的信息的标题。如“盐城市人民商场美容美发品展销”、“三月份新片预告”。

（2）间接标题

间接标题不直接点明广告主题，而是采取较为委婉的、耐人寻味的方法，用一些富有情感色彩、引人想象和深思的语句吸引公众。如提问式药品广告标题“咳痰不畅，怎么办?”；比喻式冰箱广告标题“同住一座楼，气味不相投”等。

按照编排形式的不同，又可以将广告标题分为单一标题和复合标题两种。单一标题或为直接标题，或为间接标题，只用一个标题。复合标题由引题、正题、副题三部分组成。引题在正题前面，点明意义、交代背景等；正题也叫主题或主标题，是标题的中心，用来传达最主要的信息；副题居于正题之后，对正题内容加以补充。例如：

吴良材眼镜公司春节迎新奉献（引题）

保护你视力，奉行我职责（正题）

真情回报酬宾活动（副题）

（材料来源：何修猛．现代广告学．上海：复旦大学出版社，2004.）

复合标题除正题必须出现外，可视具体需要省略引题或副题。例如某网站广告标题：

其他网站提供工作，我们提供机会（正题）

今天就与你自己的机要职业顾问联系吧（副题）

（材料来源：蔡嘉清．广告学教程．北京：北京大学出版社，2005.）

又如某公司引进人才广告标题：

广纳天下贤才，诚引各方精英（引题）

中国森达鞋业集团引进人才启事（正题）

2. 正文

广告正文是除广告标题、广告语、附文以外的文字，是在整个文字广告中承载着重要广告信息且主要产生传达效果的文字语言部分。广告正文应有效地将广告标题所提示的诉求点通过不同的表达形式持续下去，详细而准确地支持广告标题，力求使文字广告具有可读性和趣味性。

广告文案正文的表达形式有很多种，比较常见的有：①陈述式；②描写式；③抒情式；④论证式；⑤说明式；⑥幽默式等。下面关于交通安全的一则公益广告的正文就是采用幽默诙谐的风格，引起传播受众更浓的兴趣以帮助其产生更深的印象，从而使广告传播产生积极的效果。

"绿灯可以再等，生命无法重来；

晚一分钟回家比永远不回家要好得多；

阁下驾驶的汽车，时速不超过30千米，可以欣赏到本市的美丽景色；

超过60千米，请到法院作客；

超过80千米，请到本市最好的医院；

上了100千米，祝您安息吧！"

[材料来源：何修猛．现代广告学（配套光盘）．上海：复旦大学出版社，2004.]

3. 广告语

广告语又称广告口号、广告标语，是企业精神高度浓缩的经典口号或是能对消费者产生亲和效果的诉求提炼，讲究以简洁、贴切、创新、易记来征服消费者。

广告语分类标准繁多，很难一一列举，一般按照其表现形式可将广告语划分为四大类：

(1) 鼓动型广告语

该类广告语主要采取强烈的祈使、敦促语气以号召、鼓动消费者产生购买的欲望或行动。诱导性是其最显著的特征。例如：风帆牌电池广告"好马配好鞍，好车配风帆"；尿不湿广告"让未来的主人翁的屁股永远干爽"。

(2) 抒情型广告语

该类广告语主要采用抒情的语气，为消费者营造出浓郁的情感氛围，旨在引起消费者心理情感上的认同。例如：南方黑芝麻糊广告"一股浓香，一缕温暖"；柯达胶卷广告"分享此刻，分享生活"；房地产广告"房子加上爱，就成一个家"。

（3）赞颂型广告语

该类广告语主要采用赞扬的语气，概括出产品的特点、性能、与其他同类产品相比得出的优势以及企业的品牌或形象。例如：电器广告"海尔，真诚到永远"；油漆广告"立邦漆，处处放光彩"。

（4）标题型广告语

该类广告语一般放置于广告标题位置，代替标题作用。例如："喝孔府宴酒，做天下文章"；"穿上万里鞋，潇洒走人间"。

广告语的创作，可运用比喻、比拟、象征、引用、对偶、排比、夸张、顶真、回环、谐音、反语、反问、重复、双关等多种修辞手法。例如：

"长城电扇，电扇长城"（回环）；"路遥知马力，日久见丰田"（引用）；"六神有主，全家无忧"（对偶）；牙刷广告语"一毛不拔"（夸张）；"杉杉西服，不要太潇洒"（反语）；"汾酒（分久）必喝（合）"（谐音）；"车到山前必有路，有路必有丰田车"（顶真）；"大宝明天见，大宝天天见"（双关）。

4. 随文

随文是广告不可缺少的组成部分，一般放在广告文案的结尾部分。其作用是标明企业名称、地址、购买商品或接受服务的方法等，为消费者购买商品提供方便。

三、范文分析

推动摇篮的手就是统治世界的手，也是最舍不得享受的手。

1/4 妈妈没有手表：

不是买不起，只是她们认为待在家里忙家务，戴不戴表都无所谓，何不把钱省下来当家用。

2/4 的手表是旧款式老表：

妈妈们的手表至少有一半以上是旧表、老表，有的是结婚前的，有的甚至是儿女嫌旧不要的……她们舍不得享受，即使是旧的，她们也认为蛮好的。

3/4 的妈妈还是要戴表：

虽然妈妈们经常为了料理家务而不方便戴表，但是她们偶尔外出购物、访友、娱乐身心时，还是需要佩戴一只手表。

向伟大的母亲致敬，别再让母亲辛劳的手空着，本公司为庆祝母亲节，特别洽请星辰提供最适合母亲佩戴的女表 5 000 只，即日起到 5 月 11 日止，以特别的优惠价供应，欢迎子女们陪同母亲前来选购，送给母亲一份意外的惊喜。

【范文分析】

范文是一则推销手表的广告，也是一则匠心独运的广告。一般广告宣传重点放在商品品牌、特点、性能、效用上，其商业味很浓，让顾客觉得与商家仅仅是商品交易关系。该广告销售商为消费者营造了感恩亲情氛围，并运用富有说服力的数据和充满真情的鼓动，吸引和影响消费者，在母亲节时献上一份礼物。从创意上来说，以情感人，让消费者觉得亲切，能很快下定购买的决心。从宣传效果来看，也能够达成很好的销售业绩。

四、病文诊断

某药厂抗癌新药广告："癌症不用怕，只要用了它，保证你药到病除。"

【病文诊断】

好的广告应有准确的定位、真实的内容、独特的创意，最终还要有实际的效应，即有利于商品的销售和企业形象的树立。上面的病文广告实际上是一则虚假的医药广告，《广告法》规定不得发布虚假广告，不应含有绝对化的语言，如："根治"、"根除"、"不反弹"、"药到病除"、"最先进科学"、"最高技术"等词语，也不应含有"无效退款"、"保险公司保险"、"无毒副作用"、"服用 1 至几个疗程病症全无"等承诺。目前国内外还没有能根治好癌症的特效药。所以，"药到病除"实际上是愚弄消费者，也损害了企业的形象。

作为一种抗癌新药，广告时完全可以强调其诉求重点。例如可以突出该产品与其他传统抗癌产品的不同之处：本产品系纯中药制剂，毒副作用小（或中西结合，药效持久，疗效显著等）。另外，每种产品都有消费对象，所以该抗癌新药广告时可以说明针对某一类癌症患者有独特的疗效，对其他癌症患者也有辅助作用，也可以说明对癌症某一时期有较好的疗效等。总之，产品定位明确，既不会失去其消费群，广告信息的实际效益也不会低。

能力训练

一、判断题

1. 广告标题多种多样，"长虹，天上彩虹人间长虹"是属说明式广告。 （ ）
2. 感情诉求广告，主要作用于人们的理智，以促进人们有意识的购买行动。 （ ）
3. 本品具有气味芬芳、使用方便、效果显著、无副作用等优点。 （ ）
4. 天有不测风云，人有旦夕祸福，花好月圆人难永寿——赶快办理人寿保险吧！ （ ）
5. ××市旅游公司，为您——春游消夏　新婚旅行　参观考察　了解祖国 （ ）
6. 广告的四大要素包括广告代理公司、广告信息、广告媒介和广告费用。 （ ）
7. 广告表现的内容要求是真实、准确、客观公正。 （ ）
8. 在四大传统媒体中，报纸是发行量大、读者多、收费低廉的媒体。 （ ）

二、问答题

1. 什么是广告？广告有什么作用？
2. 广告有哪几种分类方法？按照这些方法，分别谈谈广告的分类。
3. 广告标题的写作方式有哪些？
4. 什么是广告语？广告语的写作修辞手法有哪些？
5. 广告语与广告标题的区别是什么？
6. 报纸广告的优、劣势是什么？
7. 杂志广告的优、劣势是什么？
8. 电视广告有哪些特点？
9. 广播广告有什么特点？
10. 广告内容各异、形式多样，一份文字广告一般包括哪四个部分？其中正文部分又有哪几种写作方式？
11. 现在几乎形成"广告大战"，结合你所见到的广告，谈谈编制广告时应注意哪些问题。

三、情景模拟

1. 根据下面材料拟写一份报纸广告。

宝祥金店原是中国人民银行下属企业，于 1985 年由中国人民银行南京分行组建，所有的黄金珠宝原料都由国家权威机构认证认可，在南京和宝祥竞争的还有宝庆、通灵等实力雄厚的企业，与宝庆号称南京一金一银，金——宝祥金店，银——宝庆银楼。目前的南京市场黄金珠宝消费已渐成熟，市场竞争激烈，款式、风格虽趋于多样化，但消费者更趋于理性和成熟，市民购买珠宝不仅仅为了装饰，更多是为了投资，因此消费者对黄金珠宝更注重成色与价格。

近两年来，南京黄金珠宝价格战不断，但有媒体揭露，其中有相当一部分是虚假打折，先涨后降，因此消费者对于各大黄金珠宝企业降价销售的广告已司空见惯，降价广告对消费者的吸引力大打折扣，甚至形成逆反心理，愈是降价的黄金珠宝愈少有人光顾。

宝祥为了吸引消费者决定不打折，不搞价格战，在消费者购买黄金珠宝时，与消费者签订协议，承诺凡在店内镶嵌饰品，一年内免费调换，终身免费清洗，免费维修及改制圈口，免费咨询服务。

宝祥金店自建店以来，几乎没有任何消费者投诉现象发生，为江苏省消费者信得过企业。

为了招揽顾客，宝祥自制了 2003 年贺岁普通纪念币，作为消费者的赠品。

2. 广告语可分为鼓动型、赞颂型、标题型、抒情型，请指出下列广告语类别。

① 穿森达皮鞋，走成功之路。

② 足下见雅丽，步伐显青春。

③ 天府花生——越剥越开心！

④ 老庙黄金给您带来好运气。

⑤ 人头马一开，好事自然来。

3. 某一保温瓶厂的广告语为“××保温瓶热心永驻”，试分析其如何做到“强化”与“弱化”相结合的。

4. 某公路丁字路口处常发生恶性交通事故，交通部门拟在此竖立一块广告牌，以提醒过往司机注意安全。以下有四则广告标语供选择，你认为最适当的是哪一则？为什么？

① 此处小心，减速慢行。

② 弯道危险，注意安全！

③ 此处为事故多发地点！

④ 此处已摔死 8 人，你想做第 9 个吗？

5. 试从电视广告或广播广告中举出几条广告标语，分析这些广告标语在刺激需求、维持印象、促成购买中所起的作用。

三、改错

阅读下列三则广告，指出各自的毛病：

(1) ××饮料，饮料至尊，解渴消暑极品。

(2) 某商店门口赫然写着：“本店出售如下新产品：人革皮鞋、儿童肉松、毛牛肉干。”

(3) 有一则销售××牌超浓缩洗衣粉的广告文稿这样写道：“全国首创，使用方便，效力极强，特别经济，省时省力，最佳选择。”

第三节　产品说明书

一、基本概念

1. 产品说明书概念

产品说明书也叫商品说明书。产品说明书是向消费者介绍产品的性质、性能、构造、用途、规格、使用方法、保管方法、保养与维修、注意事项等以指导消费的一种文书，是使用范围很广的一种说明文。实用性是产品说明书最基本的特征。产品说明书随产品赠送，在社会经济生活和人们的日常生活中，起着重要的作用。它是产品和消费者之间的一座桥梁，是消费者正确使用产品的向导，也是产品最大限度地实现使用价值的保证。

说明书与说明文是既有区别又有联系的一组概念。说明书与说明文都是对事物进行解说从而能使受众了解某些知识。说明书一般都运用说明文体，但并非所有说明文都可称为说明书。说明书，除了运用说明手段、授人以知识这一点以外，更要实现其传播效应——实用功利性。如看了一件产品及所附的说明书，人们就会产生购买这件产品的欲望；读一部作品的出版说明，人们就想去买这部作品来读。而新闻联播中关于一个经贸部会议的说明，仅仅是向人们传达某一知识和信息，而不是引起人们产生参加这个会议的欲望。

2. 产品说明书功能

产品说明书在产品和消费者之间起“纽带”功能。具体表现在以下三个方面。

（1）说明产品功能

产品说明书对产品起说明作用，帮助消费者获得某一产品的知识。例如了解如何正确使用产品，懂得如何保养产品，从而为购买和使用产品创造便利条件。

（2）推销产品功能

不少产品说明书借用广告生动活泼的表现手法，丰富了产品说明书的内容，在宣传产品的同时，也起到推销产品的作用，能激发消费者的购买欲望。

（3）普及知识功能

有些产品说明书，侧重于普及某种知识和技术，使消费者从中有所受益。如有一篇介绍毛笔的品种和规格的说明书，涉及毛笔的制作方法、制作原料、用途、形式等几个方面，起到了向消费者普及毛笔专业知识的作用。

3. 产品说明书特点

产品说明书具有以下特点：

（1）客观性

产品说明书在撰写时，要求对产品作客观、科学、如实地介绍，不容许虚拟、夸张、变形。既要介绍产品的性质、功能构造、保养以及优点和特色，也要说明使用中可能出现的问题和毛病，以取得人们对说明对象的确信。

广告与产品说明书相比，除了真实，还有更多的主观艺术创意，广告虽然也要对事物作实事求是的说明或介绍，但广告有更多的渲染，其客观性常通过主观的艺术创造来表现，说明书原原本本告诉人们事物的真实存在的形式和特征，其内容也常比广告具体得多。

（2）知识性

产品说明书是知识的传播媒介，能帮助人们认识所介绍说明的产品的性质、特点、功能、用法等，从而更好地了解说明对象，让产品的使用价值得到最大限度的发挥。因此，一则好的说明书就是顾客的一个好参谋，它能给读者以多方面的知识。准确地传授有关知识，是说明书的职能特点。

（3）条理性

产品说明书对产品的介绍，是逐项进行说明的，撰写时，或按照产品的性能、用途、使用和保管方法等顺序，或按用户认识产品的递进顺序安排结构层次，使之言之有序，条理清晰。

（4）通俗性

由于消费者的文化层次有很大差异，这就决定了在写作中尽量使用大众化的语言，简单明白地解释，必要时还可以用图文对照方式说明操作的步骤和方法，简单直观地进行介绍。当然，如果是专用仪表、机械说明书，其阅读对象是专业人员，也可以使用一些专门术语。

二、写作方法

产品说明书内容简单的可印在产品的包装上，如条款式说明书、概述式说明书。内容较全面的说明书可单独装订成册，随产品一起赠送，如综述式产品说明书。

综述式产品说明书一般由以下部分组成：

1. 封面

封面内容一般包括产品的标题、产品实物图或装饰图以及该说明书的一些声明等。封面的创意应新颖、醒目。

2. 标题

标题主要由产品的名称加上“说明”或“说明书”组成，如“21金维他片说明书”。有的在产品名称前还标注产品的型号、商标、生产厂家等，如“三角牌SYL型保温式自动电饭锅说明书”。同时，批准生产部门、批准文号、专利证书号等要标注在标题附近。

3. 目录

产品说明书目录包括正文各部分内容以及页码，一般在封二或第一页开始设置。

4. 正文

正文是产品说明书的核心部分，主要包括以下内容：

(1) 产品概述

主要介绍生产厂家的历史、现有规模、技术力量、产品质量、办厂宗旨、经营状况等方面的情况，也可以概述产品的名称、特点、设计原理、适应范围等情况。

(2) 技术指标

详细说明商品的性能、特点、规格、成分、型号等，一般要用数据或图表明确标出。

(3) 产品的结构

借助示意图对产品作解释说明，具体说明各部分的特征。

(4) 使用说明及注意事项

按照操作的程序逐一列出使用方法，以便消费者正确地使用。还应说明在使用过程中应注意的问题。

(5) 保养及维修方法

具体说明保养与维修的方法，对一般常见的故障成因及处理方法应作特别说明。

(6) 售后服务

主要说明商品的维修、退换等售后服务的具体事项。

(7) 配件说明

凡与该产品配套使用的其他产品，均应将名称、规格、数量逐一列出。

5. 封底

封底应注明生产厂家、销售单位、售后服务部门的地址、邮政编码、电话号码、电报挂号、开户银行等以便用户享受售后服务联系之用。

三、范文分析

庆大霉素普鲁卡因维 B_{12} 颗粒说明书

【药品名称】

通用名：庆大霉素普鲁卡因维 B_{12} 颗粒

英文名:Gentamycin Sulfate and Procaine Hydrochloride and Vitamin B. 12 Granules

汉语拼音名:Qingdameisu Pulukayin weiB_{12} keli

【主要成分】　本品为复方制剂,其主要成分为每袋5g,含硫酸庆大霉素20mg(20000单位)、盐酸普鲁卡因0.1g、维生素B_{12}0.02mg。

【性　　状】　本品为可溶性颗粒;味甜、微苦。

【药理毒理】　硫酸庆大霉素对各种革兰阴性细菌、革兰阳性细菌及幽门螺杆菌均有抗菌作用,其作用机制是抑制细菌蛋白质的合成。盐酸普鲁卡因具有局部麻醉作用,其作用机制在于竞争性地与神经膜脂蛋白牢固结合,阻碍神经纤维的传导。维生素B_{12}是形成消化道皮细胞必需的物质。三者可起到抗菌、止痛和促进胃黏膜修复的作用。

【药代动力学】　口服硫酸庆大霉素基本不吸收;盐酸普鲁卡因吸收后代谢产物可经肾脏排出;维生素B_{12}口服吸收后大部分经肾排泄。

【适 应 证】　消炎、止痛、促进胃黏膜修复,主要用于慢性、浅表性胃炎,也用于其他胃炎。

【用法用量】　口服。一次1袋,一日3次,饭前嚼服或温开水送服。6周一疗程,或遵医嘱。

【不良反应】　可出现食欲减退、恶心、腹泻等反应,少数病人可有肾功能减退、血尿、少尿、听力减退、耳鸣或耳内饱满感(耳毒性)。

【禁　　忌】

1. 对庆大霉素过敏者禁用。
2. 严重肾功能损害者禁用。

【注意事项】

1. 孕妇慎用。
2. 严重肾功能损害者禁用。
3. 前庭功能或听力减退者慎用。

【孕妇及哺乳期妇女用药】

孕妇及哺乳期妇女慎用。

【药物相互作用】

尚不明确。

【贮　　藏】

密封,在凉暗处保存。

【包　　装】

每盒6袋,每袋5 g,铝塑包装;每盒10袋,每袋5 g,铝塑包装;

每盒12袋,每袋5 g,铝塑包装;每盒18袋,每袋5 g,铝塑包装。

【有 效 期】

暂定2年。

【批准文号】

国药准字H32026324。

【生产企业】

企业名称:南通久和药业有限公司

地址:江苏省如东陈高工业园区江海西路118号

邮政编码:226400

电话号码:0513-4539000

传真号码:0513-4530099

【评析】

本文对庆大霉素普鲁卡因维B_{12}颗粒的名称、性状、药理毒理、药代动力学、适应证、不良反应、禁忌、注意事项、贮藏、包装、有效期等问题作了具体说明。标题由“商品名称+说明书”组成,正文是说明书的主要部分,准确地介绍了该商品的性状、主要成分、不良反应、禁忌、注意事项、贮藏、包装、有效期、批准文号等,最后交代了企业名称、地址、邮编、电话号码、传真号码等,基本达成清晰、明白、准确的要求,符合写作规范。

四、病文诊断

本雨衣系塑料制品,宜轻拿轻放,注意正确保存。

【病文诊断】

产品说明书的目的就是让消费者阅读以后,能对产品的性能、结构、用途、使用和保养方法以及注意事项能有个大概了解。病文缺乏标题,对选购、使用、保存等都未提到,所以就起不到对消费者的指导作用。病文可以修改如下:

××牌雨衣使用说明

选购雨衣尺寸宜大不宜小,解扣时应用双手,穿脱时不要用力过猛,以免损伤焊缝;本品系塑料雨衣,故不宜在摄氏五度以下气温中穿用;雨衣淋湿,须挂阴凉处阴干,忌在烈日下暴晒,如有皱纹折印,不可熨烫;在摄氏五度以下气温时搬运,应轻拿轻放,以免脆裂;存放时,不能与樟脑、卫生球放在一起。

能 力 训 练

一、问答题

1. 什么是产品说明书?它与一般说明文有什么异同点?
2. 产品说明书的写作目的是什么?它与广告在目的、作用上有何不同?
3. 产品说明书的写作一般由哪几个部分组成?
4. 产品说明书的正文一般应写些什么?
5. 以你接触到的产品说明书为例,分析其格式、特点。

二、情景模拟

1. 请根据下列产品,写一份概述式说明书。

手表、尼龙袜、钢笔、自行车、电风扇、洗衣机、电冰箱、彩色电视机(任选其中一种)。

2. 根据下面材料,写一份条款式产品说明书。

北京北卫药业有限公司生产的感冒清热颗粒属于非处方药药品,主要用于风寒感冒、头痛发热、恶寒身痛、鼻流清涕、咳嗽咽干等症状,具有疏风散寒、解表清热的功能。该药品主要采用荆芥穗、薄荷、防风、柴胡、紫苏叶、葛根、桔梗、苦杏仁、白芷、苦地丁、芦根等中草药精制而成,同时辅以糖粉和糊精。

在服用时,不能吸烟、喝酒,不可以吃辛辣、生冷、油腻的食物,同时,患有高血压、心脏病、糖尿病患者不宜服用。儿童应在成人的监护下服用,年老体弱的患者及小儿应在医生的指导下服用,其他严格按照用法用量服用。服药三天后症状无改善,或出现发热、咳嗽加重,并有其他较严重症状如胸闷、心悸等时应去医院就诊。

因为本药为棕黄色，较为美观，而且味甜，所以极易被儿童误服，因此本药应放在儿童不易接触到的地方，同时为避免药品发生变化，本药应密封贮藏，本药一旦性状发生改变时应马上禁止服用。本药包装为盒式，每盒10袋，每袋12克，为方便患者，所有药品生产日期均写在包装盒上。

3. 请你通过使用自家购买的压力锅、微波炉，为生产单位拟写一份综合式产品说明书。

第四节　可行性研究报告

可行性研究始于工程项目的建设，目前，其应用范围已经远远超出经济领域，各个社会行业在新设或改建项目时，都有必要进行可行性研究。

在本节的学习中着重掌握可行性研究报告的含义和作用；可行性研究报告的结构和内容。

一、可行性研究报告的含义

国家计委颁发的《关于建设项目进行可行性研究的试行管理办法》中规定：一切大、中型项目，在编制设计任务之前，都必须进行可行性研究。它要求回答：该项目是否应该实施，什么时候实施，怎徉去实施等问题。即从经济上、技术上、财务上，以及技术方案、生产设施、管理措施等方面进行认真的、全面的调查研究和测算分析，在此基础上，具体论证该项目的可行性和有效性。可行性研究报告就是在此基础上写出的实施该决策或项目的可行性、计划性的书面文书。

二、可行性研究报告的特点

1. 特点

（1）科学性

从内容到方法乃至语言的表达，可行性研究报告都需要有严密的科学性，需要运用大量准确的科学数据和资料，来阐明拟建项目在技术上、经济上依据的理论和原理，来说明它的可行性。

（2）专业性

可行性研究是一项专业性很强的工作，往往涉及自然科学、社会科学、人文科学的知识，涉及的专业理论往往既有深度，又有广度。因此要吸收各方面的专家共同研究。要尊重专家们在可行性研究过程中的意见和结论。

（3）真实性

可行性研究报告是进行决策的重要依据，它的内容应该真实可靠，否则就会造成不应有的损失。因此，报告中的事实应该是由实地调查、资料查阅、信息咨询、数字计算等得来的。

2. 可行性研究报告与项目建议书的异同

（1）可行性研究报告和项目建议书的相同之处

在内容和作用上，可行性研究报告和项目建议书都是通过对所报项目的性质任务、预期目标、必要性和可能性、工作计划与方法步骤等内容的详细汇报达到要求上级审核批准的目的。

(2) 可行性研究报告和项目建议书的不同之处

写作的重点有所不同：项目建议书侧重于所报项目各个有关内容的全面介绍，如申请单位、企业性质、经济形式、项目名称、项目性质、经营方式、经营范围、建设规模、建设地点、环境保护、主要协作单位、经济效益及社会效益分析、项目负责人、联系人等等。这些内容，可行性研究报告往往也会写到，但它的重点在于对整个计划的"可行性"的分析论证，对于和要论证的中心问题关系不大的某些纯客观介绍性材料，或是必须等整个计划的可行性得到科学论证以后才能付诸实施的工作计划之类，则从简从略。

三、可行性研究报告的写作方法

可行性研究报告的内容，由建设项目的大小和复杂程度决定。不同的投资项目，对可行性研究的内容有不同的要求。一般来说，大中型项目的可行性研究报告包括以下几方面的内容：

1. 标题

写明是何种项目的可行性研究报告，如《建立花卉深加工研发中心项目可行性研究报告》。

2. 导言

扼要地介绍项目的名称、建设单位；项目的提出背景、依据和经济意义；承担可行性研究的单位、研究的方法和简要过程。

3. 正文

主要是围绕影响建设项目的各种因素进行论证，应写清以下几个方面的内容：

(1) 拟建项目的工程设想

简要陈述该项目的历史和背景，本项目在国民经济中的地位和作用，项目的方针是注重市场还是注重原料或科技含量等。销售方向是什么，支持该项目的现行经济产业政策。

(2) 市场调查和预测

陈述预测中的市场需求量，最好能作出十年预测。首先，要分析主要消费对象及其经济特征，产品进入市场的渗透能力、竞争能力。其次，应确定市场策略，规划销售收入，根据销售预测拟定详细的生产大纲。最后，综合考虑可供选择的生产水平、投资和销售收益水平，来确定工厂的生产能力。

(3) 原材料、燃料和动力来源

陈述原材料、燃料、动力的种类、数量和质量要求、来源及其选择性、价格范围、运输条件与费用、有无供应保障，制定供应计划、各种可供选择的供应方案，作出成本分析，预定库存规模，详细说明并编制供应计划的基本数据和依据。

(4) 建厂地区和厂址的选择

包括建厂地区的地理位置、环境、气象、水文、地形、地质情况，厂区离市场、原材料供应地的远近及交通运输条件，水、电、气的供应现状及前景，厂址面积，统建方案，移民搬迁，员工宿舍规划等。

(5) 工程项目设计

包括工程项目布置范围、工艺流程、设备选型方案等的比较和论述，说明最终选定的工艺、设备和所需的土建工程。成套设备进口项目要有维修材料、辅料及配件供应安排等。

(6) 工程建设和实施计划的安排

包括主要工程的设计方案,同时还包括主要工程数量和材料数量以及对勘探测量、设计和施工的具体安排意见,并且对工程质量与施工工艺、施工机械和试验、检验设备等提出必要的要求。

(7) 投资与效益的分析

对项目投资和效益进行分析要预测项目投资的筹措和运用、估算项目的经济效益。经济效益的好坏是决定项目是否可行的关键因素,因此,这一部分内容应计划建设投资,搞清资金来源,分析筹措方式和贷款利率,估算产品成本,估计财务收入、投资效益率和回收期,进行投资偿还能力的分析,对间接效益、波及效果进行分析。

(8) 项目和企业的组织及管理

项目的组织和管理是指项目在筹集时期的组织与管理,主要包括筹集单位、人员及构成,以及筹集单位的管理水平能否符合项目的要求,保证施工的质量和投产时间。企业的组织和管理是指项目投产后的组织和管理,主要包括企业的管理人员及构成、设立的部门、经营的方式、职工的招聘、人员的培训等等。此项研究,对大、中型项目往往是比较重要的,在进行分析时,要充分估计企业经营管理的复杂性和有效性。

(9) 结论

这是在分析论证后所作的概括和总结。要对项目实施的可行性进行明确的表态,鲜明地提出是可行还是不可行的意见,供领导决策时参考,结论必须单独作为一部分列出。

4. 附件

为了说明结论,往往还需要一些附件,主要有:项目建议批准书、有关协作意向书、可行性研究委托书、地址选择报告、环境影响报告;引进技术设备专题报告批复、产品市场预测资料、工程项目一览表、设备材料一览表、图纸设计、人员分工表、明细清单等。

5. 落款

落款包括报告单位、公章以及报告成文时间。

【例文】

开发区关于组建交安委可行性研究报告

高新技术产业开发总公司是一家国有经济性质的注册企业。公司于1992年成立后,根据开发区创新管理体制的总体要求,总公司在牢固树立服务第一、效率第一的同时,不断强化内部各项管理,充分调动社会各方面的积极因素,不断吸引全社会的科技人才和投资者加盟,为共同建设和开发高新技术产业开发区不懈地努力。随着总公司"大招商、招大商"战略目标的整体推进,在开发区组建一个机动车辆管理机构,有效地实施人员与车辆的管理,已经成为促进当前开发区迅速发展壮大的迫切需要。

一、组建交安委的必要性

1. 高新技术开发区目前现有各类型机动车辆××余辆,驾驶人员××余人,根据二期扩建规划,预计到明年底机动车辆将增加到××余辆,机动车驾驶人员也将增加到××余人。

2. 已经和即将进驻开发区的外地的,以及在其他交安委上户的机动车辆和人员,由于异地车辆审验、工作联系等方面的繁琐和不便,待开发区交安委组建后,必将有一批机动车辆和人员转入管理。

3. 高新技术开发区位于太原市南部学府街,地理位置十分突出。在开发区四周云集着各类大中型机动车辆交易市场,加之长风大街的开通,东西南北,四通八达,车流量较之以往成倍增加，具有良好的组建条件和管理环境。

二、交安委的管理方案和管理规模

1. 管理名称及法人

1.1　管理名称：太原市高新技术产业开发总公司交通管理安全委员会

1.2　隶属单位：太原市高新技术产业开发总公司

1.3　法人代表：×××

1.4　负 责 人：×××

2. 组织机构

2.1　主　　任：1人

2.2　内　　勤：1人（负责车辆和驾驶人员的档案管理）

2.3　车管员：2人

2.4　安全管理：1人

3. 管理办法

3.1　主任由总公司选派一名具有多年交通管理实际经验的技术人员担任。

3.2　其他所需人员全部面向社会实行公开招聘，择优录用。

3.3　制定岗位实施细则，严格各项管理规定。

3.4　实行年度测评、奖优罚劣、竞争上岗，采取末位淘汰的新机制。

4. 办公地址：鉴于高新技术开发区的极佳投资环境，场址选择在高新开发区管委会大楼为最优方案。

三、经济分析

1. 市场前景

1.1　太原市高新技术产业开发区，正处于全市结构调整、城市建设、经济发展最为关键的一个非常时期，开发区机动车辆与驾驶人员增长较快，要求简便快捷的管理需求量较大。

1.2　高新技术开发区目前尚无具有一定规模，且又具有较强竞争实力的交通管理机构。总公司交安委的组建成立，依托开发区良好的投资环境，通过先进合理的计算机管理手段，必将对开发区驾驶人员以及各类型机动车辆实施有效的管理，具有稳定的管理基础。

1.3　随着人们生活水平的日益提高，家用汽车的普及，通过不断完善管理服务意识与管理服务质量，以严格的管理、规范的运作、良好的服务，树立诚实可信的管理形象，必将吸引周边地区一大批机动车辆和驾驶人员入户挂靠。逐步拓展管理范围。

2. 资金来源

2.1　申请国家预算内拨款

2.2　向国内各大银行及财政信托公司贷款

2.3　自筹组建初期投资和铺底流动资金××万

3. 费用估算：先期投资年费用约××万余元

其中：场地租赁费：××××元

办公设备：××××元

人员费用：编制定员5人，年平均工资××××元，年工资总费用为××××元

其他费用：××××元

4. 效益估算

4.1　目前开发区现有车辆××××辆，单车年管理费××××元，年收益××××元。

4.2 随着管理规模的不断扩大,预测在明年底前将吸纳各类转户迁移机动车辆××余辆,年收益××万元。

4.3 随着管理人员业务素质的不断提高和服务意识的增强,高效便捷的管理手段,必将吸引众多零散和家用私车车主的入户挂靠,在极大便利广大群众购车上户的同时,所产生的社会效益无法估算。

综上所述,组建高新技术产业开发总公司交安委,具有广阔的市场前景和良好的发展机遇,依托开发区组建交安委具有明显的优势,投资利润率较高,有一定的抗风险能力,在管理上是可行的,在经济上是合理的,交安委组建后,对开发区和社会都具有明显的经济效益和社会效益。

【例文分析】

该可行性研究报告的结构比较规范,前言部分简明扼要地说明了承建项目单位的情况、建设背景。正文部分从项目的必要性、管理方案和管理规模、经济分析等三个方面展开论证,每一个方面又从各个角度进行论证,写得全面、客观,具有科学性和可行性,便于领导和决策部门作出正确的决策,有利于项目的实施。报告内容具体完整,语言准确精练,是一篇较为成功的可行性研究报告。

【病例】

可行性研究报告

长毛绒玩具是新兴的儿童用品,在国外有广阔的市场,销售量年年增加。多生产新颖、质优、美观的各类长毛绒玩具,将为国家多创外汇,也为企业增加收入,更能吸收和安置待业人员,确实是一项利国利民的事业。当前,我国长毛绒玩具出口量在国际市场所占比重极小,不如台湾地区和韩国。据此,轻工部某市文化体育用品公司与某某县某某乡工业公司经多次商谈,为了共同的目标,决定在某某市选址联合经营在市郊属于一流水平、具有一定规模效益的玩具厂,主营布制及塑料玩具。

一、厂名、厂址(内容省略,下同)

二、基建及主要设备

三、规模及生产能力

四、投资及分利

五、各类职责(贸方与工方)

【病例分析】

报告者因为看到了长毛绒玩具的好处而准备经营玩具厂,但对于“我国长毛绒玩具出口量在国际市场所占比重极小,不如台湾地区和韩国”的原因没有任何分析,也未能提出什么对症下药的办法。在这种前提下,提出要办一个“属于一流水平、具有一定规模效益的玩具厂”,条件或依据就使人感到不足。正文中的各项条款也不能说是办出“一流水平”玩具厂的关键所在。正因为所报项目的“可行性”得不到充分的论证,整个报告的“可行性”就得不到充分论证,整个报告的“可信性”也就难免要打折扣了。

四、可行性研究报告的写作要求

要达到可行性论证的目的,避免立项失败,在从事相关研究和撰写相关文书时一定要把握好以下基本原则:

1. 情况真实，数据准确

真实是可行性研究报告的生命。科学准确的结论应该是建立在全面占有有关材料的基础之上的，数据的大量使用，是可行性研究报告的特点，一定要真实准确地处理有关情况和数据，这是可行性研究和项目上马以后成功的前提和基础。

2. 科学分析，严密论证

在撰写可行性研究报告的时候，一定要以严谨的态度，科学的方法，客观反映有关项目各方面的问题。论证时，要注意科学性，把分析与综合有机结合起来，把项目分解为若干部分，并按步骤进行分析论证工作，综合得出该项目是否可行的结论，这个结论才是合乎实际的正确的结论。

3. 条理清晰，语言简练

可行性研究报告根据项目的情况可大可小。但无论大小，涉及的内容问题都比较多，因此，在写作中，一定要条理清晰，语言简练，围绕可行性这一中心组织材料，论证时主次分明，详略得当。

4. 格式规范，严谨统一

在实际工作中可行性研究报告已形成不可逾越的规范化格式，这种严谨统一的格式应该加以遵循，因为它是提高办事效率的有效手段。

第五节　招标书和投标书

招标、投标是一种国际通用的经济活动方式，随着我国市场经济体制的建立和完善，特别是在我国加入“WTO”之后，招标、投标文书会用得越来越多。

在本节的学习中着重掌握：招标文书和投标文书的含义；招标书和投标书的特点；招标书和投标书的结构和内容。

一、招标书和投标书的含义

招投标是国内外经济活动中常见的一种竞争方式，凡属大宗商品采购、大型建设项目以及科技开发等其他业务合作，一般都按规定的条件，由招标单位对外公开邀请符合条件的国内外企业报价投标，公开招人承包建筑工程或承购货物叫招标，承包人或购销者按招标公告的标准和条件，报出价格、填具标单、投函招主，叫投标。由此而形成的文字称之为招投标文书，简称招标书或投标书。

招标书和投标书统称标书。招标书是指招标单位对外公布的、有明确招标内容和具体条件、要求的招标公告、通告、启事、邀请书、说明书等文字材料。招标书也称招标通告、招标公告、招标启事。

投标书是对招标书的回答，是指投标者按招标书提出的条件、要求，向招标者提出承办申请、企业情况介绍、总预算表、书面咨询等文字资料。投标书也称投标申请书、投标说明书。

二、招投标书的种类和特点

1. 招投标书的种类

招标书和投标书的种类很多，按不同的标准可划分成不同的种类：

按使用对象划分，可分为生产经营性招标、投标书，如工程建设、承包租赁、劳务等招标、投标书；科学技术招标、投标书，如科研课题、关键技术攻关、技术引进与转让等招标、投标书；生活招标、投标书，如换房招标、投标书等。

按招标、投标人数划分，可分为单独招标、投标书和联合招标、投标书两种。

按时间划分，可分为长期招投标书、短期招投标书两种。

2. 招投标书的特点

(1) 明确性

表现在招标书是对招标项目的主要目的、达到的质量标准、人员的素质和时间要求等，要有明确详细的表述，以便投标人能有的放矢。投标书要按规定格式准确细致地填写标价、材料耗用量、工期、有利条件等内容，以便招标者选定投标人。

(2) 竞争性

招标书充分利用了竞争机制，以竞标的方式吸引投标者加入，通过激烈竞争以实现优胜劣汰，从而实现招标者优选的目的。投标者在正确估计自己实力的基础上，充分表达出自己的优势，以强大的实力来争取中标，所以，招标书和投标书都具有较强的竞争性。

(3) 时间性

招标书要求在短时间内获得结果，投标书则要在招标书要求的期限内完成，因此都具有比较紧迫的时间要求。

三、招标书的写作方法

1. 招标书的标题

招标书的标题一般有三种写法。一般由招标单位全称、招标目的或项目和文件种类组成，如《某某省机电设备招标中心政府采购招标公告》；有的仅为招标单位加上文种，而标题不反映招标的目的和物品，如《广东电力设计院招标通告》；还有的只写文种，如《招标公告》、《招标通告》、《招标广告》、《招标启事》等。有的为便于存档和查对，还在标题下加上编号，一般专业招标公司的招标书采用较多，如《××公司国际招标公司××××灌溉、排水及环境保护项目招标通告》在标题下加了"招标编号：TCBW—×××××"。

2. 招标书的正文

招标书的正文，一般包括以下几部分：

(1) 引言

概括写明招标单位的基本情况、招标目的、依据，说明招标项目或产品名称、规模和批量、招标范围，有的还指明资金来源等等内容，便于投标人了解公告概要。

(2) 招标内容和项目

这是招标书的核心。要具体、准确地把即将发包的工程项目名称、规格、工程总量或购买物资的名称、价格、数量、质量、规格等条件和要求以及中标者的责、权、利等内容予以明确反映，以使投标单位根据自己的实际承担能力决定是否应招，招标内容的写法可以分条归类。

(3) 招标方法

这部分要写明招标程序，投标截止时间，发送招标文件的方式、地点和日期，开标方式、地点和日期等。

(4) 结尾部分

应写明招标单位名称(全称)、详细地址、邮政编码、电话号码、电报挂号等,有的还需注明联系人姓名。

【例文】

安徽师范大学
中外文纸质图书采购招标书

一、投标方须知

1. 项目名称:安徽师范大学图书馆2005年6月—2006年4月中外文纸质图书招标,具体采购金额以图书馆该年度中外文纸质图书实际经费为准。

2. 招标方式:(略)

3. 招标书发放时间、地点:2005年7月11日—14日(星期一~星期四),安徽师范大学图书馆。

4. 投标文件递交截止时间和地点:2005年7月18日17时前,逾期不予受理。

5. 投标人应缴纳投标保证金2万元,并于2005年7月18日17时前将保证金交至安徽师范大学财务处,不提交投标保证金的将视为废标。

6. 本次招标结果有效期一年,若双方均未提出终止合作,可自动延续一年。

7. 开标时间:2005年7月20日—22日

8. 开标地点:安徽师范大学图书馆

二、投标单位具备条件及要求

1. 投标单位应具有良好的商业信誉和财务状况,具有独立的法人资格,注册资金不少于人民币100万元。

2. 投标单位必须能独立完成下列项目:(略)

3. 投标单位应有为高校图书馆提供图书采购服务的良好业绩。

4. 投标单位应有自己的网站,可以实现书目数据的上传和下载,并能向客户开放书目查询。

5. 具有现场选书的条件和能力,并可定期组织本馆采访人员及有关专家参加全国大型书市。

6. 投标单位应免费提供到馆新书的标准机读编目数据。

7. 投标单位能提供符合财务制度要求的售书发票。

三、投标文件的构成与要求

投标文件由以下材料构成:

1. 投标人开户名称、开户银行、账号及传真、电话、网站、E-mail等联系方式(格式见附件1);

2. 投标函(格式见附件2);

3. 资质证明材料:(略)

4. 投标人的资产状况及经营规模、学科优势、行业优势、地域优势、图书数据的格式及运行要求、图书供应的用户分布(请列出服务的高校名单、服务内容和规模)、业绩概况及近三年企业业绩等情况的综合报告书;

5. 配套服务承诺书:(略)

6. 供货价格(指图书折扣率);

7. 有下列情况之一者,投标书无效:(略)

四、评标标准

根据投标人的图书供应价格折扣率、资质能力以及服务承诺等进行综合评比打分。总分为 100 分,其中图书供应价格折扣率 30 分、资格能力 15 分、业绩 15 分、服务承诺 40 分。

1. 图书供应价格折扣率分

投标单位应分别对普通图书、码洋超过 1 000 元的大型丛书、多卷书、外文原版图书提供明确的折扣价格。对投标方的图书供应价格折扣率核实后,根据标准得出投标人各自的图书供应价格折扣率分。

2. 资格能力分

主要从投标方公司规模(注册资金)、资格情况、经营情况、技术力量方面评判打分。

3. 业绩分

主要从为教育领域提供图书馆资料的业绩(信誉情况)等方面来评判打分。

4. 服务承诺分

主要从投标方提供的质量保证承诺、服务措施、到书质量、图书到馆率、电子书目信息、加工质量、书目数据质量、售后技术服务的范围和程度、网站服务等方面来评判打分。

五、开标、评标程序

由安徽师范大学图书招标办公室组织评标专家组负责评分,由校招标工作领导组确定中标人。评标的依据为招标书和投标书,具体程序如下:(略)

六、中标要求及售后服务要求

1. 中标人接到中标通知书一周内和招标人签订书面合同。

2. 投标方中标后,其投标保证金在签订合同后自动转为履约保证金,合同完成后,若无违约情况发生,无息退还;若放弃中标项目(或中标方改变中标结果),则投标保证金予以扣除。

3. 中标单位应建立安徽师范大学图书馆预订图书数据库。

4. (略)

5. (略)

七、其他事宜

本招标投标文件作为合同的重要组成部分,与合同具备同等法律效力。

安徽师范大学

2005 年 7 月 8 日

通讯地址:______________

邮政编码:____________ 电　话:______________

传　　真:________________

E-mail:________________

投标单位开户行:______________

账　　号:______________

【例文分析】

这份招标通告是一份规范的招标文书。语言简练,内容完备。标题包括招标单位名称、招标项目和文种名称三项内容,非常具体、明确。正文分为七个部分,分别从投标方须知、投标单位具备条件及要求、投标文件的构成与要求、评标标准、开标评标程序、中标要求及售后服务要求等方面说明了招标要求,层次分明,让投标者对招标项目和招标要求有清晰的了解，以便决定是否投标。结尾或称落款部分，写有招标公司全称及其地址、电传、电话等，以便于投标者联系。

【病例】

招 标 书

我厂是具有20多年生产经验的客车制配厂。目前所生产的WH644A型大客车和WH644B型大客车行销全国，已形成年产千台的生产能力。我厂新开发的产品——WH645型高级旅游车获2001年全国专用车、改装车新产品优秀奖。为了稳定地提高质量，降低成本，决定对部分外购外协件公开招标。

一、招标项目

（一）零部件：1. 门泵（包括三通阀、电磁阀、泵座）；2. 离合器总泵、分泵；3. 司机门锁；4. 窗钩（克崩）；5. 钢板肖；6. 后骑马卡；7. 前垫板螺栓；8. 刮水器；9. 烟灰盒；10. 车用风扇。

（二）灯具：1. 前大灯；2. 前角灯；3. 雾灯；4. 后三色灯；5. 内顶灯。

（三）橡胶件、橡塑件、尼龙件：1. 前后挡风橡皮（2种）；2. 地板橡皮（2种）；3. 司机门橡皮（3种）；4. 乘客门橡皮（2种）；5. 侧窗橡皮（3种）；6. 挡泥板橡皮（1种）；7. 嵌条（1种）；8. 表板台；9. 限位块；10. 车门转轴球座；11. 扶手。

（四）防水纤维板，各种铝型材。

二、投标日期

从2002年8月10日起至9月15日下午5时止，投标信函直送或传真均可，邮寄以邮戳为准，逾期按废标处理。

三、投标条件、投标方法、招标管理、开标方法、开标程序、预中标的确定、中标的最后确定、签订合同及其他事项，详见《招标章程》和《投标企业须知》。

四、招标文件

1.《招标书》；2.《投标单位要求》；3.《招标章程》；4.《投标企业须知》；5.《技术质量要求》；6.《合同的条款和格式》。

五、招标文件对招标单位和投标单位具有法律效力。希望投标单位认真阅读掌握，了解招标文件与附件和图纸，使招标工作能顺利进行。

六、本厂欢迎投标，祝投标者取得成功。

××客车制配厂
2002年×月

【病例分析】

这篇招标书从格式上看应该是比较规范的，但在内容上却不完整。主要存在这样几个问题：1. 没有对投标人范围的要求，可以在正文中加入一条：只要具有上述项目生产或设计能力的全国各地厂家，具有法人资格，均可前来投标。2. 应该写清开标日期和地点。3. 应该写明对招标项目的技术、质量和包装的要求。

四、投标书的写作方法

投标书是投标单位（或个人）根据招标单位对招标项目所拟定的条件而撰写的、提供给招标单位的备选方案。投标申请书一般由标题、招标单位名称、正文和结尾几部分组成。

1. 投标书的标题

一般由标的名称、事由和文种组成。如“建筑工程投标说明书”。也可直书为“投标书”或“投标说明书”。

2. 主送单位

即招标单位名称或委托招标方的名称。

3. 投标书的正文

(1) 引言

简明扼要地阐述投标方案的总体目标、指导思想、有关依据和态度。以前投标书要写明投标单位情况简介,现行投标申请书多将正文要求介绍的单位概况附在申请书后面。

(2) 主体

这部分是投标书的重要部分,这是开标后评标、议标的主要依据。因此,这部分内容要具体、准确、全面地表述清楚。力求论证严密、层次清晰、文字简练。如果是表格式投标书,按表格所列逐项填写即可。文字式投标书可从以下几个方面进行写作:

① 正确分析承包企业的优劣势,还可以从人员素质、技术水平、设备情况、市场营销状况等几个方面进行分析。

② 写清承包指标、计算依据和可行性分析。

③ 经营方案或措施。

4. 投标书的结尾

(1) 附件

投标书的附件一般包括投标人情况简介、计算过程和图表。附件在投标书中是非常重要的部分,它要对投标企业的投标资格进行详细说明,对是否能中标起着非常重要的作用,因而一定要资料翔实,数据准确,语言简洁。

(2) 署名和日期

投标书的署名要求写清投标单位名称并加盖公章,同时要有单位负责人的签字。投标单位地址,邮政编码,电话号码等,最后写明投标申请书发出的日期。

【例文】

建筑安装工程投标书(标函)

________(建设单位或招标办公室)

在研究了________建筑安装工程的招标条件和勘察、设计、施工图纸,以及参观了建筑安装工地以后,经我们认真研究核算,愿意承担上述全部工程的施工任务。我们的投标书(标函)内容如下:

标函内容	工程名称	________	建筑地点	________	
	建筑面积	________	建筑层数	________	
	结构形式	________	设计单位	________	
	工程内容				
标价					
工期	开工日期		竣工日期		合计天数
	________		________		________
质量	达到等级		保证质量主要措施		
施工方法及选用机械					

我们的企业概况如下：

企业简历	
技术力量	
施工机械装备情况	

我们特此同意，在本投标书发出后的________天之内，我们都将受本投标书的约束，我们愿在这一期间（即从____年____月____日起至____年____月____日止）的任何时候接受贵单位的中标通知。一旦我们的投标被接纳，我们将与贵单位共同协商，按招标书所列条款的内容正式签署________建筑安装工程施工合同，并切实按照合同的要求进行施工，保证按质、按量、按时完工。

我们承诺，本投标书（标函）一经寄出，不得以任何理由更改，中标后不得拒绝签订施工合同和施工；一旦本投标书中标，在签订正式合同之前，本投标书连同贵单位的中标通知，将构成我们与贵单位之间有法律约束力的协议文件。

（如果招标书要求投标方提供银行或上级部门担保的，投标方应在投标书标函中附上一份银行或上级部门的履约保证书。）

投标书发出日期：________年________月________日

投标单位：________（公章）

企业负责人：________（盖章）

联 系 人：________

电　　话：________

地　　址：________

【例文分析】

这是一篇规范的投标书。从内容上看，论证严密、层次清晰、文字简练。引言部分首先表明了投标者的态度。正文部分从标价、工期、质量、施工设备和方法等方面说明了投标者对于招标项目的实施方案和完成措施，同时从本企业的整体状况分析了完成招标项目的可行性，在分析的时候从本企业的资质即施工审定级别、技术力量、施工机械装备情况等方面进行分析，说明有优质完成项目的能力和信心。这部分采用表格的形式，清楚明白，减少了全文的篇幅。在结尾部分还表明了自己的态度和对对方的承诺，让人产生信任感。

【病例】

投 标 书

1. 根据已收到的招标编号为________的________工程的招标文件，遵照《工程施工招标投标管理办法》的规定，我单位经考察现场和研究上述工程招标文件的投标须知、合同条件、技术规范、图纸、工程量清单和其他有关文件后，我方愿承包上述工程的施工、竣工和保修。

2. 一旦我方中标，我方保证在________年________月________日开工，__________年________月________日竣工，即________天（日历日）内竣工并移交整个工程。

3. 如果我方中标，我方将按照规定提交上述总价5%的银行担保函或上述总价10%的由具有独立法人资格的经济实体企业出具的履约担保书，作为履约保证金，共同地和分别地承担责任。

4. 我方同意所递交的投标文件在“投标须知”第11条规定的投标有效期内有效，在此期间内我方的投标有可能中标,我方将受此约束。

5. 除非另外达成协议并生效,你方的中标通知书和本投标文件将构成约束我们双方的合同。

6. 我方金额为人民币________元的投标保证金与本投标书同时递交。

投标单位:(盖章)
单位地址:
法定代表人:(签字、盖章)
邮政编码:
电　　话:

传　　真:
开户银行名称:
银行账号:
开户行地址:
电　　话:
日　　期:______年______月______日

【病例分析】

本文在结构和内容上均存在一些问题。1. 结构上,缺乏主送单位,即招标单位名称或委托招标方。2. 在内容上,首先没有明确写明投标者所确定的标价,让招标单位无法评定。其次没有写明对投标项目的质量保证,可加入一条:按上述合同条件、技术规范、图纸、工程量清单的条件承包上述工程的施工、竣工和保修。

五、招标投标书的写作要求

1. 必须贯彻平等互利的原则

招标单位与投标单位之间,应以协作互利为本。招标单位不能把条件定得过高,投标单位报价也应适中,底标与报价要符合当时社会平均价格水准。

2. 内容要严谨周密

无论是招标书还是投标书,对招投标内容和招投标具体事宜的表达必须做到严谨周密,包括诸如项目名称、规格、数量、质量以及进度要求等等,都必须完备无遗,否则就会影响招投标书的质量,给招投标单位的经济利益带来损失。

3. 语言要简练、表达要准确

招投标书是一种实用性很强的文书,因而在语言表达上应力求准确、简要,特别是涉及有关的技术指标、规格、质量要求等,更应如此。要力避诸如“尽可能”、“力争”、“××以后”等模糊度大的词语出现,以免出现理解上的误差,引起对方的误解。

第六节 经济预测报告

经济多元化已成为当代经济的一大特点,工商企业为了切实把握经济发展趋势,以及相互联系的各种变化因素,不得不采用经济预测的方式,切实加强企业管理,经济预测报告也随之成为企业管理人员的一项重要的必备写作技能。

在本节的学习中，应当着重掌握：经济预测报告的含义和特点，经济预测报告的结构和内容。

一、经济预测报告的含义

预测是指在研究历史和现状的基础上，根据客观事物的发展规律，采取一定的方法和手段对未来进行推测和判断。

经济预测是根据已知的经济情况，通过分析研究，对某一经济活动未来的状况和趋势，进行科学的分析、研究，根据其演变规律而判断出未来经济发展趋势的一种科学手段。把对未来经济发展趋势的预测用书面形式表达出来，就是经济预测报告。

二、经济预测报告的特点

1. 经济预测报告的特点

(1) 科学性

经济预测报告是从实际出发，在详细占有信息资料的基础上，通过逻辑推理、统计分析、数学模型、概率判断等科学方法进行分析研究，对经济的发展现律、发展趋势作出符合实际的反映。

(2) 预见性

经济预测是对社会经济发展趋势的一种前瞻性的科学研究工作，要在分析研究的基础上，对经济的未来某一阶段会出现的情况作出判断，预测的结果要尽可能符合未来经济发展的实际。只有这样才能为有关部门、有关企业的决策提供有力的保障。预测性是经济预测报告的生命，能最大限度地体现经济预测报告的价值。

(3) 时效性

经济预测报告是对未来一定时间段的经济发展情况进行预测，过了这段时间，经济情况就会发生变化。为了更好地把握经济的发展趋势，为领导及时决策服务，经济预测报告必须及时分析，及时预测，及时报送给领导。

2. 经济预测报告和经济调查报告的区别

经济预测报告也是调查报告范畴内的一种应用形式，经济调查与经济预测的基本内容是一致的，只是角度、侧重点不同而已。与经济有关的情况均可作为调查与预测的内容，经济调查报告与经济预测报告都是重要的经济管理手段。它们既有相同之处，又有不同之处。

(1) 侧重点不同

经济调查侧重于把握现状，是经济预测的前提和基础。不进行广泛的经济情况调查研究，就没有成功的经济预测。经济预测侧重于对未来发展趋势的推断，它要以经济调查为基础，是对经济调查的科学分析与判断。

(2) 研究方法不同

经济预测报告除运用后者一般的调查研究、分析方法外，还要着重运用数据推断等科学的预测方法。

三、经济预测报告的分类

1. 按预测范围

可以分为宏观预测和微观预测报告两种。

宏观经济预测报告是对宏观经济的各项未来活动进行预测后写出的书面报告，它是有关国民经济乃至世界范围内的各种全面性的、综合性的经济问题的预测报告。它研究经济活动中各有关总量指标、相对数指标和平均数指标之间的联系和发展趋势。微观经济预测报告是以对微观经济的未来活动或相应的经济变量的单项数值为预测对象，研究某一个经济单位各项经济指标之间的联系和发展趋势。宏观预测与微观预测紧密结合，相辅相成。宏观预测要以微观预测为基础，微观预测则以宏观预测为指导。

2. 按预测时间

可分为近期预测、短期预测、中期预测和长期预测报告。

预测时间长短的划分，因预测对象和要求不同、各国的习惯不同而有所不同。一般来说，近期预测是指一年以内的预测，短期预测是指1～2年的预测，中期预测是指2年以上至5年(包含5年)的预测，长期预测是指5年以上的预测。

3. 按预测空间

可分为国际经济预测报告、全国经济预测报告、地区市场预测报告、当地经济预测报告。

4. 实际经济活动中经济预测报告还有下列分类

(1) 市场预测报告

即运用科学方法，对市场商品的供求发展趋势以及与其互相关联的各种因素的变化，进行调查、分析、判断和测算后写出的报告。

(2) 销售预测预告

预测某种产品或商品在市场上的销售量、占有率，以及供求关系变动和销售走势的报告，为企业改善经营管理、促进市场营销提供信息。

(3) 资源预测报告

预测企业生产所需原材料和能源的来源，以及供应的数量、时间、对象和保证供应程度的报告，为制订原材料购用计划和能源节约代用计划提供依据。

(4) 生产预测报告

在市场、销售、资源等项预测的基础上，预测企业生产能力增长和发展状况的报告，为企业制订增产计划提供依据。

(5) 技术发展预测报告

预测同行业中使用新材料、新技术，创造新产品和运用新的管理手段，并对市场供求影响作出判断的报告，是企业制订技改计划、安排产品更新换代的重要依据。

(6) 生产预测报告

预测企业生产能力、生产水平、生产潜力的报告。

四、经济预测报告的预测方法

写好预测报告的前提是做好预测工作，而做好预测工作的前提是熟练地掌握各种预测方法，恰当地选用适合的预测方法。预测的方法很多，常用的有两大类：

1. 定性预测法

也称经验预测法、主观预测法、判断预测法等。是预测者根据自己掌握的有关预测对象的历史资料和现实资料，对这些资料进行整理分析，凭借专业知识和实践经验作出的预测。这种方法适用于数据还不充足和发展还不稳定的对象。预测者常是企业的高级管理人员、推销人员、专家等。定性预测法的优点是能够综合各种经验来分析判断复杂的问题,考虑问题较全面;不足之处是在一定程度上受主观因素的影响,带有倾向性。在实际运用中要根据具体情况有针对性地使用。

2. 定量预测法

也称数字模式预测法、统计分析法。是预测者根据已掌握的大量资料,运用统计公式或数学方法,建立数学模型,对经济的未来发展趋势作出预测的方法。它有时间序列预测法、算术平均法、因果关系预测法、抽样统计法等多种方法。其主要优点是,受主观因素的影响较小,预测结果准确率较高;缺点是灵活性较差,对影响经济的因素考虑不够全面,当政治形势、经济政策等因素发生变动时无法用数据来反映经济因此而产生的影响。

定性预测法和定量预测法各有特点,所以在实际工作中常常会结合使用。

五、经济预测报告的写作方法

经济预测报告没有一个固定不变的格式,但从一般情况看,可分为标题、正文、落款三个部分。

1. 标题

常见的标题有三种形式:

(1) 完整的经济预测标题

由四部分组成:预测时限、预测区域、预测对象及文种,如《2003 年浙江省市场购买力预测》。

(2) 不完整的经济预测标题

有两种情况,一是有预测对象、预测时限、文种,如《今年夏天空调市场预测》;二是只有预测对象和文种,如《我国轿车产销趋势观测》。

(3) 新闻式标题

有时预测报告内已含有预测的意思,不再使用“预测”二字也可。如《白酒市场的消费趋势》、《国产汽车市场前景的瞻望》等。还有一些经济预测报告直接把预测对象的变化趋势用简洁的语言概括于标题中,形成所谓预测结论式标题,如《2006 年上海房价下降幅度将超过20%》,这类标题本身就是高度浓缩的信息,颇为引人注目。

经济预测报告的标题一般都采用单标题,但也有采用双标题的,如《短期宏观市场预测——社会商品零售总额预测实例》。

总之,经济预测报告的标题是围绕着预测对象来拟就的,不能省略预测对象。

2. 正文

经济预测报告的正文所属各部分应根据预测报告的种类和分析过程来组织安排。一般包括前言、基本情况、预测分析、建议对策四个部分。

(1) 前言

前言是经济预测分析报告的开头部分。主要是交代预测的范围、时限和缘由,介绍预测对象的现状和历史,有的还写明预测结果。预测报告需要不需要前言,需要写哪些内容,可根据预测报告的具体情况确定。前言的篇幅一般不需要太长。

(2) 基本情况

基本情况部分要求运用资料和数据,对经济活动的历史和现状作简要的回顾和说明。预测的特点,就是根据过去和现在的情况推测未来。所以,介绍预测对象原有的发展规律能为预测分析提供基础。重点是选择有代表性的资料和数据来说明预测对象的历史、现状，以及与之相关的各种情况。情况部分的篇幅根据预测的需要可长可短，但要求所反映的情况客观、真实、典型、全面，为下面的预测提供可靠的依据。

(3) 预测分析

预测是经济预测报告的重点和中心，预测部分主要是分析收集的资料、计算数据，运用资料、数据，对预测对象的发展产生影响的因素、预测对象的运动规律、发展趋势以及前景做出科学的分析判断。这一部分决定着预测报告的质量，要根据预测内容选择合适的预测方法，做到依据可靠，资料准确，分析透彻。在表述时要做到条理清晰、层次分明。最好采用小标题的形式，分条分款陈述。

(4) 建议对策

建议对策部分是经济预测报告的落脚点。通过科学的预测，提出改善经营、加强管理的措施和办法，以供有关部门采纳作为决策的依据。所以这一部分内容要力求具体、切实可行，不能脱离实际。

3. 落款

经济预测报告的落款包括作者名称(部门名称或作者姓名)和成文日期两项内容，一般在正文右下方注明。也有一些预测报告将署名写在标题之下、正文之上。

【例文】

就业矛盾总量缓和　农民工短缺好转

预计 2005 年，我国劳动力就业总量矛盾将有所缓和。登记失业率上升势头会得到抑制，农民工短缺状况缓解，城镇单位就业人数下降趋势扭转，下岗职工数量继续减少，第三产业吸纳就业比重将继续上升，私营和个体企业将继续成为创造就业机会的主力军，女性劳动力供求状况趋好。

但 2005 年大学生就业形势依然严峻，高技能人才数量短缺的矛盾难以明显缓解。

1. 劳动力就业总量矛盾将有所缓和

2005 年，虽然新增劳动年龄人口比 2004 年多出约 80 万人，但由于高校招生规模扩大，以及劳动力参与率下降等因素的影响，2005 年新增有就业要求的劳动力人数大体与上年持平。

据国家信息中心等研究部门的预测，2005 年我国经济继续保持 8.5%左右的增速，经济发展继续保持良好态势，虽然 2005 年经济增速低于 2004 年增速，但由于预计 2005 年第三产业对经济的贡献提高，而第三产业吸纳劳动力就业的能力较强，因此，我们预计，2005 年经济发展对劳动力的需求继续保持较为旺盛的增长势头，劳动力就业总量矛盾能够继续得到缓和。

2. 登记失业率上升势头得到抑制

2001—2003 年，由于大量下岗职工在再就业中心三年期满，从下岗职工转变为登记失业人员，加上失业保障制度不断完善，失业人员主动登记比率提高，造成登记失业人数快速增加，由此造成登记失业率持续攀升。进入 2004 年之后，由于经济增长吸纳就业人数增加，大量失业人员重新获得就业机会，而且从再就业中心转出的下岗职工人数高峰期已经过去，从下岗职工转变为登记失业人员的数量减少，因此，登记失业率不仅没有继续上升，三季度登记失业人数和失业率还出现了下降。

根据上面的分析，2005 年劳动力就业矛盾能够继续得到缓和。

3. 农民工短缺状况将得到缓解

2005 年，农民工短缺状况将得到缓解。从农民工的供给方面来看，首先，从 2003 年底开始，中央加大了清理建设领域拖欠工程款和农民工工资的力度。其次，由于 2004 年珠三角等地区民工短缺现象较为严重，许多企业鉴于招工比较困难的状况，提高了工资水平。再者，农民工短缺现象使许多地方政府加强了农民工的社会保障工作。2005 年国内粮食价格进一步大幅攀升的可能性不大，明年的粮食价格上涨幅度较之今年将有相当大的下滑。会使得农民出外打工的动机增强。

由于我国农村富余劳动力数量巨大，只要农民出外打工的动机增强，农民工的供给将会明显增加，农民工短缺状况就会得到缓解。

4. 城镇单位就业人数下降趋势得到扭转

2005 年，城镇单位就业人数将继续增加。目前，各类经济活动单位富余人员分流殆尽，分流和下岗人员数量的增加已经趋于停止，随着城镇经济活动单位数量的增加，尤其是非公有经济单位数量的增加，新办企事业单位吸纳劳动力的数量继续呈现快速增加的趋势，这些单位吸纳劳动力的数量将快于城镇国有和集体单位人员减少的数量，从而使得城镇单位就业总人数得以增加。

5. 大学生就业形势依然严峻

2005 年，大学生就业形势依然严峻。首先，由于近两三年大学生就业矛盾比较突出，每年都有一定数量的大学毕业生没能就业，造成未就业大学生累计数量明显增加，消化这部分大学毕业生的压力增大。其次，2001 年普通高等学校和成人高等学校招生数量大约比 2000 年增加 80 万人，虽然今年研究生招生数量较上年也有所扩大，能够使部分大学毕业生推迟就业，但 2005 年需就业的毕业生数量还是会明显增加。再者，大学毕业生择业观念的转变需要一个过程，目前许多大学生自己和家长都愿意使学生在大中城市和高薪岗位就业，不愿到落后地区和收入水平低的岗位就业，虽然这种愿望无可厚非，但在目前情况下，必定有一部分学生和家长的愿望难以实现，这无疑加大了大学生就业和社会对人才需求的矛盾，导致人才闲置和岗位空缺并存。

6. 高技能人才数量短缺的矛盾难以明显缓解(略)

7. 下岗职工数量继续减少(略)

8. 第三产业吸纳就业比重将继续上升(略)

9. 私营和个体企业继续成为创造就业机会的主力军(略)

10. 女性劳动力供求状况继续趋好(略)

【例文分析】

这篇经济预测报告是对 2005 年劳动力市场的宏观预测，在写作上很有特色。1. 前言部分用概括性的语言简单明了地说明了预测的结果，以引起读者的注意。2. 在正文部分，没有按照通常的基本情况、预测分析、建议对策三个部分写作，而是将所预测的问题分为十个方面分别进行论证，每一个方面又从基本情况和预测分析两个方面着手，并以预测结果作为小标题，主题明确。3. 此篇预测报告是要在媒体上公开发表的，所以没有写建议对策部分。从这篇经济预测报告我们可以看出，经济预测报告的写作并不是一成不变的，作者可以根据写作的内容和目的来组织报告的结构，关键的问题是要做到语言简洁流畅，分析科学合理，预测准确无误。

【病例】

2004 年上半年经济分析预测报告

今年以来，××镇政府紧紧围绕实现全年经济目标任务，突出重点，狠抓落实，确保了上半年经济保持稳步持续增长。

一、1—5 月份各项指标完成情况及上半年预测

1. 1—5 月份各项指标完成情况

增加值完成 6.14 亿元，同比增长 24.8%，完成年计划的 27%，比去年同期下降 2 个百分点；社会总产值完成 26.4 亿元，同比增长 24.1%，完成计划的 33%，比去年同期下降了 3 个百分点；税收完成 3.4 亿元，同比增长 14%，完成计划的 44%；社会消费品零售额实现 12.9 亿元，同比增长 25%。

2. 上半年预测

增加值预计完成 8.1 亿元，同比增长 25.9%，完成计划的 35%，力争完成 8.25 亿元，完成计划的 36%；社会总产值预计完成 32.5 亿元，同比增长 24%，完成计划的 40%，力争完成 33 亿元，完成计划的 41%；税收预计完成 4 亿元，同比增长 21%，完成计划的 51%；社会消费零售额预计完成 15.5 亿元，同比增长 23%；合同吸收外资 5 000 万美元，同比下降 38%；实际到位外资 3 000 万美元，同比增长 52%。

二、上半年经济运行特点

1. 外资工业平稳增长，对全镇经济的主导作用明显。上半年预计工业产值 22.8 亿元，同比增长 20%。其中，外资工业 17.3 亿元，同比增长 20%，占全镇工业的 75%。广电忠麟、英新达、威尔泰三家企业运行情况良好，上半年分别增长 75%、50%、73%。

2. 私营经济增长势头不减。现有私营工业企业 142 家，同比增长 20%。上半年私营经济预计完成 2.9 亿元，同比增长 38%，占全镇工业的 12.7%，比去年同期增长 2 个百分点。虹二村的贝拉维拉产值比去年同期增长 60%。

3. 内资集体企业情况与去年持平，并呈现出逐年下降的趋势。

三、预计全年经济运行走势

从全镇各村、公司的发展状况看，为配合去年全区提出的三年翻番的目标，各村、公司从去年开始的经营结构调整，对我镇经济的影响已经开始显现。上半年由于房屋改造等原因，关闭和搬迁的企业达 20 余家，从调整到产出也需要一定的周期，因此，今年下半年将保持上半年的发展速度，而调整后的产出将在 2005 年下半年陆续予以实现。

从全镇的招商情况看，由于受宏观经济调控的影响，今年的招商情况也不容乐观，吸收外资比去年同期有较大幅度的下降。从上半年新注册的企业情况看，新增私营企业 63 家，外资 20 家，可以预计，在未来的 1～2 年内，私营经济的规模还将不断扩大。按行业划分，新注册的工业企业规模普遍偏小，相反，商业、服务性的企业明显增多，且略具规模，其中，华富亭酒店管理(上海)有限公司，注册资金 1 000 万美元，上海宝信汽车销售服务有限公司，注册资金 1 000 万人民币，上海开隆汽车贸易虹桥有限公司，注册资金 600 万人民币，上海博隆昌国际贸易有限公司，注册资金 1 000 万人民币等。

综观上半年的经济发展情况，第三产业发展快于第二产业，增加值增幅高于社会总产值增长幅度，预计下半年全镇增加值增幅将保持在 24%～26%之间，社会总产值将保持在

22%～24%之间。

××镇经发办

2004 年 6 月 15 日

【病例分析】

本文在内容和结构上都存在一些问题。1.作为一个城镇的经济预测报告，要对城镇经济发展的全面概况进行分析，这篇报告在分析上半年经济运行特点时，只分析了工业运行的特点，对经济发展的其他方面没有谈到，这样在分析上让人感到片面，说服力不强。2.作为镇经济发展办公室所写作的经济预测报告，应是为镇政府下一步的经济工作提供参考的，所以应该在分析预测的基础上提出建议和对策，本文却缺少了这一部分，让人感到不完整。3.标题和内容有出入。这篇预测报告的标题是对上半年的经济活动进行分析预测，但报告的写作时间是在 2004 年 6 月 15 日，上半年已经基本过完，重点不应是预测上半年的经济情况。从文章中我们也可以看出，应是对全年的经济运行走势的预测。因而，标题应改为"2004 年下半年经济预测报告"。

六、经济预测报告的写作要求

1. 把握政策

撰写经济预测报告首先要对党和国家的方针政策有深入的研究和理解，在此基础上，根据经济预测提供的信息，准确把握机遇，才能抓住本质，揭示规律，使其在市场经济的决策中当好参谋。

2. 方法恰当

预测报告是对预测过程和预测结果的反映，写好预测报告的前提是做好预测工作。而做好预测工作的前提是熟练的掌握各种预测方法，恰当地选用适合的预测方法。

3. 数据准确

预测失误将会导致决策失误，采用科学的方法可以作出正确的预测，但必须以准确的信息为前提。因此，在写作中必须注意数字的准确性、真实性，这样才能使分析得出的结果令人信服，具有较强的说服力。

第七节 经济活动分析报告

经济活动分析是加强企业管理的一项重要方法，是按照客观经济规律办事所必不可少的重要手段，也是企业管理人员经常使用的文体。

在本节的学习中，应当着重掌握：经济活动分析报告的含义和作用；经济活动分析报告的结构和内容；经济活动分析报告的写作要求。

一、经济活动分析报告的含义

经济活动分析就是遵循科学的经济理论，以经济计划指标、统计资料、会计提供的核算资料以及其他有关材料为依据，对某个经济部门或某个企业的生产流通、消费服务等经济活动情况进行科学分析与研究，从中探索经济规律，总结经验教训，正确指导经济管理工作，提高效率，作出决策，从而更好地获得经济效益。

经济活动分析报告，就是整理经济活动分析的结果并按照规范化的格式写成书面材料。经济活动分析报告是科学的经济管理的一种手段，是经济部门经常性的职能工作。经常进行经济活动分析，对改善经营管理、提高经济效益、做好经济工作，具有重要意义。

二、经济活动分析报告的特点

1. 特点

(1) 精确性

经济活动分析报告要力求做到数据精确。经济活动分析报告要用相当数量的数据，通过对数据进行分析研究，找出其中存在的规律。数据是分析的基本条件，也是分析报告质量的保证，如果数字不精确，分析的结果就会出现误差。

(2) 科学性

经济活动分析报告既要坚持实事求是的态度，又要采用科学的分析方法，只有这样才能保证分析结果的准确性和可靠性，为管理部门和领导机关了解情况，制定科学、准确、有效的决策提供依据。

(3) 及时性

经济活动具有十分明显的周期性，它的每一个环节都有严格的时间限制，经济活动分析报告要对经济活动起到指导作用必须得及时，才能在瞬息万变的市场经济中发挥作用。

(4) 指导性

经济活动分析报告是对现实中的经济活动做出的评估，它对经济管理部门和企业来说，实际上是一种科学、专业的“经济活动总评”，通过回顾、归纳、剖析、评估和判断，总结经验与规律，提出可行的对策，为指导今后经济的发展奠定坚实可靠的基础。

2. 经济分析报告与经济预测报告的异同

(1) 相同点

经济活动分析报告和经济预测报告都是以调查为基础，都要掌握大量的数据和资料，都可以作为领导决策的依据。

(2) 不同点

① 使用目的不同　经济活动分析报告，主要是通过调查分析，总结经验教训，找出问题和原因，作出结论，提出建议；而经济预测报告的目的在于探索规律，推断未来，为决策服务。

② 内容侧重不同　经济活动分析报告侧重于对已知状况的研究分析，反映现实经济情况和结论；而经济预测报告却侧重于对未知状况的推断，反映未来经济发展的动向。

③ 写作时间不同　经济活动分析报告着重于分析过去和现在的经济活动，可以说是事后算账；而经济预测报告则侧重于预测未来，可以说是事前算账。

三、经济活动分析报告的种类

1. 按内容划分

经济活动分析报告可分为全面分析报告、专题分析报告和简要分析报告。

全面综合分析报告是指对某一地区、某一部门、某一单位一定时期的经济活动进行全面、系统的综合分析后形成的报告，具有涉及问题范围广、纵观经济工作全貌的特点。

专题分析报告一般是根据当前的中心工作，对经济活动中某个突出的专项问题，或业务上的重大变化以及工作中的薄弱环节和关键问题等，单独进行分析后所写出的书面报告。

简要分析报告多用于基层单位，一般是围绕几个财务指标、计划指标，或抓住一两个重点进行分析，以观察经济活动的趋势和工作进程。

2. 按时间划分

可分为定期经济活动分析报告和不定期经济活动分析报告。

定期经济活动分析报告就是对一定时间内的经济活动进行分析，如按月、季、年度进行分析，不定期经济活动分析报告是根据需要对某一个时期所做的分析。

3. 按性质和对象划分

可分为生产分析报告、成本分析报告、财务分析报告等。

四、经济活动分析报告常用的分析方法

写经济活动分析报告，重在扎扎实实的分析。经济现象是错综复杂的，要真正把握其演变的规律性，就必须进行深入的分析。经济活动分析是建立在数据分析基础上的，对数据分析处理必须要依靠科学的方法，因此撰写经济活动分析报告必须掌握一定的分析方法。撰写经济活动分析报告常用的分析方法有：比较分析法、因素分析法、动态分析法等。

1. 比较分析法

也叫对比分析法、指标分析法。把两种或两种以上的指标、时间、项目条件等客观因素放在一起进行对比，以确定这些指标的差异，并根据对比的结果来研究经济活动的状况的一种方法。运用比较分析法来研究经济活动规律，一般从三个方面进行比较。

比计划：即把本期制定的各项计划指标与完成的实际指标作对比，检查计划执行的情况，分析主要存在的问题，找出存在问题的原因，提出解决问题的办法。

比历史：以本期完成的实际指标与上期或上年同期完成的指标相比较，或本企业历史上最高或最低水平相比，反映出企业经济活动的发展变化，看出经济指标的发展速度和增减程度等。

比先进：将本单位、本部门的实际指标与同行业先进单位相比较。通过比较，找出造成差距的主客观因素，分析其中存在的问题，寻找改进的措施。

2. 因素分析法

是把对比法所确定的差异数值作为分析的对象，进一步找出产生差异的各种因素及其影响程度的一种分析方法。所以，因素分析法是对比分析法的补充说明。比较法侧重于通过数字和情况的比较找出差距、揭示矛盾，而因素分析则是侧重于事实的说明和剖析，通过因素分析找出差距，揭露矛盾，进一步研究差距和矛盾是怎样形成的。

3. 动态分析法

是从数量方面来研究某一经济现象发生变化的情况和发展趋势的一种分析方法。根据分析对象和目的，将有关的经济指标或反映发展水平的有关动态指标，按时间排成动态序列进行分析，这种分析可以看出经济活动的全过程及其规律性。

此外，经济活动分析的方法还有许多，在此不再一一列举。但要特别指出的是，在一篇文章中，既可以单独使用一种分析法，也可以根据需要使用多种方法，在写作中依据分析对象的具体情况进行选择。

五、经济活动分析报告的写作方法

经济活动分析报告的写作没有固定格式，结构安排也相对比较灵活，由经济活动分析的

目的和内容决定。常见的经济活动分析报告大致上由以下几部分组成：

1. 标题

经济活动分析报告的标题比较灵活，经常使用的主要有两种形式：

（1）公文式标题

报告式标题又称完整式标题。主要用于全面分析报告和简要分析报告中。使用这类标题的分析报告往往带有汇报性质，即下属单位向主管或指导部门汇报情况，有特定的行文关系，标题常与行政公文中“报告”的标题相似，由经济活动分析单位的名称、时间、分析对象和文种四个要素组成。如《盘龙区 2003 年 1—5 月经济运行状况分析》。有时文种也有写作“说明”、“情况”的，如《××商店×年×月财务情况》、《山东机械厂年财务决算说明》。

（2）文章式标题

常用于专题分析报告中，这类标题与论文的标题相似，常用于报刊上发表的分析报告。常常采用一个观点鲜明的判断句，用以表明分析报告的主要内容，或提出建议和倾向性意见，如《产能过剩不是今年最主要问题》、《〇四年农民生活消费品需求减少》。正副标题法也是文章式标题中的一种。如《价廉物美，服务上门——××商场 2000 年销售额持续上升》。

2. 正文

正文一般由三部分组成。

（1）前言

这部分一般是概括介绍基本情况，说明经济活动的范围、时间、地点、过程，或概述分析目的和意义。前言要简明扼要、开门见山地叙述主要情况，为正文的分析做铺垫；也可以根据实际情况省略。

（2）主体

主体部分集中反映着经济活动的分析过程及其结果，是经济活动分析报告的核心部分。主要阐释经济活动“怎么样”、“为什么这样”及“应该怎么办”的问题。体现在结构上即表现为“基本情况—原因分析—对策建议”这样三个相互关联的层次。

基本情况：首先要介绍被分析对象经济活动的基本情况，既要有文字说明，也要有真实反映基本情况的各项经济技术指标和数据。

原因分析：根据收集到的计划、统计、财务会计、预算以及调查研究获得的历史、现实的各种材料和数据，运用科学的方法进行对比分析。它要求从分析的目的要求出发，紧扣主题，运用数据和资料，进行具体的分析，并注意对重点指标进行重点分析，得出明确的结论。对完成任务好的指标，分析其原因，肯定成绩；对完成任务差的指标，找出原因，总结教训。由于分析的目的要求不同，分析可以有所侧重，或侧重总结经验，或侧重揭露问题。在综合、比较和分析的基础上，提出结论，应包含经济活动的主要成绩、差距和存在的主要问题等。

对策建议：一般是根据分析的结果，提出下一步的改进措施和建议。注意建议措施的内容要具体可行。

3. 结尾

大多数经济活动分析报告都没有单独的结尾，正文分析完了，便戛然而止。行文上显得干净利落。也有一些经济活动分析报告有独立的结尾部分，或者总结回顾以照应前言，或者预测前景以展望未来，或者补充说明，使内容更为全面。

4. 落款

呈送上级的分析报告,一般在正文右下方写明单位的名称,并加盖单位印章;在报纸杂志上发表的分析报告,一般在标题下方写清作者的单位名称和姓名。

日期:年、月、日要写全。

【例文】

××市××区2004年一季度集体企业劳动状况浅析

随着企业改制力度的加大,很多集体企业关、转、并、停,失业人数不断增加,工资总额支出减少,就业压力加大。

一、从业人员继续减少,再就业群体增大

2004年一季度,区属集体企业单位从业人员5 015人,比去年同期减少717人,同比下降12.5%。

从业人员人数对比表

按国民经济行业分组	2003年一季度人数	2004年一季度人数	同比增减	
			绝对值	百分比(%)
制造业	2009	1 603	-406	-20.2%
建筑业	920	896	-24	-2.6%
交通运输、仓储和邮政业	1 809	1 746	-63	-3.5%
批发和零售业、住宿和餐饮业	749	606	-143	-19.1%
科学研究、技术服务和地质勘察业	46	46	0	
居民服务和其他服务业	180	99	-81	-45%
公共管理和社会组织	19	19	0	
总　计	5 732	5 015	-717	-12.5%

从业人员减少的主要原因:一是集体企业改制,部分企业改制为私营有限责任公司,另有部分企业合并,由此一部分职工买断工龄提前退休、部分职工离岗退养,另有部分合同制职工解除用工合同;二是部分集体企业在市场竞争中倒闭,使单位职工失业;三是季节性工作较强的企业(如:建筑业、居民服务业等)及时清退了季节性用工(临时工)。与去年同期相比,人员减少较多的企业是:一是制造业,减少406人,同比下降20.2%;二是批发零售、住宿和餐饮业,减少146人,同比下降19.1%;三是居民服务和其他服务业,减少81人,同比下降45%;其他各行业的从业人数都不同程度的有所减少。由于受结构调整、改革深化的影响,失业人员不断增加,使我区再就业群体进一步增大,就业形势趋于严峻。

二、工资总额减少,职工实际收入增加

从业人员工资总额及职工平均工资对比表(略)

影响职工工资变化的主要原因是:一是企业改制,集体企业单位及人员都有所减少,从而使工资总额发放减少;二是随着改制力度的加大,企业"减员增效",职工收入增加;三是随着集体企业改制的不断完善,在岗职工工资收入增加,生活水平有所提高,但不同行业之间存在的工资收入差距仍然继续拉大。今年一季度平均工资较高的行业是:一是科学研究、技术服务和地质勘察业,平均工资3 478元;二是交通运输、仓储和邮政业,平均工资3 379元。

平均工资较低的行业:一是居民服务和其他服务业,平均工资1 259元;二是批发和零售业、住宿和餐饮业,平均工资1 475元。

三、失业人员再就业的难点

由于企业改制,职工减少,失业人员增加,再就业压力加大。在失业人员中,“4050”(女40岁、男50岁)人员所占比重较大,文化知识、技术水平偏低,年龄偏大,思想上对原单位形成一种依赖;另一方面,农村剩余劳动力进城打工,不拣行业、体力较强,在文化知识、技术水平要求偏低的行业中,竞争优势强于下岗职工;再就是大、中专毕业生,文化知识、专业技术水平较高,年轻有能力、有闯劲,在就业方面他们占有绝对的优势。因此下岗职工再就业处于劣势。

四、建议

随着企业改制的不断深化,单位职工人数将继续减少。面对较为严峻的就业形势和人才竞争,转变观念是解决单位失业人员再就业的关键。失业人员要改变就业观念,不要只认准一个单位,要解放思想,只要有薪水,不管是在单位当职工,还是擦皮鞋都可以。从当今社会上看,一些较脏、较累的行业,如擦皮鞋、保姆、送水、家政服务、餐饮服务、垃圾回收等,大多是外地、农村人员在做。单位失业人员要树立正确的就业观念,走向市场就业,发挥自己生活经验丰富的优势,放下陈旧观念,走向社会寻求适合自己的岗位。

另外,政府要帮助他们走出困境,创造再就业机会。一是大力发展非公有制经济。二是大力发展第三产业。三是平衡城市与边远山区的就业矛盾。四是加快劳动力市场建设。政府应加快劳动力市场的建设,制定相关政策,加快就业服务信息化建设,健全劳动力市场信息网及其公开发布系统,建立区域市场间的联网制度,充分发挥政府劳动力市场的调节和指导作用。

【例文分析】

这篇例文从结构上来看是很规范的。前言部分用非常简洁的语言说明了分析的背景。正文分为四个部分,前三个部分将基本情况和分析结合在一起,每一个部分都是先介绍基本情况,然后分析形成这种状况的原因。前两个部分的基本情况以表格的形式体现,然后用文字形式分析,清楚明白。第三个部分则用文字的形式来说明和论证,文章显得有变化,不单调。第四个部分针对上文的分析结果提出建议。全文结构完整,文字简练,主题突出,是一篇比较好的经济活动分析报告。

【病例】

××区2003年1—5月经济运行状况分析

一、1—5月经济运行基本情况

1. 在国家扩大内需政策和国内、国际需求的共同推动下,全区经济增长的动力进一步增强,虽然4月下旬起受到“非典”疫情影响,但是宏观经济运行依然稳定高效。1—5月全区实现国内生产总值61 094万元,同比增长8.98%;实现财政收入42 070万元,同比增长24.71%,其中地方财政收入累计完成21 302万元,同比增长16.47%,收入累计完成20 768万元,同比增长34.46%。

2. 工业经济继续下滑。1—5月全区完成工业总产值18 098万元,完成年计划的37.05%,差进度4.62个百分点,比去年同期下降1.58%。其中达到年进度计划的单位仅有:东站办事处、太和办事处、小南办事处、珠玑办事处、南强办事处、区计经贸局。

3. 商业、服务业、餐饮业经济总体增势不减。1—5月完成收入233 517.16万元,完成年计划的41.71%,同比增长22.31%。主要原因是引进了家乐福超市、麦当劳餐厅等有名的连锁企业,其中家乐福超市1—5月完成销售收入20 364.5万元,占总收入的8.72%。若扣除家乐福超市、麦当劳餐厅等新增因素,按同口径相比只增长11.1%。餐饮业、服务业由于受"非典"影响较大,与去年同期相比下降16.57%,与上月相比下降11.44%。达到年进度计划的单位仅有:环城办事处、太和办事处、小南办事处、珠玑办事处、东站办事处、拓东办事处、民政系统、樱花假日酒店、金龙百货。

4. 消费品市场高速增长。1—5月,全区社会消费品零售总额达到143 832.5万元,完成年计划的46.16%,比去年同期增长32.07%,但增幅比1—4月回落了1.64个百分点。

5. 建筑产值下降较快。由于受建筑市场和我区建筑业资质等级的影响,我区建筑企业新开工不足,有的企业已经无工程可做,使得建筑业生产增长乏力,逐渐下滑。1—5月,建筑业总产值完成5 691万元,占年计划的18.88%,同比下降9.78%。

二、几点建议

1. 采取切实有效的措施,减少"非典"对经济发展的负面影响。全区各部门要按照区委、区政府的统一部署和安排,坚持一手抓预防"非典"、一手抓经济建设,减少"非典"对经济发展的负面影响,确保经济持续快速健康发展。

2. 加大服务管理力度,建立高效统一的招商引资运作机制。各部门和各街道办事处要树立"为经济服务、为基层服务、为企业服务"的思想,寓服务于管理之中。主动帮助引进企业办妥所有审批办证手续,各部门协同配合,共同服务,不断突破服务和管理的瓶颈,以热情、真诚的服务态度,便捷、高效的办事效率,良好的投资发展环境,推动和促进招商引资工作的健康发展。

3. 加大对骨干企业的扶持力度,努力为他们"办实事、解难题",及时解决他们在经营管理上的后顾之忧,促使他们不断扩大市场占有率,壮大经营规模,从而使企业持续、稳定、健康的发展。

4. 加大经济与科技的结合力度,逐步提高科技含量,切实提升经济发展的内在动力。人是生产力发展的决定性因素。一要制订更加优惠的政策,多渠道、全方位引进专业技术人才,满足我区经济发展对人才的需求;二要加大职业技能培训,切实提高劳动力的就业技能;三要切实加强宣传教育,构筑学习型社会,全面提高全民的科学文化素质。

【病例分析】

这篇经济活动分析报告总体上来说还是合乎规范的,但也存在一些问题。1. 应在正文前简单介绍一下经济活动的时间和背景,因为时间背景对经济活动的影响是很大的。2. 分析是经济活动分析报告的核心,这篇经济活动分析报告在分析上却缺乏深度,显得说服力不足。

七、经济活动分析报告的写作要求

1. 要有高度的政策观念

企业的经济活动,是在国家的方针、政策指导下进行的,进行分析时,必须以党和国家的经济方针、政策为准则,分析说明经济活动中反映出来的种种问题。因而,要写好分析报告,必须深刻领会、熟练掌握有关的经济方针、政策。

2. 掌握材料要全面、准确

材料是写作经济活动分析报告的基础,占有大量真实的材料是写好经济活动分析报告的必要条件。在搜集材料的过程中,应当坚持实事求是的基本原则。要深入实际,调查研究,掌握第一手的材料;这样,才能保证经济活动分析真正反映客观现实,才能指导具体工作。

3. 分析评价要有力度

不论是综合性还是专题性的分析报告，撰写的关键在于分析。在分析过程中，要运用科学的分析方法揭示问题，不能只罗列现象，堆砌数字。要注意数据与因素分析相结合，只有通过对各种数据的分析计算，才能使分析论证精确化，使分析评价具有一定的力度，能够真正反映经济活动的本质。

第八节 企业战略规划

随着全球一体化进程的加快，各种不确定的因素对企业的影响越来越大，使得企业在分析判断自己未来的发展方向和实施途径上面临着越来越多的难题。为了解决这些问题，制定战略规划是寻求答案的重要方法。战略规划的写作也成了企业管理者必备的写作技能。

在本节的学习中，应当着重掌握：企业战略规划的含义和特点，企业战略规划的结构和内容。

一、企业战略规划的含义

战略规划（或称整体发展战略）指一家企业制定的，使企业的经营目标与它的经营能力及变化中的营销机会相适应的一系列计划。企业战略规划的目的主要是根据企业内外环境的变化情况，协助企业及时调整经营范围和事业结构，改善经营状态，培育新的经济增长点，实现企业持续发展。

战略规划应对的是包括市场环境和宏观环境等市场及非市场环境的变化，它是以促进企业自身健康持久发展为目的，以创新经营方式、适应环境变化为中心，以创造效益为手段的。它是经营规划的根本指导。

制定战略规划的方式有五种：第一种是领导层授意，自上而下逐级制定，这种方式在很多企业里都运用；第二种是自下而上，以事业单位为核心制定；第三种是领导层建立规划部门，由规划部门制定；第四种是委托负责、守信、权威的咨询机构制定，当然这里所说的负责、守信、权威是一些必要的条件，可能还会有更多的条件，如果咨询机构不具备这些必要的条件，那么对企业来说是非常危险的；第五种是企业与咨询机构合作制定。在实际制订规划的过程中，这五种方式往往是相互结合在一起来操作的。

二、企业战略规划的特点

1. 企业战略规划的特点

（1）总体性

企业的战略规划是以企业的全局为对象，根据企业总体发展的需要而制定的。它所规定的是企业的总体行动，它所追求的是企业发展的总体效果。

（2）长远性

企业的经营战略就是企业为适应环境变化而确立的长期基本不变的行动目标和为实现目标而制定的行动方案。而经营战术是为解决短期目标和局部问题而制定的。因此，经营战略具有长远性。

（3）竞争性

企业为了在与对手的激烈竞争中能取得优势地位，进而战胜对手而制定经营战略，因此，战略应有一套如何与竞争对手相抗衡的行动方案。

（4）纲领性

企业战略规定的企业总体的长远目标、发展方向和重点，以及所采取的基本行动方针、重大措施和基本步骤，都是原则性的、概括性的规定，具有行动纲领的意义。它必须通过展开、分解和落实等过程，才能变为具体的行动。

2. 企业战略规划与计划、经济预测报告的区别

（1）在制定企业战略规划时，要注意计划与规划的区别

计划是对今后一段时间内要做的工作或要完成的任务所作的打算和安排，适用于较短的时间，在写作上，"做什么"和"怎样做"明确而具体。战略规划在本质上是计划的一种，但适用于较长年限；需要从宏观考虑，从大处落笔，一般不涉及具体的做法。但战略规划又和企业计划有着密切的关联，年度计划和战略规划往往是紧密结合的，企业在制定3～5年滚动战略规划的时候，要包含最近一年的年度计划，年度计划根据滚动战略规划第一年的分目标来制定，要说明具体的完成时间和主要的责任人。

（2）企业战略规划和经济预测报告的区别

战略规划不是预测。预测是试图找出经济发展的必经之路，它的重点是预测未来经济的发展趋势。战略规划不是要预言将来即将发生的事情，也不是要提前作出未来5年的决策，而是要思考为了将来现在应该做些什么。它的重点在于制定企业未来一段时间的总体目标和完成这些目标要采取的战略措施和战略步骤。

三、企业战略规划的写作方法

企业战略规划由标题、正文、结尾和落款四个部分组成。

1. 标题

战略规划的标题由制定战略规划的企业或单位名称、时限和文种三个要素组成。可以写成《××企业集团2000—2005年企业战略规划》，也可以写成《南方电网公司战略发展纲要》。

2. 正文

正文是企业战略规划的重点。企业战略的制定通常有几种方法，传统理性的方法是制定战略规划的主要方法，其中主要内容是通过分析环境、SWOT分析（即优势Strength、劣势Weakness、机会Opportunity和威胁Threat）、企业资源与能源分析、战略目标设定、总体目标分解、实现目标的策略、制定评估业绩的标准等步骤对企业的战略规划进行系统的、理性的分析与判断。

在写作的时候，通常包括以下几个部分：

（1）指导思想

这是制定企业战略规划的依据。制定企业战略规划，一方面要从宏观环境考虑，和国家或上级单位经济发展的总体规划相一致，另一方面要认真研究复杂多变的市场环境，遵循市场经济原则，制定出合乎市场规律的方针和原则。

（2）战略环境的分析和预测

一般来说就是要分析一下企业的经营特征，最常见的是进行SWOT分析。所谓SWOT分析就是分析企业的优势、劣势、竞争对手是谁、竞争对手的长处和短处、机会在什

么地方、市场状况等等。除了对自身的情况进行分析之外，还要分析宏观环境，对社会、经济、政治、文化、技术等各个领域现在或将来可能发生的变化情况也要有所了解。在此基础上，寻找市场机会、把握市场机会并识别出将遇到什么障碍，会有什么缺陷，这是对战略环境进行分析和预测的目的所在。

(3) 战略目标

这是制订企业战略规划的中心环节。在写作上可以先写总的目标或要求，然后采用分类说明的方式写各个系统所要达到的目标。作为企业蓝图描绘未来发展的依据，在写作各个系统所要达到的目标时要量化，比如说，对于企业来讲，它的市场份额要达到多少、销售额要达到多少、利润又要达到多少、要达到这些目标的时间是怎么控制的、何时实现这些目标，这些都是对目标的量化。只有这样，制定的企业战略规划才能成为可评估、可衡量、可操作的规划，量化的目标是做到这一点的基础。

(4) 战略步骤

如果说前面的战略目标确立了企业在某一段时期内做什么的话，那么后面的"战略步骤"与"战略措施"则是写"怎样做"的问题。

战略步骤是对战略目标的具体部署，也就是制订行动计划和划分阶段。可将规划期的总目标分为几个阶段，分别写出各个阶段的主要目标、基本任务、发展重点等。需要注意的是，各个阶段的目标、任务、发展重点既要有明显的差异性(由低到高、由近到远的层次)，又要表现出衔接性。

(5) 战略措施

战略措施就是实现战略目标将要采取的主要办法和手段。可采用分条列项的方式逐项写出。由于企业的发展一方面和外部环境联系密切，另一方面又与自身的素质分不开。因此，考虑制定企业发展的战略措施可从宏观和微观两方面入手。所谓宏观措施是指从社会主义市场的发展考虑，制定的涉及全面的策略。所谓微观措施，是指从企业内部出发制定的一些局部性的策略，以及如何将总体发展战略与当前的具体行为统一起来的方法和手段。

3. 结尾

战略措施之后通常需要对全文作概括总结，强调该项规划对企业发展的重要作用，并提出希望。

4. 落款

(1) 制订规划的企业名称，用全称。

(2) 制订规划的具体时间，需写明年、月、日。

(3) 呈报、抄报、抄送单位名称。

【例文】

内蒙古自治区和林格尔县经济发展战略规划

一、和林格尔县综合治理与经济开发的环境特征

一个区域的自然条件与环境特征是决定该区域经济发展的重要因素之一，也是该区域赖以经济发展的重要物质基础。这里包括：区域的区位特点、自然条件与自然资源以及主要的限制性因素与存在的问题。

1. 经济发展的区位特点

2. 中温带半干旱的气候特征

3. 多样的土地类型与结构

4. 以地面资源为主的自然资源

5. 水土流失、土地沙化和盐碱化的生态环境

6. 密度大、素质低的人口结构

二、和林格尔县综合治理与经济发展的战略方向和目标

(一) 综合治理与经济发展的方向

确定和林格尔县综合治理与经济发展的方向,应考虑下面三条基本原则:第一,要把当地人民的生活和生产同土地的综合治理联系起来;第二:要立足于当地的区位特点、资源条件和市场需要,积极发展优稀特产品;第三,在总体上既求近利、又有远谋,要长短结合,以短养长。根据以上原则,我们认为和林格尔县的经济发展方向应该是:充分依托城市、依托矿区,在生态环境不断改善的条件下,以农业为基础,积极发展城郊型的种、养业及农畜产品加工为主的轻工业。具体内容如下:(略)

(二) 综合治理与经济发展的战略目标

根据和林格尔县综合治理与经济发展的方向,通过产业结构和土地合理利用的结构调整,进一步促进农、林、牧业全面发展,并选择马铃薯淀粉加工工业为全县经济发展的突破口,使本县的经济尽快发展,同步收到生态效益、社会效益和经济效益,其经济发展的战略目标如下(表3)。

1. 人口

2. 耕地

3. 粮食

4. 产值

5. 近期见效项目

6. 生态环境

三、实现综合治理与经济发展战略目标的主要途径

1. 农、林、牧业土地合理利用的结构调整

2. 加强草业建设,发展畜牧业

3. 加强土地整治,改善生态环境

(1) 合理利用水资源

(2) 防治土壤侵蚀,减少黄泥沙

(3) 种草种树,防止土地沙漠化扩大

(4) 降低地下水位,改良土壤盐渍化

四、和林格尔县人口增长前景与土地承载力的平衡

为了更快地发展经济,迅速提高人民的生产水平,根据和林格尔县土地对人口的实际承载能力,有计划控制人口的增长是十分必要的。

1. 当前人口增长的估算

2. 土地对人口承载力的估算

3. 人口增长前景与土地承载力的平衡

五、积极发展地方工业、乡镇企业及其近期见效的重点项目

1. 地方工业的发展方向

(1) 资源条件

(2) 社会经济条件

2. 地方工业发展的步骤

3. 积极发展乡镇企业和近期见效的重点项目

(1) 发挥优势，充分利用农副产品资源，重点发展加工马铃薯淀粉、食品、饲料工业、皮毛加工和轻纺工业，逐步形成系列化的、具有地方特点和民族特色的骨干工业产品。

(2) 开发当地资源，发展水泥、砖瓦等建筑工业

(3) 充分利用现有的劳动力资源

(4) 积极发展第三产业

(5) 近期见效的重点项目

六、综合治理与经济综合发展战略分区

和林格尔县的自然环境差异较大，经济发展水平也有所不同，为了使县内综合治理及经济发展能够因地制宜、合理布局，人口、资源、环境协调发展，有必要进行综合治理与经济综合发展战略分区。

1. 分区原则

(1) 自然条件和自然资源大体一致

(2) 人类生产活动的特点与方向一致

(3) 在区域性综合治理与发展经济中采取相似的措施与步骤

(4) 基本保证现有乡镇界限的完整性

2. 综合治理与经济综合发展战略分区

七、改善投资环境的几点建议

1. 要以呼和浩特、包头、集宁等城市及邻近地区的市场动态来调节和林格尔县生产与经营项目的重点

2. 加强横向经济联系，推进县内外的经济交流，是发展商品经济的重要条件

3. 加强对贫困村户的扶持

4. 提高人口素质，使劳动者向知识化的方向迈进

5. 深化改革，搞好战略转移

【例文分析】

本文是一篇非常规范的战略规划。文章从分析和林格尔的环境特征入手，制定了战略方向和总体战略目标。并将总体目标分解为人口、耕地、粮食产值、近期见效项目、生态环境等七个方面的分目标，然后以此为基础制定了战略措施和步骤，并提出了建议。全文分析深刻，主题突出，详略得当，逻辑性强。

【病例】

××市小城镇经济发展战略规划

一、小城镇经济发展战略规划的范围和基本思路

(一) ××市小城镇战略的范围

(二) 基本思路

1. 指导方针

2. 战略思路

为实现战略思路，提出以下战略：① 产业聚集和结构优化结合战略。②“三通”(流通、

交通、通讯)带动经济发展战略。③特色经济和特色城镇协调战略。④二次创业与二次解放配合战略。⑤城镇建设与环境建设相结合的战略。

二、××市小城镇经济发展战略规划

(一)××市小城镇经济发展战略规划的依据和原则

1. 规划依据

2. 原则

本规划的原则是:① 以人为本。②快速发展。③以效益为核心。④科技领先。⑤可持续发展。⑥开放开发。

(二)××市小城镇经济发展战略规划

1. 经济规划要点

① 经济发展速度。②经济发展规模。③经济发展结构。④空间结构布局。⑤加强基础设施建设。⑥积极发展外向型经济。

2. 经济规划的支持系统

① 资金的支持和保证。②土地的支持和保证。③人才的支持和保证。

3. 战略措施

① 加强政府对城镇经济发展和建设的指导。②深化小城镇建设体制和建设方式的改革。③编制规划,指导区域小城镇合理发展。④积极稳妥地进行城镇体制和机构改革。⑤深化财税改革,完善小城镇财政体制。⑥制定和实施新的户籍管理制度。⑦深化城镇土地使用制度改革。

【病例分析】

本篇经济战略规划在内容上存在着一些问题。①制定战略规划要有三个步骤,首先是确定战略目标,然后是制定战略规划,最后对制定好的战略规划文本进行评估、审批,因而在写作时首先要说明总体战略目标,然后才能在总体目标的基础上进行分解,制订行动计划和划分阶段。这篇战略规划没有明确写明总体战略目标。②战略目标的制定要在整体发展情况的分析基础上制定,因此战略规划一定要对所规划的企业或单位的情况进行分析,本文对这个问题也没有进行应有的论述。

四、企业战略规划的写作要求

1. 了解相关的政策

经济的发展要受到诸多因素的影响,其中国家政策的影响是不可避免的因素。制定企业战略规划要依据国家和上级单位的总体规划,因此写作战略规划一定要对国家和上级单位的政策有深入的理解和研究,才能站在一定的高度上制定企业的总体战略规划。

2. 先制定明确的战略目标

战略目标是企业战略规划的灵魂,制定企业总体的战略目标是写作企业战略规划的第一步,然后根据目标制定实现目标需要采取的战略,最后就是制定实施战略的具体的规划。在写作中一切材料都要围绕如何实现战略目标进行安排部署。

3. 战略规划要具有可操作性

战略规划是指导企业未来发展的行动指南,因此战略规划必须要有可操作性。要在所了解的信息的基础上,作切合自己企业特点的分析,然后制定出可供操作的战略措施和战略步骤。

能力训练

一、判断题

1. 可行性研究报告侧重于所报项目各个有关内容的全面介绍。 （ ）
2. 招标书和投标书都具有比较紧迫的时间要求。 （ ）
3. 定性预测法的缺点是灵活性较差，对影响经济的因素考虑不够全面，当政治形势、经济政策等因素变动时无法用数据来反映经济因此而产生的影响。 （ ）
4. 根据分析对象和目的，将有关的经济指标或反映发展水平的有关动态指标，按时间排成动态序列进行分析的分析方法被称为因素分析法。 （ ）
5. 企业战略规划在写作各个系统所要达到的目标时要量化目标。 （ ）

二、问答题

1. 可行性研究报告和项目建议书的异同。
2. 经济预测报告的基本情况部分要写哪些内容？重点是什么？
3. 简要回答招、投标书的特点。
4. 经济活动分析报告常用的分析方法有哪些？
5. 企业战略规划的正文部分通常包括哪几个部分？

三、情景模拟题

为了适应高等教育的飞速发展，整合高等教育资源，某市将所属12所高校集中迁往市郊，形成高教园区。某房地产商在此开发了住宅小区，小区有商品房40幢，其中高层(20层以上)15幢，小高层(12层以上)15幢，多层(6层)10幢，每幢5个单元。本住宅小区的主要住户是附近的高校教师。每所高校平均有教职员工2 000人左右，其中35岁以下的教职员工占50%左右。现在小区中已有了超市等商业设施，也建立了小学，还从市里迁来了中学。

请你根据以上材料拟写一份在小区建立一所幼儿园的可行性研究报告。其他所需条件可以自拟。

四、改错题

阅读下面的招标书，指出错误，并提出修改意见。

××工业学校招标书

为解决2004年下学期学生宿舍床铺紧缺状况，经本校校长会议研究决定对床铺的制作工程进行招标。

一、工程项目名称：公寓化床铺。

二、承包方式：甲方(学校)提供图纸实样。乙方包工包料。

三、开工日期：2004年7月5日。

四、具体要求：

1. 质量、规格、尺寸均按图纸或实样施工。凡不符合要求者，全部返工。

2. 投标单位按图纸或实样要求，核算出每套的单价。密封送交甲方。

3. 在规定日期，由甲方组织当面开标，此时不得涂改投标书内容，否则作废标处理。

4. 开标后，经甲方评审、核实，确定中标单位，再行签订合同。

5. 合同生效后，甲方有权指定乙方制作样品。样品达不到质量标准，甲方有权终止合同，其损失由乙方负担。

6. 甲方提供施工、生活场地。凡属人为损坏物品，应照价赔偿。

7. 2004年6月30日上午9时在本校阶梯教室进行公开招标。

××工业学校

学校地址：××市××区××号

参考文献

[1] 张洁.新编商务文书完全范本.北京:光明日报出版社,2002.
[2] 徐寒.现代商务文书写作.广州:广州出版社,2004.
[3] 王桂清.经济应用文写作.北京:机械工业出版社,2004.
[4] 李兴民.公共管理写作与电子公文处理.北京:电子科技大学出版社,2004.
[5] 何修猛.现代广告学.上海:复旦大学出版社,2004.
[6] 蔡嘉清.广告学教程.北京:北京大学出版社,2005.
[7] 孙秀秋.应用写作.北京:中国人民大学出版社,2003.
[8] 徐中玉.应用文写作.北京:高等教育出版社,2000.
[9] 张达芝.应用写作教程.杭州:浙江大学出版社,2005.
[10] 李沉碧.经济应用文写作.北京:科学出版社,2004 年.
[11] 彭祝斌.经济应用文写作.长沙:湖南大学出版社,2004.

第八章 礼仪文书

礼仪是维系社会日常生活而共同遵循的最简单、起码的道德行为规范。就社会来说，是文明程度、道德风尚、社会风俗的反映；就个人而言，是思想水平、文化修养、交际能力的外在表现。荀子曰："人无礼则不生；事无礼则不成；国家无礼则不宁。"

礼仪文书是为礼仪目的或在礼仪场合使用的文书。

礼仪文书的种类很多，常用的是机关、团体、个人为人际交往、公共关系目的而撰拟的各种文书。如请柬、欢迎词、欢送词、贺信、贺电、慰问信、表扬信、感谢信、悼词、讣告、唁电、祭文、碑文、对联等，现在还有手机短信、E-mail 等新兴事物。

礼仪文书，应当准确、适当地表达出礼仪上的要求，根据不同的时机和对象，首先力求把文、电写得恰到好处、清楚明白，进而才追求写出实质内容，以使礼仪文书达到更好的效果。

本章介绍几类常见的礼仪文书。

第一节 贺卡 贺电 贺信 慰问信

现在，社会交往日益频繁，人际关系的重要性越来越被人们所认识。人与人之间经常通过某种形式，相互勉励，相互支持，甚至一个小小的问候，都可以产生加深友谊、联络感情、沟通思想、消除误会的作用。

一、贺卡、贺信、贺电

1. 概念及使用情形

贺卡是一种用卡片形式传递问候、祝福、祝贺的文书。一般在国家法定节日或民间著名节日时期使用频率较高。

贺电是用电报的形式拍发给对方的表示祝贺赞颂的一种电讯文书，又称公关礼仪电报。它多是领导机关或领导人以一定名义发给有关单位、集体或个人的。一般它适用于下列一些情况：对取得巨大成绩，作出卓越贡献的集体或个人表示祝贺；有什么大的喜事发生，诸如结婚、大型庆典、晚会或其他庆祝活动等；国家选出新的领导人时友好国家发电祝贺；对重要人物的寿辰表示祝贺等。

贺电还可以登报、广播，这时往往会产生很大的鼓舞作用。

贺信是用信函形式向对方表示祝贺、赞誉的礼仪文书。常用于集会、节日、庆典、竣工、就任、寿辰等事情。

收信单位如给个人，很多时候收到贺信会以张贴形式表现出来，以起到更好的宣传、鼓动作用。

2. 特点

(1) 喜庆性

对祝贺对象的一种真诚的祈颂祝福和良好心愿的表达,因此喜庆性是贺词的基本特点。在措辞用语上务必体现出一种喜悦、美好之情。

(2) 简洁性

贺卡、贺电、贺信一般篇幅都短小,感情充沛,文字明快。

3. 写作格式及内容

贺卡在格式上比较随意、简单,在此从略。

贺电、贺信的内容一般由标题、称谓、正文、结尾、落款五部分组成。

(1) 标题

贺电、贺信的标题,可直接由文种构成,即在第一行正中写"贺电"或"贺信"二字。也可由"贺电、贺信双方名称+文种"共同构成,如"国务院致中国体操队的贺电"。有的还用副标题,即以发电(写信)单位、受电(收信)单位和文种作为主标题,而用副标题说明内容。

(2) 称谓

称谓写上收电(收信)单位或个人的名称、姓名,是个人的应在姓名后加上"同志"、"先生"或职务名称等。格式为一般书信格式——顶格,称谓后加冒号。

(3) 正文

贺电、贺信的正文要根据内容而定,若发给单位或某一地区庆祝活动的,宜在表示祝贺的同时,对其做出的各种成绩、取得的巨大成就给予充分肯定,并给予鼓励,提出希望。一般私人之间的交往,则把内容放在祝贺目的上就可以了。

(4) 结尾

表达热烈的祝贺和祝福之意,有的也提出希望。

(5) 落款

即在正文右下方署上发文单位或个人的姓名,并写上发电(写信)日期。

4. 写作要求

写贺卡、贺电、贺信,感情要饱满、充沛;评价要实事求是、恰如其分;语气要诚恳、热情;语言要明快、通畅。

(1) 语言要求充满热情、喜悦、鼓励、希望、褒扬之意,以便使对方感到温暖和愉快,受到激励与鼓舞。不应使用辩论、谴责批评等词句和语气。

(2) 颂扬与祝贺要恰如其分,过分的赞美之词会使对方感到不安,自己也难免有谄媚之嫌。

(3) 篇幅不能太长,尤其是贺电。

5. 例文分析

【例文1】

××路(263)号××轻工机械公司××

值此贵公司成立(30)周年之际谨向你们致以热烈的祝贺××××机械工业公司

发报人　王×住址××路×号　电话223301

【分析】

电报因为以字数收费,标点也占空间,因此一般不加标点,语言特别简练,有的甚至可以使用缩略表达。比如"到达成都"表达为"抵蓉"。该贺电以表达清楚祝贺为要。

【例文2】

致全区企业的新春贺信

硕果累累辞旧岁，喜气洋洋迎新春。

值此辞旧迎新之际，中共经济技术开发区党委、管委会向全区企业经营管理人士致以诚挚的问候和衷心的祝福！

2004年，开发区上下齐心协力，共创未来，实现了经济社会各项事业持续快速健康发展：全区实现生产总值5.8亿元，增长69.7%；实现工业总产值19.2亿元，增长108%；实现财政收入6 106万元，增长62%；全区招商引资保持了良好态势。这些成绩的取得，是广大客商、全区企业积极参与开发区经济建设，合理经营，奋发图强的结果；是全区干部群众与广大客商、企业经营管理者互相支持，互相理解，共同优化发展环境的结果。在此，中共经济技术开发区党委、管委会向所有为开发区经济社会发展付出辛勤劳动和作出巨大贡献的企业界人士表示衷心的感谢！

2005年是开发区深入实施"工业园区现代化、中心区域城市化、农业产业示范化、办事效能特区化"发展战略的重要一年，也是全面加快工业园区建设、倾力打造最佳产业承接基地的推进之年。在新的一年，我区将继续坚持以工业化为核心，以大开放为主战略，大力优化投资发展环境，继续完善服务体系，提高办事效能，提高服务质量，以服务促发展，努力为企业的发展壮大营造宽松、有序的软环境；加快推进基础设施建设，集中力量，加大投入，努力为项目落户、项目建设、企业发展创造最完备的硬环境。我们也希望广大客商不断加大投资，加快发展，在开发区建设一流的企业，开创一流的事业，为开发区的发展作出更大的贡献。相信通过我们的共同努力，开发区的明天一定会更加美好！

最后，衷心祝愿：

新年吉祥如意

事业兴旺发达

阖家幸福安康！

【分析】

标题的构成是"致贺对象＋文种"，因此省略称谓。用对偶句开篇，充满诗意，得体地表达了问候和祝福。正文部分先简单书写历史成绩，然后展望未来，再次表达感谢和祝愿。最后用贺卡式语言，再次表达祝愿，周到、细致。

全文充溢着真挚的喜庆、感激、祝愿之情，结构明晰，语言简洁。

【例文3】

在创新电脑公司开业庆典上的贺词

改革开放带来累累硕果，十五大东风又吹开朵朵新花。在这万象更新的金秋季节，天津创新电脑公司隆重开业了。在此，我代表各位来宾和广大用户，向你们表示衷心祝贺！

你们公司的名字是"创新"，今天我的贺词也要来一个创新，在这里，我不想谈"门盈喜气，店满春风"的老话，也不想说"生意兴隆通四海，财源茂盛达三江"的俗愿，我只想从"创新"的"新"字谈起，那就是——新事、新风、新辉煌。众所周知，科学技术是第一生产力，正当电脑这一崭新的生产力以惊人的速度进入人类一切领域的时候，你们则站在时代的前列，以股份制的新形式成立了公司，并打出了"为时代文明铺路，让电脑走进千家万户"的旗帜，正可谓“胸怀四化业，志在绘宏图”。你们公司开业可喜可贺，而你们所从事的新事业更可喜可贺！自古以来，没有哪个商家不贪利，没有哪个商家不爱财。然而你们却说：“我们从事的是文明事业，我们就要有别人没有的新风尚，生财有道，以德为先，以信为本。”并推出了人无我有、人有我新的宗旨：“有价的电脑，无价的服务”、“全心全意为用户，献出兄弟姐妹情”。朋友们，你们说，有这样的商家，有这样的新风，你们还愁买不到称心的电脑吗？他们还愁财源不像长江之水一样滚滚来吗？

创新，创新，只有创新才会出新；创新，创新，只有开拓才能前进。如今，党的政策已经为你们铺平了道路，朋友们，扬鞭起程吧，此时风光正好，天上太阳正红。各位来宾，让我们举杯祝愿，祝创新公司的事业蓬勃发展，一步一层天！

孙玉茹

【分析】

开头：向受贺方致意要说明自己代表何人或何种组织向受贺方及何项事业祝福贺喜。

主体：概括评价受贺方已取得的成就。

结尾：展望未来美好前景，再次向受贺方表示衷心的祝贺。

致辞人：

该文是一篇即兴贺词，作为例文选登的目的是希望同学们了解贺词的写作要领。无论是即兴还是有准备撰稿写作，其基本框架是一样的。

二、慰问信

1. 概念及使用情形

慰问信是以组织、团体或个人名义，向有关单位或个人表示问候、致意、安慰的专用书信。一般常用于重大节日、纪念日对有关团体、人员进行慰问；对受到意外灾害，蒙受严重损失的地区、人员进行慰问；对作出重大贡献的人员进行鼓励、慰问等。

2. 慰问信的格式

慰问信一般有标题、正文、落款等几部分。

(1) 标题

一般在首行中间写“慰问信”。

或者写“××(单位)××(节日)给××××(人员)的慰问信”。

(2) 正文

开头写慰问的原因、背景等，接着写表示问候的话。如“谨代表××××向你们表示深切的敬意和亲切的慰问”、“向你们致以节日的问候”等。

中间内容应因人、因事而异。一般可以对慰问对象的贡献进行概述和作出评价，概括出他们的作用、地位和意义，然后号召大家学习他们的高贵品质等。如果是灾难、事故，对造成的损失表示遗憾，对其间人们的表现表示赞赏、鼓励。

结尾，可以用勉励、要求和共同的愿望、决心作结尾。

最后以祝贺、祝愿、希望的句子结束全文。如“祝节日愉快”、“祝克服困难，重建家园”等。

(3) 落款

在正文的右下方，写发出慰问信的单位或个人，以及年、月、日。

3. 写作要求

写慰问信要向对方表现出无限亲切、关怀的感情，让对方产生情谊深厚、温暖如春之感。

在热情颂扬、真情抚慰的同时，殷切提出希望、鼓励、共勉。

文字要简洁、朴实，篇幅不宜过长。慰问信写作虽因事、因人、因时而异，但大都采用熔情、事、理于一炉的表现手法，富于人情味，富于鼓动性。

4. 贺信和慰问信写作比较

	贺 信	慰问信
相同处	写作主体和对象可以是个人或单位；在重大节日(活动)、作出突出贡献时都可使用	
不同处	侧重于祝贺、揭示事件的重要意义	灾难、事故时只能用慰问信，侧重于抚慰、表达共同心愿
写作格式	贺信 称谓 正文 祝贺的事项 意义 再次表示祝贺，提出新的希望 结束语：祝取得更大成功、更大胜利、圆满成功等 落款	慰问信 称谓 正文 慰问缘由 概述事件 表示慰问、共勉 结束语：祝节日快乐；取得更大成绩；祝克服困难，重建家园等 落款

5. 例文分析

【例文1】

母亲节、父亲节祝福词

世界上只有一位最好的女性，她便是慈爱的母亲。世界上只有一种最美丽的声音，那便是母亲的呼唤。

经历过这么多的风风雨雨，您似乎更年轻了，不但是外貌，而且是心灵。

透过那额角的皱纹，还有银鬓华丝，我看见了您一颗水晶般的心。

莫道桑榆晚，微霞尚满天。

您就像一棵绿叶如盖、摇曳多姿的大树，我一直走到很远都能回头便瞧见她，在风中枝蔓一直伸到无边。

苍龙日暮还行雨，老树春深更着花。

慈母手中线，游子身上衣。在这样的日子里，您该歇歇了。

摘一颗星，采一朵云，装入思念的信封里，献给您——在这一年中最美好的一天！

我总相信，一片树叶厚过一本诗集，这就是年轮，我为您——祝福。

您的痛苦和爱，创造了这一天——生日，使我们从此懂得了，生命和情感，在您的这个节日里，遥寄我深深的思念和祝福。

您是我心目中最好的妈妈。

妈妈，我很乐意为您准备晚餐，不过我仍想如果带您上馆子，会比较保险。

也许我很任性，固执，令您操心，惹您生气；也许我总爱自作主张，自作聪明，把您的话当成啰嗦。但是，在我的心里，妈妈，我其实很爱您！

当春花烂漫时，我将到野外采撷一朵最芬芳的丁香，别在您素雅的衣襟上！

您是一棵大树，春天倚着您幻想，夏天倚着您繁茂，秋天倚着您成熟，冬天倚着您沉思，您那高大宽广的树冠，使四野永不荒凉。

您的爱是崇高的爱——只是给予，不求索取；不溯既往，不讨恩情。

您没有被写进一篇诗章，您没有被唱入一首颂歌，但您是给我以生命并抚育我成长的土地，我深深地爱着您。

在风平浪静的海面，所有的船只都可以并驱竞胜；但当狂风恶浪骤起时，却只有像您这样大智大勇的人方能临危不惧，泰然处之！

您生命的秋天，是枫叶一般的色彩，不是春光胜似春光，时值霜天季节，却格外显得神采奕奕！

秋空给人以深深的思索，您留给我的瑰宝是哲人的深思明辨，还有那从容处世的信条。

老骥伏枥，志在千里；烈士暮年，壮心不已。在您的节日里，您无怨无悔的一生更加璀璨和夺目！

岁月的流逝能使皮肤逐日布满道道皱纹，而充满热情的人们，却能每日将爬上心灵的无数皱纹——抹掉。我心目中的您，是永远年轻的父亲！

咬定青山不放松，立根原在破岩中，千磨万击还坚韧，任尔东西南北风。父亲，坚定若您，勇敢若您，我深深地爱您……

欢乐就是健康，如果我的祝福能为您带来健康的源泉，我愿日夜为您祈祷！

树木的繁茂归功于土地的养育，儿女的成长归功于父母的辛劳——在您的博大、温暖的胸怀里，真正使我感受到了爱的奉献，在您的节日里，请容我致谢！

我是从故乡屋檐下飞出的一只小鸟，每一根羽毛的成长都凝结着您的深情抚爱和谆谆教导。

用我的心抚平你额上的条条皱纹，用我的情感染黑您头上的丝丝白发……这些都不能够感谢您对我的培育之恩！

您常在我痛苦的时候给我一个理解的注视，您常不愿我忧伤，您常说快乐是儿女最好的礼物。所以今天，我送上一个大大的笑，温暖您的心！

轻轻一声问安，让贺卡将我心中的祝福化作阳光般的温暖，永恒地留在您眼中，您心中……

每一个父亲节都想祝您永远保留着年轻时的激情，年轻时的火焰！那么，即使您白发日渐满额，步履日渐蹒跚，我也会拥有一个永远年轻的父亲。

【分析】

该文可作为某个做子女的写给自己父母的信来读，也可视为替天下所有子女们代言，给天下所有的父母们的慰问信。尽管文章写得不是最好，但感情真挚，表达了子女的感激、感谢、抚慰之情。对于新一代年轻人，通过书信方式向父母表达内心情感是非常必要而有价值的。

【例文 2】

中秋慰问信

潼南籍在外地工作的乡亲们、关心潼南经济建设的朋友们：

你们好！

月缺月圆又一秋。值此传统佳节，中共潼南县委、潼南县人民政府向潼南籍在外地人士及关心潼南经济发展的各界朋友致以最良好的祝愿和最诚挚的问候！

每逢佳节倍思亲。这种痛并快乐着的心情我们共同感受，共同分享。当然，作为潼南人，我们更希望感受和分享的，是潼南茁壮成长的喜悦。近几年来，全县潼南人同心同德，团结一致，紧紧抓住重庆市建设成渝快速通道的历史机遇，扎实工作，开拓创新，经济社会发展有了长足进步，尤其是在工业化、城镇化和交通建设方面取得了骄人业绩。以建设工业园区、“退二进三”承接基地、三大特色工业基地为重点，加大招商引资力度，推进工业化进程，提高对外开放水平。全县共引进招商项目近200个，已投入建设资金达7亿多元，一批工业企业陆续入驻工业园区，正向“再造一个潼南工业”目标挺进。以新城新区建设为重点，提高城市建设与管理水平，加快山水园林中等城市建设步伐。新城3平方千米，新区2平方千米的核心区已基本形成，入住人口已超过1万人，一座崭新的现代山水园林城市已现雏形。以两高快速通道、出境道工程和村道畅通工程为重点，建设大交通、构建新格局。在完成县到镇乡公路改造的“一小时潼南”工程基础上，我们又全面启动了村道畅通工程，用三年左右的时间，实现乡镇到村道路畅通。遂渝快速铁路全线铺轨正紧张进行，于明年4月通车运行；遂渝高速公路已全面拉开序幕，富金坝航枢工程加快建设，中塘公路、王兴公路将于年末通车，一个贯穿成渝、接受主城辐射、连接周边市场、汇集县内资源的交通体系，一座新兴的现代化中等城市和一个渝西北最大的市级特色工业园正在潼南大地上迅速崛起。

这份沉甸甸的喜悦里，有你们艰辛的汗水和卓越的智慧、有你们无私的奉献和真切的关爱、有你们诚挚的帮助和鼎力的支持。亲情，血浓与水；友情，香醇如酒。今天的潼南正站在一个崭新的历史路口，千帆竞发，百舸争流。我们恳切地希望你们一如既往地关心、支持潼南，积极宣传潼南，为潼南与外地的经济文化牵线搭桥，让更多的有识之士参与到潼南经济建设的滚滚洪流中来。

祖国大地秋风送爽、丹桂飘香；晴朗夜空万千星宿，皓月升腾。我们坚信，有市委、市政府的坚强领导，有家乡人民的共同努力，有你们的关心支持，潼南经济一定能够获得更大的发展，取得更加丰硕的成果，谱写出更加美好的历史篇章！

让我们共同祝愿我们的祖国繁荣昌盛！

【分析】

该文借中秋慰问之名行宣传潼南之实，达到了一箭双雕的效果。可以设想在外地的老乡看到该文后的心情，一定是又激动、又自豪、又温暖。

结构上首尾照应，借皓月抒写乡情，中间浓墨泼洒记录潼南的辉煌成就，能产生较好的鼓动效果。

【例文3】

慰　问　信

四川省遭受水灾地区的广大农民、工人、干部、人民解放军指战员

同志们：

最近一段时间，你们那里连降暴雨，遭遇了百年未遇的特大洪涝灾害。党中央、国务院深为关切，除发电慰问外，并专拨一批物资、资金支援你们生产救灾。中央有关部门也派出领导干部，支持和帮助你们进行抗灾斗争。现在，党中央、国务院又决定派出×××同志为

团长、×××同志为副团长的中央慰问团，到灾区进行慰问，转达党中央、国务院对你们的关怀，转达全党、全军、全国各族人民对你们的关怀。

在严重的洪涝灾害面前，你们在四川省委、省人民政府和成都军区、四川省军区的领导下，发扬了不屈不挠的顽强斗争精神，不畏艰险，不怕困难，团结战斗，英勇奋战，涌现出许多可歌可泣的英雄人物和英雄事迹，取得了一个又一个胜利。你们英勇抗灾的事实再一次证明，在中国共产党领导的人民面前，任何艰难困苦，都是可以战胜的。

党中央、国务院日夜关心着你们的抗灾斗争，一定继续全力支援你们，同时也相信你们能在取得抗灾斗争初步胜利的基础上，再接再厉，振奋精神，团结一致，千方百计地进行生产自救，尽快恢复生产，重建家园，夺取抗灾斗争的更大胜利。

中央慰问团

××××年×月×日

【分析】

这是一篇典型的事故、灾难性话题的慰问信。

首先简叙事件；然后写出慰问者所做的工作，给予被慰问者以物质和精神的抚慰；再接着对在灾难、事故中表现杰出者予以褒扬、鼓励；最后再次表达慰问、共勉。

文章短小，但结构严谨，语言流畅。

只是这类文章写作很容易程式化。

6. 写作能力训练

一、下面是两份摘自《秘书国家职业资格培训教程》的例文，请你在阅读后结合前面例文，提炼出一个贺信（电）写作的模本。

贺　信

××公司全体员工：

喜闻十月一日是贵公司成立10周年纪念日，谨此表示热烈祝贺！10年来贵公司全体员工发扬了自力更生、艰苦创业、同心同德、锐意创新的可贵精神，不仅在国产计算机芯片研究领域获得了重大突破，而且培养了大批技术人才，支援了兄弟单位。多年来，贵公司在技术力量方面给予我公司无私的帮助和支援。为此，我们表示衷心的感谢，并决心以实际行动向贵公司全体职工学习，努力钻研技术，提高产品质量，为达到同行业的先进水平而努力。

最后，祝贵公司在新的世纪取得更辉煌的成就。

此致

敬礼

天地公司总经理×××

二〇〇×年×月×日

贺　电

××科技公司：

欣闻贵公司在第16届巴黎国际博览会上摘取科技发明金奖，我谨代表华夏集团公司向你们表示热烈的祝贺并致以崇高的敬意。你们今天取得的辉煌成绩是你们多年来倡导的“求实、拼搏、进取、创新”精神的最好体现。希望你们继续发扬这种精神，在科学的道路上勇攀高峰，为我国微电子科学事业的发展作出新的贡献。

××公司总经理×××

二〇〇×年×月×日

二、在三八妇女节到来之际，代表全班同学向学院的女老师、女同学，写一封慰问信。

第二节 邀请信 聘书 表扬信 感谢信

一、邀请信（请柬）

1. 概念及使用情形

邀请信是为了增进友谊，发展业务，邀请客人时使用的信函。

邀请的内容十分广泛：邀请团体或个人参加各种性质不同的集会、联谊会、庆祝活动或典礼；邀请外宾来我国进行友好访问、考察、讲学、演出、举办展览或参加交易会；等等。

请柬又称请帖，是人们在节日和各种喜事中请客用的一种简便邀请信。一般用于联谊会、与友好人士交往的各种纪念活动、婚宴、诞辰或重要会议等，发送请柬是为了表示活动的隆重和主人的郑重。

2. 写作格式

（1）信文正中写上"邀请信"三字或封面上写"请柬"（请帖）二字。

（2）顶格称谓写被邀请者（个人的姓名或单位名称）。

（3）交代活动内容，如开座谈会、联欢晚会、过生日等；交代举行活动的时间和地点，如果是请看戏或其他表演还应将入场券附上。

（4）结尾。如"敬请光临"、"恭请莅临"、"请届时光临指导"等。

（5）署名邀请者（个人、单位）的名称和发函的时间。

3. 写作要求

（1）邀请信是一种特殊书信，一般是因双方不便或不宜直接交谈而采用的交际方式。请柬却不同，即使被请者近在咫尺，也须送请柬，这主要是表示对客人的尊敬，也表明邀请者对此事的郑重态度。

（2）语言上首先要求简洁、明确，既要表达邀请的盛情，还要就活动的时间、方式等有关事项作出必要的说明。其次要求措词文雅、大方和热情。摈弃那些繁冗造作或干瘪乏味的语言。

具体而言有如下几点：

第一，求其"达"，既要通顺明白，又不要堆砌辞藻或套用公式化的语言。

第二，求其"雅"，既要讲究文字美，又要尽量用口语，尽量用新的、活的语言。雅致的文言词语可偶一用之，但需恰到好处。

4. 注意事项

凡属比较隆重的喜庆活动，邀请客人均以请柬为准，切忌随便口头招呼，顾此失彼。

请柬是邀请宾客用的，所以在款式设计上，要注意其艺术性，一帧精美的请柬会使人感到快乐和亲切。

选用市场上的各种专用请柬时，要根据实际需要选购合适的类别、色彩、图案。在书写请柬时，还应注意字体的大小疏密、排列等问题，务必做到美观大方。

5. 例文分析

【例文1】

×××女士/先生：

兹定于9月12日晚7：00—9：00在市政协礼堂举行中秋茶话会，届时敬请光临。

此致

敬礼！

××市政协

×年×月×日

【例文2】

××电视台：

兹定于五月四日晚八时整，在××大学礼堂举行【五四】青年诗歌朗诵会，届时恭请贵台派记者光临。

××大学团委会

×月×日

【分析】

以上两篇例文，第一篇是政协邀请有关人士中秋聚会请柬，既庄重严肃，又显得喜庆和对知名人士的尊重。时间、地点和具体内容在短短的一句话中全部表达出来，显得简洁明确。

例文2也是以团体的名义发出的，所不同的是该文的邀请对象不是要作为客人参加会议或聚会，而是要前往进行采访工作。这份请柬实际还起到了提供某种新闻信息的作用。语言上也是用语不多，却将所要告知的信息全部说出，简洁明快，不拖泥带水。

【病例】

×××同学：

兹定于2005年3月6日上午9时到校医院看望病重的××老师，届时请准时到校医院指导。

××班委

2005年3月4日

【病例分析】

本请柬为一病文，存在几个方面的问题：参加人不为客人，不用发请柬；到医院看病人非隆重喜庆之事，不可发请柬；看医问药治疗事宜乃医生之事，“请准时到医院指导”，措词不妥，违背常理。

【例文3】

招标邀请通知书

×××（单位名称）：

×××大桥工程是我省×年养路费计划安排的项目，经请示省交通厅同意采取招标的方法进行发包。

你单位多年来从事公路建设，施工任务完成得很好，我处深表赞赏，故特邀请贵单位参加施工投标。

随函邮寄“桥梁工程施工招标启事”一份。接函后，如同意，望于××年×月×日上午×时到省交通厅食宿站（建筑街副1号，火车站前）领取“投标文件”（包括施工图设计），并请按规定日期参加工程投标。

招标单位：××省交通厅生产综合处

地址：省交通厅二楼209号

联系人：×××

电话：××××××××

××××年×月×日

【例文4】

中国国际人才交流暨项目洽谈会邀请信

各专家组织、培训机构：

由中国国家外国专家局主办，××省人民政府协办，中国国际人才交流协会、××省外国专家局承办的“××××年中国国际人才交流暨项目洽谈会”将于今年×月×日至×月×日在中国××市国际展览中心举行。

随着我国经济建设的发展和加入了世界贸易组织，中国市场拥有十分旺盛的国际人才交流需求。国家外国专家局作为中国聘请外国专家和出国培训归口管理的政府部门，举办此次大会旨在加强全国各省市有聘请外国专家和出国培训需求的单位，与国际上具有一定实力的专家组织、培训机构交流，就××××年及今后聘请专家、出国培训项目进行洽谈，促进中国与世界各国在经济、技术和社会发展等各个领域的合作。

此次洽谈会是国家外国专家局在以往举办“聘请外国专家暨国际人才交流项目洽谈会”、“外国文教专家项目洽谈会”、“国（境）外培训渠道建设工作会议”的基础上，首次召开的综合性国际人才交流大会。

洽谈会受到中国有关部委、各省、市、自治区的大力支持，洽谈项目涉及农业、工业、软件与集成电路、医疗卫生、教育、金融、证券、保险、旅游等多个专业领域。国内有关部委，各省、区、市外专局，国际人才交流协会及企事业单位代表1 000多人将参加会议。

为方便展示贵组织的优势，洽谈会将提供展位和洽谈间；大会组委会竭诚欢迎国外专家组织、培训机构参加此次会议，与中国各有关部门和企事业单位不断拓展交流合作领域，并就国际人才交流与国际人力资源发展提出意见和建议。

有关报名注册等事宜，会议组委会秘书处将与你们联系。

联系人分别是：

经济技术专家事务，×××，电话：010-××××××××。

教育文卫专家事务，×××，电话：010-××××××××。

出国培训事务，×××，电话：010-××××××××，传真：010-××××××××。

中国国际人才交流协会会议秘书组，×××，电话：010-××××××××。

专此奉达，并颂秋祺

中国国际人才交流协会副主席兼秘书长×××

××××年×月×日

【分析】

在交往日趋频繁、经济事务日益复杂、各种活动日趋规范的今天，例文 3、4 是常见的使用频率很高的两种邀请信类型。写明邀请缘由，发出真诚邀请，写清邀请时间及联系事宜，值得借鉴。

邀请单位并不完全能做到心中有数，往往通过向一定意向性单位或个人发出邀请，从而达到联谊、联系、培训、会展等目的。

二、聘书

1. 概念及使用情形

聘书是聘请书的简称。是机关、团体、企事业单位聘请某些有专业特长或有威望的人完成某项任务或担任某项职务时所发的邀请性质的专用书信。

聘书适用的情形：招聘制作为现今用人制度的主要形式为聘请书的使用提供了广阔的市场。企事业单位在需要某方面有特长或有专业技能的人才时需要用到聘书；社会团体或某些重要的活动为了提高自身的知名度、扩大影响力时，常常聘请一些有名望的人加盟或参与，以期更好地开展活动。

2. 写作格式

聘书一般已按照书信格式印制好，中心内容由发文者填写即可。

完整的聘书的格式一般由标题、称谓、正文、结尾、落款几部分构成。

(1) 标题

聘书往往在正中写上“聘书”或“聘请书”字样，有的聘书也可以不写标题。已印制好的聘书标题常用烫金或大写的“聘书”或“聘请书”字样组成。

(2) 称谓

聘请书上被聘者的姓名称呼可以在开头顶格写，然后再加冒号，如“××先生”、“××同志”等；也可以在正文中写明受聘人的姓名称呼。常见的印制好的聘书则大都在第一行空两格写“兹聘请××……”。

(3) 正文

聘书的正文一般要求包括以下一些内容：

首先，交代聘请的原因和请去所干的工作，或所要去担任的职务。

其次，写明聘任期限。如“聘期两年”、“聘期自 2005 年 2 月 20 日至 2007 年 2 月 20 日”。

再次，聘任待遇。聘任待遇可直接写在聘书之上，也可另附详尽的聘约或公函写明具体的待遇，这要视情况而定。

另外，正文还要写上对被聘者的希望。这一点一般可以写在聘书上，但也可以不写，而通过其他的途径使受聘人切实明白自己的职责。

(4) 结尾

聘书的结尾一般写上表示敬意和祝颂的结束用语。如“此致　敬礼”、“此聘”等。

(5) 落款

落款要署上发文单位名称或单位领导的姓名、职务，并署上发文日期，同时要加盖公章。

3. 写作注意事项

聘书要郑重严肃，对有关招聘的内容要交代清楚。聘书是出于对受聘人极大的信任和尊重才发出的，这无形中就加强了受聘人的责任感。

聘书一般要短小精悍，不可篇幅太长，语言要简洁明了、准确流畅，态度要谦虚诚恳。同时聘书的书写要整洁、大方、美观。

聘书是以单位名义发出的，所以一定得加盖公章，方视为有效。

4. 例文分析

【例文 1】

聘　书

兹聘请赵××同志为××家电集团维修部总工程师、主任，聘期自×年×月×日至×年×月×日，聘任期间享受集团高级工程师全额工资待遇。

××家电集团（章）

×年×月×日

【例文 2】

聘　请　书

为提高我院的科研水平，本院成立了科研项目评估委员会，特聘请×××教授为该委员会学术顾问，指导我院的科研工作。

此致

敬礼！

××市社会科学院（盖章）

院长：×××（盖章）

×年×月×日

【分析】

上面列举的两则聘书可以分为两类：

一类是公司企业聘用专业人才以利于公司企业的发展的聘书。如例文 1。

一类是学校团体为扩大影响力及知名度，聘请有名望的人作顾问、作指导的聘书。如例文 2。

例文 1 这则聘书是由常见的印制好的聘书格式填写中心内容而形成的。正中“聘书”字样为标题，正文是聘书的核心内容，交代受聘者担任的职务，其次写明了聘任期限，如“聘期自×年×月×日至×年×月×日”；最后写上聘任待遇，如“聘任期间享受集团高级工程师全额工资待遇”。落款署上发文单位名称及加盖公章、落款日期。该文短小精悍、语言简洁明了、准确流畅，同时体现出发文者郑重严肃、谦虚诚恳的态度。

例文 2 直接开门见山地交代了聘请原因，并在聘书结尾写上表示敬意和祝颂的结束用语以表诚恳之意。

这两则聘书都由发文者比较郑重、严肃、诚恳、完整地交代清楚了招聘内容，使人一目了然。

三、表扬信

1. 概念及使用情形

表扬信是对个人和群体的先进事迹、优秀品质进行表扬的信函。

以领导机关或群众团体的名义表扬其所属的单位、集体或个人，这种表扬信可以在授奖大会上由负责同志宣读，也可以登报、广播、上电视。群众之间的表扬信不仅赞颂对方的好品德、好风格，也有感谢的意思。可直接寄给本人或所属单位，也可将表扬信寄给报社、电台，请新闻单位帮助在报纸、广播、电视台进行宣传。

2. 写作格式

表扬信通常由标题、称谓、正文、结尾和落款五部分构成。

(1) 标题

一般而言，表扬信标题单独由文种名称“表扬信”组成。位置在第一行正中。

(2) 称谓

表扬信的称呼应在开头顶格写上被表扬的机关、单位、团体或个人的名称、姓名。写给个人的表扬信，应在姓名之后加上“同志”、“先生”等字样，后边加冒号。若直接张贴到某机关、单位、团体的表扬信，开头可不必再写受文单位。

(3) 正文

正文的内容要另起一行，空两格写。一般要求写出下列内容：

① 交代表扬的理由　用概括叙述的语言，重点叙述人物事迹的发生、发展、结果及其意义。叙述要清楚，要突出最本质的方面，要让事实说话，少讲空道理。

② 指出行为的意义　在叙事的基础上进行评价、议论，赞颂该人所作所为的道德意义。如指出这种行为属于哪种好思想，好风尚，好品德。

(4) 结尾

该部分要提出对对方的表扬，或者向对方的单位提出建议，希望对某某某给予表扬。如“×××同志的优秀品德值得大家学习，建议予以表扬”。写给本人的表扬信，则应适当谈些“深受感动”、“值得我们学习”等方面的内容。并要求在结尾处写上“此致敬礼”等结束用语。但“此致”、“祝”、“谨表”、“向你”等字写在末尾，其余的字，要另起一行，顶格正对称谓位置写。

(5) 落款

落款应写明发文单位名称或个人姓名。并在右下方注明成文日期。

3. 写作注意事项

表扬信叙事要实事求是。对被表扬的人和事的叙述一定要准确无误，既不夸大，也不缩小。评价要实事求是，恰如其分。要充分反映出对方的可贵品质。写动人事迹要做到见人、见事、见精神。不要以空泛的说理代替动人的事迹。

表扬信语气要热情、恳切，文字要朴素、精练，篇幅要短小精悍。

表扬信一般均有感谢的成分，尤其是表扬的事迹同写信人有关时，更要在表扬信中表达出自己的谢意。表扬信可以组织名义写，也可以个人名义写。除信中给予的表扬外，也可以建议有关部门给予表扬。

4. 例文分析

【例文 1】

表 扬 信

育才中学：

在开展“全民文明礼貌月”活动中，你校学生在学校领导、教师、干部的带动下，不仅从自己做起，从本校做起，搞好了清洁卫生，注意了文明礼貌；而且走上街头，热情宣传，清理环境，维持交通秩序，为建设精神文明做出了可喜的成绩，在我市起了模范带头作用。为此，特授予你校“五讲四美标兵”的光荣称号。

希望你校全体师生，发扬优良作风，戒骄戒躁，为取得更大的成绩而努力！

市人民政府

×年×月×日

【分析】

该文属于以领导机关或群众团体的名义表扬其所属的单位、集体或个人的表扬信类型。其内容主要是针对被表扬单位或个人对国家颁布的政策、法律、法规等在思想、言行上积极响应，表现突出，在一定范围内产生了较好的影响、有一定的示范效应予以表彰。

写作的难度主要在于对其行为的定性，用语要实在，否则起不到鼓励、鞭策作用。

【例文2】

表 扬 信

××大学：

我们是中国人民解放军某部三连的全体官兵。2月4日我连干部家属陈某自杭州携三岁的女儿来部队探亲，不慎在某火车站失窃所有的现金和火车票，正当陈某母女俩万分焦急之时，你校的张某和施某同学向她们伸出援助之手，这两位同学不仅掏钱为她们买了到××的火车票，而且一路上为陈某母女俩买饭买菜，递茶递水，以后又为她们叫好出租车并预先付了车费，陈某母女俩这才平安到达部队驻地。

张某和施某同学这种助人为乐的“雷锋精神”，令我们全体指战员感动万分。我们十分感谢张某、施某同学助人为乐的优秀行为，我们号召全连干部战士向这两位同学学习，在建设四化，保卫祖国的工作中奉献我们的青春，同时也希望学校领导对张某、施某同学予以表扬。

此致

敬礼！

某部三连全体官兵

×年×月×日

【例文3】

表 扬 信

××高级中学：

昨天我食品公司第二门市部从外地运回一批糕点、糖果等商品，因卡车有急事暂时先将货投卸在马路边。下午3点左右，我们正往门市部仓库里运时，忽然雷声隆隆，豆大的雨点洒落下来。大家正急得不知所措时，放学回家的一群学生，立即投入了抢运货物的战斗。抬的抬，扛的扛，搬的搬，使我们几千元的商品免遭损坏。我们万分感激，拿出糖果表示点谢意，可他们坚决不肯接受，并且连姓名也不愿留下。

直到今天早晨，我们才了解到他们是贵校高一(3)班的王宁、陈飞等20名同学。他们做好事不留名的优秀品质使我们深受感动，我们深为祖国有这样的好接班人感到欣慰。

请贵校对他们的精神广为宣传，对他们的行为大力表扬！

××食品公司第二门市部

×年×月×日

【分析】

这两则表扬信是单位发给学校的，语气热情恳切，文字朴素精练，篇幅短小精悍。

例文2和例文3都用概括叙述的语言首先交代人物事件的发生、发展过程，叙述清晰自然，条理分明，用事实说话，突出了事情最本质的一方面。

其次在叙事的基础上进行评价，赞颂对方所作所为的道德意义。如例文2中“助人为乐”，例文3中“爱国家，爱集体，做好事不留名的优秀品质”。表扬信的公开发表，有利于弘扬正气，褒奖善良，形成良好的社会风气。

另外在行文中发信人把自己真诚的谢意蕴于字里行间，并在行文中表现出来。如例文2“我们十分感谢张某、施某同学助人为乐的优秀行为”。在结尾处，两则例文都写有希望学校予以表扬的句子。总体看来，表扬信以表扬为主，不乏感谢之意，同时也表现出发信人的诚恳态度与真挚的情感流露。

四、感谢信

1. 感谢信的概念及使用情形

感谢信是各级机关、企事业单位、社会团体和个人，对帮助、支持自己工作的单位或个人表示感谢的信函。

这种信函的写作者一般是受助者本身或受助一方的代表，写信的目的在于表示不忘对方的关爱和帮助，肯定对方的事迹和风格，表达自己的感激和谢意。

2. 特点

真实性，主要体现在两方面：一是感谢的对象要真实；二是叙述的事实要真实，如发生的时间、地点、经过、结果等。

感召性，信中充溢着热情洋溢的感激之情，可使被感谢的一方受到鼓舞和鞭策，感谢一方也受到教育和激励，对其他人也有一定的感染力和号召力。

3. 感谢信的结构和写法

感谢信一般由标题、称谓、正文、落款几部分组成。

(1) 标题

感谢信的标题比较灵活，大致有三种：

以文种作标题，即在首行正中书写“感谢信”三字。

用公文式标题，如：发文机关＋事由＋文种。

用双标题——正标题和副标题，即先用一个生动形象的正标题，然后再用“给×××的感谢信”作为副标题。

(2) 称谓

称谓顶格写在标题下一行，后面加冒号。对方名称前可以加上修饰语，如“尊敬的”等。

(3) 正文

正文在称谓下一行空两格书写。内容通常是：简要回顾对方的事迹，说明对方帮助的意义和作用，向对方表示赞美和学习，表达自己的感谢之情。正文结尾是致敬语，表示祝愿、敬意，方式可以灵活多样。

4. 注意事项

（1）叙述事情要真实、具体。在感谢信中，叙述事情务必真实、具体，不可任意夸大或缩小。时间、地点、单位名称、个人姓名的表述应准确无误。

（2）叙述事实要简练、精当。在感谢信中，不要陷于对事情的详尽描述中而不能自拔。

（3）情真意切。在感谢信中，表达感激之情是主要内容，因此，语言表达要情真意切。

5. 表扬信和感谢信比较

	感 谢 信	表 扬 信
相同处	写作主体和对象都可以是个人或单位、群体， 针对对方给予的帮助和支持	
不同处	侧重于向对方致以谢意	侧重于对对方的事迹进行表扬性评价和社会上弘扬
写作格式	感谢信 称谓 正文 首先表达心情 事件经过简述 行为 结果 再次表示感谢，表示向他学习 结束语：此致 敬礼，致以最诚挚的谢意…… 落款	表扬信 称谓 正文 事件经过简述 提炼精神 发出学习倡议 结束语：此致 敬礼…… 落款

6. 例文分析

【例文 1】

感 谢 信

××出租汽车公司：

5 月 3 日下午，我公司经理万明光乘坐贵公司“京 A8688”号出租汽车时，不慎将皮包丢失。内有人民币 8 万余元、身份证一个、护照一本、空白支票三张及各种票据若干张。在我们焦急万分之时，贵公司司机马志伟同志主动将拾到的皮包送至我公司，使我公司避免了一次重大损失。为此，我们再三表示感谢并拿出 1 万元作为酬谢，马志伟同志却说：“这是我应该做的”，表示不能接受。马志伟同志这种拾金不昧的高尚品德，体现了社会主义社会良好的道德风尚，对我们全体工作人员是一次很好的教育。在此特致函贵公司，深表谢意，并建议对马志伟同志的高尚行为予以表扬。

此致

敬礼

天地公司

××年×月×日

【分析】

这是一篇对拾金不昧行为表示感谢的信，格式规范。

例文首先简要地叙述了事情的经过，然后强调了这一行为对失物一方的重要意义，最后向拾金不昧者及其所在单位表示真挚的赞美和感谢。

【例文 2】

感 谢 信

××××电缆有限公司于×年×月×日在南京举行隆重开业典礼，此间收到全国各地许多同行、用户以及外国公司的贺电、贺函和贺礼。上级机关及全国各地单位的领导，世界各地的贵宾，国内最著名的电缆线路专家等亲临参加庆典，寄予我公司极大的希望，谨此一并致谢，并愿一如既往与各方加强联系，进行更广泛、更友好的合作。

××××电缆有限公司

董事长

总经理

××年×月×日

【分析】

这是一封典型的商务礼仪性感谢信，并没有常见的特定的对象，而是一种广泛的礼节性的感谢。通过登报的方式既表达了感谢之意，更起到良好的宣传自己企业的作用。现在类似的文书写作很多，学生应该努力掌握。

【写作能力训练】

(1) 为了加强校际联系，增进校际间友谊，你所在学院拟承办××届高校男子篮球赛，请你以学院男篮队长名义拟制一份邀请信。

(2) 学生三下乡活动结束后，撰写一封感谢信给你所去帮扶的地区的相关单位或个人就曾给予过的帮助、关心表示谢意。

第三节 讣告 悼词 唁电

哀祭文是人们用于哀悼与祭奠的文体。哀祭文也叫“悼词”、“祭文”、“诔文”、“哀辞”等。在现实生活中，无论单位还是个人都可能遭遇生老病死，因此作为一种常见的礼仪文书，应该掌握其写作方法。

一、讣告

1. 讣告的概念及使用情形

讣告又叫“讣文”，是一种报丧的文书。是把某人不幸去世的消息通知其亲属好友和有关方面的一种公告式文体。一般是由死者的家属或治丧委员会发出的。

讣告应该在向遗体告别仪式一周之前发出，以便死者的亲友及时做好必要的安排和准备，如送花圈、花篮、挽联、挽幛、挽幅等。

讣告发布的方法有很多，可以委派专人送达，也可以通过张贴、报纸、电台、电视台或电话、电报、传真和发电子邮件等向社会发出。

2. 写作格式

讣告一般由标题、正文、结语、署名几部分组成。

(1) 标题：标出“讣告”二字。

（2）正文：

先写死者的职务、姓名、逝世时间、地点、死因和终年岁数。

接下可介绍死者生平事迹。

再次写明举行吊唁或召开追悼会时间、地点及有关事项。

（3）结语：常用“特此讣告”、“谨此讣闻”。

（4）署名：一般是治丧委员会名单附后。

发讣告日期。

3. 种类

讣告的形式有三种：一般式、公告式和新闻报道式。

（1）一般式

这是运用最广的一种形式，它的主要内容由以下五个方面组成：

① 在第一行的中间写“讣告”二字，也有的在讣告前冠以死者的姓名，如“×××讣告”。字体略大于下面正文的字。

② 写明死者的姓名、身份、因何逝世、逝世的日期、地点、终年岁数。“终年”也有的写为“享年”。“享年”一般用于自己的长辈或人们所敬重的长者。“终年”的用法较广，不带有感情色彩。

③ 简介死者生平或发表死者的遗嘱。有没有这一部分都可以。

④ 通知吊唁、开追悼会的时间和地点。

⑤ 署名发讣告的个人或单位的名称，以及发讣告的时间。

（2）公告式

这种形式的讣告比一般式讣告要隆重、庄严得多。这种讣告往往是根据死者的职务、身份，由党和国家或一定级别的机关、团体等作出决定发出的，它往往由公告本身及其他文件（消息）共同组成。事实上，它们共同组成了一个完整的讣告。

在内容上与一般讣告基本无异，但在具体安排上有显著不同。这样做是为了显示其性质的庄严隆重。

这类讣告的写法如下。

① 公布逝世的消息　内容包括：写明“公告”的发出单位名称及“公告”二字，这与“讣告”是不同的。“公告”前要冠以发出单位名称，而“讣告”前则写的是死者的姓名。写明死者的职务、姓名、逝世原因、时间、地点以及终年岁数。对死者的简单评价和哀悼之辞。署明公告时间。以上公告虽然不是由治丧委员会发出的，但却是讣告中不可缺少的组成部分。

② 治丧委员会公告　这是讣告的核心部分，包括：用粗体大字写明“×××同志治丧委员会公告”字样。对丧事的安排及具体要求。署明公告时间。公布治丧委员会名单。以上三个文件往往同时发出。

（3）新闻报道式

这种形式常作为一则消息在报纸上公布，旨在晓谕社会。内容和形式都很简单。

以上三种形式，最常见、最通用的是第一种。

4. 讣告写作的注意事项

凡讣告用纸的颜色，根据中国传统习惯不用红色，一般用白纸或黄纸，上书黑字。

写讣告要求语言准确、简练、庄重，以体现对死者的哀悼，切忌在讣告最后画蛇添足写上“欢迎光临”，失去了讣告应有的严肃性。

5. 例文分析

【例文 1】

讣 告

优秀教育工作者×××先生，因病医治无效，于×月×日上午×时在沪逝世，享年××岁。现定于×月×日下午×时，在××殡仪馆举行追悼仪式。遵照×××先生的遗嘱，丧事从简，并谢绝礼金馈赠。谨此讣闻。

×××治丧委员会

××××年×月×日

【例文 2】

讣 告

爱妻×××，因病医治无效，不幸于××××年×月×日×时×分去世，终年××岁。遵照爱妻遗愿，不举行遗体告别仪式。谨此讣告。

愚夫×××携子女泣告

××××年×月×日

【分析】

这两则讣告都属于第一种类型，最为常见。交代清楚何人、何时、何因去世，把相关追悼事宜昭告亲朋好友即可，简洁、明晰。如需要还可在正文部分加上死者生平及简单评价内容。

【例文 3】

中国共产党中央委员会　中华人民共和国全国人民代表大会常务委员会　中华人民共和国国务院公　告

中国共产党中央委员会、中华人民共和国全国人民代表大会常务委员会、中华人民共和国国务院以极其沉痛的心情宣告：我国爱国主义、民主主义、国际主义和共产主义的伟大战士，杰出的国际政治家，卓越的国家领导人，中华人民共和国名誉主席，中华人民共和国全国人民代表大会常务委员会副委员长宋庆龄同志因患慢性淋巴细胞白血病，于一九八一年五月二十九日二十时十八分在北京逝世，终年九十岁。

宋庆龄同志的逝世，是我们国家和全国人民的巨大损失。决定为宋庆龄同志举行国葬，以表达我国各族人民的沉痛悼念。

宋庆龄同志治丧委员会已成立。

我国爱国主义、民主主义、国际主义和共产主义的伟大战士，卓越的国家领导人宋庆龄同志永垂不朽！

一九八一年五月二十九日

宋庆龄同志治丧委员会公告

为了表达全国各族人民对我国爱国主义、民主主义、国际主义和共产主义的伟大战士，杰出的国际政治活动家，卓越的国家领导人，中华人民共和国名誉主席，中华人民共和国全国人民代表大会常务委员会副委员长宋庆龄同志的深切哀悼，现决定：

一、五月三十一日至六月二日，在人民大会堂举行吊唁。中央党政机关、各民主党派、人民团体和北京市各方面的负责人、各方面的群众代表以及外国驻华使节和在京的国际友好人士，参加吊唁，瞻仰遗容。

二、六月三日下午四时在人民大会堂举行追悼会。中央人民广播电台、中央电视台转播追悼会实况。

三、从五月三十日至六月三日，在北京新华门、天安门、外交部和我国驻外使领馆及其他驻外机构均下半旗志哀，六月三日举行追悼会当天，全国下半旗志哀，同时停止娱乐活动一天。

四、依照我国惯例，不邀请外国政府和友好人士派代表团或代表来华吊唁。

特此公告。

一九八一年五月二十九日

宋庆龄同志治丧委员会名单

宋庆龄同志治丧委员会名单（三百九十二人，以姓氏笔画为序。）（略）

【分析】

该文是有相当级别和身份的人逝世后使用的公告式讣告的典型写法。

写作的核心是对死者的评价和治丧委员会的人员构成。

【例文4】

××同志逝世

×××××厂党委书记××同志因病于一九八一年七月二十四日逝世，终年七十岁。××同志一九三三年一月参加革命工作，一九四三年一月加入中国共产党。

【分析】

例文4从内容上看，未写明是讣告，但它分明是专为报丧而发的消息，属于新闻式讣告。往往是死者单位或亲属觉得有必要、有价值向社会广而告之，因而发布此消息。

二、唁电

1. 唁电的概念及使用情形

唁电是单位（或个人）向死者家属或所在单位表示悼念的电文，是死者亲友使用频率较高的致哀形式。重要人物的唁电除直接发给丧家外，还要登报、广播。

2. 唁电写作格式

遵循一般的电报格式。

（1）第一行正中写“唁电”两个字。

开头称谓写收唁电单位或死者家属的称呼。

（2）正文：另起一行，空两格写起，内容可分段也可不分段。抒发惊闻噩耗的悲痛之情；简叙死者生前的业绩激起缅怀之意；表示致哀者的决心；向死者亲属表示慰问。

（3）结语：常用“特电慰问”、“肃此电达”。

（4）署名、日期。

3. 唁电写作注意事项

（1）发唁电者的悲恸悼念的感情应浸透电文。唁电要写得深沉、纯朴、自然、催人泪下，万万不可油腔滑调、滥用修饰语。

(2) 叙述死者生前的品德、情操、功绩时，要突出本质方面，不可一一赘述或本末倒置。

(3) 语言要精练、概括、朴实，文字要简短。

4. 例文分析

【例文 1】

唁 电

×××(首都名称)

××国总理×××阁下：

惊悉××国×××××(职衔)×××先生不幸逝世，我谨代表我国政府并以我个人的名义向你并通过你向××国政府和×××先生的家属表示深切的哀悼。

中华人民共和国国务院总理(签字)

×年×月×日于北京

【分析】

这是最常见的唁电，语言简洁、内容明晰，非常符合国家、单位间礼仪。

【例文 2】

致许广平女士的唁电

上海文化界救国联合会转许广平女士鉴：

鲁迅先生逝世，噩耗传来，全国震惊。本党与苏维埃政府及全国苏区人民，尤为我中华民族失去最伟大的文学家、热忱追求光明的导师、献身于抗日救国的非凡领袖、共产主义苏维埃运动之亲爱的战友，而同声哀悼。谨以至诚电唁。深信全国人民及优秀之文学家必能赓续鲁迅先生之事业，与一切侵略者、压迫势力作殊死的斗争，以达到中国民族及其被压迫的阶级之民族和社会的彻底解放。

肃此电达。

中国共产党中央委员会

苏维埃中央政府

一九三六年十月廿二日

【分析】

该文是引自《鲁迅研究资料》里的一封唁电，惊闻噩耗的悲痛，对死者的评价、缅怀，表示致哀者的决心。有相当强的时代色彩。

三、悼词

1. 悼词的概念及使用情形

悼词是单位(团体)代表人或死者家属代表在追悼会上对死者表示沉痛哀悼的讲话。现代悼词有广义、狭义之分。广义的悼词是指向死者表示哀悼、缅怀与敬意的悼念性的文章；狭义的悼词专指在追悼会上对死者表示敬意与哀思的宣读式的专用哀悼文体。

按悼词的用途可分为宣读体悼词和书面体悼词。宣读体悼词用于一定的祭奠活动，要在一定场合宣读；书面体悼词用于普通礼节性的书面哀悼，不一定要求宣读。

2. 悼词写作格式

悼词一般由标题、正文、结尾三部分组成。

(1) 标题

悼词的标题有几种写法或用法：在悼词正文前写上“悼词”二字；主持人在追悼会上要用“×××同志致悼词”；贴出、刊印时要用“在追悼×××同志大会上×××同志致的悼词”。

(2) 正文

写明用什么心情悼念什么人；写明死者生前的身份或担任的各种职务名称，何种原因在何年何月何日几时几分不幸去世的，终年岁数；按时间先后顺序介绍死者的简单生平；对死者的称颂；评价死者带来的损失，化悲痛为力量。

(3) 结尾

自成一段。一般有两种写法：一是一句式：“×××同志安息吧！”二是概括式：“×××同志和我们永别了，我们要化悲痛为力量……×××同志永远是我们学习的榜样。”一定要注意简短。

3. 悼词写作的注意事项

对死者的称颂可概括成几个方面，文字力求简洁；充分肯定死者对社会的贡献，真诚表达生者的悼念和敬意，以质朴无华的语言和多种多样的形式体现化悲痛为力量的积极内容，是现代悼词的基本特征。

对死者的评价应实事求是，不可廉价奉送赞誉之词。向死者学习什么，可分成几点写明，用什么实际行动化悲痛为力量。

悼词的表现手法很多，其中以记叙式悼词最为多见。

记叙式悼词，以记叙死者的生平业绩为主，并适当地结合抒情或议论，通常的宣读体悼词往往采用这种形式；议论式悼词，以议论死者对社会的贡献为主，并适当地结合抒情或叙事，它常见于书面体的哀悼文章；抒情式悼词，以抒发对死者的悼念之情为主，并适当结合叙事或议论。

4. 例文分析

悼　词

敬爱的×××总经理：

今天我们全体员工怀着悲痛的心情，向您告别，表示哀悼！

×××总经理，您在领导××公司的7年里，一贯勤勤恳恳，兢兢业业，任劳任怨，以超前的意识和锐意改革的精神，带领全体员工，为公司走向新的增长，发起一次又一次冲击，克服了一个个困难，取得了巨大的胜利，得到了全体员工的尊重和爱戴。

×××总经理，您在改革开放的大潮中，发挥了自己的智慧，根据市场经济的理论规律，利用新技术，开发新产品，倡导“开发竞争”精神，在市场竞争中，使公司步入了利税千万元企业的行列，受到了政府的表彰和奖励，为同行业树立了光辉榜样。

但是，正在我××公司走向一个崭新地点的时刻，敬爱的×××总经理，您先我们而去，与世长辞了。我们失去了一位好领导，经济战线上失去了一名好先锋，企业界失去了一位好朋友。

在这悲痛的日子里，惜别了，您的精神永远鼓舞着××公司奋发腾飞。

敬爱的×××总经理，安息吧！

您的精神永垂不朽!

【分析】

该篇悼词,简洁明晰。

首先表达悲痛之情;然后简单叙述死者担任某个职务期间的工作业绩,没有泛泛地记写死者的一生经历;再接着写死者之逝对单位的损失,实际是对死者的评价;最后是常见告别语。

一般人不适宜随便使用“永垂不朽”。

四、唁慰信

1. 唁慰信的概念及使用情形

唁慰信主要是指朋友或熟人家里某一位亲人去世了,写信去表示对死者的悼念和对生者的安慰之类的书信。

2. 唁慰信的写作格式

唁慰信的格式同书信的格式一样,具体由称谓、正文、结尾、落款几部分组成。

(1) 称谓

在第一行顶格写上对方的姓名称谓,如“××吾兄”。称谓后加冒号。

(2) 正文

正文一般要写明以下一些内容:唁慰信的内容当以劝慰生者为目的。

先写自己听到对方失去亲人后的难过心情,在此还可以写些自己对死者怀念的话,约略叙述自己同死者的一些交往,但文字不可太多。

接下来要写些劝慰对方的话,这是唁慰信的主要部分。要劝对方节哀自重,可以讲些诸如生老病死皆是自然规律等道理,也可以讲些逝者已逝,来者当化悲痛为力量,以工作为重的话。

最后说明自己不能前往吊唁特意书写信件以表哀思的情况。

(3) 结尾

唁慰信结尾一般写上“祝你健康”、“致以问候”、“望保重”等礼仪词语。

(4) 落款

3. 唁慰信写作的注意事项

写唁慰信虽说要情感真切地表达自己对逝者的哀悼和对生者的慰问,但由于此类信重在安慰对方,所以要把信的重点放在问候对方上,要让对方感到你的关怀,而不可为死者大用笔墨,这样会使对方看完信更加悲伤。

用词要十分恰当,尤其对死者评价要准确,如不太了解死者情况,可少说或不说。

写唁慰信的语气要体贴入微,如拉家常,要让对方能真正从你的文字中得到抚慰和问候。

唁慰信篇幅不可太长。

4. 例文分析

【例文 1】

毛泽东致周恩来(一九四二年七月十七日)的唁慰信

恩来同志:

十七日电悉。尊翁逝世,政治局同仁均深致哀,尚望节哀。重病新愈,望多休息,并注意以后在工作中节劳为盼。

毛泽东

十七日二十四时

【例文 2】

赫金吾兄：

相违很久，正在想念的时候，忽然接到讣闻。惊悉尊大人已于×月×日病逝，万分痛惜，不禁涕泪直流。

吾兄孝思诚笃，今日猝逢大故，骤隔音容，碰到这种事情，你的哀痛自然不比寻常，但生老病死，人生过程，非人力所能挽回。唯念老伯年逾七十，流芳乡里，德高望重，已为国家流了许多血汗。生前你总能孝养无亏，如今老伯弃养，自没有什么遗憾可言。

希望你善承先志，以大前为重，顺变节哀，不要多事铺张。不知你意如何？

附呈议一份，请即替我在灵前代荐。

专此奉唁孝履。并问礼祉！

弟：鲁斯特谨启

×月×日

【分析】

唁慰信重在慰藉生者丧失亲人后苦痛、忧伤的心情，因此唁慰信除了表示对死者的悼念外，更多的应该是对生者的安慰。这一点是唁慰信应该把握的基本原则。

这两则唁慰信，第一篇虽言语简短，却也语重心长，先表达对逝者的哀悼，进而劝慰生者要"多休息"，并在今后的工作中不要过分的劳累。

第二篇用笔稍多，大量篇幅用来阐述死生之道及生者已孝伺有余，当无愧死者，同时就丧事的办治也提了一些自己的看法。全文可以说娓娓而谈，如叙家常，既尽哀思之意，又抚慰了生者的心，是一篇较好的唁慰信。

第四节 简历 求职信

一、简历

1. 简历的概念及使用情形

简历是当今社会人才自我推销的一种必备资料，一般包括个人概况、教育背景、主修课程、英语计算机水平、获奖情况、实习实践、工作经历、个性特点等内容的介绍。结合模板去填写相关内容，可达到简明扼要、一目了然的效果。

2. 简历模板(供应届毕业生参考)

个 人 简 历

个人概况：

求职意向：________________

姓名：____________________ 性别：________

出生年月：____年____月____日　　　　健康状况：________
毕业院校：________　　　　专业：________
电子邮件：________　　　　联系电话：________
通信地址：________　　　　邮编：________

教育背景：

______年—______年________大学________专业（请依个人情况酌情增减）

主修课程：

________________________（注：如需要详细成绩单，请联系我）

论文情况：

____________________________（注：请注明是否已发表）

英语水平：

基本技能：听、说、读、写能力

标准测试：国家四、六级；TOEFL；GRE……

计算机水平：

编程、操作应用系统、网络、数据库……（请依个人情况酌情增减）

获奖情况：

________、________、________（请依个人情况酌情增减）

实践与实习：

______年____月—______年____月________公司________工作

______年____月—______年____月________公司________工作（请依个人情况酌情增减）

工作经历：

______年______月—______年____月________公司________工作（请依个人情况酌情增减）

个性特点：

________________________（请描述出自己的个性、工作态度、自我评价等）

另：

（如果你还有什么要写上去的，请填写在这里！）

附言：（请写出你的希望或总结此简历的一句精练的话！）

例如：相信您的信任与我的实力将为我们带来共同的成功！或希望我能为贵公司贡献自己的力量！

个人简历（有工作经验者）在使用模板时增加下面内容即可。

工作年限：______年

工作经验：

________年____月—________年____月__________公司__________部门__________工作

________年____月—________年____月__________公司__________部门__________工作

(请依个人情况酌情增减)

此处应为整篇简历的核心内容,应聘者可以着重叙述此项,并根据个人工作情况不同而重点突出说明工作具体内容与经历,尤其是与求职目标相关的工作经历;一定要说出最主要、最有说服力的工作经历和最具证明性的为公司获取的利润和相关成绩;说明的语气要坚定、积极、有力;具体的工作、能力等证明材料等;写工作经验时,一般是先写近期的,然后按照年代的顺序依次写出。最近的工作经验是很重要的。在每一项工作经历中先写工作日期,接着是工作单位和职务。在这个部分需要注意的一点是,陈述了个人的资格和能力经历之后,不要太提及个人的需求、理想等。(在具体写作中可视自己的情况进行取舍。)

3. 简历范例

A 本人概况

姓名:××× 性别:女 民族:汉 政治面目:团员

学历(学位):大专 专业:公关文秘

联系电话:0755-12345678 手机:13900001234

E-mail:×××××××@sohu.com;×××××××@163.com

联系地址:深圳市福田区深南大道××号 邮编:518028

B 教育背景

毕业院校:南开大学中文系

所学课程:《秘书学》、《文秘写作》、《公关实务》、《谈判学》、《人际心理学》、《公共关系》、《公关语言》、《应用写作》、《政治经济学》、《哲学》、《外国文化史》、《档案管理学》、《中国文化史》等。

另:其他培训情况

自修过《许国璋英语》一至四册。现正进修行政管理本科学历和英语二学历。且本人有驾驶执照。

C 工作经历

* 1995 年 5 月—1997 年 5 月,××公司,前台接待,在此期间工作认真负责,深受领导和同事的好评。
* 1997 年 6 月—至今,××公司,办公室秘书,负责文档管理工作/文书写作、文件打印等/机票、酒店预订及其他外联工作/协助负责人进行重要日程安排/协调同其他各部门的关系,做好沟通工作/收发来往信件,定购办公用品及其他办公事务。

D 个人简介

多年的行政工作,使我深深体会到秘书工作的重要性,更喜爱上了这个工作。这是一个需要更多责任心和细心去完成的工作。我使用五笔字型的中文录入速度每分钟 100 字以上;英语的听、说、读、写能力达到四级水平(目前正在进修行政管理本科学历);较擅于进行社交活动,更有组织各种文艺活动的经验;能够熟练地运用 Microsoft Office(如:Word、Excel、Exchange、PhotoEditer、Powerpoint、Frontpage、Ulead Iphoto Express 等)的各种功能进行高效的办公室日常工作。本人工作认真负责、一丝不苟,且具有很强的责任心和进取心。

E 业余爱好

爱好广泛，是公司的文艺骨干，踏实肯干，工作认真，责任心极强。

F 本人性格

温和、谦虚、自律、自信。（根据本人情况）

另：最重要的是能力，相信贵公司会觉得我是此职位的合适人选！

期盼与您的面谈！

二、求职信

1. 求职信的概念及使用情形

自荐性书信文体。

2. 类型

求聘信　不知对方单位是否需要人以及用人的条件和要求，写信去投石问路，推销自己。

应聘信　即通过征聘广告、人才交流机构、熟人或其他信息渠道，已经知道某单位要人而且知道其招聘条件，因而写信去应聘、参与竞争。

3. 写作格式

标题

受文单位（可写单位名称或领导名称，一般口吻尊敬、亲切，符合对方身份和情况）

正文	求职原因		个人情况和招聘信息来源
	个人基本情况		申请的具体工作岗位
	简历（可另单独行文）	或	胜任某项工作的条件（相符的知识
	特长		专业技术、特长、性格、能力等）
	求职要求		表示面谈的愿望

结尾　惯用语：恭候你的回信；盼赐答；渴望你的回信；盼复。

　　　祝颂语：祝贵公司兴旺发达；敬祝安康。

随信附上的相关资料：英语等级证书、计算机等级证书、社会实践证明、学习成绩、获奖复印件（有作品者可附上作品）、上岗证书。

4. 写求职信的礼仪要求

外观漂亮，富有创意。（信封尽量独特些，邮票使用精美特种邮票，有美术功底者可在适当位置展示一下。不寄挂号。）

格式正确，布局合理。（字体美观，无错别字、语病、不潦草、涂改，如字写不好，可使用打印稿。）

长短适度，表达明确。

内容针对性强。（用事实说话，避免空泛，夸夸其谈，不卑不亢。）

表达愿望，说明能力。

少用简称、复印件。

一般只问职位，不讲价钱。

头尾有礼。

附件齐备，忌多而滥。

5. 常见错误

夸大其词、广种薄收。（应投其所需，说明优势）

华而不实、不简练、语气不当。(如,请相信我是你真正的选择;本人谨以诚挚的心情应聘贵单位,盼望得到贵单位的尊重、考虑录用;期望你于×月×日之前给我一个答复,不胜感激;现已有多家单位有意与我面谈,如贵单位录用,请从速答复;等等。)

6. **例文分析**

【例文 1】

××经理:

我从《×××日报》上的招聘广告中获悉贵酒店欲招聘一名经理秘书,特冒昧写信应聘。

两个月后,我将从工商学院酒店物业管理系毕业。身高 1.65 cm,相貌端庄,气质颇佳。在校期间,我系统地学习了《现代管理概论》、《社会心理学》、《酒店管理概论》、《酒店财务会计》、《酒店客房管理》、《酒店餐饮管理》、《酒店前厅管理》、《酒店营销》、《酒店物业管理》、《物业管理学》、《住宅小区物业管理》、《应用写作》、《礼仪学》、《专业英语》等课程。成绩优秀,曾发表论文多篇。熟悉电脑操作,英语通过国家四级,英语口语流利,略懂日语、粤语,普通话运用自如。

去年下半学期,我曾在×××五星级酒店客房办公室实习半个月,积累了一些实际工作经验。我热爱酒店管理工作,希望能成为贵酒店的一员,和大家一起为促进酒店发展竭尽全力,做好工作。

我的个人简历及相关材料一并附上,如能给我面谈的机会,我将不胜荣幸。

联系地址:广州×××工商学院酒店物业管理系

联系电话:13911111234

此致

敬礼!

求职人:×××

×年×月×日

【例文 2】

敬启者:

据纽约商业图书出版社信托部经理白约翰先生称:贵公司拟于 6 月份增加会计职员若干名,本人拟参加此等职务应征。

对本人情况,阁下可从本函所附资料中获得了解,本人曾从事商业图书工作五年之久,获有各种经验。我现任职的公司已同意向阁下提供有关我在其公司服务的资料。

我除在两公司的信托部和会计部服务外,在财务管理方面,亦获得若干经验。在两个部门工作时,均负责日常行政工作。我在中央商业学校和布隆克斯学院所修课程,均与阁下会计部门业务有关。

希望阁下抽空给予接见。若需本人较详细资料,请按本函上方所载地址汇函通知。

×××启

【分析】

例文 1、2 都属于应聘信类型。

例文 1 开始讲明应聘缘由,让人得知是应聘信,是有备而来参与竞争。然后简介自己情况,没有夸夸其谈,而是非常有针对性地根据应聘的酒店经理秘书一职,突出其所学专业、与职位相匹配的课程及自己的优势。

例文2与例文1的区别主要在于应聘者是有工作经验的，该文要给予对方的信息一定不能少的内容是：工作年限、工作经历、原来单位的态度、跳槽的原因等。

两则例文信息充足，文笔简洁，重点突出，值得借鉴。

【例文3】

尊敬的领导：

您好！

我是××××大学××××系的一名学生，即将面临毕业。

××××大学是我国××××人才的重点培养基地，具有悠久的历史和优良的传统，并且素以治学严谨、育人有方而著称；××××大学××××系则是全国××××学科基地之一。在这样的学习环境下，无论是在知识能力，还是在个人素质修养方面，我都受益匪浅。

四年来，在师友的严格教益及个人的努力下，我具备了扎实的专业基础知识，系统地掌握了《××××》、《××××》等有关理论；熟悉涉外工作常用礼仪；具备较好的英语听、说、读、写、译等能力；能熟练操作计算机办公软件。同时，我利用课余时间广泛地涉猎了大量书籍，不但充实了自己，也培养了自己多方面的技能。更重要的是，严谨的学风和端正的学习态度塑造了我朴实、稳重、创新的性格特点。

此外，我还积极地参加各种社会活动，抓住每一个机会锻炼自己。大学四年，我深深地感受到，与优秀学生共事，使我在竞争中获益；向实际困难挑战，让我在挫折中成长。祖辈们教我勤奋、尽责、善良、正直；××××大学培养了我实事求是、开拓进取的作风。我热爱贵单位所从事的事业，殷切地期望能够在您的领导下，为这一光荣的事业添砖加瓦；并且在实践中不断学习、进步。

收笔之际，郑重地提一个小小的要求：无论您是否选择我，尊敬的领导，希望您能够接受我诚恳的谢意！

祝愿贵单位事业蒸蒸日上！

×××

×年×月×日

【例文4】

尊敬的领导：

您好！

我是××大学××级中文专业的应届本科毕业生。步入教育事业一直是我的梦想，××大学的几年历练为我实现梦想打下了坚实的基础，专业特长更使我明确了择业目标：做一名中学语文教师。

久闻贵校是培养人才的重要基地，教师成长展才的沃壤，重视教育，重视能力，上下团结一心，有坚实的教育基础，对此，我十分仰慕。现把一个真实的我以自荐书的形式展现给您，望贵校给我一个展示才华的机会，为贵校出力争光，同时也圆我的育人梦想。

选择了教育事业，选择了××大学，春风化雨育桃李的信念便铭刻于心。进入大学以后，我抓紧每一天进行专业知识的积累和教学基本功的培养，不断充实自己的头脑。才高为师，身正为范。作为师范生，我在思想上积极要求进步，乐观向上，对大是大非保持清醒认识，不畏难繁，有信心、有责任感。在能力培养上，校内积极参加各项活动，校外广泛尝试，多次进行教学实践，既实践了所学，又锻炼了能力。

大鹏展翅，骏马飞驰都需要有自己的天地。贵校科学的管理体制和明达的×××理念，使我坚信到贵校工作是我的明智选择。

最后，祝贵校广纳贤才，再创佳绩！

此致

敬礼

×××谨呈

×年×月×日

【分析】

两文都属于投石问路、自我推销类求职信。

例文3在整篇不长的文章里用了不小的篇幅对自己学校进行了介绍，其言下之意非常明确：名校出优生。那么对于非名校的学生来说，写此类文章一般不宜对学校做过多渲染，还不妨使用“虽然……但是……”的句法，突出学校和自己个人的努力，以博得对方对自己人品、能力的认同感。

例文4突出自己专业即梦想，因为有梦所以执著，能给人留下不错的印象。

两文都有些务虚，与简历放在一起，一虚一实，能收到良好效果。

能力训练

评析下面两则例文，写出具体意见，如有问题请指出并加以修改。

×××经理：

我曾在××公司任经理秘书五年，我在那里已经获得了足够的秘书工作经验，足以胜任贵处在星期三所登广告中所提及的工作。

自从××××年以来，我就担任企业秘书工作，包括撰写许多来往文书、处理众多业务信函，在工作中熟悉了各种货物销售情况，而且也熟悉了有关企业管理方面的知识。

我在××公司工作以前，××××年毕业于××中学，接着经过两年秘书专业训练。现年30岁，尚未结婚。

我之所以要离开现职，是因为我觉得，如果我找到一个更适合于我的工作，就更能充分发挥我的专业特长。现在我的领导也知道我的志愿，并允许我另求新职。

请允许我到贵处求见、详谈，并让你们更进一步了解我如何胜任所赋予的工作。

×××敬启

×年×月×日

张总：

您的事很多，很希望您能看完。

我是一名经历过坎坷，尝过甜酸苦辣的人。

因为勇于冒险，而品味过成功的丰硕果实；因为探索冒险，也体验过触礁的震荡与凄凉。但是，这一切都锤炼了我作为企业人员所必须具备的成熟和胆识。

我的过去，正是为了明日的企业发展而准备、而拼搏、而奉献。

现在正是总公司招兵选将待机而发的重要关头。我不想仅是锦上添花，我不想在凉爽的空调房里坐享其成。我想雨中送伞，我想雪中送炭。我想亲自去闯、去干。

××××年至××××年间，我受过八年汽车、摩托车的驾驶锻炼；学过四年法律；经历过六年办案的挑战与考验。

做文秘，我有作品见报；做驾驶，我已有20万行程；做经管，我已摒弃不切实际的梦想而变得自信和有主见。

兵马未动，先从败着想，瓮中捉鳖，才能稳操胜券。张总，当初您闯海南，不也是三十六计，计计斟酌，万无一失，每失必补吗？

最坏的打算不就是要变卖公司价值500万的房子、车子吗？实践证明，两万块钱闯海南建××大厦体现的不仅是直观的赚钱3 000万，而是智慧、胆识与科学决策融合的立体结晶。

良禽择木而栖，士为知己者"容"。

当公司需要宣传、誊写文书时，也许我可以提笔"滥竽充数"；当您为了提高办事效率而自己驾车时，也许我可以换换疲惫的您偕同前往；当公司为法律事务而起纠纷，因为业务增多而难于应付的时候，我可以动腿挥手用所学法律，伶牙俐齿，摇旗呐喊，竭力为公司解一分忧虑，争一分利润，挽一分损失……

我不能再说了，说多了我怕像王婆卖瓜，"实践出真知，斗争长才干"。

我只需要实践、去闯、去干。

张总，一个合作机会，对我来说是一次良好的开端。

我期待着好消息。

致

敬礼！

自荐人：×××

×年×月×日

第五节 讲话稿 演讲稿

讲话稿和演讲稿是当今社会人们为社交、宣传、教育、考评等目的而在专门的集会上表达自己的感情，发表自己的主张、见解而准备的书面讲稿。

讲话稿一般常见的有欢迎词、欢送词、答谢词、开幕词、闭幕词等。演讲稿如根据性质不同可分为生活演讲、学术演讲、竞赛演讲等。

讲话稿和演讲稿，大而言之都属于讲话稿，都具有对象的确定性、现场的感应性、易记易懂的听说性等特征。只是演讲现有独立成为一门艺术活动的趋势，对讲话者的语言组织能力、态势语言的合理运用、控场及自控能力有更高的要求。就写作学习而言，我们不必细分，对其常见形式进行学习即可。

一、欢迎词

1. 欢迎词的概念

欢迎词是由东道主出面对宾客的到来表示欢迎的讲话文稿。欢迎词指行政机关、企事业单位、社会团体或个人在公共场合欢迎友好团体或个人来访时致辞的讲话稿。

2. 欢迎词的特点

(1) 欢愉性

中国有句古话是"有朋自远方来，不亦乐乎"，所以致欢迎词当有一种愉快的心情，言词用语务必富有激情和表现出致词人的真诚。只有这样才可给客人一种"宾至如归"的感觉，为下一步各种活动的完满举行打下好的基础。

(2) 口语性

欢迎词本意是现场当面向宾客口头表达的，所以口语化是欢迎词文字上的必然要求，在遣词用语上要运用生活化的语言，既简洁又富有生活的情趣。口语化会拉近主人同来宾的亲切关系。

(3) 简洁性

欢迎词不宜长篇大论，主要是出于礼仪，表达热情之感即可。过于冗长会让宾客生厌。

3. 欢迎词的分类

分类标准很多，以"言致对象"划分，可分为三类：

(1) "迎宾型"欢迎词

指欢迎来宾的致词。来宾包括来访的国际、国内朋友或业务往来者。他们的行踪是"先来后去"的，在欢迎之后，主人还有"欢送词"为其送行。

(2) "迎归型"欢迎词

欢迎外出人员回归的致词。外出人员的行踪是"先去后回"，即为某个特殊使命而暂行离去，不久后还要回归到本土、本单位来的。如将士出征、代表团出访等。在他们临去时，常有"欢送词"为其送行，正好与"迎归"的"欢迎词"形成一组对应文书。

(3) "迎新型"欢迎词

指欢迎本单位新成员到来的致词。如新兵、新学生、新职员等。

4. 欢迎词的基本格式和写法

欢迎词一般由标题、称谓、正文和落款四部分组成。

(1) 标题

标题写法一般有两种。一种是单独以文种命名。如《欢迎词》。另一种是由活动内容和文种名共同构成。如《在××学术讨论会上的欢迎词》。

(2) 称谓

称谓要求写在开头顶格处。可泛称，如"尊敬的各位先生们、女士们"，"亲爱的××大学各位同仁"；也可特称，用亲切的尊称称呼来宾的姓名。

(3) 正文

欢迎词的正文一般可有开头、中段和结尾三部分构成。

① 开头　开头通常应说明现场举行的是何种仪式，发言者代表什么人向哪些来宾表示欢迎。如：

今天下午我们有机会与史密斯先生欢聚一堂，感到十分荣幸。史密斯先生已来我校多次，他是一位我们十分熟悉的师长和学界的前辈，他在文学理论方面的学术成就，在世界已久负盛名。这次，我们有幸再次请到史密斯先生来我校讲学，希望大家倍加珍惜这次机会。首先让我代表今天所有参加会议的人，向远道而来的贵宾表示热烈的欢迎和敬意。

② 中段　欢迎词在这一部分一般要阐述和回顾宾主双方在共同的领域所持的共同的立场、观点、目标、原则等内容，较具体地介绍来宾在各方面的成就及在某些方面作出的突出贡献，同时要指出来宾本次到访或光临对增加宾主友谊及合作交流所具有的现实意义和历史意义。

③ 结尾　通常在结尾处再次向来宾表示欢迎，并表达自己对今后合作的良好祝愿。

(4) 落款

欢迎词若需刊载，则应在题目下面或文末署名致词单位名称、致词者的身份、姓名，并署上成文日期。用于讲话的欢迎词无须署名。

5. 欢迎词的写作要求

(1) 看对象说话

欢迎词多用于对外交往。在各社会组织的对外交往中，所迎接的宾客可能是多方面的，如上级领导、检查团、考察团等。来访目的不同，欢迎的情由也应不同。欢迎词要有针对性，看对象说话，表达不同的情谊。“迎宾型”欢迎词——“友之”，重点讲述双边关系，做足“情”的文章；“迎归型”欢迎词——“颂之”，热情赞美其成果或成绩，颂扬其优秀品质或崇高精神；“迎新型”欢迎词——“安之”，立足于生活上安顿，精神上安抚，使其产生对新“家”的归属感和温暖感。

(2) 看场合说话

欢迎的场合。仪式也是多种多样的，有隆重的欢迎大会、酒会、宴会、记者招待会；有一般的座谈会、展销会、订货会等。欢迎词要看场合说话。该严肃则严肃，该轻松则轻松。

(3) 热情而不失分寸

欢迎应出于真心实意，热情、谦逊、有礼。语言亲切，饱含真情。注意分寸，不亢不卑。

(4) 关于称呼

由于是用于对外(本组织以外的宾客)交往，欢迎词的称呼具有浓厚感情色彩，需热情有礼。为表示尊重，要称呼全名。在姓名前或后面加上职衔或“先生”、“女士”、“亲爱的”、“尊敬的”、“敬爱的”等敬语表示亲切。

6. 欢迎词写作的注意事项

欢迎词是出于礼仪的需要而使用的，因此要十分注意礼貌。具体而言，要注意以下几点：

称呼要用尊称，感情要真挚，要能较得体地表达自己的原则立场。措辞要慎重，勿信口开河，同时要注意尊重对方的风俗习惯，应避开对方的忌讳，以免发生误会。语言要精确、热情、友好、温和、礼貌。篇幅短小，言简意赅。一般的欢迎词都是一种礼节性的外交或公关辞令，宜短小精悍，不必长篇大论。

7. 例文分析

【例文1】

湘潭师范学院向新生致欢迎词

——在湘潭师范学院×级新生开学典礼上的讲话

湖南　杨鹏程

各位老师，各位同学：

你们好！

首先，我谨代表全院教职员工，请×级的新朋友们——猜个谜语。谜底嘛，是一件大家非常熟悉、一辈子都离不开的东西。再穷的人家也至少“拥有一个它”，每天少不得几十次上百次地同它打交道。但是，人们往往对它漠然置之，熟视无睹。请问：这是什么？很遗憾，大家都没有猜中，我只好由我自己亮谜底，这就是我今天演说的题目——门！不是吗？再穷的人家至少拥有一扇门。

世界上最有名的门是法国的凯旋门，中国最有名的门是天安门。我们今天不讲凯旋门，不讲天安门,只说一说咱湘潭师范学院的大门。这幢门线条流畅,姿态优雅,造型别致新颖,号称湖南高校第一门。那么它的造型有何深刻的寓意?我院十个教学系的教授都有不同的看法,请为诸位指点——

中文系:汉语教授——这个造型代表“湘潭师范学院”第一个字“湘”的汉语拼音“X”。它表示,当你踏进这座大门,你就成为湘潭师范学院的一员,成为一名光荣的大学生。在此,我代表全院 1 015 名教职员工对×级 1 200 名新同学表示最热烈的欢迎!文学教授——校门的上半部分是浪漫主义的诗歌,下半部分是现实主义的散文,因此它是革命的浪漫主义与现实主义结合的产物!

数学系:代数教授——字母“X”在数学王国里代表未知数,昭示着我们要不断探索,对社会、对科学、对人生各种各样的方程式去求解求根,但永远不能生成。它告诉我们,科学与真理没有终点,因此要不断地攀登,不懈地追求!

物理系:力学教授——这是一条抛物线。它的寓意是:学如逆水行舟,不进则退。声学教授——声波震动示意图。它的寓意是:人生如波如潮,有起有落,胜不骄败不馁才算真英雄。

化学系:无机化学教授——这是最新合成的第 109 号化学元素的原子结构原型。有机化学教授——这是酒精灯与烧瓶的模型,正在做有机物的化合与分解反应实验。

外语系:英语教授——这是由两个英文字母“S”组成的图案,S 是英文“科学”(赛因斯)的第一个字母,说明这是一座科学的大门。俄语教授——它是俄语单词“哈拉索”的第一个字母“X”,“哈拉索”是姨的意思,它告诉你湘潭师院天好地好环境好,山好水好人更好!

政治系:哲学教授——它代表哲学上一分为二与合二为一两种理论命题的探讨。经济学教授——一高一低,代表工农业产品价格的剪刀差。

历史系:中国史教授——这是两件著名的出土青铜器模型的组合。上半截是四羊方尊,下半截是司母戊大方鼎。世界史教授——这是一座凯旋门,祝贺你们,高考战场的凯旋英雄!

地理系:自然地理教授——这是地球结构的剖面图,高的是喜马拉雅山,低的是马里亚纳海沟,中间是地壳,底下车水马龙人来人往是岩浆涌动的地心。经济地理教授——像稻穗,像鱼跃,说明湖南是鱼米之乡。

艺术系:美术教授——这是一件抽象派的艺术雕塑。音乐教授——这是五线谱中的一个标识符号。

生物系:植物学教授——细胞一分为二。动物学教授——像只老母鸡在下蛋,也像蛋壳里孵出小鸡。它代表生物学上一个永恒争论的话题,世界上到底是鸡先生蛋,还是蛋先生鸡?

咱们的校大门寓意深邃,真可谓仁者见仁,智者见智。这是一座幸运之门,这是一座光荣之门,这是一座科学之门。你们从三湘四水踏进这座校门,你们是时代的骄子,社会的宠儿;××××年你们步出校门奔向五湖四海,你们将是社会的栋梁,中国的希望!希望你们在门内的四年勤奋刻苦,门门功课优秀,为校大门添砖加瓦;跨出校门后献身科学,献身教育,争当中国的爱因斯坦、门捷列夫,为校大门增色添彩!

谢谢大家!

【评析】

每年新生入校,作为校方代表都要在开学典礼上向新生致欢迎词并对学校作出简要介绍。千篇一律,众口一词无疑是欢迎词的败笔,起不到给宾客——新生留下深刻强烈的印象及激发其好奇与激情的作用，会得不到尊重与重视。而这篇欢迎词其独特之处就在于发言人避开简单的说教，先向师生问好，而后用热情、友好、温和的语言从猜谜开始引出“门”这个主题，并从十个教学系的教授不同的见解出发来阐述“门”，顺便言简意赅地介绍了学校各院系的情况。可谓是匠心独运、别具一格。这都激发了新生的兴趣并且从寓意深刻的“门”中认清了自己的使命、目标。最后发言人再次致谢。无论是谁，都不能否认这篇欢迎词是成功的。它给人愉快及机警，给人留下了深刻印象，起到非同凡响的作用，不然可以问一下该校×级新生。真该感谢这位发言人！

能力训练

1. 下文是中共温州市委副书记陈艾华于××××年××月××日所作的《在全国普通高校招生改革研讨会上的致辞》，请分析其结构及各部分的内容。并判断中间三个自然段写作有无必要，说明理由。

各位领导，同志们：

在新旧交替之际，全国普通高校招生改革研讨会在我市隆重举行。我谨代表中共温州市人民政府，向国家教委领导和与会代表表示热烈的欢迎！

借这次会议的机会，我简要地把温州的情况向大家介绍一下，温州地处浙江省东南沿海，是浙南地区的经济文化和交通中心，是全国首批14个沿海开放城市之一，全国改革试点城市之一，全市面积11 783平方千米，人口700万，管辖三区、两市、六县。党的十一届三中全会以来，我们把党的改革开放政策和温州的具体实际结合起来，发扬“自主改革、自担风险、自强不息、自求发展”的精神，走出了一条具有温州区域特色的社会主义市场经济发展路子，开创了温州发展史上的黄金时代。从1978年至1997年，全市国民生产总值由13.31亿元增加到600亿元，工业总产值由11.12亿元增加到1 200亿元，财政收入由1.35亿元增加到38.7亿元，农民人均纯收入由113.5元增加到3 700元，这几项主要经济指标均翻了五至六番。

改革开放以来，温州经济发展大体上经历了三个阶段。第一阶段是改革开放初期，从家庭工业起步，放手发展多种经济成分，解决经济总量问题，形成了“小商品、大市场”的格局；第二阶段是80年代中期以后，以资金、人才、技术为纽带，引导家庭工业走向股份合作，大力发展股份合作经济，发挥了“小资本、大辐射”的效应；第三阶段是1992年以后，开展了以全面提高经济质量为核心的第二次创业，营造了“小区域、大发展”的态势。

经过20年的发展，温州区域经济形成了四个鲜明特色：一是股份合作经济成为国民经济骨干。温州在全国最先建立股份合作企业，目前全市股份合作企业已达3.6万家，年产值占全市工业总产值的70%左右，成为我市国民经济的骨干。二是市场机制成为发展的内动力。温州较早地运用市场经济的运作方式发展经济，促进了千家万户商品生产的发展，促进了一批全国性专业市场的形成，使温州“小商品、大市场”闻名全国。三是社会投入成为城市建设资金筹措的主渠道。我们坚持“人民城市人民建”的方针，以改革的思路和办法搞城市建设，走出一条资金筹措多元化、设施享受商品化、建设主体企业化、政府行为规范化的新路子。四是小城镇的崛起成为经济增长的主要支撑。改革开放以来，农村小城镇从原来的18个增加到现在的144个，涌现了像“全国农民第一城”龙港镇、“东方第一纽扣市场”桥头镇、“全国最大低压电器城”柳市镇、“全国第一座商标城”金乡镇、“国家级星火技术密集区”鳌江镇、“全国汽车配件主要生产基地”塘下镇等一批经济总量大、发展速度快、开放程度高、发展后劲强的经济强镇。现在建制镇的人口占全市的60%以上，工业产值占全市的80%以上，社会消费品零售总额占全市的70%以上；近几年崛起的30个经济强镇，以占全市26%的人口，实现了占全市农村67%的经济总量。

各位领导，各位同志，这次全国普通高校招生改革研讨会在我们温州召开，这是对我市教育改革和发展工作的一个很大的鞭策。我们要借这次会议的东风，认真学习兄弟地区的先进经验。我们也热忱地希望各位领导和同志们，对我市教育工作多加指导和帮助。

最后，预祝会议圆满成功。

2. 对照写作格式及要求进行名篇赏析。

周恩来总理在欢迎尼克松总统宴会上的讲话

总统先生、尼克松夫人，女士们、先生们，同志们、朋友们：

首先，我高兴地代表毛泽东主席和中国政府向尼克松总统和夫人，以及其他的客人们表示欢迎。同时，我也想利用这个机会代表中国人民向远在太平洋彼岸的美国人民致以亲切的问候。尼克松总统应中国政府的邀请，前来我国访问，使两国领导人有机会直接会晤，谋求两国关系正常化，并对共同关心的问题交换意见，这是符合中美两国人民愿望的积极行动，这在中美两国关系史上是一个创举。

美国人民是伟大的人民。中国人民是伟大的人民。我们两国人民一向是友好的。由于大家都知道的原因，两国人民之间往来中断了二十多年。现在，经过中美双方共同努力，友好往来的大门终于打开了。目前，促使两国关系正常化，争取和缓紧张局势，已经成为中美两国人民强烈的愿望。人民，只有人民，才是创造世界历史的动力。我们相信，我们两国人民这种共同愿望，总有一天要实现的。

中美两国的社会制度根本不同，在中美两国政府之间存在巨大分歧。但是，这种分歧不应当妨碍中美两国在相互尊重主权和领土完整、互不侵犯、互不干涉内政、平等互利和和平共处五项原则的基础上建立正常的国家关系，更不应该导致战争。中国政府早在1955年就公开声明，中国人民不想同美国打仗，中国政府愿意坐下来同美国政府谈判，这是我们一贯奉行的方针。我们注意到尼克松总统在来华前的讲话中也说到："我们必须做的事情是寻找某种办法使我们可以有分歧而又不成为战争中的敌人。"我们希望，通过双方坦率的交换意见，弄清彼此之间的分歧，努力寻找共同点，使我们两国的关系能够有一个新的开始。

最后我建议为尼克松总统和夫人的健康，为其他美国客人们的健康，为在座的所有朋友和同志们的健康，为中美两国之间的友谊，干杯。

3. 参见2005年4月胡锦涛总书记会见中国国民党主席连战一行所致的欢迎词。(略)

二、欢送词

1. 欢送词的概念及使用情形

欢送词是行政机关、企事业单位、社会团体或个人在公共场合欢送友好团体回归或亲友出行时致辞的讲话稿。

2. 特点

(1) 惜别性

有句古诗说得好，"相见时难别亦难"，中国人重情谊这一千古不变的民族传统精神在今天更显得金贵。欢送词要表达亲朋远行时的感受，所以依依惜别之情要溢于言表。当然格调也不可过于低沉。尤其是公共事务的交往更应把握好分别时所用言辞的分寸。

(2) 口语性

同欢迎词一样，口语性也是欢送词的一个显著特点之一。遣词造句也应注意使用生活化的语言，使送别既富有情趣又自然得体。

3. 欢送词的分类

欢送词同欢迎词在分类上大致一样，这里不详加说明，只作一简单的列举。

按表达方式来分，可分为现场讲演欢送词和报刊发表欢送词两种。

按社交的公关性质来分，可分为私人交往欢送词和公事往来欢送词两种。

4. 欢送词的基本格式和写法

同欢迎词一样，欢送词也由标题、称谓、正文和落款组成。

标题、称谓、落款与欢迎词相同。

正文一般也由开头、中段和结尾三部分构成,只是具体内容与欢迎词有些区别。

(1) 开头

开头通常应说明此时在举行何种欢送仪式,发言人是以什么身份代表哪些人向宾客表示欢送的。

(2) 中段

欢送词在这一部分要回顾和阐述双方在合作或访问期间在哪些问题和项目上达成了一致的立场、取得了哪些有突破性的进展,陈述本次合作交流中双方的合作和交流给双方所带来的益处,阐述其深远的历史意义。对于私人欢送词还应注意表达双方在共事合作期间彼此友谊的增进以及分别之后的想念之情。若为朋友送行,还要加上一些勉励的话。

(3) 结尾

通常在结尾处再次向来宾表示真挚的欢送之情,并表达期待再次合作的心愿。亲朋远行尤其要表达希望早日团聚的惜别之情。

5. 欢送词写作的注意事项

称呼用尊称,注意宾客身份,致辞要恰到好处,感情要真挚、诚恳而且要健康。

措辞要慎重,勿信口开河,要尊重对方的风俗习惯,以免发生不该发生的误会。

语言要精确、热情、友好、温和、礼貌。

要言简意赅,篇幅不宜过长。欢送词也是一种礼节性的社交公关辞令,要短小精悍,这样更宜于表达主人的尊重和礼貌。

6. 例文分析

【例文 1】

让我们扬眉出剑

——在解放军外国语学院毕业典礼上的讲话

苗永华

同学们:

花开花谢,潮起潮落,三年的大学时光马上就要结束,作为即将要跨出校门的毕业生,我们应该做些什么?应该怎样把我们自己的形象和最后的努力,自己的梦想和民族的希望紧紧连在一起?

"毕业生"这三个沉甸甸的字眼今天终于落在我们头上。但我们蓦然发现,这并不是什么耀眼的光环,反而是一种压力,甚至可以说是一种无奈,一种你非往前走不可的无奈。

这也是一种动力,一种责任。一种催人奋进的动力,一种青年人不可推卸的责任。不久,我们就会握手言别,各奔东西,但无论你是远赴天涯、戍守边疆,还是工作于条件优越的大都市,有一点是相同的,那就是,我们真正开始了从军报国的生涯。父辈已经把希望寄托在我们身上,我们靠什么来实现父辈的那为之梦回千转的希望呢?

靠的是我们手中的"剑"!

我们手中的剑,不光是指自己的专业知识是否过硬,还有你的报国思想是否坚定,你的身体素质是否优秀……,所有这些,铸成了我们手中这把来日依其建功立业的长剑!

十年磨一剑!

这把剑我们已经磨了很久,就要派上用场了。再把剑磨利些,再把剑擦亮些。毕业来临时,祖国,人民都会凝视着我们拔出长剑,看我们手中的长剑是否寒光闪闪?看纷繁的日月,许多勇士冲锋陷阵，谱写了一曲又一曲惊天动地、荡气回肠的歌，我们相信，年轻的军人大学生们也一定能在地平线上立下不朽的辉煌。

同学们，让我们扬眉出剑吧！

【评析】

告别三年同窗师友步入大千世界，每一个“毕业生”都会伤感，分别之际，我们应该怎样话“离情别意”呢？《让我们扬眉出剑》无疑是为我们注射了兴奋剂，昂首挺胸一直向前走，迎接新的挑战。离别是一种无奈，一种你非往前走不可的无奈。无奈之中是消沉还是奋进呢？握手言别，今日的分别是为了祖国明天的发展进步，为了建功立业。作为毕业典礼的欢送词，它并没有催人泪下而是把握了言辞的分寸，为“明天”的“辉煌”奠定基础，恰到好处的致词表达了发言人真挚诚恳的感情与心愿。最后勉励大家“扬眉出剑”去创造“辉煌”“建功立业”，可谓做到“情切意尽”了。

【例文2】

对史密斯教授的欢送词

同志们、朋友们：

时间过得多么快啊！20天前我们大家曾高兴地在这个礼堂集会，衷心欢迎史密斯教授。今天，在史密斯教授访问了我国的许多地方之后，我们再次欢聚一堂，感到特别亲切和愉快。史密斯教授将于明天回国。

史密斯教授是我们的一位老朋友，他非常熟悉我们各个方面的情况。他在我国逗留期间，仔细地考察了我们的政治、经济、文化和教育。

大家知道，我们的社会主义国家是非常年轻的，它脱胎于封建主义和资本主义影响根深蒂固的旧社会，尽管新中国成立后我们做了巨大的努力去消除它，但是还有许多困难要我们去克服，还有许多缺点亟待改进。

我们诚恳地希望史密斯教授给我们提出批评、指导和宝贵意见，以便我们改进工作。

在向史密斯教授告别时，我们借此机会请求他转达我们对他的国家的人民的深厚友谊，还请他转达我们对他们的亲切问候和敬意。祝史密斯教授回国途中一路平安，身体健康。

现在，请大家鼓掌热烈欢迎史密斯教授讲话。

【分析】

由该文可看出这是一篇前有欢迎后有欢送相呼应的欢送词。

首先用热情的笔触交代缘由。简介被欢送者的活动。委婉地说明分歧、谦虚地提出建议，给对方以真诚之感。最后是真挚的祝福。

这类欢送词对于活跃或调节气氛能起到较好的作用。

三、答谢词

1. 答谢词的概念及使用情形

与欢迎词相对应，答谢词是由宾客出面发表的对主人的热情接待表示感谢的讲话稿。也指在追悼会上，逝者的亲属对逝者表达哀思和怀念，对前来参加追悼会的领导和亲朋好友表示感谢的专用文体，一般由长子代表全家宣读。

2. 答谢词的格式

答谢词的结构由标题、称呼、开头、正文、结语五部分构成。

(1) 标题

一般用文种"答谢词"作标题。

(2) 称呼

与欢迎词同。

(3) 开头

对主人的热情接待表示感谢。

(4) 正文

畅叙情谊,或表明自己来访的意图、诚意,申述有关的愿望。

(5) 结语

祝愿,或再次表示谢意。

3. 答谢词的要求

(1) 客套话与真情

在礼仪场合,必要的客套话是不能省略的,比如"感谢"、"致敬"之类热情洋溢、充满真情的词语。

(2) 尊重对方习惯

在异地作客,要了解当地的民情、风俗,尊重对方习惯。

(3) 注意照应欢迎词

主人已经致词在前,作为客人不能"充耳不闻"。答谢词要注意与欢迎词的某些内容照应。这是对主人的尊重。即使预先准备了答谢词,也要在现场紧急修改补充,或因情因境临场应变发挥。

(4) 篇幅力求简短

欢迎词、答谢词都是应酬性讲话,而且往往是在一次公关礼仪活动刚开始时发表的,下面还有一系列的活动等着进行。因此篇幅要力求简短,不宜冗长拖沓,以免令人生烦。

另:追悼会专用答谢词以感谢对象为文头称呼;首先向前来参加追悼会的人(多为逝者生前所在单位的领导和整个家庭的亲戚朋友)表示诚挚的谢意;然后简单回顾逝者的生平业绩,并真诚表达家人的无限怀念之情和继承遗志、不断进取的积极主题;最后再次向大家表示感谢。

4. 例文分析

各位领导,各位亲朋好友:

你们好!

首先,我代表我的母亲,代表我的兄弟姐妹,代表我们全家,向你们表示最诚挚的谢意!感谢你们在百忙之中前来参加我父亲的追悼会。

"无边落木萧萧下,不尽长江滚滚来。"在这个多事之秋,我父亲因心肌梗死在他的第二故乡——上海不幸逝世,享年八十三岁。我们为失去了这样一位好父亲、好党员、好医生而痛心不已。我父亲出生在长江上游的美丽山城——重庆,十八岁时即怀着治病救人、保家卫国的强烈愿望远离家乡,来到上海,就读于××医科大学。从此,他跟随共产党走上了革命的道路。战争年代里,他在枪林弹雨中冒着生命危险救死扶伤。新中国成立后,他担任××医院院长,直至积劳成疾,患上严重的心脏病。我父亲这一辈子都在不停地为别人驱除病魔,即使是年岁已高、身患重病后依然如故,可他却从来都顾不上自己的身体。他是那么的富有爱心和责任心,那么的公而忘私、严于律己,那么的积极进取、不畏艰难。他用他一生的言行给我们以教育和启迪。我们为有这样一个好父亲而骄傲。我们也绝不会辜负他老人家的期望，一定团结一心，努力进取，为社会作更大的贡献，如他那样最大限度地实现人生的价值。

我父亲生前一直有一个愿望，想回到阔别了半个世纪的家乡去走走看看，看作为最年轻的直辖市的重庆之新面貌，看西部大开发的伟大战略给重庆带来的新气象，可惜因身体原因一直未能成行。但见江水滚滚来，捎来家乡幸福话。感谢自重庆远道而来的父老乡亲，是你们让我父亲又有了回到家乡的感觉。感谢来参加追悼会和未能前来的所有的领导和亲朋好友，感谢你们一直以来对我父亲病情的关心，对我们全家的关怀和帮助。

我父亲出生于明媚的春天，辛劳一生，奉献一生，又在这个静谧的秋夜里永远地走了。我们兄弟姐妹想以泰戈尔的一句诗为父亲送行。

生如春花之绚烂，逝如秋叶之静美。我们亲爱的爸爸，您一路走好！

×××泣上

××××年×月×日

【评析】

本文感情真挚、富于诗意，言简意赅。首先合于礼仪，作为发言代表，对来宾表达感谢之情。然后简要叙述父亲生平，并对其作扼要评价。在期间还不忘再次感谢。最后用诗意语言结束，祝九泉之下父亲安息，优美感人。

四、开(闭)幕词

1. 开(闭)幕词的概念及作用

开幕词是隆重的会议开始时由大会主持人或主要负责人首先发表的阐述会议意义、议程等内容的概括性讲话稿；闭幕词是在隆重的会议结束时，由大会主要负责人或主席团重要成员最后所作的总结性讲话稿。

开幕词可以为与会者阐明目的、意义、议程、要求等，安排会议工作，指导工作，引导大家开好大会；闭幕词既可对成果作出总结，也可为今后奋斗目标指明方向，以号召、鼓励、振奋大家精神。

2. 写作格式

一般开(闭)幕词包括标题、称谓、正文、结尾四部分。

(1) 标题

会议名称＋文体名称

双标题　概括会议中心内容作为正标题，标明会议名称和文体名称作为副标题。

(2) 称谓

对与会者的称呼，一般使用泛称。

(3) 正文

开幕词：宣布会议开幕，阐明会议召开的背景、意义、议题、指导思想、开法、要求等；闭幕词：宣布会议即将闭幕，概括会议所取得的成果并作出评价，提出今后目标任务。

(4) 结尾

祝颂语：开幕词惯用语如“祝大会圆满成功”；闭幕词惯用语如“祝大会胜利闭幕”。

3. 写作要求

(1) 了解大会

在会前、会中都要注意收集材料，熟悉了解大会情况。

(2) 表达集体意见

无论是讲话者自己起草还是他人代写稿子，都要表达集体意见。

(3) 庄重朴素、简洁通俗

应实事求是，不尚浮华空谈，表达严肃庄重主题，可适当使用修辞，以增强气势。

4. 例文分析

【例文 1】

中秋晚会开、闭幕词

开幕词

“明月几时有？把酒问青天。不知天上宫阙，今夕是何年。……”今天，又一个中秋佳节到来了，我们从来没有像今夜这样特别关爱天边这轮月亮。人们在月下做着团圆美梦，人们在月下聚餐赏景，人们在月下饮酒作诗，人们在月下寄物托思，人们在月下期盼美好，人们在月下无限遐思……

“嫦娥应悔偷灵药，碧海青天夜夜心。”在一段凄美的故事发生后，月亮便成为人们渴望团圆的象征。

“床前明月光，疑是地上霜；举头望明月，低头思故乡。”在游子的乡愁里，思绪如飞，归心似箭。

“人有悲欢离合，月有阴晴圆缺。但愿人长久，千里共婵娟。”在恋人的思念里，冷月如霜，宛若冻结了曾经的热量。

“花间一壶酒，独酌无相亲；举杯邀明月，对影成三人。”在诗人的酒杯里，醉满了浓烈的诗行。

“海上生明月，天涯共此时。”在月下的团聚里，天伦之乐回荡满堂。

月在水里，月在天上；月在画里，月在心上。

今夜，我们放飞所有梦想，去打捞那轮美丽的月亮。

中秋晚会现在开始

闭幕词

月是期盼，月是挂牵；月是幻想，月是浪漫；月是思念，月是圆满。

今夜，月圆如盘，看不见残缺的遗憾；今夜，月光如水，清澈着我们彼此的友谊；今夜，月华如歌，唱响我们心中的激昂。有你，我们高歌唱响希望，有你，我们将快乐分享，有你，所有的梦都在生长。期待每一天的月圆，期待每一时的相聚，期待每一刻的欢畅。明明暗暗、圆圆缺缺的月亮告诉我们，人生有遗憾，耐住寂寞，坚持执著，去迎接新一轮的较量。

晚会到此结束。

【评析】

开幕词从与月有关的诗词生发开去，构思巧妙。在游子的乡愁里，思绪如飞；在恋人的思念里，冷月如霜；在诗人的酒杯里，醉满了浓烈的诗行；在月下的团聚里，天伦之乐回荡满堂……用典型诗句写出几种典型情景。只是开篇的排比式表达词语有些重复。

闭幕词使用几组排比句式，富于诗情画意，折射哲理思辨，充满欢快气势。引人感怀，催人奋发。扣住了中秋晚会主题。

能力训练

就下面两篇关于运动会和校园文化艺术节的开闭幕词，就段落结构、写作思路、文体风格等作出简单的评析。

×××市第十届运动会开幕词

各位领导、各位来宾，同志们：

今天，我们迎来了××市第十届运动会的隆重召开，这是××人民政治和文化生活中的一件大事。在此，我谨代表市委、市政府，对运动会的召开表示最热烈的祝贺；向全体运动员、教练员、裁判员和工作人员致以亲切的问候！向所有到会的各级领导、各有关部门和社会各界人士表示热烈的欢迎！

在本次运动会的筹划过程中，我们得到了很多热心企业、协会的帮助：福建××体育用品有限公司、福建××集团有限公司、××集团公司、福建××集团、××(中国)有限公司、××集团公司、福建省××建设发展有限公司、××市乒乓协会、××健康休闲有限公司、××锦泰大酒店、××××(中国)有限公司、××集团摩托车等单位先后冠名赞助运动会，在此，我代表××市第十届运动会组委会向他们表示衷心的感谢！

体育兴、事业兴，我们就是要通过举办运动会，推动全市体育工作和全民健身运动的蓬勃开展，并以此为契机，振奋人心，凝聚力量，把“更高、更快、更强”的体育精神融入雷厉风行干工作的办事效率和壮大实力中去，运用到经济发展和城镇建设中去，为实现现代化工贸城市目标，注入新的生机和活力。××人杰地灵，英才辈出。昨天，××人民在这块土地上创造出了骄人的成就；今天，勤劳勇敢的××人民一定能开拓进取，与时俱进。树立新形象，展现新风采，创造新业绩，实现新跨越，把我们××建设得更加美好。

今天来自全市各镇、各街道、市直单位的20个代表团，近5 000名体育健儿，将在体育竞技大舞台上，以“参与、健身、团结、奋进”为宗旨，充分展示“更高、更快、更强”的体育精神。

我们衷心希望，在大会组委会的领导下，在全体运动员、教练员、裁判员和工作人员的共同努力下，本届运动会将办成一个隆重、热烈、团结、安全的运动会，办成一个讲文明、讲风格、讲公正的运动会。希望参赛运动员发扬奥林匹克精神，顽强拼搏、公平竞争，比出好成绩，赛出新风尚，并以饱满的热情、高昂的斗志、良好的状态投入到各项比赛中，赛出水平、赛出风格，取得运动成绩和精神文明双丰收，为推进我市体育事业发展作出新贡献。

最后预祝运动员取得好成绩！

祝××市第十届运动会圆满成功！

十运会组委会主任××市人民政府市长×××

各位老师、各位同学：

“人间四月芳菲尽，山寺桃花始盛开。”在这春意盎然、阳光明媚的日子里，我校首届校园文化艺术节伴随着精彩的文艺会演徐徐落下帷幕。在此，请允许我代表学校向组织和参与本届艺术节的各位老师和同学们表示衷心的感谢。

举办文化艺术节活动，不仅是对同学们文化艺术水平的一次大检阅，也是我校素质教育开展情况的一次大检阅，它为展现我校学生的青春风采和精神风貌提供了广阔的舞台。办好校园文化艺术节，有利于发掘学生的潜力，发挥个性特长；有利于培养兴趣，陶冶情操，提高审美情趣；有利于丰富校园文化生活，加强校园精神文明建设，营造良好的学习氛围；有利于推动素质教育的实施，从而加速我校新一轮创业的进程。

本次艺术节盛况空前，由三大板块28个项目组成。通过这些活动，启迪了同学们的才智和灵性，发展了同学们的才艺和特长。同学们在活动中高举生命智慧的大旗，有思想的翱翔，有感情的抒发，有青春的旋律，有技能的展示，有科学的探索，有毅力的体现，有诗意的飞扬……

在艺术节期间，同学们清理环境卫生，精心布置，把节日的校园装扮得五彩缤纷，表达了同学们对母校的热爱;歌手大奖赛,同学们用激昂的歌声、饱满的热情、独特的创意来赞美祖国、歌唱未来,抒发了同学们热爱祖国的情怀和对美好生活的向往;诗歌朗诵、英语朗诵比赛,同学们激情奔放,用饱含深情的诗句赞颂祖国的强大、畅想美好的未来,极大地增强了同学们的民族自豪感、责任感和自信心,激发了同学们为中华民族的振兴而发奋学习、报效祖国的决心;各项比赛充分展示了同学们的才华,陶冶了同学们的情操,培养了学生的正确的审美观。展示了我校校园文化特色和学生的个性特长,丰富了校园文化生活,有力地推动了校园精神文明建设。

丰富多彩、形式多样的艺术节充分体现了学生们的文化素质和艺术修养,展示了我校莘莘学子朝气蓬勃的精神风貌。一张一弛,文武之道。艺术节既给我们提供了一个放松大脑、放飞心情的空间,也为我们提供了一个施展才华、张扬个性的舞台,同时也让我们受到了一次极好的艺术教育和美的熏陶。在活动中,我们既培养了兴趣,陶冶了情操,又开阔了视野,锻炼了能力,培养了团队精神,增强了集体荣誉感。所有这些,为我们成为新世纪合格的大学生奠定了坚实的基础。

老师们,同学们,首届艺术节又将成为历史的一页。然而,许多精彩的片段仍然历历在目;许多动人歌乐依旧余音绕梁。是的,艺术节虽然是一个有限的时间段,但艺术的空间却是无限的。当艺术节的第一个音符在校园的上空飘起来时,艺术已不容拒绝地走进了我们每一个人的生活,走进了我们的每一寸空间。

江山代有才人出,谁持彩练当空舞?

让我们每一双手都学会创造吧!让我们每一颗心都流淌歌声!

让我们在鸿江之畔奏响时代的强音!

愿艺术之花香满校园!

谢谢大家!

××学院院长×××

五、竞聘演讲稿

演讲作为一门实用艺术,在现实生活中应用广泛。演讲顾名思义,既讲也演,二者的关系:演—表象—整体—非理性—艺术生命体(人格力量等);讲—实质—道理—理性—艺术政论文(精神感召力)。写作演讲稿的目的和内容是说理,但整个逻辑推演过程力求通俗易懂。通过结构的格式化设计,语言的口语化表达,演讲成为一种整体生命的投入和表现。适应人们的接受心理,拉近讲话者和听众的心理距离,能够产生强烈共鸣,直接产生良好社会效应才能视为成功。

1. 概念

竞聘演讲是就某一竞争岗位自荐并发表工作意见的活动,是演讲中的一种,在当今社会竞争上岗成为一种普遍的选拔人才方式时,竞聘演说成为其重要的环节,演讲稿质量直接关系到演讲质量,写得好不好关系到能不能上某个岗位或是否能给人留下良好的第一印象,因此大学生在走进职场前需要加强这方面的训练。

2. 特点

(1) 目标的明确性

目标的明确性,是竞聘演讲区别于其他演讲的主要特征。这一方面表现在演讲者一上台就要鲜明地亮出自己所要竞聘的目标(或厂长、或校长、或秘书、或经理),另一方面,其所选用的一切材料和运用的一切手法也都是为了一个目标——使自己竞聘成功(使听众能投自己一票)。

(2) 内容的竞争性

竞聘演讲的全过程都是听众在候选人之间进行比较、“筛选”的过程,竞聘者如果“谦虚”、“不好意思”说自己的长处,就不能战胜对手。因此演讲者必须“八仙过海,各显其能”,

演讲者无论是讲自身所具备的条件，还是讲自己的施政构想，都要尽最大可能显出“人无我有”“人有我强”“人强我新”的胜他人一筹的“优势”来。

(3) 主题的集中性

所谓主题的集中，是指所表达的意思单一，不枝不蔓，重点突出。不要搞多重点，多中心，不能企图在一篇演讲中解决和说明很多问题。

(4) 材料的实用性

实用性，是指所选材料既是符合实际的，又是对自己竞争“有利”的，也就是无论讲自己所具备的条件还是谈任职后的“构想”，都要从“自我”出发、从实际情况出发。听众边听你的演讲，边在“掂量”你的“话”是否能在现实中发挥作用、取得效果。竞聘演讲是“竞争”，但并非是比赛谁能“吹”，那种发自肺腑讲实际的措施才是听众最欢迎的。

(5) 思路的“程序”性

竞聘演讲不像一般演讲那么“自由”，它除了题目和称呼外，一般分为五步：

第一步，开门见山讲自己所竞聘的职务和竞聘的缘由。

第二步，简明地介绍自己的情况：年龄、政治面貌、学历、现任职务等一些自然情况。

第三步，摆出自己优于他人的竞聘条件，如政治素质、业务水平、工作能力等。（既要有概括的论述，又要有“降人”的论据。比如，讲自己的业务能力时，可用一些获得的成果和业绩来证明。）

第四步，提出假设自己任职后的施政措施。（这一步是重点，应该讲得具体详实，切实可行。）

第五步，用最简洁的话语表明自己的决心和请求。

当然，以上几步也只是简单的模式，实践中演讲者还可根据实际需要稍有变化，而并非填表式。

(6) 措施的条理性

演讲者在讲措施时一定要注意条理清楚，主次分明。可用列条的方法，如“第一点”“第二点”或“其一”“其二”等表示。除此，在每一“步”之间要用“过渡语”来承上启下。

(7) 语言的“准确”性

准确，一般是指要恰如其分地表情达意。但竞聘演讲中的准确除此以外还有另外两层意思：一是所谈事实和所用材料、数字都要“求真求实”，准确无误；二是要注意分寸，因为竞聘演讲的角度基本上是以“我”为核心，如掌握不好分寸，夸大其词，就会让人产生逆反心理，从而使自己的演讲失败。

3. 写作格式

结构包括开场白、主干、结束语三部分。

开场白，方式多种，如开篇入题、借题发挥、提问设问、引用比兴等。

主干，条理层次十分清楚，并在每一个层次前或后面有语言标志。注意在高潮到来时运用排比和手势动作等的设计。

结束语，一是概括要点，揭示主题；二是抒发感情，激励人心；三是展望未来，鼓舞斗志；四是饱含哲理，发人深思等。

4. 写作注意事项

(1) 主题的确定。最好有一个鲜明的主题，即一个判断句，在演讲中反复突出。使听众产生亲切感、参与感和冲击力。提取主题，一定要从客观上考虑群众普遍关心的问题，针对问题作出自己的解答。

(2) 材料的筛选。一定要有材料,主要运用新的生活中来的事实材料。

(3) 结构的谋划。常常使用三段式。

(4) 情感的调动。不要千篇一律,最好设计出感情律动起伏让听众产生共鸣。

5. 例文分析

各位领导、各位评委、同事们:

大家好!

很荣幸我能最后一个出场演讲,首先,我想代表今天参赛的选手对各位评委、各位领导一天来的辛苦工作表示感谢,谢谢大家为我们分公司选拔人才而付出的辛勤劳动。

我来自数据分局,我叫王利民,今年24岁。××年毕业于河北省邮电学校综合电信专业,从实习起一直在数据分局做维护工作。在做好工作的同时,我参加了省邮政高等专科学校组织的邮电经营专业的大专自考,一次性通过了全部的科目考试,于××年×月毕业。在4年来的工作中,通过不断的学习和实践,在领导和同志们的支持和帮助下,渐渐成长为数据分局的技术骨干之一,走上了维护组班长的工作岗位。我这次竞聘的是技术管理专业。我觉得这次竞争对我个人来说不仅是走上管理岗位的机遇,更主要的是一次难得的学习和锻炼的机会。(本段是竞聘要求必须“自我介绍”的部分,用时不能超过1分钟)

今天我抽到的演讲题目是:如何做好电信市场的经营分析。

随着改革的深入和电信市场竞争机制的引入,目前,电信运营市场竞争异常激烈,我们中国电信由从前的“一枝独秀”变成与多家运营商共同抢占市场,随着我国加入WTO进程的加快,还将面临“与狼共舞”的局面。要应对日益激烈的市场竞争,电信市场经营分析尤为重要,我觉得要做好电信市场的经营分析,应从以下几个方面入手:

首先,要重视市场经营分析的作用,转变思想,更新观念。从前,电信企业政企不分,在老百姓心目中一直是“官商”,我们的领导和职工也有一种优越感和官架子。在计划经济时代,不注重市场的地位,更没有市场分析的思想,在市场激烈竞争的今天,我们必须把市场经营分析作为一项重要的工作,大力开展。

其次,要切实以市场为中心,以赢利为目的,建立一支专门从事市场营销的队伍。要有专业的市场营销分析人员,不断提高人员素质,真正实现企业从生产型向经营型转变。在我们中国电信业正在深入内部改革的今天,要抓住这样一个有利的时机,建立像“市场经营分析室”这样的专门机构,招聘从事经营分析的专业人员,运用各种传统的统计分析方法和我们便利的通信手段,以及互联网这样新型的媒介,开拓我们的视野,学习先进的思想和方法,对市场进行分析研究、预测、营销策划等。实现市场营销分析的专业化。

我觉得像今天我们这样的公开选拔人才的做法就是十分必要和十分有益的创举,通过这样的方式我们很容易在企业内部选拔出适用的专业人才。

最后,要搞好市场调查工作,以获得市场经营分析的第一手资料。俗话说:“知己知彼,百战不殆。”就我们公司目前的情况而言,由于地区经济发展的滞后性,眼下在我们的主要业务领域还没有真正具备实力的竞争对手出现,因此我们应该抓住这个时机,先了解自己,通过市场调查,既发现潜在市场,又要了解我们已有用户的情况,了解他们的忠诚度如何,分析他们在多大程度上可以成为我们永远的支持者。同时由于一些竞争对手已在大中城市出现,如:网通、吉通等,要深入了解和分析他们在那里的经营情况,提前做好竞争的准备和应对的措施。

总之，要内外结合，既分析内部的经营情况，又要搞好市场调查分析和了解竞争对手的情况。同时，要注意市场经营分析，应采用灵活多样的形式，紧跟时代步伐，不断提高经营分析水平，为企业的最终决策打下基础。经营分析最终是要服务于经营决策的，因此要提高分析的准确性和可行性，还要搞好相关部门的协作关系，以便使分析的结果最终能在企业经营活动中发挥作用。

以上是我对“如何做好电信市场的经营分析”这个题目的一点儿个人见解，可能有许多不足之处，望各位评委、各位领导和老师多多包涵，多批评指教。

在我演讲即将结束的时候，我最想说的是：如果我在竞争中不能取胜，我仍将一如既往地努力工作，为公司奉献自己的微薄力量。我深信，在21世纪的第一个春天里，通过这样科学和美好的形式，推选出来的一定是公司里最优秀的青年，真正德才兼备的年轻人。

那么最后，请允许我邀请在座的诸位评委、领导和同事们和我一起，用最真诚、最热烈的掌声，为即将当选的青年干部祝福，为所有参赛的选手祝福，为张家口电信分公司和中国电信的美好未来祝福！

【分析】

该文是一篇竞聘演讲比赛稿，与一般所不同的是，它是规定题目作文，只能在规定范围内发挥。从文章看，作者显然是胸有成竹，思路清晰，内容实在。结尾表现了一般应聘者该有的姿态，对能否聘上的态度，对工作的决心。最后的祝福性话语可有可无，视现场情况取舍，该文此处这样处理显得得体。

能力训练

假如你在学校学生会、团委招新时初试取得成功，最后要在全校学生处、团委老师、同学面前进行最后一轮竞聘演讲，请你选择一个你期望的岗位进行模拟练习，写就一份竞聘演讲稿。

参考文献

[1] 干天全. 当代应用文写作. 成都：四川大学出版社，2005.
[2] 李沉碧. 经济应用文写作. 北京：科学出版社，2004.
[3] 徐明娥. 新编经济应用写作. 成都：西南财经大学出版社，2003.
[4] 劳动和社会保障部中国就业培训技术指导中心. 秘书国家职业资格培训教程. 北京：海潮出版社，2003.
[5] 应用写作. 2002—2005 年各期.
[6] 演讲与口才. 2003—2005 年各期.
[7] 中国公文网.

第九章 宣传文书

第一节 启事与海报

一、启事

1. 启事概说

(1) 启事的含义

“启”,是告知、陈述的意思,“事”是指事情。启事是机关、企事业单位、团体或个人,需要向公众说明某事或希望公众协助办理某事时使用的一种宣传文书。启事一般张贴在公共场所或刊登在报纸杂志上,也有的在广播、电视中播出。

(2) 启事的特点

① 公开性　启事是通过多种媒体向社会广泛发布的文书,它面向大众广泛宣传,任何人都可以阅读,无秘密可言,没有强制性和约束力。被告知的人可以参与启事中的事,也可以不参与。

② 简明性　无论是登报、电视、广播或张贴的启事都必须写得简洁明了。有的启事三言两语,有的启事用单行单句排列内容,尽量做到一目了然。启事的简明性除了为读者提供阅读方便外,还与受到篇幅、版面的限制有关。

③ 单一性　启事的写法要求“一启一事”,内容单一具体,说清楚即可,不可掺杂任何其他无关的事项。如果有两件以上事需要告知,则应分别写成多份启事,以遵循启事的单一性原则。

(3) 启事的种类

① 按内容分,启事可以分为征召、寻找、告知三大类。征召类启事包括征文启事、征订启事、征婚启事、招聘启事、招生启事、招商启事等;寻找类启事包括寻人启事、寻物启事、招领启事等;告知类启事包括开业启事、迁址启事、校庆启事、结婚启事、更名启事、离婚启事等。

② 按公布的形式分,可以分为报刊启事、电视启事、广播启事、张贴启事等。

2. 启事的格式和写法

启事由标题、正文、落款三部分组成。

(1) 标题

一般在首行正中写启事的标题,标题要尽量醒目、简短。

标题通常有以下五种形式:

① 单由“文种”作标题或“修饰语+文种”,如:“启事”、“重要启事”。

② 由启事的内容作标题,如:“招聘”、“征订”、“招领”等。

③ 由“内容＋文种”作标题，如：“征婚启事”、“寻物启事”等。

④ 由启事人和内容组成标题，如：“××厂招聘”。

⑤ 由启事人、内容和文种组成标题，如：“××商城招租启事”。

(2) 正文

启事的正文一般由“事由＋事项＋结尾”三部分组成。开头写事由，要简洁。中间写事项，相对来说要具体、详细。不同的启事，内容的侧重点不同。例如，“寻人启事”要侧重描述被寻人员的体貌特征；“招聘启事”要侧重说明招聘的对象、范围和条件；“征婚启事”要侧重自我介绍和征婚对象的条件等。但“招领启事”却不宜详细描写失物特征，以防止被别人冒领。结尾通常写明告启人的希望、要求或承诺，还要附上联系方式。

启事正文的写法有多种，内容简短的大多采用“一段式”，即一段成文，清楚简洁；内容复杂的通常采用“分段式”写法，即分成段落来写，也可以分条列项逐一说明。

(3) 落款

在正文的右下角签署启事人的姓名、时间。如果是单位，最好加盖公章。电台、报刊上登载的启事常常省略署名。

3. 启事的病文

堂堂男子，三十而立，身高175厘米，体魄健壮魁伟，大学本科毕业，干部家庭出身，经济生活优裕。商海鏖战五年，现任副经理一职。尚未结婚，思得佳偶。物色芳龄25岁上下，中专以上学历、品貌端庄、性情温顺之女士为妻。必须本地户口，职业可不限。如蒙汇寄锦笺玉照，本人收到必然作复。赐函请寄××路××号××室收转可也。谢绝登门造访，谢绝电话咨询。邮政编码为510051，特此敬告。

【评析】

此则征婚启事存在着以下几个毛病：一、语言繁琐，不够简练。文中有许多语句不够精练，如：其中“堂堂男子，三十而立”一句，可直接点明“男，30岁”；“如蒙汇寄锦笺玉照”可写明“如寄照片”，使内容更简洁。二、语气高傲，令人反感。文中的语句“堂堂男子”“体魄健壮魁伟”“经济生活优裕”“商海鏖战五年”有居高临下，自我吹嘘之嫌。三、语句矛盾。如：“谢绝电话咨询”，文中没有预留电话，又如何能进行电话咨询呢？此句应删去为好。

4. 启事的例文

【例文1】

寻人启事

刘锐，男，1992年1月出生，8周岁，小学二年级学生。身高1.20米，长脸形，单眼皮，眼较小，偏瘦，客家口音，会说普通话，穿一身深蓝色运动衣，2000年1月5日上学至今未归。有知其下落者，请联系××市解放路10号刘××，电话：××××××××，有酬谢。

【评析】

这则寻人启事详细地介绍了被寻人的姓名、性别、年龄、身高、体型、口音、衣着等，有助于别人辨认寻找。最后留下了联系地址和电话，以便于及时联系。

【例文2】

招领启事

本商场拾到手提包一个，内装人民币若干元以及手机、信用卡等物，望失主前来认领。

地点：本市和平商场三楼办公室

电话：××××××××

联系人：张晓敏

【评析】

这则招领启事将详略把握得很有分寸。对于联系人、联系方式和招领地点交代得很清楚，而对于财物方面则概括介绍，尤其以“若干”的模糊语言来修饰“人民币”，以防冒领。

【例文3】

更名启事

由于企业发展的需要，经国家工商行政管理局企业注册局批准，原北京玉华股份有限公司改名为金立股份有限公司。从11月1日起启用新公章，原北京玉华股份有限公司公章、财务专用章、合同专用章及各分公司、项目经理部公章、财务专用章同时停止使用。

公司地址：北京市丰台区北路××号

电话：010-××××××××

传真：010-××××××××

【评析】

此则启事标题醒目，正文写批准机关、更改后的新名、起用公章的时间，并注明原公司各种公章停止使用，事项交代十分清楚、扼要。结尾注明公司地址、电话、传真，方便联系，落款有署名及时间，结构完整。

【例文4】

廊坊市首届“东方大学城杯”校园文学有奖征文大赛
征稿启事

为大力宣传“和谐廊坊”的建设步伐，提高我市文化品位，不断壮大本市青少年文学创作队伍，为他们搭建一个展现自我风采的平台，特举办此次校园文学大赛。本次大赛将聘请国内知名人士担任艺术顾问。入选作品将结集出版，书名暂定为《心的舞台——廊坊首届“东方大学城杯”校园文学大赛优秀作品选》，由国家正式出版社出版，并面向全国发行。有关事项如下：

(1) 征稿内容：体裁不限，题材不限，力求文学形式的多样性。

(2) 征稿对象：本次大赛面对大学城的各个院校、廊坊市各高校和本市各大中专及各区市县初、高中在校学生。

(3) 征稿要求：每人自选代表作1至3篇，请誊写工整，字迹清晰，打印更佳。要求内容健康、主题鲜明、感情真挚，字数在2 000字以内；不得抄袭、剽窃他人作品，如有侵权，文责自负。来稿请注明“大学城杯”字样，并详细注明学校及联系方式。

(4) 征稿时限：从即日起至2006年3月31日止，以当地邮戳为准。

(5) 奖项设置：本次大赛分为初中组、高中组(含中专)、大学(含大专)组，分设一等奖1名，奖金各800元；二等奖3名，奖金各400元；三等奖5名，奖金各200元；优秀奖50名；组织奖若干名。以上获奖者均发给获奖证书，入围作品享受优先结集出版的待遇。

(6) 稿件评审：本次大赛将聘请宣传部、市教育局、市文化局等部门领导组成评委会，由廊坊日报社、市文联、市诗词学会和部分院校的专业人士组成评审组，坚持以质论优的原则，对来稿进行严格、客观、公正的评审。评选结果于2006年4月通过各种媒体对外公布。

(7) 为减轻学生负担，本次大赛不向作者收取报名、入选、评审、出版等费用。因出版该书费用较大，故无稿费及赠书，入编者可自愿优惠订购本书。

(8) 大赛评委会通讯地址：廊坊市康宁道6号

邮编：065000　联系电话：6816190　联系人：刘××、洪×

欢迎通过电子信箱投稿：sncf2005@126.com

lingyuxuan508@sohu.com

"东方大学城杯"校园文学大赛组委会

2006年1月1日

【评析】

本则征稿启事简略交代缘由，正文事项较多，采用分条列项的方式，由主到次安排内容，条理清楚，重点突出，语言简明，使人一目了然。

二、海报

1. 海报概说

(1) 海报的含义

海报是向公众报道和介绍有关文化娱乐和体育赛事的一种招贴。如球讯、晚会、电影、演出、展览等等。随着社会文化生活的日益丰富，海报的运用越来越广泛。

(2) 海报的特点

① 内容真实　海报的内容必须是真实的，不能夸大其词、哗众取宠、欺骗公众。比如不能将一般的学者吹嘘为"享誉海内外"、"闻名世界"等。

② 传递信息快　海报主要针对新近发生的文娱、体育活动进行宣传，迅速、快捷是它的一大特点。

③ 吸引力强　为了激发公众强烈的参与激情，海报除了运用鼓动性的文字外，常通过美术加工，配以精致、优美的图案和艺术字，以图文并茂的形式吸引公众的注意。

④ 制作方便　海报的内容简单，制作简易，发布方式大多是张贴，也可刊登，较易操作。

(3) 海报与启事的异同

海报与启事都具有告启性，都不具有约束力，都可以在公共场所张贴。它们的区别主要是：

① 使用范围不同　海报是以报道文化、娱乐、体育消息为主；启事则是以反映政治、经济和日常生活等多方面内容为主的。

② 制作形式不同　海报除了文字说明外大多进行美术加工，配备图片、图画、图案，运用美术装饰材料及手段；启事主要以文字说明为主，寻人启事可配图片。

③ 公布方式不同　海报主要是在公共场所张贴或悬挂；启事除了张贴之外，可以登报刊，用广播、电视宣传。

④ 使用者不同　海报多是团体使用，个人一般不使用；启事是单位和个人都经常使用。

(4) 海报的种类

① 从内容分，可以分为演出海报、讲演海报、比赛海报、展览海报等。

② 从形式分，可以分为文字海报和美术海报两种。

2. 海报的格式和写法

海报的格式一般分为三个部分，即标题、正文和落款。

(1) 标题

标题的形式灵活多样，一般位于整个海报的上方，可以用醒目的字体写出。

通常海报的标题有以下三种：

① 由文种作标题，如："海报"，或以"好消息"代替。

② 由内容作标题，如："球讯"、"舞会"、"报告会"、"新春音乐会"等。

③ 新闻三段式的标题，即由引题、正题和副题组成。

(2) 正文

海报的正文要用简练的文字写明活动的内容、时间、地点、参加办法等，其写法也十分灵活。

① 一段式　内容简单的通常只用三言两语，一段写成。如："×月×日下午×时，我院和××院篮球队在本校操场进行友谊比赛，欢迎同学踊跃观看。"

② 项目排列式　内容稍多的，可以分条列项去写，使得条理清楚。如：

特邀 ××电台主持人×××主讲

讲座形式：多媒体为主，辅以讲解

讲座时间：×年×月×日，晚上×时

地点：×××报告厅

入场办法：×月×日在本馆门口售票处售票，每票×元

③ 附加标语式　有的海报在正文开头或末尾加上排列整齐、字体醒目、鼓动性强的标语，起到画龙点睛的作用。这类标语可以起到渲染吸引的作用，但要遵守真实的原则，切勿夸大其词、招摇撞骗。

(3) 落款

写明举办单位或演出单位，还可注明时间、询问电话、联系人等。

3. 海报病文

海　报

京剧团将于本周应邀来校表演，演出主要节目有《白蛇传》、《三岔口》等。

演出时间：本周六晚上 7:30—10:30

学生会自即日起每日上午 10:00 至下午 5:00 售票。

××大学学生会

2004 年 3 月 16 日

【评析】

这则海报内容不全，表现在对于京剧表演的具体时间、售票地点和票价都没有具体说明；其次，语言显得平淡，缺乏鼓动性，未能激起人们观看的强烈欲望。

4. 海报例文

【例文 1】

影　讯

轰动全球影坛

奥斯卡奖十项提名

卧虎藏龙

时间：×月×日晚 7:30

地点：××礼堂

票价：10 元

【评析】

这则影讯清楚地介绍了电影放映的时间、地点和票价，让公众看后很明白。还特意在开头醒目位置说明了该电影在全球的影响以及获得奥斯卡奖的提名情况，吊起了观众的胃口。

【例文 2】

球 讯

西安地区第三届“青春杯”大学生男子足球赛决赛将在我校进行。鹿死谁手，我们拭目以待！

比赛双方：××大学队对××大学队

比赛时间：×月×日下午 3 时

比赛地点：本校足球场

【评析】

这则球讯写得简洁明了，比赛的性质、比赛双方、时间、地点一目了然。“鹿死谁手，我们拭目以待！”一句突出比赛激烈的场面给人的震撼力，富有很强的鼓动性。

【例文 3】

心理知识讲座

为了解开同学们的心理困惑，促进同学们的心理健康，我们邀请了大学心理系教授李××前来讲授青春期的心理知识，届时李教授将当场回答同学们提出的心理问题，欢迎同学们踊跃参加。

时间：10 月 22 日下午 4:00

地点：本校阶梯教室

【评析】

这是一则举办知识讲座的海报，开头写了举办讲座的意义，接着说明讲授者及讲座内容，最后写明讲座的时间和地点。具体明白，语言具有号召力。

第二节 消 息

消息又称新闻。“新闻”一词有广义和狭义之分。广义的新闻是指各种新闻体裁的总称，包括消息、通讯、特写、调查报告等，狭义的“新闻”专指消息。

一、消息的概说

1. 消息的概念

消息是用简洁明快的语言及时报道新近发生发现的有价值的事实的一种新闻文体。

消息是报纸的主角，它是各种媒体的主要新闻形式，也是应用范围最广、影响最大的一种新闻体裁。据统计，美联社、合众社每天发稿300多万字，其中，三分之二是消息。新华社的每天发稿中也绝大多数都是消息。

2. 消息的特点

（1）内容新

新鲜是新闻的本质属性，消息是最能体现这个本质属性的。最新鲜的事实一般都是由消息首先发布的。消息新鲜体现在两个方面：一是由于简短，消息的事实主要围绕新鲜事实表述；一是由于报道快，决定了它在内容上比一般新闻题材更新鲜。

（2）事实准

消息首先要准确无误地进行报道，消息中的人物、事件、时间、地点等要素必须真实、可靠。其次，消息还要用事实说话，即对事实进行如实客观的报道，这是新闻报道的一条重要原则。再者，消息的写作还要注意全面，避免以偏概全。

（3）报道快

消息比任何新闻报道体裁都要快。报道快，是消息的基本特征，也是消息的优势所在。因此西方新闻界常说："今天的消息是金子，昨天的消息是银子，前天的消息是垃圾。"只有迅速及时，才能准确反映事实，时间稍有拖延，新闻价值就会减损甚至消失。

（4）篇幅短

消息一般要求抓住新闻事实的六个要素进行概要表述，文字简练，篇幅简短。内容概括、叙述简练、言简意赅，是消息的一大特点。历届"中国新闻奖"的评选，都规定了消息的字数和时间：文字消息在1 000字以内；广播、电视消息在4分钟以内。

3. 消息的种类

消息的种类较多，常用的有以下几种类型：

（1）动态消息

动态消息主要是对国内外重大事件和生活中出现的新情况、新变化、新动向的及时、准确的报道。它是见诸报端数量最多的一种形式，通常采用一事一报的形式，文字简明，篇幅短小，时效性强，是消息中用得最多的一种体裁。

（2）简明消息

简明新闻又称简讯、短讯或快讯，它是最简练的新闻形式，通常以几十个字或百来个字报道一件有意义但并非重大事件的新消息。一般不必交代背景，也没有严格的导语和结尾。它的内容相对简单，但报道的领域却极为广泛。

（3）经验消息

经验型消息，多数是典型报道，它主要是对某一个单位或部门的工作成绩、典型经验或深刻教训的报道，用以指导工作，推动全局。典型消息常用事实引出道理，从个别事例总结经验，叙述较完整，分析较系统。

（4）综合消息

综合消息也是一种最常见的新闻形式，它主要围绕一个主题，综合反映某一方面的情况、成就和问题的报道。这种报道涉及面较广，多表现为"一事多地"或"一地多事"。需要占有比较充分和全面的材料，写法上多采用点面结合的形式。

二、消息的病文诊断

杨贵妃墓开放

新华社西安 1980 年 9 月 11 日电：坐落在陕西兴平县马嵬坡的杨贵妃墓最近对游客开放。

杨贵妃，小字玉环。初为唐玄宗李隆基儿子李瑁的妃子，后入宫得玄宗宠爱，公元 745 年(天宝四年)被册封为贵妃。安禄山叛乱，玄宗仓皇出逃，至马嵬坡，军士以咎在杨家，杀杨国忠，杨贵妃也被缢死，时为公元 756 年。

杨贵妃墓面积约 3 000 平方米，砖砌圆形，墓两侧碑石镌有白居易、刘禹锡、李商隐等历代诗人题咏。

【评析】

此则新闻的主要问题是新闻背景的介绍过多，用了第二段和第三段，占到整个篇幅的 2/3 以上，而对基本新闻事实的报道则过于简单，导致新闻报道的喧宾夺主。

三、消息的写法

一则消息一般由标题、导语、主体、背景材料、结尾等部分组成，其中标题、导语和主题是必不可少的部分。

1. 标题

标题，即用简洁的文字，把消息的内容高度概括出来，放在正文之前，帮助读者正确理解所报道的事实。

(1) 标题的类型

标题可以分为引题、正题、副题三种类型。

引题也叫肩题、眉题，放在正题之前，用来说明新闻发生的原因、背景、意义及周围环境、气氛等，常用来起到烘托正题的作用。引题不能独立存在，只能与正题搭配。它可以是一个完整的句子，也可以由几个短语组成。

正题也叫主题、首题、母题。正题是标题的主体，它是消息中最重要事实和意义的高度概括。正题必须是一个完整的句子或是动宾词组。要求明确、简洁、醒目。

副题也叫辅题、子题。副题在正题之后，它常用于补充交代消息的次重要事实，说明正题的依据或结果等，起到注释、补充、印证正题的作用。副题不能独立存在，只能与正题搭配。

(2) 标题的组合

标题有单行、双行和多行标题三种。

单行标题，是指只有正题的标题，这类标题简洁、醒目，通常是用于篇幅短小的消息，尤其是在简讯中最多。如：《郭晶晶吴敏霞披金戴银》(2004 年 8 月 28 日《人民日报》)。

双行标题，又称为虚实标题，其中揭示主要事实和内容的正题为实题，而烘托气氛、交代背景的引题和起补充、解释作用的副题为虚题。根据正题所处的位置，又可以分为“引题＋正题”和“正题＋副题”两种。

(引题)“霸王别姬”成绝唱　人间不见“程蝶衣”

(正题)张国荣跳楼自杀

(2004 年 4 月 2 日 《江淮晨报》)

(正题)“国际公务员”招考开始

(副题)条件:30 岁以下,大本以上学历,英文或法文

(2001 年 10 月 1 日《中国青年报》)

完全式多行标题,是指引题、正题、副题齐全的标题形式。使用完全式标题,表明消息的内容比较重要。使用完全式标题要注意使引题、正题和副题各司其职,形成有机的整体。

(引题)与大海同在,与祖国同在,与人民同在

(正题)邓小平同志骨灰撒入大海

(副题)受中央委托,胡锦涛同志和邓小平同志夫人卓琳等亲属护送骨灰撒放

2. 导语

导语是新闻文体特有的一个概念,即“导读之语”。它是消息的开头部分,用极其简洁的文字,写出消息中最重要、最精彩、最新鲜的事实。导语也是新闻区别于其他文体的一个重要特征。导语的主要作用有两点:一是用最简省的笔墨反映新闻的要点和轮廓;二是吸引读者,最大限度地激发他们的阅读兴趣。

导语的写法有许多种,现介绍如下几种:

(1) 叙述式导语

这种导语采用直接叙述的方法,把新闻中最重要、最精彩的事实,经过提炼、概括,简明扼要、开门见山地写出来,多数动态新闻常采用这种方式。它给读者以深刻印象,或引发其兴趣。例如:

2000 年 4 月 22 日上午 10 时,广西华盛拍卖公司受南宁地区中级法院的委托,对广西巨贪李军良(原南宁地区公安局副局长、交警支队队长)的三处豪华住宅和南宁市商业中心地带的两个黄金铺面进行公开拍卖。

(2) 描写式导语

这种导语往往采用白描手法,抓取新闻事件中的某个精彩场景或情节进行栩栩如生的描绘,勾勒出一幅清晰的画面。这种导语生动活泼、具体形象,能够吸引读者的阅读兴趣。例如:

多么威武神奇的猫头鹰!一对大眼睛正在扫射着什么,翅膀微微耸起,看来它准备振翼扑过去,抓住那狡猾的大田鼠。这支用棕榈树桩因材施艺而雕琢成的猫头鹰,最近飞越太平洋,在美国旧金山的“中国上海民间艺术展览会”上栖息。

(3) 设问式导语

它是在消息开头提出读者关心的问题,然后加以解答的方式。这种导语能把新闻中所要解决的问题更突出、更尖锐地提出来,以引起人们的关注和思考。例如:

本报讯　你知道怎样把黑夜变成白昼吗?一位科学家设想在月球上装反光镜,在夜间将太阳光反射到地球上。估计只要在月球上安装 20 万平方米的反光镜,就可以使地球永远摆脱黑暗。

(4) 评论式导语

它在消息的开头,对新闻事实发表评论,使新闻的意义更加明确,有利于揭示新闻主题

和事件的本质。这种导语，不仅要告诉读者主要的新闻事实，而且通过结论充分揭示出被报道事件的意义。例如：

新中国成立以来长江上游的最大洪峰，今天凌晨顺利通过葛洲坝水利工程，我国这座最大的水利工程成功地经受了考验。

(5) 引语式导语

它是引用新闻人物重要谈话或诗歌、俗语等以表达新闻事实或揭示主题的方式。使用这种导语，应注意所引的内容要新颖、深刻或生动，才能增强导语的生动性和吸引力；同时引用一定要准确、真实。例如：

爱吃中国菜的日式澡堂老板娘片坂和技说："我敢肯定，在日本中餐馆的数目早就超过日式澡堂了。"这番话说得真够风趣，但完全是事实，一点也不夸张。

3. 主体(结构)

主体是消息的主要部分，它紧承导语，是导语的展开和续写。它要对报道的事实作具体的叙述和进一步的说明，要用充分的有说服力的事实材料表现消息的主题，以满足读者对消息事实进一步了解的需要。主体部分内容丰富，在写作时要做到结构严谨、层次分明、条理清晰，常用的结构方式有以下几种：

(1) 倒金字塔结构

又称"倒三角"结构，它是按照新闻事实的重要程度安排材料，把最重要的事实放在主体的最前面，次重要的事实放在后面，以重要性逐渐递减的顺序安排结构，形成最重要—次重要—比较重要—不太重要的形式，体现出头重脚轻的特点。

【例文 1】

意大利成功实施一例手臂移植手术

新华社罗马 2001 年 10 月 1 日电（记者　袁锦林）意大利著名外科医生马尔科·兰泽塔及其率领的外科手术小组日前成功地对一位患者实施了手臂移植手术。

据意大利媒体报道，这次手臂移植手术是在意大利北部城市蒙扎的圣杰拉尔多医院施行的，接受手臂移植手术的是一位 32 岁的男性患者。整个手术共进行了 14 个小时。

圣杰拉尔多医院负责人对记者说，这次手术进行得很顺利。手术后，患者的手臂反应和健康状况均良好。

据悉，这是兰泽塔医生在意大利所做的第二例手臂移植手术。去年 10 月，兰泽塔曾率外科手术小组成功地实施了一例这样的手术。兰泽塔还曾与法国的迪贝尔纳教授等人合作，于去年 1 月在法国里昂市爱德华·埃里奥医院对一位患者施行世界第一例双手臂移植手术。

1998 年，法国外科专家迪贝尔纳教授曾带领一个国际专家小组，成功地为一位 49 岁的新西兰患者进行了单手臂移植手术，从而成为世界上第一个成功完成手臂移植手术的医生，这次手术在全世界医学界引起轰动。此后包括意大利在内的多个国家也进行了手臂移植手术。

【评析】

这篇消息按照倒金字塔结构，将最重要的事实——意大利一名医生成功实施一例手臂移植手术放导语里，接着按从主要到次要的顺序依次分段写明接受手臂移植的人物和手术的时间、手术后患者的状况、有关手臂移植的背景资料等。语言简明，条理清楚，主要事实突出。

(2) 时序结构

这种结构又称"正三角"结构、"正金字塔"结构，它是采用顺序的方式、按照新闻事实的自然发展顺序来安排材料，即先发生的事实放在前面先写、后发生的后写，以时间为线索安排结构，从头到尾顺序写来。

【例文 2】

昨晚郑州发生一起恶性交通事故
白色皇冠拖着被撞伤者狂逃
众出租车怀着满腔义愤猛追

本报今日凌晨 1 时讯　昨天晚上，郑州街头发生了一起令人发指的交通肇事案。至凌晨一时，受害者一死一伤。

昨晚 9 时 40 分许，在经一路与金水路交叉口，一辆牌号为豫 A54010 的皇冠 2.0 白色轿车，撞着了各自骑自行车行走的苏东海、苏雷父子。11 岁的苏雷被当场撞翻在地，被撞翻的小苏雷将皇冠车的挡风玻璃撞了一个破碎的大窝；他的父亲苏东海以及两辆自行车则被卡在汽车左侧的前后轮之间，逃跑的汽车拖着苏东海狂驰几百米远。目击人谭杰说，在夜幕之下，汽车不停地飞跑，自行车在马路上擦出一路火花。

9 时 45 分，准备在 10 时接班上岗的特巡一分队警察驾驶警车正在东明路电院加油站加油，看到了狂奔而来的皇冠车，立即追赶；此时，发现此情的行人、3 辆出租车、1 辆工具车在义愤之下，几乎一起加速对皇冠车围追堵截，终于在距商城路不远处将其逼停。

在警察的帮助下，苏东海被立即送上赶到的 120 急救车。旋即被送往郑州市急救中心急救。小苏雷也被送往省人民医院急救中心进行抢救。司机立即被警察控制。

22 时 37 分，120 值班调度田志梅在电话中告诉记者：苏东海伤势严重，医护人员正在抢救。

11 时，记者在急救中心看到，苏东海被皇冠车拖拉得几乎体无完肤，从头到脚，伤痕深深。头发被鲜血浸透，右臂皮肤被摩擦殆尽。

12 时，在省人民医院急救中心抢救现场，记者看到，被用上呼吸器的小苏雷心跳次数在一点点下降，他的呼吸已完全停止。医生说，他的内脏已经破碎，颅内严重受创，这两种伤都是致命的。事实上，小苏雷已经死亡。孩子的亲属在抢救现场悲痛欲绝！

近凌晨 1 时，记者在事故处理部门被告知，肇事车司机已经接受询问。

【评析】

这是一则动态消息，标题直接点明新闻事实，令人注目。导语采用叙述式，用简洁文字写出了最重要的事实。主体采用时序结构，按时间顺序报道整个事件的发生、发展和结局。时效性突出，现场感强，以有力、准确的笔触对这一令人发指的交通肇事案进行了如实的报道。

(3) 逻辑结构

这种结构是按照事物的内在关系和问题的逻辑性来安排材料，根据主体的具体内容可以形成并列关系、递进关系、因果关系等。这种结构有利于反映事物的内在关系，有利于揭示事件的本质和意义，具有较强的逻辑性。多用于经验消息、综合消息和记者述评的主体安排。

【例文 3】

三秦大地同庆华诞
陕西各地庆祝活动异彩纷呈

本报讯　据各地记者站消息：连日来，我省各地喜庆活动多姿多彩。从渭河两岸到秦岭南北，城市乡村，山河披锦、彩旗如虹，沉浸在一片花海歌潮中。三秦儿女用各自不同的方式表达着对祖国五十华诞最深情的祝福。

宝鸡城乡数万人参加的以“祖国颂、社会主义颂、革命开放颂”为主题的“三颂”歌咏比赛在西府陈仓此起彼伏，一潮高过一潮。登台演唱者中有市、县领导，也有普通的工人和农民；有白发染鬓的老者，也有八九岁的孩童。朴实的歌声时时引起台下群众的共鸣，万众一声，感人肺腑。

商洛地区的庆祝节目则是原汁原味的当地特色。花鼓戏、社火、高跷等富有本地特色的民间文化演出与关中传统演出别有一番情趣。新兴起的“丹红漂流”也张灯结彩，以崭新的面貌迎接各地游人。

汉中市以“奔向新世纪”为主题的大型广场艺术周，是诸多庆典活动中最引人注目的。开幕当天，1 999 只和平鸽腾空而起，把安详如意带到山山岭岭。晚上，1 999 枚礼花闪耀在汉江夜空。在火树银花的夜空下，62 岁陕南民歌手刘光朗那粗犷和富有浓郁的地方特色的歌喉更增添节日的喜庆。

铜川市数千名群众在街头巷尾打起腰鼓、舞狮舞龙、扭秧歌表达他们的祝愿。该市城乡民间社火表演节目就达 60 多个，参加人数之众是近年最多的。

咸阳市区组织的文艺演出达 100 多场次，还先后组织了 10 多次文化下乡活动，好戏连台，给广大农民朋友带来祝福和欢乐。场面壮观的万名妇女健身风采展示表演别具一格，使庆典活动更加清新亮丽。

渭南市在举行众多庆典活动的同时，还举办了大型画册《秦东画卷》发行仪式。画卷采用中英文对照，收录了当地知名摄影家作品 300 幅，反映了这座关中古城各行各业的新成就，使人们由此了解她所走过的曲折路程，重温她的光辉历史，汲取前进的力量。

【评析】

这则综合报道，紧扣着标题，承接导语，采用空间位置转换的方式安排顺序，从宝鸡、商洛、汉中到铜川、咸阳、渭南，使主体各部分之间形成并列关系，条理清楚地把三秦大地同庆国庆的活动的欢乐情景呈现在读者的面前，使读者大饱眼福。

4. 背景

新闻背景是新闻事件产生的历史环境、客观条件以及它与周围事物的联系。

任何一个新闻事件的发生都不是偶然和孤立的，因此在新闻写作中，需要作者通过新闻背景的交代，帮助读者更准确更深入地理解新闻的内容，同时也能够使新闻生动活泼、充实饱满，对烘托、深化新闻主题有着突出的作用。

常见的新闻背景有三类：对比性背景材料、说明性背景材料、注释性背景材料。

消息背景的位置十分灵活，有的在导语部分，有的在结尾部分，但大多数在主体部分。背景材料只是消息的附属部分，不是非有不可，应视具体情况而定。

（1）对比性背景材料

包括今昔对比、正误对比、彼此对比，通过对比可以突出消息所报道事实的意义，突出消息的价值。

例如在第35届世乒赛中，美国队朝鲜队有一场争锋，合众国际社记者报道时写道：

二十五年前，美国和朝鲜在现在大同江畔巨大的平壤体育馆矗立的地方互相射击与投弹。

星期四晚上，两国再次正面对抗。这次使用的武器是乒乓球拍，互相打给对方的是赛璐珞球，战场是第三十五届乒乓球锦标赛场地。

这里将25年前的“打仗”与今日的“打球”联系起来，形成鲜明的对比，体现了这场球赛的特殊意义。

(2) 说明性背景材料

说明性背景材料是用来说明和解释新闻事实产生的条件、原因和环境以及与周围事物联系的背景材料。主要包括政治背景、地理环境、历史演变、人物背景、事物背景、人文背景等。

例如毛泽东采写的新闻《中原我军占领南阳》中，有这么一段文字：

南阳古为宛县，三国时曹操与张绣曾于此城发生争夺战。后汉光武帝刘秀，曾于此地起兵，发动反对王莽王朝的战争，创立了后汉王朝。民间所传二十八宿，即刘秀的二十八个主要干部，多是出生于南阳一带。

这段文字将南阳这个历来为兵家必争之地的特点作了说明，更好地表现出我军占领南阳的战略意义。

(3) 注释性背景材料

注释性背景材料主要作用是对新闻事实中的一些不容易看懂的内容作出解释。它包括产品和物品性能的说明、科技成果的介绍、名词术语或人物的出身经历的解释等。

说明性背景材料是对新闻事实产生的环境、条件进行外部追因，而注释性背景材料是对新闻事实中的一些内容进行诠释。

如新闻《蜂刺疗法见奇效》中，说到蜂刺疗法的效果时，对“蜂刺”进行了注释：

蜂刺上带有的蜂毒中含有多肽类物质、非肽类物质、酶类物质和高浓度的抗肿瘤细胞毒素。它能够有效地调节神经系统功能、通经活络、消炎镇痛，并且具有抗风湿、防治辐射病、降低胆固醇的作用。

人们一向害怕蜂毒，而通过这段文字的解释，读者对蜂毒有了新的认识。

5. 结尾

结尾是消息的最后一段或最后一句。可以指明事物发展的趋势，可以对报道内容作概括式的小结，也可以提出作者的希望等等。常见的结尾方式有总结式、启发式、展望式、分析式、探讨式等。无论采用哪一种结尾方式，都应该是叙述事实的自然收束。新闻有无结尾和如何结尾，应视消息的具体内容而定。

第三节 通　讯

一、通讯概说

1. 通讯的概念

通讯是综合运用多种表现手法对新闻事实作详细、深入而生动报道的新闻体裁。它是消息的延伸和发展。

2. 通讯的特点

（1）新闻性

新闻性是通讯的最基本特点，它要求通讯必须遵循新闻的基本原则，具备新闻所具有的基本特性，即真实性与时效性的特点。所报道的必须是新近发生的有社会意义的真人真事。尽管通讯的写作要求生动形象，但绝不能离开真实的基础，凡是写进通讯里的内容，不能有任何虚构的东西。

（2）周详性

通讯是消息的深入和补充，或者说是消息的延伸和扩展。消息常常简要、概括地报道一个事实的片断或侧面，通讯则要求详细、深入地展示所报道人物或事件的具体情况，常常要反映事件的全部过程，因而通讯具有周详性。难怪有人称通讯是“详细的消息”、“展开了的消息”。

（3）文学性

通讯的文学性是指在不违背新闻真实的原则下，可以运用形象化的表达方法，来刻画人物形象，描写生动的生活场景，优美的自然风光，独特的环境气氛；可以用比喻、拟人等修辞手法，突出事物特征，从而增强作品的生动性、形象性。

（4）评论性

通讯的作者，可以对他所报道的人物或事件直接发表议论，抒发感情，用自己的见解和情感的抒发去打动、感染读者。通讯中的评论，要紧扣人物和事件进行，评出人物与事件的意义，深化主题，起到画龙点睛的作用。

3. 通讯的分类

（1）人物通讯

人物通讯是以刻画人物、描写人物为主的通讯。这类通讯是通过详尽、生动的文笔来反映新闻人物的先进事迹、展示新闻人物的精神风貌、描述新闻人物的性格特征和崇高的思想境界，从而使读者比较深入了解人物的同时受到感染和教育。

（2）事件通讯

事件通讯是具体而形象的描写典型事件的通讯。这类通讯是对具有比较重要社会意义的、受到公众普遍关注的新闻事件进行详细、深入的报道，报道事件的起因、经过、结果及其内幕，以揭示事件的意义。

事件通讯分为两种：一种以表扬为主，这类通讯在报纸中占有主导地位，起到弘扬、激励、推动作用；另一种是以揭露为主，近年来在报纸上也占有一定的位置，起到批评、警示、鞭挞的作用。

（3）工作通讯

工作通讯是指介绍工作中的经验或研究工作中问题的通讯。它通常以某一地区或单位实际工作作为报道对象，通过对事实的报道，总结工作中的有效经验，揭示工作中亟须解决的问题，以便达到示范工作、推动开展工作的目的。

（4）风貌通讯

风貌通讯也叫概貌通讯，着重描写地方风貌中的新变化、新面貌的通讯。它往往描述现实生活中的某一地区、部门、单位日新月异的新变化新面貌，反映社会现状以及社会风尚、风土人情。这种通讯起到帮助读者了解变化、开阔眼界、增长知识的作用。

各种媒体中常见的"巡礼"、"散记"、"见闻"、"纪行"、"侧记"等形式，都属于风貌通讯。

4. 通讯和消息的异同

通讯和消息一样，都是新闻报道的重要体裁，因而都具有新闻的基本特征，但作为两种文体，通讯和消息有着明显的区别：

(1) 内容上

消息大多以事件为主，一事一报。通讯以写人为主，着重写人物的活动过程、思想感情、性格面貌以及矛盾冲突。即使写事也常常是为了通过事件来表现人物的精神面貌。

(2) 结构上

消息的结构常被分解为导语、主体、背景、结尾的格式。通讯则不同，它的结构形式要灵活许多，可因题材而异、因内容而异、因作者水平而异，可以写成散文式、杂文式等等，形式不拘一格。

(3) 表达方式上

消息主要用叙述来陈述事实，议论和描写的成分较少；通讯的表现方式则要自由灵活得多，除了用叙述，也常用描写、议论、抒情等方式进行表达，并且经常运用多种修辞手段加以表现。

(4) 篇幅上

在报道同一新闻事实时，消息比通讯要简短。消息要求简明扼要，概括事实；通讯则要求比较完整、细致地展开所报道的事件和人物活动的全过程。

(5) 时效上

一般情况下，消息比通讯时效性更强。对于一则比较重要的新闻，报社一般都是先发消息，后发通讯。所以，消息能满足读者尽早知道的心理，通讯则能满足读者多了解的心理。

二、通讯病文

一天下午，××县乡的××两名歹徒闯入厂长办公室，手持利刃，目露凶光，威逼李厂长，勒索一万元现金。李厂长拍案而起，大义凛然地怒斥歹徒："你们痴心妄想！钱是国家的，是集体的，你们休想抢走一分钱！"歹徒上前用刀逼住他："不交出钱来，就要你的命。"李厂长英勇无畏地回答："要钱没有，要命有一条！"他赤手空拳地与歹徒展开了英勇的搏斗，但因寡不敌众，壮烈牺牲，用他的生命谱写了一曲悲壮的英雄之歌！

【评析】

这篇例文的主要问题是感情浮夸，为了达到感人的效果，在抒情上过于直露，结果导致失真与肤浅，会引起读者的逆反心理。其次，例文中李厂长勇斗歹徒的过程写得过于简略，令人怀疑。

三、通讯的写法

1. 通讯的写作格式

通讯的写作是多种多样的，没有固定的模式，作者应根据材料特点和写作目的进行选择。通讯的写作在形式上通常包括四个部分：

(1) 标题

通讯的标题大多比较含蓄，艺术性强，一般是以"正题＋副题"的形式为主。正题不一定是一个完整的句子，但有高度的概括性，形象风趣，不拘一格，副题一般表现事件的对象和范围。

如:《岗位作奉献,真情为他人——记北京市 21 路公共汽车售票员李素丽》。

(2) 开头

通讯的开头与消息的开头不太一样,消息的导语往往要概括整个新闻的事实或揭示新闻的主题,通讯的开头则一般不需这样。通讯开头常常要紧扣通讯的主题或主体,直接或间接地与全文的立意相联系,为全文确定基调,开头要新鲜生动、富有创造性、引人入胜。

通讯开头的方式变化多端,可以重要的情节、尖锐的矛盾、鲜明的对比、精辟的议论、优美的故事、丰富的联想、恰当的引语等等开头。

(3) 主体

通讯的主体是全篇的重心所在,是整个新闻的展开,应在结构上精心安排,使主体内容多而不乱、条理清晰。常见的结构形式有三种:

① 纵式结构　即发展、延伸、推进地组织材料的结构方式。可以按照事件发生、发展的顺序展开,也可以按照作者思维的逻辑发展组织材料。这种结构的各段落之间是一种顺承或递进的关系。

② 横式结构　即根据一个主题,把几个单独的故事或一件事的几个侧面、人物性格的不同方面排列起来的方式。这种结构的各段落之间是一种并列关系。

③ 纵横交错式结构　对于一些人物众多、事件重大、头绪繁杂的新闻,单纯的纵式结构和横式结构往往都不太适用,这时候就可以将两种结构方式结合起来运用,这种结构方式就是交错式结构。

(4) 结尾

通讯的结尾也十分重要,好的结尾可以起到深化主题、激发感情、引人深思、加深印象的作用。结尾的方式,大体有:画龙点睛,重言压阵;提醒召唤,引起共鸣;紧迫一步,扩大效果;一分为二,指明方向;前后呼应,首尾一贯;自然收住,干净利落。

2. 通讯的写法特点

通讯由于要迅速而真实地反映现实,所以它在表现手法上具有直接性和实在性的特点。具体表现在以下几个方面:

(1) 叙述的直接性

叙述以其表现人物经历或实践发展变化过程的特点,适应了通讯文体的需要,成为通讯中最主要的一种表现手法。通讯中的叙述是为直截了当地交代清楚某一人物或事件服务的,所以通讯中的叙述实际上具有直接性的特点。其具体表现在以下三个方面:

① 直接交代五要素　通讯写作中对于新闻事件的时间、地点、人物、事件、因果等五个要素的叙述,一般都直接交代。

② 直接写出采访过程　通讯写作中,为了增强新闻的现场感,常常将记者的采访写进去。写作时直接交代采访的缘由、采访的行踪以及采访的方式。

③ 过渡照应,直接交代　通讯中的各个故事之间、场面之间以及开头与结尾之间,常常需要用直接叙述的方法把它们贯穿起来。

(2) 描写的直接性

在通讯的写作中,叙述常常侧重于一般过程的记录,读者只能对新闻事实得到概括式的了解;描写则侧重于形象的具体描绘,可以使读者获得具体而明晰的认识。

在通讯的写作中应尽量作直观式的具体描写,直接地表现出当时的具体环境、人物的姿态动作、事件展开的场面等,使人有身临其境之感,增强新闻的感染力。通讯描写的直观性可以从以下几个方面体现：

① 记者亲眼所见，如实描写。这些描写必须是现场目击，亲眼所睹，直接写出事物的本来面目。

② 事后采访，重现场景。有许多事情不可能一次采访到位，这就要靠事后再次深入采访，然后把当时的情景通过描写再现出来。

③ 记者出场，进入事件，成为角色。通讯写作中，不少成功的通讯报道，都有记者出场介入事件，成为新闻中的重要角色。记者出场的作用在于更直接地反映现实生活，把新闻写得真实可信。记者出场是很常见的。

(3) 议论和抒情的实在性

在通讯写作中，议论和抒情是紧密相连的。有不少文字，既是抒情，也是议论。这种议论不是作大段严密的逻辑推理，而是紧密结合新闻事实作画龙点睛式的议论。这种抒情，也不同于文学作品中的缘情而发、尽情抒发，也是紧密结合事实，要言不烦地抒发情感。这两个方面就形成了通讯写作中议论和抒情的实在性特点。

(4) 说明的直白性

通讯写作中，要把事物的形状、性质、特征、功用说清楚，或者把人物的特征、经历概括出来，都必须使用"说明"。但说明的文字不宜过长和过多。尤其是有关科技知识方面的说明，要注意直白性。

(5) 对话的实录性

在通讯写作中，各种对话十分常见，使用广泛。尤其是访问记、小故事、记事等通讯形式常常以对话为主要形式。通讯中的对话应该是实录性，不能生编硬造，必须如实反映；也不能添油加醋，任意夸大。通讯对话的实录性表现在两个方面：① 直陈其言，不改其貌。② 实话实说，突出个性。

四、通讯的例文

"这里危险，让我来"

——叶欣用生命谱写抗"非典"战歌

廖怀凌等

2003 年 3 月 24 日凌晨，广东省中医院二沙分院护士长叶欣，因抢救非典型肺炎病人而不幸染病，光荣殉职，终年 46 岁。

每天给大家派药送汤

从 2 月份起，广东省中医院二沙分院陆续接诊非典型肺炎病例。由于此前在大德路总院已有一线医护人员被传染病倒，叶欣护士长尤其小心。

每天早上，她提前半小时到科室，给大家准备预防药物，派发到每位医生、护士、护工手里，连清洁工也不例外，并监督大家用开水服下。

进病房前，叶欣反复强调各项预防措施：换工作服、鞋子、袜子；戴好口罩、帽子、眼罩，更换隔离衣……

在迎战非典型肺炎的日子里，她每天睡觉的时间只有几个小时，但仍不忘记临睡前煲一锅老火靓汤，有时是花旗参，有时是冬虫夏草，她要在第二天带给同事们喝，提高抵抗力。

总是把危险留给自己

没有人能确定，叶欣是在哪一天、哪一次感染非典型肺炎的。每次有疑似或确诊病人送到科里，她和急诊科主任就身先士卒，承担起繁重的医护工作，有时甚至关起门来抢救，不让太多同事介入。

“我已经给这个病人量过体温、听过肺、吸过痰，你们就别进去了，尽量减少感染机会。”在迎战“非典”的日子里，这番话令很多年轻护士落泪。

“叶护士长可能是 2 月 24 日被感染的。”护士小容回忆起那晚，一位 40 岁的急腹症肠梗阻患者，在外科紧急手术后，还合并出现高烧、肺部阴影等症状，于是送急诊留院观察，很快就出现呼吸衰竭。叶护士长冲在第一线，配合医生进行气管插管、上呼吸机。当时患者的分泌物很多，可能在抢救时喷在护士长身上了……

“可能是小陈病倒以后，叶护士长大搞清洁时感染的。”护士小余清楚地记得，2 月底科里发生第一例护士感染后，叶护士长一直亲自给每台电话机消毒、每个门把手做清洁，连换工作服、工作鞋、鞋垫的地方，都一一巡视并消毒。小余认为，叶护士长在消毒时接触过这么多可疑的带毒物，没准就是那时被感染的。

“可能是 3 月 1 日早上抢救那位病人后病倒的。”急诊科主任张忠德对那次抢救的情形很难忘怀：当时，急诊科正在交班，一位 87 岁非典型肺炎疑似病人突然面唇发紫、呼吸微弱、心电图紊乱……大家当即对病人紧急进行人工呼吸，反复推注急救、强心药物，插管上呼吸机……

这是一例高度危险的病人，谁都知道应当换上隔离衣再抢救，但是在一个多小时的抢救中，谁都不肯离开病人哪怕是几分钟去做自我保护。

躺在病床还惦念工作

隔离治疗早期，叶欣还能打电话。她每天打电话回科里，叫大家记得吃预防药，叫和她接触过的同事注意体检，叫护士给 7 床的病人记录尿量，给 9 床的病人翻身、拍背……发病第 4 天，她出现了呼吸困难，被送进了重症监护室。

为了减少同事接触她被传染的机会，她给自己接补液。医生、护士靠近她听肺、吸痰时，她艰难地在纸上写：“不要靠近我，会传染。”院长和其他同事来探望时，她写着：“……我顶得住。谢谢关心，但以后不要来看我，我不想传染给大家。”

3 月 11 日，急诊科张主任收到叶欣写的最后一张字条：“我实在顶不住，要上呼吸机了。”

张主任再也没有等到叶护士长的回信。3 月 24 日凌晨，叶欣辞世。

同一天，有一位病人康复出院。他就是 2 月 24 日晚叶欣冒死抢救的那例肠梗阻合并非典型肺炎的病人。为了不给他将来的生活留下阴影，出院时谁都没有告诉他：抢救他的女护士长，现在已经长眠在她奉献了半生的医院里。

叶欣 1976 年参加工作后，由于业务拔尖、品行端正，成为 1980 年全院最年轻的护士长，在每一分钟都与死神赛跑的急诊科，一干就是 23 年。23 年来，她有“三突出”：腰椎突出、颈椎突出、成绩突出。她多次被评为“优秀共产党员”、“先进工作者”、“优秀护士”、“优秀护士长”。

【评析】

这篇通讯用主人公的话作主标题，显示主人公的思想境界；副标题加以具体化，显示何人何事，为正文集中描述确立了中心。正文按纵式结构分三个小标题依次写来，条理明晰。用朴实无华的语言记叙了一位普通护士敬业尽职的一些看似平凡的事迹，并通过这些事迹表现主人公崇高的思想境界，读来催人泪下。

第四节 新 闻 评 论

一、新闻评论概说

1. 新闻评论的含义

新闻评论是指新闻媒体对新近所发生的事件提出看法和观点的文章。新闻评论应该紧扣社会生活中的重大问题，阐明自己的观点和主张。它的作用在于阐述真理、批评谬误、歌颂新事物、鞭笞旧习俗，振聋发聩、催人奋进。新闻评论是报纸的灵魂，是战斗的武器。

2. 新闻评论的特点

(1) 导向性

新闻评论首先应具备严格的政治导向性，坚持正确的政治方向，发挥强大的舆论引导作用。新闻评论的导向性主要体现为鲜明的党性，党报的评论应与当时党的路线、方针、政策保持高度一致。

(2) 针对性

新闻评论所提出的问题和要解决的问题应当具有现实意义。一篇新闻评论为什么要写，针对什么问题而写，要解决什么问题，达到什么效果，这些应当是很明确的。因此新闻评论要有的放矢，言之有理，理论联系实际。

(3) 说理性

新闻评论的逻辑性很强，要言之有理、以理服人，评论要具有正确的观点、翔实的材料，通过严密的论证把论点和论据有机地结合起来，力求从理论和实践的结合上论证问题，使人心悦诚服。

(4) 权威性

新闻评论是报纸的灵魂，它精于事态的判断和预测，引导舆论的导向，设置社会议题，树立权威姿态。新闻评论虽然不等于党的文件或政府的法令，但它具有绝对的权威性。它的权威性是来自其自身的可信推理及对问题剖析的深刻和周详。

(5) 群众性

新闻评论代表群众中多数人的利益，论述的问题必然是群众关心的大事。论述者应站在群众的立场上讲话，多用与知心朋友平等谈心的态度来写评论，这样会使人感到亲切，乐于接受。

3. 新闻评论的分类

新闻评论如按形式分类，通常分为以下四种：

(1) 社论

社论是以报刊编辑部的名义发表的具有指导性质的评论文章。它集中反映对国内外重大事件或问题的立场、主张和态度。具有很强的针对性和政策性。理论性和指导性较强，通常篇幅在千字以上。社论写作应注意观点鲜明、论述全面、表达规范、行文语言庄重。

（2）专论

专论是针对某一领域或某一问题进行专门论述的理论文章，包括政治专论、思想专论、经济专论、国际专论等。专论常见于以报刊编辑部的名义请专家写的，报刊上的特约评论员文章就属于此类。专论的理论性不如社论强，但其针对性更强、更实际、更具体，篇幅字数一般在千字左右。语言准确、严密，深入浅出。

（3）短评

短评是抓住社会生活中的一件事情或一个问题所作的短篇评论。其特点是重点突出、以小见大、言简意赅。由于它贴近生活、篇幅短小、文笔活泼，深受读者喜爱，使用频率较高，字数一般少则两三百字，多则六七百字。

（4）编者按、编后语

这是由编者针对稿件的观点或材料而作出的直接发言。有说明、提示、批注、评议等作用，实际上是更加短小的评论。放在被评稿件前的叫做“按语”、“编者按”，放在后面的叫做“编后语”、“编后短评”。

二、新闻评论格式和写法

1. 新闻评论的格式

新闻评论的基本格式同一般议论文基本相似，通常可以分为标题和正文两个部分。

（1）标题

评论的标题，主要用来规定论述的范围，或者体现文章的中心思想，或者揭示文章的主要倾向，以简短明了者居多，通常以质朴率直的文字点出题旨，不尚曲折委婉。

（2）正文

评论，是一种论证性的议论文体，它具有论点、论据和论证三个要素，因此其结构也必须根据论证的需要，把观点和材料有机地结合起来。尽管体无定式，但是较多的表现为“提出问题(引论)——分析问题(本论)——解决问题(结论)”三段式结构。因此，评论的正文可以分为引论、本论和结论三个部分。

① 引论　引论是作者选定某一现象或问题作为文章论题并表明自己观点的部分。引论主要用概述的方式摆出事实，列出所要评论的论题，其方式可以有多种，如有直接点明自己主张的点题式，有诱导人们思考的设问式，有交代时间、地点、事件的背景式。

② 本论　本论是新闻评论的中心部分，要对提出的问题进行逻辑分析，对列出的论题进行评述，对摆出的观点进行论证。分析、评述、论证是由事入理、剖析矛盾的过程。这一部分主要采用说理的方法，具体地论证产生这种问题的原因、过程，以及利弊、影响、后果等。

总的来说，一篇好的评论应该论点正确，要反映客观事物的本质，体现客观事物发展的规律性；论据要充分，要以能够说明问题为限度，而不是越多越好，选择论据要做到准确、真实、典型、新鲜；说理要有逻辑性，要有说服力。

③ 结论　结论即结尾，是用来概括全篇，表明结论的。它能够总括全文，加深读者、听众印象，并引起联想、回味和深思。结尾的方式有总括全文的概括式、卒章显志的点睛式、妙语点拨的含蓄式、激励讽刺的褒抑式。

2. 新闻评论的写法

(1) 构思要求

构思是指作者在写作之前所进行的思维活动。动笔之前，首先就是要确定好选题，选择什么作为评论的对象，主观上看作者的观察能力，客观上看论题是否有价值。论题确定之后，需进一步选定具体的评论对象，一般要求它是新鲜的、敏感的、热点的事物。其次是观点鲜明，见解独到。

(2) 表述要求

新闻评论属于议论文的范畴，一般表现为“由事入理”、“即事明理”、“一事一理”的写作规范，所以对“事”必须分析具体，对“理”必须论证透彻。在对“事”进行分析时，一是要选用典型的事例、确凿的数据作为依据；二是要在指出评论对象的利弊之后，进一步就其表现、原因、后果、影响、危害，以及应该采取的措施等方面加以充分论述。为了讲清道理，通常运用归纳论证法、演绎论证法、比较论证法等逻辑推理方法加强论证。

(3) 语言要求

新闻评论是发议论、讲道理的文章，要善于把握政策和理论的原则，语言要显示出论辩的色彩，用词含义要准确、严谨，讲求分寸尺度，注意语言的褒贬色彩，既要通俗易懂，又要生动活泼。总之，对新闻评论语言的要求是准确、鲜明、通俗、生动。

三、新闻评论病文诊断

《人民日报》的《今日谈》曾登过一篇评论文章。

人讲大局鱼欢跃

四川大洪湖水旺鱼肥，遐迩闻名。由于它横跨两县，权属多年未定，长期只捕不放，资源逐年减少，许多名贵鱼类濒临绝迹。党的十一届三中全会以后，省里规定，划段经营，处于上游的邻水县办起了渔场。他们没搞挡鱼设施，就在湖中投放了450万尾鱼苗。渔场场长说：“增殖资源是百年大计。鱼儿总逃不脱这个湖，总是在中国。如果上下游都不投放，资源就会枯竭。”一席话，道出了顾全大局的宽阔胸怀。

目前社会上一些人，一些企业，生怕自己吃亏，做事扭扭捏捏，无所适从，甚至互相嫉妒，唯恐他人发财，到头来不是自己也吃了亏吗？

劝君学学这种精神！

【评析】

这篇文章共分三段，第一段叙述事情，第二段生发议论，所述之事倒还清楚，但是针对此事所发表的议论却不准确，不能充分揭示和阐发前面讲的事实的意义，使人有隔靴抓痒之感。

四、新闻评论例文

【例文1】

社论：加大知识产权保护力度，履行承诺须破现实困境

最高人民法院、最高人民检察院昨日公布了两家联合出台的《关于办理侵犯知识产权刑事案件具体应用法律若干问题的解释》。根据解释的规定，从今日起，贩卖盗版碟超过5 000

张者，将受到3至7年有期徒刑的惩罚。

可以看到，《解释》不仅大幅度降低了知识产权犯罪刑事制裁的“门槛”，而且对于罚金刑和财产刑，不但将使犯罪人受到刑罚的制裁，更能从经济上剥夺犯罪人再犯罪的能力和条件。这些都为相关刑法条文的具体适用提供了可操作性的依据，对于更有效地打击侵犯知识产权犯罪，进而维护良好的市场经济秩序，也将具有极为重要的现实意义。

强调打击此类犯罪的现实意义，是和中国近年来侵犯知识产权犯罪的潜滋暗长紧密相连的。有报道说，自1998年至2004年上半年，各级法院审结的侵犯知识产权犯罪的一审案件达1 841件，判处3 106人。就绝对数量而言，不可谓不多，但若睁眼看看我们身边这个被无处不在的盗版包围着的环境，我们就绝不会对此感到乐观或满足。新华社近日公布的一份调查显示，国民购买盗版出版物的比例从1998年至2003年一直保持在46%左右，其态势之严重着实令人忧虑。这里还没有包括国民购买盗版软件和盗版音像制品的比例。

在打击侵犯知识产权犯罪上，司法职能的充分和有效发挥是至关重要的。应当说，我国对知识产权刑事司法保护并不缺乏关注，自2000年以来，最高人民法院先后出台的指导知识产权审判实践的司法解释性文件已多达25份，一个与法律法规相配套的知识产权司法解释体系已然初步形成。于立法之外，现实的困境便在于如何将对侵犯知识产权犯罪的打击推动到执法层面，真正做到违法的“必究”和执法的“必严”。这是因为，“制止犯罪发生的一个最有效的手段，并不在于刑罚的残酷，而在于刑罚的不可避免”。如果侵犯知识产权犯罪成为我们日常生活中理所当然的一部分，再多的司法解释也将无法遏制盗版的泛滥。

从国际的视角观察，《解释》的出台响应了我国加入WTO之后在知识产权保护方面的迫切需要。据介绍，《解释》的起草广泛征求了各管理部门及社会各界的意见，尤其是对有关国家和跨国企业的意见给予了充分的关注，这是以前起草司法解释从未有过的。

我国在加入WTO之际，曾郑重承诺加强知识产权保护。在WTO协定中，《与贸易有关的知识产权协议》(TRIPs)是极为重要的一份附件。作为世界范围内涉及面广、保护水平高、保护力度大、制约力强的一个知识产权国际公约，TRIPs对各国知识产权保护的执法提出了具体而细微的要求，并且引入统一的争端解决机制。如TRIPs第41条明确规定，各成员国的执法程序应当能够有效制止侵犯知识产权行为，又应当避免对合法贸易造成障碍，防止知识产权的滥用；执法程序应公平、公正，不应过于复杂和费用过高，也不应当规定不合理的期限或导致不必要的拖延……这些都对我国在知识产权上的司法保护提出了挑战。

在WTO管辖范围之内，知识产权保护已成为与货物贸易、服务贸易并称的三大支柱之一。随着我国成为世界第四大贸易国、第二大外资流入国，国际社会对我国知识产权保护问题十分敏感与关注，涉及知识产权的贸易摩擦与司法纠纷不断增多，知识产权保护的重要性和紧迫性在中国已经得到了前所未有的提升。保护知识产权，不仅是中国履行国际承诺，创造良好的贸易和投资环境，提高对外开放水平的需要，更是促进科技创新，规范市场经济秩序，促进国民经济整体素质和竞争力提高的需要。

《解释》的出台无疑体现了我国司法机关切实保护知识产权的决心，但《解释》的具体实施仍有其现实困境。就中国的传统观念而言，“法不责众”的思想根深蒂固，尤其是在侵犯知识产权犯罪严重的音像制品和软件制品领域。《解释》的推行，不仅需要立法与执法的技术与智慧，更需要司法机关有壮士断腕的勇气。而这，是我们在《解释》的出台之外更为期待的。

【评析】

社论首先概述《解释》的出台及其内容，并指出了它的重要意义。接着具体阐释了促使

《解释》出台的现实原因，然后从国际视角分析《解释》的出台响应了我国加入 WTO之后在知识产权保护方面的迫切需要，最后简要点明其在具体实施上可能面临的困境和做法。整篇评论，针对性强，高屋建瓴，分析原因详细深入，论述逻辑严密，条理分明，充分肯定了我国加大力度保护知识产权的做法。

【例文 2】

广州房地产缘何炒不动

广州市政府日前发布第三季度全市商品房价格信息：同比上升 2.3%，比同期全市居民消费价格总水平涨幅低0.3 个百分点。在全国大中城市房地产市场一片"涨声"中，广州房价却保持平稳，原因何在？

广东省政府参事、广州大学管理学院教授潘蜀健认为，许多广州人与"负资产"、"塌定"的香港亲友来往频繁，耳闻目睹他们的遭遇。广州房地产市场投机炒风较淡，与香港楼市暴跌给广州人留下了心理阴影有直接关系。

广州市国土房管局市场管理处处长黄文波说："广州房地产市场起步较早，既有经验，也跌过跤。"

房产的真实价格要进入二手市场后才显示出来。目前广州市的二手房主要是房改房和 20 世纪 90 年代购买的商品房，是比较地道的"二手货"，买方则是以外来人口和中低收入阶层为主。也就是说，在广州买房并不如一些人想象的那样能保值、升值，1996 年前后投资房地产的人多数没赚到钱，实际上是炒"煳"了。

据统计，今年上半年，广州老八区预售住宅单套平均总价为 46.78 万元，实际购房价格是普通双职工家庭收入的 8.4 倍，黄文波把它形容成"广州人摸着自己的钱包花钱"。广州市六成多居民家庭享受了房改房，加上原有的侨房、私房和商品房，85%以上的广州居民拥有自己住房的产权。

黄文波说："广州市继续保持房价稳定有几个优势。一是广州市政府具有较成熟的管理经验和较完善的管理制度。广州从 1998 年就开始实施土地出让'招拍挂'，并且稳步消化处理过去协议出让的土地。规范土地市场的效果现在充分显示出来，'8.31 大限'没有在广州引起很大震动。二是重视对房地产市场的分析和预测，建立房地产预警预报体系，根据市场供求关系，更有效地运用土地供应这一宏观调控手段。三是严格执行预售制度，设立了专门的市场巡查队，发现以'内部认购'等方式违规提前售楼的企业，在媒体上曝光。预售证制度在广州已深入人心，没有预售证的房子，不会有人买。"

潘蜀健说："中国的房地产业中有一种不健康因素在滋长，就是一些地方政府把经济发展的主要希望寄托在房地产，不适宜地提出'以地生财'、'第二财政'。房地产市场的发展目标应该是实现居者有其屋，而不是拿房地产来生财。在广州，房地产只是若干经济支柱产业之一，占国民经济 6%左右，保持这个比重已经足够了。"

【评析】

这篇专论首先用几个具体数据说明广州房价平稳的事实，然后主要引用专家学者的评述揭示其中的几个主要原因。评论就我国出现房地产发展过热展开论题，针对性强；善于运用一些数据，使评论准确有力；引用专家言论，体现评论的权威性。

能力训练

一、判断题

1. 招领启事应该详细描述失物特征，以便失主准确辨认。 (   )
2. 按内容分，启事可以分为征召、寻找、告知三大类。 (   )
3. 海报多是团体使用，个人一般不使用。 (   )
4. 启事主要是个人使用，单位一般不用。 (   )
5. 和其他新闻体裁相比，消息的优势在于报道快。 (   )
6. 动态消息是新闻中用得最多的一种体裁。 (   )
7. 通常情况下，简明新闻是报道具有重大主题的事情。 (   )
8. 导语、主体和背景材料是任何消息都不可缺少的。 (   )
9. 通讯中的议论和议论文中的议论方法相同。 (   )
10. 新闻评论的逻辑性很强，要言之有理、以理服人。 (   )

二、改错

1. 下面一则招聘启事，细读可发现毛病，请分析修改之。

《医药时报》社招聘(商调)记者、编辑启事

《医药时报》是全国公开发行的医药专业报，属全民事业单位。现因报纸发展需要，经省人才交流中心批准向社会招聘(商调)记者、编辑 3 名。

应聘条件：坚持四项基本原则，品行优良，身体健康，热爱新闻事业的杭州市常住户口，年龄在 35 周岁以下，有两年以上实际文字工作经验的新闻、中文、医药专业大专以上学历者。

报名时随带本人身份证、学历证明、在报刊上发表过的作品及一寸近照两张。

报名时间：2001 年 6 月 7 日—6 月 14 日，每天 8:30—16:30。

报名地点：杭州市××路 222 号，浙江医药大楼九楼《医药时报》社。

联系电话：556009、556003

联系人：×××

2. 请指出这则新闻的毛病，并给出修改意见。

本报讯　圆明园罹难 135 周年座谈会，昨天在圆明园举行。

圆明园于 1860 年被英法联军野蛮劫掠、焚毁，至今已经 135 周年了。135 年来，它一直是中国人民心灵上难以愈合的创伤。圆明园的兴建曾是中国封建社会政治、经济、文化发展的标志，而它的毁灭则是中国沦为半殖民地半封建社会的历史见证，是中华民族近代历史命运的缩影，是一部极其生动、形象、直观的近代史和爱国主义教科书。

新中国成立以后，如何妥善抢救、保护、利用和管理好圆明园，一直是党和各级政府、广大人民群众十分关注的问题。1983 年，经党中央国务院正式批准的北京市城市建设总体规划方案中明确规定："整修建设圆明园，在本世纪末基本建成遗址公园。"多年来，在各级政府的努力下，管理部门界定了遗址公园的管理范围，回收了遗址规划范围内绝大部分土地的使用权，挖掘清理了遗址近两万多平方米，复建围墙 8 000 多米，还复建许多古建筑，种植花木上百万株，使圆明园遗址成为一个既可进行爱国主义教育，又能供人游览、休息的公园。市委常委、副市长张百发出席了昨天的座谈会。

三、情景模拟(篇幅不超过 300 字)

1. 下面是某都市报 2004 年 7 月一位市民的来信，请据此写成一篇消息，标题自拟。

近日，我因公出差，在杭州火车站第四候车室候车。突然有个老人拖着行李走过来，坐在我身边的一个座位上。老人约六十岁，衣着整洁，头发花白，架着一副近视眼睛，俨然一个老学究。老人问我几点了，我看了看手机，告诉了他。他说自己是山东大学中文系教授，彼此简单介绍后，便开始聊天。谈话中，老人始终面带微笑，引证古今中外贤者名言，偶尔还插几句英文，使我对他肃然起敬。

大约半个小时后，我要上车了。老人突然提出向我借车费，说他丢了钱。我很迟疑，会不会是骗子呢？老人说："我都这把年纪了，女儿从武汉大学毕业，也像你这么大了，怎么会骗你呢？不是实在没办法，我才不会这么做！我把联系方式留给你，回家会马上给你寄回车费，再送你几本书！"结果，我给了他100元钱，彼此交换了联系方式。

上车后，我拨打老人留给我的手机，是空号，这才发现自己被"老教授"温柔地宰了一刀。

2. 采访身边的一位名人（可以是你佩服的一位教师，也可以是一位表现突出的同学），详细介绍事迹，写成一篇人物通讯。

3. 根据下列新闻材料，写一篇800字左右的评论。

《广州日报》近日有消息说，春节期间，深圳各大公共场所与旅游景点女厕"宾客如云"、排长龙，而男厕那边却冷冷清清、门可罗雀，以至于不时出现女性"占领"男厕方便的局面。其实，这种男女厕位"分配不公"的现象，在许多地方尤其是公共场所的公厕，经常可见。有关调查显示，女性如厕的时间一般为130秒，大约是男性的3倍。

四、简答题

1. 海报和启事有何区别与联系？

2. 消息有哪些部分组成？消息的结构安排有哪几种形式？

3. 通讯与消息有何区别？

4. 新闻评论有何特点？

参 考 文 献

[1] 戴震雯. 当代新闻写作教程. 合肥：合肥工业大学出版社，2005.
[2] 徐秋儿. 现代应用写作实训. 杭州：浙江大学出版社，2005.
[3] 郗钧衡. 新编现代应用文写作大全. 桂林：广西师范大学出版社，2005.
[4] 祝西莹. 写作教程. 北京：机械工业出版社，2003.
[5] 应用文写作研究会. 应用文写作教程. 广州：暨南大学出版社，2005.
[6] 董利民，乐亚山. 应用文写作. 北京：北京大学出版社，2005.

附 录

附录一:中国共产党机关公文处理条例

中国共产党机关公文处理条例

中办发〔1996〕14号

(经中共中央批准中共中央办公厅1996年5月3日印发)

第一章 总 则

第一条 为适应中国共产党机关(以下简称党的机关)工作的需要,实现党的机关公文处理工作的科学化、制度化、规范化,制定本条例。

第二条 党的机关的公文,是党的机关实施领导、处理公务的具有特定效力和规范格式的文书,是传达贯彻党的路线、方针、政策,指导、布置和商洽工作,请示和答复问题,报告和交流情况的工具。

第三条 公文处理是包括公文拟制、办理、管理、立卷归档在内的一系列衔接有序的工作。

第四条 公文处理应当坚持实事求是、按照行文机关要求和公文处理规定进行的原则,做到准确、及时、安全、保密。

第五条 党的机关的办公厅(室)主管本机关的公文处理工作,并对下级机关的公文处理工作进行业务指导。

第六条 党的机关的办公厅(室)应当设立秘书部门或者配备秘书人员具体负责公文处理工作,并逐步改善办公手段,努力提高工作效率和质量。秘书人员应当具有较高的政治和业务素质,工作积极,作风严谨,遵守纪律,恪尽职守。

第二章 公文种类

第七条 党的机关公文种类主要有:

(一) 决议 用于经会议讨论通过的重要决策事项。

(二) 决定 用于对重要事项作出决策和安排。

(三) 指示 用于对下级机关布置工作,提出开展工作的原则和要求。

(四) 意见 用于对重要问题提出见解和处理办法。

(五) 通知 用于发布党内法规、任免干部、传达上级机关的指示、转发上级机关和不相隶属机关的公文、批转下级机关的公文、发布要求下级机关办理和有关单位共同执行或者周知的事项。

(六) 通报 用于表彰先进、批评错误、传达重要精神、交流重要情况。

(七) 公报 用于公开发布重要决定或者重大事件。

(八) 报告 用于向上级机关汇报工作、反映情况、提出建议,答复上级机关的询问。

(九) 请示 用于向上级机关请求指示、批准。

（十）批复　用于答复下级机关的请示。

（十一）条例　用于党的中央组织制定规范党组织的工作、活动和党员行为的规章制度。

（十二）规定　用于对特定范围内的工作和事务制定具有约束力的行为规范。

（十三）函　用于机关之间商洽工作、询问和答复问题，向无隶属关系的有关主管部门请求批准等。

（十四）会议纪要　用于记载会议主要精神和议定事项。

第三章　公文格式

第八条　党的机关公文由版头、份号、密级、紧急程度、发文字号、签发人、标题、主送机关、正文、附件、发文机关署名、成文日期、印章、印发传达范围、主题词、抄送机关、印制版记组成。

（一）版头　由发文机关全称或者规范化简称加“文件”二字或者加括号标明文种组成，用套红大字居中印在公文首页上部。联合行文，版头可以用主办机关名称，也可以并用联署机关名称。在民族自治地方，发文机关名称可以并用自治民族的文字和汉字印制。

（二）份号　公文印制份数的顺序号，标注于公文首页左上角。秘密公文应当标明份号。

（三）密级　公文的秘密等级，标注于份号下方。

（四）紧急程度　对公文送达和办理的时间要求。紧急文件应当分别标明“特急”、“加急”，紧急电报应当分别标明“特提”、“特急”、“加急”、“平急”。

（五）发文字号　由发文机关代字、发文年度和发文顺序号组成，标注于版头下方居中或者左下方。联合行文，一般只标明主办机关的发文字号。

（六）签发人　上报公文应当在发文字号右侧标注“签发人”，“签发人”后面标注签发人姓名。

（七）标题　由发文机关名称、公文主题和文种组成，位于发文字号下方。

（八）主送机关　主要受理公文的机关。主送机关名称应当用全称或者规范化简称或者同类型机关的统称，位于正文上方，顶格排印。

（九）正文　公文的主体，用来表达公文的内容，位于标题或者主送机关下方。

（十）附件　公文附件，应当置于主件之后，与主件装订在一起，并在正文之后、发文机关署名之前注明附件的名称。

（十一）发文机关署名　应当用全称或者规范化简称，位于正文的右下方。

（十二）成文日期　一般署会议通过或者领导人签发日期；联合行文，署最后签发机关领导人的签发日期；特殊情况署印发日期。成文日期应当写明年、月、日，位于发文机关署名右下方。决议、决定、条例、规定等不标明主送机关的公文，成文日期加括号标注于标题下方居中位置。

（十三）印章　除会议纪要和印制的有特定版头的普发性公文外，公文应当加盖发文机关印章。

（十四）印发传达范围　加括号标注于成文日期左下方。

（十五）主题词　按上级机关的要求和《公文主题词表》标注，位于抄送机关上方。

（十六）抄送机关　指除主送机关以外的其他需要告知公文内容的上级、下级和不相隶属机关。抄送机关名称标注于印制版记上方。

（十七）印制版记　由公文印发机关名称、印发日期和份数组成，位于公文末页下端。

第九条　公文的汉字从左至右横排；少数民族文字按其书写习惯排印。公文用纸幅面规格可采用 16 开型（长 260 毫米，宽 184 毫米），也可采用国际标准 A_4 型（长 297 毫米，宽 210 毫米）。左侧装订。

第十条　党的机关公文版头的主要形式及适用范围：

（一）《中共××文件》用于各级党委发布、传达贯彻党的方针、政策，作出重要工作部署，转发上级机关的文件，批转下级机关的重要报告、请示。

（二）《中国共产党××委员会（××）》用于各级党委通知重要事项、任免干部、批复下级机关的请示，向上级机关报告、请示工作。

（三）《中共××办公厅（室）文件》、《中共××办公厅（室）（××）》用于各级党委办公厅（室）根据授权，传达党委的指示，答复下级党委的请示，转发上级机关的文件，批转下级机关的报告、请示，发布有关事项，向上级机关报告、请示工作。

（四）《中共××部文件》、《中共××部（××）》用于除办公厅（室）以外的党委各部门发布本部门职权范围内的事项，向上级机关报告、请示工作。

第四章　行文规则

第十一条　行文应当确有需要，注重实效，坚持少而精。可发可不发的公文不发，可长可短的公文要短。

第十二条　党的机关的行文关系，根据各自的隶属关系和职权范围确定。

（一）向上级机关行文，应当主送一个上级机关；如需其他相关的上级机关阅知，可以抄送。不得越级向上级机关行文，尤其不得越级请示问题；因特殊情况必须越级行文时，应当同时抄送被越过的上级机关。

（二）向下级机关的重要行文，应当同时抄送发文机关的直接上级机关。

（三）党委各部门在各自职权范围内可以向下级党委的相关部门行文。党委办公厅（室）根据党委授权，可以向下级党委行文；党委的其他部门，不得对下级党委发布指示性公文。部门之间对有关问题未经协商一致，不得各自向下行文。

（四）同级党的机关、党的机关与其他同级机关之间必要时可以联合行文。

（五）不相隶属机关之间一般用函行文。

第十三条　受双重领导的机关向上级机关行文，应当写明主送机关和抄送机关，由主送机关负责答复其请示事项。上级机关向受双重领导的下级机关行文，应当抄送其另一上级机关。

第十四条　向上级机关请示问题，应当一文一事，不应当在非请示公文中夹带请示事项。

请示事项涉及其他部门业务范围时，应当经过协商并取得一致意见后上报；经过协商未能取得一致意见时，应当在请示中写明。除特殊情况外，请示应当送上级机关的办公厅（室）按规定程序处理，不应直接送领导者个人。

党委各部门应当向本级党委请示问题。未经本级党委同意或授权，不得越过本级党委向上级党委主管部门请示重大问题。

第十五条　对不符合行文规则的上报公文，上级机关的秘书部门可退回下级呈报机关。

第五章　公文起草

第十六条　起草公文应当做到：

（一）符合党的路线、方针、政策和国家的法律、法规及上级机关的指示，完整、准确地体现发文机关的意图，并同现行有关公文相衔接。

（二）全面、准确地反映客观实际情况，提出的政策、措施切实可行。

（三）观点明确，条理清晰，内容充实，结构严谨，表述准确。

（四）开门见山，文字精练，用语准确，篇幅简短，文风端正。

（五）人名、地名、时间、数字、引文准确。公文中汉字和标点符号的用法符合国家发布的标准方案，计量单位和数字用法符合国家主管部门的规定。

（六）文种、格式使用正确。

（七）杜绝形式主义和繁琐哲学。

第十七条　起草重要公文应当由领导人亲自动手或亲自主持、指导，进行调查研究和充分论证，征求有关部门意见。

第六章　公文校核

第十八条　公文文稿送领导人审批之前，应当由办公厅（室）进行校核。公文校核的基本任务是协助机关领导人保证公文的质量。公文校核的内容是：

（一）报批程序是否符合规定；

（二）是否确需行文；

（三）内容是否符合党的路线、方针、政策和国家的法律、法规及上级机关的指示精神，是否完整、准确地体现发文机关的意图，并同现行有关公文相衔接；

（四）涉及有关部门业务的事项是否经过协调并取得一致意见；

（五）所提措施和办法是否切实可行；

（六）人名、地名、时间、数字、引文和文字表述、密级、印发传达范围、主题词是否准确、恰当，汉字、标点符号、计量单位、数字的用法及文种使用、公文格式是否符合本条例的规定。

第十九条　文稿如需作较大修改，应当与原起草部门协商或请其修改。

第二十条　已经领导人审批过的文稿，在印发之前应再作校核。校核的内容同第十八条（六）款。经校核如需作涉及内容的实质性修改，须报原审批领导人复审。

第七章　公文签发

第二十一条　公文须经本机关领导人审批签发。重要公文应当由机关主要领导人签发。联合发文，须经所有联署机关的领导人会签。党委办公厅（室）根据党委授权发布的公文，由被授权者签发或者按照有关规定签发。领导人签发公文，应当明确签署意见，并写上姓名和时间。若圈阅，则视为同意。

第八章　公文办理和传递

第二十二条　公文办理分为收文办理和发文办理。收文办理包括公文的签收、登记、拟办、请办、分发、传阅、承办和催办等程序。公文经起草、校核和领导审批签发后转入发文办理，发文办理包括公文的核发、登记、印制和分发等程序。

（一）签收　收到有关公文并以签字或盖章的方式给发文方以凭据。签收公文应当逐件清点，如发现问题，应当及时向发文机关查询，并采取相应的处理措施。急件应当注明签收的具体时间。

（二）登记　公文办理过程中就公文的特征和办理情况进行记载。登记应当将公文标题、密级、发文字号、发文机关、成文日期、主送机关、份数、收发文日期及办理情况逐项填写清楚。

（三）拟办　秘书部门对需要办理的公文提出办理意见，并提供必要的背景材料，送领导人批示。

（四）请办　办公厅（室）根据授权或有关规定将需要办理的公文注请主管领导人批示或者主管部门研办。对需要两个以上部门办理的，应当指明主办部门。

（五）分发　秘书部门根据有关规定或者领导人批示将公文分送有关领导人和部门。

（六）传阅　秘书部门根据领导人批示或者授权，按照一定的程序将公文送有关领导人阅知或者批示。办理公文传阅应当随时掌握公文去向，避免漏传、误传和延误。

（七）承办　主管部门对需要办理的公文进行办理。凡属承办部门职权范围内可以答复的事项，承办部门应当直接答复呈文机关；凡涉及其他部门业务范围的事项，承办部门应当主动与有关部门协商办理；凡须报请上级机关审批的事项，承办部门应当提出处理意见并代拟文稿，一并送请上级机关审批。

（八）催办　秘书部门对公文的承办情况进行督促检查。催办贯穿于公文处理的各个环节。对紧急或者重要公文应当及时催办，对一般公文应当定期催办，并随时或者定期向领导人反馈办理情况。

（九）核发　秘书部门在公文正式印发前，对公文的审批手续、文种、格式等进行复核，确定发文字号、分送单位和印制份数。

（十）印制　应当做到准确、及时、规范、安全、保密。秘密公文应当由机要印刷厂（或一般印刷厂的保密车间）印制。

第二十三条　公文处理过程中，应当使用符合存档要求的书写材料。需要送请领导人阅批的传真件，应当复制后办理。

第二十四条　秘密公文应当通过机要交通（或机要通信）传递、密电传输或者计算机网络加密传输，不得密电明传、明电密电混用。

第九章　公文管理

第二十五条　党的机关公文应当发给组织，由秘书部门统一管理，一般不发给个人。秘书部门应当切实做好公文的管理工作，既发挥公文效用，又有利于公文保密。

第二十六条　党的机关秘密公文的印发传达范围应当按照发文机关的要求执行，下级机关、不相隶属机关如需变更，须经发文机关批准。

第二十七条　公开发布党的机关公文，须经发文机关批准。经批准公开发布的公文，同发文机关正式印发的公文具有同等效力。

第二十八条　复制上级党的机关的秘密公文，须经发文机关批准或者授权。翻印件应当注明翻印机关名称、翻印日期和份数；复印件应当加盖复印机关戳记。复制的公文应当与正式印发的公文同样管理。

第二十九条　汇编上级党的机关的秘密公文，须经发文机关批准或者授权。公文汇编本的密级按照编入公文的最高密级标注并进行管理。

第三十条　绝密级公文应当由秘书部门指定专人管理，并采取严格的保密措施。

第三十一条　秘书部门应当按照规定对秘密公文进行清理、清退和销毁，并向主管机关报告公文管理情况。

销毁秘密公文，必须严格履行登记手续，经主管领导人批准后，由两人监销，保证不丢失、不漏销。个人不得擅自销毁公文。

第三十二条　机关合并时，全部公文应当随之合并管理。机关撤销时，需要归档的公文立卷后按照有关规定移交档案部门，其他公文按照有关规定登记销毁。工作人员调离工作岗位时，应当将本人保管、借用的公文按照有关规定移交、清退。

第十章　公文立卷归档

第三十三条　公文办理完毕后，秘书部门应当按照有关规定将公文的定稿、正本和有关材料收集齐全，进行立卷归档。个人不得保存应当归档的公文。

第三十四条　两个以上机关联合办理的公文，原件由主办机关立卷归档，相关机关保存复制件。机关领导人兼任其他机关职务的，在履行其所兼职务过程中形成的公文，由其兼职的机关立卷归档。

第十一章　公文保密

第三十五条　公文处理必须严格遵守《中华人民共和国保守国家秘密法》及有关保密法规，遵守党的保密纪律，确保党和国家秘密的安全。

凡泄露或出卖党和国家秘密公文的，依照有关法律、法规的规定进行处理。

第三十六条　党内秘密公文的密级按其内容及如泄露可能对党和国家利益造成危害的程度划分为“绝密”、“机密”、“秘密”。不公开发表又未标注密级的公文，按内部公文管理。

第三十七条　发文机关在拟制公文时，应当根据公文的内容和工作需要，严格划分密与非密的界限；对于需要保密的公文，要准确标注其密级。公文密级的变更和解除由发文机关或其上级机关决定。

第十二章　附则

第三十八条　本条例适用于中国共产党各级机关。

第三十九条　本条例由中共中央办公厅负责解释。

第四十条　本条例自发布之日起施行。

附录二:国家行政机关公文处理办法

国家行政机关公文处理办法

国发〔2000〕23号

(2000年8月24日国务院发布)

第一章 总 则

第一条 为使国家行政机关(以下简称行政机关)的公文处理工作规范化、制度化、科学化,制定本办法。

第二条 行政机关的公文(包括电报,下同),是行政机关在行政管理过程中形成的具有法定效力和规范体式的文书,是依法行政和进行公务活动的重要工具。

第三条 公文处理指公文的办理、管理、整理(立卷)、归档等一系列相互关联、衔接有序的工作。

第四条 公文处理应当坚持实事求是、精简、高效的原则,做到及时、准确、安全。

第五条 公文处理严格执行国家保密法律、法规和其他有关规定,确保国家秘密的安全。

第六条 各级行政机关的负责人应当高度重视公文处理工作,模范遵守本办法并加强对本机关公文处理工作的领导和检查。

第七条 各级行政机关的办公厅(室)是公文处理的管理机构,主管本机关的公文处理工作并指导下级机关的公文处理工作。

第八条 各级行政机关的办公厅(室)应当设立文秘部门或者配备专职人员负责公文处理工作。

第二章 公文种类

第九条 行政机关的公文种类主要有:

(一) 命令(令)

适用于依照有关法律公布行政法规和规章;宣布施行重大强制性行政措施;嘉奖有关单位及人员。

(二) 决定

适用于对重要事项或者重大行动作出安排,奖惩有关单位及人员,变更或者撤销下级机关不适当的决定事项。

(三) 公告

适用于向国内外宣布重要事项或者法定事项。

(四) 通告

适用于公布社会各有关方面应当遵守或者周知的事项。

(五) 通知

适用于批转下级机关的公文,转发上级机关和不相隶属机关的公文,传达要求下级机关办理和需要有关单位周知或者执行的事项,任免人员。

(六) 通报

适用于表彰先进,批评错误,传达重要精神或者情况。

(七) 议案

适用于各级人民政府按照法律程序向同级人民代表大会或人民代表大会常务委员会提请审议事项。

(八) 报告

适用于向上级机关汇报工作,反映情况,答复上级机关的询问。

(九) 请示

适用于向上级机关请求指示、批准。

(十) 批复

适用于答复下级机关的请示事项。

(十一) 意见

适用于对重要问题提出见解和处理办法。

(十二) 函

适用于不相隶属机关之间商洽工作,询问和答复问题,请求批准和答复审批事项。

(十三) 会议纪要

适用于记载、传达会议情况和议定事项。

第三章　公文格式

第十条　公文一般由秘密等级和保密期限、紧急程度、发文机关标识、发文字号、签发人、标题、主送机关、正文、附件说明、成文日期、印章、附注、主题词、抄送机关、印发机关和印发日期等部门组成。

(一) 涉及国家秘密的公文应当标明密级和保密期限,其中,"绝密"、"机密"级公文还应当标明份数序号。

(二) 紧急公文应当根据紧急程度分别标明"特急"、"急件"。其中电报应当分别标明"特提"、"特急"、"加急"、"平急"。

(三) 发文机关标识应当使用发文机关全称或者规范化简称;联合行文,主办机关排列在前。

(四) 发文字号应当包括机关代字、年份、序号。联合行文,只标明主办机关发文字号。

(五) 上行文应当注明签发人、会签人姓名。其中,"请示"应当在附注处注明联系人的姓名和电话。

(六) 公文标题应当准确简要地概括公文主要内容并标明公文种类,一般应当标明发文机关。公文标题中除法规、规章名称加书名号外,一般不用标点符号。

(七) 主送机关指公文的主要受理机关,应当使用全称或者规范化简称、统称。

(八) 公文如有附件,应当注明附件顺序和名称。

(九) 公文除"会议纪要"和以电报形式发出的以外,应当加盖印章,联合上报的公文,由主办机关加盖印章;联合下发的公文,发文机关都应当加盖印章。

(十) 成文日期以负责人签发的日期为准,联合行文以最后签发机关负责人的签发日期为准。电报以发出日期为准。

(十一) 公文如有附注(需要说明的其他事项),应当加括号标注。

(十二) 公文应当标注主题词。上行文按照上级机关的要求标注主题词。

(十三) 抄送机关指除主送机关外需要执行或知晓公文的其他机关,应当使用全称或者规范化简称、统称。

(十四) 文字从左至右横写、横排。在民族自治地方,可以并用汉字和通用的少数民族文字(按其习惯书写、排版)。

第十一条　公文中各组成部分的标识规则,参照《国家行政机关公文格式》国家标准执行。

第十二条　公文用纸一般采用国际标准 A_4 型(210 mm×297 mm),左侧装订。张贴的公文用纸大小,根据实际需要确定。

第四章　行文规则

第十三条　行文应当确有必要,注重效用。

第十四条　行文关系根据隶属关系和职权范围确定,一般不得越级请示和报告。

第十五条　政府各部门依据部门职权可以相互行文和向下一级政府的相关业务部门行文;除以函的形式商洽工作、询问和答复问题、审批事项外,一般不得向下一级政府正式行文。部门内设机构除办公厅

(室)外不得对外正式行文。

第十六条　同级政府、同级政府各部门、上级政府部门与下一级政府可以联合行文;政府与同级党委和军队机关可以联合行文;政府部门与相应的党组织和军队机关可以联合行文;政府部门与同级人民团体和具有行政职能的事业单位也可以联合行文。

第十七条　属于部门职权范围内的事务,应当由部门自行行文或联合行文。联合行文应当明确主办部门。须经政府审批的事项,经政府同意也可以由部门行文,文中应当注明经政府同意。

第十八条　属于主管部门职权范围内的具体问题应当直接报送主管部门处理。

第十九条　部门之间对有关问题未经协商一致,不得各自向下行文。如擅自行文,上级机关应当责令纠正或撤销。

第二十条　向下级机关或者本系统的重要行文,应当同时抄送直接上级机关。

第二十一条　“请示”应当一文一事;一般只写一个主送机关,需要同时送其他机关的,应当用抄送形式,但不得抄送其下级机关。“报告”不得夹带请示事项。

第二十二条　除上级机关负责人直接交办的事项外,不得以机关名义向上级机关负责人报送“请示”、“意见”和“报告”。

第二十三条　受双重领导的机关向上级机关行文,应当写明主送机关和抄送机关。上级机关向受双重领导的下级机关行文,必要时应当抄送其另一上级机关。

第五章　发文办理

第二十四条　发文办理指以本机关名义制发公文的过程,包括草拟、审核、签发、复核、缮印、用印、登记、分发等程序。

第二十五条　草拟公文应当做到:

(一) 符合国家的法律、法规及其他有关规定。如提出新的政策、规定等,要切实可行并加以说明。

(二) 情况确实,观点明确,表述准确,结构严谨,条理清楚,直述不曲,字词规范,标点正确,篇幅力求简短。

(三) 公文的文种应当根据行文目的、发文机关的职权和与主送机关的行文关系确定。

(四) 拟制紧急公文,应当体现紧急的原因,并根据实际需要确定紧急程度。

(五) 人名、地名、数字、引文准确。引用公文应当先引标题,后引发文字号。引用外文应当注明中文含义。日期应当写明具体的年、月、日。

(六) 结构层次序号,第一层为“一、”,第二层为“(一)”,第三层为“1.”,第四层为“(1)”。

(七) 应当使用国家法定计量单位。

(八) 文内使用非规范化简称,应当先用全称并注明简称。使用国际组织外文名称或其缩写形式,应当在第一次出现时注明准确的中文译名。

(九) 公文中的数字,除成文日期、部分结构层次序数和在词、词组、惯用语、缩略语、具有修辞色彩语句中作为词素的数字必须使用汉字外,应当使用阿拉伯数字。

第二十六条　拟制公文,对涉及其他部门职权范围内的事项,主办部门应当主动与有关部门协商,取得一致意见后方可行文;如有分歧,主办部门的主要负责人应当出面协调,仍不能取得一致时,主办部门可以列明各方理据,提出建设性意见,并与有关部门会签后报请上级机关协调或裁定。

第二十七条　公文送负责人签发前,应当由办公厅(室)进行审核。审核的重点是:是否确需行文,行文方式是否妥当,是否符合行文规则和拟制公文的有关要求,公文格式是否符合本办法的规定等。

第二十八条　以本机关名义制发的上行文,由主要负责人或者主持工作的负责人签发;以本机关名义制发的下行文或平行文,由主要负责人或者由主要负责人授权的其他负责人签发。

第二十九条　公文正式印制前,文秘部门应当进行复核,重点是:审批、签发手续是否完备,附件材料是否齐全,格式是否统一、规范等。经复核需要对文稿进行实质性修改的,应按程序复审。

第六章　收文办理

第三十条　收文办理指对收到公文的办理过程，包括签收、登记、审核、拟办、批办、承办、催办等程序。

第三十一条　收到下级机关上报的需要办理的公文，文秘部门应当进行审核。审核的重点是：是否应由本机关办理；是否符合行文规则；内容是否符合国家法律、法规及其他有关规定；涉及其他部门或地区职权的事项是否已协商、会签；文种使用、公文格式是否规范。

第三十二条　经审核，对符合本办法规定的公文，文秘部门应当及时提出拟办意见送负责人批示或者交有关部门办理，需要两个以上部门办理的应当明确主办部门。紧急公文，应当明确办理时限。对不符合本办法规定的公文，经办公厅（室）负责人批准后，可以退回呈报单位并说明理由。

第三十三条　承办部门收到交办的公文后应当及时办理，不得延误、推诿。紧急公文应当按时限要求办理，确有困难的，应当及时予以说明。对不属于本单位职权范围或者不宜由本单位办理的，应当及时退回交办的文秘部门并说明理由。

第三十四条　收到上级机关下发或交办的公文，由文秘部门提出拟办意见，送负责人批示后办理。

第三十五条　公文办理中遇有涉及其他部门职权的事项，主办部门应当主动与有关部门协商；如有分歧，主办部门主要负责人要出面协调，如仍不能取得一致，可以报请上级机关协调或裁定。

第三十六条　审批公文时，对有具体请示事项的，主批人应当明确签署意见、姓名和审批日期，其他审批人圈阅视为同意。没有请示事项的，圈阅表示已阅知。

第三十七条　送负责人批示或者交有关部门办理的公文，文秘部门要负责催办，做到紧急公文跟踪催办，重要公文重点催办，一般公文定期催办。

第七章　公文归档

第三十八条　公文办理完毕后，应当根据《中华人民共和国档案法》和其他有关规定，及时整理（立卷）、归档。个人不得保存应当归档的公文。

第三十九条　归档范围内的公文，应当根据其相互联系、特征和保存价值等整理（立卷），要保证归档公文的齐全、完整，能正确反映本机关的主要工作情况，便于保管和利用。

第四十条　联合办理的公文，原件由主办机关整理（立卷）、归档，其他机关保存复制件或其他形式的公文副本。

第四十一条　本机关负责人兼任其他机关职务，在履行所兼职务职责过程中形成的公文，由其兼职机关整理（立卷）、归档。

第四十二条　归档范围内的公文应当确定保管期限，按照有关规定定期向档案部门移交。

第四十三条　拟制、修改和签批公文，书写及所用纸张和字迹材料必须符合存档要求。

第八章　公文管理

第四十四条　公文由文秘部门或专职人员统一收发、审核、用印、归档和销毁。

第四十五条　文秘部门应当建立健全本机关公文处理的有关制度。

第四十六条　上级机关的公文，除绝密级和注明不准翻印的以外，下一级机关经负责人或者办公厅（室）主任批准，可以翻印。翻印时，应当注明翻印的机关、日期、份数和印发范围。

第四十七条　公开发布行政机关公文，必须经发文机关批准。经批准公开发布的公文，同发文机关正式印发的公文具有同等效力。

第四十八条　公文复印件作为正式公文使用时，应当加盖复印机关证明章。

第四十九条　公文被撤销，视作自此不产生效力；公文被废止，视作自废止之日起不产生效力。

第五十条　不具备归档和存查价值的公文，经过鉴别并经办公厅（室）负责人批准，可以销毁。

第五十一条　销毁秘密公文应当到指定场所由两人以上监销，保证不丢失、不漏销。其中，销毁绝密公文(含密码电报)应当进行登记。

第五十二条 机关合并时,全部公文应当随之合并管理。机关撤销时,需要归档的公文整理(立卷)后按有关规定移交档案部门。

工作人员调离工作岗位时,应当将本人暂存、借用的公文按照有关规定移交、清退。

第五十三条 密码电报的使用和管理,按照有关规定执行。

第九章 附 则

第五十四条 行政法规、规章方面的公文,依照有关规定处理。外事方面的公文,按照外交部的有关规定处理。

第五十五条 公文处理中涉及电子文件的有关规定另行制定。统一规定发布之前,各级行政机关可以制定本机关或者本地区、本系统的试行规定。

第五十六条 各级行政机关的办公厅(室)对上级机关和本机关下发公文的贯彻落实情况应当进行督促检查并建立督查制度。有关规定另行制定。

第五十七条 本办法自 2001 年 1 月 1 日起施行。1993 年 11 月 21 日国务院办公厅发布,1994 年 1 月 1 日起施行的《国家行政机关公文处理办法》同时废止。

附录三:国家行政机关公文格式

中华人民共和国国家标准国家行政机关公文格式

GB/T 9704—1999

代替 GB/T 9704—1988

(Layout key for official document of administration)

前　言

本标准根据国务院办公厅发布的《国家行政机关公文处理办法》的有关规定对 GB/T 9704—1988 进行修订。本标准相对 GB/T　9704—1988 作如下修订:

(1) 将原标准名称《国家机关公文格式》改为《国家行政机关公文格式》;

(2) 删去原标准中的引言部分;

(3) 删去原标准中与公文格式规定无关的一些叙述性解释;

(4) 对公文用纸的幅面尺寸作了较大调整,将国际标准 A_4 型纸作为公文用纸纸型;删去国内 16 开型纸张的相应说明;

(5) 对公文用纸的页边尺寸作了较大的调整;

(6) 不设各标识域,而按公文眉首、主体和版记三部分各要素的顺序依次进行说明;

(7) 增加了公文用纸的主要技术指标;

(8) 增加了印刷和装订要求;

(9) 增加了每页正文行数和每行字数以及各种要素标识的字体和字号;

(10) 增加了主要公文式样。

本标准中所用公文用语与《国家行政机关公文处理办法》中的用语一致。

本标准为第一次修订。

本标准由国务院办公厅提出。

本标准起草单位:中国标准研究中心、国务院办公厅秘书局。

本标准主要起草人:孟辛卯、房庆、李志祥、刘碧松、范一乔、张荣静、李颖。

1　范围

本标准规定了国家行政机关公文通用的纸张要求、印刷要求、公文中各要素排列顺序和标识规则。

本标准适用于国家各级行政机关制发的公文。其他机关公文可参照执行。

使用少数民族文字印制的公文,其格式可参照本标准按有关规定执行。

2　引用标准

下列标准所包含的条文,通过在本标准中引用而构成为本标准的条文。本标准出版时,所示版本均为有效。所有标准都会被修订,使用本标准的各方应探讨使用下列标准最新版本的可能性。

GB/T 148—1997 印刷、书写和绘图纸幅面尺寸。

3　定义

本标准采用下列定义。

3.1　字　word

标识公文中横向距离的长度单位。一个字指一个汉字所占空间。

3.2 行 line

标识公文中纵向距离的长度单位。本标准以3号字高度加3号字高度7/8倍的距离为一基准行。

4 公文用纸主要技术指标

公文用纸一般使用纸张定量为60 g/m²～80 g/m² 的胶版印刷纸或复印纸。纸张白度为85%～90%，横向耐折度≥15次，不透明度≥85%，pH值为7.5～9.5。

5 公文用纸幅面及版面尺寸

5.1 公文用纸幅面尺寸

公文用纸采用GB/T 148中规定的A4型纸，其成品幅面尺寸为：210 mm×297 mm，尺寸的允许偏差见GB/T 148。

5.2 公文页边与版心尺寸

公文用纸天头（上白边）为：37 mm±1 mm

公文用纸订口（左白边）为：28 mm±1 mm

版心尺寸为：156 mm×225 mm（不含页码）

6 公文中图文的颜色

未作特殊说明公文中图文的颜色均为黑色。

7 排版规格与印制装订要求

7.1 排版规格

正文用3号仿宋体字，一般每面排22行，每行排28个字。

7.2 制版要求

版面干净无底灰，字迹清楚无断画，尺寸标准，版心不斜，误差不超过1 mm。

7.3 印刷要求

双面印刷；页码套正，两面误差不得超过2 mm。黑色油墨应达到色谱所标BL 100%，红色油墨应达到色谱所标Y 80%，M 80%。印品着墨实、均匀；字面不花、不白、无断画。

7.4 装订要求

公文应左侧装订，不掉页。包本公文的封面与书芯不脱落，后背平整、不空。两页页码之间距离误差不超过4 mm。骑马订或平订的订位为两钉钉锯外订眼距书芯上下各1/4处，允许误差±4 mm。平订钉锯与书脊间的距离为3 mm～5 mm；无坏钉、漏钉、重钉，钉脚平伏牢固；后背不可散页明订。裁切成品尺寸误差±1 mm，四角成90°，无毛茬或缺损。

8 公文中各要素标识规则

本标准将组成公文的各要素划分为眉首、主体、版记三部分。置于公文首页红色反线（宽度同版心，即156 mm）以上的各要素统称眉首；置于红色反线（不含）以下至主题词（不含）之间的各要素统称主体；置于主题词以下的各要素统称版记。

8.1 眉首

8.1.1 公文份数序号

公文份数序号是将同一文稿印制若干份时每份公文的顺序编号。如需标识公文份数序号，用阿拉伯数码顶格标识在版心左上角第1行。

8.1.2 秘密等级和保密期限

如需标识秘密等级，用3号黑体字，顶格标识在版心右上角第1行，两字之间空1字；如需同时标识秘密等级和保密期限，用 3 号黑体字，顶格标识在版心右上角第 1 行，秘密等级和保密期限之间用“★”隔开。

8.1.3　紧急程度

如需标识紧急程度，用 3 号黑体字，顶格标识在版心右上角第 1 行，两字之间空 1 字；如需同时标识秘密等级与紧急程度，秘密等级顶格标识在版心右上角第 1 行，紧急程度顶格标识在版心右上角第 2 行。

8.1.4　发文机关标识

由发文机关全称或规范化简称后面加“文件”组成；对一些特定的公文可只标识发文机关全称或规范化简称。发文机关标识上边缘至版心上边缘为 25 mm。对于上报的公文，发文机关标识上边缘至版心上边缘为 80 mm。

发文机关标识推荐使用小标宋体字，用红色标识。字号由发文机关以醒目美观为原则酌定，但最大不能等于或大于 22 mm×15 mm。

联合行文时应使主办机关名称在前，“文件”二字置于发文机关名称右侧，上下居中排布；如联合行文机关过多，必须保证公文首页显示正文。

8.1.5　发文字号

发文字号由发文机关代字、年份和序号组成。发文机关标识下空 2 行，用 3 号仿宋体字，居中排布；年份、序号用阿拉伯数码标识；年份应标全称，用六角括号“〔〕”括入；序号不编虚位（即 1 不编为 001），不加“第”字。

发文字号之下 4 mm 处印一条与版心等宽的红色反线。

8.1.6　签发人

上报的公文需标识签发人姓名，平行排列于发文字号右侧。发文字号居左空 1 字，签发人姓名居右空 1 字；签发人用 3 号仿宋体字，签发人后标全角冒号，冒号后用 3 号楷体字标识签发人姓名。

如有多个签发人，主办单位签发人姓名置于第 1 行，其他签发人姓名从第 2 行起在主办单位签发人姓名之下按发文机关顺序依次顺排，下移红色反线，应使发文字号与最后一个签发人姓名处在同一行并使红色反线与之的距离为 4 mm。

8.2　主体

8.2.1　公文标题

红色反线下空 2 行，用 2 号小标宋体字，可分一行或多行居中排布；回行时，要做到词意完整，排列对称，间距恰当。

8.2.2　主送机关

标题下空 1 行，左侧顶格用 3 号仿宋体字标识，回行时仍顶格；最后一个主送机关名称后标全角冒号。如主送机关名称过多而使公文首页不能显示正文时，应将主送机关名称移至版记中的主题词之下、抄送之上，标识方法同抄送。

8.2.3　公文正文

主送机关名称下一行，每自然段左空 2 字，回行顶格。数字、年份不能回行。

8.2.4　附件

公文如有附件，在正文下一行左空 2 字用 3 号仿宋体字标识“附件”，后标全角冒号和名称。附件如有序号使用阿拉伯数码（如“附件：1. ×××××”）；附件名称后不加标点符号。附件应与公文正文一起装订，并在附件左上角第 1 行顶格标识“附件”，有序号时标识序号；附件的序号和名称前后标识应一致。如附件与公文正文不能一起装订，应在附件左上角第 1 行顶格标识公文的发文序号并在其后标识附件（或带序号）。

8.2.5　成文时间

用汉字将年、月、日标全；“零”写为“○”；成文时间的标识位置见 8.2.6。

8.2.6　公文生效标识

8.2.6.1　单一发文印章

单一机关制发的公文在落款处不署发文机关名称，只标识成文时间。成文时间右空 4 字；加盖印章应上距正文 2 mm～4 mm，端正、居中下压成文时间，印章用红色。

当印章下弧无文字时，采用下套方式，即仅以下弧压在成文时间上；

当印章下弧有文字时，采用中套方式，即印章中心线压在成文时间上。

8.2.6.2　联合行文印章

当联合行文需加盖两个印章时，应将成文时间拉开，左右各空 7 字；主办机关印章在前；两个印章均压成文时间，印章用红色。只能采用同种加盖印章方式，以保证印章排列整齐。两印章之间不相交或相切，相距不超过 3 mm。

当联合行文需加盖 3 个以上印章时，为防止出现空白印章，应将各发文机关名称（可用简称）排在发文时间和正文之间。主办机关印章在前，每排最多排 3 个印章，两端不得超出版心；最后一排如余一个或两个印章，均居中排布；印章之间互不相交或相切，在最后一排印章之下右空 2 字标识成文时间。

8.2.6.3　特殊情况说明

当公文排版后所剩空白处不能容下印章位置时，应采取调整行距、字距的措施加以解决，务使印章与正文同处一面，不得采取标识“此页无正文”的方法解决。

8.2.7　附注

公文如有附注，用 3 号仿宋体字，居左空 2 号字加圆括号标识在成文时间下一行。

8.3　版记

8.3.1　主题词

“主题词”用 3 号黑体字，居左顶格标识，后标全角冒号；词目用 3 号小标宋体字；词目之间空 1 字。

8.3.2　抄送

公文如有抄送，在主题词下一行；左空 1 字用 3 号仿宋体字标识“抄送”，后标全角冒号；回行时与冒号后的抄送机关对齐；在最后一个抄送机关后标句号。如主送机关移至主题词之下，标识方法同抄送机关。

8.3.3　印发机关和印发时间

位于抄送机关之下（无抄送机关在主题词之下）占 1 行位置；用 3 号仿宋体字。印发机关左空 1 字，印发时间右空 1 字。印发时间以公文付印的日期为准，用阿拉伯数码标识。

8.3.4　版记中的反线

版记中各要素之下均加一条反线，宽度同版心。

8.3.5　版记的位置

版记应置于公文最后一页（封四），版记的最后一个要素置于最后一行。

9　页码

用 4 号半角白体阿拉伯数码标识，置于版心下边缘之下一行，数码左右各放一条 4 号一字线，一字线距离版心下边缘 7 mm。单页码居右空 1 字，双页码居左空 1 字。空白页和空白页以后的页不标识页码。

10　公文中表格

公文如需附表，对横排 A_4 纸型表格，应将页码放在横表的左侧，单页码置于表的左下角，双页码置于表的左上角，单页码表头在订口一边，双页码表头在切口一边。

公文如需附 A_3 纸型表格，且当最后一页为 A3 纸型表格时，封三、封四（可放分送，不放页码）就为空白，将 A_3 纸型表格贴在封三前，不应贴在文件最后一页（封四）上。

11　公文的特定格式

11.1　信函式格式

发文机关名称上边缘距上页边的距离为 30 mm，推荐用小标宋体字，字号由发文机关酌定；发文机关全称下 4 mm 处为一条武文线（上粗下细），距下页边 20 mm 处为一条文武线（上细下粗），两条线长均为 170 mm。每行居中排 28 个字。发文机关名称及双线均印红色。两线之间各要素的标识方法从本标准相应要素说明。

11.2　命令格式

命令标识由发文机关名称加“命令”或“令”组成，用红色小标宋体字，字号由发文机关酌定。命令标识上边缘距版心上边缘 20 mm，下边缘空 2 行居中标识令号；令号下空 2 行标识正文；正文下一行右空 4 字标识签发人签名章，签名章左空 2 字标识签发人职务；联合发布的命令或令的签发人职务应标识全称。在签发人签名章下一行右空 2 字标识成文时间。分送机关标识方法同抄送机关。其他要素从本标准相关要素说明。

11.3　会议纪要格式

会议纪要标识由“×××××会议纪要”组成。其标识位置同 8.1.4，用红色小标宋体字，字号由发文机关酌定。会议纪要不加盖印章。其他要素从本标准相关要素说明。

12　式样

A4 型公文纸页边及版心尺寸见图 1；公文首页版式见图 2；上报公文首页版式见图 3；公文末页版式见图 4；联合行文公文末页版式 1 见图 5；联合行文公文末页版式 2 见图 6。

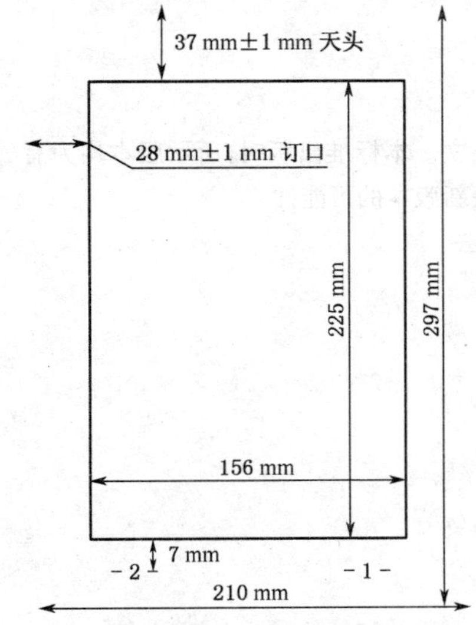

图 1　A4 型公文用纸页边及版心尺寸

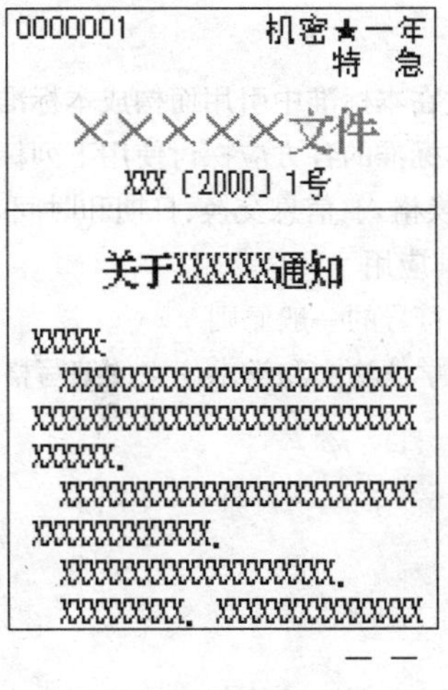

图 2　公文首页版式

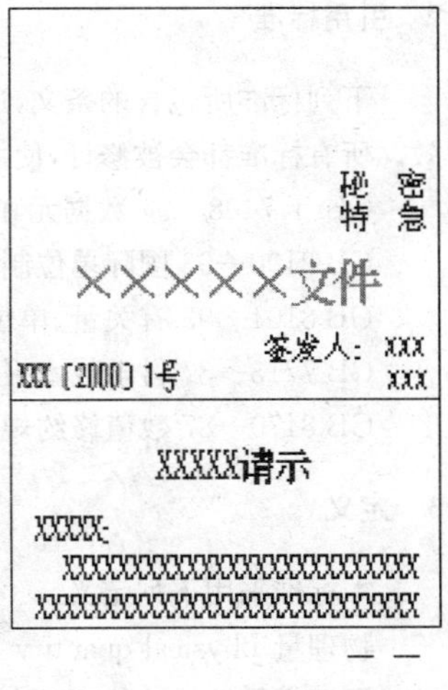

图 3　上报公文首页版式

图 4　公文末页版式

图 5　联合行文公文末页版式 1

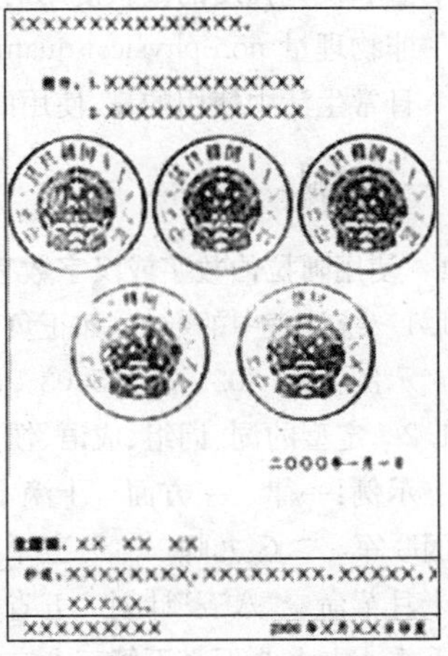

图 6　联合行文公文末页版式 2

注：版心实线框仅为示意，在印制公文时并不印出。

附录四:出版物上数字用法规定 GB/T 15835—1995

出版物上数字用法的规定

(国家技术监督局 1995 年 12 月 13 日颁布,1996 年 6 月 1 日起实施)

1 范围

本标准规定了出版物在涉及数字(表示时间、长度、质量、面积、容积等量值和数字代码)时使用汉字和阿拉伯数字的体例。

本标准适用于各级新闻报刊、普及性读物和专业性社会人文科学出版物。

自然科学和工程技术出版物亦应使用本标准,并可制定专业性细则。

本标准不适用于文学书刊和重排古籍。

2 引用标准

下列标准所包含的条文,通过在本标准中引用而构成本标准的条文。本标准出版时,所示版本均为有效。所有标准都会被修订,使用本标准的各方应探讨使用下列标准最新版本的可能性。

GB/T 7408—94 数据元和交换格式、信息交换、日期和时间表示法

GB 3100—93 国际单位制及其应用

GB 3101—93 有关量、单位和符号的一般原则

GB 7713—87 科学技术报告、学位论文和学术论文的编写格式

GB 8170—87 数值修约规则

3 定义

本标准采用下列定义。

物理量 physical quantity

用于定量地描述物理现象的量,即科学技术领域里使用的表示长度、质量、时间、电流、热力学温度、物质的量和发光强度的量。使用的单位应是法定计量单位。

非物理量 non-physical quantity

日常生活中使用的量,使用的是一般量词。如 30 万、45 天、67 根等。

4 一般原则

4.1 使用阿拉伯数字或汉字数字,有的情形选择是唯一而确定的。

4.1.1 统计表中的数值,如正负整数、小数、百分比、分数、比例等,必须使用阿拉伯数字。

示例:48 302 －125.03 34.05% 63%～68% 1/4 2/5 1∶500

4.1.2 定型的词、词组、成语、惯用语、缩略语或具有修辞色彩的词语中作为语素的数字,必须使用汉字。

示例:一律 一方面 十滴水 二倍体 三叶虫 星期五 四氧化三铁 一〇五九(农药内吸磷) 八国联军 二〇九师 二万五千里长征 四书五经 五四运动 九三学社 十月十七日同盟 路易十六 十月革命 "八五"计划 五省一市 五局三胜制 二八年华 二十挂零 零点方案 零岁教育 白发三千丈 七上八下 不管三七二十一 相差十万八千里 第一书记 第二轻工业局 一机部三所 第三季度 第四方面军 十三届四中全会

4.2 使用阿拉伯数字或是汉字数字,有的情形,如年月日、物理量、非物理量、代码、代号中的数字,目前体

例尚不统一。对这种情形,要求凡是可以使用阿拉伯数字而且又很得体的地方,特别是当所表示的数目比较精确时,均应使用阿拉伯数字。遇特殊情形,或者为避免歧解,可以灵活变通,但全篇体例应相对统一。

5　时间(世纪、年代、年、月、日、时刻)

5.1　要求使用阿拉伯数字的情况

5.1.1　公历世纪、年代、年、月、日

示例:公元前8世纪　20世纪80年代　公元前440年　公元7年　1994年10月1日

5.1.1.1　年份一般不用简写。如:1990年不应简作"九〇年"或"90年"。

5.1.1.2　引文著录、行文注释、表格、索引、年表等,年月日的标记可按GB/T7408—94 5.2.1.1中的扩展格式。如1994年9月30日和1994年10月1日可分别写作1994-09-30和1994-10-01,仍读作1994年9月30日、1994年10月1日。年月日之间使用半字线"-"。当月和日是个位数时,在十位上加"0"。

5.1.2　时、分、秒

示例:4时　15时40分(下午3点40分)　14时12分36秒

注:必要时,可按GB/T 7408—94的5.3.1.1中的扩展格式。该格式采用每日24小时计时制,时、分、秒的分隔符为冒号":"。

示例:04:00(4时)　15:40(15时40分)　14:12:36(14时12分36秒)

5.2　要求使用汉字的情况

5.2.1　中国干支纪年和夏历月日

示例:丙寅年十月十五日　腊月二十三　正月初五　八月十五中秋节

5.2.2　中国清代和清代以前的历史纪年、各民族的非公历纪年

这类纪年不应与公历月日混用,并应采用阿拉伯数字括注公历。

示例:秦文公四十四年(公元前722年)　太平天国庚申十年九月二十四日(清咸丰十年九月二十日,公元1860年11月2日)　藏历阳木龙年八月二十六日(1964年10月1日)　日本庆应三年(1867年)

5.2.3　含有月日简称表示事件、节日和其他意义的词组

如果涉及一月、十一月、十二月,应用间隔号"·"将表示月和日的数字隔开,并外加引号,避免歧义。涉及其他月份时,不用间隔号,是否使用引号,视事件的知名度而定。

示例1:"一·二八"事变(1月28日)　"一二·九"运动(12月9日)　"一·一七"批示(1月17日)　"一一·一〇"案件(11月10日)

示例2:五四运动　五卅运动　七七事变　五一国际劳动节　"五二〇"声明　"九一三"事件

6　物理量

物理量量值必须用阿拉伯数字,并正确使用法定计量单位。小学和初中教科书、非专业科技书刊的计量单位可使用中文符号。

示例:8 736.80 km(8 736.80千米)　600 g(600克)　100 kg～150 kg(100千克～150千克)　12.5 m^2(12.5平方米)　外形尺寸是400 mm×200 mm×300 mm(400毫米×200毫米×300毫米)　34℃～39℃(34摄氏度～39摄氏度)　0.59A(0.59安[培])

7　非物理量

7.1　一般情况下应使用阿拉伯数字

示例:21.35元　45.6万元　270美元　290亿英镑　48岁　11个月　1 480人　4.6万册　600幅　550名

7.2　整数一至十,如果不是出现在具有统计意义的一组数字中,可以用汉字,但要照顾到上下文,求得局部体例上的一致。

示例1:一个人　三本书　四种产品　六条意见　读了十遍　五个百分点

示例2:截至1984年9月,我国高等学校有新闻系6个,新闻专业7个,新闻班1个,新闻教育专职教员274人,在校学生1 561人。

8 多位整数与小数

8.1 阿拉伯数字书写的多位整数和小数的分节

8.1.1 专业性科技出版物的分节法:从小数点起,向左和向右每三位数字一组,组间空四分之一个汉字(二分之一个阿拉伯数字)的位置。

示例:2 748 456 3.141 592 65

8.1.2 非专业性科技出版物如排版留四分空有困难,仍可采用传统的以千分撇“,”分节的办法。小数部分不分节。四位以内的整数也可以不分节。

示例:2,748,456 3.14159265 8703

8.2 阿拉伯数字书写的纯小数必须写出小数点前定位的“0”。小数点是齐底线的黑圆点“.”。

示例:0.46不得写成.46和0·46

8.3 尾数有多个“0”的整数数值的写法

8.3.1 专业性科技出版物根据GB 8179—87关于数值修约的规则处理。

8.3.2 非科技出版物中的数值一般可以“万”、“亿”作单位。

示例:三亿四千五百万可写成345,000,000,也可写成34,500万或3.45亿,但一般不写作3亿4千五百万。

8.4 数值巨大的精确数字,为了便于定位读数或移行,作为特例可以同时使用“亿、万”作单位。

示例:我国1982年人口普查人数为10亿817万5288人;1990年人口普查人数为11亿3368万2501人。

8.5 阿拉伯数字书写的数值在表示数值的范围时,使用浪纹式连接号“～”。

示例:150千米～200千米 −36℃～−8℃ 2 500元～3 000元

9 概数和约数

9.1 相邻的两个数字并列连用表示概数,必须使用汉字,连用的两个数字之间不得用“、”隔开。

示例:二三米 一两小时 三五天 三四个月 十三四吨 一二十个 四十五六岁 七八十种 二三百架次 一千七八百元 五六万套

9.2 带有“几”字的数字表示约数,必须使用汉字。

示例:几千年 十几天 一百几十次 几十万分之一

9.3 用“多”“余”“左右”“上下”“约”等表示的约数一般用汉字。如果文中出现一组具有统计和比较意义的数字,其中既有精确数字,也有用“多”、“余”等表示的约数,为保持局部体例上的一致,其约数也可以使用阿拉伯数字。

示例1:这个协会举行全国性评奖十余次,获奖作品有一千多件。协会吸收了约三千名会员,其中三分之二是有成就的中青年。另外,在三十个省、自治区、直辖市还设有分会。

示例2:该省从机动财力中划出1 900万元,调拨钢材3 000多吨、水泥2万多吨、柴油1 400吨,用于农田水利建设。

10 代号、代码和序号

部队番号、文件编号、证件号码和其他序号,用阿拉伯数字。序数词即使是多位数也不能分节。

示例:84062部队 国家标准GB 2312—80 国办发[1987]9号文件 总3147号 国内统一刊号CN11—1399 21/22次特别快车 HP—3000型电子计算机 85号汽油 维生素B_{12}。

11 引文标注

引文标注中版次、卷次、页码,除古籍应与所据版本一致外,一般均使用阿拉伯数字。

示例 1：列宁：《新生的中国》，见《列宁全集》，中文 2 版，第 22 卷，208 页，北京，人民出版社，1990。

示例 2：刘少奇：《论共产党员的修养》，修订 2 版，76 页，北京，人民出版社，1962。

示例 3：李四光：《地壳构造与地壳运动》，载《中国科学》，1973(4)，400～429 页。

示例 4：许慎：《说文解字》，影印陈昌治本，126 页，北京，中华书局，1963。

示例 5：许慎：《说文解字》，四部丛刊本，卷六上，九页。

12　横排标题中的数字

横排标题涉及数字时，可以根据版面的实际需要和可能作恰当的处理。

13　竖排文字中的数字

提倡横排。如文中多处涉及物理量，更应横排。竖排文字中涉及的数字除必须保留的阿拉伯数字外，应一律用汉字。必须保留的阿拉伯数字、外文字母和符号均按顺时针方向转 90 度。

示例一：雪花牌BC
D188 型家用电冰箱
容量是一百八十八升，
功率为一百二十五瓦，
市场销售价两千零五
十元，返修率仅为百
分之零点一五。

示例二：海军J12号
打捞救生船在太平洋
上航行了十三天，于
一九九〇年八月六日
零时三十分返回基
地。

14　字体

出版物中的阿拉伯数字，一般应使用正体二分字身，即占半个汉字位置。

附录五:标点符号用法

标点符号用法

Use of punctuation mark

(中华人民共和国国家标准 GB/T15834—1995

1995 年 12 月 13 日发布 1996 年 6 月 1 日实施)

前 言

1951 年 9 月,原中央人民政府出版总署公布了《标点符号用法》,同年 10 月原政务院下达指示,要求全国遵照使用。四十年来,文字书写和书刊排印已由直行改为横行,标点符号用法也有了某些发展变化,因此,1990 年 3 月,国家语言文字工作委员会和中华人民共和国新闻出版署重新发布了修订后的《标点符号用法》。本标准就是在新颁《标点符号用法》的基础上制定的。

本标准参考了国内外标点符号用法的文献,广泛听取了语文学界、新闻界、出版界、教育界的意见。

本标准对汉语书面语中常见的标点符号用法进行了规定和说明,目的在于使人们正确掌握标点符号用法,以准确表达文义,推动汉语书面语言的规范化。

本标准由国家语言文字工作委员会提出。

本标准由国家语委语言文字应用研究室《标点符号用法》课题组负责起草,主要起草人:龚千炎、刘一玲。

本标准从 1996 年 6 月 1 日起实施,从实施之日起,原《标点符号用法》即行废止。

1 范围

本标准规定了标点符号的名称、形式和用法。本标准对汉语书写规范有重要的辅助作用。

本标准适用于汉语书面语。外语界和科技界也可参考使用。

2 定义

本标准采用下列定义。

句子 sentence

前后都有停顿,并带有一定的句调,表示相对完整意义的语言单位。

陈述句 declarative sentence

用来说明事实的句子。

祈使句 imperative sentence

用来要求听话人做某件事情的句子。

疑问句 interrogative sentence

用来提出问题的句子。

感叹句 exclamatory sentence

用来抒发某种强烈感情的句子。

复句、分句 complex sentence, clause

意思上有密切联系的小句子组织在一起构成一个大句子。这样的大句子叫复句,复句中的每个小句子叫分句。

词语 expression

词和短语(词组)。词,即最小的能独立运用的语言单位。

短语,即由两个或两个以上的词按一定的语法规则组成的表达一定意义的语言单位,也叫词组。

3　基本规则

3.1　标点符号是辅助文字记录语言的符号,是书面语的有机组成部分,用来表示停顿、语气以及词语的性质和作用。

3.2　常用的标点符号有16种,分点号和标号两大类。

点号的作用在于点断,主要表示说话时的停顿和语气。点号又分为句末点号和句内点号。句末点号用在句末,有句号、问号、叹号3种,表示句末的停顿,同时表示句子的语气。句内点号用在句内,有逗号、顿号、分号、冒号4种,表示句内的各种不同性质的停顿。

标号的作用在于标明,主要标明语句的性质和作用。常用的标号有9种,即:引号、括号、破折号、省略号、着重号、连接号、间隔号、书名号和专名号。

4　用法说明

4.1　句号

4.1.1　句号的形式为"。"。句号还有一种形式,即一个小圆点"．",一般在科技文献中使用。

4.1.2　陈述句末尾的停顿,用句号。

例如:

a) 北京是中华人民共和国的首都。

b) 虚心使人进步,骄傲使人落后。

c) 亚洲地域广阔,跨寒、温、热三带,又因各地地形和距离海洋远近不同,气候复杂多样。

4.1.3　语气舒缓的祈使句末尾,也用句号。

例如:

请您稍等一下。

4.2　问号

4.2.1　问号的形式为"?"。

4.2.2　疑问句末尾的停顿,用问号。

例如:

a) 你见过金丝猴吗?

b) 他叫什么名字?

c) 去好呢,还是不去好?

4.2.3　反问句的末尾,也用问号。

例如:

a) 难道你还不了解我吗?

b) 你怎么能这么说呢?

4.3　叹号

4.3.1　叹号的形式为"!"。

4.3.2　感叹句末尾的停顿,用叹号。

例如:

a) 为祖国的繁荣昌盛而奋斗!

b) 我多么想看看他老人家呀!

4.3.3　语气强烈的祈使句末尾,也用叹号。

例如:

a) 你给我出去!

b) 停止射击！

4.3.4 语气强烈的反问句末尾，也用叹号。

例如：

我哪里比得上他呀！

4.4 逗号

4.4.1 逗号的形式为“，”。

4.4.2 句子内部主语与谓语之间如需停顿，用逗号。

例如：

我们看得见的星星，绝大多数是恒星。

4.4.3 句子内部动词与宾语之间如需停顿，用逗号。

例如：

应该看到，科学需要一个人贡献出毕生的精力。

4.4.4 句子内部状语后边如需停顿，用逗号。

例如：

对于这个城市，他并不陌生。

4.4.5 复句内各分句之间的停顿，除了有时要用分号外，都要用逗号。

例如：

据说苏州园林有一百多处，我到过的不过十多处。

4.5 顿号

4.5.1 顿号的形式为“、”。

4.5.2 句子内部并列词语之间的停顿，用顿号。

例如：

a) 亚马孙河、尼罗河、密西西比河和长江是世界四大河流。

b) 正方形是四边相等、四角均为直角的四边形。

4.6 分号

4.6.1 分号的形式为“；”。

4.6.2 复句内部并列分句之间的停顿，用分号。

例如：

a) 语言，人们用来抒情达意；文字，人们用来记言记事。

b) 在长江上游，瞿塘峡像一道闸门，峡口险阻；巫峡像一条迂回曲折的画廊，每一曲，每一折，都像一幅绝好的风景画，神奇而秀美；西陵峡水势险恶，处处是急流，处处是险滩。

4.6.3 非并列关系（如转折关系、因果关系等）的多重复句，第一层的前后两部分之间，也用分号。

例如：

我国年满18周岁的公民，不分民族、种族、性别、职业、家庭出身、宗教信仰、教育程度、财产状况、居住期限，都有选举权和被选举权；但是依照法律被剥夺政治权利的人除外。

4.6.4 分行列举的各项之间，也可以用分号。

例如：

中华人民共和国的行政区域划分如下：

（一）全国分为省、自治区、直辖市；

（二）省、自治区分为自治州、县、自治县、市；

（三）县、自治县分为乡、民族乡、镇。

4.7 冒号

4.7.1 冒号的形式为“：”。

4.7.2 用在称呼语后边，表示提起下文。

例如：

同志们，朋友们：

现在开会了。……

4.7.3　用在“说、想、是、证明、宣布、指出、透露、例如、如下”等词语后边，表示提起下文。

例如：

他十分惊讶地说：“啊，原来是你！”

4.7.4　用在总说性话语的后边，表示引起下文的分说。

例如：

北京紫禁城有四座城门：午门、神武门、东华门和西华门。

4.7.5　用在需要解释的词语后边，表示引出解释或说明。

例如：

外文图书展销会

日期：10 月 20 日至 11 月 10 日

时间：上午 8 时至下午 4 时

地点：北京朝阳区工体东路 16 号

主办单位：中国图书进出口总公司

4.7.6　总括性话语的前边，也可以用冒号，以总结上文。

例如：

张华考上了北京大学，在化学系学习；李萍进了中等技术学校，读机械制造专业；我在百货公司当售货员：我们都有光明的前途。

4.8　引号

4.8.1　引号的形式为双引号“ “” ”和单引号“ ‘’ ”。

4.8.2　行文中直接引用的话，用引号标示。

例如：

a) 爱因斯坦说：“想象力比知识更重要，因为知识是有限的，而想象力概括着世界上的一切，推动着进步，并且是知识进化的源泉。”

b) “满招损，谦受益”这句格言，流传到今天至少有两千年了。

c) 现代画家徐悲鸿笔下的马，正如有的评论家所说的那样，“神形兼备，充满生机”。

4.8.3　需要着重论述的对象，用引号标示。

例如：

古人对于写文章有个基本要求，叫做“有物有序”。“有物”就是要有内容，“有序”就是要有条理。

4.8.4　具有特殊含义的词语，也用引号标示。

例如：

a) 从山脚向上望，只见火把排成许多“之”字形，一直连到天上，跟星光接起来，分不出是火把还是星星。

b) 这样的“聪明人”还是少一点好。

4.8.5　引号里面还要用引号时，外面一层用双引号，里面一层用单引号。

例如：

他站起来问：“老师，‘有条不紊’的‘紊’是什么意思？”

4.9　括号

4.9.1　括号常用的形式是圆括号“()”。此外还有方括号“[ ]”、六角括号“〔 〕”和方头括号“【 】”。

4.9.2　行文中注释性的文字，用括号标明。注释句子里某些词语的，括注紧贴在被注释词语之后；注释整个句子的，括注放在句末标点之后。

例如：

a) 中国猿人(全名为“中国猿人北京种”,或简称“北京人”)在我国的发现,是对古人类学的一个重大贡献。

b) 写研究性文章跟文学创作不同,不能摊开稿纸搞“即兴”。(其实文学创作也要有素养才能有“即兴”。)

4.10 破折号

4.10.1 破折号的形式为“——”。

4.10.2 行文中解释说明的语句,用破折号标明。

例如:

a) 迈进金黄色的大门,穿过宽阔的风门厅和衣帽厅,就到了大会堂建筑的枢纽部分——中央大厅。

b) 为了全国人民——当然包括自己在内——的幸福,我们每一个人都要兢兢业业,努力工作。

4.10.3 话题突然转变,用破折号标明。

例如:

“今天好热啊!——你什么时候去上海?”张强对刚刚进门的小王说。

4.10.4 声音延长,象声词后用破折号。

例如:

“呜——”,火车开动了。

4.10.5 事项列举分承,各项之前用破折号。

例如:

根据研究对象的不同,环境物理学分为以下五个分支学科:

——环境声学;

——环境光学;

——环境热学;

——环境电磁学;

——环境空气动力学。

4.11 省略号

4.11.1 省略号的形式为“……”,六个小圆点,占两个字的位置。如果是整段文章或诗行的省略,可以使用十二个小圆点来表示。

4.11.2 引文的省略,用省略号标明。

例如:

她轻轻地哼起了《摇篮曲》:“月儿明,风儿静,树叶儿遮窗棂啊……”

4.11.3 列举的省略,用省略号标明。

例如:

在广州的花市上,牡丹、吊钟、水仙、梅花、菊花、山茶、墨兰……春秋冬三季的鲜花都挤在一起啦!

4.11.4 说话断断续续,可以用省略号标示。

例如:

“我……对不起……大家,我……没有……完成……任务。”

4.12 着重号

4.12.1 着重号的形式为“.”。

4.12.2 要求读者特别注意的字、词、句,用着重号标明。

例如:

事业是干出来的,不是吹出来的。

4.13 连接号

4.13.1 连接号的形式为“—”,占一个字的位置。连接号还有另外三种形式,即长横“——”(占两个字的位置)、半字线“-”(占半个字的位置)和浪纹“~”(占一个字的位置)。

4.13.2　两个相关的名词构成一个意义单位，中间用连接号。

例如：

a) 我国秦岭—淮河以北地区属于温带季风气候区，夏季高温多雨，冬季寒冷干燥。

b) 复方氯化钠注射液，也称任—洛二氏溶液（Ringer-Locke solution），用于医疗和哺乳动物生理学实验。

4.13.3　相关的时间、地点或数目之间用连接号，表示起止。

例如：

a) 鲁迅（1881—1936）中国现代伟大的文学家、思想家和革命家。原名周树人，字豫才，浙江绍兴人。

b) "北京——广州"直达快车

c) 梨园乡种植的巨峰葡萄今年已经进入了丰产期，亩产 1 000 千克～1 500 千克。

4.13.4　相关的字母、阿拉伯数字等之间，用连接号，表示产品型号。

例如：

在太平洋地区，除了已建成投入使用的 HAW-4 和 TPC-3 海底光缆之外，又有 TPC-4 海底光缆投入运营。

4.13.5　几个相关的项目表示递进式发展，中间用连接号。

例如：

人类的发展可以分为古猿—猿人—古人—新人这四个阶段。

4.14　间隔号

4.14.1　间隔号的形式为"·"。

4.14.2　外国人和某些少数民族人名内各部分的分界，用间隔号标示。

例如：

列奥纳多·达·芬奇　爱新觉罗·努尔哈赤

4.14.3　书名与篇（章、卷）名之间的分界，用间隔号标示。

例如：

《中国大百科全书·物理学》《三国志·蜀志·诸葛亮传》

4.15　书名号

4.15.1　书名号的形式为双书名号"《 》"和单书名号"〈 〉"。

4.15.2　书名、篇名、报纸名、刊物名等，用书名号标示。

例如：

a)《红楼梦》的作者是曹雪芹。

b) 你读过鲁迅的《孔乙己》吗？

c) 他的文章在《人民日报》上发表了。

d) 桌上放着一本《中国语文》。

4.15.3　书名号里边还要用书名号时，外面一层用双书名号，里边一层用单书名号。

例如：

4.15.4　《〈中国工人〉发刊词》发表于 1940 年 2 月 7 日。

4.16　专名号

4.16.1　专名号的形式为"________"。

4.16.2　人名、地名、朝代名等专名下面，用专名号标示。

例如：

<u>司马相如</u>者，<u>汉</u><u>蜀郡</u><u>成都</u>人也，字<u>长卿</u>。

4.16.3　专名号只用在古籍或某些文史著作里面。为了跟专名号配合，这类著作里的书名号可以用浪线"~~~~"。

例如：

屈原放逐，乃赋离骚；左丘失明，厥有国语。

5 标点符号的位置

5.1 句号、问号、叹号、逗号、顿号、分号和冒号一般占一个字的位置，居左偏下，不出现在一行之首。

5.2 引号、括号、书名号的前一半不出现在一行之末，后一半不出现在一行之首。

5.3 破折号和省略号都占两个字的位置，中间不能断开。连接号和间隔号一般占一个字的位置。这四种符号上下居中。

5.4 着重号、专名号和浪线式书名号标在字的下边，可以随字移行。

6 直行文稿与横行文稿使用标点符号的不同

6.1 句号、问号、叹号、逗号、顿号、分号和冒号放在字下偏右。

6.2 破折号、省略号、连接号和间隔号放在字下居中。

6.3 引号改用双引号“『』”和单引号“「」”。

6.4 着重号标在字的右侧，专名号和浪线式书名号标在字的左侧。

附录六:公文常用习惯用语

部分公文常用语

按语　也称“案语”。以发文单位的名义对所发文件、材料加以指导、说明性的一种公文形式。按语对下级的工作具有指导作用。按语按内容可分为四类:①说明性按语,说明材料来源和编发原因,或特别说明何人要发和发至什么范围;②提示性按语,指出材料的中心、要点或提纲挈领地介绍其内容;③批示性按语,对下发单位作出指示,提出具体要求;④评论性按语,对编发的材料进行评论,表明意见和态度。针对全篇材料的按语,一般置于正文之前,注明“编者按”或“按”;针对材料的某一部分的按语,一般夹在文中,加括号注明。

批语　上级机关对下级来文或有关资料的指示性语句。按用途可分为:批复下级请示的批语;批转下级报告的批语;批示有关资料的批语。

敬语　对行文对象表示敬重的公文语言,体现社会主义的同志式的平等关系。敬语多用于公文的开头或结尾处。按使用范围可分为各种行文通用的敬语,如“请”;上行文常用的敬语,如“呈送”、“报请”;平行的领导机关之间使用的敬语,如“拟”等。

雅语　典雅庄重的公文语言。适当地运用雅语,可使公文内容的表达简明、平实、庄重。运用雅语一般要求:使用规范化的书面语言,不用口头语言;使用朴实无华的语言,适当使用少量的文言词语。

简称用语　公文中经过简化的词语。其作用是可使行文简洁,内容概括鲜明,便于掌握和记忆。地名、机关名称使用简称必须是规范化的简称,如“中共中央”是“中国共产党中央委员会”的规范化的简称。事物名称使用简称用语有三种方式:①节缩式。把较多的词语用较少的词语表示出来。②统括式。把若干词语中的共同成分抽取或概括出来,冠以数词,概括表述。如“不抓辫子,不扣帽子,不打棍子”简称为“三不主义”。③选点式。用词语中有特点的部分代替整个词语。如用时间代替整个词语的简称“九·一八事变”,用地点代替整个词语的简称“南昌起义”、“遵义会议”等。

开端用语　公文中用在正文的全篇或段落开头表示行文目的、依据、原因、背景等的词语。如“据、根据、依据、查、奉、兹、按照、遵照、依照、为了、关于、由于、鉴于、随着”等。

期请用语　公文中表示作者某种期望和请求的词语。多用于上行文,有时也用于平行文和下行文。常用的期请用语有“请、敬请、恳请、即请、提请、拟请、希、望、希望、切望、热望、切盼”等。

综合用语　公文中用以连接具体情况叙述和总概性叙述的词语。综合用语具有承上启下的作用。常见的综合用语有“为此、据此、值此、至此、有鉴于此、综上所述、总之”等。

称谓用语　公文中表示对机关、单位、集体、个人不同人称称呼的词语。一般性称谓用语用于上对下、下对上、平行机关或不相隶属的机关、单位之间,如“本(厅)、我(厅)、该(厅)、你(厅)”等。表示尊重的称谓用语多用于下对上,不相隶属的机关、单位之间,如“贵(厅)、××长”等。党内一般称“××同志”。

承启用语　公文中用来承接上文并引起下文的词语。常用于通知、决定、报告、计划、规章制度等文种。一般结构特点:前面以一个介词结构承接上文,后面用一个基本固定的结构形式引起下文,如“根据……特作如下决定”、“为了……提出如下意见”等。承启用语的上文一般较短,下文是文中内容的主体部分,并多用条款形式表达。

批转用语　公文中表明对下级来文批示意见或向下批转、转发公文的词语。常用的有“批示、审批、阅批、核阅、阅示、批转、转发、颁发、印发、发布、公布、下发、下达”等。

表态用语　公文中表示作者意见、态度的词语。按表态用语的轻重程度可分为明确表态用语、模糊表态用语。明确表态用语有“应、应该、同意、不同意、批准、照此办理、遵照执行、组织实施、贯彻落实”等。模糊表态用语有“原则同意、原则批准、似应、拟同意、参照执行、供参考,可借鉴、酌情处理”等。

征询用语　公文中表示征请、询问对有关问题的意见的词语。主要用于上行文的结尾和平行文的结尾。常见的征询用语有“当否、可否、妥否、是否可行、是否妥当、是否同意、如有不当、如无不当、如有不妥、如无不妥、如果不行、如果可行、意见如何”等。

引叙用语 公文中表示引述的词语。主要用于批复、复函、指示、决定等文种。常用的引叙用语有“收、接、悉、前收、前接、现收、现接、近收、近接、惊、欣悉、收悉、闻、近闻、惊闻、喜闻”等。

结尾用语 公文中表示全文结束的词语。不同的文种对结尾用语有不同的要求。如请示的结尾用语可用“以上请求当否，请批复”、“妥否，请批示”、“上述意见如果可行，请批准”等；报告的结尾用语可用“以上报告如有不当，请指示”、“以上报告如无不当，请批转各地执行”等；布告的结尾用语可用“特此布告”、“此布”等。

模糊语言运用 根据正确反映公文思想内容的需要，有意识地运用模糊性语言达到表述上的准确性的写作方法。在公文写作中，正确地运用模糊语言，可提高语言表述的准确性、概括性，给一些问题的阐述留有回旋余地。公文写作中一般运用模糊语言的条件是：表述内容是带有模糊性的概念；暂时无法实施但又必须说明的内容；需要留有回旋余地的内容；类举的事例不能全部列出的内容等。公文写作中主要用以下四个方面的模糊语词：①表示时间的模糊语词，如“现在、最近、近日、近几天、前几天、今年以来，正在、一度、上午、早晨、中午、下午、晚上、适当的时候”等；②表示范围的模糊语词，如“每、各、有的、部分、少数、一些、个体、某种、某些、有关、以上、以下、等、多数、大多数、主要、绝大多数”等；③表示程度的模糊语词，如“一般、比较、适当、很、极、显著、逐步、有所、进一步、基本上、大体上、普遍、几乎、原则上、酌”等；④表示频率的模糊语词，如“经常、多次、不断、反复、接连、再次、往往、三令五申、连续”等。

（选自《秘书》杂志 1992 年第 3 期第 39 页）

附录七：毕业论文（设计）工作条例

毕业论文(设计)工作条例

毕业论文（设计）是教学计划中最后一个重要的教学环节；是提高本科生知识、能力、素质的关键性步骤；是学生毕业资格认定的一个重要依据。做好毕业论文（设计）工作，对提高本科毕业生全面素质具有重要意义。为此，对毕业论文（设计）工作制定下列条例。

一、目的与要求

毕业论文（设计）是教学计划中最后的教学环节，是高等教育质量的重要评价内容，其目的旨在让学生领略学术研究过程，从而培养学生的学术研究能力，即对资料、信息的获取及分析、综合的能力，综合运用所学知识的技能，独立分析、解决问题的能力，撰写论文的能力。

二、选题

1. 选题须符合本专业的培养目标及教学基本要求。
2. 选题应做到理论联系实际。
3. 选题应充分发挥学生的积极性和创造性，注重对学生基本能力的培养。
4. 选题的难易程度要适当。
5. 选题审题的工作程序要符合规范化要求。

(1) 确定选题

毕业论文的选题一般由指导教师提出书面报告，说明其意义、目的、要求、主要内容、工作难点及进行课题具备的条件，经教研室（学科组）讨论审定，报教学系主任批准。

(2) 填写毕业论文（设计）任务书

确定课题后，指导教师应填写毕业论文（设计）任务书，任务书须提供必要的资料，提出明确的工作要求（包括开题报告、外文翻译、外文摘要的字数等），并按毕业论文（设计）各环节拟定阶段工作进度（一般以周为单位），列出至少 5 种参考文献目录。任务书须经教研室（学科组）、系教学主任审查签字。

(3) 选题、审题工作应于毕业论文撰写学期的 4 周内完成并填写毕业论文（设计）统计表，由院教学秘书报教务处教研二科备案。

三、毕业论文(设计)的形式要求

1. 查阅相关文献，并有不少于 3 000～5 000 字的译文。
2. 开题报告：包括工作任务分析、文献综述及论文写作计划。
3. 毕业论文

(1) 标题：要求简要、明确，一般不宜超过 20 字。

(2) 目录

(3) 摘要：简要概括论文的主要内容和观点。中文摘要在 300 字左右为宜。外文摘要在 250 个实词左右为宜。

(4) 前言：主要包括选题的缘由，对本课题研究现状的简述，本文的立意和研究的角度。

(5) 正文：要求立论明确、结构合理、条理清楚、内容完整、资料翔实并与论点相结合，文字通顺，引文规范。论文正文字数在 1.2 万～1.5 万。如进行管理信息系统设计的，还需提供相应的计算机设计清单及软盘。

(6) 参考文献

参考文献格式

著作：作者. 书名. 出版地：出版社，出版时间：页码。

论文：作者. 论文篇名. 刊名，年，卷(期)：页码。

[详见《毕业论文(设计)的撰写》有关说明]

(7) 毕业论文应单独装订成册，使用统一封面。

四、指导教师职责

毕业论文(设计)教学实行指导教师负责制。每个教师应对整个毕业论文(设计)阶段的教学活动全面负责。

1. 指导教师的条件

① 指导教师应由讲师以上(含讲师)或有相当职称的人员担任。初级职称的人员一般不单独指导毕业论文(设计)，但可协助指导教师工作。指导教师由教研室(学科组)安排，经院(系)教学主任审查，报教务处备案。

② 在校外做毕业论文(设计)，可采用合作指导的形式聘请合作单位中级职称以上的科研人员担任指导，但仍应有本专业讲师以上的教师作指导教师，掌握论文工作的进度、要求，协调有关问题。

2. 指导教师的职责

① 指导教师应为人师表、教书育人、对学生严格要求。应始终坚持把对学生的培养放在第一位，避免出现重使用、轻培养现象。

② 指导教师要重视对学生独立工作能力、分析解决问题的能力、创新能力的培养及设计思想和科学研究方法的指导。应注重启发引导，注意调动学生的主动性、创造性和积极性。

3. 指导教师的具体任务

① 选择课题，规范地填写任务书；

② 审定学生拟定的开题报告，批改译文及外文摘要；

③ 定期与学生进行讨论交流，进行答疑和指导，检查学生的工作进度和质量；

④ 指导学生正确撰写论文(设计)并认真批阅；

⑤ 毕业论文(设计)结束阶段，按毕业论文(设计)的成果要求检查学生的工作完成情况；对学生进行答辩资格预审，写出评阅意见；

⑥ 参加毕业论文(设计)答辩；

⑦ 指导学生作好毕业论文(设计)的业务总结，并根据学生的工作态度、工作能力、报告(论文)质量写出评语；

⑧ 检查学生毕业论文(设计)的全部资料、成果，并在资料袋上列出清单，按学校要求整理归档。

4. 指导人数与指导时间

为确保毕业论文(设计)的质量，每位指导教师所指导的学生一般不超过 6 人，特殊情况须经教学主任批准。指导教师对学生指导时间每周不少于 5 小时。指导教师因工作需要必须出差，时间在 2 周以内的须经院教学主任批准，超过 2 周的应报教务处审批，并事先向学生布置好任务或委托他人代为指导。

5. 首次指导毕业设计的教师，应安排岗前培训。

五、对学生的要求

毕业论文(设计)具有实践性、综合性、探索性等特点，为启发学生智能、培养学生的能力提供了综合训练和实践的机会。因此，为了达到毕业论文(设计)的教学目的，必须对学生提出明确的要求：

1. 努力学习、刻苦钻研、勇于创新、勤于实践，保质保量按时完成任务书规定的任务。

2. 尊敬师长、团结互助，虚心接受指导教师及有关科研人员的指导和检查，定期向指导教师汇报毕业论文(设计)工作进度、工作设想。

3. 独立完成规定的工作任务，充分发挥主动性和创造性，实事求是，不弄虚作假，不抄袭别人的成果。

4. 严格遵守纪律，在学校或指定地点完成毕业论文(设计)。因事、因病离岗，应事先向指导教师请假，否则作为旷课处理。凡随机抽查三次不到者，评分降低一级。累计旷课的时间达到或超过全过程 1/4 者，取消答辩资格，按不及格处理。

毕业论文(设计)"不及格"者，发给结业证书。如果学生自愿重修，可及时提出申请，经院(系)教学主任批准，到教务科办理重修手续，并安排在下一届毕业论文(设计)期间进行。

5. 毕业论文(设计)须符合成果要求及撰写要求，否则不能取得答辩资格。

6. 毕业论文(设计)成果、资料应及时交指导教师收存，结束时应协助老师做好材料归档工作。学生对毕业设计内容中涉及的有关技术资料应负有保密责任，未经许可不能擅自对外交流或转让，论文(报告)经指导教师同意可以对外发表。

六、答辩

1. 毕业论文(设计)完成后必须进行答辩。答辩前院(系)教研室(学科组)须对学生进行答辩资格审查，具体工作由指导教师负责进行。

2. 各专业成立答辩委员会，下设答辩小组。答辩委员会由教研室主任及答辩小组组长组成。答辩小组人数以 3～5 名为宜，成员应由相当于讲师以上职称并有较强的业务能力和工作能力的人员担任。如请校外人员参加，须事先经院(系)教学主任批准。

3. 答辩工作开始前，答辩委员会应组织对学生完成的软、硬件成果进行验收和对论文(设计)的评阅工作。论文(设计)的评阅由指导教师与顾问教师分别进行。指导教师对学生整个毕业论文(设计)中的工作态度、工作能力、成果的水平进行全面评价，评阅人着重评阅论文(报告)的质量与水平。评阅结束将得分填入《毕业论文(设计)成绩评分表》。同时答辩小组应根据课题涉及的内容及要求，以有关基本概念、基本理论为主，准备好不同难度的问题，在答辩时进行提问，并将成绩填入《毕业论文(设计)成绩评分表》。

4. 答辩时间：学生介绍 15～20 分钟，教师提问 20 分钟左右。

5. 参加"优秀"成绩评选的论文(报告)须经学生本人申请，指导教师和顾问教师推荐，在专业或院(系)范围内进行大组答辩。

6. 答辩结束后，答辩小组对学生的毕业论文(设计)及答辩情况进行书面评价，并综合指导教师、顾问教师和答辩小组三者的评分，给出总评成绩并签字。

七、成绩评定

1. 毕业论文(设计)应以学生独立完成工作任务的情况、成果的水平、独立工作的能力和创新精神、工作态度和工作作风以及答辩情况为依据。应排除各种因素的干扰，不以学生过去的成绩或指导教师的水平来决定学生的成绩。

2. 毕业论文(设计)的成绩一般采用五级制计分(优秀、良好、中等、及格、不及格)，并与评语相结合。由指导教师、顾问教师和答辩小组分别评定成绩，三者评分在总成绩中的比例为4∶2∶4，经求和折算后得出最终成绩。[详见附件一、附件二、《毕业论文(设计)成绩评分表》]

3. 成绩评定必须坚持标准，"优秀"成绩的比例一般掌握在 15%左右，不超过 20%，"中等"及其以下成绩的比例一般不得低于 25%。如有变化，以当年学校有关规定为准。凡工作态度差或未完成规定任务的学生，应从严评分，不得降低要求。

4. 评分标准

① 优秀：圆满完成任务书规定的任务，并在某些方面有独特的见解与创新；论文(设计)立论正确、内容完整；分析论证可靠、严密，结论合理；文字条理清楚、书写工整；完成的软硬件达到甚至优于规定的性能指标且文档齐全、规范；独立工作能力强；答辩时概念清楚，问题回答正确。

② 良好：能完成任务书规定的任务；论文(设计)立论正确、内容完整；分析论证基本正确，结论合理；文字条理清楚、书写工整；完成的软、硬件基本达到规定的性能指标且文档齐全、规范；有一定的独立工作能力；答辩时概念较清楚，能正确回答问题。

③ 中等：能一般完成任务书规定的任务；论文（设计）内容基本完整，结论基本合理；完成的软硬件尚能达到规定的性能指标；文档基本齐全，基本符合规范；工作能力有提高；答辩时能回答所提出的主要问题，且基本正确。

④ 及格：基本完成任务书规定的任务；论文（设计）质量一般，并存在个别原则性错误；完成的软硬件性能较差；答辩时讲述不够清楚，回答问题有不确切之处或存在若干错误。

⑤ 不及格：未完成任务书规定的任务；论文有原则性错误；存在抄袭现象；完成的软硬件性能差；答辩时概念不清。

5. 毕业论文（设计）成绩在答辩全部结束后，经答辩委员会审定、院（系）教学主任批准后报教务处备案。个别成绩评定超出控制范围的应说明原因，并经教务处认可。校毕业论文（设计）检查组将对其重点检查。

八、毕业论文（设计）的规范化、制度化管理

毕业论文（设计）中的组织管理工作应规范化、制度化，主要包括以下环节：

1. 毕业论文（设计）动员

院、系、各专业在毕业论文（设计）开始前必须进行毕业论文（设计）动员，组织学生认真学习“毕业论文（设计）工作条例”，明确职责及要求。

2. 毕业论文（设计）的检查

检查分起始阶段、期中和答辩评分三个阶段进行。

起始阶段：各专业着重检查任务书填写是否符合要求，是否下达到每一个学生，指导教师到岗情况、课题落实情况、开题工作落实和进展情况等。

期中：院、系组织毕业论文（设计）期中检查，着重检查学风、工作进度、教师指导情况及毕业论文（设计）工作中存在的困难和问题，并采取有效措施解决存在的问题。院系将通过不同方式了解期中检查情况，协助解决有关问题。指导教师可通过期中检查对学生进行阶段考核，并将优秀学生及表现较差的学生名单报教研室（学科组）作为优秀成绩评定的参考以及重点考核的对象。各系、教研室应汇总期中检查表（学生用表和教师用表），提供校专家组在毕业论文（设计）检查中审查。

答辩评分：答辩前各专业应对学生进行答辩资格审查。根据任务书及“条例”的要求，检查学生课题完成情况，并对软、硬件成果进行验收。答辩结束后各系教学主任或毕业论文（设计）工作组审查各专业成绩评定情况，并在规定结束日期后的两天内将有关表格上交教务处实践教学科。对校实践教学科退回的不符合要求的资料进行调整。

3. 校优秀毕业论文（设计）评选

院、系从每届毕业论文（设计）中评出3%作为校优秀毕业论文（设计）。校优秀毕业论文（设计）除满足“论文（设计）工作条例”中“优秀”成绩的评分标准外，还要求有一定的创造性，有一定的实用价值。

申报校优秀毕业论文（设计）由院、系提名并进行初评，填报“校优秀毕业设计（论文）申报表”，提供校专家组在毕业论文（设计）检查期间进行审查验收。由学校对获得优秀毕业论文（设计）的学生进行表彰。

评选出的校优秀毕业论文（设计）资料于当年9月1日前交校档案馆保存。

4. 毕业论文（设计）总结

毕业论文（设计）结束后，各系必须认真写出书面总结。总结的内容包括：毕业论文（设计）基本情况（包括任务书完成情况、成果、成绩评定，优秀的指导教师及学生情况、主要工作经验等），本单位执行“毕业论文（设计）工作条例”情况及论文（设计）工作的意见和建议等。毕业论文（设计）总结最迟于短学期第一周内交实践教学科。

5. 毕业论文（设计）的资料保存

毕业论文（设计）及软、硬件成果由院、系安排保存，保存期三年。校优秀毕业论文（设计）送校档案馆保存。

本条例自公布之日起执行，以前公布的毕业论文（设计）有关条例与本条例不符的，一律以本条例为准。

［选自《东南大学人文学院毕业论文（毕业设计）工作手册》，张天来，韩锐编写］

附录八:毕业论文(设计)的撰写

毕业论文(设计)的撰写

一篇完整的毕业论文由题名(标题)、作者及所在单位(系、专业)、目录、中文摘要、关键词(主题词)、引言(前言)、正文、结论、参考文献、尾注(脚注)、英文标题、英文作者名、英文摘要、英文关键词、谢辞和附录等几部分构成。

一、毕业论文撰写的内容与要求

(一) 标题

标题应该简短、明确,要有概括性。让人看后能大致了解文章的确切内容、专业的特点和学科的范畴。标题的字数要适当,一般不宜超过 20 字,必要时可加副题名。副题名可另起一行,用破折号与主题名隔开。题名中应避免使用非公知公用的缩略语、字符、代号。

(二) 作者及所在单位(系、专业)

论文如有封面,此项可省。

(三) 目录

(四) 中文摘要

摘要也称内容提要,应当以浓缩的形式概括研究课题的主要内容、方法和观点,以及取得的主要成果和结论,应反映整个论文的精华。中文摘要约 300 字左右为宜,同时要求写出 250 个实词左右的外文摘要。

摘要应写得扼要、准确,一般在毕业论文全文完成后再写摘要。在写作中要注意以下几点:

1. 用精练、概括的语言表达,每项内容均不宜展开论证;
2. 要用第三人称的写法,不宜使用第一人称加以概述;
3. 要客观陈述,不宜加主观评价;
4. 成果和结论性意见是摘要的重点内容,在文字上用量较多,以加深读者的印象;
5. 要独立成文,选词用语要避免与全文尤其是前言和结论雷同;
6. 既要写得简短扼要,又要行文活泼,在词语润色、表达方法和章法结构上要尽可能写得有文采,以唤起读者对全文阅读的兴趣。

(五) 关键词(主题词)

关键词是文献学的一个术语,说得通俗一点,就是用来表达文献主题内容的词或词组。在文章的正文前面标引关键词的意义:一是在于它是一篇文章的重要信息点,可使读者在极短的时间内,通过扫描式的阅读方法,掌握该文的主题要点,从而可为读者有选择地阅读正文提供依据;二是因为关键词也是一篇文章的重要检索点之一,不仅可使文章的主题编入国际、国内的情报检索系统,还可为读者查找专题文章带来方便。读者可以先从检索系统查到有关主题词,然后再查寻和关键词有关的文章。

一篇论文一般可选出 3 个至 5 个关键词,多的可选 7 个至 8 个,将它们依次逐个列于摘要之下,关键词之间用";"隔开。关键词要以选准、选全为原则,同义词、近义词不要同时选为关键词;应为公知公用的词和学术术语,不宜自造字词和缩写、符号等,词组不宜过长。

(六) 前言

前言是全篇论文的开场白。它包括:

1. 选题的缘由;
2. 对本课题已有研究情况的评述;
3. 说明本文所要解决的问题和采用的手段、方法;

4. 概述成果及意义。

作为摘要和前言，虽然所定的内容大体相同，但仍有很大区别。区别主要在于：摘要一般要写得高度概括、简略，前言则可以稍微具体些；摘要内某些内容，如结论意见，可以作笼统的表达，而前言中所有的内容必须明确表达；摘要不写选题的缘由，前言则应明确反映；在文字量上前言总是多于摘要。

（七）正文

正文是作者对自己研究工作的详细表述。它占全文的较多篇幅。

1. 正文是论文的主体部分，是按照逻辑关系排列组合的，一般都划分成几个层次，有的还加上小标题。正文必须充分地展开，全面地完成论题所提出的分析和论证任务。

2. 科研论文的分节，也是按照逻辑的关系，在总的观点的框架里，划分出几个层次。每个层次都从不同的侧面进行论证，为中心观点提供依据。目前大约有这样两种分节的标志方法，参见下表：

1.0	一、
1.1	（一）
1.1.1	1.
1.1.2	(1)
1.2	(2)
	(3)
2.0	（二）
2.1	二、

3. 论文的名词术语、计量单位、符号、代码与缩略语、日期和时间的数字表示方法应符合国家标准。

4. 用理论推导的手段和方法达到研究目的的，这方面内容一定要精心组织，做到概念准确，判断推理符合客观事物的发展规律，符合人们对客观事物的认识习惯与程序。换言之，要做到言之有序，言之有理，以论点为中枢，组织成完整而严谨的内容整体。

5. 用调查研究的方法达到研究目的的，调查目标、对象、范围、时间、地点、调查的过程和方法等，这些内容与研究的最终结果有关系，但不是结果本身，所以，一定要简述。

（八）结论

结论包括对整个研究工作进行归纳和综合而得出的总结：所得结果与已有结果的比较以及在本课题的研究中尚存在的问题；对进一步开展研究的见解与建议。它集中反映作者的研究成果，表达作者对所研究课题的见解和主张，是全文的思想精髓，是文章价值的体现。一般写得概括，篇幅较短。撰写时应注意下列事项：

1. 结果要简单、明确。在措辞上应严密，容易被人领会。

2. 结果应反映个人的研究工作，属于前人和他人已有过的结论可不提。

3. 要实事求是地介绍自己研究的成果，切忌言过其实，在无充分把握时，应留有余地。因为对科学问题的探索是永无止境的。

（九）参考文献

参考文献是毕业论文不可缺少的组成部分。它反映毕业论文的取材来源、材料的广博程度及可靠程度。一份完整的参考文献也是向读者提供的一份有价值的信息资料。引用参考文献时，必须注意著录的规范性。

（十）尾注（脚注）

若为引用标注，著录格式同参考文献。

(十一) 英文标题

(十二) 英文作者名

中文姓名译为英文时用汉语拼音。按照姓前名后的原则，姓、名均用全名，不宜用缩写。姓全用大写，名的第一个字母大写，名用双中文字时两个字的拼音之间可以不用连字符。例如“冯长根”译为“FENG Changgen”或“FENG Chang-gen”，而“冯长安”则必须译为“FENG Chang-an”。

(十三) 英文摘要

采用第三人称，叙述的基本时态为一般现在时，确实需要强调过去的事情或者已经完成的行为才使用过去时、完成时等其他时态。可多采用被动语态，但要避免出现“This paper”作为主语代替作者完成某些研究行为。

(十四) 谢辞

谢辞是在论文的结尾处，以简短文字，对课题研究与写作过程中曾给予直接帮助的人员，如指导教师及其他人员，表示自己的谢意。这不仅是一种礼貌，也是对他人劳动的尊重，是治学者应有的思想作风。

此外，有些不宜放在正文中，但有参考价值的内容，可编入论文的附件中。

论文编写完成后，为了醒目和便于读者阅读，可为论文编写一个目录，目录可分章节，每一章节之后应编写页码。

如果论文中引用的符号较多，为了节省论文的篇幅，并且便于读者查对，可以编写一个符号说明，注明符号所代表的意义。

最后必须提醒的是：不管在论文的哪一部分，采用到前人的观点、方法、结论、成果时，都必须注明其来源。一般的做法是将前人的相关论文或资料编入参考文献，然后在引用的文字处加上该参考文献的序号即可，如不这样做，就有抄袭、剽窃、侵权之嫌。

二、毕业论文格式要求

(一) 参考文献著录标准、范围及示例

1. 著录标准

(1) 排列次序：依在正文中被首次引用的先后次序列出各条参考文献。

(2) 具体要求：项目齐全，内容完整，顺序正确，标点无误。

(3) 注意事项：

① 外文文献中表示缩写的实心句点“.”一律略去；

② 原本就缺少某一项时，可将该项连同与其对应的标点符号一起略去；

③ 页码不可省略，起止页码间用“-”相隔，不同的页码引用范围之间用“,”相隔；

④ 正文中参考文献标引一律用上标形式的方括号内数字表示，例如“[3]”，方括号和数字不必用粗体。

2. 著录范围(共8类，示例见表1)

(1) 已在国内外公开出版的学术期刊上发表的论文；

(2) 由国内外出版公司或出版社正式出版的学术著作(有ISBN号)；

(3) 有ISBN号的会议论文集及论文集中的析出论文；

(4) 博士和硕士学位论文；

(5) 专利文献；

(6) 国际标准、国家标准和部颁标准；

(7) 报纸文章；

(8) 电子文献。

其他性质的资料可以作为正文的随文脚注。

表 1 八类参考文献的著录格式及示例

文献类型号	文献类型	格式示例
1	学术期刊（共著录 8 项）	① ② ③ ④ ⑤ ⑥ ⑦ ⑧
1	学术期刊（共著录 8 项）	序号 作者. 题名. 刊名，出版年份，卷号(期号)：起页-止页
1	学术期刊（共著录 8 项）	1 伏漫戈. 异彩纷呈的女性世界[J]. 唐都学刊，1998，14(4)：62-66 2 高景德，王祥衍. 交流电机的多回路理论[J]. 清华大学学报，1987(1)：1-8(缺卷的) 3 Chen S，Billing S A，Cowan C F，et al. Practical identification of MARMAX models. Int J Control，1990，52(6)：1327-1350(完整的)
2	学术著作（至少著录 7 项）	① ② ③ ④ ⑤ ⑥ ⑦ ⑧
2	学术著作（至少著录 7 项）	序号 作者. 书名. 版次(首版免注). 翻译者. 出版地：出版社，出版年：
2	学术著作（至少著录 7 项）	⑨
2	学术著作（至少著录 7 项）	起页-止页
2	学术著作（至少著录 7 项）	4 洪楩编辑. 清平山堂话本[Z]. 石昌渝校点. 南京：江苏古籍出版社，1990 5 霍夫斯基主编. 禽病学[M]. 下册. 第 7 版. 胡祥壁等译. 北京：农业出版社，1981：7-9 6 Aho A V. Sethi R，Uthman J D. Compliers Principles. New York：Addison Wesley，1986：277-3083
3	有 ISBN 号的论文集（共著录 10 项）	① ② ③ ④ ⑤ ⑥ ⑦ ⑧
3	有 ISBN 号的论文集（共著录 10 项）	序号 作者. 题名. 见：(In：)主编.(，eds.)论文集名. 出版地：出版社，
3	有 ISBN 号的论文集（共著录 10 项）	⑨ ⑩
3	有 ISBN 号的论文集（共著录 10 项）	出版年：起页-止页
3	有 ISBN 号的论文集（共著录 10 项）	7 张全福，王里青."百家争鸣"与理工科学报编辑工作[C]. 见：郑福寿主编. 学报编论丛：第 2 集. 南京：河海大学出版社，1991：1-4 8 Dupont B. Bone marrow transplantation in server combined immunodeficiency[C]. In：White H J，Smith R，eds. Proc of the 3rd Annual Meeting of Int Soc for Experimental Hematology (ISEH). Houston：ISEH，1974：44-464
4	学位论文（共著录 7 项）	① ② ③ ④ ⑤ ⑥ ⑦
4	学位论文（共著录 7 项）	序号 作者. 题名：[学位论文]. 保存地点：保存单位，年份
4	学位论文（共著录 7 项）	9 张竹生. 微分半动力系统的不变集[D]：[博士学位论文]. 北京：北京大学数学系，1983
5	专利文献（共著录 7 项）	① ② ③ ④ ⑤ ⑥ ⑦
5	专利文献（共著录 7 项）	序号 专利申请者. 题名. 国别，专利文献种类，专利号. 出版日期
5	专利文献（共著录 7 项）	10 姜锡洲. 一种温热外敷药制备方法[P]. 中国，881056073. 1989-07-26
6	技术标准（共著录 8 项）	① ② ③ ④ ⑤
6	技术标准（共著录 8 项）	序号 起草责任者. 标准代号. 标准顺序号—发布年. 标准名称.
6	技术标准（共著录 8 项）	⑥ ⑦ ⑧

（续　表）

文献类型号	文献类型	格式示例
6	技术标准（共著录 8 项）	出版地：出版社，出版年
		11 全国文献工作标准化技术委员会第六分委员会. CB 6447—S6. 文摘编写规则[S]. 北京：中国标准出版社，1986
7	报纸文献（共著录 6 项）	①　②　③　④　⑤　⑥
		序号 作者. 文献题名. 报纸名，出版日期(版面次序)
		12 谢希德. 创新学习新思路[N]. 人民日报，1998-12-25(10)
8	电子文献（共著录 6 项）	①　②　③　④
		序号 作者. 文献题名. 电子文献类型标示/载体类型标示.
		⑤　⑥
		文献网址或出处，更新/引用日期
		13 王明亮. 标准化数据库系统工程新进展[EB/OL]. http://www.cajcd.edu.cn/pub/980810-2.html，1998-08-16 14 万锦坤. 中国大学学报论文文摘(1983—1993)(英文版)[DB/CD]. 北京：中国大百科全书出版社，1996

3. 参考文献类型及其标志

根据 GB 3469 规定，对参考文献类型在文献题名后应该用方括号加以标引，以单字母方式标示以下各种参考文献类型：

参考文献类型	期刊文章	专著	论文集	学位论文	专利	标准	报纸文章	报告	资料汇编	其他文献
类型标志	J	M	C	D	P	S	N	R	G	Z

4. 电子文献类型标志

对于数据库(Database)、计算机程序(Computer program)及电子公告(Electronic bulletin board)等电子文献类型的参考文献，以下列字母作为标志：

电子参考文献类型	数据库	计算机程序	电子公告
电子文献类型标志	DB	CP	EB

对于非纸张型载体的电子文献，当被引用为参考文献时需要在参考文献标志类型中同时标明其载体类型，采用双字母表示电子文献载体类型：

磁带（Magnetic tape）——MT；磁盘（Disk）——DK；光盘（CD-ROM）——CN；联机网络(Online)——OL。

以下格式表示包括了文献载体类型的参考文献类型标示：

[电子文献类型标示/载体类型标示]，如：

[DB/OL]——联机网上数据库(Database online)；

[DB/MT]——磁带数据库(Database on magnetic tape)；

[M/CD]——光盘图书(Monograph on CD-ROM);
[CP/DK]——磁盘软件(Computer program on disk);
[J/OL]——网上期刊(Journal serial online);
[EB/OL]——网上电子公告(Electronic bulletin board online)。
以纸张为载体的传统文献在引作参考文献时可不必注明其载体类型。

(二)印刷格式

1. 字体

(1) 正文:5号宋体,单倍行距,首行缩进。除引文和某些外文符号外正文一律用正体,文字用横排。

(2) 一级标题(题目):二号宋体居中。二级标题(章):三号黑体居中。三级标题(节):四号宋体(粗体)居左。四级标题(节内小节):小四宋体居左。

(3) 标点符号:单个的(如逗号、句号、叹号等)和成双的(如引号、括号)后半部分不得放在行首,成双的前半个不得放在行末。

(4) 尾注(脚注)可用宋体小五。

(5) 英文标题用小四号 Times New Roman(粗体),英文作者名用小四号 Times New Roman,居中;"Abstract"、"Key words"用五号 Times New Roman(粗体),首行缩进。

(6) 参考文献序号用[1]、[2]、[3]……。

(7) 中文"摘要"、"关键词"、"参考文献"用五号黑体,首行缩进。

2. 纸张尺寸和页码

A4 纸张,四周页边距 2~3 cm,带连续页码(阿拉伯数字,底部居中)。

3. 论文要求使用统一的封面格式(见附件)

附件:

"真实性和完整性"原则与
世界遗产保护

摘　要:文章阐述了世界遗产"真实性与完整性"原则在中国的实践和发展。文章指出,"真实性和完整性"原则是体现世界遗产传承人类文明、反映自然界演化史两项重要使命的根本保证。因此,它们对于中国的遗产保护具有重要的指导作用和现实意义。文章以双重世界遗产泰山为例,列举了现实中世界遗产地内违章建筑和新增建筑日益增多对遗产地历史环境风貌的破坏,并因此指出,以真实性和完整性原则为依据,立足于当前实际,拆除违章建筑,严格限制新增建设项目,是实现世界遗产的价值世代传承、永续利用的主要途径。

关键词:世界遗产;"真实性和完整性"原则;泰山

2002年初,我国世界遗产武陵源因城市化状况得不到有效改善而遭到联合国"限期整治"的警告。为了拯救风景区,保住其在《世界遗产名录》中的地位,恢复世界遗产的原貌,当地政府决定将景区内近34万平方米的建筑物全部拆除。有关方面预计,为此需花费至少十亿元,比由这些建筑获得的经济收益高出数倍[1]。2002年4月30日,《人民日报》刊发了文化部、国家文物局等九个部门联合发出的《关于加强和改善世界遗产保护管理工作的意见》,指出近年来我国对世界遗产的保护不尽如人意,甚至出现建设性破坏等现象,超容量开发和过度利用已经威胁到这些珍贵世界遗产的完整与真实[2]。

……

一、世界遗产"真实性和完整性"原则

真实性和完整性(Authenticity and Integrity)是关于世界遗产的非常重要的两个原则,在《世界遗产公约实施行动指南》①(1977,1980,1997)(简称《行动指南》)中对其有明确规定。真实性和完整性原则既是衡量遗产价值的标尺,也是保护遗产所需依据的关键。

（一）真实性原则

“真实性”这一概念最早出现于《威尼斯宪章》(*Venice Charter*，1964)中，之后在欧洲社会逐渐得到广泛认可。当时主要适用于欧洲文物古迹的保护与修复。世界遗产领域内关于“真实性”的解释最初见于《行动指南》，比较详细的解释见于《奈良文件》②(*Nara Document*，1994)和《行动指南》中。《奈良文件》第13款指出：“想要多方位地评价文化遗产的真实性，其先决条件是认识和理解遗产产生之初及其随后形成的特征，以及这些特征的意义和信息来源。真实性包括，遗产的形式与设计，材料与实质，利用与作用，传统与技术，位置与环境，精神与感受。有关‘真实性’翔实信息的获得和利用，需要充分地了解某项具体文化遗产独特的艺术、历史、社会和科学层面的价值。”文化遗产真实性的保持还在于，“不同的文化和社会都包含着特定的形式和手段，它们以有形或无形的方式构成了某项遗产”[3]。

……

1. 完整性原则

完整性，意味着未经触动的原始条件，主要用于评价自然遗产，如原始森林或野生生物区等。完整性原则既保证了世界遗产的价值，同时也为遗产的保护划定了原则性范围。《行动指南》对自然遗产的完整性有如下的界定(第44段b)：

(1) 对于表现地球历史主要阶段的重要实证的景点，被描述的区域应该包括在其自然环境中全部或大多数相关要素。例如，一个“冰期”地区，应包括雪地、冰河以及切割图案、沉积物和外来物(例如冰槽、冰碛物、先锋植物等)；一个火山地区，应包括完整的岩浆系列、全部或大多数种类的火山岩和喷发物。

……

参考文献

[1] 陶世安. 武陵源获黄牌的警示[N]. 人民日报海外版，2002-01-08(2).

[2] 卢新宁，杨雪梅. 加强和改善世界遗产保护管理工作[N]. 人民日报，2002-04-30(2).

[3] Kanefusa Masuda. The notion of authenticity in relation to the World heritage convention[A]. Report of the Global Strategy Natural and Cultural Heritage Expert Meeting [C]. Amsterdam. The Netherlands. 1998:39.

[4] 国家文物局法制处. 国际古迹保护与修复宪章[A]. 国际保护文化遗产法律文件选编[C]. 北京：紫禁城出版社，1993.

[5] 潘江. 国家公园析义[J]. 风景名胜，1999(5)：16-17.

[6] 谢凝高. 保护自然文化遗产，复兴山水文明[J]. 中国园林，2000，16(68)：36-38.

[7] 张成渝，谢凝高. 世纪之交中国文化和自然遗产保护与利用的关系[J]. 人文地理，2002，17(1)：4-7.

The Principles of Authenticity and Integrity and the Conservation of the World Heritage

ZHANG Cheng-yu，XIE Ning-gao

Abstract：This article expounds the practice and development of the principles of authenticity and integrity of the world heritage in China. The article points out that，the principles basically make sure for the world heritages to achieve to pass on human's civilization from generation to generation，and to show natural evolvement history. They bring important guiding role and actual meaning for the protection of the world heritage in China. Taking the mixed world heritage Mount Taishan for example，the article lists the bad effect on heritage's historical surroundings due to the constructions out of regulation and new constructions. Conclusively，the article points out that with the principles of authenticity and integrity，it is the main way now to achieve world heritage's value passed from generation to generation and utilized durably by demolishing the constructions out of regulation and strictly limiting new construction.

Key words: World heritage; authenticity and integrity; Mount Taishan

［选自《东南大学人文学院毕业论文(毕业设计)工作手册》,张天来,韩锐编写］

附录九：××大学研究生论文选题、开题报告的原则和要求

研究生的学位论文工作是研究生整个学习期间的一个重要的阶段。它既使所学理论知识进一步融会贯通和应用，又使研究生的实践工作能力、科学研究能力得到很好的锻炼。论文选题是论文工作的关键；而开题报告则又是保证论文进度、质量的重要前提。为了保证论文工作的质量，现提出硕士、博士生论文选题和开题报告的原则和要求。

一、硕士论文选题和开题报告

(一) 选题

1. 选题要考虑本学科的发展前沿，并与实际应用相结合。

2. 选题应尽量结合国家下达的科研项目或工程中提出的关键性问题。

3. 选题应考虑到有一定的先进性和适当的难度，既要有理论分析、又要有实验验证(硬件工作经有关使用单位评定)。

4. 所选课题应有较强的学科或专业相关度。在经费、仪器设备、试验条件等方面具有实现该课题的基本物质条件，并经过自己的努力能按期完成的。

5. 指导教师充分了解硕士生的专长和不足，结合硕士生在某方面的特长和兴趣指导选题。

6. 鼓励由研究生自己拟出论文题目或导师和研究生分别拟题，共同商榷。但都需结合学科、专业的研究方向经过充分调研。

(二) 开题报告

1. 研究生在选题、调研的基础上写出开题报告，并在所在学科、专业范围内报告及论证，由导师主持并邀请有关学科、专业的专家参加，一般不少于五人。开题报告须在第三学期结束两周之前交所在院(系、所)。

2. 开题报告应包括以下内容：

① 课题来源(国家、教育部、省、市、自选)、选题依据，应着重说明本课题在国内外的研究动态；课题进行的途径和最终目标。

② 课题在理论或实际应用方面的价值，以及可能达到的水平。

③ 课题研究拟采用哪些方法和手段，完成论文的实验条件等。

④ 研究过程中预计可能遇到的困难或问题，并提出解决的方法和措施。

⑤ 论文工作量。

3. 开题报告后经参加人员认真讨论并作出决议。决议采取表决方式，经全体成员三分之二以上同意，方得通过。由导师写出综合意见，并填写《论文开题报告和论文工作实施计划表》(一式三份)，送研究生院培养与学籍管理办公室和所在院(系、所)、教研组(研究室)归档备查。

4. 开题报告通过后，方可进入论文工作阶段。如未通过者，在1～2个月内可补做开题报告，仍未通过者，则按《××大学硕士研究生中期考核与筛选办法》处理。

5. 开题报告通过后，原则上一般不再随意改题。如确有特殊原因需改题者，须由研究生写出书面报告，经指导教师签署意见，教研组(研究室)审核，院(系、所)负责人审批后，报研究生院备案。并在1～2个月内补做开题报告。

二、博士论文选题和开题报告

(一) 选题

1. 选题要考虑到理论意义和实用价值，应是国家急需解决的工程实际问题或重要科研项目。

2. 所选课题在理论上应居于学科前沿，有助于在专门技术上做出创新性成果，且具有科学价值。

3. 指导教师及指导小组有能力指导所选的课题。

4. 研究生本人对所选课题要有兴趣和热情。

（二）开题查新

为了加强学位论文选题的科学性和前沿性，要求博士生开题前必须上网检索查新。可委托图书馆查新或自行查新。自行查新须参加过文献查新检索类别的研究生课程或同类讲座培训，然后提交查新报告，由指导教师和开题报告审查小组审核。文科博士生可参考该办法执行。

（三）开题报告

1. 研究生在选题、调研以及在校图书馆上网检索，了解本学科研究前沿动态的基础上写出开题报告，并在所在学科、专业范围内作报告论证，由导师主持并邀请有关学科、专业的专家参加评议，一般不少于五人。博士生应在入学后第三学期结束前完成开题报告。

2. 开题报告应包括以下内容：

① 课题来源（国家、教育部、省、市、自选）、选题依据，应着重说明本课题在国内外的研究动态；课题研究的途径、手段和最终目标。

② 调研中有否发现有价值的新现象、新规律、新观点、新假设等，进行下一步工作的打算。

③ 课题研究拟采用哪些方法和手段、完成论文的实验条件等。

④ 研究过程中预计可能遇到的困难或问题，并提出解决的方法和措施。

⑤ 论文工作量。

3. 开题报告后经参加人员认真讨论并作出决议。决议采取无记名投票的方式，经全体成员三分之二以上同意，方得通过。由指导老师写出综合意见并签名，填写《论文开题报告和论文工作实施计划表》（一式三份）报研究生院培养与学籍管理办公室和所在院（系、所）、教研组（研究室）归档备查。研究生院在收到《论文开题报告和论文工作实施计划表》半年后才受理其论文答辩申请。

4. 开题报告通过后，方可进入论文工作阶段。如未通过者，在2～3个月内补做开题报告，仍未通过者，则按《××大学博士研究生中期考核与筛选办法》处理。

5. 开题报告通过后，原则上一般不再随意改题。如确有特殊原因需改题者，须由研究生写出书面报告，经指导教师签署意见报研究生院培养与学籍管理办公室备案，并应及时补做开题报告。

附录十:××大学研究生学位论文的格式规定(试行)

研究生学位论文是研究生在导师指导下从事科学研究或技术创新结果的报告和总结。为了统一写作标准,保证论文的规范性和独创性要求,提高论文撰写水平和促进国内外技术交流与成果应用,特制定本规定如下:

一、学位论文的一般格式和顺序

学位论文应包括:①中文封面;②英文页面;③论文独创性声明和使用授权声明;④中文内容提要及关键词;⑤英文内容提要及关键词;⑥目录;⑦正文;⑧致谢;⑨参考文献等七大要素并按此顺序排列。其他可以选择添加的内容有:位于目录之后的内容⑩符号、变量、缩略词等本论文专用术语的注释表;参考文献后按序排列的内容⑪附录;⑫索引(中、英文);⑬作者简介(包括在校期间发表的论文和取得的学术成果清单);⑭后记。

紧接英文页面之后的学位论文独创性声明和使用授权声明需要由研究生本人亲笔签名,学位论文需要提交电子版以便于数据库管理和网上查阅。有保密要求不宜公开的论文由导师申请,院系审核,经校保密工作委员会审查后,提交研究生培养与学籍管理办公室批准后同意保密,一般保密期限为两年,保密期后自动承认使用授权声明,并予以公开。

文字采用中文简体,除艺术、古籍等个别经研究生院特许的情况外不得采用繁体字。鼓励采用中英文双语写作,但上交国家及校图书馆的论文必须用中文。

本格式主要适用于理、工、医、管学科的学位论文和一般的文科论文,特殊情况经研究生院批准后执行。

(一) 论文题目

论文题目是论文全貌的集中体现,应能概括整个论文最重要的内容,命题必须确切、简明,题目应力求简单,也不应宽泛笼统,应能看出论文的实质性内容和工作重心。中文题名一般不超过 20 个汉字,必要时可加副题名。副题名可另起一行,用破折号与主题名隔开。题名中应避免使用非公知公用的缩略语、字符、代号以及结构式和公式。

可公开交流的学位论文应有英文题名。英文题名另起一页,排印在英文授予单位前,其间用"A Dissertation submitted to"作为标志,后面注明学位类别、研究生姓名、导师姓名、日期等。

(二) 论文摘要(提要)

论文摘要包括题名、硕士(博士)研究生姓名、导师姓名、学校名称、正文、关键词。中文约 500 字左右,英文约 200～300 词左右,二者应基本对应。它是论文内容的高度概括,应说明研究目的、研究方法、成果和结论,要突出本论文的创造性成果或新的见解、用语简洁、准确,并在论文摘要后注明本文的关键词 3 至 8 个。关键词应为公知公用的词和学术术语,不可采用自造字词和略写、符号等,词组不宜过长。

英文摘要采用第三人称单数语气介绍该学位论文内容,目的是便于其他文摘摘录,因此在写作英文文摘时不宜用第一人称的语气陈述。叙述的基本时态为一般现在时,确实需要强调过去的事情或者已经完成的行为才使用过去时、完成时等其他时态。可以多采用被动语态,但要避免出现用"This paper"作为主语代替作者完成某些研究行为。中国姓名译为英文时用汉语拼音,按照姓前名后的原则,姓、名均用全名,不宜用缩写。姓全用大写,名的第一个字母大写,名用双中文字时两个字的拼音之间可以不用短画线,但容易引起歧义时必须用短画线。例如"冯长根"译为"FENG Changgen"或"FENG Chang-gen",而"冯长安"则必须译为"FENG Chang-an"。论文英文封面上的署名也遵守此规定。

(三) 目录

目录是论文的大纲,它反映论文的梗概。论文目录要求层次清楚,应将论文的章节按顺序编好页码,页码居页面的右侧并排列整齐。

(四) 本论文专用术语(符号、变量、缩略词等)的注释表(任选)

如果有必要可以设置此注释表。此部分内容可根据论文中采用的符号、变量、缩略词等专用术语加以定义和注释,以便于论文阅读和迅速查出某符号的明确含义。

(五) 正文

正文是学位论文的主体。内容可因研究课题的性质不同而有所变化。一般可包括:文献综述、理论基础、计算方法、实验方法和经过整理加工的实验结果的分析讨论、见解和结论。

正文一律用阿拉伯数字编排页码,页码在底部居中。正文之前的摘要、目录等内容单独编排罗马数字页码。

1. 绪论(前言)

本研究课题国内外已有的重要文献的扼要概括,阐明研究此课题的目的、意义,研究的主要内容和所要解决的问题。本研究工作在国民经济建设和社会发展中的理论意义与实用价值。

2. 文献综述

在查阅国内外文献和了解国内外有关科技情况的基础上,围绕课题涉及的问题,综述前人工作情况,达到承前启后的目的。要求:①总结课题方向至少 10 年以来的国内外动态;②明确前人的工作水平;③介绍目前尚存在的问题;④说明本课题的主攻方向。文献总结应达到可独立成为一篇综述文章的要求。

3. 理论分析、数值计算或统计分析

利用研究生本人所掌握的理论知识对所选课题进行科学、严密的理论分析和数值计算或统计分析,剖析课题,提出自己的见解。

4. 试验原理、试验方法及试验装置

学位论文要求对试验原理、方法、装置、步骤和有关参数有较详细的阐述,以便评阅人及答辩委员会审核试验的可靠性,并能对试验进行重复以便验证结果的可靠性,也为以后的研究者提供一个较完整的研究方法。

5. 试验结果及讨论分析

列出数据的图或表,并对数据结果进行讨论,对比分析、结果推论要严格准确,避免采用模棱两可的评定语言。对反常的数据要保留并作解释或者说明,不可随意剔除数据做出有违科学公正的行为。

引用的别人的研究成果及数据应加注参考文献,较长的公式推导可列入附录。采纳文献及引用数据应为可以公开并能重复查到的文献资源,并提供准确出处(如页码或图表序号等)。正文引用文献一律用右上角方括号内的次序号(阿拉伯数字)(用"上标"格式)。

6. 图、表、公式、计量单位和数字用法的规定

(1) 图

图包括曲线图、构造图、示意图、图解、框图、流程图、地图、照片等。图应具有"自明性",即只看图、图题和图例,不阅读全文,就可理解图意。图应编排序号,可按章用阿拉伯数字顺序编排,例如图 3-1。插图较少时可按全文编排,如图 1,图 2……,若有分图用(a)(b)(c)表示,图注在图名下方,内容按序编号并用分号";"隔开。

每一图应有简短确切的题名,连同图号置于图下。图题、图号字体与正文相同,字体也可改用仿宋以示与正文的区别。必要时,应将图上的符号、标记、代码以及试验条件等,用最简练的文字,横排于图题下方,作为图例说明。

在 WORD 文档中,图名、图号和图例应和插图一起置于一个图文框内(框线隐去)。图文框采用锁定标记选项,以免编辑时漂移。一般插图宜用 AutoCAD 画成,线条用多义线(pline)以便于编辑线宽,图名、图号不宜放在 AutoCAD 图中以便图名图号的字体、字号统一排版。

插图尺寸不宜过大,边长不宜大于 12 厘米,尽量不用整页插图。插图宜采用文字环绕方式随文右侧编排。

曲线图的纵横坐标必须标注三要素即"量、标准规定符号、单位",例如"体积 V(m^3)"。此三者只有在

不必要标明(如无量纲等)的情况下方可省略。坐标上标注的量的符号和缩略词必须与正文一致。

照片图要求主题和主要显示部分的轮廓鲜明,细节清晰,反差适中。照片上应该有表示目的物尺寸的标度。照片等图片用 JPG 格式插入,尽量不要采用 BMP 或 TIF 等格式(这类格式文件的字节数可能较大),以便减小图片所占字节数从而减小文件的总容量。

(2) 表

表的编排,一般是内容和测试项目由左至右横读,数据依序竖排。表应有自明性并采用阿拉伯数字编排序号,如表 1,表 2 等,表格较多时可按章排序,如表 1.1,表 2.3 等。

每一表应有简短确切的题名,连同表号置于表上。必要时,应将表中的符号、标记、代码,以及需要说明事项,以最简练的文字,横排于表题下,作为表注,也可以附注于表下。表内附注的序号宜用小号阿拉伯数字并加右圆括号置于被标注对象的右上角,如:×××1),不宜用星号"*",以免与数学上共轭的符号相混。

表的各栏均应标明"量(或测试项目)、标准规定符号、单位"。只有在无必要标注的情况下方可省略。表中的缩略词和符号,必须与正文中一致。

表内同一栏的数字必须上下对齐。表内不宜用"同上"、"同左"、"〃"和类似词,应一律填入具体数字或文字。表内"空白"代表未测或无此项,"—"或"…"代表未发现(当"—"可能与代表阴性反应相混时用"…"代替),"0"表示实测结果确为零。

(3) 数学、物理符号和化学式

正文中的公式、算式或方程式等应编排序号,序号标注于该式所在行的最右边;当有续行时,应标注于最后一行的最右边。

公式首行的起始位置位于行首算起第五个中文字符之处,即在段落起始行的首行缩进位置再退后两个中文字符。不要用居中、居左或居行首排列。

公式编号按阿拉伯数字顺序编号,如(1)(2)……,公式较多时可按章顺序编号,如(1.1)(1.2)……。公式引用使用式 1、式 1.1 等,英语文本中用 Eq. 1, Eq. 1.1 等。

较短的公式一般一式一行并按顺序编号,后面一式若为前面一式的注解(如下标范围 $i=1, 3, 5, \cdots\cdots$)可用括号括起来与前面一式并排一行。较长的公式必须转行时,只能在=、≈,+,−−,×,÷,<,>处转行。上下式尽可能在等号"="处对齐。公式中符号尚未说明者应有说明,符号说明之间用分号隔开,一般一个符号占一行,如:

$$I=\frac{V}{R} \tag{21}$$

式中:I——电流(A);

　　V——电压(V);

　　R——电阻(Ω);

不需编号的公式也可以不用另起行。如:$I=V/R$,式中 I 为电流(A),V 为电压(V),R 为电阻(Ω)。

对不需要公式编号的短公式,或者夹杂在文字内的公式及符号,一般不用公式编辑器,可用上标(x^2)、下标(x_2)和 Ω 字符库中的字符来表达,并把除式写成横式,不宜采用竖式,以便使行距均匀,编排整齐。如 $\frac{1}{\sqrt{2}}$ 可写成 $1/\sqrt{2}$;$a=\frac{x}{5y}(b+c)$ 可写成 $a=x(b+c)/(5y)$ 或 $a=[x/(5y)](b+c)$,而不能写成 $a=x/(5y)(b+c)$ 或 $a=x/5y(b+c)$。$a=\frac{x+3}{(2+x)y}$ 可写成 $a=(x+3)/[(2+x)y]$。

公式及文字中的一般变量(或一般函数)(如坐标 X, Y、电压 V、频率 f)宜用斜体,矢量用粗斜体如 $\boldsymbol{S}$(或白斜体上加单箭头如 $\overrightarrow{S}$)。常用函数(如三角函数 cos、对数函数 ln 等)、数字运算符、化学元素符号及分子式、单位符号、产品代号、人名地名的外文字母等用正体。

非公知公用的符号、缩略词均应该在第一次出现时加以说明,并给以明确定义。必要时缩略词后面在括号内标明外文原文。

(4) 计量单位和数字用法

论文必须采用1984年2月27日国务院发布的《中华人民共和国法定计量单位》,并遵照《中华人民共和国法定计量单位使用方法》执行。各种量、单位和符号,必须遵循国家标准的规定执行。数字和单位用法应遵照GB/T 15835,例如:

不宜在文字中间夹杂使用数学(物理)符号、计量单位符号,例如“钢轨每m重量<50kg”应写这“钢轨每米重量小于50 kg”;

纯小数在小数点前面的0不能省略;

百分数及幂次数量范围应完整表达,如“20%～40%”不应写作“20～40%”,“$3\times10^2\sim5\times10^2$”不能写成“$3\sim5\times10^2$”;

避免让单位误为词头,如力矩单位N·m或Nm不能写成mN;

组合单位中的斜线不能多于一条,如$w/(m^2\cdot℃)$不能写成$w/m^2/℃$。

7. 结论

结论应该观点明确、严谨、完整、准确,文字必须简明扼要,要阐明本人在科研工作中的创造性成果、新见解及其意义,本文成果在本领域中的地位和作用,对存在的问题和不足应做出客观的叙述和提出建议。

应严格区分自己的成果与导师科研成果和前人已有研究的界限。

(六) 致谢(任选)

可以在正文后对本论文学术研究有特别贡献的组织或个人表达谢意:

1. 对提供资助或者支持的基金、合同单位、企业、组织或者个人(基金项目应该包括基金名称、项目名称、项目编号、项目负责人、研究起止年月);

2. 协助完成研究工作或提供便利的组织或个人;

3. 给予转载或者引用权的资料、图片、文献、研究设想的所有者。

(七) 参考文献及其著录标准、范围及示例

1. 著录标准

(1) 排列次序:依在正文中被首次引用的先后次序列出各条参考文献。

(2) 具体要求:项目齐全,内容完整,顺序正确,标点无误。

(3) 注意事项:

① 只有3位及3位以内作者的,其姓名全部列上,中外作者一律姓前名后;

② 共有3位以上作者的,只列前3位,其后加“,等”或“,et al”;

③ 外文文献中表示缩写的实心句点“.”一律略去;

④ 原本就缺少某一项目时,可将该项连同与其对应的标点符号一起略去;

⑤ 页码不可省略,起止页码间用“-”相隔,不同的页码引用范围之间用“,”相隔。

⑥ 正文中参考文献标引一律用上标形式的方括号内数字表示,例如“[3]”,方括号和数字不必用粗体。

2. 著录范围(共8类,示例见本书附录八)

(1) 已在国内外公开出版的学术期刊上发表的论文;

(2) 由国内外出版公司或出版社正式出版的学术著作(有ISBN号);

(3) 有ISBN号的会议论文集及论文集中的析出论文;

(4) 博士和硕士学位论文;

(5) 专利文献;

(6) 国际标准、国家标准和部颁标准;

(7) 报纸文章;

(8) 电子文献。

其他性质的资料可以作为正文的随文脚注。

非纸张型电子文献应注明载体类型,见后述。

3. 参考文献类型及其标志

根据 GB 3469 规定，对参考文献类型在文献题名后应该用方括号加以标引，以单字母方式标志以下各种参考文献类型：

参考文献类型	期刊文章	专著	论文集	学位论文	专利	标准	报纸文章	报告	资料汇编	其他文献
类型标志	J	M	C	D	P	S	N	R	G	Z

4. 电子文献类型标志

对于数据库(database)、计算机程序(computer program)及电子公告(electronic bulletin board)等电子文献类型的参考文献，以下列字母作为标志：

电子参考文献类型	数据库	计算机程序	电子公告
电子文献类型标志	DB	CP	EB

对于非纸张型载体的电子文献，当被引用为参考文献时需在参考文献类型标志中同时标明其载体类型，采用双字母表示电子文献载体类型：

磁带（magnetic tape）——MT；磁盘（disk）——DK；光盘（CD-ROM）——CD；联机网络(online)——OL。

以下列格式表示包括了文献载体类型的参考文献类型标示：

[电子文献类型标示/载体类型标示]，如：

[DB/OL]——联机网上数据库(database online)；

[DB/MT]——磁带数据库(database on magnetic tape)

[M/CD]——光盘图书 (monograph on CD-ROM)

[CP/DK]——磁盘软件 (computer program on disk)

[J/OL]——网上期刊 (journal serial online)

[EB/OL]——网上电子公告 (electronic bulletin board online)。

以纸张为载体的传统文献在引作参考文献时可不必注明其载体类型。

(八) 附录(任选)

如果有必要可以设置附录。该部分包括与论文有关的原始数据明细表，较多的图表，计算程序及说明，过长的公式推导，或取材于复制品而不便于编入正文的材料等。附录一般与论文全文装订在一起，与正文一起编页码。如果附录内容很多时可独立成册。若有多个附录按大写英文字母排序，如附录 A、附录 B 等，每一个附录均另起一页。附录中的公式及图表编号也冠以附录序号字母加一短画线如公式(A-2)，图 A-2，表 B-2 等。

(九) 索引 (任选)

如果有必要可以设置索引。此部分可根据需要编排内容索引(关键词索引)、著者索引，中文按汉语拼音字母顺序、英文按照英文字母顺序编排。

(十) 作者简介(包括在校期间发表的论文和取得的学术成果清单)

1. 作者简介主要包括本人简历、所从事的主要研究方向和取得的科研成果，要求语句精练，硕士生应控制在 1 000 字以内，博士生控制在 2 000 字以内。

2. 作者简介内容按照下列次序编排：

(1) 基本情况，包括姓名、性别、年龄、籍贯或出生地等。

(2) 从大学开始的学习和工作简历(包括毕业学校、院系、专业、学习时间；工作的单位、职务和时段等)。

(3) 本阶段学位攻读期间课程学习情况，包括学习课程的门数、总学分数、学位课程学分数等(也可以介绍各科总平均成绩情况等)。

(4) 参加研究课题(或工程设计)情况,包括课题名称、课题类别(属国家级、省部级、横向协作、子课题属那一级课题等)、研究时段、本人承担任务及完成情况。

(5) 研究生在校期间公开发表的学术论文目录和取得的其他学术成果清单(此部分单列,作为学位授予的参考条件)。学术论文包括期刊(杂志)论文和学术会议论文,其他学术成果包括学术专著、科技获奖成果、鉴定成果、专利、已完成的重要工程设计(或工程应用)项目等。该学术论文和成果清单需要经过导师签字认可的内容才可以列入。

按照参考文献中论文或著作的著录格式依据时间顺序排列学术著作和成果,并按顺序列出全部作者名字。

(6) 学术报告和非公开发表论文情况,以及研究生非在校期间发表的学术论文目录和取得的其他学术成果等。

(十一) 后记(或鸣谢)(任选)

若包含该部分内容,应简明扼要,朴实自然。对研究的个人心得、对师长的感谢等可以写在此处。不要包含过多对师长的赞美之词;不宜罗列同学好友的长串名单。尚未取得学位的硕士(博士)研究生不能称为硕士(博士)。

二、有关学位论文的印刷格式

(一) 论文封面和书脊的样式

1. 学历博士(或硕士)学位论文中文封面、书脊和英文封面的样式见附件二、附件三和附件四。硕士学位论文需将附件二、附件三和附件四“博士学位论文”中“博士”改为“硕士”。

2. 专业学位包括工程硕士、MBA、公共卫生硕士、临床医学硕士等。

3. 封面上的内容如论文分类号、学号等不能空缺。论文印刷时尚无法填写的评阅人和答辩委员会主席等栏目待答辩完成后要填写补齐,不要空缺。

4. 指导教师一栏署名多于一人时,副导师或第二导师应是经过研究生院审核批准作为副导师的专家才能署名。

5. 盲审学位论文格式有关要求为:封面和摘要中不要出现研究生姓名、导师姓名;研究生发表论文清单要将研究生姓名、导师姓名隐去;致谢不要出现在盲审学位论文中。

6. 英文封面上的中国姓名译为英文时参见前面论文摘要中的说明。

(二) 目录的内容编排

内容 …………………………………………………………………… 页码

中文摘要 …………………………………………………………………… Ⅰ

英文摘要 …………………………………………………………………… Ⅱ

符号、变量、缩略词等本论文专用术语的注释表(任选) ………………………… Ⅲ

前言(或绪言) …………………………………………………………………… 1

第一章 ……………………………………………………………………

1.1(文科论文可用第×节) ……………………………………………………

1.2(文科论文可用第×节) ……………………………………………………

⋮

⋮

第二章 ……………………………………………………………………

2.1(文科论文可用第×节) ……………………………………………………

⋮

⋮

目录部分字体可采用四号宋体。

(三) 学位论文文字格式

1. 电子文档类型

(1) 基本要求

学位论文电子文档用 WORD 输入;其他格式应经研究生院特许,原则上应能自动转成 WORD 格式并不会丢失图形、字符、公式和产生乱码。

(2) 学位论文电子文档的提交方式

① 学位论文电子文本只能是一个文件,文件名以学号和姓名命名(例如"000123 李涛",姓名前面不要空格),内容为学位论文的全部内容(包括封面、摘要、各章内容、参考文献等内容),与纸质论文完全一致,不要分章形成文件。文件较大时用光盘或者移动硬盘形式提交(用移动硬盘如 U 盘等则拷盘复制保存),并当面检查是否合格。注意论文页码 1 从正文开始,前面摘要和目录等内容的页码用大写罗马数字表示。在 WORD 中分段设置页码见下面"纸张尺寸和页码"部分。

② 2 000 字的论文摘要不要和论文合在一起,需要单独形成一个文件,文件名对于硕士论文以"硕士论文摘要+学号+姓名"命名(学号前后都不要空格),对于博士论文则将其中的"硕士"换成"博士"即可。

③ 对优秀学位论文除学位论文外,还要提交"研究生毕业应交材料单"上要求的其他内容的电子文档软盘(或光盘)一张。这些附加文档以文件夹存放,文件夹名字以"优秀硕士(或优秀博士)+学号+姓名"命名,例如"优秀硕士 000123 李涛"或"优秀博士 000123 李涛"(学号前后都不要空格),文件夹内容包括各种所需的文件,这些文件名要与应交材料单上的文件名一致(例如"博士论文简况表")。

2. 字体

(1) 正文:5 号宋体、单倍行距,首行缩进。除引文和前面所述的某些外文符号外一律用正体,文字用横排;页数较少时正文也可用小四号宋体。

(2) 一级标题(题目):二号宋体居中。二级标题(章):三号黑体居中。

(3) 三级标题(节):四号宋体(粗体)居左。四级标题(节内小节)居左:小四号。

(4) 表格文字可用小五号宋体或正文字体,居中(或居左)并整齐划一,表格名及图名用五号宋体。

(5) 标点符号:单个的标点符号(如句号、逗号、分号、顿号、冒号、感叹号、破折号等)和成双的标点符号(如分号、括号)的后半部分不得放在行首,成双的标点符号前半个不得放在句末。

3. 纸张尺寸和页码

A_4 纸张,四周页边距 2 cm,带连续页码(阿拉伯数字页码,底部居中)。双面印刷。若根据装订需要,左、右两侧的页边距也可以选 2.5 cm。

页码 1 从正文开始,前面摘要和目录等内容的页码用大写罗马数字表示。在 WORD 中分段设置页码采用菜单里的"插入""分隔符",然后选中"分节符"里的"下一页",这样就可以分段设置连续页码。

4. 页眉和页脚

(1) 页眉

页眉采用下列形式(在页眉页脚的页面设置中选择"奇偶页不同")。

偶数页:

××大学硕士学位论文(小五号宋体居中)

奇数页:

第×章　章题目(小五号宋体居中)

若为博士学位论文则将页眉中的“硕士”换为“博士”。

(2) 页脚

正文及其以后部分，其页脚为居中、连续的阿拉伯数字页码。不宜采用分章的非连续页码。摘要和目录等内容的页脚为居中、连续的大写罗马数字页码。

5. 印刷要求

(1) 印刷版论文必须清晰易读，字体必须美观、呈黑色。

(2) 印刷版论文内芯必须用白色无底纹(或水印)的高质量纸。封面用稍厚的封面纸张。

(3) 印刷版论文必须留足页边以便装订和复制保存。